BASTEI
LÜBBE

Carlton Stowers
Offene Geheimnisse

Ins Deutsche übertragen
von Marcel Bieger

TRUE CRIME
Der wahre Kriminalfall

BASTEI LÜBBE

BASTEI-LÜBBE-TASCHENBUCH
Band 13 599

Erste Auflage:
November 1994
Zweite Auflage:
Dezember 1994
Dritte Auflage:
April 1995

Deutsche Lizenzausgabe 1994
Bastei-Verlag Gustav H. Lübbe
GmbH & Co., Bergisch Gladbach
Originaltitel: Open Secrets
Lektorat: Alexander Kaja/
Dr. Edgar Bracht
Titelbild: Bavaria-Bildagentur
GmbH
Umschlaggestaltung:
Quadro Grafik, Bensberg
Satz: KCS GmbH,
Buchholz/Hamburg
Druck und Verarbeitung:
Brodard & Taupin, La Flèche,
Frankreich
Printed in France

ISBN 3-404-13599-7

Der Preis dieses Bandes
versteht sich einschließlich der
gesetzlichen Mehrwertsteuer.

Für Pat,
die darauf bestand, es gäbe ein Licht
am Ende dieses langen, dunklen Tunnels.

DANKSAGUNG

In den besseren Momenten meiner dreijährigen Arbeit an diesem Buch neigte ich dazu, die ganze Sache als meine ›Einführung in das Rechtssystem dieser Welt‹ zu bezeichnen. Als ich mich entschloß, eine Geschichte zu erzählen, die kaum eine Autostunde von meiner eigenen Haustür entfernt begonnen hatte, wäre ich niemals, selbst in meinen wildesten Träumen nicht, auf die Idee gekommen, zu einem Weltreisenden und einem eifrigen Studenten sämtlicher Formen der Exekutive diesseits von Scotland Yard zu werden, bevor meine Aufgabe vollendet war.

Mein Bemühen, die Geschichte von Anfang bis Ende zu verfolgen, brachte mich in Kontakt zum Police Department in Richardson, Texas, den Sheriff's Departments in Dallas und den Kaufman Counties, dem Büro des Dallas County District Attorney, mit U. S.. Marshals, dem FBI, dem State Department, der Border Patrol und der Royal Canadian Mounted Police, der amerikanischen Zollbehörde, dem Justizministerium, mit Interpol und den Polizeibüros von Nizza in Frankreich, mit Staats- und Bundesrichtern und den Justizattachés von Mexiko und Frankreich. Ich war Zuschauer bei Strafverfahren und zivilrechtlichen Anhörungen, wühlte mich durch die Akten von Gerichtshöfen zweier Kontinente und lernte dabei so viele Staatsanwälte, Untersuchungsbeamte, Richter, Friedensrichter, Gefängnisaufseher, Gerichtsdiener und Reporter kennen, daß man damit eine große Filmproduktion hätte besetzen können.

Falls wir alle jemals beschließen sollten, ein Treffen abzuhalten, müßten wir dafür wohl eine Halle von der Größe des Astrodomes mieten.

Wenn hier nicht jeder namentlich erwähnt wird, bedeutet das nicht, ich wäre diesen Menschen weniger dankbar oder ihre Beiträge seien von geringerer Bedeutung. Es sei hier allerdings bemerkt, daß mich einige meiner Helfer gebeten haben, ihre

Namen nicht zu veröffentlichen. Ich respektiere diesen Wunsch, möchte den Betreffenden aber an dieser Stelle ebenfalls meinen Dank aussprechen.

Trotzdem wäre es sehr nachlässig von mir, würde ich nicht die Unterstützung, das Interesse und die Freundlichkeit einiger Personen erwähnen, die ihre eigenen Qualen und Frustrationen, Mißstimmungen und Hoffnungen, Einsichten und Erkenntnisse mit mir teilten und mir damit meine Arbeit nicht nur erleichterten, sondern, um der Wahrheit die Ehre zu geben, erst möglich machten.

Da der Fall beim Police Department von Richardson seinen Anfang nahm, soll auch diese Danksagung dort beginnen.

Im Verlauf meiner Untersuchung erlebte ich mit, wie Morris McGowan vom Sergeant zum Lieutenant aufstieg und vor kurzem sogar zum Captain befördert wurde. Diese Beförderungen bezeugen nur zu einem geringen Maß die Hingabe, mit der er den Mordfall Rozanne Gailiunas zu lösen versuchte. Um die Wahrheit zu sagen, ohne seine Hilfsbereitschaft wäre dieses Buch niemals geschrieben worden. Und auch die herzliche Art, mit der seine Frau Sandy einen lästigen Journalisten wie mich aufgenommen hat, habe ich mehr zu schätzen gewußt, als sie vermutlich ahnt.

Mein Dank gilt ebenfalls Matt Chapman und Allen Ringgold vom FBI, sowie Mike Johnson, Everett Kelly, Barry Moore und Nyda Budig vom State Department.

Und obgleich dies die Geschichte einer polizeilichen Ermittlung ist, einer Marathon-Suche nach Wahrheit und Gerechtigkeit, so ist es doch auch die Geschichte von Menschen, deren Leben für immer durch eine brutale, sinnlose Tat verändert worden ist, ein Verbrechen, das an einem Oktobernachmittag vor fast einem Jahrzehnt begangen wurde. Und für viele von ihnen ist diese Geschichte noch immer nicht vorbei und wird es wohl auch nie sein.

Die ganze Zeit über hatte ich beim Sammeln der Informationen nur ein einziges Ziel: Die Geschichte wahrheitsgetreu zu erzählen.

Carlton Stowers

Es war einer jener Norman Rockwell-Sommernachmittage, an denen die Gerüche und Geräusche jugendlicher Aufgeregtheit vom glitzernden Smaragdgrün des frischgemähten Rasens und dem sorgfältig beschnittenen Buschwerk des Stadtparks umrahmt wurden.

Der elfjährige Second Baseman nahm entschlossen eine vorgebeugte Haltung ein. Er vergaß die malerische Fünfzigerjahre-Kulisse seiner Umgebung, und die Anfeuerungsrufe und Ermutigungen der Mütter und Väter am Spielfeldrand nahm er dank seiner Konzentration nur noch gedämpft wahr. Es war, das würde die Erinnerung des Erwachsenen eines Tages bestätigen, einer jener Momente, die einem ein Leben lang erhalten bleiben.

Sein Team, das im letzten Inning mit 5:2 führte, war nur noch zwei Outs vom Gewinn der City Championship entfernt. Trotzdem war es zu einer dramatischen Zuspitzung des Spiels gekommen, als die gegnerische Mannschaft, die sich keineswegs geschlagen geben wollte, die Bases besetzte.

Der junge Infielder bot ein Bild der Zuversicht, als der Pitcher in Position ging. Im Kopf des Jungen lief ein heroisches Szenario ab. Er wünschte sich sehnlichst, der Ball würde in seine Richtung fliegen und ihm die Chance geben, zum Helden des Tages zu werden, seinen Anteil am letzten Punkt der Meisterschaftssaison zu haben. Falls der Ball in seine Richtung geschlagen würde, bedürfte es nur eines Schrittes, um das Second Base zu erreichen. Ein weiterer Schritt – Out Nummer zwei – dann ein gut gezielter Wurf zum First Base – Out Nummer drei. Double Play. Ende des Spiels. Und die Siegesfeier könnte beginnen.

Krachend traf der Schläger den Ball, trieb ihn über den Kopf des Pitcher hinweg auf den Jungen zu, der am Second Base stand. Er langte hoch über seinen Kopf hinauf und spürte den Aufprall an der Spitze seines Handschuhs, bevor der Ball seinen Flug ins Outfield fortsetzte. Er hatte sich verschätzt.

Drei Läufe wurden erzielt und bildeten die Vorentscheidung. Minuten später ging ein weiterer Ball ins Outfield und ermöglichte den siegreichen Lauf rund um den Platz. Tränen füllten die Augen des jungen Second Baseman, als die schwere Last, die Schuld am Verlust der City Championship zu tragen, auf seine schmalen Schultern sank. Verärgerte und über den Verlust ihres Traums vom Sieg enttäuschte Teamkameraden schimpften ihn aus.

Er würde nie wieder Baseball spielen.

Dieser längst vergangene und tief in seiner Erinnerung vergrabene Moment war seine erste Begegnung mit einer Art von Niederlage, wie er sie bis dahin noch nie kennengelernt hatte, und diese in sein Gedächtnis eingeätzte Begebenheit würde ihn durch sein ganzes Erwachsenenleben hindurch begleiten.

Die unvergessene Furcht zu versagen trieb ihn an, häufig auch unbegründeterweise. Öfter, als er sich zu erinnern vermochte, hatte er in Augenblicken der Frustration, wenn die Anforderungen des Lebens jede vernünftige Grenze zu übersteigen schien, ihr Flüstern vernommen.

Auch dreißig Jahre später war die Erinnerung noch in ihm, an jenem kühlen Oktoberabend des Jahres 1983, als er durch die Zimmer des kleinen Hauses am Loganwood Drive wanderte und schweigend über die größte Herausforderung seines Lebens nachdachte . . .

TEIL EINS

Mord

Mit dem Tod endet alles, nur die Wahrheit nicht.

Anonym

Kapitel 1

Der Herbst machte sich an jenem Spätnachmittag des 4. Oktober 1983 bereits deutlich bemerkbar. Obwohl die Temperaturen tagsüber meist noch sommerlich warm waren, hatten sich die Rasenflächen in Richardson, einem Vorort von Dallas, bereits rostbraun gefärbt, und die Bäume standen ohne Blätter da. Ihre Äste, die noch vor kurzem die Sonne wie mit einem Baldachin abgeschirmt hatten, warfen jetzt nur noch dürre, vereinzelte Schatten.

Am Loganwood Drive, einer schmalen, von hübschen kleinen Häusern gesäumten Straße, die fast alle mindestens ein Vierteljahrhundert alt waren, blühte keine der farbenprächtigen Pflanzen mehr, die in den vergangenen Monaten die Vorgärten geschmückt hatten – ein sicherer Hinweis auf den nahenden Winter.

Für Detective Morris McGowan und seinen Partner Mike Corley, die beide der von fünfzehn Uhr bis Mitternacht dauernden Schicht zugeteilt waren, bedeuteten die sich jetzt schnell abkühlenden Abende eine willkommene Erholung von den mehr als dreißig Grad warmen Temperaturen, die sich im nördlichen Texas normalerweise bis tief in die Sommernächte hinein hielten.

Sie bearbeiteten derzeit zwei verschiedene Raubüberfälle und waren unterwegs, um einige Zeugen zu vernehmen, da meldete sich die Einsatzzentrale über Funk. Sanitäter der Feuerwehr waren unterwegs zum Haus Nummer 804 Loganwood Drive. »Es wurde eine verletzte Person gemeldet«, berichtete die Zentrale, »die näheren Umstände sind noch unbekannt. Zur Zeit ist noch kein Einsatz erforderlich.«

McGowan, der am Steuer eines zivilen Einsatzwagens des Richardson Police Department saß, schaute zu seinem Partner hinüber. »Vielleicht sollten wir die Sache doch überprüfen«, meinte er. Corley war nicht seiner Ansicht, sondern schlug vor, sich an das ursprünglich geplante Ziel zu halten. Dann traf ein zweiter Funkspruch ein: »Schußwaffenopfer am Loganwood Drive . . .«

Es war ein paar Minuten nach achtzehn Uhr, als sie sich so schnell wie möglich durch den abflauenden Berufsverkehr drängten, der noch immer die Greenville Avenue verstopfte, bis sie schließlich eine Wendemöglichkeit fanden und in Richtung der über Funk durchgegebenen Adresse weiterfuhren. McGowan hatte selbst einmal in diesem Bezirk von Richardson gewohnt und kannte daher die wenig befahrenen Abkürzungen, die es ihm ermöglichten, schon fünfzehn Minuten später von der West Shore auf den baumbestandenen Loganwood Drive abzubiegen.

Keiner der beiden Beamten war auf die Szene vorbereitet, die sie erwartete.

Die schmale Straße war schon jetzt fast vollständig durch Einsatzfahrzeuge und Neugierige versperrt, die angehalten hatten, um zu sehen, was es mit diesem plötzlichen Ausbruch von Aktivitäten auf sich hatte. Menschen standen in den Vorgärten, schirmten ihre Augen gegen die Warnleuchten der Ambulanzfahrzeuge ab und starrten schweigend zu dem kleinen, aus rotbraunen Ziegeln errichteten Haus hinüber. Weißgekleidete Sanitäter liefen mit ihren medizinischen Ausrüstungen zwischen ihren Fahrzeugen und dem Haus hin und her, während die Anwohner durcheinanderrannten, auf der Suche nach einem Platz, von dem aus sie sich einen vielleicht noch besseren Überblick über das Geschehen verschaffen konnten.

McGowan konnte nur ein kurzes Stück in die Straße hineinfahren, dann mußte er am Bordstein anhalten. Für einen Moment blieb er hinter dem Lenkrad sitzen und nahm die zirkusähnliche Atmosphäre der vor ihm liegenden Szenerie in sich auf. »Lieber Himmel«, flüsterte er, als er aus dem Auto stieg und eilig zum Krankenwagen hinüberging. Sein Partner folgte ihm auf dem Fuß.

Da sich im Ambulanzfahrzeug noch niemand befand, wandte sich McGowan der Einfahrt zu. In diesem Moment öffnete sich die Haustür, und mehrere Sanitäter kamen mit einer fahrbaren Trage heraus.

Bei diesen Männern befand sich auch der Polizeibeamte John May, der in dieser Gegend Streife gefahren und nur wenige Minuten nach den Sanitätern eingetroffen war. Sobald er McGowan erblickte, eilte er zu ihm. »Wir haben da eine angeschossene Frau. Rozanne Gailiunas. Weiß. Ungefähr Anfang Dreißig. Sieht böse aus.«

McGowan trat zu der Trage und bedeutete den Sanitätern, anzuhalten. »Ich will sie sehen«, sagte er.

Unter dem Laken lag eine dunkelhaarige Frau. Ihr im Grunde hübsches Gesicht war stark angeschwollen, die dunklen Augen wirkten glasig und leblos, und das Haar war blutverklebt. Man mußte dem Beamten nicht extra erklären, daß man sie in den Kopf geschossen hatte.

Als er neben der Trage stand, wurde McGowans Aufmerksamkeit durch eine Bewegung auf die Haustür gelenkt. Ein weinender kleiner Junge stürzte heraus und lief auf einen Mann zu, der am Straßenrand stand.

McGowan wandte sich zu May um und erhielt die Antwort, noch bevor er seine Frage gestellt hatte. »Das ist der Sohn der Frau«, sagte der Beamte. »Offensichtlich war er hier, als es passiert ist.«

McGowan schaute zu, wie der kleine Junge fast in den Armen des Mannes verschwand, zu dem er gelaufen war. Trotz der kühlen Brise, die gegen Abend aufgekommen war, schwitzte er. Er schaute kurz zum Krankenwagen hinüber und dann wieder zu dem zierlichen weinenden Kind. Es war an der Zeit, erste Anordnungen zu treffen. Zunächst wies er John May an, sich zur Ambulanz zu begeben und das Opfer zur Notaufnahme des Presbyterian Hospital zu begleiten. »Bleiben Sie stets in ihrer Nähe«, verlangte er. »Falls sie zu sich kommt und etwas sagt, möchte ich sichergehen, daß Sie das auch mitbekommen.«

Mit plötzlicher Wut in der Stimme rief er ein paar Beamten, die gerade eingetroffen waren, zu: »Bringen Sie das Kind hier weg . . . sofort.«

Bereits jetzt hatte McGowan, ein Mann, der im Lauf seines Lebens schon viele Gewaltverbrechen gesehen hatte, eine der Grundregeln einer Morduntersuchung verletzt. Der Anblick des verängstigten kleinen Jungen, der seiner verletzten Mutter aus dem Haus gefolgt war, hatte in ihm einen Sturm von Gefühlen ausgelöst, wie er das bisher noch nie erlebt hatte.

»Was geht hier vor?« rief der Mann.

McGowan betrachtete die schlaksige, bebrillte Gestalt, die auf ihn zukam, und antwortete erst, als der Mann ihn fast erreicht hatte. »Wer sind Sie, Sir?«

»Ich bin Dr. Peter Gailiunas, ihr Ehemann«, sagte der Mann und blickte dabei zu dem Ambulanzfahrzeug hinüber. »Ich würde meinen Sohn gern von hier fortbringen. Meine Mutter sitzt drüben im Auto und kann ihn mit nach Hause nehmen.«

McGowan wußte, daß der Junge irgendwann verhört werden mußte, aber zunächst gab es Dringenderes zu tun. »In Ordnung«, sagte er, »aber ich möchte, daß Sie in der Nähe bleiben.«

Der Doktor nickte und brachte seinen Sohn zum Auto. McGowan wandte sich an seinen Partner. »Sprechen Sie mit dem Burschen«, meinte er zu Corley.

Als der Krankenwagen mit jaulender Sirene abfuhr, die alle anderen Geräusche in der Straße übertönte, drehte sich McGowan zum Haus um und ging auf Officer Wayne Dobbs zu, der den Eingang bewachte.

»Im hinteren Schlafzimmer«, meinte Dobbs und schüttelte dabei den Kopf. Die unausgesprochene Botschaft war eindeutig: Was McGowan drinnen erwartete, war häßlich und grausam.

Entsprechend seiner Gewohnheit wollte McGowan den Schauplatz des Verbrechens allein betreten.

Langsam und methodisch ging er durch das Haus, vom kleinen Wohnzimmer aus durch das Eßzimmer bis zur Küche. Auf dem Flur hielt er kurz an und warf einen Blick in einen Raum, der ganz offensichtlich das Kinderzimmer war, und ging dann weiter zu dem großen Schlafzimmer im hinteren Teil des Hauses.

An der offenen Tür blieb er mit verschränkten Armen stehen und ließ seinen Blick durch das Zimmer wandern. Blutflecken waren auf den Kissen und Bettlaken zu sehen. An drei der Bettpfosten hingen Baumwollseile, mit denen das Opfer an Hand- und Fußgelenken gefesselt gewesen war. Durchfeuchtete gelbe Papiertücher befanden sich neben einem Kissen, durch das jemand zwei Schüsse gefeuert hatte. Auf einem der anderen Kissen lag ein Damenstrumpf, und am Fußende des Bettes ein blauer Morgenmantel. Auf dem Boden entdeckte McGowan neben einem Paar Sandalen eine Pfütze Erbrochenes. Gleich daneben befand sich ein bunter Gürtel, der zweifellos zu einem der Kleider gehörte, die in dem offenen Wandschrank hingen.

McGowan konnte die alptraumhafte Szene erahnen, die die Sanitäter vorgefunden hatten. Die Gewalt, die sich hier abgespielt hatte, war noch fast greifbar, und ihr ekelhafter Geruch drang dem Beamten in die Nase. Es dauerte einige Minuten, bis er das Zimmer betrat.

Die Einrichtung, die auf ein normales, durchschnittliches Leben hinwies, bildete einen bizarren Kontrast zu der Szene, die sich hier abgespielt hatte. In einer der Ecken stand ein Bügelbrett. Das Bügeleisen war eingeschaltet und schien darauf zu warten, benutzt zu werden. Gleich daneben lag ein locker zusammengerollter Haufen Wäsche – Jeans, BHs, Slips und ein bedrucktes, langärmeliges Hemd – auf dem Frisiertisch. Daneben ein offener Schmuckkasten, eine Geldbörse, ein Stapel Papiere, eine Schachtel Zigaretten und ein Aschenbecher. Auf dem Nachttisch befand sich das gerahmte Foto einer hübschen, lächelnden Frau, die einen glücklich aussehenden kleinen Jungen auf dem Schoß hatte.

McGowan studierte das Foto und verglich dabei die Gesichter mit denen, die er erst wenige Minuten zuvor gesehen hatte, das eine durch die Kugel eines Schützen zerstört, das andere verängstigt und verloren.

Der Beamte vergrub die Hände in den Hosentaschen, wandte sich ab und verließ das Haus. Dies hier, das ahnte er instinktiv, würde keine gewöhnliche Untersuchung werden. Schon jetzt türmten sich Fragen auf Fragen.

Draußen wartete Richard Gross von der Spurensicherung darauf, mit seiner Arbeit anfangen zu können. »Schlimm, was?« meint er, als McGowan im Eingang auftauchte.

»Sie werden dabei Hilfe brauchen«, erwiderte der Detective.

Für diese Gemeinde, in der McGowan aufgewachsen war, bedeutete das Verbrechen eine völlig neue Erfahrung. Es könnte Furcht auslösen, die sich rasch durch die Straßen verbreiten und jenes Gefühl von Sicherheit und Unschuld zerstören würde, das diesen Ort bisher so lebenswert gemacht hatte.

Viele der fünfundsiebzigtausend Menschen, die in Richardson wohnten, kehrten während der Rush-hour aus Richtung Norden über den Rust Belt nach Hause zurück. Obwohl sie ihren Lebensunterhalt in Dallas verdienten, hatten sie es vorgezogen, hier zu wohnen, angelockt durch den guten Ruf der Schulen, die niedrige Kriminalitätsrate und die hohe Lebensqualität, die dieser Vorort bot.

Zu einem guten Teil waren auch die Räuber und Vergewaltiger, Mörder, Rauschgifthändler, die im nur wenige Kilometer entfernten Dallas ihr Unwesen trieben, für den Zustrom an Neubürgern verantwortlich, die sich in den letzten Jahren hier angesiedelt hatten.

Mittlerweile zerfiel der Ort praktisch in zwei Teile. Das alte Richardson wurde von den Menschen bevölkert, die hier schon gelebt hatten, als die Landgemeinde noch nicht zu dem Gebiet gehört hatte, das von großmäuligen Maklern als ›Goldener Korridor‹ bezeichnet wurde.

Auf der anderen Seite gab es das neue Richardson, wo Angestellte und Arbeiter aus der nahen Großstadt wohnten, die irgendwann zu ihrer Überraschung festgestellt hatten, daß der Ort über moderne Einkaufszentren, ein Symphonieorchester und ein staatliches College verfügte, und die sich deshalb entschlossen hatten, der ungastlichen Großstadt zu entfliehen.

Sowohl die Alteingesessenen wie die Neuankömmlinge stimmten in einem Punkt überein: Sie waren froh über den Umstand, daß sie in einer sicheren Umgebung lebten.

Jetzt, angesichts dieses Falls von grausamer und sinnloser Gewalt, würde sich das ändern.

McGowan stand im Vorgarten und atmete tief die frische Nachtluft ein. Seine Gedanken beschäftigten sich mit den zahllosen Aufgaben, die jetzt erledigt werden mußten: Nachbarn befragen, Verhöre durchführen, Fingerabdrücke und andere Beweismittel sammeln, das Krankenhaus anrufen.

Ein Streifenpolizist unterbrach seinen Gedankengang. »Corley meint, er braucht Sie.«

McGowan entdeckte seinen Partner am Straßenrand, wo er neben dem Doktor stand. »Er will seinen Anwalt sprechen«, erklärte Corley und deutete auf Gailiunas.

»Wo liegt das Problem?« fragte McGowan den Doktor.

»Ich glaube einfach, es ist besser, wenn mein Anwalt hier ist, bevor ich etwas sage.«

»In Ordnung«, meinte McGowan, »rufen Sie ihn an und lassen Sie ihn herkommen.«

Die Beamten schauten zu, wie Gailiunas mit müde herabhängenden Schultern zu einem Haus auf der anderen Straßenseite hinüberging. Obwohl keiner von ihnen es erwähnte, waren doch beide davon überzeugt, daß sie ihren ersten Verdächtigen gefunden hatten.

Wie die meisten anderen Nachbarn hatte auch Paige Billings zusammen mit ihrer Mutter den Vorgängen zugeschaut, die sich auf der Straße abspielten. Obwohl beide weder Rozanne Gailiunas noch ihren Sohn wirklich kannten, hatte sich doch in den letzten Monaten eine Art lockerer Beziehung zwischen ihnen entwickelt, die sich freilich weitgehend auf den freundlichen Austausch von Grüßen beschränkt hatte. Da man den Jungen nur selten ohne seine Mutter auf der Straße sah, waren beide zu der Überzeugung gekommen, daß Rozanne eine zwar liebevolle und fürsorgliche, aber auch ein wenig überängstliche Mutter war.

Aus diesem Grund hatte Paige es als etwas ungewöhnlich empfunden, daß der kleine Junge allein im Vorgarten gespielt hatte, als sie kurz nach siebzehn Uhr aus der Schule heimgekommen war. Soweit sie sich entsinnen konnte, hatte das Kind bisher noch nie allein draußen spielen dürfen. Doch als sie dann sah, wie er wieder ins Haus ging, hatte sie der Angelegenheit keine weitere Aufmerksamkeit geschenkt.

Sie und ihre Mutter hatten schon seit längerem vermutet, daß ihre Nachbarin wohl frisch geschieden war. Bei mehreren Gelegenheiten hatten sie beobachtet, wie ein Mann – zweifellos der Vater des Kleinen – den Jungen abgeholt oder zu seiner Mutter zurückgebracht hatte. Und erst vor ein paar Wochen hatte Paige gesehen, wie der Junge sich geweigert hatte, in den Wagen zu steigen, und fortgelaufen war. Der Mann hatte das Kind bis zum Ende des Blocks verfolgen müssen.

Und jetzt, als die beiden Frauen vor ihrer Haustür standen, kam dieser Mann auf sie zu.

Der Doktor stellte sich gar nicht erst vor, sondern erklärte nur, es handle sich um einen Notfall und er müßte ihr Telefon benutzen.

»Würde es Ihnen etwas ausmachen, das Haus für einen Moment zu verlassen, während ich telefoniere?« erkundigte er sich.

Obwohl die Frauen von diesem sonderbaren Wunsch höchst überrascht waren, ahnten sie doch die Dringlichkeit seines Ansinnens und gingen in den Vorgarten hinaus.

Minuten später kam der Doktor wieder aus dem Haus und ging zu Paige. »Ich habe bemerkt, wie Sie vorhin mit einem Polizeibeamten gesprochen haben«, sagte er mit einem anklagenden Ton in der Stimme. »Sie haben mich heute hier noch nicht gesehen, richtig?«

Erschreckt versicherte ihm das junge Mädchen, sie hätte ihn nicht gesehen.

Der Doktor nickte und ging weiter, blieb jedoch nach ein paar Schritten stehen und drehte sich wieder um. »Was immer Sie wissen, behalten Sie es besser für sich«, meinte er.

Dr. Gailiunas überquerte wieder die Straße und informierte Officer Corley, sein Anwalt, Bill Neal, sei unterwegs.

»Sobald er eintrifft, fahren wir zum Polizeirevier«, erklärte Corley.

Da sich mittlerweile fast dreißig Beamte vor Ort befanden, traf McGowan seine Anordnungen in rascher Folge. Teams gingen von Tür zu Tür in der Hoffnung, jemand könnte einen Besucher bei Rozannes Haus gesehen haben. Sowohl im Innern des Hauses als auch draußen war die Spurensicherung eifrig bei der Arbeit.

Als die ersten Medienvertreter eintrafen, stimmte sich McGowan kurz mit Joe Hanna, dem Pressesprecher des Department, ab. »Die Frau lebt noch«, erklärte er, »und ich möchte, daß vorerst auch nichts anderes verbreitet wird. Erzählen Sie ihnen, sie befände sich unter Polizeischutz im Krankenhaus.« Obwohl McGowan befürchtete, die Frau würde nicht lange genug überleben, um noch eine Aussage zu machen, wollte er, daß irgend jemand dort draußen sich darüber Sorgen machte, sie könnte gerade eine Täterbeschreibung abgeben.

McGowan hatte kaum seine Anweisungen an Hanna vervollständigt, da tauchten die Officers David Mankin und Cynthia Percival bei ihm auf.

»Der Freund der Frau ist hier«, verkündete Mankin.

McGowan zeigte sich deutlich verblüfft.

»Er heißt Larry Aylor«, fügte Mankin hinzu und deutete auf zwei Männer, die im Vorgarten standen. Einer schien etwa vierzig zu sein, der andere war erheblich älter. »Der andere ist sein Vater.«

Lieber Himmel, dachte McGowan, bringt jetzt jeder Papi und Mami mit? Und weshalb hatte ihm niemand gesagt, daß es einen Ehemann *und* einen Liebhaber gab?

»Er behauptet, er hätte stundenlang versucht, die Frau anzurufen, und als er sie nicht erreichen konnte, wäre er hergekommen, um nachzusehen, was los ist«, erklärte Percival.

Während er noch sprach, war der Officer Ken MacKenzie nähergekommen. Der langsam kahl werdende Mann hatte sich im Lauf der Jahre einen ausgezeichneten Ruf als Ermittlungsbeamter und Verhörspezialist erworben. McGowan blickte ihn an und sagte: »Sie nehmen sich den Liebhaber vor. Bringen Sie ihn zum Revier und finden Sie heraus, was er uns erzählen kann.«

MacKenzie war schon zu Aylor unterwegs, bevor McGowan seinen Satz beendet hatte.

In den nächsten Stunden kümmerte sich McGowan um die zahlreichen Aufgaben, die mit der Tatortsicherung verbunden waren, erkundigte sich jede halbe Stunde im Krankenhaus nach dem Zustand des Opfers und rief auch beim Department an, um zu erfahren, ob die Vernehmungen schon Fortschritte gemacht hatten.

Um ein Uhr nachts verließ er schließlich das Haus, nachdem er je einen Polizisten eingeteilt hatte, für den Rest der Nacht Vorder- und Hintereingang des Gebäudes zu bewachen.

Auf dem North Central Expressway, der zu dieser späten Stunde angenehm leer war, stellte er überrascht fest, daß sechs Stunden vergangen waren, seit er und Corley auf den Funkspruch reagiert hatten. Und wie stets bei der ersten Ruhepause während der Bearbeitung eines neuen Falls ließ McGowan die Ereignisse noch einmal vor seinem inneren Auge ablaufen. Wie ein Football-Trainer, der sich die Videoaufzeichnung eines Spiels anschaut, um nach Fehlern und Schwachstellen zu suchen, ging er dabei mit sich selbst sehr streng ins Gericht. Als ausgewiesener Perfektionist widmete er sich jedem einzelnen Detail eines Falls in einem Maße, das manchen seiner Kollegen schon fast unangemessen erschien. Doch stets entdeckte er bei diesen Überlegungen eine Frage, die noch gestellt, oder eine Spur, der noch nachgegangen werden mußte. Die Erfahrung hatte ihn gelehrt, daß bei derartigen Ermittlungen die Zeit sein größter Gegner war, weil sie ihn zwang, ein delikates Gleichgewicht zwischen Schnelligkeit und Sorgfalt zu wahren. Nach der Statistik wurden die meisten Morde entweder binnen achtundvierzig Stunden geklärt oder überhaupt nicht.

Und obwohl die Frau, die man in seinem Beisein aus dem Haus getragen hatte, noch lebte, betrachtete McGowan den Fall bereits jetzt als Mord.

Auf den letzten Meilen seiner Fahrt zum Department wandten sich seine Gedanken dem Wenigen zu, das er bis jetzt über das Opfer in Erfahrung gebracht hatte. Rozanne Gailiunas war dreiunddreißig Jahre alt, examinierte Krankenschwester und wohnte am Loganwood Drive, seit sie sich im Juni von ihrem Mann getrennt hatte. Und sie war die Mutter eines vierjährigen Sohnes.

Unter all den beunruhigenden Aspekten des Falls wogen die Vorstellung, daß der Junge sich im Haus befunden hatte, als das brutale Verbrechen verübt wurde, und der Ausdruck von Verwirrung und Schrecken in seinem Gesicht, als er der Trage mit seiner bewußtlosen Mutter gefolgt war, für den Beamten am schwersten.

McGowan trat das Gaspedal durch, als wollte er auf diese Weise die Erinnerung aus seinem Gedächtnis verbannen. Er wollte jetzt so schnell wie möglich in sein Büro, um die Arbeit fortzusetzen.

Im Richardson Police Department saßen Beamte an ihren Schreibtischen, hatten Kaffeebecher neben sich stehen und stellten Berichte über die Ereignisse des Tages zusammen.

McGowan, der als erstes im Krankenhaus anrufen wollte, um sich erneut über den Zustand des Opfers zu informieren, schaffte es nicht einmal bis zu seinem Büro. Der aufsichtführende Beamte rief ihn zu sich und sagte: »Ich habe gerade einen Anruf von der Feuerwehr bekommen. Wie sie sagen, ist jemand bei ihnen, der behauptet, er wüßte, wer die Lady erschossen hat.«

»Wer soll das sein?«

»Haben sie nicht gesagt.«

McGowan sah sich rasch in der Einsatzzentrale um und schickte dann den Detective Dennis Moeller zur Feuerwehr, die gleich nebenan war.

Schon ein paar Minuten später wußte McGowan genaueres: Larry Aylors Vater, der seinen Sohn zum Revier begleitet hatte, war es irgendwann leid geworden, auf das Ende der Vernehmung zu warten. Er war nach draußen gegangen, um frische Luft zu schnappen, und hatte dabei einen der Sanitäter entdeckt, die Rozanne versorgt hatten. So war er zur Feuerwache hinüberspaziert und hatte mit dem Mann ein Gespräch angefangen.

Und dabei hatte er dem Sanitäter erklärt, er sei sicher, der Doktor sei für die Schüsse verantwortlich. »Woher hat er denn diese Idee?« fragte McGowan.

»Von seinem Sohn.«

Zum ersten Mal seit Stunden lächelte der Detective, schüttelte den Kopf und wählte dann die Nummer des Presbyterian Hospital. Rozanne befand sich nicht mehr im Operationssaal, meldete Ken Roberts, doch es bestand wenig Hoffnung, daß sie ihr Bewußtsein wiedererlangen würde. Die Ärzte hatten ihm zwar keine genaueren Auskünfte erteilt, doch er hatte mitgehört, wie eine Krankenschwester am Telefon erwähnt hatte, die Patientin sei an ein Lebenserhaltungssystem angeschlossen worden.

Die Krankenschwester hatte anschließend erzählt, bei dem Anrufer hätte es sich um Mrs. Gailiunas Schwester gehandelt.

Unter den Nachrichten, die sich auf McGowans Schreibtisch türmten, befanden sich Notizen, nach denen Rozannes Vater und ihre Schwester mehrfach von Massachusetts aus angerufen und um nähere Informationen gebeten hatten. McGowan wollte gerade zurückrufen, da kam Detective Corley, der bisher Dr. Gailiunas vernommen hatte, in sein Büro und schloß die Tür hinter sich.

Er wirkte zwar müde, gleichzeitig aber auch sehr zufrieden. »Ich habe den Täter«, meinte er, »daran besteht gar kein Zweifel. Er und die Frau haben sich vor einiger Zeit getrennt, und es sieht nicht so aus, als wäre er darüber sehr glücklich gewesen.«

»Hat er gesagt, was er heute nachmittag gemacht hat?«

»Ein paar Besprechungen und ein Seminar oder etwas in der Art«, berichtete Corley. »Am Spätnachmittag hat er dann die Tür seines Büros geschlossen und ein fünfundvierzig Minuten langes Nickerchen gemacht . . . an seinem Schreibtisch.«

McGowan lehnte sich auf seinem Stuhl zurück und rieb sich müde über das Gesicht. »Blödsinn«, sagte er, »ich bin auch schon an meinem Schreibtisch eingenickt . . . im Moment könnte mir das auch wieder passieren . . . aber bestimmt nicht fünfundvierzig Minuten lang.«

Corley nickte zustimmend und fuhr dann fort. Früher am Abend hatte er den Sohn des Doktors zum Revier bringen lassen. »Wir haben versucht, mit ihm zu reden, um herauszufinden, ob er etwas gehört oder gesehen hat, aber er war dermaßen hyperaktiv, daß nichts dabei herauskam. Wenn er mal etwas sagte, hat er dabei so gestottert, daß man ihn kaum verstehen konnte. Und erzählt hat er nur, es wäre das ›Krümelmonster‹ gewesen.

Schließlich habe ich ihn zu seinem Vater gebracht, weil ich hoffte, er könnte ihn ein wenig beruhigen und uns helfen«, berichtete Corley weiter. »Als erstes fragte der Doktor ihn, ob irgend jemand am Nachmittag im Haus gewesen wäre. Daraufhin schaute ihn der kleine Junge fröhlich an und sagte: ›Du warst da.‹

Ich sage Ihnen, das ist unser Mann.«

Während der Detective sprach, hatte McGowan einen weiteren Punkt auf die Liste der Dinge gesetzt, die noch zu erledigen waren. »Sehen Sie zu, daß Sie jemanden im Büro des Bezirksstaatsanwalts und bei der Kinderwohlfahrt erreichen«, sagte er. Falls der Doktor tatsächlich für das Verbrechen verantwortlich war, wäre es dringend erforderlich, den Jungen sofort in sichere Verwahrung zu geben.«

Kaum war Corley hinausgegangen, tauchte MacKenzie an der Tür auf.

»Wie kommen Sie mit dem Liebhaber klar?« erkundigte sich McGowan.

»Ich glaube, dieser Aylos hat es getan.«

»Wieso?«

»Als erstes hat er von hier aus gleich seinen Anwalt angerufen. Dann, als ich herauszufinden versuchte, wo er zur Zeit des Überfalls war, kommt er mit einer wilden Geschichte, er wäre mit dem Rad in seinem Viertel unterwegs gewesen und dabei hätte eine alte Dame – oder vielleicht auch ein Mann, der wie eine alte Dame angezogen war – versucht, ihn von der Straße zu drängen und umzubringen.

Und dann gibt es da noch etwas . . .«

»Nämlich?«

»Er gibt zu, daß er eine .25er Halbautomatik besitzt.«

McGowan wußte genausogut wie sein Kollege, daß die beiden Patronenhülsen, die man gefunden hatte – eine am Tatort, die andere im Krankenwagen, nachdem sie auf dem Weg zum Hospital aus Rozannes Haaren gefallen war –, dieses Kaliber besaßen.

McGowan nickte. »Werden Sie mit dem Mann fertig?«

»Natürlich.«

»Dann vernehmen Sie ihn weiter«, sagte McGowan, ohne das Gespräch mit Corley zu erwähnen.

Es war bereits lange nach Mitternacht, als eine sonderbare Versammlung auf dem Parkplatz des Richardson Police Department stattfand. Larry Aylor und Dr. Gailiunas, jeder in Begleitung seines Anwalts, hatten nach dem Ende der Vernehmung gleichzeitig das Gebäude verlassen. Einen Moment lang standen sich die beiden von den Befragungen sichtlich erschöpften Männer gegenüber. Schließlich sagte der Doktor mit gebrochener, fast weinerlicher Stimme: »Ich schwöre bei Gott, daß ich mit der Sache nichts zu tun habe.« Larry Aylor hatte die Lippen fest zusammengepreßt und schwieg, bis ihn sein Anwalt schließlich in Richtung des Autos drängte.

Dr. Gailiunas hatte zusammen mit seinem Sohn den Parkplatz schon halb überquert, da rief Detective Corley hinter ihm her.

»Dr. Gailiunas, ich fürchte, Ihr Sohn wird bei uns bleiben müssen«, erklärte der Beamte.

»Das glaube ich nicht«, erwiderte Gailiunas mit erstaunlich ruhiger Stimme.

»Sir, wir haben eine Anweisung vom Büro des Bezirksstaatsanwalts . . .«

»Ich pfeife auf Ihre Anweisung«, entgegnete der Doktor.

Bill Neal, Gailiunas Anwalt, legte eine Hand auf seinen Arm. »Peter«, sagte er beruhigend, »lassen Sie das jetzt. Wir werden uns morgen darum kümmern.«

Als Antwort zog der Doktor seinen Sohn noch fester an sich.

»Ich hatte schon erwartet, daß so etwas geschieht«, sagte der Anwalt. »Im Moment können wir gar nichts dagegen unternehmen.« Er erläuterte, daß der kleine Peter in die Obhut der Kinderfürsorge übergeben würde und daß man ihn laut Gesetz dort für maximal zehn Tage belassen könnte, sofern sich die polizeilichen Ermittlungen so lange hinzögen. »Trotzdem werde ich mich gleich morgen früh darum kümmern, das verspreche ich Ihnen.«

Doch der Doktor weigerte sich, seinen inzwischen wieder weinenden Sohn loszulassen. Auf seinem Gesicht zeigte sich ein fast schon hysterischer Ausdruck. »Verdammt noch mal, niemand wird mir mein Kind wegnehmen.«

Bill Neal stellte sich genau vor ihn, legte ihm beide Hände auf die Schultern und sprach mit fester Stimme. »Wir können schon froh sein, daß man Sie nicht hierbehalten will. Wenn Sie ihnen noch mehr Gründe liefern, landen Sie garantiert in einer Zelle. Also seien Sie endlich still und lassen Sie uns hier verschwinden, solange das noch möglich ist.«

Widerstrebend übergab Gailiunas seinen Sohn dem Detective.

Als der Anwalt ihn heimfuhr, starrte der Doktor schweigend in die Nacht hinaus, während Tränen seine Sicht trübten. Schon jetzt machte er sich die größten Sorgen, was seinen verängstigten Sohn bei der Kinderfürsorge erwartete.

McGowan schaute sich im dunklen, leeren Einsatzraum um. Nachdem seine Kollegen alle gegangen waren, hatte er sich mit einem Kaffee in sein Büro zurückgezogen und bis drei Uhr morgens die Berichte durchgelesen, die sie verfaßt hatten. Jetzt verspürte er langsam, wie die Erschöpfung ihn übermannte.

Als seine Aufmerksamkeit nachließ, hatte er die Berichte beiseite gelegt und darüber nachzudenken versucht, welche Informationen die hektischen Stunden der Untersuchung erbracht hatten.

Der Sanitäter Bill Dugan hatte ausgesagt, daß die Haustür nur angelehnt gewesen war, als er und sein Partner Glenn Moore aufgrund des Notrufs dort eingetroffen waren. Nachdem sich auf ihr Klopfen nichts rührte, waren sie ins Haus gegangen und hatten dort den vierjährigen Jungen gefunden, der auf der Couch saß, einen Teller Haferflocken aß und sich dabei die ›Sesamstraße‹ anschaute. Der Kleine war furchtbar aufgeregt und verlangte, sie sollten gehen. »Mein Papi will euch nicht hier haben«, hatte er geschrien. »Er wird euch mächtig verhauen.«

Als die Sanitäter fragten, wo seine Mutter wäre, hatte der Junge nur zum Flur hinübergeschaut. Noch bevor Dugan und Moore das Schlafzimmer erreichten, hatten sie schon Rozannes schweres, keuchendes Atmen gehört.

Das Opfer lag auf dem Bauch, der Kopf hing über die Bettkante herab. Dugan schnitt die Fesseln an Armen und Beinen durch, während Moore mit der Behandlung begann und zunächst mit einer Pinzette das Papier aus ihrer Kehle entfernte. Die beiden Männer erkannten schnell, daß es um die Überlebenschancen der Frau nicht besonders gut stand.

Nichts von dem, was sie am Tatort entdeckt hatten, ergab einen Sinn, überlegte McGowan. Auf der einen Seite gab es keinerlei Hinweis auf einen Einbruch oder Raubüberfall. Auf der anderen Seite hatte man zwar eine Dreiecksbeziehung, eines der klassischen Elemente eines Verbrechens aus Leidenschaft, dagegen sprach jedoch der Umstand, daß das Opfer gefesselt und geknebelt worden war. Das sah nach einer Art Planung aus, die nicht so recht zum Bild des eifersüchtigen Liebhabers, der plötzlich durchdrehte, passen wollte. Zudem war auch noch das Kind die ganze Zeit über im Haus gewesen, dessen Ängste jetzt durch die Trennung vom Vater weiter verschlimmert wurden.

Das Verhalten Dr. Gailiunas' war ebenfalls sonderbar. Als er am Schauplatz des Verbrechens erschien, hatte seine Sorge zunächst ausschließlich seinem Sohn gegolten. Nach dem Bericht von John May, dem ersten Beamten, mit dem Gailiunas gesprochen hatte, war der Doktor vor allem darauf bedacht gewesen, den Jungen dort wegzubringen. Erst als sein Sohn sicher bei seiner Großmutter untergebracht worden war, hatte er sich nach seiner Frau erkundigt. Als der Doktor erfuhr, daß sie niedergeschossen worden war, hatte er am ganzen Körper zu zittern begonnen, und sein Gesicht hatte einen Ausdruck gezeigt, den der Beamte als Mischung aus Wut und Angst beschrieb.

Was mochte diese Angst hervorgerufen haben, überlegte McGowan. Und weshalb hatte er sofort seinen Anwalt angerufen? Und was hatten die sonderbaren Bemerkungen zu bedeuten, die er zu der jungen Frau auf der anderen Straßenseite gemacht hatte?

Schließlich gab es da noch den Liebhaber. Larry Aylor hatte es bei der Vernehmung durch MacKenzie eilig gehabt, dem Doktor die Schuld zuzuweisen. Im Raum gegenüber hatte wiederum Gailiunas Aylor beschuldigt.

Obwohl der Fall erst ein paar Stunden alt war, hatte McGowan das unbehagliche Gefühl, er würde höllisch schwer aufzuklären sein, falls weder Aylor noch der Doktor darin verwickelt waren, was ja jeder von beiden behauptete.

Er trank den letzten Rest kalten Kaffees und stand dann langsam und müde auf. Es war an der Zeit, heimzufahren in eine warme und behagliche Welt, in der noch alles seinen Sinn hatte.

Morgen, wenn er ausgeruht war, würde es eine Menge zu tun geben.

Kapitel 2

Bei der Untersuchung eines Verbrechens gibt es ungeschriebene Gesetze, denen die meisten Beamten mit fast religiösem Eifer zu folgen versuchen: Distanziere dich von dem Grauen, das du siehst, achte sorgfältig darauf, über den Dingen zu stehen, und unternimm alles, um nicht gefühlsmäßig in die Sache hineingezogen zu werden.

Wenn man sich bei der Begegnung mit der zerstörenden Gewalt innerlich abkapselt, fällt es leichter, aufmerksam zu bleiben und sich auf die vor einem liegende Aufgabe zu konzentrieren. Sobald einem persönliche Gefühle in die Quere kommen, werden Fehler unvermeidlich.

Das war eine Philosophie, die Morris McGowan sehr gut kannte. Und zugleich eine, die zu beherzigen er niemals in der Lage gewesen war. Alle Gefühle abzublocken, die er empfand, wenn er den Schauplatz eines Verbrechens betrat, schien ihm unmöglich; so könnte nur jemand handeln, der schon viel zu abgestumpft war, um noch die Polizeimarke zu tragen. McGowan war schon vor langer Zeit zu der Erkenntnis gekommen, daß ein gewisser Grad an persönlicher Betroffenheit ihm den Ansporn gab, der nötig war, um die zur Aufklärung eines Verbrechens erforderlichen vielen Stunden Arbeit und konzentrierten Anstrengungen auf sich zu nehmen.

Diese Ansicht äußerte er auch in der Standard-Ansprache, die der zweiundvierzigjährige Detective jüngeren Beamten vortrug, die als Neulinge zur kriminalpolizeilichen Abteilung stießen: *Wenn Sie an einen Mordfall geraten, gibt es nur eine Art, damit umzugehen. Das Opfer ist keineswegs jemand, den Sie nicht kennen und der Sie nichts angeht. Das Opfer wird zu Ihrer Mutter, Ihrer Schwester, Ihrer Frau, Ihrem Kind. Wenn Sie das nicht glauben, werden Sie niemals wirklich mit dem Herzen bei Ihrer Arbeit sein. Sie werden sich nicht genug darum sorgen herauszufinden, wer die Tat begangen hat. Das Geheimnis besteht darin, das Opfer kennenzulernen. Wenn Sie das tun, werden Sie merken, daß das Opfer gute und schlechte Eigenschaften hatte. Vielleicht ist es sogar jemand, mit dem Sie nie ausgekommen wären. Aber es ist verdammt noch mal ein Mensch, der zählt. Irgend jemand muß sich daran erinnern, und dieser Jemand sind Sie. Ihre Aufgabe ist es, zum Freund des Opfers zu werden und dafür zu sorgen, daß es stolz sein kann auf die Art, wie Sie Ihre Arbeit erledigen.*

Sie tun Ihre Arbeit nicht, um als Held dazustehen. Und Sie tun sie auch nicht, weil es Spaß macht.

McGowan wußte, daß es altgediente Kollegen im Department gab, die seine Vorstellung nicht teilten. Diese emotionale Intensität, so pflegen sie warnend zu sagen, sei eine sichere Methode, um ernsthafte Probleme zu bekommen. Laß dich zu sehr auf deine Fälle ein, dann sehnst du dich schließlich nach einem ruhigen Job in der Privatwirtschaft, pflegst ein Magengeschwür und wunderst dich, weshalb deine Ehe schiefläuft.

Die wenigen Kollegen, die eine derartige Ansicht dem Detective gegenüber geäußert hatten, der allgemein als locker und freundlich galt und ein gerngesehener Teilnehmer bei den zweimal pro Woche stattfindenden Basketball-Spielen war, erhielt eine knappe Standardantwort: Der Tag, an dem ein Beamter aufhört, sich persönlich einzusetzen, ist gleichzeitig der Tag, an dem er seine Polizeimarke zurückgeben sollte.

Diese Haltung brachte ihm hin und wieder Feinde innerhalb des Department ein; sie verschaffte ihm aber zugleich den ehrliche Respekt all jener, die unter ihm arbeiteten.

Sandy McGowan saß auf der Veranda und hielt mit beiden Händen einen wärmenden Kaffeebecher, während sie gespannt lauschte, wie ihr Mann von den Ereignissen der vergangenen Nacht berichtete. Es war eine Szene, die sich so oder ähnlich recht oft in ihrer Ehe abgespielt hatte. Anders als manche Polizisten, die eisern die Regel befolgten, ihre Arbeit im Büro zu lassen, besprach Morris für gewöhnlich alle Fälle mit seiner Frau, war sich dabei ihres ernsthaften Interesses sicher und auch empfänglich für die Anregungen, die sie ihm manchmal geben konnte.

Er sei sich sicher, erzählte er, daß die Schüsse entweder vom Ehemann der Frau oder von deren Liebhaber abgegeben worden seien. Allerdings habe er auch den Eindruck, daß es schwierig werden würde, ausreichende Beweise für eine Anklageerhebung heranzuschaffen. »Es gibt in dieser Geschichte eine Menge Dinge, die absolut keinen Sinn ergeben«, sagte er. »Sofern sich nicht jemand entschließt, ein Geständnis abzulegen, wird das kein leichter Fall werden.«

Die Schilderung von Rozanne Gailiunas' Sohn rührte Sandy. Als Morris von dem zarten, verängstigten Jungen berichtete, der seiner schwerverletzten Mutter gefolgt war, als sie aus dem Haus getragen wurde, rückte sie näher an ihren Mann heran und legte ihm sanft eine Hand auf die Schulter.

Die Entscheidung, den Jungen in die Obhut der Jugendfürsorge zu geben, ihn mitten in der Nacht in eine fremde und zweifellos erschreckende Umgebung zu schicken, belaste ihn, erklärte Morris.

»Du hast das Richtige getan«, sagte Sandy.

»Das hoffe ich«, erwiderte Morris und erhob sich. Nach nur drei Stunden Schlaf wirkte er verjüngt und darauf erpicht, wieder an seine Arbeit zu gehen.

Als eine Frau, die erlebt hatte, wie zahllose Abendmahlzeiten kalt geworden und Kinobesuche in letzter Sekunde abgesagt worden waren, ja, die sogar am Weihnachtsabend allein zu Hause gesessen hatte, nachdem ihr Ehemann durch den Teleruf zum Schauplatz eines weiteren Verbrechens gerufen worden war, ahnte Sandy McGowan instinktiv, daß sie ihren Mann in den kommenden Tagen und Nächten nur selten zu Gesicht bekommen würde.

Unter denen, die den Beamten sofort gemocht hatten, war auch Sandys Sohn. Es war an einem Spätnachmittag im Frühling gewesen. Eine Gruppe Jugendlicher hatte sich am Schauplatz eines Verkehrsunfalls eingefunden und schaute zu, wie McGowan die Angelegenheit untersuchte. Als er seine Arbeit getan hatte, bemerkte er, daß nur noch ein Junge auf dem Bürgersteig stand und ihn aufmerksam beobachtete.

Sie unterhielten sich ein paar Minuten lang, und schließlich bot McGowan dem Jungen an, ihn nach Hause zu fahren.

Von da an begegneten sich die beiden häufiger. Der Junge winkte stets freundlich, und wenn es die Zeit erlaubte, hielt McGowan kurz an, um ihn zu begrüßen. Schließlich erklärte der Junge, er möchte gerne, daß McGowan seine Mutter kennenlernte. Zögernd stimmte der zurückhaltende Beamte, der selbst geschieden war, dem Vorschlag zu.

Als der uniformierte Besucher so überraschend an ihrer Haustür auftauchte, war Sandy zunächst verlegen gewesen wegen des dreisten Versuchs ihres Sohnes, ein Rendezvous anzubahnen. Etwas später wurde dann der Beamte verlegen, weil der Junge unschuldig fragte, ob es in Ordnung gehe, wenn sein neuer Freund über Nacht bliebe. McGowan hatte sich schleunigst verabschiedet, stellte dann aber zu seiner Überraschung bald fest, daß er nach einer Möglichkeit suchte, die hübsche, braunhaarige Frau wiederzusehen.

Da sie sich gerade erst an die Rückkehr ins Single-Dasein gewöhnt hatte, machte ihm Sandy höflich klar, daß sie kein Interesse an einer Verabredung hatte.

Mit der Zeit lernte sie den neuen Freund ihres Sohnes trotzdem besser kennen. Und schließlich stimmte sie dann doch zu, mit ihm ins Kino zu gehen. Später kehrten sie in eine Pizzeria ein, wo er stundenlang ihre Fragen nach seiner Arbeit und dem Leben als Polizist beantwortete. Schon bald verstand sie, weshalb sich ihr Sohn von dem freundlichen, mit sanfter Stimme sprechenden Mann so angezogen fühlte. Und lange bevor er sie danach zu fragen wagte, hatte sie schon beschlossen, ihn zu heiraten.

Im Lauf der Jahre war ihr Respekt für die Hingabe, mit der er sich seiner Arbeit widmete, ständig gewachsen. Und obwohl es in ihrer Ehe Zeiten gegeben hatte, in denen sie um seine Sicherheit bangte, hatte sie diese Ängste und Sorgen doch meist für sich behalten.

Und in Zeiten wie diesen, wenn die Intensität einer Untersuchung alles andere überlagerte, spürte sie, daß ihre Unterstützung jetzt am dringendsten benötigt wurde.

Als der Linienflug aus Boston zur Landung auf dem Dallas-Fort-Worth-International-Flughafen zur Landung ansetzte, starrte Paula Donahue blicklos aus dem Fenster der Maschine. Ihr Verstand war wie betäubt nach der schlaflosen Nacht, die hinter ihr lag. Während sie auf die unbekannte Stadt unter ihr hinabschaute, deren Gebäude und Straßen aus dieser Höhe wie eine Spielzeuglandschaft wirkten, tastete sie nach der Hand ihres Vaters, der auf dem Sitz neben ihr saß, und warf einen raschen, verstohlenen Blick auf ihre von Trauer und Schmerz gequälte Mutter, die auf dem dreistündigen Flug kaum ein Wort gesprochen hatte.

Rozanne Gailiunas' Schwester und ihre Eltern flogen in der Tat einer dunklen, furchterregenden Zukunft entgegen. Ihr Bewußtsein war erfüllt von Angst und Schrecken vor dem, was sie erwartete. Die Informationen, die sie mit Hilfe von Ferngesprächen gesammelt hatten, konnten sie nur unzureichend auf die alptraumhafte Tatsache vorbereiten, daß Rozanne angeschossen war und jetzt auf der Intensivstation des Presbyterians Hospital lag. Das Wenige, was man ihnen mitgeteilt hatte, führte lediglich zu einer ganzen Lawine weiterer unbeantworteter Fragen.

Wie? Wer? Und, um Gottes willen, warum?

Es war kurz nach zehn Uhr abends gewesen, als Steve Donahue in seinem Haus in Framingham, Massachusetts, ans Telefon ging und eine ihm unbekannt Frau, die sich als Sandy Miller, Sekretärin von Rozannes Scheidungsanwalt, vorgestellt hatte, ihm die Nachricht übermittelte.

Zuerst glaubte er, es handelte sich um einen grausamen Scherz, einen gedanken- und geschmacklosen Streich, doch der Tonfall der Anruferin schloß diese Möglichkeit sehr schnell aus. Miller, die erklärte, sie habe sich mit seiner Schwägerin angefreundet, fing mitten im Satz an zu weinen.

»Es sieht nicht gut für sie aus«, hatte sie schließlich geflüstert.

Nachdem Steve eingehängt hatte, setzte er sich, weil seine Knie plötzlich weich geworden waren, an den Küchentisch. Dort hockte er zitternd und erwog die unwillkommene Aufgabe, die ihm zugefallen war. Er war zwei Jahre lang Patrol Officer beim Framingham Police Department gewesen, bevor er diese Arbeit an den Nagel gehängt hatte, um in die Versicherungsagentur seines Schwiegervaters einzusteigen, und insofern hatte er schon früher derartige Anrufe erledigt, etwa, wenn er die Verwandten eines Unfallopfers benachrichtigen mußte, um ihnen mitzuteilen, in welches Krankenhaus ihr Angehöriger eingeliefert wurde war. Die Reaktion war stets die gleiche gewesen: Unglauben und Entsetzen.

Jetzt stand er vor der schwierigen Aufgabe, seine eigene Frau anzurufen, die als Krankenschwester in einem Kinderkrankenhaus im nahegelegenen Boston arbeitete, und ihr klarzumachen, daß sie sofort nach Hause kommen mußte. Da er fürchtete, sie würde den fünfundvierzigminütigen Heimweg im Zustand der Hysterie zurücklegen, erwog er zunächst, ihre beiden kleinen Kinder zu wecken und selbst nach Boston zu fahren. Dabei war ihm allerdings bewußt, daß seine Frau alles tun würde, um den Kindern die schlimme Szene, die sich dann abspielen würde, zu ersparen. Also vergaß er diesen Gedanken schleunigst wieder.

Schließlich wählte er die Nummer des Hospitals und wartete darauf, daß seine Frau an den Apparat ging.

Er bemühte sich, so ruhig wie möglich zu sprechen, und versicherte ihr schnell, daß sowohl mit den Kindern als auch mit ihm alles in Ordnung sei. Trotzdem sei es erforderlich, daß sie sofort heimkäme.

»Was ist passiert?«

»Komm einfach nach Hause, wir reden darüber, wenn du hier bist.«

»Steve, was ist los?«

»Fahr bitte sehr vorsichtig«, sagte er und legte auf, obgleich ihn die Grausamkeit seiner Handlungsweise selbst schmerzte. Ihm war klar, daß Paula sich eine Unmenge furchtbarer Dinge ausmalen würde, bis sie daheim wäre. Doch nichts davon würde so schlimm sein wie die Wahrheit.

Als nächstes wählte er die Nummer von Henry Agostinelli, den er, wie er genau wußte, aus friedvollem Schlaf in seinem Heim in Cape Code aufwecken würde. Da er keine Möglichkeit sah, die Nachricht zu beschönigen, gab Steve lediglich wieder, was er selbst gehört hatte, sobald sich sein Schwiegervater meldete.

Sekundenlang herrschte Schweigen am anderen Ende der Leitung. Dann hörte Steve, wie Angela Agostinelli im Hintergrund aufschrie.

Der Rest der Nacht verstrich mit quälender Langsamkeit, während sich die Familie im Haus der Donahues versammelte. Paula rief mehrmals beim Dallas Hospital an, doch obwohl sie sich sowohl als Rozannes Schwester wie auch als Krankenpflegerin auswies, erhielt sie lediglich die Information, die ihr bereits ihr Mann nach ihrer Rückkehr mitgeteilt hatte. Anrufe beim Richardson Police Department ergaben nur die Mitteilung, die Untersuchung sei im Gange und ein Beamter würde sich bei ihnen melden, sobald dies zeitlich möglich wäre. Noch bevor Henry und Angela Agostinelli eintrafen, hatte Steve telefonisch Plätze für den ersten Flug gebucht, der am nächsten Morgen vom Logan Airport aus startete. Nach einer kurzen Besprechung beschloß die Familie, Steve solle mit den Kindern daheim bleiben, während seine Frau ihre Eltern nach Dallas begleitete.

Es war bereits nach Mitternacht, als Paula ans Telefon ging und eine Stimme vernahm, die sie noch nie zuvor gehört hatte. Der Anrufer identifizierte sich als Larry Aylor. In den Telefonaten, die sie in letzter Zeit mit ihrer Schwester geführt hatte, hatte Rozanne häufig von ihm gesprochen: Sie wären öfter miteinander ausgegangen und er sei wundervoll. Und sie könne es kaum erwarten, daß Paula ihn kennenlerne. Mehrmals nachdem Paula längere Gespräche mit ihrer Schwester geführt hatte, hatte sie Steve gegenüber bemerkt, daß Rozanne jetzt so glücklich klinge wie schon seit Jahren nicht mehr. Vielleicht hatte sie jetzt, nachdem ihre zweite, problematische Ehe schon fast hinter ihr lag, endlich den richtigen Mann gefunden.

Aylor erkundigte sich, wann sie einträfe, und erklärte, er würde sie abholen und direkt zum Krankenhaus fahren. Er habe, so sagte er, bereits Vorkehrungen getroffen, sie im Haus seines Vaters unterzubringen, wo sie sich, wie er meinte, erheblich wohler fühlen würden als in in irgendeinem unpersönlichen Hotel.

Angesichts der Umstände hielt es Paula für angebracht, das Angebot dankbar anzunehmen.

McGowan war an der Abfahrt zu seinem Büro vorbeigefahren und hatte den direkten Weg zum Logan Drive genommen. Das Geheimnis der meisten Verbrechen verblieb, wie er wußte, am Schauplatz. Vielleicht könnte er im Tageslicht etwas entdecken, das er im Durcheinander der vergangenen Nacht übersehen hatte.

Eine halbe Stunde lang durchstreifte er das Haus. Seine Schritte waren das einzige Geräusch, das die Stille unterbrach, die sich über den Ort gesenkt hatte, der erst wenige Stunden zuvor Schauplatz hektischer Aktivitäten gewesen war.

Als er das Schlafzimmer betrat, blieb er eine Zeitlang ruhig stehen, bis schließlich die leichtgeöffnete Tür des Wandschranks seine Aufmerksamkeit erregte. Im Innern des Schranks fand er das Kleid, dessen Muster zu dem des Gürtels paßte, mit dem Rozanne gewürgt worden war. Über der Lehne eines in der Nähe stehenden Stuhls hingen noch mehrere andere Gürtel.

McGowan spürte, wie seine Wut zurückkehrte. *Du hast dir Zeit gelassen, nicht wahr?*, dachte er. *Du hast ihren Kleiderschrank durchwühlt, bis du genau das Richtige gefunden hast, um sie zu erwürgen. Und das hat dir Spaß gemacht, stimmt's, du Scheißkerl?*

Tatsächlich bestätigte diese Szenerie etwas, das er schon überlegt hatte, als er in der vergangenen Nacht das Haus verlassen hatte. Das hier, dessen war er jetzt sicher, war kein schneller, kurzer Überfall gewesen. Wer auch immer die Tat begangen hatte, hatte beträchtliche Zeit im Haus verbracht und dabei die Macht genossen, die er über die hilflose, gefesselte und geknebelte Frau besaß.

Später, als er zum Presbyterian Hospital fuhr, um sich über den Zustand des Opfers zu informieren, überlegte er, welche sadistische Schrecken die Frau hatte erdulden müssen, bis endlich die Schüsse des Angreifers ihre Leiden beendet hatten.

Dr. Morris Sanders stand auf dem Flur der Intensivstation des Krankenhauses und schüttelte als Antwort auf McGowans Fragen den Kopf. »Es ist vorbei«, erklärte der Neurologe. »Ehrlich gesagt, waren schon die Maßnahmen, die wir in der vergangenen Nacht ergriffen haben, völlig nutzlos.«

Er hätte, erzählte er, bereits mit Rozannes Familie gesprochen. Sie weiterhin an das Lebenserhaltungssystem angeschlossen zu lassen, hätte er ihnen gesagt, würde nichts anderes bewirken, als das Unvermeidliche weiter hinauszuschieben.

McGowan fand Paula und ihre Eltern in einem nahegelegenen Wartezimmer, wo sie sich zusammen mit Larry Aylor aufhielten, und stellte sich ihnen vor. Angela Agostinelli ergriff als erste das Wort: »Haben Sie eine Ahnung, wer das getan hat?«

»Ma'am«, erwiderte McGowan, »wir fangen gerade erst mit den Ermittlungen an.«

Die Frau, die erschöpft war und offensichtlich noch unter Schock stand, blickte den Detective mit durchbohrenden schwarzen Augen an. »Der Doktor hat etwas damit zu tun«, sagte sie mit kalter, tonloser Stimme. Obwohl er keinen Zweifel daran hatte, wen sie damit meinte, war McGowan doch überrascht, daß sie ihren Schwiegersohn nicht beim Namen nannte oder zumindest als Rozannes Ehemann bezeichnet hatte. Es war offensichtlich, daß ›der Doktor‹, aus welchem Grund auch immer, bei seinen Schwiegereltern in Ungnade gefallen war. Das war eine Angelegenheit, über die er in den nächsten Tagen mehr in Erfahrung bringen mußte.

Anstelle einer Antwort auf Mrs. Agostinellis Bemerkung schlug McGowan vor, die Unterhaltung in einem kleine Beratungszimmer unten im Eingangsbereich fortzusetzen. Als Aylor aufstand, um sich ihnen anzuschließen, blieb der Detective stehen und wandte sich ihm zu. »Es tut mir leid«, sagte er, »aber ich möchte mit der Familie allein sprechen.«

Aylor ließ sich auf einen der Stühle im Wartezimmer fallen. Sobald Paula und die Agostinellis sich außer Hörweite befanden, erinnerte ihn Morris an sein Versprechen, im Lauf des Tages zum Polizeirevier zu kommen. »Vergessen Sie nicht, die Pistole mitzubringen«, sagte er. Wenn Aylor freiwillig die Fünfundzwanziger vorzeigte, wie er das versprochen hatte, war es wenig wahrscheinlich, daß es sich dabei um die Waffe handelte, die bei dem Überfall verwendet worden war. Trotzdem war McGowan gleichermaßen begierig darauf, festzustellen, ob er die Pistole tatsächlich mitbringen würde, wie auch auf das Ergebnis der ballistischen Untersuchungen.

»Ich werde kommen«, sagte Aylor.

In der Abgeschiedenheit des Beratungszimmers rekapitulierte McGowan die Geschehnisse des vergangenen Abends und versicherte der trauernden Familie, daß alle verfügbaren Beamten für die Untersuchung abgestellt worden seien.

Und abermals stellte Rozannes Mutter ihre Frage nach dem Tatverdächtigen: »Glauben Sie, es war der Doktor?«

McGowan zögerte, bevor er antwortete. »Bei dieser Art von Untersuchung«, erklärte er, »ist es sehr wichtig, daß wir unvoreingenommen bleiben und uns nicht auf einen einzelnen Verdächtigen festlegen. Zum jetzigen Zeitpunkt kann ich Ihnen nichts anderes sagen, als daß wir nicht wissen, wer es getan hat.«

Er reichte ihnen eine seiner Visitenkarten. »Bitte rufen Sie mich an, wann immer Sie wollen«, sagte er. »Irgendwann in naher Zukunft möchte ich mich mit Ihnen zusammensetzen, um mehr über ihre Tochter zu erfahren.«

Diese Bitte trug ihm einen erstaunten Blick der Mutter ein.

»Es würde mir helfen, sie kennenzulernen«, erklärte McGowan.

Zum ersten Mal, seit sie den Raum betreten hatten, ergriff Henry Agostinelli das Wort. Für einen Mann seiner imposanten Statur klang seine Stimme ungewöhnlich sanft. »Sie hätten sie gemocht«, sagte er.

Er sprach von seiner Tochter bereits in der Vergangenheit. Erst am Abend, als alle im Wohnzimmer von Aylors Elternhaus saßen, kam die Familie dazu, ihr weiteres Vorgehen zu besprechen. Paula, der wegen ihrer medizinischen Kenntnisse als Krankenschwester die Aufgabe übertragen worden war, mit dem Arzt zu sprechen, enthüllte ihren Eltern die Hoffnungslosigkeit der Situation. »Sie ist hirntot«, erklärte sie. »Nicht einmal ein Wunder könnte sie zurückholen. Nur noch das Beatmungsgerät erhält ihren Körper am Leben.«

Nachdem sie ihre Ausführungen beendet hatte, blickte sie ihre Eltern an und wartete auf deren Reaktion. Ihre Mutter fing an zu weinen. Ihr Vater sagte nichts, sondern nickte nur mit dem Kopf.

Henry Agostinelli, der sich bewußt war, daß seine völlig verstörte Frau dicht vor einem Zusammenbruch stand, schlug vor, mit ihr am nächten Morgen nach Boston zurückzukehren, um dort die Begräbnisformalitäten vorzubereiten. Paula, die bemerkenswerte Stärke gezeigt hatte, sollte in Dallas bleiben und die Leiche ihrer Schwester bei der Überführung begleiten.

»Ich werde im Krankenhaus anrufen«, sagte Paula.

Bevor Larry ihr zeigen konnte, wo das Telefon im Flur stand, läutete der Apparat schon, und sein Vater nahm den Anruf entgegen. Nach einem kurzen Gespräch betrat Aylors Vater das Wohnzimmer und schaute zu seinem Sohn hinüber. »Das war Joy«, sagte er. »Sie hat gerade gehört, was passiert ist, und möchte dir ihr Beileid aussprechen.«

Falls Larry überrascht war, daß seine ihm entfremdete Ehefrau angerufen hatte, zeigte er das jedenfalls nicht.

»Sie meinte, ich solle dir sagen, sie hoffe, daß man denjenigen findet, der das getan hat«, fuhr Larrys Vater fort.

Paula erfuhr bei ihrem Anruf von Doktor Sanders, daß es zu den Gepflogenheiten des Krankenhauses gehörte, vierundzwanzig Stunden zu warten, bevor man die Lebenserhaltungssysteme eines Patienten abhängte.

Schließlich kamen sie überein, diesen Schritt um neunzehn Uhr am nächsten Abend vorzunehmen.

Morris McGowan kam erst nach einundzwanzig Uhr nach Hause und war zu erschöpft, um Sandys Angebot, ihm etwas zu essen zu machen, anzunehmen. So setzte sie sich zu ihm ins Wohnzimmer und lauschte aufmerksam, als er die hektischen Aktivitäten des Tages kurz schilderte.

Um zweiundzwanzig Uhr, zum Beginn der TV-Nachrichten, unterbrachen sie ihr Gespräch, um zu sehen, ob den Sendern der Fall wichtig genug erschien, um die Berichterstattung vom Vorabend fortzusetzen.

Offensichtlich war das nicht der Fall. Verbrechen vom Vortag waren für ein Medium, das seine Meldungen in Dreißig-Sekunden-Häppchen zerlegte, uninteressant. Und zudem war die Kette der Gewalttaten, von denen die Metropole heimgesucht wurde, nicht am Haus 804 Loganwood Drive abgerissen.

Statt dessen sahen sie einen ernst dreinschauenden Reporter, der mit einem Mikrofon in der Hand vor einem Wohnhaus im Casa-Linda-Bezirk stand und den jüngsten Mordfall in Dallas schilderte.

Eine junge Frau, ebenfalls eine Krankenschwester, war in ihrem eigenen Bett gefesselt und erwürgt worden. Offenbar hatte sich ihre zehnjährige Tochter ebenfalls im Haus befunden, als der Mörder auftauchte, war jedoch nicht verletzt worden.

McGowan, durch die Ähnlichkeit des Falls alarmiert, war schon auf den Beinen, bevor der Bericht endete, und wählte die Nummer der Kriminalpolizei von Dallas.

Erst nach längerem Warten bekam er den Detective Pat Herring an den Apparat. McGowan informierte den Beamten kurz über den Fall, den er untersuchte, und verwies auf die Ähnlichkeiten.

»Wie wurde die Frau getötet?« erkundigte er sich dann.

»Mit einer Unterhose erdrosselt«, erwiderte Herring.

»Keine Schußwunden?«

»Nein.«

Außerdem hätten sie noch niemanden verhaftet oder auch nur einen hinreichend Verdächtigen, fügte Herring hinzu.

Eine Zeitlang diskutierten die beiden Beamten die Möglichkeit, daß ihre Fälle irgendwie zusammenhingen, und beschlossen dann, in Verbindung zu bleiben.

Nachdem er den Hörer aufgelegt hatte, blickte Morris seine Frau an und schüttelte nachdenklich den Kopf.

In dieser Nacht schlief er unruhig und erwachte schließlich mit der erschreckenden Vorstellung, ein namenloser, unbekannter Wahnsinniger, der seine Opfer nach dem Zufallsprinzip auswählte, könnte die Stadt durchstreifen.

McGowan fügte der ständig wachsenden Liste von Dingen, die erledigt werden mußten, einen weiteren Punkt hinzu. Er mußte erfahren, ob es irgend etwas gab, und sei es noch so abwegig, das Rozanne Gailiunas mit dieser Frau aus Casa Linda verband.

Der Donnerstag schien für Paula Donahue mit quälender Langsamkeit zu verstreichen. Nachdem sie ihre Eltern auf dem Flughafen verabschiedet hatte, war sie mit McGowan zu Rozannes Haus gefahren, wo sie die Kleidung auswählen wollte, in der ihre Schwester beerdigt werden sollte.

Obwohl sie sich vorgenommen hatte, den gefürchteten Besuch am Schauplatz des Verbrechens so kurz wie möglich zu halten, verweilte sie zu ihrer eigenen Überraschung doch länger im Haus und wanderte von Raum zu Raum, angezogen von den vielen vertrauten Dingen, die eine Flut von Erinnerungen an glücklichere Zeiten auslösten.

Erst als sie Rozannes Schlafzimmer betrat, unternahm sie den ernsthaften Versuch, ihre Augen vor den schrecklichen Spuren der Tragödie, die sich hier abgespielt hatte, zu verschließen – dem Bett, dessen blutdurchtränkte Matratze bereits entfernt worden war, und den Resten des Graphits, mit dem die Männer der Spurensicherung jeden Zentimeter des Raumes auf der Suche nach Fingerabdrücken eingestäubt hatten. Sie raffte schnell ein paar Kleidungsstücke aus Schrank und Wäschetruhe zusammen und verspürte eine gewisse Erleichterung, als sie in den Flur zurückkehrte. Ihr Blick wurde schweigend von McGowan erwidert, der noch kein einziges Wort gesagt hatte, seit sie das Haus betreten hatten.

Auf der Schwelle zu Peters Zimmer verharrte sie einige Sekunden und ging dann zum Nachttisch hinüber, auf dem zwei kleine Goldfische faul in einer Glaskugel herumschwammen. Gleich daneben in einem anderen Behälter hob ein Salamander seinen Kopf und blinzelte den überraschenden Besuch an.

Paula überlegte, ob irgendwer daran gedacht hatte, die Tiere ihres Neffen zu füttern.

Als könnte er ihre Gedanken lesen, sagte McGowan: »Der Beamte, der zur Überwachung des Hauses abgestellt ist, kümmert sich darum.«

»Ich muß hier raus«, erwiderte Paula.

Wieder zurück in seinem Büro, war McGowan begierig darauf zu erfahren, ob Cynthia Percival bei der Vernehmung des Kindes an diesem Morgen irgendwelche neuen Informationen erhalten hatte.

Ihr Bericht erwies sich als Enttäuschung.

Nachdem sie auf der Fahrt zum Kinderheim ein paar Spielsachen gekauft hatte, hatte sie sich fast eine Stunde lang mit dem Jungen beschäftigt, mit ihm gespielt und ihm etwas zu trinken besorgt, bevor sie schließlich seine Aufmerksamkeit langsam und vorsichtig auf die Ereignisse lenkte, die zu dem Verbrechen geführt hatten.

Abermals berichtete er, daß er zusammen mit seiner Mutter im Chuck-E-Cheese, einem Fast-Food-Restaurant, zu Mittag gegessen hatte und anschließend zum Eislaufunterricht gegangen war. »Ich war nicht besonders gut«, gab er zu, »und Mommy hat mich danach heimgebracht und ins Bett gelegt.« Als er ausgeschlafen hatte, war er ins Wohnzimmer gegangen, weil er sich einen Zeichentrickfilm ansehen wollte. Da er aber nicht wußte, wie man den Videorekorder bediente, hatte er seine Mutter gesucht, um sie um Hilfe zu bitten.

Genau an diesem Punkt wurde sein Stottern schlimmer, wie Officer Percival bemerkte. »Ss-sie war kk-krank«, hatte der Junge ihr erzählt. »Ich hh-habe mm-meinen Daddy angerufen.«

So sanft wie möglich versuchte die Beamtin, dem verstörten Kind einige Antworten zu entlocken. Hatte er irgendwelchen Lärm gehört?

»Jemand hh-hat mit einem Hammer gg-gegen die Wand geschlagen. Zweimal. Das ww-war das Krümelmonster.«

»Peter«, sagte die Beamtin, »ich möchte, daß du jetzt sehr genau nachdenkst, bevor du antwortest. Das ist sehr wichtig. Ist an dem Tag irgend jemand in euer Haus gekommen?«

Der kleine Junge schüttelte den Kopf. »Nein.«

Percival war sich bewußt, daß es gegen die Grundsätze praktisch sämtlicher Verhörmethoden verstieß, Suggestivfragen zu stellen. Aber wie sollte sie Regeln, die für Erwachsene gedacht waren, auf einen verängstigten und verstörten Vierjährigen anwenden? Entschlossen schob sie ihre Bedenken beiseite und fuhr mit der Befragung fort.

»Ist Larry Aylor im Haus gewesen?«

»Nein.«

»Ist dein Daddy im Haus gewesen?«

Wieder schüttelte Peter den Kopf. »Die Feuerwehr war da,

und dann kam auch die Polizei.« Er machte eine kurze Pause, als würde er über etwas nachdenken. »Und dd-dann ist ein Hubschrauber gg-gekommen und hat Mommy mitgenommen.«

Percival blickte auf den Spielzeug-Helikopter in der Hand des Kindes, der zu den Geschenken gehörte, die sie gerade erst gekauft hatte. Sie lächelte müde und nahm den Jungen in die Arme. An jenem Abend, das wußte sie genau, war kein Hubschrauber im Einsatz gewesen. »In Ordnung, Peter«, meinte sie, »für heute waren das genug Fragen.«

McGowan hatte schweigend zugehört, während Officer Percival die Befragung rekapitulierte. Er hatte jede Hoffnung verloren, das Kind könnte sich als wertvoller Zeuge erweisen.

»Es könnte sein, daß er einige Dinge verdrängt«, erklärte Cynthia, »oder vielleicht hat ihm auch jemand aufgetragen, was er sagen soll. Aber ich glaube das eigentlich nicht.«

Für eine Weile schwiegen beide. Schließlich sagte Percival: »Wissen Sie, das war wirklich schlimm. Er fragte mich ständig, wann er seine Mutter besuchen dürfte und ob sein Vater bald käme, um ihn zu holen.

Als ich gehen wollte, fing er an zu weinen und klammerte sich an mein Bein, weil er wollte, daß ich dabliebe. Selbst als ich schon draußen war, weinte er immer noch. Es war schrecklich.«

McGowans Antwort bestand aus einem verständnisvollen Nicken.

Kurz vor neunzehn Uhr erschien Paula Donahue in Begleitung von Larry Aylor auf der Intensivstation und betrat leise Rozannes Zimmer. Obwohl sie während ihrer Arbeit als Krankenschwester schon öfter miterlebt hatte, daß Patienten starben, hatte sie keinerlei Erfahrung mit dem, was jetzt vor ihr lag, und sie überlegte, was wohl geschehen würde. Stünde ein Ärzteteam bereit, um die letzten Minuten im Leben ihrer Schwester zu überwachen, damit sichergestellt war, daß sie in Würde und ohne Schmerzen starb? Gab es irgendeine Zeremonie, an die man sich bei diesem endgültigen Akt hielt?

Zehn Minuten nach neunzehn Uhr erhielt sie die Antwort auf

ihre Fragen. Eine junge Schwester betrat den Raum, nickte ihnen kurz zu, trat dann ans Bett und schaltete das Beatmungsgerät ab, das Rozanne seit ihrer Einlieferung ins Krankenhaus am Leben erhalten hatte.

Schweigend standen die beiden Besucher neben dem Bett, blickten mit tränenerfüllten Augen auf die Frau hinab, die jeder von ihnen liebte, und streckten hin und wieder eine Hand aus, um den reglosen Körper zu berühren.

Seit sie bei ihrem ersten Besuch im Hospital die aussichtslose Diagnose des Arztes gehört hatte, versuchte Paula sich selbst davon zu überzeugen, daß die Person, die jetzt vor ihr lag, in Wahrheit nicht mehr die Schwester war, die sie gekannt hatte. Verschwunden war der lebhafte Teenager, mit dem sie so viele Schulmädchen-Geheimnisse geteilt, Football-Spiele besucht und Parties unsicher gemacht hatte; verschwunden war auch die Partnerin, mit der sie an einem weit zurückliegenden Aprilmorgen Wasserbecher und frische Orangenstücke an die Läufer des jährlichen Boston-Marathons verteilt hatte, deren Weg genau durch das Zentrum ihres Heimatortes führte. Der regungslose Körper, der in diesem sterilen Zimmer lag, war nicht die Frau, die ihr immer als so viel schöner und abenteuerlustiger als sie selbst erschienen war. Jene Frau, versuchte sie sich entschlossen klarzumachen, war schon längst gestorben.

Nur das leise Piepen des Geräts, das Rozannes Herzschlag überwachte, störte ihren Gedankengang.

Neunundzwanzig Minuten vergingen, dann verstummte das Geräusch. Eine waagerechte Linie auf dem Monitor zeigte an, daß ihr Warten schließlich ein Ende gefunden hatte.

Paula ging zu einem Stuhl hinüber und setzte sich. Ihre Augen blieben starr auf Rozannes nunmehr leblosen Körper gerichtet. Zu ihrer eigenen Überraschung ergriff sie ein Gefühl der Erleichterung, die von dem Wissen herrührte, daß aller Schmerz, den ihre Schwester vielleicht noch verspürt haben mochte, nun vorüber war.

Aylor legte ihr sanft eine Hand auf den Arm. »Sie ist in Frieden gegangen«, flüsterte er.

Als sie gehen wollten und Paula gerade ihre Handtasche nahm, lenkte irgend etwas ihre Aufmerksamkeit wieder auf das

Bett. Sie wandte sich um und hatte einen Moment lang das Gefühl, ohnmächtig zu werden.

Rozanne saß plötzlich aufrecht im Bett. Ihre leblosen Augen waren weit aufgerissen, und die Arme hatte sie nach vorne gestreckt. Ihre Hände, die vorher unter der Decke verborgen gewesen waren, steckten noch immer in den braunen Papiertüten, die benutzt worden waren, um Beweise zu sichern, die sich eventuell unter ihren Fingernägeln befinden könnten. Paulas markerschütternder Schrei hallte durch die Korridore der Intensivstation.

Larry brachte gerade Rozannes Leiche wieder in eine liegende Position und deckte sie zu, als eine Schwester ins Zimmer stürzte. Sie erklärte, daß die Bewegung durch unwillkürliche Muskelzuckungen hervorgerufen worden war. So etwas, meinte sie, sei keineswegs unüblich.

Zitternd marschierte Paula in die Eingangshallte, wo sie tief durchatmete, um ihre Fassung wiederzugewinnen. Sie wußte, daß derartige postmortale Aktivitäten häufig vorkamen, manchmal fast augenblicklich, mitunter aber auch erst Stunden nach dem Tod. Aber sie war nicht darauf vorbereitet gewesen, das persönlich zu erleben. Nicht hier. Nicht bei ihrer eigenen Schwester.

Für einen kurzen Moment hatte Paula tatsächlich geglaubt, Rozanne habe sich in einem verzweifelten Protest gegen die Entscheidung, sie sterben zu lassen, erhoben.

Kurz nach zwanzig Uhr wurde McGowan telefonisch darüber informiert, daß Rozanne Gailiunas tot war.

Von jetzt an untersuchte er auch offiziell einen Mordfall. Und seit er den Ehemann des Opfers einen Nachmittag lang verhört hatte, konzentrierten sich seine Nachforschungen auf den gleichermaßen furchtsamen wie verärgerten Doktor.

Kapitel 3

Er war gerade erst drei Jahre alt gewesen, als sie aus dem besetzten Deutschland flohen, in dem das Leben unerträglich geworden war. Peters einzige Erinnerung an die scheinbar endlose Überfahrt, die sie schließlich im Sommer 1949 nach Ellis Island im Hafen von New York brachte, war die ständige Seekrankheit und eine Diät, die ausschließlich aus Orangen bestand.

In Amerika, hatten sein litauischer Vater und seine bayerische Mutter behauptet, würde das Leben besser werden.

Der kleine Junge wußte nicht, welchen Preis der Neubeginn seinen Eltern abverlangt hatte. Weder konnte er die mutlose Haltung seines Vaters verstehen, der einst gehofft hatte, Arzt zu werden, sich dann aber mit der eher unbefriedigenden Karriere als Dorftierarzt hatte bescheiden müssen, noch verstand er, was dieser Schritt für seine Mutter bedeutete, die aus einer recht wohlhabenden Familie stammte, die sie aller Wahrscheinlichkeit nach nie mehr wiedersehen würde.

Da sie mit nichts als ein paar Koffern voller Kleidung in Amerika angekommen waren, suchten sie die Nähe von Verwandten des Vaters, die in Lawrence wohnten, einer kleinen Mühlenstadt in Massachusetts, vierzig Meilen nördlich von Boston. Dort bezogen sie eine Zwei-Zimmer-Wohnung, die sie fünf Dollar die Woche kostete. Da er keine Genehmigung besaß, um in den Vereinigten Staaten als Tierarzt zu praktizieren, arbeitete Peter Gailiunas Sr. tagsüber in der Mühle und abends als Tellerwäscher in einem örtlichen Restaurant.

Es würden auch wieder bessere Zeiten kommen, pflegte er zu sagen. Derart optimistische Erklärungen äußerte er freilich in der Regel nur dann, wenn er das Wochenende über betrunken gewesen war und anschließend bei seiner Frau gut Wetter machen wollte. Selbst als Kind erkannte Peter Jr., daß sein Vater von einer alles durchdringenden Schwermut beherrscht wurde.

Im Lauf der Zeit machte Gailiunas sein Versprechen wahr. Er erhielt die Zulassung als staatlicher Fleischbeschauer und arbeitete zuerst in den Schlachthöfen von Chicago und später dann in Albany im Bundesstaat New York. Obgleich diese Arbeit ihm keineswegs die ersehnte Erfüllung brachte, half sie doch der Familie, die ökonomischen Probleme der Anfangsjahre zu überwinden. Es war nicht mehr nötig, daß seine Frau Kay das Badewasser auf einem holzbefeuerten Herd erhitzen oder mühsam versuchen mußte, mit dem knapp bemessenen Haushaltsgeld von einem Gehaltsscheck zum anderen über die Runden zu kommen. Und Peter Jr. mußte nicht mehr die abgetragene, noch aus Deutschland stammende Kleidung tragen, über die sich die Nachbarskinder so gern lustig gemacht hatten.

Zumindest sein Sohn, hatte sich Gailiunas geschworen, sollte einmal die Chancen haben, die ihm selbst verwehrt geblieben waren. Und obwohl seine eigenen Träume längst zu Asche geworden waren, arbeitete der Fleischbeschauer hart, um seinem Sohn ein ähnliches Schicksal zu ersparen.

Mit dreizehn Jahren wurde Peter Jr., dessen Englischkenntnisse sich seit seiner Kindergartenzeit ganz erheblich verbessert hatten, auf ein Internat geschickt. Ausschlaggebend für diese Entscheidung waren zwei Gründe. Zum einen sollte die Umgebung, in der es ausschließlich um Wissenserwerb und gesellschaftlich korrektes Verhalten ging, seine Chancen vergrößern, Zugang zur amerikanischen Mittelschicht zu erhalten. Zum anderen wurde er dadurch von einem Haushalt ferngehalten, der sich zusehends in ein regelrechtes Schlachtfeld verwandelte. Die Trinkerei seines Vaters hatte sich mittlerweile zu echtem Alkoholismus ausgewachsen, der durch die zusätzliche Einnahme von Amphetaminen und Barbituraten noch verschlimmert wurde.

Für Peter Jr. wurde die Schule zu einer willkommenen Zuflucht, die ihn vor den familiären Spannungen schützte. Das Verhalten seines Vaters war bestensfalls noch als zerstörend zu bezeichnen, es bestand aus einer Mischung aus trunkenen Wutanfällen, Selbstmitleid und, bei seltenen Gelegenheiten, liebevoller Fürsorge.

Schon lange bevor er die High-School beendete und sich am

Boston College einschrieb, hatte sich der junge Gailiunas vorgenommen, die medizinische Hochschule zu besuchen. Das würde ihm, so glaubte er, endlich den Respekt und die Zuneigung seines Vaters sichern, worum er praktisch sein ganzes bisheriges Leben gekämpft hatte.

Erst als er älter und klüger geworden war, gelangte er zu der Einsicht, daß es im Grunde nichts gab, womit man einen Menschen erfreuen konnte, der mit sich und der Welt unzufrieden war. Als er während der Weihnachtsferien zu Hause war, kam es während des Festessens zu einem Streit, an dessen Anlaß er sich schon längst nicht mehr erinnern konnte. Der ältere Gailiunas, der betrunken und aufgebracht gewesen war, hatte seinen Sohn so hart geschlagen, daß dieser vom Stuhl fiel. Peter sagte kein einziges Wort, sondern verließ einfach das Haus und kehrte zum Boston College zurück, wo er sich insgeheim schwor, nie wieder heimzufahren.

Es überraschte ihn nicht besonders, als er einige Zeit später einen Brief von seiner Mutter erhielt, in dem sie ihm mitteilte, daß sie seinen Vater verlassen habe und jetzt bei Verwandten in Boston lebe.

Trotzdem war es für den jungen Mann schwer, die Familienbande zu durchtrennen, nachdem er lange Zeit gehofft hatte, die negative Weltansicht seines Vaters könnte sich ändern. Als Peter sich während seines ersten Jahres am College entschloß, eine hübsche Kommilitonin zu heiraten, mit der er seit einiger Zeit befreundet war, gehörte sein Vater zu den ersten, die eine Einladung zur Hochzeit erhielten. Was dabei herauskam, glich einem Alptraum. Peter Sr. erschien betrunken zur Hochzeit, konnte sich kaum auf den Beinen halten und beleidigte die übrigen Gäste. Seine Anwesenheit ruinierte den Tag, der eigentlich der schönste im Leben des jungen Paares hätte sein sollen. Infolgedessen wurde der ältere Gailiunas im nächsten Jahr gar nicht erst zur Graduierungsfeier seines Sohnes eingeladen. Und er wurde auch nicht davon in Kenntnis gesetzt, als mit der Zulassung zu einer medizinischen Hochschule Peters langgehegter Wunsch in Erfüllung ging.

Erst im letzten Sommer vor seiner Graduierung an der medizinischen Hochschule sah Gailiunas seinen Vater wieder. Er hatte erfahren, daß der Alkohol- und Medikamentenkonsum seines Vaters geradezu dramatisch zugenommen hatte, und so fuhr Peter nach Greensport, einem Fischerdorf im Bundesstaat New York, wo der ältere Gailiunas jetzt lebte. Was er dort vorfand, war erschreckend. Peter Sr. war stark abgemagert und bettlägerig, seine wässrigen Auge starrten blicklos aus einem grauen Gesicht, das eher einer Leiche zu gehören schien.

Eine Woche lang versuchte der Sohn verzweifelt, die Gesundheit seines Vaters wieder herzustellen. Da er auf den schlimmsten Fall vorbereitet gewesen war, hatte er Lederriemen mitgebracht, mit denen er seinen Patienten im Bett fixierte, um ihn dann intravenös zu ernähren. Während sein Vater abwechselnd jammerte und fluchte, durchsuchte Peter Jr. die Hütte nach Alkohol und Tabletten. Die Menge, die er von beidem fand und vernichtete, war erstaunlich.

In den sieben Tagen der Ausnüchterung schlief Peter Jr. nur selten. Fast die ganze Zeit über wachte er bei seinem Patienten. Schließlich hielt er es für sicher genug, die Fesseln zu entfernen und seinem Vater zu erlauben, das Haus zu verlassen, um frische Luft zu schöpfen. Wenige Stunden später war der ältere Gailiunas wieder völlig betrunken. Er hatte noch andere Verstecke für Schnaps und Pillen gehabt, die sein Sohn nicht entdeckt hatte

Der frustrierte junge Medizinstudent hatte alles getan, was er konnte. Erschöpft von der Anstrengung und entmutigt durch die Weigerung seines Vaters, sich helfen zu lassen, reiste er in dem Bewußtsein ab, so gut wie nichts erreicht zu haben.

Im Spätherbst hörte Peter wiederum von seinem Vater. Er arbeitete im Rahmen seines Praktikums auf der gynäkologischen Abteilung der Loyola Medical School in Chicago, als Kay Gailiunas anrief, um ihm mitzuteilen, daß sein Vater ins Krankenhaus eingeliefert worden war. Man hatte ihn mit gebrochenem Rückgrat am Fuß einer Treppe gefunden. Nach Ansicht der Ärzte befand er sich jedoch derzeit nicht in akuter Gefahr.

Ein paar Tage später erhielt er abermals einen Anruf seiner Mutter. »Dein Vater ist tot«, sagte sie und bat ihn, sich um die Beerdigungsformalitäten zu kümmern.

Peter Gailiunas Sr. wurde auf einem kleinen Friedhof begraben, der zu einem litauischen Kloster in Connecticut gehörte, einem Ort, den er stets besonders gemocht hatte.

Nachdem die Beerdigung vorüber war und alle anderen Trauergäste schon abgefahren waren, saß Peter Jr. in seinem Wagen und blickte von einer Anhöhe aus über das grüne Tal, in dem der kleine Friedhof lag. Zum ersten Mal, seit er die Nachricht vom Tod seines Vaters erhalten hatte, überkam ihn wirkliche Trauer. Er dachte an all die Dinge, die er nun nicht mehr tun konnte, an die Worte, die ungesagt bleiben würden, und fing an zu weinen.

Er wünschte, sein Vater hätte lange genug gelebt, um mitzuerleben, wie Gailiunas wenige Monate später als fünftbester von einhundertvier Studenten seines Jahrgangs die medizinische Hochschule abschloß.

Der Tod seines Vaters war nicht der einzige gravierende Einschnitt in Peter Gailiunas' Leben. Seine Ehe endete nach vier Jahren mit der Scheidung. Um die Enttäuschung zu verdrängen, konzentrierte er sich in jeder wachen Minute auf seine Ausbildung zum praktischen Arzt. Ein Jahr verbrachte er an einer Klinik in Cleveland, danach kehrte er zum Boston General zurück, um dort seine Studien zu beenden.

Erst als seine Zulassung als Praktiker in greifbare Nähe gerückt war, gestattete sich Gailiunas wieder ein Privatleben. Eine Schwester am Boston General hatte sein Interesse geweckt. Schon bald trafen sie sich regelmäßig, zogen schließlich zusammen und dachten über eine Heirat nach.

Diese Beziehung endete allerdings abrupt, als er an einem Krankenhaus in der Bostoner Innenstadt, wo er nachts auf der Intensivstation arbeitete, einer schönen Schwester italienischer Abstammung mit rabenschwarzem Haar begegnete. Sie hieß Rozanne Agostinelli, und ihre offene, fröhliche Art faszinierte ihn.

Sie war die schönste Frau, die Gailiunas je gesehen hatte, und er verliebte sich noch in der gleichen Nacht in sie. Als seine Schicht endete, drückte sie ihm wortlos lächelnd ein gefaltetes Blatt in die Hand. Auf dem Papier stand ihre Telefonnummer und der Satz ›Rufen Sie mich an‹.

Mit der Zeit entwickelte sich eine leidenschaftliche Beziehung zwischen ihnen. Gailiunas war ein wenig verwundert, daß sie ihn im Verlauf mehrerer Monate nicht ein einziges Mal in ihre Wohnung einlud, sondern stets darauf bestand, sich mit ihm insgeheim in Einkaufszentren oder abgelegenen Restaurants zu treffen, aber er machte sich deswegen keine ernsthaften Gedanken.

Noch nie zuvor hatte ihn eine Frau derart fasziniert. Im Krankenhaus zeigte sie sich als Inbegriff von Professionalität, behielt selbst in den schwierigsten Situationen Ruhe und Übersicht. Peter kannte keine andere Schwester, die so überlegt und fürsorglich mit den Patienten umging. Ihr kurzes Lächeln und die funkelnden dunklen Augen schienen auf magische Weise die Spannung zu mindern, die fast stets auf der Intensivstation herrschte. Privat war sie sinnlich, abenteuerlustig und stets für eine Überraschung gut, und sie fühlte sich am Nacktbadestrand von Cape Code ebenso heimisch wie in den vornehmen Bostoner Restaurants.

Gailiunas erwog bereits ernstlich, sie um ihre Hand zu bitten, als sie ihm schließlich gestand, daß sie verheiratet sei.

Mit ihrem Ehemann, der ebenfalls Gailiunas hieß, war sie bereits seit ihrer High-School-Zeit zusammen, und sie hatten kurz nach dem Abschluß geheiratet. Er arbeitete, erzählte sie mit einem bemerkenswerten Mangel an Begeisterung, als Kassierer in einem Spirituosenladen. Als sie den schockierten Gesichtsausdruck von Gailiunas bemerkte, führte sie schnell hinzu, daß sie getrennt lebten und sie kürzlich die Scheidung eingereicht hätte.

Und ja, sie würde ihn heiraten, sobald die Scheidung rechtskräftig wäre.

Gailiunas, der bereits einen Lehrauftrag an der prestigeträchtigen Southwestern Medical School in Dallas angenommen hatte, war begierig, endlich ins langersehnte Berufsleben einzusteigen. Noch bevor sie im Juni 1972 nach Texas zogen, hatte Rozanne eine Stelle als Krankenschwester in der Abteilung für Brandopfer am Parkland Hospital bekommen, jenem berühmten Krankenhaus, in dessen Intensivstation Präsident Kennedy im November 1963 eingeliefert worden war. Das junge Paar, das kurz nach dem Umzug in der Walnut Hill Episcopal Church in Dallas geheiratet hatte, blickte erwartungsvoll einem Leben fern von verwandschaftlichen Bindungen und zurückliegenden Enttäuschungen entgegen.

An der Southwestern School herrschte eine lebhafte Atmosphäre, die Gailiunas als anregend und vielversprechend empfand. Hier, so versicherte er seiner frischgebackenen Ehefrau, stünden ihm viele Möglichkeiten offen. Und obwohl Rozanne anfänglich Bedenken hegte – sie litt an Heimweh und vermißte sowohl ihre Familie wie auch den vertrauten Anblick der pittoresken Landschaft von New England – gewöhnte sie sich doch bald an das neue Heim und den beruflichen Wechsel.

Ihr Ehemann stieg schnell vom Assistenzprofessor zum Direktor des Kidney Transplant Program auf, und gleichzeitig ging das Gerücht um, daß Rozanne beste Aussichten hätte, zur Oberschwester der Brandopfer-Station befördert zu werden.

Die Ehe von Peter und Rozanne Gailiunas schien sich damals in nichts von jenen zahlloser anderer, aufstrebender Paare zu unterscheiden, die in den Siebzigern in Dallas lebten. Das ursprüngliche Anfangsgehalt des Doktors, das sechsunddreißigtausend Dollar pro Jahr betragen hatte, stieg schnell an und ermöglichte ihnen zusammen mit dem Gehalt seiner Frau ein angenehmes Auskommen, bei dem noch genug Geld übrigblieb, um häufige Reisen nach Massachusetts zu erlauben, wo Rozannes Familie lebte.

Gegen Ende der siebziger Jahre verbesserte sich ihre finanzielle Situation sprunghaft. Gailiunas und sein Kollege Harry Jacobson gingen eine geschäftliche Partnerschaft ein, die sich schon bald als Goldmine entpuppte. Sie erwarben eine in Finanznöte geratene Firma für medizinischen Bedarf und investierten zahllose Arbeitsstunden, um sie in ein tragfähiges Geschäft zu verwandeln. Gailiunas, der fest entschlossen war, aus dem Ankauf ein erfolgreiches Unternehmen zu machen, stürzte sich in ein Arbeitspensum, das seine Kollegen in Erstaunen versetzte. Tagsüber kümmerte er sich um seine medizinischen Aufgaben in der Parkland-Klinik, unterrichtete und führte zudem verschiedene Forschungsprojekte weiter. Abends widmete er seine Aufmerksamkeit dem neuerworbenen Geschäft. Hundert Arbeitsstunden pro Woche – sechzig davon in der Klinik, die restlichen vierzig im Geschäft -- waren an der Tagesordnung. Es war keineswegs ungewöhnlich, wenn er erst um drei Uhr nachts heimkam und schon um sechs Uhr morgens wieder unterwegs war.

Die gewaltige Anstrengung trug schon bald Früchte. Innerhalb von zwei Jahren gründete das Unternehmen Zweigstellen in Texas, Oklahoma, Arkansas und Tennessee, und der Umsatz stieg auf vier Millionen Dollar pro Jahr. Auf den jungen Arzt, der die Armut seiner frühen Kindertage nie vergessen hatte, wirkte der Erfolg wie berauschend.

Noch begeisterter zeigte er sich freilich, als ihm Rozanne mitteilte, daß sie schwanger sei. Dr. Gailiunas feierte diese Nachricht, indem er seiner Frau einen neuen Cadillac kaufte. Und nun, da sich ihre Familie vergrößerte, erklärte er, sei es an der Zeit, sich nach einem Haus umzusehen, das für den bevorstehenden neuen Lebensabschnitt geeignet sei.

Freunden des Paares fiel allerdings auf, daß Rozanne sich trotz all dieser positiven Entwicklungen nicht sonderlich begeistert zeigte. Ihre lebhafte Art schien verschwunden zu sein, ersetzt durch etwas, das sich am besten als Überdruß beschreiben ließ. Sie fuhr häufiger als früher nach Massachusetts und blieb oft wochenlang dort. Wenn sie zurückkam, wirkte sie wie verjüngt durch den Kontakt mit ihrer Familie. Allerdings hielt diese Stimmung nie lange vor.

Sie versuchte auch gar nicht mehr zu verheimlichen, daß ihr die Nähe der Eltern und der Schwester fehlte. Zu ihrer Einsamkeit trug auch der Umstand bei, daß ihr Ehemann weiterhin praktisch rund um die Uhr arbeitete und seine Zeit zwischen der Klinik, dem Geschäft und dem jüngsten Forschungsprojekt, das er in Angriff genommen hatte, aufteilte.

Als sie in der Nacht des 18. April 1979 ins Krankenhaus eingeliefert wurde, wo sie, fünf Wochen zu früh, Peter III zur Welt brachte, befand sich Dr. Gailiunas in Chicago, um einen Franchise-Vertrag für sein noch immer wachsendes Unternehmen zu unterzeichnen.

Es war bereits nach Mitternacht, als eine Nachbarin ihn telefonisch darüber informierte, daß bei seiner Frau die Wehen eingesetzt hatten. Trotz seines energischen Versuchs, eine Chartergesellschaft ausfindig zu machen, die ihn sofort nach Hause fliegen würde, war Gailiunas gezwungen, bis zum frühen Morgen zu warten und eine Linienmaschine zu nehmen. Völlig erschöpft kam er zweieinhalb Stunden nach der Geburt seines Sohnes im St. Pauls Hospital an. Der Doktor fühlte sich schuldig, weil er bei der lebensgefährlichen Frühgeburt nicht anwesend gewesen war, und nahm sich vor, seinen extremen Arbeitseinsatz zu reduzieren. Es überraschte allerdings niemanden, daß dieses Versprechen schon bald wieder vergessen war. Dr. Gailiunas, darin stimmten seine Kollegen überein, kannte nur eine Art zu arbeiten: Mit voller Kraft und wie ein Besessener.

Zur gleichen Zeit drängte er seine Frau, ihre Pläne, nach der Geburt des Kindes in ihren Beruf zurückzukehren, aufzugeben. Sie seien nicht länger auf ihr Gehalt angewiesen, erklärte er, und sie würde ihre Zeit sinnvoller nutzen, wenn sie zu Hause bliebe, um das Kind aufzuziehen.

Zögernd stimmte Rozanne schließlich zu, ihre eigene Karriere zurückzustellen.

Unterdessen war ihre Suche nach dem idealen Haus seit mehr als einem Jahr erfolglos geblieben. Obwohl sie zahllose Wochenenden damit verbracht hatten, im Gefolge von Immobilienhändlern die besseren Vororte von Dallas aufzusuchen, entsprach keines der Häuser den besonderen Vorstellungen des Doktors.

Im Herbst 1982 entschloß sich Gailiunas, die Suche aufzugeben und selbst ein Haus zu bauen, dessen Entwurf er genauestens überwachen wollte. Und was auch immer seine Ehe beeinträchtigen mochte, das majestätische Haus, das ihm vorschwebte, würde schon alles richten, dessen war sich der Doktor sicher.

Ein Hunderttausend-Dollar-Grundstück am Ende einer Parzelle am Bobbit Drive sollte der Ort sein, an dem Gailiunas' Traumhaus stehen würde. Als Architekten hatte er einen Mann namens Larry Aylor ausgesucht.

Noch bevor die Bauzeichnungen fertig waren, wurde offenkundig, daß ein neues Haus keineswegs die stetig wachsenden Eheprobleme von Peter und Rozanne Gailiunas lösen würde. Der Doktor weigerte sich, sein extremes Arbeitspensum zu verringern. Stets schien es ein neues Forschungsprojekt oder ein im Entwicklungsstadium befindliches Gerät zu geben, dem er auch dann noch seine Aufmerksamkeit widmen mußte, wenn seine Kollegen ihre Arbeit schon vor Stunden beendet hatten. Seine Arbeitswut hatte einen derartigen Umfang angenommen, daß er mitunter tagelang nicht einmal die Zeit für eine gemeinsame Mahlzeit mit seiner Frau und seinem Sohn fand.

Bei den wenigen Gelegenheiten bei denen er und Rozanne miteinander sprachen, kam es fast regelmäßig zum Streit. Sie beklagte sich dabei nur selten über sein ausuferndes Arbeitspensum, drückte dafür aber wiederholt ihre Besorgnis darüber aus, daß sein Alkoholkonsum mittlerweile außer Kontrolle geraten sei. Es sei an der Zeit, deswegen professionelle Hilfe zu suchen. In den Nächten, in denen ihr Ehemann in der Klinik blieb, um bis in die frühen Morgenstunden im Labor zu arbeiten, trank er häufig mehrere Sechserpackungen Bier. Und daheim sah man ihn selten ohne ein Glas Gin-Tonic in der Hand. Auf der anderen Seite war der Doktor zunehmend unzufrieden mit der Art, wie sie ihr Kind versorgte. Trotz seines Wunsches, die Mahlzeiten des Jungen müßten täglich frisch aus naturbelassenen Zutaten zubereitet werden, hatte Rozanne diese zeitraubende Methode schnell aufgegeben und kaufte im Supermarkt Gläser mit Babynahrung. Gailiunas war überdies nicht sehr glücklich über Rozannes Entscheidung, den Jungen in eine Kindertagesstätte zu geben, als er gerade erst ein Jahr alt war. Es sei noch zu früh, ihn aus der ständigen Obhut seiner Mutter zu entlassen, meinte er. Rozanne konterte den Einwand mit dem Hinweis, es sei für den kleinen Peter wichtig, Umgang mit anderen Kindern zu haben.

Rozanne, die nur wenige Freunde gefunden hatte und kaum Lust verspürte, ihre Tage in den Boutiquen der Einkaufszentren zu verbringen, fühlte sich zusehends einsam und gelangweilt. Ihr einst so überschäumendes Naturell war nur noch selten erkennbar. Statt dessen fühlte sie sich eingesperrt, kam sich wie eine Gefangene im eigenen Haus vor. In den langen Telefonaten, die sie mit ihrer in Framingham lebenden Schwester führte, sprach sie davon, wie sehr ihr die Familie fehlte und auch die Arbeit in der Parkland-Klinik. Zudem vermißte sie die farbigen Wechsel der Jahreszeiten, wie es sie in Texas nicht gab, und selbst die kleinen Freuden des Lebens, wie etwa am Strand zu liegen oder am Cape Muscheln zu suchen, gingen ihr ab. Ihr Ehemann, erzählte sie, hätte keine Ahnung, wie schlecht es ihr ginge. Vielleicht interessierte es ihn aber auch gar nicht.

Als der Kalender anzeigte, daß ihr ein weiteres Jahr in Dallas bevorstand, hatte Rozanne bereits angefangen, ernsthaft über eine Scheidung nachzudenken.

Solcherart war die Atmosphäre im Haus der Gailiunas', als Larry Aylor und seine Frau, eine Innenarchitektin, dort zum ersten Mal eingeladen waren, um die Pläne für das Haus durchzusprechen, für dessen Bau man ihn angeheuert hatte.

An jenem Abend im Januar 1983 saßen die beiden Paare im Wohnzimmer der Gailiunas' und besprachen das Wagnis, auf das sie sich eingelassen hatten. Aylor, ein Mann von imposanter Erscheinung, äußerte sich enthusiastisch über die Kontruktion und die Baukosten, und lud den Doktor schließlich sogar ein, ihn zur Vogeljagd zu begleiten, damit sie sich besser kennenlernen könnten.

Obwohl Joy Aylor nur selten etwas sagte, wandte ihr Gailiunas immer wieder seine Aufmerksamkeit zu, ganz so, als sei er an ihrer Reaktion auf die Erläuterungen ihres Mannes interessiert. Tatsächlich war der Doktor jedoch fasziniert von dem Widerspruch zwischen ihrem zurückhaltenden, fast schüchternem Verhalten und dem Umstand, daß sie ganz offensichtlich keinen Büstenhalter unter ihrer dünne Seidenbluse trug. Es war augenscheinlich, daß sich Joy, genau wie Rozanne, ihres außergewöhnlich guten Aussehens durchaus bewußt war.

Gailiunas, der kurz vor dem Ende des Treffens noch einen letzten Drink mixte, erkundigte sich nach der Länge der Bauzeit. Aylor versprach, sie würden ihr neues Haus bereits zum Frühlingsende beziehen können. Larry war nicht verborgen geblieben, daß die Frau des Doktors die ganze Zeit über nicht das geringste Anzeichen von Begeisterung gezeigt hatte.

Auf dem Heimweg sagte Joy: »Seine Frau ist wirklich hübsch.«

Larry Aylor nickte nur.

». . . und sehr unglücklich«, fügte Joy hinzu.

Kapitel 4

Es war ein nervöser und verbitterter Dr. Gailiunas, der in McGowans Büro saß. Seine Stimme klang ungeduldig, als er Fragen beantworten mußte, die ihm zumeist auch schon bei seinem ersten Besuch auf dem Polizeirevier gestellt worden waren. Immer wieder drohte er mit Klagen gegen das Police Department und die Verwaltung von Richardson, falls man ihm nicht augenblicklich seinen Sohn zurückgeben würde. Zugleich schien er fassungslos darüber zu sein, daß sein eigener Anwalt ihm eindringlich geraten hatte, sich von dem Krankenhaus fernzuhalten, in das seine sterbende Frau eingeliefert worden war.

Und obwohl er McGowan gegenüber nichts davon erwähnte, verspürte Peter Gailiunas eine Verfolgungsangst, die schlimmer war als alles, was er bis dahin erlebt hatte. Und der Doktor hatte nach eigener Einschätzung schon oft genug an Paranoia gelitten.

Doch jetzt hatten seine Ängste ein neues Höchstmaß erreicht. Jedesmal wenn es an der Tür klopfte oder wenn das Telefon klingelte, war er sicher, daß er jetzt verhaftet und ins Gefängnis geworden würde.

McGowan beobachtete den Mann genau, der mit einer Vielzahl von Gefühlen kämpfte und ganz offensichtlich am Rande eines Zusammenbruchs stand.

Während sie das Verhör fortsetzten, wurde deutlich, daß noch eine weitere Emotion im Spiele war, und zwar eine, die McGowan als höchst bedeutsam für seine Untersuchung einschätzte. Dr. Gailiunas war ein extrem eifersüchtiger Ehemann, der sich offenbar noch immer nicht mit der Tatsache abgefunden hatte, daß die Scheidung, die seine Frau eingereicht hatte, noch in diesem Monat rechtskräftig geworden wäre.

In den Tagen seit dem Beginn seiner Untersuchung hatte sich McGowan mit einer ganzen Reihe unterschiedlicher Szenarien auseinandergesetzt. So hatte er beispielsweise ernsthaft die Möglichkeit erwogen, der Angriff auf Rozanne Gailiunas sei vielleicht die Tat eines Unbekannten gewesen, eines Menschen, der zum ständig wachsenden Heer Gestörter gehörte, bei denen es schon reichte, einer hübschen Frau in einem Geschäft oder auf dem Parkplatz zu begegnen, um einen unheilvollen Prozeß in Gang zu setzen.

Ebenso hielt er es nicht für völlig ausgeschlossen, daß das Verbrechen als Einbruch begonnen hatte und es erst durch Rozannes unvorhergesehenes Auftauchen zu einer Gewalttat gekommen war. Immerhin hatte Paula während ihres Besuchs im Haus erwähnt, daß sie Rozannes Trauring nicht hatte finden können.

Doch trotz dieser mehr oder weniger unwahrscheinlichen Möglichkeiten, die ihm durch den Kopf gingen, wandte sich seine Aufmerksamkeit, wie magnetisch angezogen, immer wieder dem Doktor zu. Dessen Verhalten, sein Alibi, ja selbst seine Körpersprache erregten seinen Verdacht.

Und nun, als er voller Ärger über die Zerstörung seiner Ehe sprach, lieferte ihnen Dr. Gailiunas jenes Element, das alle Ermittler als höchst bedeutsam einschätzen: ein Motiv.

Im Frühjahr des Jahres 1983 bemerkte Dr. Gailiunas endlich, daß seine Ehe in ernsthaften Schwierigkeiten steckte. Rozanne hatte sich ihm entfremdet. Sie blieb abends nicht mehr auf, um auf ihn zu warten, und zeigte nur noch selten Gesprächsbereitschaft. Und an dem Neubau, für den sich ihr Mann so begeisterte, zeigte sie so gut wie kein Interesse.

Zunächst maß Gailiunas der Sache keine besondere Bedeutung bei. Ihm war klar, daß sie ihre Arbeit vermißte. Außerdem hatte sie seit ihrem Umzug nach Dallas kaum Freundschaften geschlossen und nahm infolgedessen auch nicht am gesellschaftlichen Leben teil. Seine Frau fühlte sich einsam und gelangweilt, vermutete er, und mußte sich zudem erst an ihre neue Rolle als Mutter gewöhnen. Das alles würde sich schon einrenken. Und wenn sie erst einmal in ihr neues Traumhaus eingezogen wären, würden die Probleme wie durch Zauberei verschwinden. Es wäre wie der Beginn eines neues Lebens.

Im März schlugen die Überlegungen des Doktors eine neue Richtung ein. Ungeachtet ihrer Probleme – seiner langen Arbeitszeiten, der Trinkerei und ihrer mißmutigen Haltung – war ihr Sexualleben immer zufriedenstellend gewesen. Doch plötzlich und ohne jede Erklärung hatte Rozanne jegliches Interesse an einer körperlichen Beziehung verloren.

Dr. Gailiunas begann zu argwöhnen, seine Frau könnte ein Verhältnis haben. Sein Verdacht wuchs sich rasch zu einer regelrechten Besessenheit aus, und er dachte gar nicht daran, die Sache für sich zu behalten. Er vertraute seinen Verdacht einigen Kollegen im Krankenhaus an, die ihm jedoch unverblümt erklärten, seine Befürchtungen seien unbegründet. Selbst seine Mutter, die erst vor kurzem nach Dallas gezogen war, tadelte ihn für seine Verdächtigungen und empfahl ihm, statt solche Hirngespinste zu entwickeln, lieber mehr Zeit mit seiner Familie zu verbringen.

Wenn es Probleme in der Ehe der Gailiunas' gab, dann war nach Meinung aller, die das Paar kannten, der Doktor selbst dafür verantwortlich und nicht seine Frau.

An einem Spätnachmittag besuchte Gailiunas die Baustelle, und während sie den Fortschritt der Arbeiten begutachteten, teilte er sogar Larry Aylor seine Besorgnis mit. Als er versucht hatte, eine Liste all jener Männer zu erstellen, mit denen sich seine Frau möglicherweise eingelassen haben könnte, hatte ihm eine Nachbarin erzählt, daß ›dieser Bursche, der Ihr Haus baut‹, fast täglich bei Rozanne zu Besuch war.

»Ich glaube, Rozanne betrügt mich«, erklärte der Doktor, gespannt auf Aylors Reaktion. Der jedoch zeigte keinerlei Interesse für die häuslichen Probleme seines Auftraggebers. Ohne zu antworten, stieg Larry in seinen Pick-up, machte noch ein paar kurze, belanglose Bemerkungen zum Haus und fuhr davon. Natürlich hatte Aylor nicht erwähnt, daß er selbst Eheprobleme hatte. Oder daß er und Rozanne sich schon vor Monaten über ihre diesbezüglichen Schwierigkeiten unterhalten hatten.

Angefangen hatte die Geschichte kurz nach der Fertigstellung des Rohbaus. Aylor hatte Rozanne zum Mittagessen im Black Eyed Pea an der Greenville Avenue eingeladen, um mit ihr die Auswahl der Armaturen für das Haus durchzusprechen. Da sie während des Essens nur wenig sprach, hatte Aylor sich schließlich erkundigt, ob irgend etwas nicht stimme.

»Nein«, erwiderte Rozanne.

»Liegt es vielleicht an mir?«

Rozanne schüttelte den Kopf. »Nein. Bitte entschuldigen Sie. Es ist nur so, daß ich dieses Haus eigentlich gar nicht haben will. Das alles war Peters Idee, nicht meine. Sobald es fertig ist, verschwinde ich von hier.«

Larry hatte gelächelt und ihr dann anvertraut, daß er und seine Frau ebenfalls kurz vor der Scheidung stünden.

Die Vorstellung, seine Frau könnte ein Verhältnis haben, beherrschte Gailiunas zusehends. Seine Arbeit wurde dadurch beeinträchtigt, und zugleich stieg sein Alkoholkonsum an. Eines Abends, als seine Frau und sein Sohn bei seiner Heimkehr schon schliefen, schlich er in die Waschküche und durchwühlte einen Haufen Kleidung, die dort zum Waschen bereit lag. In einem der Schlüpfer seiner Frau entdeckte er kleine Flecken. Er weichte das Kleidungsstück ein und zog eine Probe dieser Flecken auf eine Spritze.

Am nächsten Tag bat er einen Kollegen an sein Mikroskop. »Bitte sagen Sie mir, was Sie hier sehen«, forderte ihn Gailiunas auf.

Ein wenig verwundert über die Bitte beugte sich der Arzt über das Mikroskop und betrachtete die Probe, die sich auf einem Objektträger dicht unter der Linse befand. Er brauchte nur ein paar Sekunden, um zu einem Ergebnis zu kommen.

»Sperma«, sagte er und fragte sich zugleich, weshalb Gailiunas an seiner Meinung über eine Probe interessiert war, die auch jeder Medizinstudent im ersten Semester hätte identifizieren können.

Sehr zufrieden mit seiner Detektivarbeit entschied der Doktor, es sei an der Zeit, seine Frau mit den Beweisen zu konfrontieren. Doch als er das tat, bezeichnete Rozanne seine Vorhaltungen als absurd und bestritt, mit irgend jemand Geschlechtsverkehr gehabt zu haben. Sie gab allerdings zu, daß sie daran gedacht hatte, für eine Weile auszuziehen, um zu sich selbst zu finden und über die Probleme nachdenken zu können, die sie mit ihrer Beziehung hatte. Als er nachfragte, erklärte sie, daß sie noch nicht wüßte, wie sie zu einer Lösung kommen könnte, auf keinen Fall aber hätte sie die Absicht, sich scheiden zu lassen. Sie sei nur entschlossen, eine Zeitlang allein zu leben. Und vielleicht würde sie wieder arbeiten gehen.

Anfang Mai hatte Rozanne mit Sara Grayson telefoniert, weil sie daran interessiert war, das Haus am Loganwood Drive zu mieten. Mrs. Grayson, eine freundliche, aber auch vorsichtige Frau, hatte vorgeschlagen, sie sollten sich in einem Restaurant an der Preston Road treffen. Seit sie sich entschlossen hatte, das Haus zu vermieten, in dem sie zusammen mit ihrem Mann ihre Kinder großgezogen hatte, hatte sie es sich zur Gewohnheit gemacht, jeden potentiellen Mieter erst einmal zu begutachten, bevor sie ihm das Haus zeigte.

Als die beiden Frauen zusammen im Restaurant saßen und Eistee tranken, erzählte Sara Grayson liebevoll von dem Haus, das sie im Herbst 1961 erbaut hatten. Es fiel ihr schwer, dort fortzuziehen, auch wenn sie jetzt ein größeres Haus bezogen. Dann machte sie die üblichen Angaben – drei Zimmer, zwei Bäder, eintausenddreihundertzweiundachtzig Quadratfuß Wohnfläche, ein eingezäunter Garten. Sie erwähnte auch, daß das Innere des Hauses erst kürzlich umgestaltet worden war.

Nichts davon schien die hübsche Frau zu beeindrucken, die ihr eine dreiviertel Stunde lang zuhörte. Rozanne wirkte nervös und bestrebt, die Angelegenheit schnell zu regeln. Sie wollte nur wissen, wann sie das Haus sehen und wie bald sie zusammen mit ihrem kleinen Sohn dort einziehen könnte.

Später an jenem Abend, als Sara ihrem Mann von dem Treffen und der Hausbesichtigung erzählte, erwähnte sie, daß die Frau ihr sehr verstört, ja vielleicht sogar verängstigt vorgekommen wäre. »Sie verläßt ihren Ehemann«, erklärte sie, »und sie ist sich nicht sicher, wie er auf die Trennung reagieren wird.«

»Weiß er, daß sie ausziehen will?« erkundigte sich ihr Mann.

»Ich bin mir nicht sicher. Ich habe sie gefragt, ob sie Angst vor ihm hätte, und sei meinte, das hätte sie wirklich.«

»Und wie hast du dich jetzt entschieden?«

»Ich habe ihr das Haus vermietet. Sie zieht nächste Woche ein.«

Obwohl sich Dr. Gailiunas darum bemühte, war es unmöglich, Rozanne von ihrem einmal gefaßten Entschluß abzubringen. Es ginge nicht anders, erklärte sie wiederholt. Sie brauche einfach Zeit, um ihr Leben wieder in Ordnung zu bringen. Außerdem hätte sie mit einem Kinderarzt gesprochen, der in seiner kleinen Praxis eine Teilzeitkraft gebrauchen könnte. Und sie dächte ernsthaft daran, sich um diese Stelle zu bewerben, sofern sie ihre Arbeitszeit mit der Kindertagesstätte, die der kleine Peter besuchte, abstimmen könnte.

Ihr Tonfall machte deutlich, daß sie nicht bereit war, diese Angelegenheit zu diskutieren. So blieb ihnen nur noch, die Zeiten festzulegen, zu denen der Junge seinen Vater besuchen sollte.

Der Doktor war keineswegs erbaut von der Umgebung, in der sich Rozanne niederlassen wollte, erklärte sich aber trotzdem bereit, die Miete zu übernehmen. Des weiteren wollte er auch ihre Lebenshaltungskosten tragen und dafür sorgen, daß sie alle Kreditkarten bekam, die sie eventuell brauchte. Zu diesem Zeitpunkt war seine Befürchtung, sie könnte ein Verhältnis haben, von Überlegungen in den Hintergrund gedrängt worden, wie er seine Ehe retten und Frau und Kind wieder heimholen könnte.

Zu den Zugeständnissen, die er machte, gehörte auch, daß er seinem Schwiegervater seinen Anteil an einem Haus in Cape Cod verkaufte, das beide gemeinsam zwei Jahre zuvor erworben hatten. Weil er wußte, wie sehr Rozanne die prächtige Szenerie am Cape gefiel, hatte Gailiunas sich für ein Cottage in Falmouth interessiert, das ihm als idyllischer Sommerwohnsitz geeignet schien. Der Blick von der hinteren Veranda auf den Ozean war atemberaubend. An klaren Tagen konnte man sogar Martha's Vineyard erkennen, das genau gegenüber auf der anderen Seite der Bucht lag. Zunächst hatte Gailiunas Paulas Ehemann Steve angeboten, das Haus mit ihm zusammen zu kaufen, doch als Steve erklärte, daß er sich das nicht leisten könnte, hatte sich der Doktor an Henry Agostinelli gewandt. Sie kamen überein, sich die siebenundachtzigtausendfünfhundert Dollar für das Cottage zu teilen.

Rozannes Eltern hatten großen Gefallen an dem Haus gefunden, und als Henry anfing, über seinen Ruhestand nachzudenken, drängte ihn seine Frau, auf Dauer ans Cape zu ziehen. Als ihr Vater daraufhin erklärte, er könnte sich kaum wohl fühlen in einem Haus, das als Wochenend- und Ferienwohnsitz benutzt würde, wandte sich Rozanne an ihren Mann und versuchte ihn zu bewegen, seinen Anteil an ihren Vater zu verkaufen.

Der Doktor stimmte diesem Vorschlag zu, weil er hoffte, das könnte sich positiv auf den Ausgang ihrer Trennung auswirken. Er verkaufte seinen Anteil zum gleichen Preis, den er ursprünglich dafür gezahlt hatte, ohne auch nur einen Gedanken an den möglichen Wertzuwachs zu verschwenden.

Mit der Zeit dämmerte ihm freilich, daß wohl kaum eine rasche Lösung der Probleme zwischen ihm und Rozanne zu erwarten war. Wenn er sie besuchte, achtete sie zunehmend auf Abstand. Und jede Wärme verschwand aus ihrer Stimme, wenn er versuchte, mit ihr über eine Rückkehr nach Hause zu reden.

Eines Sonntagsmorgens betrat Gailiunas Rozannes winzige Küche, nachdem er im Garten eine Schaukel für seinen Sohn aufgebaut hatte. In der Handtasche seiner Frau, die offen auf der Anrichte lag, entdeckte er einen Zettel, auf dem eine ihm unbekannte Telefonnummer stand. Rasch notierte er sich die Nummer, bevor seine Frau aus dem Kinderzimmer zurückkam.

Später am Tag wählte der Doktor diese Nummer und hörte am anderen Ende der Leitung eine durchaus vertraute Stimme. Die Nummer gehörte zu dem erst kürzlich eingerichteten Anschluß in jenem Apartment, in dem Larry Aylor seit der Trennung von seiner Frau wohnte.

Natürlich war es möglich, daß Rozanne wegen des Hausbaus im Besitz dieser Nummer war, doch der Doktor bezweifelte das. Seit sie ausgezogen war, hatte sie den Bau nicht einmal mehr erwähnt. Gailiunas war überzeugt, daß seine Frau ein Verhältnis mit Larry Aylor hatte, und unternahm geeignete Schritte, sich Gewißheit zu verschaffen. Er heuerte einen Privatdetektiv namens Jim Right an, der sich überrascht zeigte angesichts der ungewöhnlichen Anweisungen, die sein Klient ihm gab.

»Ich will wissen, ob sie mit dem Kerl schläft«, erklärte Gailiunas. Das entsprach durchaus dem, was Right von seinen anderen Kunden her kannte. Gailiunas übrige Anweisungen jedoch nicht: »Ich will, daß Sie ihr sehr dicht folgen. Sie soll merken, daß Sie hinter ihr her sind. Ich möchte, daß sie Angst bekommt.«

Lange bevor der Detektiv sich meldete, um mitzuteilen, daß er Larry und Rozanne zusammen gesehen hatte, war es Gailiunas gelungen, sich selbst die nötige Gewißheit zu verschaffen. Trotz ihrer Trennung besuchte Rozanne häufig ihr früheres Heim, wenn Gailiunas zur Arbeit war, um Sachen zu holen, die sie brauchte, oder um Peter dorthin zu bringen, wenn Besuchstag war.

Da Gailiunas vermutete, sie würde während ihres Aufenthaltes das Telefon benutzten, hatte er ein Tonband installiert, das insgeheim jedes Gespräch aufzeichnen würde.

Ein paar Tage später überprüfte er das Band. Er vernahm das Rufzeichen und dann eine Männerstimme, die sich meldete. Und dann erklang Rozannes Stimme, so fröhlich, wie er sie seit Monaten nicht mehr gehört hatte. »Ich liebe dich, Larry Aylor«, sagte sie.

Wie erstarrt hockte der Doktor eine ganze Weile im dunklen Wohnzimmer, während das Gespräch, das er gerade gehört hatte, wieder und wieder in seinem Kopf ablief. Endlich die Antwort auf die Frage zu kennen, die ihn seit Monaten beschäftigt hatte, erwies sich als weitaus schlimmer, als er je geahnt hätte.

Erst als er schon sehr betrunken war, wurde sein Kummer langsam durch Wut verdrängt. Mit einiger Mühe wählte er schließlich Aylors Nummer und stieß mit undeutlicher Stimme eine Flut von Anklagen hervor.

Aylor ging sofort in die Offensive und unterbrach ihn. »Sie sind doch nur ein besoffener Penner«, sagte er, »und wenn Sie mich jemals wieder anrufen, komme ich vorbei und trete Ihnen mal kräftig in den Arsch.«

Damit knallte Aylor den Hörer auf die Gabel.

Die Drohung reichte jedoch nicht aus, um Gailiunas zu entmutigen. Ein paar Tage später hörte Aylor, der auf der Couch lag und fernsah, jemanden an seiner Wohnungstür. Er ging in den Flur, um aus dem Fenster zu schauen, und entdeckte draußen Gailiunas zusammen mit einer älteren Frau, bei der es sich, wie sich später herausstellte, um die Mutter des Doktors handelte.

»Ich will Rozanne sprechen«, verlangte Gailiunas, als Aylor die Tür öffnete.

»Sie ist nicht hier.«

»Ich will mit ihr reden.«

Aylor blickte die hinter Gailiunas stehende Frau an und zuckte die Achseln. »Kommen Sie herein und überzeugen Sie sich selbst.«

Nachdem er festgestellt hatte, daß sich seine Frau wirklich nicht in der Wohnung befand, ließ sich Gailiunas schweigend auf die Couch fallen.

»Passen Sie auf«, erklärte Aylor, »ich weiß nicht, welche Probleme Sie mit Ihrer Frau haben, aber die müssen sie mit ihr klären, nicht mit mir. Ich würde es begrüßen, wenn Sie jetzt gingen. Und kommen Sie nicht wieder her.«

Kay Gailiunas drängte schließlich ihren Sohn, aufzustehen. »Komm, wir gehen heim«, sagte sie. Es war das erste Mal, daß sie etwas sagte, seit sie die Wohnung betreten hatte.

Aylor stand an der Tür und sah ihnen nach, als sie fortgingen. Es amüsierte ihn ein wenig, daß der Doktor es für nötig gefunden hatte, sich von seiner Mutter begleiten zu lassen.

Sie befand sich allerdings nicht bei ihm, als Gailiunas am nächsten Morgen nach Richardson fuhr und Rozanne mit den Informationen konfrontierte, die er gesammelt hatte. Er gab den Bericht wieder, den er von dem Privatdetektiv erhalten hatte, und erzählte auch von dem mitgeschnittenen Telefongespräch.

Rozanne verteidigte sich verärgert gegen die Anschuldigungen ihres Mannes und bestritt jegliche Beziehung zu Aylor.

Nur zwei Tage später, in der ersten Juniwoche, wurden Dr. Gailiunas die Scheidungspapiere zugestellt. Zu dem Zeitpunkt wußte er noch nicht, daß der Anwalt, der Rozanne vertrat, auch die Scheidungsunterlagen für Larry Aylor ausgefüllt hatte.

Das Scheitern seiner Ehe trieb Gailiunas in eine Spirale, die stetig abwärts führte. Er trank im Schnitt alle zwei Tage einen Liter Wodka und aß nur selten. Als Rozanne zum Loganwood Drive gezogen war, hatte er noch 195 Pfund gewogen. Im August war sein Gewicht auf 155 Pfund zurückgegangen. Die Kollegen im Krankenhaus tuschelten über die abwesende Art, in der er seinen Aufgaben nachkam – zumindest an den immer seltener werdenden Tagen, an denen er sich nicht krank meldete.

Hinzu kam noch das Problem mit dem Haus, das, wie der Doktor nunmehr wußte, von Rozannes Liebhaber entworfen worden war; obwohl er seine ursprüngliche Begeisterung verloren hatte, beschloß Gailiunas zum ungläubigen Erstaunen aller, die mit der Situation vertraut waren, das Projekt fortzusetzen. Der Bau, so erklärte er, sei schon zu weit fortgeschritten, um jetzt noch damit aufzuhören.

Ein weiterer Punkt, der ihm Kummer bereitete, waren die Sorgen, die er sich zunehmend um seinen Sohn machte. Seit Rozanne ausgezogen war, hatte sich das Stottern des Jungen ganz erheblich verstärkt. Zudem wurde sein Verhalten in der Kindertagesstätte, den Worten des Leiters zufolge, zusehends unerträglich. Und mehr als einmal hatte Gailiunas seinen Sohn hysterisch weinend vorgefunden, wenn er an seinen Besuchstagen dorthin kam, um ihn abzuholen.

Ganz allmählich akzeptierte Dr. Gailiunas die Tatsache, daß seine Frau ihn verlassen hatte, und konzentrierte seine Aufmerksamkeit nunmehr auf seinen Sohn. Rozanne hatte seinem Wunsch, den Sohn gemeinsam zu erziehen, zunächst zugestimmt. Als der Anwalt des Doktors die entsprechenden Papiere aufgesetzt hatte, änderte sich jedoch abrupt ihre Meinung. Ihr Anwalt, erklärte sie, hätte darauf bestanden, daß sie als einzige erziehungsberechtigt sein sollte.

Nun ging der Doktor in die Offensive. Da ihm klar war, daß er nur dann als guter Vater akzeptiert würde, wenn er wieder Ordnung in sein Leben brachte, hörte er mit dem Trinken auf. Desgleichen verzichtete er auf die Einnahme von Antidepressiva und stürzte sich in ein Fitneßprogramm und kümmerte sich wieder um seine Karriere. Angesichts der Zeit, die seine Arbeit im Krankenhaus und im Geschäft verschlang, trug er sich mit dem Gedanken, eine Privatpraxis zu eröffnen. Auf diese Weise würde er sich besser um seinen Sohn kümmern können.

Und trotz der starren Haltung, die seine Frau und ihr Anwalt in dieser Frage einnahmen, drängte er weiterhin auf ein gemeinsames Erziehungsrecht. Eines Abends, als er mit Rozanne vor der Eingangstür ihres Hauses stand, wo sie sich außer Hörweite ihres Sohnes befanden, machte er deutlich, daß er den Kampf nicht aufgeben würde.

»In dem Fall«, erwiderte Rozanne kühl, »werden wir das vor Gericht klären.«

Dr. Gailiunas erinnerte sie an das inkriminierende Tonband. »Du wirst doch nicht wollen, daß man das Band vor dem Richter und den Geschworenen abspielt«, sagte er. »Ich möchte jedenfalls nicht, daß du in der Öffentlichkeit schlecht dastehst. Mir liegt nicht daran, dich durch den Dreck zu ziehen.«

Diese Drohung hatte keinen sichtbaren Effekt. »Mach, was immer du glaubst, tun zu müssen«, meinte seine Frau, bevor sie sich abwandte, um ins Haus zu gehen.

Frustriert und verärgert probierte der Doktor eine andere Taktik aus. Er rief Aylors Frau an, informierte sie über das Band und schlug vor, sie solle zu ihm kommen, um es sich anzuhören. Vielleicht könnte es ihnen beiden nützen, wenn sie ihre Kräfte vereinten. Joy Aylor willigte ein, ihn zu besuchen.

Gegen Ende August saß sie schließlich in Gailiunas' Wohnzimmer und starrte auf das Bandgerät, das vor ihr auf dem Kaffeetisch stand. Während sie aufmerksam dem Gespräch lauschte, das aus Liebesgeflüster und abfälligen Bemerkungen über die jeweiligen Partner bestand, beobachtete Dr. Gailiunas ihre Reaktionen. Es überraschte ihn, wie beherrscht sie wirkte und weder Ärger noch Schmerz über die Dinge zeigte, die ihr Mann sagte. Sie bat Gailiunas lediglich, das Band noch einmal zu der Stelle zurückzuspulen, an der sich ihr Mann über ihre negativen Eigenschaften geäußert hatte.

Nachdem er das Gerät schließlich ausgeschaltet hatte, bot der Doktor von sich aus an, eine Kopie davon anzufertigen, die sie ihrem Anwalt überlassen könnte. »Ich muß darüber nachdenken«, erwiderte Joy.

Am darauffolgenden Tag rief sie an und erklärte, sie sei an

dem Band nicht interessiert. Sie wolle die ganze Angelegenheit nur so schnell wie möglich hinter sich bringen.

Resigniert gab Gailiunas seinen Kampf auf. Es würde, nahm er sich vor, keine weiteren Streitgespräche mehr geben, sondern nur noch kurze, höfliche Bemerkungen, wenn er Peter abholte oder Rozanne ihn bei ihm vorbeibrachte. Die Scheidung, das wußte er jetzt, war unvermeidlich.

In weniger als zwei Monaten – am 10. Oktober 1983 – würde seine Ehe mit Rozanne offiziell beendet sein.

Trotz seines Verdachtes, daß der Doktor für den Tod von Rozanne Gailiunas verantwortlich war, wußte McGowan genau um die Gefahr, sich zu sehr auf eine einzige Theorie zu versteifen und die Untersuchung nur in einer einzigen Richtung voranzutreiben. Aus diesem Grund überprüfte er weiterhin auch die abwegigsten Möglichkeiten. Die Bewohner der Nachbarschaft wurden abermals vernommen, ein Detective erhielt den Auftrag, Informationen über jede einzelne .25 Automatic zu sammeln, die in den letzten zwei Jahren in einem der Waffengeschäfte von Dallas verkauft worden war. Rozannes Aktivitäten in den Wochen vor ihrem Tod wurden minutiös rekonstruiert und alle Menschen, mit denen sie Kontakt gehabt hatte, ausfindig gemacht und verhört. Zahllose Stunden wurden auf die Untersuchung winzigster Details verwendet. Ein Ermittler wurde eigens dafür abgestellt, alles über das Seil in Erfahrung zu bringen, mit dem Rozanne an ihr Bett gefesselt worden war: Wer stellte diese Art von Seil her, wo wurde es verkauft, und zu welchem Zweck wurde es üblicherweise verwendet.

Diese breitgestreuten Nachforschungen mochten einige Antworten erbringen, die, das hoffte McGowan zumindest, ihn möglicherweise in eine bestimmte Richtung lenken würden.

Sandy McGowan, die ihren Mann seit Beginn der Untersuchung nur selten zu Gesicht bekommen hatte, überredete ihn, sich am Freitag abend freizunehmen und mit ihr essen zu gehen. Sie spürte, daß es wichtig war, ihn aus seinem Büro herauszuholen, und sei es auch nur für kurze Zeit, denn ohne Frage war er körperlich wie geistig einigermaßen erschöpft.

Natürlich war Sandy nicht im geringsten überrascht, daß sich ihre Unterhaltung vor, während und nach der Mahlzeit kaum von dem Mordfall entfernte. Doch obwohl sie schon vor geraumer Zeit erkannt hatte, daß ihr Mann bei seiner Arbeit stets eine ungewöhnliche Einsatzbereitschaft zeigte, war sie doch besorgt über die Intensität, mit der er über diese Untersuchung sprach. Und in seiner Stimme entdeckte sie einen zweifelnden Unterton, den sie noch nie zuvor vernommen hatte.

Auf der Heimfahrt erwähnte er, daß man auf dem Polizeirevier einen speziellen Raum für diese Untersuchung eingerichtet hatte.

»Darf ich den sehen?«

McGowan blickte sie für einen Moment schweigend an, wendete den Wagen und fuhr in Richtung des Polizeigebäudes.

Ein paar Minuten später betrat Sandy ein kleines Eckbüro, das früher einmal für Lügendetektortests benutzt worden war. Morris sagte nichts, während sie ihren Blick langsam durch den Raum wandern ließ. Auf einer Tafel war ein Zeitplan wiedergegeben, der detailliert Rozannes Aktivitäten am Mordtag auflistete. Der Inhalt einer Handtasche war fein säuberlich auf dem Tisch ausgebreitet. Ein geöffneter Aktenschrank enthüllte zahlreiche Mappen mit den Berichten, die bislang verfaßt worden waren. An der einen Wand des Raumes hingen am Tatort aufgenommene Fotos, an einer anderen Bilder von der Autopsie. Sandy wandte sich schnell davon ab, ohne zu merken, daß sie vor Schreck über das, was sie bei dem flüchtigen Blick gesehen hatte, die Hand vor den Mund schlug.

Andere Bilder hingegen studierte sie genauer, darunter jene, die ihr Mann in der Mordnacht aus dem Haus mitgenommen hatte. Es handelte sich eindeutig um Fotos von der Geburtstagsparty eines kleinen Jungen. Man sah lachende Kinder vor dem Hintergrund eines mit hübsch verpackten Geschenken bedeckten Tisches, die begierig auf Eis und Kuchen warteten. Eines der Fotos erregte Sandys Aufmerksamkeit in besonderem Maße. Es zeigte eine hübsche, lächelnde Frau, bei es sich nur um Rozanne handeln konnte, die ihren kleinen Sohn auf dem Schoß hielt.

Erst als sie ihren Blick durch den stillen, fensterlosen Raum schweifen ließ, wurde Sandy McGowan bewußt, wie sorgfältig dieser Fall untersucht wurde. Als Morris die Tür wieder verschloß, erkundigte sich seine Frau, die immer noch von dem eben Gesehenen überwältigt war, ob ein derartiger Aufwand bei jedem Mordfall betrieben würde.

»Nein«, gab McGowan zu.

An jenem Abend fand Sandy einen Namen für das Zimmer, das sie mit ihrem Mann besucht hatte.

Und von dieser Nacht an wurde es nur noch ›Rozannes Raum‹ genannt.

Am folgenden Montag, an dem Rozannes Beerdigung in Massachusetts stattfand und Peter III endlich doch wieder der Obhut seines Vaters anvertraut wurde, fuhr McGowan zum Oak Lawn Bezirk von Dallas, um Joy Aylor im Büro ihres Scheidungsanwalts zu treffen.

Er wollte ihre Meinung über die Beziehung ihres Mannes zu Rozanne hören.

Die höfliche, zurückhaltende Frau war noch attraktiver, als er erwartet hatte. Nein, erklärte sie, von der Affäre hätte sie nichts gewußt, bis Dr. Gailiunas sie wegen der Tonbandaufnahme angerufen hatte.

»Ich bin zu ihm gefahren und habe mir das Band angehört«, gab sie zu.

»Kam Ihnen der Doktor aufgebracht oder wütend vor?«

»Eigentlich nicht«, meinte sie. »Es kam mir so vor, als hätte er sich mit der ganzen Sache schon mehr oder weniger abgefunden und wollte jetzt nur, daß wir uns beim Scheidungsverfahren gegen die beiden verbünden sollten. Was ihm dabei genau vorschwebte, weiß ich nicht, ich habe ihm jedenfalls erklärt, ich wäre nicht interessiert.«

McGowan erkundigte sich nun, wie sie reagiert hätte, als ihr Mann die Scheidung einreichte.

»Anfangs war ich verletzt und wütend. Nachdem Rozannes Mann mir das Band vorgespielt hatte, fuhr ich nach Hause, rief Larry an und bat ihn, zu mir zu kommen. Ich war entschlossen, ihn mit dem zu konfrontieren, was ich gerade erfahren hatte. Er sollte wissen, daß mir klar war, was ablief. Und sie sollte das auch wissen. Wir redeten miteinander, und Larry versuchte weiterhin, alles abzustreiten. Schließlich schlug ich vor, er solle sie anrufen. Ich bin an den anderen Apparat gegangen, und dann hatten wir ein kurzes, aber sehr interessantes Gespräch zu dritt.

Und auf diese Weise habe ich herausgefunden, weshalb mein Mann sich von mir scheiden lassen wollte.«

Sie sprach offen und in einem sachlichen Tonfall, der nahelegte, daß aller Schmerz, den die Trennung mit sich gebracht haben mochte, inzwischen der Vergangenheit angehörte. Sie klang wie eine Frau, die mit dieser Situation fertig geworden war und sich entschlossen hatte, von nun an ihr eigenes Leben zu führen.

»Können Sie mir sagen, was Sie am letzten Dienstag gemacht haben?« fragte McGowan.

Wie sich sogleich zeigte, hatte ihr Anwalt sie auf diese Frage vorbereitet.

»Ich bin morgens aufgestanden«, erzählte sie, »und habe einen Thunfischauflauf für meinen Sohn Chris gemacht. Gegen elf Uhr dreißig kam dann Sherry Bradshaw, eine Nachbarin, vorbei, und wir haben uns zusammen eine Seifenoper angesehen. Um kurz nach zwölf kam der Briefträger.

Ich war an dem Tag daheim geblieben, weil ich einen Handwerker erwartete. Er kam gegen vierzehn Uhr dreißig und blieb ungefähr eine halbe Stunde.«

Als sie sich der fraglichen Zeitspanne näherte, richtete sich McGowan auf, sagte aber nichts.

»Kurz nachdem der Handwerker gegangen war, kam Chris aus der Schule. Er hatte einen Freund mitgebracht, und die beiden gingen auf sein Zimmer, um zu lernen. Fast zur gleichen Zeit schaute auch mein Vater herein und blieb bis etwa siebzehn Uhr dreißig.«

McGowan merkte sich vor, mit Henry Davis zu sprechen, um sich diese Zeitangaben von ihm bestätigen zu lassen. Dann dankte er Joy für die Bereitschaft zur Zusammenarbeit.

Als er gehen wollte, reichte sie ihm die Hand und lächelte. »Vielen Dank, daß Sie so nett waren«, meinte sie. »Ich muß zugeben, daß ich jemanden erwartet habe, der erheblich älter – und unfreundlicher – ist.«

Zurück in seinem Büro, rief McGowan Henry Davis an und erkundigte sich – natürlich ohne sein Gespräch mit Joy zu erwähnen –, ob er sich noch erinnern könnte, was er am vergangenen Dienstagnachmittag getan hatte. Ohne zu zögern, erklärte Davis, er sei von fünfzehn Uhr bis mindestens siebzehn Uhr dreißig bei seiner Tochter gewesen. Er würde jetzt öfter bei Joy vorbeischauen, seit der Mistkerl von Ehemann ausgezogen sei, fügte er hinzu.

McGowan saß an seinem Schreibtisch und überdachte das Geflecht aus Beziehungen und Gefühlen, durch das er sich seit dem Beginn der Untersuchung hindurcharbeitete. Rozanne war offenbar nicht das einzige Opfer in diesem zunehmend bizarrer werdenden Szenario.

Angesichts der frischen Erinnerung an sein Gespräch mit Joy Aylor, dieser hübschen, charmanten und intelligenten Frau, von der man mit Fug und Recht behaupten konnte, daß sie ›Klasse‹ hatte, stellte sich ihm noch eine weitere Frage:

Weshalb, um alles in der Welt, wollte sich Larry von ihr scheiden lassen?

Kapitel 5

Es war eine dieser Teenager-Romanzen, die normalerweise schnell aufblühen und genauso schnell wieder vergehen, sobald jemand auftaucht, der noch interessanter erscheint. Joy Jeannine Davis, die hübsche, lebhafte Tochter eines wohlhabenden Landentwicklers, die gerade ihr erstes Jahr an der High School verbrachte, hatte ihre Freunde gedrängt, sie einem allgemein beliebten, älteren Schüler vorzustellen, den sie attraktiv fand.

Und so begegnete sie während eines Football-Spiels an der Hillcrest High School an einem Freitag im Herbst des Jahres 1966 zum ersten Mal Larry Aylor.

Schon bald gingen die beiden nur noch miteinander aus, und am Ende des Frühlingssemesters war es für jedermann offensichtlich, daß die Beziehung zwischen Joy und Larry keine kurzlebige Geschichte war. Sie liebten einander, und nach dem romantisierenden Urteil ihrer jugendlichen Freunde waren sie sogar ein ›ideales Paar‹. Tatsächlich hatten sie auch schon erwogen zu heiraten, sobald Joy mit der Schule fertig wäre.

Kurz nachdem Larry seinen High-School-Abschluß gemacht hatte, fuhr Joy an einem Nachmittag im Frühling mit ihm zur Farm ihrer Familie, die südlich von Dallas lag, und präsentierte ihm dort stolz ein Geschenk, um das ihn jeder seiner Freunde beneidete. Sie beglückte ihn mit einem Wallach aus registrierter Zucht und legte damit zugleich den Grundstein seiner lebenslangen Begeisterung für Pferde.

Daß sie aus Familien mit extrem unterschiedlicher finanzieller Basis kamen, schien keine Rolle zu spielen. Obgleich ihm bewußt war, daß Joys Eltern Geld hatten, und das nicht zu wenig, galt sein Interesse offenbar nur ihrem überragenden Aussehen und ihrer gewinnenden Persönlichkeit. Es gefiel ihm, daß sie in ihn vernarrt war wie noch kein anderes Mädchen vorher, und zudem stets bereit, seinem ohnehin schon beachtlichen Ego zu schmeicheln. Sie war genau so, wie eine Frau nach Meinung des Achtzehnjährigen sein sollte.

Nach einer kurzen Dienstzeit bei der Navy, die er absolvierte, während Joy ihr letztes Jahr an der High School hinter sich brachte, heirateten sie im Jahr 1968. Larry war fast zwanzig, und Joy war gerade neunzehn geworden.

Obwohl Larry sehr herzlich im Kreis der Familie seiner Frau aufgenommen wurde, mußte er doch schnell erfahren, daß man es dort schätzte, wenn man hart arbeitete und seinen eigenen Weg ging. Der beachtliche Reichtum der Davis' stand keineswegs zur Verfügung, um den Kindern den Weg ins Erwachsenenleben zu erleichtern. So hatte es die Familie bei Joys älterer Schwester Carol und ihrem Mann gehalten, und so war es offenbar auch für Joy und Larry vorgesehen.

So mietete sich das junge Paar ein kleines Apartment, und beide arbeiteten als Verkäufer, Joy in einer Damenboutique im North Park Shopping Center und Larry bei einem Herrenausstatter ganz in der Nähe. Für ihn schien es trotz der geringen Bezahlung der ideale Beruf zu sein. Aylor war schon in der Schule als Modenarr bekannt gewesen, und es war durchaus üblich für ihn, sich drei- oder viermal am Tag umzuziehen. In ihrem Kleiderschrank brauchten seine Sachen doppelt soviel Platz wie Joys. Und während sie sich in verwaschenen Jeans und Männerhemden durchaus wohl fühlte, bevorzugte ihr Ehemann das geschniegelte Outfit eines jungen Bankangestellten. Falls es zutrifft, daß Kleider Leute machen, dann war Larry Aylor eindeutig zu Höherem bestimmt.

Insgeheim schmiedete sein Schwiegervater bereits Pläne, ihm eine finanziell lukrativere Arbeit als das Verkaufen von Kleidern zu verschaffen. Erst wollte er sich davon überzeugen, daß der Gatte seiner Tochter diese Hilfe auch verdiente.

Immerhin hatte er in dieser Hinsicht bereits einen Mißerfolg erlebt, als er Carols Ehemann im Baugewerbe unterbrachte, nur um ihn dann kläglich scheitern zu sehen. Zu dieser Enttäuschung trug auch noch der Gedanke an Tausende verschwendeter Dollars bei, die er in eine Collegeerziehung gesteckt hatte, für die seine Tochter dann nur wenig Interesse aufbrachte. Da er kein Mann war, der gutes Geld hinter schlechtem herwarf, hatte Henry nicht die Absicht, die gleiche Erfahrung mit Joy und deren Mann nochmals zu machen. Dieses Mal wollte er geduldig abwarten und beobachten, bevor er sich selbst und sein Geld für die beiden einsetzte.

Obgleich Henry und Frances Davis schon seit langem ihren festen Platz im wirtschaftlichen und gesellschaftlichen Leben von Dallas hatten, stellten sie doch so etwas wie eine Besonderheit dar. Beide entstammten bäuerlichen Verhältnissen. Gegen Ende des Zweiten Weltkriegs waren sie von Ellis County aus hergezogen, als die kleine Dachdeckerei, die Henry zusammen mit seinem Bruder Hugh betrieb, stetig wuchs. In der Mitte der fünfziger Jahre begannen sie zu expandieren und bauten einige Geschäftshäuser in den im Norden von Dallas gelegenen Ortsteilen Casa View und Lake Highlands. Als gewiefter Geschäftsmann, der auch bereit war, Risiken einzugehen, erkannte Henry schnell, daß in der Landentwicklung sehr viel Geld steckte. Er lieh sich Kapital und kaufte zur Erschließung vorgesehene Grundstücke, die er später an Bauwillige, die sich ein Eigenheim errichten wollten, weiterverkaufte. Da er mit dieser Art von Geschäft kurz vor dem großen Bauboom der sechziger Jahre angefangen hatte, war der einstige Junge vom Lande schon bald auf dem besten Weg, Millionär zu werden. Zusätzliche Einkünfte erwuchsen ihm aus seiner Investition in eine kleine, aber einträgliche Versicherungsgesellschaft, und schließlich wurde Henry Vorstand einer der aufblühenden Banken von Dallas.

Als sein Bruder bei einer Vogeljagd in South Texas an einem Herzanfall starb, führte Henry die Geschäfte allein fort und erklomm Sprosse um Sprosse der Leiter, die ihn zur Finanzelite von Dallas führen sollte. Schätzungen seines Vermögens variierten schließlich zwischen zehn und fünfundzwanzig Millionen Dollar.

Obgleich es ihm an der formellen Ausbildung und dem gesellschaftlichen Schliff vieler seiner Konkurrenten mangelte, stand außer Frage, daß Henry über die grundlegenden Eigenschaften verfügte, die für eine erfolgreiche Karriere notwendig waren: Voraussicht, eine Begabung fürs Geschäftemachen und den Willen zum Sieg.

So gut wie nichts konnte sein Gewinnstreben einschränken, nicht einmal Freundschaften. G. W. Billingsley, ein alter Freund und Kollege im Baugewerbe, erinnerte sich, Davis wegen einer achtzig Acres großen Parzelle angesprochen zu haben, die schon bald zum Bau von Eigenheimen freigegeben werden würde. Da er das für den Kauf nötige Kapital nicht allein aufbringen konnte, schlug er Davis eine Partnerschaft zu gleichen Teilen vor. Henry erklärte, er wolle sich das fragliche Land ansehen und sich dann wieder melden. Als Billingsley tagelang nichts von Davis hörte, rief er ihn schließlich an und erhielt die Auskunft, das Stück Land ›erscheine ihm nicht besonders attraktiv‹. Überrascht angesichts dieser Antwort stellte Billingsley ein paar Nachforschungen an und fand schnell heraus, daß Davis die gesamten achtzig Acres am Vortag selbst gekauft hatte.

Aufgebracht stellte Billingsley Davis zur Rede, der ihm in der Manier des hartgesottenen Geschäftsmannes vorschlug, sein Freund sollte die ganze Angelegenheit doch einfach als gute Lehre betrachten. Und nachdem er so einen Punkt für sich gutschreiben konnte, bot er Billingsley an, die Hälfte des Landes zu kaufen, was dazu führte, daß sie auch weiterhin Freunde blieben.

Tatsächlich erwarb sich Davis den Respekt fast aller Menschen, die mit ihm zu tun hatten. Mochten seine Methoden Außenstehenden auch rücksichtslos erscheinen, so betrachteten ihn sowohl seine Mitarbeiter wie auch seine Konkurrenten in aller Regel einfach als verdammt guten Geschäftsmann.

Er war ein Mann, der klug investierte und so gut wie nie einen Pfennig unnütz ausgab.

So gehörte es beispielsweise zu seinen Gepflogenheiten, seine Angestellten hin und wieder mit einem Grillfest auf seiner südlich von Dallas gelegenen Tausend-Acres-Ranch zu belohnen. Dabei wurden die Arbeiter zwar bestens mit Essen und Trinken versorgt, zugleich aber auch angehalten, einen Großteil des Tages mit nützlichen Arbeiten zu verbringen, indem sie etwa das Unterholz lichteten oder die Zäune reparierten. Daß sie auf diese Weise von ihrem Boß ausgenutzt wurden, schien sie nicht weiter zu stören. Es bereitete ihnen im Gegenteil sogar Vergnügen, bei Henry Davis zu sein, und sie hörten gerne seine Geschichten über die Mißgeschicke, die ihm als Jungen in der heimatlichen Kleinstadt widerfahren waren, oder über seine Kriegserlebnisse, als er Waffenausbilder gewesen war. Henry war ein erstklassiger Schütze und stets bereit, den Gästen seine Gewehre zur Verfügung zu stellen und ihnen Schießunterricht zu erteilen. In seiner abgetragenen Kleidung und mit seiner einfachen, gradlinigen Ausdrucksweise galt er seinen Angestellten als Beweis, daß auch sie es eines Tages schaffen konnten, ihr Glück zu machen.

Henry Davis war ein Mann vom alten Schlag, der sein Vergnügen noch in den einfachen Freuden des Lebens fand. Wenn er nicht gerade damit beschäftigt war, Geld zu verdienen, ging er auf seiner Farm der Vogeljagd nach oder suchte die friedliche Einsamkeit des Häuschens am Cedar Creek auf, das er für seine Familie gekauft hatte. Freitags lud er mitunter Zimmerleute und Dachdecker in eines seiner noch im Bau befindlichen Häuser, um dort den Abend mit Biertrinken und Pokern zu kleinen Einsätzen zu verbringen.

Francis Davis hingegen fühlte sich vom Glitzer der Großstadt angezogen. Das Geld ihres Mannes diente als Eintrittskarte in die bessere Gesellschaft. Da sie eine Frau war, die sich für die Schönen Künste interessierte, wurde sie regelmäßig Gast bei Theateraufführungen, Kunstausstellungen und Wohltätigkeitsveranstaltungen. Gelegentlich wurde sie dabei von Henry begleitet, der sich dabei allerdings fehl am Platze vorkam und sich zudem im Anzug unwohl fühlte. Und so tauchte sie in der Regel entweder allein oder in Begleitung anderer Frauen auf, deren Ehemänner sich ebenfalls weigerten, an derartigen Veranstaltungen teilzunehmen.

Als Vorstandsmitglied der Dallas Summer Musicals genoß sie es, die Mitwirkenden zu Parties in ihr Haus einzuladen, wobei sie stets darauf Wert legte, daß auch die Klatschspaltenschreiber der Lokalzeitungen anwesend waren. Als Gastgeberin für Berühmtheiten aus dem Showgeschäft wie Lauren Bacall zu dienen, gesellschaftliche Ereignisse wie den jährlichen Ball der

Cattle Barons vorzubereiten und gelegentlich Reisen ins Ausland, das waren die Dinge, die das Leben von Francis Davis beherrschten.

Das, und ihre Enkelkinder.

Das Haus der Davis war für Michelle, das Kind ihrer ältesten Tochter Carol, schon früh zur zweiten Heimat geworden. Und als Joy im Jahr 1980 ihren Sohn Chris bekam, bestand Francis darauf, daß Joy und Larry ihr Apartment aufgaben und ins Haus der Davis zogen, damit sie ihnen bei der Erziehung und Versorgung des Kindes zur Hand gehen konnten.

Kurz danach beschloß Henry Davis, es sei an der Zeit, sich um die Karriere seines Schwiegersohns zu kümmern. Falls Larry bereit war, das Baugewerbe von der Pike auf zu lernen, würde Henry ihm und Joy das Startkapital verschaffen, um eine eigene Baufirma aufzuziehen. Larry könnte sich um die Bauten kümmern, während Joy sowohl für die Buchführung wie auch für die Innenausstattung zuständig sein sollte. Das junge Paar, das so ein Angebot schon lange herbeigesehnt hatte, ging begeistert auf Henrys Vorschlag ein.

Allerdings bestand Davis darauf, daß Larry einer Vereinbarung zustimmte, die sein Schwiegervater mit seinem Freund Billingsley getroffen hatte. Aylor sollte ein Jahr lang unter Billingsleys Aufsicht arbeiten und dabei alle Aspekte des Geschäfts kennenlernen.

Und so arbeitete Joy weiterhin halbtags in der Boutique, während ihr Mann an der Seite von Architekten und Zimmerleuten, Dachdeckern und Installateuren arbeitete.

Im Jahre 1978 wurde dann schließlich die Larry W. Aylor Custum Builders, Inc., gegründet, eine Gesellschaft, die ihre wirtschaftliche Grundlage Henry Davis verdankte. Er sorgte dafür, daß Larry bei der selben Bank, bei der auch Henry seine Geschäfte tätigte, einen großzügigen Kreditrahmen erhielt, verbreitete bei den Subunternehmern, daß ein neuer Bauträger in Dallas aufgetaucht sei, und war jederzeit bereit, hilfreiche Ratschläge zu geben.

Henry gefiel die Begeisterung, die sein Schwiegersohn zeigte. In seinen Augen war das ein energiegeladener, ambitionierter junger Mann, der alle Fähigkeiten besaß, um seiner Tochter und seinem Enkelsohn ein angenehmes Leben zu sichern. Was er allerdings nicht sah, waren die dunklen Wolken, die über der Ehe seiner Tochter auftauchten.

Freunde, die Joy und Larry gut kannten, bemerkten eine deutliche Spannung in ihrer Beziehung. Sobald ihr Mann in der Nähe war, schien Joy nervös zu sein und sorgfältig darauf bedacht, ihn nicht zu verärgern. Ohne ihn war sie hingegen aufgeschlossen und gesellig.

Nach Ansicht vieler ihrer Bekannten war Larry ein herrschsüchtiger Ehemann, der völlig grundlos zu heftigen Eifersuchtsanfällen neigte. Ein paar engen Freundinnen gegenüber gestand Joy, daß ihr Mann offenbar Vergnügen daran fand, sie als unattraktiv und intellektuell minderwertig hinzustellen. Beständig kritisierte er ihre Fähigkeiten als Mutter und als Geschäftspartnerin. Und kaum ein Tag verging, an dem er nicht mehrfach anrief, um nachzuprüfen, wo sie sich gerade aufhielt.

All diese Dinge entgingen ihrem auf die geschäftlichen Aspekte fixierten Vater. In seiner Gegenwart achtete Joy sorgfältig darauf, die Rolle der zufriedenen Tochter und glücklichen Ehefrau zu spielen. Und tatsächlich gefiel Henry Davis das Bild, das er erblickte, sehr – das Bild eines hart arbeitenden jungen Paares, das eine Familie gründete und sich eine solide Reputation im Baugewerbe verschaffte.

Die Ergebnisse ihre Erfolges wurden schon bald sichtbar. Larry und Joy bezogen ein Zweihundertfünfzigtausend-Dollar-Haus am Arbor Trail, nur einen Katzensprung vom Anwesen der Davis' entfernt. Joy richtete es geschmackvoll ein und engagierte ein spanisches Dienstmädchen für die Hausarbeit. Aylor kaufte zusammen mit einem Kollegen eine kleine Ranch im Kaufman County, wo er seine Pferde unterbrachte und auch die Rinder, die er seit kurzen bei Auktionen erwarb. Und wenn Joy auch einen Porsche fuhr, so war es doch in erster Linie ihr Ehemann, der besonderen Wert auf die äußeren Zeichen des Reichtums legte. Er besaß einen Jaguar, ein Motorrad, einen Jeep, einen Pick-up und ein Rennboot und trug stolz eine goldene Rolex.

Im Frühjahr 1982 tat Joy etwas, was ihr mehr bedeutete als all die materiellen Dinge, die sie und ihr Mann angesammelt hatten. Heimlich begab sie sich ins Baylor Hospital und ließ sich die Brüste vergrößern. »Wenn dein Mann immer gierig die Brüste anderer Frauen begafft«, erklärte sie einer Freundin nach der Operation, »dann überlegst du dir irgendwann, daß es schön wäre, wenn er auch daheim so reagieren würde.«

Zu ihrer Enttäuschung schien jedoch die ›neue Joy‹, wie sie sich selbst bezeichnete, den umherschweifenden Blick ihres Gatten kaum zu beeindrucken.

Und letztlich führte das ausgeprägte Interesse, das Larry Aylor für andere Frauen an den Tag legt, zum Verlust der Gunst seines Schwiegervaters.

Diejenigen, die versuchen, den Zeitpunkt festzulegen, an dem sich Henry Davis' Einstellung gegenüber Larry so abrupt änderte, beziehen sich auf einen Jagdausflug, den sein Schwiegervater im südlichen Texas gemacht hatte. Aylor hatte einige seiner Kunden übers Wochenende in ein gepachtetes Jagdrevier in der Nähe der Grenze eingeladen und hatte mit ihnen am Samstag mehrere Bordelle in Mexiko besucht.

Davis war außer sich, als er von diesem Ausflug erfuhr. Doch bevor er sich deswegen mit Larry auseinandersetzte, bemühte er sich um eine Bestätigung dieser Geschichte. Was dabei herauskam, war mehr, als er erwartet hatte. Geschäftsfreunde, die Henry befragte, berichteten erstaunlich offen von den ›Weibergeschichten‹ seines Schwiegersohns. Der Trip nach Mexiko, versicherten sie ihm, sei wohl kaum sein erster Kontakt mit Prostituierten gewesen. Eines der Lokale, die Larry regelmäßig zusammen mit einem befreundeten Klempner besuchte, war eine Oben-Ohne-Bar am Northwest Highway mit dem Namen The Doll's House. »Larry hält sich eben für einen ausgesprochenen Frauentyp«, erklärte einer von Davis' langjährigen Geschäftsfreunden. Es sei allgemein bekannt, erfuhr Davis, daß Larry mit jeder Frau zu schlafen versuchte, für die er ein Haus baute.

Als Joy ihm einige Tage später wütend klarmachte, daß sie über seinen ›Ausflug‹ jenseits der Grenze Bescheid wußte, mußte Larry nicht lange darüber nachdenken, wie sie die Geschichte herausgefunden hatte.

Henry Davis hatte seine Botschaft geschickt.

Das vormals herzliche Verhältnis zwischen Schwiegervater und Schwiegersohn löste sich schlagartig auf. Davis, der schon seit langer Zeit für seine starre und nachtragende Art bekannt war, prahlte nun nicht mehr mit Aylors Fortschritten als Geschäftsmann. Wenn er Larry überhaupt im Gespräch mit seinen Kollegen erwähnte, pflegte er ihn üblicherweise als ›dieser kleine Scheißer‹ zu bezeichnen. Nur weil seine Tochter entschlossen schien, ihre Ehe fortzusetzen, hielt sich Henry mit seinen Ansichten über Larry einigermaßen zurück. Da er bestrebt war, seinem Schwiegersohn möglichst aus dem Weg zu gehen, besuchte er Joy nur noch, wenn er sicher sein konnte, daß Larry noch bei der Arbeit war. Bei Familientreffen während der Ferienzeiten, die traditionellerweise im Haus der Davis' stattfanden, wurde Larry mit kühler Duldung behandelt.

Das einzige Mitglied des Davis-Clans, das Larrys Gegenwart tatsächlich noch zu schätzen schien, war Joys fünfzehnjährige Schwester Elizabeth. Wenn er für einen Abstecher zur Farm oder einen Ausflug zum See Gesellschaft suchte, dann war es häufig Liz, die ihn begleitete, und nicht Joy.

So kam es, daß Larrys Ehe schon lange bevor Rozanne Gailiunas in sein Leben trat, eher eine Geschäftsbeziehung war als eine liebevolle Zweierbeziehung. In zunehmendem Maße ging das Paar getrennte Wege. Joy beschäftigte sich mit der Buchführung und einem Geschäft für Rolläden, das sie vor kurzem eröffnet hatte, und Larry verbrachte viele Stunden mit der Überwachung der Bauarbeiten an den Häusern, die er errichtete.

Freunden gegenüber erklärte er, wenn sein Sohn nicht wäre, hätte er Joy längst verlassen. Er berichtete von ihren ständig wachsenden Ansprüchen, ein Charakterzug, der ihm schon bei ihrer Mutter aufgefallen war. »Ich will verdammt sein, wenn ich mich von ihr genauso behandeln lasse, wie Frances Harry behandelt«, sagte er mehr als nur einmal.

Seine Klagen nahm allerdings niemand wirklich ernst, denn es war kaum zu erwarten, daß Larry, der seine Vorliebe für ein Leben in Wohlstand keineswegs verbarg, sich von der finanzkräftigen Davis-Familie trennen würde.

Und ob nun die geheimen Kümmernisse, die Joy ihren Freundinnen anvertraute, der Grund waren, oder die Klagen, die Larry seinen Kumpeln gegenüber äußerte, es war jedenfalls offensichtlich, daß die Ehe ernsthaft gestört war.

An einem Samstagmorgen, als er mit seinem Freund Don Kennedy in einem Café in Dallas saß, erwähnte Larry Rozanne Gailiunas zum ersten Mal. Sie sei die schönste Frau, die er je gesehen hätte, erklärte er. In den nächsten Tagen beherrschte dieses Thema ihre Gespräche.

Kennedy hatte seinen Freund noch nie so glücklich erlebt. Und so war er auch nicht überrascht, als Larry erzählte, daß er in ein Apartment gezogen sei und vorhabe, die Scheidung einzureichen.

McGowan hatte an den Tagen nach dem Anschlag auf Rozanne Larry Aylor als einen Menschen erlebt, der tief über den Verlust einer schönen Frau trauerte, die er hatte heiraten wollen. Seit jener Nacht, in der sie sich zum ersten Mal im Vorgarten von Rozannes Haus begegnet waren, hatte Larry immer wieder betont, wie sehr er sie geliebt hatte.

Trotzdem blieb der Detective weiterhin unsicher. Noch nie zuvor hatte er bei der Untersuchung eines Mordfalles ein derart ungewöhnliches Verhalten der direkt Betroffenen erlebt. Wie war es möglich, daß der Doktor, der ganz offensichtlich voller Wut über die Rolle war, die Aylor bei der Zerstörung seiner Ehe gespielt hatte, weiterhin eine geschäftliche Beziehung zu ihm unterhielt? Und weshalb hatte Larry, wenn er tatsächlich sicher war, daß Gailiunas für Rozannes Tod verantwortlich war, so schnell seinen Anwalt alarmiert?

Zudem war es McGowan merkwürdig vorgekommen, daß die Agostinellis den jungen Bauunternehmer, den sie noch nie zuvor gesehen hatten, bei ihrer Ankunft in Dallas herzlich begrüßten, während sie gleichzeitig ein wahres Sperrfeuer wütender Beschuldigungen gegen Rozannes Ehemann ausstießen.

Eines Abends, während sie über den Fall sprachen, meinte McGowan zu seiner Frau, es gäbe vieles an diesen Menschen, das er nicht verstehen könnte. Scherzhaft hatte Sandy daraufhin geantwortet, vielleicht könnten sie sich glücklich schätzen, daß sie nicht reich wären.

Zu dem Zeitpunkt, als Larry Rozannes Leiche auf ihrem Flug zur Beerdigung in Boston begleitete, hatte McGowan ihn gänzlich von der Liste der möglichen Tatverdächtigen gestrichen. Statt dessen betrachtete er ihn als schmerzerfülltes Opfer des tragischen Geschehens am Loganwood Drive.

Wenige Tage nach seiner Rückkehr von Rozannes Beerdigung suchte Aylor McGowan in dessen Büro auf, um zu hören, ob die Untersuchung Fortschritte gemacht hätte. Die beiden unterhielten sich etwa eine halbe Stunde lang. Morris erzählte, welche Informationen zwischenzeitlich gesammelt worden waren, und Larry schilderte mit leiser Stimme die Beerdigung. Danach forderte er wieder, alle Anstrengungen müßten sich auf den Nachweis konzentrieren, daß Dr. Gailiunas der Mörder sei.

Als Aylor schließlich aufstand, um zu gehen, machte er eine beiläufige Bemerkung, die McGowan dermaßen überraschte, daß er für einen Moment außerstande war, sich ebenfalls zu erheben.

»Ach, übrigens«, sagte Larry, »Joy und ich, wir haben uns zusammengesetzt und lange miteinander geredet. Ich bin wieder nach Hause gezogen.«

Kapitel 6

Die Ermittlungen dauerten nunmehr schon fast zwei Wochen, und McGowans Frustration nahm zu, als die Ergebnisse der Lügendetektor-Tests, die bei Dr. Gailiunas und Larry Aylor vorgenommen worden waren, auf seinem Schreibtisch landeten. Beide hatten auf Wunsch ihrer jeweiligen Anwälte den Tests zugestimmt, und bei keinem von ihnen hatte sich auch nur der leiseste Hinweis auf eine Lüge gezeigt, als sie die drei Schlüsselfragen beantworteten:

1. *Haben Sie Rozanne Gailiunas getötet?*
2. *Befanden Sie sich in ihrem Haus, als Rozanne Gailiunas angegriffen wurde?*
3. *Wissen Sie, wer Rozanne Gailiunas getötet hat?*

Selbst Joy Aylor hatte sich auf Anraten ihres Anwalts freiwillig dem Test unterzogen und bei ihren Antworten auf die Fragen ebenfalls keine verdächtige Reaktion gezeigt.

Überraschenderweise hatte Dr. Gailiunas mit dem eindeutigsten Ergebnis bei dem Test abgeschnitten, der von Eric Holden vorgenommen worden war, einem der bekanntesten und angesehensten Polygraph-Experten in Dallas. Holdens Testmethode wurde weithin als die fortschrittlichste und höchstentwickelte auf diesem Gebiet anerkannt. Die Methode, die aufgrund eines Forschungsauftrags des Justizministeriums an der Universität von Utah entwickelt worden war, sollte jede Möglichkeit einer Fehlbeurteilung durch den Testleiter ausschließen.

Ein Wert von 10–12 auf der Reaktionsskala wurde als eindeutiger Hinweis darauf betrachtet, daß die Testperson nicht log. Dr. Gailiunas erzielte eine 18, einen der höchsten Werte, die Holden jemals erlebt hatte.

In einem Begleitschreiben zu dem Bericht über Dr. Gailiunas Befragung äußerte Holden deshalb auch eine sehr persönliche

Einschätzung: »Falls irgend jemand ihn in diesem Fall ernsthaft verdächtigt«, schrieb er, »dann bellt er eindeutig den falschen Baum an.«

Allmählich fand sich McGowan bereit, dem zuzustimmen.

Jeder weitere Fortschritt der Ermittlungen schwächte die Verdachtsmomente gegen Gailiunas. Als er überprüfte, ob der Doktor einen finanziellen Vorteil aus dem Tod seiner Frau ziehen konnte, hatte McGowan erfahren, daß eine Versicherungspolice über hundertfünfzigtausend Dollar, die zu den üblichen Vergünstigungen gehörte, die jedem Arzt zustanden, der an der Southwestern Medical School angestellt wurde, zugunsten von Rozanne eingetragen worden war.

Ursprünglich war McGowan davon ausgegangen, daß Rozanne ihre Verletzungen einige Zeit nach sechzehn Uhr erhalten hatte, und zwar höchstwahrscheinlich in jenem kurzen Zeitraum, für den ihr Ehemann keine Zeugen benennen konnte; das fünfundvierzigminütige Nickerchen eben. Später hatte jedoch Dr. Mary Gilliland, die Pathologin, die die Autopsie durchgeführt hatte, nachgewiesen, daß Rozanne aller Wahrscheinlichkeit nach schon *vor* sechzehn Uhr angeschossen worden war. Und es gab viele Menschen, die den Doktor zu dieser Zeit im Krankenhaus gesehen hatten.

Da immerhin die Möglichkeit bestand, daß sich Dr. Gilliland irrte, hatte McGowan den siebzehneinhalb Meilen langen Weg vom Krankenhaus bis zum Haus Loganwood 804 mehrfach zurückgelegt. Doch obwohl er alle nur erdenkliche Routen ausprobiert hatte, lag sein bestes Ergebnis bei achtundzwanzig Minuten für eine Fahrtstrecke.

Falls man Anklage gegen Gailiunas erheben wollte, würde es nötig sein, ihm den Besitz der Tatwaffe nachzuweisen. Nachforschungen in den Aufzeichnungen der Waffengeschäfte von Dallas hatten jedoch nicht den geringsten Hinweis darauf erbracht, daß Dr. Gailiunas oder jemand aus seinem Bekanntenkreis eine .25 Automatic oder Patronen der Marke, die bei der Ermordung seiner Frau benutzt worden war, gekauft hatte.

Im Grunde fand es McGowan sogar überraschend, daß einige der Ermittler, die an der Untersuchung dieses Falls mitarbeiteten, trotz der ständig zunehmenden Gegenbeweise weiterhin felsenfest davon überzeugt waren, Gailiunas sei der Schuldige.

Insgeheim war McGowan der gleichen Ansicht, auch wenn er die Gründe dafür nicht hätte erklären können.

Er zwang sich schließlich, seine Aufmerksamkeit auf andere Möglichkeiten zu richten, und fing an, Rozannes Aktivitäten in den Tagen vor dem Mordanschlag zu überprüfen. Er suchte nach einem Hinweis, daß der Mörder eventuell jemand sein könnte, der eine unheilvolle Fixierung entwickelt hatte und ihr gefolgt war, um sich seine verdrehten sexuellen Wunschträume zu erfüllen. Doch während er dieser Möglichkeit nachging, wünschte er sich inständig, keine entsprechenden Beweise zu finden. Falls Rozanne tatsächlich das zufällige Opfer eines Unbekannten geworden war, dann wären seine Chancen, den Fall aufzuklären, nur noch mikroskopisch gering.

Seit sie in das Haus am Loganwood gezogen war und eine Teilzeitarbeit bei Dr. Aaron Kriesler angenommen hatte, waren Rozannes Aktivitäten bemerkenswert gleichförmig gewesen.

Sie brachte Peter morgens zum Cornerstone Child Care Center und erschien nie später als halb neun an ihrem Arbeitsplatz. Um siebzehn Uhr hatte sie Feierabend, holte ihren Sohn ab und brachte ihn geradewegs zum Haus seines Vaters. An den Tagen, an denen Peter nicht bei seinem Vater übernachtete, brachte ihn Dr. Gailiunas gegen zwanzig Uhr heim.

Wenn sie nicht arbeitete, verbrachte Rozanne den größten Teil ihrer Freizeit in Begleitung von Larry Aylor. Sie besuchte ihn entweder in seinem Apartment oder begleitete ihn auf seiner Inspektionsrunde zu den Baustellen. An den Tagen und Wochenenden, an denen Peter bei seinem Vater schlief, übernachtete Rozanne in Larrys Apartment.

Eine Erweiterung dieser Routine hatte sich in jüngster Zeit dadurch ergeben, daß sie ihren Sohn zur nahegelegenen Prestonwood Center Mall brachte, wo er Unterricht im Eislaufen nahm.

Erst am letzten Mittwoch im September hatte sich etwas Ungewöhnliches ereignet, fand McGowan heraus. Als sie von einem Besuch bei Aylor zurückkehrte, entdeckte Rozanne, daß ein Fenster neben der Hintertür zerbrochen war. Da sie einen

Einbruch befürchtete, eilte Rozanne hektisch durch das ganze Haus, um nachzuprüfen, ob etwas fehlte. Das einzige, was sie nicht finden konnte, war ein Bund mit Ersatzschlüsseln für das Haus.

Sofort hatte sie den starken Verdacht, daß ihr Ehemann für den Einbruch verantwortlich war. Am nächsten Tag, dem 29. September, hatte sie den Schlosser William Dawson, der die Schlösser an ihrem Haus auswechselte, gefragt: »Wer würde schon einbrechen und nichts als die Schlüssel mitnehmen? Glauben Sie nicht auch, das könnte mein Mann gewesen sein?«

Dawsons Antwort bestand in dem Vorschlag, Sperriegel an den Türen anzubringen und zusätzlich einen Spion in die Vordertür einzusetzen, damit sie sehen könnte, wer draußen stand, bevor sie öffnete.

Ein paar Tage später, als sie zur Arbeit fahren wollte, entdeckte sie, daß einer der Reifen ihres Cadillacs platt war. Sie hatte daraufhin erst bei Dr. Kreisler angerufen, um mitzuteilen, daß sie später kommen würde, und anschließend bei einer nahegelegenen Texaco-Tankstelle, wo sie anfragte, ob jemand vorbeikommen und den Reifen wechseln könnte. McGowan erkundigte sich bei dem Angestellten, der den Anruf entgegengenommen hatte, und erfuhr, daß der Reifen durch einen Nagel beschädigt worden war. Es sah demnach so aus, als würde auch dieser Teil seiner Untersuchungen zu keinem Ergebnis führen.

Trotzdem war er weiterhin davon überzeugt, daß sich irgendwo in dem Irrgarten aus angesammelten Informationen ein Hinweis verbarg, der die Untersuchung in die richtige Richtung lenken konnte. In den nächsten Tagen widmete er seine Aufmerksamkeit den Aktivitäten aller irgendwie Beteiligten am Tag des Überfalls.

Nachdem Rozanne ihren Sohn an jenem Morgen in der Kindertagesstätte abgesetzt hatte, traf sie sich mit Larry Aylor und begleitete ihn auf seiner Inspektionsrunde. Um elf Uhr holte sie Peter ab, hielt an einem Geldautomaten bei einer Bank in der Nähe und ließ sich dreißig Dollar auszahlen.

Der Vormittag des Doktors war ebenfalls routinemäßig verlaufen. Um sieben Uhr dreißig hatte er bei Rozanne angerufen, um kurz mit seinem Sohn zu sprechen, was er sich schon bald nach der Trennung angewöhnt hatte. Anschließend hatte er auf der Fahrt zum Büro bei seinem Finanzmakler angerufen, um den Stand einiger Wertpapiere zu überprüfen. Kurz nach neun kam er im Krankenhaus an und nahm sofort sein übliches Arbeitspensum in Angriff, besuchte die Dialyse-Abteilung und die Transplantationsklinik, bevor er schließlich in der Kantine für Angestellte sein Mittagessen einnahm.

Ebenfalls um die Mittagszeit rief Rozanne bei Aylor an und hinterließ eine Botschaft auf dessen Anrufbeantworter: »Hallo, Schatz«, sagte sie fröhlich, »ich bin daheim, aber ich habe vergessen dir zu sagen, daß Peter heute seine Eislaufstunde hat. Wir wollen zusammen ein Häppchen essen und dann zu seinem Unterricht. Gegen fünfzehn Uhr bin ich wieder hier. Ruf mich an.«

Nach ihrem Mittagsmahl in einem Fastfood-Restaurant kamen Rozanne und ihr Sohn um dreizehn Uhr dreißig im Prestonwood Center Skating Rink an.

Nach der Hälfte der Unterrichtsstunde sah sich die Trainerin Olivia Maxwell gezwungen, Peter vom Eis zu schicken, weil sein Verhalten die ganze Klasse störte. So mußte er die letzten dreißig Minuten des Lehrgangs auf der Bank sitzen und den anderen Kindern zuschauen.

Die Lehrerin hatte gehofft, Peters Mutter erklären zu können, weshalb der Junge nicht die ganze Stunde hatte mitmachen dürfen, aber sie konnte sie nicht unter den anderen Müttern entdecken. Als Rozanne, die offenbar beschlossen hatte, in der Mall einzukaufen, solange ihr Sohn Unterricht hatte, zurückkam, war Maxwell mit den anderen Kindern auf dem Eis beschäftigt.

Sie hatte bemerkt, daß Rozanne Peter die Schlittschuhe auszog, doch als sie die Zeit fand, zu der Stelle hinüberzugehen, wo die beiden gesessen hatten, waren Mutter und Sohn schon fort. Maxwell nahm sich vor, Rozanne anzurufen, um ihr zu erzählen, was passiert war.

Somit war Rozanne also zum letzten Mal gegen vierzehn Uhr dreißig an der Eislaufbahn gesehen worden.

Entsprechend Peters Aussage waren sie auf direktem Weg heimgefahren, und dort hatte ihn Rozanne gleich nach ihrer Ankunft in sein Zimmer geschickt, damit er seinen Nachmittagsschlaf halten konnte.

Aylor hatte angegeben, er hätte zum ersten Mal ein paar Minuten nach fünfzehn Uhr von seinem Autotelefon aus bei Rozanne angerufen. Da niemand an den Apparat gegangen war, hatte er es um fünfzehn Uhr dreißig abermals versucht, diesmal von einer Werkstatt aus, wohin er sein Fahrrad gebracht hatte, das bei einem Unfall früher am Tag beschädigt worden war. Ein rücksichtsloser Autofahrer hatte ihn von der Straße gedrängt.

Von fünfzehn Uhr dreißig bis sechzehn Uhr hatte Aylor alle zehn Minuten angerufen, während seine Besorgnis zunahm. Er hatte am Haus seiner Eltern angehalten, um von dort aus nochmals zu versuchen, Rozanne zu erreichen, und war dann zusammen mit seiner Schwester Karen in Richtung Loganwood Drive gefahren. Der Verkehr auf dem North Central Expressway war jedoch so dicht gewesen, daß er umkehrte und sich entschloß, zu seinem Apartment zu fahren und dort Rozannes Anruf zu erwarten. Gegen siebzehn Uhr dreißig wählte er alle fünf Minuten ihre Nummer. Peters Schlittschuhtrainerin hatte ebenfalls zweimal angerufen, um seiner Mutter zu erklären, weshalb der Junge die Stunde nicht regulär hatte beenden dürfen, doch auch auf ihre Anrufe hatte sich niemand gemeldet.

Keiner der Anrufer wußte, daß Rozanne ihren Sohn angewiesen hatte, nicht ans Telefon zu gehen, weil sie in den vergangenen Wochen eine Reihe von Anrufen erhalten hatte, bei denen jeweils eingehängt worden war, sobald sie sich meldete.

Im Parkland-Krankenhaus hatten unterdessen einige Kollegen mit Dr. Gailiunas in dessen Büro gesprochen oder ihn während des Nachmittags im Labor gesehen. Soweit sich seine Sekretärin erinnern konnte, hatte Dr. Gailiunas nur einen einzigen nicht berufsbezogenen Anruf gemacht, und zwar bei einer lokalen Kabelfernsehgesellschaft, der er mitteilte, daß er einen Filmkanal kündigen wollte, den er bislang abonniert hatte.

Abgesehen von jenem Nickerchen, das er angeblich in der Zeit von sechzehn Uhr bis sechzehn Uhr fünfundvierzig an seinem Schreibtisch gemacht hatte, ließ sich praktisch jede Minute seines Tagesablaufs belegen. Es gab Zeugen, die ihn gesehen hatten, als er gegen siebzehn Uhr den Aufzug betrat, um sich auf den Heimweg zu machen, und eine Nachbarin, die den Rasen gesprengt hatte, erinnerte sich, daß er kurz vor siebzehn Uhr dreißig zu Hause angekommen war.

Nachdem er sich umgezogen hatte, rief er seinen Anwalt an, um mit ihm die endgültige Fassung eines Geschäftsvertrags durchzusprechen. Anschließend telefonierte er kurz mit einer Frau, die er in den vergangenen Wochen gelegentlich zum Essen ausgeführt hatte.

Ein paar Minuten nach achtzehn Uhr hatte seine Mutter angerufen, und während ihrer Unterhaltung meldete das Wartesignal, daß jemand ihn anzurufen versuchte. Der Doktor bat seine Mutter, in der Leitung zu bleiben, nahm dann das zweite Gespräch an und hörte, wie der kleine Peter erklärte, daß irgend etwas mit seiner Mutter nicht stimme.

Gailiunas drängte seinen Sohn, die Mutter aufzuwecken und ans Telefon zu holen. Minuten später sagte Peter: »Sie wird nicht wach . . . und es kommt Stoff aus ihrem Mund.«

Da er fürchtete, Rozanne hätte einen Selbstmordversuch unternommen, schaltete Dr. Gailiunas wieder zu seiner Mutter zurück und trug ihr auf, sofort die Notrufnummer 911 anzurufen. Nach den Unterlagen des Richardson Police Department wurde der Anruf von Kay Gailiunas um achtzehn Uhr dreiunddreißig angenommen.

Ungefähr zur gleichen Zeit – Larry Aylor meinte, es sei zwischen achtzehn Uhr dreißig und achtzehn Uhr vierzig gewesen – war der kleine Peter auf seinen Anruf hin ans Telefon gegangen.

»Hallo, Peter«, hatte Aylor gesagt, »ich möchte deine Mutter sprechen.«

»Geht nicht. Sie ist krank.«

»Na, hol sie trotzdem ans Telefon. Sie will sicher mit mir reden.«

»Sie kann nicht. Sie ist schlimm krank.«

Bevor Aylor antworten konnte, hörte er eine Stimme im Hintergrund: »Leg den verdammten Hörer auf«, sagte jemand. Dann war die Leitung tot.

Die Stimme, behauptete Aylor später, sei der von Peters Vater sehr ähnlich gewesen.

Wie es schien, wollte jeder Dr. Gailiunas die Verantwortung für den Tod seiner Frau anlasten. Für McGowan hingegen wurde diese Möglichkeit immer unwahrscheinlicher, je länger die Untersuchung andauerte.

Und schließlich kam er mitten in einer schlaflosen Nacht endgültig zu der Überzeugung, daß der Doktor den Mord nicht begangen hatte.

Während er in der Dunkelheit neben seiner schlafenden Frau lag, wanderten seine Gedanken wieder einmal zum Schauplatz des Verbrechens zurück. Es gab dort Dinge, die ihn gestört hatten, seit er Rozannes Haus zum ersten Mal betreten hatte; Dinge, die einfach keinen Sinn ergaben. Obwohl alle, die Rozanne gekannt hatten, übereinstimmend erklärten, sie sei eine kräftige und beherzte Frau gewesen, hatte es keinerlei Anzeichen eines Kampfes gegeben. Und auch keinen Hinweis, daß sie irgendwie versucht hätte, dem Angreifer zu entkommen. Wieso nicht?

Bei ihren Gesprächen hatte der Doktor McGowan mehrfach versichert, er hätte sich mit dem Ende seiner Ehe abgefunden, und der einzige Grund für die Verzögerunge beim Scheidungsprozeß hätte sich aus der Frage des Sorgerechts ergeben.

Trotz Gailiunas' mitunter etwas befremdlichen Verhaltens und seiner verdächtigen Handlungen war McGowan sicher, daß der Doktor seinen Sohn liebte. Und so kam McGowan, als er den Angriff in Gedanken noch einmal nachzeichnete, zu der Überzeugung, es sei höchst unwahrscheinlich, daß der Doktor sich dazu hätte hinreißen lassen können, seine Frau zu quälen und zu ermorden, während der kleine Peter nur ein paar Schritte entfernt schlief. Dr. Gailiunas hätte es nie riskiert, daß sein Sohn Zeuge einer brutalen Gewalttat hätte werden können.

Rozanne wiederum hätte sich wahrscheinlich gegen jeden Angriff des Doktors in dem Bewußtsein gewehrt, daß die Anwesenheit ihres Sohnes sie letztlich vor jeder ernsthaften Attacke schützen würde.

Und plötzlich war die Sache klar. Warum, so fragte sich McGowan, hatte er das nicht schon eher begriffen?

Rozanne hatte sich nicht gegen den Angreifer gewehrt, weil sie fürchtete, der kleine Peter könnte aufwachen. Sie wollte ihn vor dem Anblick dessen, was sich im Schlafzimmer abspielte, bewahren. Mit bemerkenswertem Mut hatte sie beschlossen, sich still, vielleicht sogar passiv zu verhalten, um Schaden von ihrem Kind abzuwenden. Und so hatte sie ihr Leben geopfert, um ihren Sohn zu retten.

Dr. Gailiunas, dessen war sich McGowan jetzt sicher, hatte seine Frau nicht ermordet.

Die Untersuchung wurde durch diese Erkenntnis wieder an ihren Ausgangspunkt zurückgeworfen. Erneut mußte nach dem Schrotschußsystem vorgegangen werden, das nur wenig Hoffnung auf eine baldige Klärung verhieß. Der ohnehin schon schwierige Fall war nun noch komplizierter geworden.

McGowan verschickte Fernschreiben an andere Polizeidienststellen, um herauszufinden, ob andernorts ein ähnliches Verbrechen begangen worden war. Vielleicht ließ sich ja auf diese Weise ein Hinweis finden, der der Untersuchung eine neue Richtung zu geben vermochte.

Die Polizei von Wichita, Kansas, meldete einen ähnlichen Fall, bei dem der *modus operandi* jedoch nicht übereinstimmte. In der Nähe von Houston waren eine Mutter und eine Tochter in einem Wohnwagen gefesselt und ermordet worden. Eine junge Frau berichtete, ihr Freund habe sie in sein Apartment mitgenommen, dort ans Bett gefesselt und vergewaltigt. Als McGowan das College anrief, an dem der junge Mann studierte, stellte sich schnell heraus, daß er zum Zeitpunkt des Angriffs auf Rozanne in einem Trainingscamp für Reserveoffiziere gewesen war.

Eines Abends saß McGowan an seinem Schreibtisch und unterhielt sich mit Ron Graham, einem Kollegen aus dem Einbruchsdezernat. Irgendwann kamen die beiden auch auf den Fall Gailiunas zu sprechen. Nachdem er sich die Beschreibung des Tathergangs hatte schildern lassen, schnippte Graham plötzlich mit den Fingern und stürmte aus dem Büro. Ein paar Minuten später kam er mit der Akte eines Falls zurück, den er

1979 bearbeitet hatte und der sich in einem Haus zugetragen hatte, das sich kaum eine Meile von Rozannes Heim entfernt befand. Eine Frau war vom Tennisspielen nach Hause gekommen und hatte im Wandschrank ihres Schlafzimmers einen nackten Mann entdeckt, der sich einen Nylonstrumpf über den Kopf gezogen hatte. Der Eindringling hatte die Frau aufs Bett gestoßen, wo es dann zu einem äußerst heftigen Kampf kam. Nachdem die Frau ihm die Haut zerkratzt und ein Knie in die Leistengegend gerammt hatte, erklärte der Mann: »Lady, wenn Sie mich jetzt einfach loslassen, dann verschwinde ich von hier.« Und mit diesen Worten flüchtete er, während die Frau die Polizei anrief. Als die Beamten eintrafen, entdeckten sie, daß der Mann als Vorbereitung seiner geplanten Attacke bereits Seilstücke am Bett festgebunden hatte.

Graham erinnerte sich zudem an einen anderen Zwischenfall, der sich ebenfalls in Richardson abgespielt hatte. Damals hatte eine Frau bei ihrer Heimkehr festgestellt, daß die Hintertür offen stand und ihr Hund wie wild bellte. Vorsichtig durchsuchte sie das Haus und fand Seilstücke, die an den Bettpfosten festgebunden waren. Der Einbrecher hatte allerdings bei ihrer Ankunft offensichtlich schon das Weite gesucht.

Keiner dieser beiden Fälle war jemals aufgeklärt worden.

In Dallas hatten zwei Frauen gemeldet, daß sich ihnen in den frühen Morgenstunden auf dem Parkplatz vor einem Nachtclub ein Mann genähert hatte, der eine kleine Pistole schwenkte. Der Mann, der schon bald als erst kürzlich auf Bewährung entlassener Vergewaltiger identifiziert werden konnte, gab bei der Vernehmung zu, seit seiner Freilassung aus dem Gefängnis eine Reihe neuer Verbrechen begangen zu haben, bestritt aber energisch jede Verbindung zu einem Mord. Die ballistischen Untersuchungen der .25 Automatic, die sich in seinem Besitz befand, belegte eindeutig, daß es sich nicht um die gesuchte Tatwaffe handeln konnte. Falls es tatsächlich eine Verbindung zu irgendeinem der anderen Fälle gab, blieb sie praktisch unsichtbar. Auch wenn durchaus die Möglichkeit bestand, daß es einen unbekannten Vergewaltiger gab, der seine Opfer nach dem Zufallsprinzip auswählte, hätte man ihm den Mord kaum nachweisen können, denn die Autopsie hatte keine Hinweis auf eine Vergewaltigung ergeben.

»Verdammt«, meinte McGowan zum Deputy Chief Jim Bellamy, »ich komme mir vor, als würde ich versuchen, eckige Pflöcke in runde Löcher zu stecken.«

Bellamy schlug schließlich vor, eine Sonderkommission aus einem halben Dutzend Beamten zu bilden, die sich in den nächsten Wochen ausschließlich um diesen Fall kümmern sollten. »Sie werden die Kommission leiten«, wies er McGowan an. »Arbeiten Sie an diesem Fall, bis er gelöst ist ... oder bis Sie sich geschlagen geben.«

McGowan verstand die simple Botschaft: Löse den Fall oder kümmere dich um andere Aufgaben. Die Zeit, die ihm für die Untersuchung zur Verfügung stand, lief langsam ab. Wenn die vereinten Anstrengungen einer Reihe handverlesener Beamter nicht bald zu einem verwertbaren Resultat führten, würden die Ermittlungen im Mordfall Rozanne Gailiunas zwar nicht eingestellt werden, in der Dringlichkeitsliste jedoch weit nach unten rutschen. Schließlich gab es auch noch andere Verbrechen, die nach Ansicht der Steuerzahler von Richardson untersucht und aufgeklärt werden mußten.

Keines davon erregte jedoch McGowans Interesse. In seiner ganzen Karriere hatte er sich noch nie derart in einen einzelnen Fall verbissen. Und ob das nun richtig war oder nicht, in seinen Augen war es der einzige, der zählte. Er begrüßte die Bildung der Einsatzgruppe, irgendwem würde etwas auffallen, das er bisher übersehen hatte, und so den Ermittlungen eine neue Perspektive verschaffen.

Während der nächsten Wochen wurde eine ausgefeilte Computerakte erstellt, die jedes Detail des Falls enthielt und Querverbindungen ermöglichte, die vielleicht zu neuen Hinweisen führen mochten. Die Namen aller, die in den vergangenen vier Jahren in Dallas eine .25 Automatic gekauft hatten, wurden aufgelistet und überprüft. Ergänzende Berichte wurden gelesen und abermals gelesen, miteinander verglichen und während der regelmäßigen Besprechungen der Sonderkommission diskutiert. Die Bewohner des Loganwood Drive wurden abermals in der Hoffnung befragt, irgendwer könnte sich vielleicht doch noch an irgend etwas erinnern, das er seinerzeit bei der ersten Befragung nicht erwähnt hatte. Obstverkäufer, die am Nachmittag des Mordtages in der Gegend gesehen worden waren, wurden aufgespürt und vernommen. Selbst ein Mann, der am Morgen jenes Tages zwei Blocks von Rozannes Haus entfernt gesehen worden war, wie er am Steuer seines Wagens geschlafen hatte, wurde gefunden und verhört.

Doch als sich das Jahr dem Ende zuneigte, war man der Lösung keinen Schritt näher als in jener Nacht, als der Überfall gemeldet worden war. Im Grunde war die ganze Angelegenheit eher noch undurchschaubarer geworden.

Dr. Gailiunas hatte McGowan angerufen, um ihm mitzuteilen, daß sich das Rätsel um Rozannes verschwundene Ehe- und Verlobungsringe aufgeklärt hatte. »Sie hat sie versteckt«, sagte er tonlos, »wahrscheinlich vor mir.«

Wie er erklärte, hatte er Rozannes Möbel aus dem Haus geholt und in seiner Garage untergebracht. Als er die Sachen durchsah, die sich in der Schublade ihres Frisiertisches befanden, hatte er entdeckt, daß einer der Ringe an der Rückwand ihrer Schmuckkassette festgeklebt worden war, während sich der andere unter dem Boden einer Flasche mit Nagellackentferner befand.

Die Möglichkeit eines Raubüberfalls, die sowieso schon unwahrscheinlich gewesen war, konnte damit ganz ausgeschlossen werden.

Dann gab es da noch Larry Aylor, der regelmäßig vorbeikam, um nachzufragen, ob irgendwelche Fortschritte zu verzeichnen waren. McGowan konnte ihn mittlerweile recht gut leiden, ungeachtet der Tatsache, daß ihm sein Verhalten zeitweise ebenso seltsam erschien wie das von Dr. Gailiunas.

Mehr als einmal hatte Aylor während eines dieser Besuche freimütig erzählt, wie sehr er Rozanne geliebt hatte und daß er einen Blumenhändler in Cape Cod beauftragt hatte, jeden Monat frische Blumen auf ihr Grab zu stellen. Er schaffte es aber auch, praktisch im gleichen Atemzug zu erwähnen, daß seine Aussöhnung mit Joy besser liefe, als er zu hoffen gewagt hätte. Sie seien verliebter als je zuvor während ihrer Ehe. Und es kam keineswegs selten vor, daß er neue Überlegungen zu dem Fall mit den Worten einleitete: »Letzte Nacht, als Joy und ich uns darüber unterhalten haben . . .«

Auch wenn er dank seiner langjährigen Erfahrung stets in Erinnerung behielt, daß sowohl Aylor als auch Gailiunas als Verdächtige betrachtet werden mußten, solange der Fall noch ungelöst war, kam McGowan doch zu der Überzeugung, daß die beiden einfach nur anders reagierten, als er selbst das gewöhnt war.

Und sosehr sie auch in den Fall verwickelt sein mochten, war sich McGowan doch immer sicherer, daß keiner von ihnen wußte, was sich wirklich am Loganwood Drive abgespielt hatte.

Zu Beginn der Weihnachtsferien wurde die Sonderkommission aufgelöst. In ihrem Kielwasser hinterließ sie nicht nur einen abermals gesteigerte Grad der Frustration, sondern auch einen geradezu monumentalen Stapel an Papier. Spät am Abend, als das Büro verlassen war, trug McGowan die Akten und Computerausdrucke pflichtbewußt in ›Rozannes Raum‹ hinüber.

Schließlich stand er allein in dem stillen Zimmer, die Hände tief in den Hosentaschen vergraben, und ließ seinen Blick langsam über die Fotos wandern, die er fast zwei Monate zuvor an der Wand angebracht hatte. Wie jedesmal, wenn er das kleine Büro aufsuchte, zog das Bild von Rozanne, die ihren lächelnden Sohn auf dem Schoß hatte, seine Aufmerksamkeit an.

O Gott, sagte er zu sich selbst, *ich werde diesen Fall nie lösen.*

Er wandte sich um, schaltete das Licht aus und knallte die Tür hinter sich zu. Auf dem verlassenen Korridor zwang er sich selbst, tief durchzuatmen und seine Gedanken auf andere Dinge zu lenken.

Wie er wußte, wartete Sandy auf ihn, um gemeinsam mit ihm den Christbaum zu schmücken.

Kapitel 7

In den ersten Monaten des Jahres 1984 ließ das Interesse der Öffentlichkeit am Mord an Rozanne Gailiunas nach. Reporter, die zuvor routinemäßig nachgefragt hatten, ob sich irgendwelche Fortschritte in dem Fall ergeben hätten, hatten ihre Anrufe schon längst eingestellt und ihre Aufmerksamkeit anderen Dingen zugewandt. Selbst im Polizeirevier kam die Untersuchung all jenen, die nicht direkt damit befaßt waren, nur dann wieder in den Sinn, wenn sie dem düster blickenden McGowan im Flur begegneten oder ihn an seinem Schreibtisch sitzen sahen, vertieft in einen Bericht, den er, wie sie genau wußten, schon zigmal gelesen hatte.

Einige seiner Kollegen, mit denen er regelmäßig Basketball spielte, bemerkten, daß er in den letzten Monaten erheblich an Gewicht verloren hatte. Natürlich kannten sie den Grund dafür, doch sie vermieden es sorgfältig, ihm gegenüber davon zu sprechen.

Es war einer der wenigen Fälle in seiner Karriere, in denen McGowan in einer Sackgasse gelandet war. Selbst weit hergeholte Versuche, den Ermittlungen neues Leben einzuhauchen, führten zu nichts.

Auf seine Bitte hin hatte Dr. Ralph Somodevilla, der Chefpsychologe des Dallas Police Department, die Akten durchgesehen und ein kurzes Profil des Täters erstellt. Die Beschreibung – ein männlicher Weißer, Mitte bis Ende Zwanzig, wahrscheinlich ein einfacher Arbeiter, der bestenfalls die High-School besucht hatte – traf nach McGowans Einschätzung auf drei Viertel aller Kriminellen zu, denen er im Verlauf seiner Karriere begegnet war.

Im April fand in Dallas eine vom FBI veranstaltete Tagung statt, auf der ein neuentwickeltes Programm zur effektiveren Verfolgung von Gewaltkriminalität vorgestellt wurde. McGowan hatte seine Unterlagen über den Fall mitgebracht und wandte sich in einer Pause an Pierce Brooks, der dort als Referent auftrat. Brooks war ein legendärer Detective des Los Angeles Police Department, der an einigen der berühmtesten Mordfälle mitgearbeitet hatte und als Berater angeheuert worden war, um das FBI bei der Einrichtung des nationalen Computernetzwerks zu unterstützen, mit dessen Hilfe sich Informationen über Schwerverbrechen schneller verbreiten und austauschen ließen.

Bis zum Ende der Veranstaltung hatte Brooks McGowans Zusammenfassung des Falls beachtlich viel Zeit gewidmet und war offensichtlich davon fasziniert. Er schlug sogar vor, den Schauplatz des Verbrechens gemeinsam zu besuchen.

»Mir scheint«, meinte Brooks, »als wäre es durchaus möglich, daß Sie auf einen Serienmörder gestoßen sind.«

McGowan war sich der Ähnlichkeit mit dem Fall des freundlichen, wortgewandten jungen Rechtsstudenten Ted Bundy aus Seattle, dessen Verbrechen erst vor kurzem das Interesse der Öffentlichkeit erregt hatten, durchaus bewußt. Und er fürchtete die Möglichkeit, man könnte es hier abermals mit einem mobilen Kriminellen zu tun haben, der seine Opfer willkürlich aussuchte, einen Mord ohne Motiv beging und dann weiterzog, ohne eine Spur zu hinterlassen. Deshalb gab er auch offen zu, daß er nicht über die nötige Sachkunde zur Behandlung derartiger Verbrechen verfügte.

Brooks schlug daraufhin vor, er sollte sich an Ann Rule wenden, eine ehemalige Polizistin, deren Bestseller über den Fall Bundy als das ultimative Werk über Serienkiller galt. »Sie ist wirklich eine Expertin«, erklärte Brooks.

»Ich brauche doch keinen, der mir ein Buch schreibt«, wandte McGowan ein. »Ich versuche nur, einen Fall zu lösen.«

»Hören Sie sich doch einfach an, was sie zu sagen hat«, entgegnete Brooks. »Vielleicht kann sie Ihnen ja einen Tip geben.«

Der Tip, den Ann Rule ihm dann tatsächlich gab, führte ihn zu einem Detective einer Sonderkommission, die den Fall untersuchte, den die Zeitungen im Nordwesten als die Green-River-Morde bezeichneten. Es ging dabei um eine Reihe von Prostituierten, deren Leichen man in einer schäbigen Gegend in der Nähe des Sea-Tac International Airport von Seattle gefunden hatte.

In der Folge machte McGowan dank diverser Briefe und Telefonate eine Art Crash-Kurs über das Verhalten von Serienmördern mit. Doch er erfuhr dabei nichts, was ihn bei der Untersuchung seines eigenen Falls irgendwie weitergebracht hätte.

Und so kam er letztlich zu der Erkenntnis, daß er nur noch ziellos im Nebel herumstocherte.

Da es keinerlei neue Spuren gab, denen er hätte folgen können, wandte er sich nach und nach wieder den Routineaufgaben zu, die sein Beruf mit sich brachte, und bemühte sich, wenn auch erfolglos, den Gailiunas-Fall in den Hintergrund seines Bewußtseins zu drängen.

Schließlich schrieb McGowan eine umfangreiche Zusammenfassung der Untersuchung nieder, wobei er selbst die geringfügigsten Aspekte des Falls sorgfältig und detailliert schilderte.

In gewisser Weise gestand er damit ein, daß es für ihn nichts weiter zu tun gab. Aber zumindest hegte er die Hoffnung, sein Schriftsatz könnte einem künftigen Untersuchungsbeamten von Nutzen sein, falls irgendwann einmal ein Hinweis auftauchen sollte, der dem Fall zu neuem Leben verhelfen könnte.

Im August 1984 wurde McGowan auf eigenen Wunsch einer Schulungseinheit zugeteilt, wo er sich auf die Prüfung zum Sergeant vorbereitete.

Trotzdem konnte er nicht gänzlich vermeiden, daß sich seine Gedanken immer wieder mit dem Fall beschäftigten, zumal sich die Beteiligten auch weiterhin bei ihm meldeten. Larry Aylor kam immer noch gelegentlich bei ihm vorbei, und Dr. Gailiunas rief ebenso von Zeit zu Zeit an wie Rozannes Vater und ihre Schwester. Und alle fragten nach, ob sich irgendwelche Fortschritte ergeben hätten.

McGowan, dessen Stimmung sich bei diesen Anrufen regelmäßig verdüsterte, beendete nichtsdestotrotz jedes der Gespräche mit dem gleichen, ernsthaften Versprechen: »Wir werden den Fall lösen. Ich kann Ihnen nicht sagen, wann, aber wir werden es schaffen.«

Rozannes weit entfernt lebende Familie hatte daran freilich ihre Zweifel.

Im Juni 1985, zwanzig Monate nach dem Tod seiner Tochter, war Henry Agostinellis Geduld endgültig am Ende. Trotz der Telefongespräche mit McGowan, bei denen ihm der texanische Beamte mit seiner sanften Stimme immer wieder versicherte, daß die Untersuchung weiterginge, war der noch immer trauernde Vater zunehmend skeptischer geworden.

Wenn, wie McGowan freimütig eingestand, keine neuen Spuren aufgetaucht waren, was gab es dann eigentlich zu untersuchen? Und wie viele Verbrechen hatte es seit 1983 gegeben, von denen jedes einzelne den Mord an seiner Tochter auf der Dringlichkeitsliste weiter nach unten verschob?

Für Henry und Angela war die Sachlage klar: Beide waren weiterhin davon überzeugt, daß Dr. Gailiunas die Verantwortung für Rozannes Tod trug. Und wenn das Police Department von Richardson nicht in der Lage war, den Beweis dafür zu erbringen, dann war es vielleicht an der Zeit, sich nach jemandem umzusehen, der dazu imstande war.

Agostinelli bat seinen Neffen Robert Muto, einen Massachusetts State Trooper, um Rat. Muto schlug vor, einen privaten Ermittler anzuheuern. Der Mann, den er dafür am besten geeignet hielt, wohnte nicht sehr weit vom Haus der Agostinellis in Falmouth entfernt.

Sein schlohweißes Haar bot den einzigen Anhaltspunkt dafür, daß Frank Joyce, ein kleiner, athletisch wirkender Mann, seinen siebzigsten Geburtstag bereits vor einigen Jahren gefeiert hatte. Seine Karriere als Gesetzeshüter hatte er bereits kurz vor Ausbruch des Zweiten Weltkriegs beim Boston Police Department begonnen. Von einer dreijährigen Dienstzeit bei der Navy einmal abgesehen, hatte er ununterbrochen als Ermittler gearbeitet, zuletzt für das Büro des Bezirksstaatsanwalts vom Plymouth County, und sich schließlich 1981 zur Ruhe gesetzt. Unter den zahlreichen Fällen, in denen er erfolgreich tätig geworden war, befand sich auch der des Serientäters Albert DeSalvo, besser bekannt als der Würger von Boston.

Obwohl er sich mit seinem Alterssitz in Bourne auf Cape Cod einen langgehegten Wunsch erfüllt hatte, fühlte sich Joyce dort nicht so recht wohl. Der Wechsel von der aufreibenden Polizeiarbeit zu einem geruhsamen Leben, das sich in Gartenarbeit, Angeln und Muschelnsuchen erschöpfte, war zu abrupt gekommen. Um sich den Übergang zu erleichtern, hatte er beschlossen, hin und wieder als privater Ermittler tätig zu werden, sofern ihm ein Fall interessant genug erschien.

Der ungeklärte Mord an Henry Agostinellis Tochter war so ein Fall.

Bevor er sich bereit erklärte, nach Dallas zu reisen, hatte er im Wohnzimmer der Agostinellis gesessen und der Schilderung der Ereignisse gelauscht, die zu Rozannes Tod geführt hatten, Die Tragödie, versicherten ihm die Familienmitglieder, hätte bereits damals ihren Anfang genommen, als ihre Tochter sich entschlossen hatte, Dr. Gailiunas nach Texas zu begleiten, einen Landstrich, der zumindest in Henry Agostinellis Augen unwirtlich und primitiv war. Es wurde Joyce sehr schnell klar, daß die Heirat zwischen Peter Gailiunas und Rozanne nicht gerade den Segen der Familie bekommen hatte.

»Sie sollen für uns herausfinden«, erklärte Henry, »ob der Doktor irgend etwas mit der Ermordung unserer Tochter zu tun hat.«

Agostinelli hatte bereits dafür Sorge getragen, daß ein in Dallas lebender Freund Joyce am Flughafen abholen und für die Dauer seines Aufenthaltes als Fahrer dienen sollte. Dieser Freund, erfuhr Joyce, hieß Larry Aylor.

Fünf Tage lang ertrug Joyce die glühende Hitze von Texas, während er den Spuren der Ermittlung folgte. Bei seinem Besuch des Police Department von Richardson war er angenehm überrascht, daß sich McGowan nicht nur gastfreundlich, sondern auch kooperativ zeigte, fast so, als sei er dankbar für alles, was dem Fall neue Impulse geben mochte. Der Beamte schilderte stundenlang und höchst penibel die Einzelheiten des Verbrechens und der sich anschließenden, frustrierenden Untersuchung.

Als Joyce schließlich McGowans Büro wieder verließ, hatte er die Antwort auf seine wichtigste Frage schon längst gefunden: Die Polizei hatte die Arbeit in der Tat sorgfältig und professionell verrichtet.

Trotzdem wollte er nicht auf eigene Ermittlungen verzichten. Er begab sich zum Krankenhaus und sprach nochmals mit jenen Kollegen von Dr. Gailiunas, die dessen Aktivitäten am Tag des Verbrechens bezeugt hatten. Dabei verglich er deren Schilderungen genauestens mit den Aussagen, die sie im Oktober 1983 gemacht hatten. Mit Aylor am Steuer fuhr er die Strecke zwischen dem Krankenhaus und dem Loganwood Drive ab, um sich selbst davon zu überzeugen, ob es dem Doktor möglich gewesen wäre, die Fahrt in jenen fünfundvierzig Minuten zu bewältigen, die nicht durch Zeugen belegt werden konnten.

Zudem sprach Joyce mit Dr. Mary Gillilnd, der Ärztin, die die Autopsie an Rozanne durchgeführt hatte, und befragte sie abermals, wann ihrer Schätzung nach das Verbrechen stattgefunden hatte, ob es irgendeinen Hinweis auf sexuellen Mißbrauch gegeben hatte und ob die toxikologische Untersuchung Spuren von Drogen im Körper des Opfers nachgewiesen hätte. Dr. Gilliland gab zu, daß sie die Resultate dieser Tests nie gesehen hätte, erklärte sich aber bereit, die Angelegenheit zu überprüfen und im Falle positiver Ergebnisse die Polizei von Richardson darüber in Kenntnis zu setzen.

Zum Schluß befragte Joyce auch Dr. Gailiunas.

Der Doktor, der Joyce im Beisein seiner Mutter Rede und Antwort stand, unternahm gar nicht erst den Versuch, die Bitterkeit, die er für die Agostinellis empfand, zu verhehlen. Er war noch immer verärgert darüber, daß die Entscheidung, seine Frau vom Lebenserhaltungssystem zu trennen, Paula überlassen worden war, obgleich er selbst nach den einschlägigen gesetzlichen Bestimmungen der nächste Anverwandte gewesen war. Und daß der Stein auf Rozannes Grab ihren Mädchennamen trug, hielt er für absolut unverzeihlich.

Dr. Gailiunas verweigerte Joyce hartnäckig die Erlaubnis, ihr Gespräch auf Band aufzuzeichnen, und beantwortete die Fragen knapp und in einem feindseligen Tonfall. Warum, so meinte er schließlich, sollte er auch mit jemandem kooperieren, der ganz eindeutig versuchte, ihm die Schuld an einem Verbrechen nachzuweisen, mit dem er gar nichts zu tun hatte?

Joyce beantwortete diese Frage durchaus verständnisvoll:

»Ehrlich gesagt könnte ich es Ihnen nicht einmal übelnehmen, wenn Sie mich einfach aus dem Haus werfen würden.«

Schon bevor er aufbrach, war Joyce zu einer Schlußfolgerung gelangt: Nichts deutete darauf hin, daß Dr. Gailiunas der Mörder seiner Frau war. Statt dessen hatte er einen Mann kennengelernt, der schwer unter dem brutalen Mord an Rozanne litt und zudem ganz offensichtlich einen Kampf mit dem Alkoholismus ausfocht.

Ihm war natürlich klar, daß er damit nicht das Ergebnis lieferte, das die Agostinellis sich erhofft hatten.

An dem Abend, bevor Joyce Dallas wieder verließ, lud Aylor ihn ein, zusammen mit ihm und seiner Frau essen zu gehen. Obwohl er recht erschöpft war und sich danach sehnte, wieder nach Hause zurückzukehren, nahm Joyce die Einladung bereitwillig an. Seit er sich bereiterklärt hatte, den Fall zu untersuchen, hatte er es sonderbar gefunden, daß die Agostinellis eine derart enge Beziehung zu einem Mann entwickelt hatten, der freimütig zugab, der Liebhaber ihrer Tochter gewesen zu sein. Und noch seltsamer war ihm der Umstand erschienen, daß Larry Aylor, der den Agostinellis seine tiefempfundenen Gefühle für Rozanne eingestanden hatte, nur wenige Tage nach der Beerdigung zu seiner Frau zurückgekehrt war.

Frank Joyce war sehr daran interessiert, Joy Aylor kennenzulernen. Er wollte wissen, was das für eine Frau war, die nicht nur sehr schnell bereit gewesen war, ihrem Mann seine Affäre zu verzeihen, sondern auch seine andauernde Verbindung zur Familie seiner früheren Freundin tolerierte.

Die Konversation in einem der vornehmsten Restaurants von Dallas verlief leicht und angenehm und beschäftigte sich mit so müßigen Dingen wie den klimatischen Unterschieden zwischen Dallas und Cape Cod. Larry gab seine Einschätzung zur beginnenden Wirtschaftskrise wieder, und Joyce versicherte seinen Gastgebern, Dallas sei weitaus beeindruckender und kosmopolitischer, als er erwartet hätte.

Während des Essens warf der Ermittler immer wieder verstohlene Blicke auf die Frau, die ihm gegenüber saß. Sie war sehr attraktiv, geschmackvoll gekleidet und schien den Gesprächen dieses Abends aufmerksam zu lauschen. Gesagt hatte sie allerdings nur wenig. Joyce zog daraus den Schluß, daß sie es mit großem Geschick verstand, ihre Langeweile zu verbergen.

Und obwohl er sich sein Leben lang damit beschäftigt hatte, auf die feinen Untertöne in Gesprächen ebenso zu achten wie auf die Signale der Körpersprache, hatte Joyce kaum etwas über Joy Aylor erfahren, als sie schließlich das Restaurant verließen.

Im Verlauf dieses Abends, der früher als geplant endete, weil die Klimaanlage des Restaurants ausgefallen war, hatte nichts darauf hingedeutet, daß Joy kaum eine Woche später die Scheidung einreichen würde.

Joyce war froh, wieder ans malerische Cape mit seinen angenehm kühlen Brisen und der ruhigen Lebensart zurückkehren zu können, nachdem er den Agostinellis die Ergebnisse seiner Untersuchung mitgeteilt hatte. Eine Morgens saß er gemeinsam mit seiner Frau am Küchentisch, trank Kaffee und sprach mit ihr über seine Reise.

»Ich möchte dich mal etwas fragen«, sagte er.

»Und was?«

»Stell dir vor, ich hätte eine Affäre mit einer schönen Frau und würde überall erzählen, wie sehr ich sie liebe. Und dann stirbt diese Frau plötzlich. Wärst du dann bereit, mich wieder zurückzunehmen?«

Sie tat so, als würde sie ernsthaft darüber nachdenken, warf dann scherzhaft eine Serviette nach ihm und meinte: »*Garantiert* nicht.«

Frank Joyce nickte lächelnd. »Genau so habe ich mir das auch gedacht.«

Eine Woche später erhielt Joyce eine Kopie der toxikologischen Untersuchung des Leichenbeschauers. Beim Durchsehen des Berichts fand er es ausgesprochen merkwürdig, daß man in Rozannes Blut Spuren der antipsychotischen Droge Thorazin gefunden hatte.

Joyce rief das Police Department von Richardson an und

erfuhr von McGowan, der den Befund gelesen hatte, bevor er an Joyce weitergeleitet wurde, daß dieser ebenfalls höchst erstaunt war. Niemand, erklärte McGowan, hätte je erwähnt, daß Rozanne verschreibungspflichtige Medikamente einnahm. Und bei der Durchsuchung ihres Hauses sei auch nichts gefunden worden, was auf diese Möglichkeit hingewiesen hätte.

Des weiteren erzählte McGowan, er hätte sich bereits mit dem verantwortlichen Arzt in Verbindung gesetzt, und der sei der Ansicht, bei dem Ergebnis handle es sich höchstwahrscheinlich um einen Auswertungsfehler. McGowan hielt die ganze Angelegenheit jedenfalls keiner weiteren Nachforschung wert.

Joyce stimmte dem zu, wollte seine Klienten aber dennoch über den Bericht in Kenntnis setzen.

Kapitel 8

Die Versöhnung von Larry und Joy Aylor hatte sich sehr schnell in die Art von Geschichte verwandelt, wie sie bevorzugt von den Autoren von Seifenopern verwendet wird. Auch wenn Larry McGowan gegenüber immer noch vorgab, daheim liefe alles bestens, standen die Dinge in Wahrheit völlig anders. Bereits zwei Wochen nachdem er wieder zu seiner Frau gezogen war, hatte Aylor einem Freund gegenüber beim Frühstück in BeeJee's Restaurant erklärt, er müsse »dort schleunigst wieder verschwinden«. Joy verhalte sich anders als früher, meinte er. Sie bliebe abends lange auf, um sich mit einer in der Nachbarschaft lebenden Freundin zu unterhalten, während sie zugleich laute Rockmusik durch das Haus dröhnen ließe. Außerdem ärgerte es ihn, daß sie offenbar jegliches Interesse am Geschäft verloren hatte.

Zudem irritierte es ihn, bei seiner Heimkehr Joy und ihren Vater in der Küche vorzufinden, wo sie in ein Gespräch vertieft waren, das sie immer abrupt abbrachen, sobald er den Raum betrat. Und Henry Davis, der nicht einmal mehr vorgab, seinen Schwiegersohn auch nur zu tolerieren, verließ regelmäßig das Haus, wenn Larry eintraf.

Aylor kam es so vor, als hätte sich seine Frau in einen ganz anderen Menschen verwandelt.

Die Wahrheit war, daß Joy Aylor Geheimnisse vor ihrem Ehemann hatte. In der Zeit, als sie von Larry getrennt lebte, hatte ein alter Schulfreund sie bei einer Weinprobe mit Jodi Packer bekannt gemacht, einem Unternehmer, der in Dallas eine Installationsfirma besaß. Packer, der in erster Ehe mit einer Bezirksrichterin verheiratet gewesen war, hatte die Figur eines Langstreckenläufers; er war schlank, fast mager, hatte schmale Hüften und Schultern und ein eckiges, von blondem Haar umrahmtes Gesicht. Schon kurz nach ihrer ersten Begegnung hatte sich zwischen ihnen eine Romanze entwickelt.

Und diese Affäre hatte keineswegs geendet, als Larry sich

kurz nach Rozannes Tod entschloß, wieder in das Haus am Arbor Trail einzuziehen.

Während sie ihr eigenes Verhältnis geheimhielt, mußte sie zugleich mit einer anderen schmutzigen Geschichte aus Larrys Vergangenheit fertig werden, einer Geschichte, über die sie ihre ältere Schwester Carol in Kenntnis gesetzt hatte.

Wie sie erfuhr, hatte Larry früher einmal ein Verhältnis mit ihrer jüngeren Schwester gehabt. Als Joy Elizabeth bei einem Essen im Dixie House Restaurant danach befragte, gab sie unter Tränen zu, daß sie sich tatsächlich vor Jahren, noch als Teenager, mit Larry eingelassen hatte. Schuldbewußt gestand sie, diese Beziehung hätte mehrere Jahre lang angedauert.

»Du wirst mich jetzt hassen«, meinte Liz.

»Nein«, erwiderte Joy und streckte den Arm aus, um die zitternden Hände ihrer Schwester zu berühren. »Es war nicht deine Schuld.«

Joy verzichtete darauf, Larry sofort mit dieser Sache zu konfrontieren. Statt dessen beschloß sie, die Scheidung einzureichen und in der Begründung auch die sexuellen Abwege ihres Mannes aufzuführen.

Mit der Zeit wurde jedem, der das Paar kannte, klar, daß es keinerlei Hoffnung mehr gab, diese Ehe noch zu retten. Bei einem Abendessen anläßlich eines Treffens ihrer alten High-School-Klasse hatte Joy praktisch die ganze Zeit über kein Wort gesagt. Doch plötzlich wandte sie sich zur Überraschung der anderen Gäste Larry zu, starrte ihn mehrere Sekunden lang wütend an und sagte dann: »Ich will nicht mir dir hier sein.«

Mit diesen Worten sprang sie auf und stürmte aus dem Bankettraum. Ihr Mann blieb sprachlos und verlegen zurück.

Ein paar Wochen später kam es zu einem ähnlichen Ereignis, als sich Joys Familie in einem mexikanischen Restaurant in Sakovitz Village traf, um Liz' Geburtstag zu feiern. Sofort nach dem Essen war Joy verschwunden, ohne irgend jemandem zu sagen, wohin sie wollte. Nachdem sie auch am nächsten Morgen noch nicht wieder nach Hause gekommen war, hatte Larry bei den Davis und mehreren von Joys Freunden angerufen und war dann zum Seehaus ihrer Eltern gefahren, um nachzusehen, ob sie sich vielleicht dort aufhielt.

Joy tauchte erst am späten Nachmittag dieses Tages wieder daheim auf. Wie sie sagte, war sie tatsächlich zunächst zum Haus am See gefahren, doch als sie merkte, daß sie keinen Hausschlüssel bei sich hatte, sei sie die ganze Nacht über ziellos herumgefahren.

Sie hätte über einige Dinge nachdenken müssen, meinte sie.

Als Joy 1985 schwanger wurde, sagte sie ihrem Mann nichts davon. Statt dessen behauptete sie, sie sei von einer Freundin zu einer mehrtägigen Reise nach New York eingeladen worden, um dort Antiquitäten einzukaufen. In New York suchte sie dann unter falschem Namen eine Abtreibungsklinik auf.

»Ich konnte einfach den Gedanken nicht ertragen, noch ein Kind mit ihm zu haben«, gestand sie später einer Freundin.

Don Kennedy, ein kräftiger, freundlicher Mann, der es liebte, sich im Freien aufzuhalten, und auch gern zur Jagd ging, gehörte zu jenen Freunden Aylors, die sich über dessen Entscheidung, nach Rozannes Tod zu seiner Frau zurückzukehren, gewundert hatten.

Kennedy, der als Straßenmeister arbeitete und mit einer Reporterin des *Dallas Times Herald* verheiratet war, hatte sich mit Larrys Schwiegervater angefreundet, als er seine Frau zu einer der Parties begleitete, die Frances Davis im Rahmen der Summer Musicals ausgerichtet hatte. Während dieses Treffens hörte er, wie Henry sich zu den Feinheiten der Wachteljagd äußerte, und schloß sich sofort diesem Gespräch an. Zu seiner Freude teilte Davis seine Abneigung gegenüber gesellschaftlichen Verpflichtungen, und so schlossen die beiden Männer praktisch auf der Stelle Freundschaft. Von da an trafen sie sich regelmäßig zum Frühstück und planten gemeinsame Jagdausflüge.

Irgendwann wurde auch Larry Aylor zum Stammgast dieses Frühstückslokals und freundete sich ebenfalls mit Kennedy an. Die beiden Männer merkten schnell, daß sie eine Reihe gemeinsamer Interessen hatten, darunter auch zwei Söhne im Teenager-Alter, die beide auf den Namen Chris hörten. Kennedy und Aylor verbrachten zunehmend mehr Zeit miteinander, gingen auf Vogeljagd, besuchten Viehauktionen und schauten sich an den Wochenenden die Footballspiele im Fernsehen an. Don trat auch als Fürsprecher und Bürge auf, als Larry sich um die Mitgliedschaft in der Masonic Lodge bewarb.

Larry hatte Kennedy gegenüber mit seinen Eheproblemen nicht lange hinter dem Berg gehalten. Wenn es seinen Sohn nicht gäbe, hätte er Joy schon vor langer Zeit verlassen und sich damit nicht nur eine unglückliche Ehe vom Hals geschafft, sondern zugleich auch die ganze Davis-Sippe.

Zu guter Letzt geriet Kennedy durch seine Freundschaften zu Larry und Henry Davis in eine wenig angenehme Lage. Schon bevor sich Joy und Larry trennten, hatte Henry klargemacht, daß er für seinen Schwiegersohn nichts übrig hatte. Mehrmals hoffte er sogar, Kennedy würde die Botschaft brühwarm weiterreichen, und war in wütende Haßtiraden gegen Larry ausgebrochen.

Schließlich erklärte Don: »Sieh mal, Henry, du bist mein Freund, und Larry ist auch mein Freund. Und ich werde mich aus allem heraushalten, was zwischen euch vorgeht. Wenn du Larry etwas mitzuteilen hast, dann sag es ihm in Gottes Namen selbst.«

Danach sah Kennedy Davis nur noch selten. Nach Henrys Ansicht hatte Don Stellung bezogen.

Aylor feuerte unterdessen ein wahres Sperrfeuer von Anklagen gegen seinen heimtückischen und herrschsüchtigen Schwiegervater ab: Er war sicher, daß Henry ihn beobachten ließ. Davis hätte ihm gedroht, behauptete Larry, dafür zu sorgen, daß sich ein paar ›Mitarbeiter‹ um ihn kümmern würden, ›wenn er diese schwarzhaarige Schlampe nicht verließe und dorthin zurückkehrte, wohin er gehörte‹. Des weiteren behauptete er, die Banken würden sich plötzlich weigern, ihm Kredite für neue Bauvorhaben zu gewähren. Und er sei sicher, daß Henry Davis dabei seine Hände im Spiel hätte.

Obwohl Larry das nicht zugab, war Kennedy davon überzeugt, daß sein Freund regelrecht Angst vor Henry habe.

Und diese Angst war weder nach Rozannes Tod noch während des wenig erfolgreichen Versuchs einer Aussöhnung mit Joy geschwunden.

Nach und nach glaubte Kennedy selbst, daß Larrys Befürchtungen begründet seien.

Am Samstag, dem 14. Juni 1986, saßen die beiden morgens im BeeJee's und tranken Kaffee. »Hast du heute nachmittag irgendwas vor?« erkundigte sich Aylor.

Kennedy schüttelte den Kopf.

»Joy hat gesagt, sie wollte heute nachmittag zusammen mit ihrer Mutter ausreiten, und sie hat mich gebeten, zur Farm zu fahren und die Pferde für sie zu satteln.« Einen Moment lang versuchten die beiden Männer, sich Frances Davis auf dem Rücken eines Pferdes vorzustellen, dann brachen sie in Gelächter aus. Das war etwas, das sich keiner von ihnen vorzustellen vermochte.

»Allein für diesen Anblick würde sich die Fahrt schon lohnen«, meinte Aylor. »Hast du Lust, mit mir dorthin zu fahren?«

»Ich habe nichts Besseres zu tun«, sagte Don und fügte hinzu, bei dieser Gelegenheit könnte er Larry auf die Fragen vorbereiten, die ihm gestellt würden, sobald er sich um die Mitgliedschaft in der Masonic Lodge bewarb. »Wir werden mal ein bißchen pauken, wenn wir dort sind«, schlug er vor.

So kam es, daß Larry Don kurz nach Mittag abholte und sich mit ihm auf den rund fünfundvierzig Minuten dauernden Weg zur Farm im Kaufman County machte. Die Sättel lagen hinten in seinem allradbetriebenen Suburban.

Da Joy angedeutet hatte, sie und Frances würden erst am Spätnachmittag eintreffen, hatten die beiden Männer Zeit genug, um selbst noch einen Ausritt zu machen, die Zäune zu überprüfen und sich um die kleine Rinderherde zu kümmern, die Larry sich zugelegt hatte. Nach ihrer Rückkehr zum Farmgebäude zogen sie sich in den Loft zurück, um dort die Ankunft der Frauen zu erwarten. Sie genossen die Wärme des Frühsommers, nippten gelegentlich an einer Flasche Bourbon, die Kenndey mitgebracht hatte, und besprachen den Fragenkatalog, den Aylor korrekt würde beantworten müssen, wenn er vor den Mitgliedern der Masonic Lodge bestehen wollte.

Die Ruhe dieser idyllischen Szenerie wurde nur einmal

durchbrochen, als ein alter Pick-up über den schmutzigen Weg jenseits der Zufahrt zur Farm rumpelte.

Als die Sonne langsam hinter den Eichen unterging, die die Farm begrenzten, stand Larry auf, murmelte einen Fluch und meinte, er würde den Pferden die Sättel wieder abnehmen. »Die kommen heute nicht mehr«, sagte er.

»Glaubst du, sie haben sich verfahren«, fragte Kennedy, als er wieder in den Suburban kletterte, nachdem er das Gatter an der Einfahrt geschlossen hatte. Seine Bemerkung war weniger eine Frage als vielmehr der Versuch, eine Erklärung zu finden.

»Joy ist noch nicht sehr oft hier gewesen«, verkündete Larry, »deshalb hat sie mich auch gebeten, ihr eine Karte zu zeichnen. Aber vermutlich hatten sie einfach Besseres zu tun.« Mit diesen Worten bog er in den Feldweg ein, der ihn zum Highway bringen würde. Nach knapp einer Meile erreichten sie eine Kurve, an der die Straße in einem sanften Bogen zu einer Brücke hinabführte, die ein schmales, buschbewachsenes Bachbett überspannte. Als sie sich der Brücke näherten, bemerkten sie einen braunen Ford Pick-up, der vor ihnen mitten auf der Straße parkte.

»Sieht so aus, als hätte da jemand angehalten, weil er mal dringend mußte«, bemerkte Don, während sie die Brücke überquerten.

Larrys Antwort ging im Krachen eines Schusses unter. Fast gleichzeitig zerplatzte das Seitenfenster hinter ihm. Eine Sekunde später summte ein weiteres Geschoß an Aylors Kopf vorbei und zerschmetterte die Frontscheibe. »Scheißkerl«, brüllte er, als ein dritter Schuß abgefeuert wurde und die Kugel nur wenige Zentimeter von seiner Schulter entfernt in die Rückenlehne seines Sitzes einschlug.

Kennedy drehte sich um und warf einen Blick durch das Heckfenster. Er sah eine Gestalt, die in der Nähe der Brücke mitten auf der Straße stand und mit einer Pistole in ihre Richtung zielte.

»Mach bloß, daß wir hier wegkommen«, rief er. Im selben Moment sah er, wie ein weiteres Seitenfenster zersplitterte, und spürte einen plötzlichen, stechenden Schmerz in seinem linken Ellbogen, mit dem er sich auf die Armlehne gestützt hatte.

»Verdammt noch mal«, stieß er hervor, »ich bin getroffen.«

Einen Augenblick lang glaubte Aylor, es hätte auch ihn erwischt, als er merkte, daß etwas Blut über seine Stirn herunterlief. Er tastete seinen Haaransatz ab und merkte, daß die Blutung von einigen Glassplittern herrührte, die ihn getroffen hatten, als die Windschutzscheibe zerplatzt war.

Er trat das Gaspedal durch, schaltete das Fernlicht ein und brauste auf den parkenden Pick-up zu.

Trotz seiner Panik erkannte Aylor ihn als den Wagen wieder, der früher am Nachmittag langsam an der Farm vorbeigefahren war. Wer immer auch darin sitzen mochte, war an dem Hinterhalt beteiligt, dessen war sich Aylor sicher. »Wenn irgend so ein Dreckskerl aus dem Wagen aussteigt, fahre ich ihm den Arsch ab«, erklärte er.

Als sie an dem Truck vorbeikamen, schaute Kennedy, dessen Blick durch den Schmerz in seinem Arm getrübt war, hinüber. Er glaubte, eine geduckte Gestalt zu sehen, war sich aber nicht sicher.

Obwohl sie sich schon bald außer Schußweite befanden, raste Aylor weiterhin mit hoher Geschwindigkeit die Straße entlang. Er fürchtete, die Attentäter könnten sie verfolgen.

Sein Ziel war die Polizeidienststelle in der Nähe von Terrell. »Ich sorge dafür, daß du so schnell wie möglich zu einem Arzt kommst«, sagte er zu seinem mittlerweile sehr still gewordenen Beifahrer.

Erst als sie auf dem Highway waren, sagte Larry wieder etwas. Seine ursprüngliche Angst war inzwischen einem Gefühl der Wut gewichen. »Henry Davis steckt dahinter«, meinte er mit zusammengebissenen Zähnen. »Darauf gehe ich jede Wette ein. Das ist sein Werk.«

Don Kennedy antwortete nicht sofort. Er wandte sich um, starrte die zerborstenen Fensterscheiben an und tastete dann nach dem Einschußloch in der Rückenlehne seines Sitzes. Trotz des pochenden Schmerzes in seinem Arm empfand er Erleichterung darüber, daß ihre Söhne sie auf dieser Fahrt nicht begleitet hatten. Wären sie dabei gewesen, hätten sie auf dem Rücksitz und damit genau in der Schußlinie gesessen. Ihm war klar, daß er und Larry froh ein konnten, daß sie mit dem Leben davongekommen waren.

In was für eine unheilvolle Geschichte war er da hineingeraten?

Im Polizeiposten von Terrell verband ein Sanitäter Kennedys Wunde, während ein Beamter Aylors Aussage zu Protokoll nahm und anschließend ein paar Bilder vom ramponierten Suburban machte.

»Nach allem, was Sie mir erzählt haben«, meinte der Untersuchungsbeamte schließlich, »kann es gut sein, daß Sie mitten in einen Drogenhandel reingeplatzt sind. Entweder das, oder Sie haben ein paar Wilderer aufgescheucht, die Angst hatten, Sie könnten sie vielleicht wiedererkennen.« Da sich die Schießerei außerhalb der Stadtgrenzen ereignet habe, falle die Untersuchung in die Verantwortung des Sheriff-Büros von Kaufman County.

Kennedy, der wegen der Taubheit besorgt war, die mittlerweile seine Finger befallen hatte, schlug vor, der Beamte solle die Meldung an den Sheriff weiterleiten, damit er und Aylor nach Dallas zurückkehren könnten. »Ich habe Maggie angerufen«, sagte er, »wir treffen uns im Presbyterian Hospital.«

Aylor hatte ebenfalls daheim angerufen, um seiner Frau zu berichten, was geschehen war, doch dort hatte niemand abgehoben.

Es war schon nach Mitternacht, als die beiden Männer in Dallas ankamen. Sie fuhren zunächst zum verlassen daliegenden Haus am Arbor Trail, um dort den Suburban abzustellen. Aylor befürchtete, jemand könnte die Sättel stehlen, falls er den Wagen mit seinen zerschmetterten Scheiben auf dem Parkplatz des Krankenhauses zurückließ.

Er betrat das Haus durch den Garageneingang, rief bei den Davis' an und fragte nach Joy. Sie kam an den Apparat und erzählte sofort, sie seien gerade erst vom See zurückgekommen. Larry unterbrach sie und berichtete, was geschehen war. »Ich muß Don ins Krankenhaus bringen.«

»Ist mir dir alles in Ordnung?«

»Ich weiß nicht genau. Mein Kopf blutet etwas.«

Minuten später bog Henry Davis mit seinem Kombiwagen in die Auffahrt ein. Frances und Joy saßen auf der Rückbank. Aylor stieg neben seiner Frau ein, während Don auf dem Beifahrersitz Platz nahm. Es kam ihm seltsam vor, daß während der ersten Minuten ihrer Fahrt niemand ein Wort sagte. Schließlich brach Davis das Schweigen. Er blickte Kennedy an, schüttelte den Kopf und sagte: »Was zum Teufel hast du eigentlich da unten mit Larry gemacht?«

Don wollte erst antworten, wandte sich dann aber ab und schaute aus dem Fenster. Was für eine absonderliche Frage, dachte er.

Maggie und Chris Kennedy hatten schon länger als eine Stunde am Eingang zur Unfallaufnahme gewartet. Obgleich ihr Mann ihr am Telefon versichert hatte, er sei nicht ernsthaft verletzt, war Maggie doch sehr erleichtert, als er auf sie zukam und sie auf die Wange küßte.

»Lieber Himmel«, sagte sie, »was ist denn passiert?«

Ihr Mann lächelte und legte seinem Sohn den unverletzten Arm um die Schulter. »Wir haben gerade den Dritten Weltkrieg erlebt«, meinte er. »Nun ja, wahrscheinlich haben wir ein paar Wilderer aufgescheucht.«

Maggie Kennedy empfand die Atmosphäre in der Notaufnahme als beunruhigend. Während die Ärzte Röntgenaufnahmen von Dons Arm machten und die kleinen Glassplitter aus Larrys Stirn entfernten, saß sie schweigend neben Joy und Frances. Henry wanderte ruhelos auf und ab.

Während sie dort warteten, wurde ein junger Mann mit einer Stichwunde im Bauch hereingebracht und wenig später eine Frau, die versucht hatte, sich umzubringen. Doch es war nicht so sehr der Anblick menschlichen Elends, der Maggie so verstörte, als vielmehr das Schweigen. *Wir müßten miteinander reden,* dachte sie. *Irgendwer sollte etwas sagen, und sei es nur, um die Spannung zu lösen.«*

Und so war sie froh, als der Arzt sie aufforderte, zu ihrem

Mann ins Untersuchungszimmer zu gehen. Dort erklärte der Doktor, daß die Kugel dicht neben einem Nerv steckte, der die Bewegungen der Hand steuerte. Er sprach sich allerdings gegen eine Operation aus.

In dem Versuch, die Stimmung zu heben und dem Patienten und seiner Frau klarzumachen, daß die Sache nicht weiter schlimm sei, klopfte er Don leicht auf die Schulter und meinte: »Mag sein, daß Sie in Zukunft ein paar Probleme kriegen, wenn Sie durch den Metalldetektor am Flughafen gehen, aber ansonsten glaube ich nicht, daß es irgendwelche Schwierigkeiten geben könnte.«

Im Zimmer nebenan verliefen die Dinge weniger erfreulich. Als Larry aufbrechen wollte, verschränkte Joy die Arme vor der Brust und blickte ihren Mann an. »Larry«, sagte sie, »irgend jemand versucht, dich umzubringen. Das macht mir angst. Ich fahre nicht mit dir nach Hause, ich bleibe bei meinen Eltern.«

Aylor starrte seine Frau an, ohne zu antworten. Schließlich erklärte er, er müsse telefonieren.

Der Anruf des Auftragsdienstes, der ihm mitteilte, daß Aylor ihn dringend sprechen wollte, riß Morris McGowan aus tiefstem Schlaf. »Kann das nicht bis Montag morgen warten?« murmelte McGowan.

»Er sagt, es ist ein Notfall.«

»Na gut, stellen Sie ihn durch.«

Der erste Satz, den Aylor sagte, nachdem die Verbindung hergestellt war, lautete: »Der Doktor hat versucht, mich umbringen zu lassen.«

Am Montagmorgen saß McGowan in seinem Büro und hörte zu, wie Aylor den Hinterhalt genauestens schilderte und darauf beharrte, es gäbe einen Zusammenhang zwischen dem Anschlag auf sein Leben und dem Mord an Rozanne Gailiunas.

Der Detective lauschte geduldig, als sein Besucher abermals den Verdacht äußerte, Dr. Gailiunas sei irgendwie in die Geschehnisse in Kaufman County verwickelt. Aylor sagte allerdings nicht, welche Vermutung er am Samstagabend Kennedy gegenüber angestellt hatte. Falls er tatsächlich noch immer vermutete, daß Henry Davis bei der Angelegenheit ebenfalls eine Rolle gespielt hatte, zog er es vor, aus welchen Gründen auch immer, McGowan gegenüber nichts davon zu erwähnen.

McGowan versprach zwar, sich wegen des Falls mit den Behörden in Kaufman County in Verbindung zu setzen, äußerte aber zugleich seine Zweifel, die beiden Verbrechen könnten miteinander in Verbindung stehen. Vor allem, erklärte er, gäbe es nicht die geringste Ähnlichkeit zwischen dem Überfall am Loganwood Drive und den Schüssen bei Larrys Farm.

Und obgleich er das nicht ausdrücklich erwähnte, war McGowan davon überzeugt, daß Dr. Gailiunas nicht mehr mit dem Anschlag auf Aylors Leben zu tun hatte als mit dem Tod seiner Frau.

»Wissen Sie, Larry«, meinte Morris, »es ist durchaus möglich, daß Sie da zufälligerweise in einen Drogendeal oder eine illegale Jagd hineingeraten sind.

»Das glaube ich nicht«, antwortete Larry, ohne seine Enttäuschung zu verbergen. Nichts von dem, was McGowan sagte, konnte ihn davon überzeugen, daß der Hinterhalt an der Brücke nicht genauso sorgfältig geplant war wie der Überfall auf Rozanne.

Aylors Leben wurde zu einem Paradefall von Paronia. Wie er Freunden anvertraute, war er, abgesehen von seinem ursprünglichen Verdacht gegen Dr. Gailiunas, nun auch noch davon überzeugt, daß sich Joy und ihr Vater gegen ihn verschworen hatten, möglicherweise sogar unter Einbeziehung des Doktors in ihre Pläne. Er deutete an, es verschwänden beachtliche Summen von seinem Geschäftskonto und er sei sicher, es sei seine Frau, die heimlich die Gewinne abschöpfte. Und schließlich behauptete er sogar, er hätte gute Gründe zu der Annahme, daß Joy und Henry Davis in Drogengeschäft eingestiegen wären.

Hinzu kam, daß er wenige Tage nach der Schießerei erfuhr, daß seine Frau ein Verhältnis hatte.

Eines Nachmittags hatte er vom Zimmer seines Sohnes aus ein Telefonat führen wollen und dabei versehentlich die Taste für Wahlwiederholung gedrückt. Am anderen Ende der Leitung meldete sich das Büro der Levy Plumbing Company.

Verdutzt erkundigte sich Larry nach der Adresse.

Es handelte sich um eine Anschrift an der Mockingbird Lane in der Nähe von Love Field. Er fuhr sofort dorthin und entdeckte den roten Porsche seiner Frau, der neben dem kleinen Gebäude parkte. Larry stellte seinen Wagen in einer Parkbucht auf der anderen Straßenseite ab. Kaum eine halbe Stunde später hielt ein Pick-up vor dem Gebäude. Der Fahrer beugte sich zum Nebensitz und küßte Joy.

Aylor erkannte den Mann als Inhaber eines Installationsunternehmens namens Jodi Packer.

Kurz danach zog Larry Aylor abermals aus dem Haus am Arbor Trail aus, und wieder trug er sich mit dem Gedanken, die Scheidung einzureichen.

Obwohl er seinen Freunden gegenüber behauptete, er sei froh, von Joy wegzukommen, und er könne es kaum erwarten, daß die Scheidung endlich rechtsgültig würde, gab es darunter doch einige, die seine Erklärungen lediglich als den Versuch betrachteten, die rasende Eifersucht zu kaschieren, die er empfand, weil seine Frau ihm untreu geworden war.

Trotz seiner eigenen Seitensprünge und der Art, wie er Joy behandelt hatte, waren viele seiner Freunde davon überzeugt, daß Larry Aylor seine Frau noch immer liebte. Und jetzt vielleicht mehr denn je.

Tatsächlich deutete sein Verhalten in der Zeit nach seinem Scheidungsantrag durchaus darauf hin. Eines Nachmittags fuhr er ohne vorherige Ankündigung zum Haus, um nach seinen Jagdhunden zu schauen. Dabei überraschte er Joy und Jodi im Bett. Mit Flüchen und Drohungen versuchte er Jodi in eine Prügelei zu verwickeln, wurde dann aber von Joy davon abgehalten, die ihm drohte, die Polizei zu rufen.

Wieder in seinem Apartment, rief Aylor, der immer noch wütend war, Parkers Ex-Frau an. »Sehen Sie zu, daß Ihr gottverdammter Mann aus meinem Haus verschwindet, sonst schlage ich ihm den Schädel ein«, brüllte er.

Die Geschichten, die er seinen Freunden erzählte, wurden immer bizarrer. Er hätte eines Abends einen Mann gesehen, behauptete er, der durchs Fenster in sein Schlafzimmer hineingeschaut hätte, und er sei davon überzeugt, dieser Mann wolle ihn töten. Um sich nicht zur Zielscheibe zu machen, schlief Larry von nun an auf der Couch und hatte dabei stets eine Pistole in Reichweite.

Die Davis', denen bewußt war, daß bald ein Streit um das Sorgerecht zwischen Larry und Joy beginnen würde, hatten Chris bewogen, zu ihnen zu ziehen, indem sie ihn mit der Aussicht auf ein neues Auto und andere teure Geschenke lockten. »Sie haben sich seine Zuneigung immer erkauft«, erzählte Larry jedem, der es hören wollte. »Und sie haben ihm sehr deutlich klargemacht, daß es mit all den tollen Sachen vorbei wäre, falls er sich entschließen sollte, bei mir zu wohnen.

Zum Beweis erzählte er gern eine bestimmte Begebenheit, die seiner Ansicht nach bewies, welchen Aufwand die Großeltern trieben, um seinen Sohn zu verwöhnen.

In jenem Sommer, in dem Chris dreizehn geworden war, hatte er ein teures Rennrad entdeckt, das er unbedingt haben wollte. Larry hätte ihm diesen Wunsch mit Leichtigkeit erfüllen können, hielt es jedoch für angebracht, die Gelegenheit zu nutzen, um seinem Sohn eine Lehre über den Zusammenhang zwischen Arbeit und Geld zu erteilen. Er bot Chris an, ihm einen normalen Stundenlohn zu zahlen, wenn er dafür auf verschiedenen Baustellen Aufräum- und Säuberungsarbeiten übernahm. Sobald er genug Geld beisammen hätte, um die Hälfte des Fahrrads zu bezahlen, wollte Larry den fehlenden Betrag beisteuern.

»Wie die meisten Kinder war er nicht gerade begeistert von der Aussicht, mitten im heißen Sommer den Tag damit zu verbringen, Bauschutt und Holzabfälle auf einen Pick-up zu laden«, erinnerte sich Larry, »aber er hat es gemacht.

Doch dann kam ich eines Tages nach Hause und entdeckte *zwei* Fahrräder in der Einfahrt. Als ich Chris fragte, wie er daran gekommen sein, meinte er, seine Großmutter hätte sie ihm gekauft.

Ich war natürlich sauer und rief Frances Davis an, um zu fragen, was zum Teufel sie sich dabei gedacht hätte. Und sie machte mir die Hölle heiß, weil ich es gewagt hatte, ihrem lieben kleinen Enkel so eine schmutzige Arbeit aufzubürden.

Schließlich fragte ich sie, warum um alles in der Welt sie dem Kind gleich zwei Fahrräder gekauft hatte. Sie erklärte mir seelenruhig, Chris hätte sich im Fahrradladen nicht zwischen zwei Farben entscheiden können, und deshalb hätte sie eben beide Räder gekauft.«

Aylor hatte nicht den geringsten Zweifel, daß Henry und Frances Davis Himmel und Hölle in Bewegung setzen würden, um seinen Sohn von ihm fernzuhalten.

Und dann gab es da auch noch Joys sonderbares Verhalten. Aylor behauptete, sie riefe ihn nachts zu den unmöglichsten Zeiten an, manchmal, um ihn wütend zu beschimpfen, und dann wieder, um ihm ihre Liebe zu erklären und ihn zu bitten, wieder nach Hause zu kommen.

Mc Gowan war es schon lange leid, sich ständig die Anschuldigungen und Behauptungen über die familiären Verhältnisse von Dr. Gailiunas und Larry Aylor anzuhören, und ging schließlich zu beiden auf Distanz. Falls sie etwas wegen des Verbrechens zu besprechen wünschten, stünde ihnen seine Tür jederzeit offen, doch ihre privaten Problem gingen ihn nichts an.

McGowan hatte mehrfach beim Sheriff's Department von Kaufman County angerufen, um zu erfahren, ob es etwas Neues gäbe, doch jedesmal hatte man ihm versichert, es deuteten alle Anzeichen darauf hin, daß es sich bei dem Zwischenfall um eine Art Panikreaktion von Drogenhändlern oder Wilderern gehandelt habe, die man ohne Zeugen, die sie identifizieren könnten, wohl auch kaum jemals fassen würde. Doch falls sich irgend etwas ergeben sollte, würde man sich melden.

Der Detective aus Richardson, der sorgfältig darauf bedacht war, sich nicht in den Zuständigkeitsbereich einer anderen Behörde einzumischen, konnte nicht ahnen, daß man dort auf die Anzeige von Larry und Kennedy hin absolut nichts unternommen hatte.

Tatsächlich hatte ein Jagdaufseher namens Jerry Hinojsa, der nicht weit vom Ort des Überfalls entfernt lebte, seine Hilfe angeboten, nachdem er auf einer Tanzveranstaltung von dem Zwischenfall erfahren hatte. Hinojsa erinnerte sich, daß er früher an jenem Tag die an Aylors Farm vorbeiführende Straße befahren hatte. Dabei war ihm ein brauner Pick-up aufgefallen, der auf einer Wiese in der Nähe der Brücke stand. Er war langsam daran vorbeigefahren, um zu sehen, ob es sich um jemanden handelte, den er kannte. Doch der Fahrer war ihm unbekannt, und so hatte er seinen Weg fortgesetzt.

Nachdem er von den Schüssen auf Aylors Wagen erfahren hatte, war er am nächsten Tag zum Ort des Geschehens gefahren. Nach kurzer Suche entdeckte er auf der Straße in der Nähe der Brücke ein halbes Dutzend .22 Gewehrpatronenhülsen, die er sorgfältig in Plastiktüten unterbrachte, wie sie zur Spurensicherung verwendet werden.

Anschließend hatte er im Sheriffbüro angerufen, um seinen Fund zu melden, stieß dabei jedoch auf keinerlei Interesse. Und so blieben die Patronenhülsen monatelang in seinem Handschuhfach liegen.

Mit der Zeit gab auch McGowan seine Anrufe auf, nachdem man ihm stets mit ähnlichem Desinteresse begegnete.

Als die Monate vergingen, beschäftigte sich McGowan mit anderen Aufgaben und schaffte es mitunter sogar, tagelang nicht mehr an den Gailiunas-Fall zu denken. Er hatte schließlich eingesehen, daß es wirklich nichts anderes mehr zu tun gab, als gelegentlich noch einen Blick in die mittlerweile recht abgenutzte Akte zu werfen, um sicherzugehen, daß er nicht irgendeine winzige Information übersehen hatte, oder hin und wieder den NCIC-Computer nach Mordfällen zu durchforschen, die jenem am Loganwood Drive ähnelten.

Die Untersuchung des Mordes an Rozanne Gailiunas war zum Stillstand gekommen, und der Fall selbst war auch kein Thema mehr bei den Gesprächen, die in den Streifenwagen oder den Büros des Polizeireviers geführt wurden.

Aylor hatte seine mehr oder weniger regelmäßigen Besuche bei McGowan eingestellt, und Dr. Gailiunas, der sein neues Haus bezogen und seine Privatpraxis aufgemacht hatte, rief auch nicht mehr an.

So war die Distanz zwischen dem Detective und den beiden

Männern, die er einst als Hauptverdächtige betrachtet hatte, ständig gewachsen. McGowan hatte nicht einmal mitbekommen, daß Joy und Larry mittlerweile geschieden waren. Und er wußte auch nicht, daß sowohl Larry wie auch der Doktor wieder geheiratet hatten, und zwar in beiden Fällen Frauen, die sie erst Monate nach Rozannes Tod näher kennengelernt hatten.

Aylors neue Frau Jan war zu dem Zeitpunkt, als sich Larry mit Rozanne traf, selbst in einen Scheidungsprozeß verwickelt, und zwischen den beiden war eine lockere Freundschaft entstanden. Doch erst nach Larrys Scheidung war Jan ihm zufällig begegnet und hatte sich erkundigt, ob er schon eine neue Liaison hätte. Larrys Antwort bestand darin, sie und ihre beiden Kinder, ein Junge und ein Mädchen, zum Essen einzuladen. Schon bald trafen sie sich regelmäßig und kamen schließlich überein, zu heiraten.

Pat, die neue Frau des Doktors, hatte eine Freundin, deren Sohn dieselbe Schule besuchte wie der kleine Peter. Diese Freundin, die bekümmert war wegen der Trauer, die sich auf Gailiunas' Gesicht abzeichnete, hatte ihm Pats Nummer gegeben. »Sie sollten nicht länger allein sein«, hatte die Freundin erklärt. Schon bald trafen sich der Doktor und Pat regelmäßig und heirateten schließlich. Der kleine Peter, der noch immer regelmäßig einen Psychiater aufsuchte, kam an der Privatschule gut zurecht. Er fing an, sich für Fußball zu begeistern, und genoß die liebevolle Aufmerksamkeit, mit der ihn seine neue Stiefmutter überschüttete. Seine Mutter erwähnte er nur noch selten, obwohl ein gerahmtes Foto von ihr auf dem Tischchen neben seinem Bett stand.

Joy Aylor wohnte unterdessen weiterhin im Haus am Arbor Trail und teilte ihre Zeit zwischen ihrem Sohn und ihrem Liebhaber Jodi Packer auf. Sie führte für Packers Installationsfirma die Bücher und wurde bei einer neugegründeten Renovierungsfirma zu seiner stillen Teilhaberin. Mehrere ihrer Freundinnen fanden, sie hätten sie schon lange nicht mehr so glücklich erlebt.

So wie es aussah, hatten es also alle geschafft, die lange zurückliegenden tragischen Ereignisse jenes Abends im Oktober 1983 hinter sich zu lassen.

In Framingham, Massachusetts, lagen die Dinge jedoch anders. Im Spätfrühling des Jahres 1987 erhielt Morris McGowan einen langen Brief von Paula Donahue. Auch wenn das Schreiben nicht unfreundlich gehalten war, machte es doch recht deutlich, wie sehr das Gefühl der Frustration an allen Mitgliedern der Familie nagte. Sollte es tatsächlich möglich sein, fragte Paula, daß der Mord an ihrer Schwester niemals aufgeklärt würde? Würden ihre noch immer trauernden Eltern eines Tages sterben müssen, ohne zu wissen, wer ihnen Rozanne genommen hatte?

McGowan brütete noch über einer Antwort auf Paulas Brief, als sich, zum ersten Mal seit Monaten, Larry Aylor bei ihm meldete.

»Als ich heute heimkam, hatte ich eine sonderbare Botschaft auf meinem Anrufbeantworter«, erzählte er. »Eine Frau mit starkem Südstaatenakzent sagte: ›Wenn Sie das Rätsel um Rozannes Tod lösen wollen, dann habe ich die Antwort.‹«

McGowan war überrascht, wie ruhig Aylors Stimme klang. »Haben Sie eine Ahnung, wer die Frau war?« erkundigte sich der Detective.

»Nicht die geringste.«

»Es wäre gut, wenn Sie das Band morgen vorbeibringen könnten«, sagte McGowan.

Obwohl er wußte, daß die sonderbare Botschaft, die Aylor erhalten hatte, höchstwahrscheinlich nur das Werk einer Verrückten war, verspürte McGowan doch einen Schub neuer Energie. Immerhin bestand ja doch die winzige Möglichkeit, daß da irgend jemand eine verwertbare Information hatte und bereit war, sie auch mitzuteilen.

Und wenn schon nichts anderes, so hatte ihm Aylors Anruf doch immerhin zu einer Antwort auf Paulas Brief verholfen.

Der Fall, so schrieb er, sei keineswegs in Vergessenheit geraten. Und wieder einmal versicherte er ihr, daß eines Tages alles aufgeklärt würde.

Kapitel 9

Larry Aylor saß in McGowans Büro und hörte zu, wie die kurze Nachricht wieder und wieder abgespielt wurde. Die Anruferin verstellte offensichtlich ihre Stimme und sprach mit einem Akzent, bei dem echte Südstaatenschönheiten nur die Augen verdreht hätten.

»Keine Ahnung, wer das sein könnte?«

Aylor schüttelte den Kopf. »Irgendwer will mir da eins auswischen. Vielleicht ist es ja eine von Joys Freundinnen, die mir wegen der Scheidung das Leben vermiesen will.« Larry, der früher auch auf den kleinsten Hinweis angesprungen war, der möglicherweise zur Lösung des Falles hätte führen können, zeigte jetzt lediglich mildes Interesse, als McGowan vorschlug, bei ihm eine Fangschaltung einzurichten, mit der sich weitere Anrufe zurückverfolgen ließen.

»Wenn die Frau tatsächlich etwas weiß, meldet sie sich auch wieder«, bemerkte McGowan.

Aylor zuckte die Achseln und erhob keine Einwände gegen die Fangschaltung.

Im Grunde glaubte allerdings keiner der beiden Männer, daß viel dabei herauskommen würde. Bestenfalls konnten sie vermutlich feststellen, wer diese Anrufe machte, und dafür sorgen, daß die Sache ein Ende hatte.

Nachdem mehrere Wochen ohne eine weitere Nachricht der mysteriösen Anruferin verstrichen waren, waren beide überzeugt, daß es sich bei jener Botschaft lediglich um einen üblen Streich gehandelt hatte. Die Fangschaltung wurde wieder aufgehoben, und die ganze Angelegenheit geriet in Vergessenheit.

Neun Monate später, am 24. April 1988, einem Sonntag, ging Aylor ans Telefon und erkannte die Stimme der Anruferin sofort wieder.

»Sie war es«, berichtete er McGowan. »Der gleiche, falsche Südstaatenakzent und alles andere. Aber diesmal klang sie wirklich erschrocken. Sie meinte, sie hätte Angst, dieser Kerl würde sie als nächste umbringen.«

»Welcher Kerl?«

»Jemand namens Bill Garland. Sie sagte, er sei es gewesen, der Rozanne umgebracht hätte . . . und jetzt drohe er, sie zu töten.«

»Kennen Sie diesen Garland?«

Aylor schüttelte den Kopf. Er hatte nicht einmal den Namen je zuvor gehört. »Morris«, meinte er, »ich habe keine Ahnung, was da eigentlich los ist, aber ich glaube, diesmal könnte etwas daran sein. Das war nicht einfach ein böser Scherz. Die Frau klang, als hätte sie Todesangst.«

Aylors neue Frau, die ihn zu McGowan begleitet hatte, nickte zustimmend. Sie hatte das Gespräch an einem anderen Apparat mitgehört. »Es war furchterregend«, sagte Jan.

McGowan dachte über die seltsame Wendung nach, die die Dinge genommen hatten, und bemühte sich so gut wie möglich, ein unbeteiligtes Gesicht zu machen, um die neue Hoffnung zu verbergen, die ihn plötzlich erfüllte. Das ist Unsinn, dachte er, höchstwahrscheinlich landen wir doch nur in einer neuen Sackgasse. Doch sein Instinkt neigte dazu, Aylor zuzustimmen. Vielleicht wußte diese Frau, wer immer das auch sein mochte, tatsächlich etwas.

»Wenn Sie nochmals von ihr hören . . .«

»Sie sagte, sie würde heute abend wieder anrufen.«

». . . dann versuchen Sie sie zu überzeugen, daß sie mit mir reden muß. Sagen Sie ihr, daß sie Schutz bekommt, wenn sie in Gefahr ist. Erzählen Sie ihr, was immer nötig ist.«

Larry schlürfte den letzten Rest seines Kaffees, erhob sich und blieb dann kopfschüttelnd stehen. »Wissen Sie, ich hatte gedacht, alles wäre vorbei, und jetzt scheinen sich plötzlich alle möglichen sonderbaren Dinge zu ereignen.«

McGowan blickte ihn verwundert an. »Zum Beispiel?«

Chris hat mir erzählt, rings um Joys Haus hätte es ein paar seltsame Ereignisse gegeben. Eines Nachmittags hat er einen Mann gesehen, der über den Zaun hinten im Garten schaute.

Als Chris ihn anrief, duckte er sich, lief dann durch die Gasse, stieg in einen Wagen und fuhr davon. Chris ist ihm noch nachgelaufen, um das Nummernschild zu sehen.

Dann war da jemand, der versuchte, Chris' Wagen von der Straße zu drängen. Chris hat den Schwarzen Gürtel in Karate, müssen Sie wissen. Er ist aus dem Auto gesprungen, hat den Kerl aus seinem Wagen gezerrt und ihn an Ort und Stelle verprügelt.

Außerdem meint er, seine Mutter würde sich ungewöhnlich verhalten. Sie ist sehr nervös, hat die ganze Zeit über die Jalousien geschlossen und kriegt ab und zu Anrufe, die sie offenbar sehr aufregen.

Außerdem hätte sie einen toten Fisch in ihrem Briefkasten gefunden. Warum sollte jemand so etwas tun?«

Der Detective schüttelte den Kopf. »Da bin ich auch überfragt.«

Kaum eine Stunde nachdem Larry und Jan das Polizeirevier verlassen hatten, waren McGowan und Mike Corley, der erst kürzlich zur Kriminalpolizei versetzt worden war, bereits auf eine Spur gestoßen, die sie möglicherweise zu jener Anruferin führen würde. Als sie sich mit dem Dallas Police Department in Verbindung setzten, um zu prüfen, ob es eine Akte über jemanden namens Bill Garland gab, hatte der Computer zwei Männer mit diesem Namen aufgespürt. Der eine war ein wegen Drogenhandels vorbestrafter Farbiger, der andere ein Weißer, der erst vor kurzem aktenkundig geworden war.

William Wesley Garland, ein Kammerjäger, war festgenommen worden, nachdem seine Frau ihn wegen Körperverletzung angezeigt hatte.

Es war seine erste Festnahme.

»Du weißt, daß wir es hier sehr wahrscheinlich mit einer völlig überdrehten Frau zu tun haben, die mal ausprobieren will, wie weit sie ihren Alten reinreiten kann«, meinte Corley warnend. »Erhoff dir nur nicht zuviel.«

Seit er in jener lange zurückliegenden Nacht zusammen mit McGowan am Loganwood Drive eingetroffen war, hatte Corley beobachtet, wie dieser Fall seinen Freund immer mehr vereinnahmte. Mehr als einmal hatte er ihn, wenn sie nach Feierabend noch ein Bier tranken, sanft gedrängt, endlich einmal abzuschalten. »Verschwinde einfach für ein paar Tage oder auch eine Woche. Niemand wird glauben, du hättest den Fall aufgegeben, nur weil du mal Urlaub machst.« McGowan hatte nur gegrinst und erklärt, es ginge ihm bestens.

Schließlich hatte Corley einen direkten Vorstoß gewagt. »Verdammt noch mal, Mo, du mußt mehr Abstand gewinnen. Du nimmst die ganze Geschichte viel zu persönlich, wenn du herumläufst und dir selbst einredest, es wäre dein Fehler, wenn dieser Fall nicht aufgeklärt wird.«

McGowan hatte nicht widersprochen. Was hätte er auch sagen sollen? Mike, der ihn besser kannte als jeder andere im Department, hatte völlig recht.

Und Corley wußte, daß McGowans Hoffnungen wieder wachsen würden, jetzt, wo zu erwarten war, daß die Frau, bei der es sich wahrscheinlich um die Ehefrau von Bill Garland handelte, sich wieder bei Aylor melden würde.

Tatsächlich empfand sogar Mike selbst neue Begeisterung für den Fall, der solange geruht hatte.

Aus einer ganzen Reihe von beruflichen wie privaten Gründen betete er insgeheim, daß es sich nicht schon wieder um einen falschen Alarm handelte.

Sandy McGowan hatte sich schon seit Wochen auf diesen Abend gefreut. Als langjähriger Fan des Pop-Stars Michael Jackson hatte sie erst angestanden, um die Karten zu kaufen, und dann die Tage bis zu dem Termin gezählt, an dem sie und Morris nach Dallas fahren und das Konzert besuchen würden.

Auch auf der Fahrt zur Reunion Arena dachte McGowan noch über den Fall nach. Er war mittlerweile fast davon überzeugt, daß die Frau sich nicht so bald wieder bei Aylor melden würde. Die Chance dafür war bestenfalls minimal, denn immerhin waren acht Monate zwischen dem ersten und dem zweiten Anruf verstrichen.

Der Detective gab sich alle Mühe, die Angelegenheit aus seinem Bewußtsein zu verdrängen und die Musik zu genießen. Nur hin und wieder warf er einen verstohlenen Blick auf den winzigen Bildschirm seines Piepers.

Sie befanden sich schon wieder auf dem Heimweg, da summte das Gerät plötzlich und zeigte eine Nummer an, die McGowan unbekannt war. Er verließ den North Central Expreßway, entdeckte in der Nähe einer Tankstelle ein paar Telefonzellen, sprang aus dem Wagen und rief die Nummer an.

Das Besetztzeichen erklang. Daraufhin probierte er es mit der Nummer von Aylors Haus. Auch hier war besetzt.

Sandy hatte gerade den Wagen ebenfalls verlassen und war zu ihm hinübergegangen, als der Pieper erneut ansprach. Diesmal zeigte er Aylors Nummer an, und McGowan rief sofort dort an.

»Larry, hier ist Morris . . .«

»Lieber Himmel, die Frau ist völlig hysterisch. Sie denkt, sie wäre als nächste dran. Ich habe ihr Ihre Nummer gegeben und das Versprechen abgenommen, daß sie auch anruft.«

Wie aufs Stichwort meldete sich Morris' Pieper erneut. Er warf einen Blick auf die Nummer, hängte sofort ein, nahm den Quarter, den Sandy ihm hinhielt, und wählte.

Es schellte nur einmal, dann hörte er eine Frauenstimme.

»Ma'am, hier ist Sergeant McGowan.« Das war alles, was er innerhalb der nächsten Minuten sagen konnte, denn die Frau stieß sofort eine lange Reihe von Beschuldigungen aus. Diesmal sprach sie ohne den aufgesetzten Südstaatenakzent, doch dafür klang ihre Stimme, als wäre sie außer sich vor Angst.

Sie redete so schnell und mit einer derart schrillen Stimmlage, daß es schwierig war, alles zu verstehen. »Bill Garland . . . *er ist hinter mir her* . . . er will mich umbringen, *genau wie damals diese Krankenschwester* . . . Wissen Sie, ich habe mich mit ihm in dieser Bar getroffen, und er fing an zu erzählen . . . Er hat mir davon erzählt, verstehen Sie? *Er hat mir erzählt*, wie sie umgebracht wurde . . . sie waren in ihrem Haus . . .«

Schließlich schaffte es McGowan, sie zu unterbrechen. »Bitte beruhigen Sie sich«, sagte er. »Ich werde tun, was ich kann, um Ihnen zu helfen.«

»Mich beruhigen? Haben Sie nicht verstanden, was ich Ihnen

gerade erzählt habe? Er hat gesagt, *ich würde sterben* ... und er würde dafür sorgen, daß der Tod dieser Krankenschwester daneben wie ein Teekränzchen aussieht ... Er hat eine Menge Menschen umgebracht. *Verdammt noch mal,* wie soll ich mich denn da beruhigen?«

Dieses bizarre Gespräch zog sich über mehr als eine halbe Stunde hin. McGowan sagte nur wenig, während die Frau, die abwechselnd weinte und in den Hörer schrie, ihre Horrorgeschichte erzählte.

»Ma'am«, unterbrach sie der Detective zu guter Letzt, »hören Sie mir jetzt bitte mal einen Moment zu. Ich möchte Ihnen helfen und Ihnen auch Schutz gewähren, falls Sie den brauchen, aber ich kann gar nichts tun, solange ich nicht weiß, wer Sie sind.«

»Nennen Sie mich einfach Mrs. Mud«, erwiderte sie sarkastisch. »M - u - d.«

»Ich glaube nicht, daß wir auf diese Art weiterkommen. Warum treffen wir uns nicht irgendwo, um uns ungestört zu unterhalten?«

Plötzlich war es still am anderen Ende der Leitung. Während er auf die Antwort der Frau wartete, schrieb Morris schnell eine Notiz für Sandy. Er bat sie, eines der anderen Telefone zu benutzen, um das Polizeirevier anzurufen, damit man von dort aus versuchte, den Anruf zurückzuverfolgen. Außerdem sollte sie Mike Corley Bescheid geben, sich mit ihm auf dem Revier zu treffen.

Endlich meldete sich die Frau wieder. »Wo?«

»Es gibt ein rund um die Uhr geöffnetes Restaurant oben an der Ecke North Central und Spring Valley. Es heißt Jojo's.«

»Ich weiß, wo das ist. Und wann?« McGowan schaute auf seine Uhr. Es war bereits elf Uhr durch.

»Wann immer es Ihnen paßt«, antwortete er.

Die Frau schien sich ganz plötzlich zu beruhigen, und McGowan glaubte sogar, er hörte sie leise lachen. »Sollten derartige Treffen nicht um Mitternacht stattfinden?«

»Ich werde dort sein«, erklärte McGowan.

Als sie beim Polizeirevier ankamen, küßte McGowan Sandy zum Abschied und schickte sie dann heim. »Warte nicht auf mich«, meinte er, als Sergeant Corley auf den Parkplatz einbog.

»Sei vorsichtig, Mo«, sagte Sandy. »Diese Frau klang reichlich verrückt.«

Genau deswegen wollte er auch Rückendeckung haben, erklärte McGowan. Corley würde sich auf dem Parkplatz vor dem Restaurant eine Stelle suchen, von der aus er das Treffen überwachen könnte.

»Ich bin mir nicht mal sicher, ob sie überhaupt kommt«, meinte McGowan abschließend.

Er hatte erst ein paar Minuten in dem keineswegs leeren Restaurant gewartet, als er sah, wie ein Mercedes auf den Parkplatz einbog und in der Nähe des Eingangs hielt. Eine attraktive, schwarzgekleidete Blondine eilte herein, ließ ihren Blick prüfend über die Nischen gleiten und kam dann auf McGowan zu.

Sie entsprach nicht gerade dem Bild, das sich McGowan von ihr gemacht hatte.

»Sind Sie Sergeant McGowan?« erkundigte sie sich.

Er erhob sich und gab ihr die Hand. »Ja, Ma'am. Und Sie sind Carol Garland?«

»Wie ich sehe, haben Sie Ihre Hausaufgaben gemacht.« Sie lächelte, und ihre Stimme klang ruhig und angenehm. Es gab keine Spur eines Akzentes oder jener Hysterie, die der Beamte vor weniger als einer Stunde am Telefon gehört hatte.

Sie strich ihren Rock glatt, nachdem sie sich zu ihm in die Nische gesetzt hatte, und stellte dann eine weitere Frage. »Wissen Sie denn auch, wer ich *außerdem* bin?«

Verblüfft zuckte McGowan die Schultern. »Nein.«

»Ich bin Joy Aylors Schwester«, erklärte die Frau. »Und sie ist diejenige, nach der Sie suchen. Sie war es, die den Mord an der Frau des Doktors geplant hat.«

Der Sergeant war so überrascht, daß er nicht antwortete. Statt dessen betrachtete er das Gesicht der Frau, die ihm gegenüber saß, und fragte sich, in was für eine Geschichte er nun wieder hineingeraten war. Gehörte diese Frau vielleicht zu der Sorte von Verrückten, die offenbar immer dann auftauchten, wenn es irgendwo einen schwierigen Fall zu untersuchen galt?

Oder sollte es tatsächlich denkbar sein, daß sie über Informationen verfügte, die seiner Arbeit neue Impulse geben konnten?

»Ich glaube, es ist am besten, wenn wir diese Unterhaltung auf dem Polizeirevier fortsetzen«, meinte er schließlich.

Er wollte, daß Corley Zeuge dessen wurde, was die Frau zu sagen hatte, denn wenn er allein versuchen wollte, diese Geschichte seinen Vorgesetzten zu erzählen, konnte er sich leicht ausrechnen, wieviel Glauben man ihm schenken würde.

Bis in die frühen Morgenstunden lauschten die beiden Detectives Carols sonderbarer, verschlungener Geschichte. Anfang des Jahres 1985 sei Joy zu ihr gekommen, erzählte Carol, und hätte sie um einen Gefallen gebeten. Falls ein Mann anriefe und nach ›Mary‹ frage, sollte Carol Joy sofort Bescheid geben. Zunächst hatte sie angenommen, Joy hätte ein Verhältnis, doch später fand sie heraus, daß es sich bei dem Anrufer um einen angeheuerten Killer namens Bill Garland handelte. Über mehrere Monate hinweg hatten Carol und Garland lange Telefongespräche geführt, und irgendwann hatte er ihr schließlich gestanden, daß ihre Schwester für den Tod von Larry Aylors Freundin verantwortlich war.

»Zu diesem Zeitpunkt wußte ich nicht einmal, wovon er überhaupt redete«, behauptete Carol. Sie hatte schon seit längerem kaum noch Kontakt zu ihrer Familie und hatte weder etwas von Aylors Verbindung mit Rozanne Gailiunas noch von dem Mord gehört. »Nachdem mir Bill davon erzählt hat, bin ich in die Bibliothek gegangen und habe die Geschichte in den alten Zeitungsausgaben nachgelesen. Und da stand alles, genau so, wie er es mir erzählt hatte.«

»Hat Garland Ihnen gesagt, daß er Rozanne Gailiunas getötet hat?« erkundigte sich McGowan.

»Ich weiß nur, daß er sagte: ›Wir haben es getan‹.«

Die Details, die sie über das Verbrechen berichtete, hatten, wie die Detectives wußten, allesamt in der Zeitung gestanden.

»Hat er Ihnen erzählt, wie sie in das Haus hineingekommen sind?«

»Ich glaube, sie haben ihr erzählt, sie seien Handwerker.«

Und weshalb, erkundigte sich McGowan, sei sie so besorgt, daß jetzt ihr Leben in Gefahr sei?

»Weil er Angst hat, ich würde genau das tun, was ich jetzt tue. Er hat Angst, ich könnte erzählen, was er getan hat und wozu er mich gezwungen hat. Beispielsweise, Joy zu erpressen. Er hat mich gezwungen, dabei mitzumachen.«

McGowan rieb sich das Gesicht. Mit Carols Gedankensprüngen Schritt zu halten war schier unmöglich. »Was für eine Erpressung meinen Sie?« fragte er schließlich.

»Im vergangenen Oktober brauchte Bill Geld, und er dachte, er könnte Joy ein bißchen ausnehmen. Er wollte ihr erzählen, die Freundin eines der beiden Burschen, die sie angeheuert hatten, um Larry umzubringen . . .«

McGowan beugte sich ruckartig vor. *»Einen Moment.* Sie wollen uns erzählen, daß Joy auch mit dem Anschlag auf ihren Mann zu tun hat?«

Carol nickte und setzte ihre Erzählung fort.

»Bill kam also auf die Idee, ihr diese Nachricht zu schicken. Die Botschaft lautete ungefähr: ›Ich komme zu Besuch und brauche Geld. Können Sie mir fünfundzwanzigtausend Dollar leihen? Oder wollen Sie und Ihr Sohn mich besuchen kommen?‹ Unterschrieben war das Ganze mit ›Rozanne Gailiunas‹.

Joy hat die Geschichte wirklich geglaubt. Sie rief Bill an und erzählte ihm, sie sei sicher, daß Carl Noska – der Mann, der sie ursprünglich mit Bill zusammengebracht hat – sie zu erpressen versuche, und deswegen müßte er auf der Stelle umgebracht werden. Bill spielt mit und sagt, er würde sich um die Sache kümmern. Er wartet ein paar Tage, ruft sie dann an und erzählt, er hätte mit Noska einen getrunken und sei überzeugt, er wäre nicht der Erpresser. Daraufhin wird Joy noch hektischer und bittet Bill, herauszufinden, wer dahintersteckt.

Bill wartet wieder etwas ab, ruft sie dann an und erzählt ihr die Geschichte von der Freundin eines der Männer, die er wegen des Anschlags auf Larry angeheuert hat. Dieser Bursche wäre inzwischen tot, und seine Freundin wolle fünfundzwanzigtausend Dollar haben, wenn sie den Mund halten solle.

Und nun fragt Joy, ob Bill dafür sorgen kann, daß diese Frau umgebracht wird.

Die ganze Geschichte wird immer verrückter. Joy erzählt Bill, sein Name würde in der Botschaft ebenfalls erwähnt – was, wie er und ich natürlich genau wußten, nicht stimmte. Und sie versucht, mit Bill darüber zu verhandeln, daß er diese Frau umbringt, die ja angeblich sie beide bedroht.

So geht das wochenlang weiter. Bill schickt neue Briefe raus. In einem stand: ›Ich komme bald, Du wirst genauso Ruhe finden wie ich auch. R. Gailiunas.‹

Joy dreht langsam durch.

Schließlich erklärt sich Bill bereit, jemanden zu suchen, der ihr die Erpresserin vom Hals schafft, und meint, das würde allerdings ebenso viel kosten, wie die Frau verlangt hat. Joy meint daraufhin, da die Frau auch drohe, ihn anzuzeigen, wäre es nur gerecht, wenn er die Hälfte der Summe übernehmen würde.

Sie schickt ihm sogar Kopien der Botschaften, die sie erhalten hat. Lieber Himmel, die ähnelten nicht mal jenen, die Bill geschrieben hatte. Sein Name wurde in jedem der Briefe erwähnt, ganz so, als wollte die Erpresserin beiden drohen.

Bill streitet sich mit Joy herum und stimmt schließlich zu. Er erzählt ihr, er würde mich vorbeischicken, um die zwölftausendfünfhundert Dollar abzuholen.

Wissen Sie, sie hatte keine Ahnung, daß Bill und ich geheiratet hatten. Sie weiß bis heute nichts davon.

Na, jedenfalls ruft Bill sie ein paar Wochen später an und erzählt ihr, der Job wäre erledigt. Meine Güte, er war richtig begeistert – zwölftausend Dollar, um jemanden umzubringen, der gar nicht existiert.

Ist schon verrückt, was?«

Und damit holte Carol endlich wieder tief Luft, erhob sich und erkundigte sich nach der Toilette. Sobald sie den Raum verlassen hatte, blickte McGowan Corley an.

Mike, der die Frage vorausahnte, schüttelte den Kopf. »Keine Chance«, meinte er.

McGowan stimmte dem zu. Wenn man einmal davon absah, daß sie den Namen eines Verdächtigen genannt hatte, konnte Carol alles, was sie über den Mordfall wußte, aus den Zeitungen erfahren haben. Und solange dieser Bill Garland nicht bereit war, sich zu stellen und zu gestehen, gab es kaum etwas, wodurch sich Carols Geschichte beweisen ließ.

»Es gibt immerhin ein paar Dinge, die wir überprüfen können«, meinte McGowan. Während ihrer Aussage über die Erpressung hatte Carol erwähnt, sie hätte ein Postfach auf den Namen ›Rozanne Gailiunas‹ gemietet. Und außerdem könnte es nicht schaden, sich um Carl Noska zu kümmern, der angeblich als Mittelsmann fungiert hatte.

»Verdammt noch mal, Mo, diese Dame ist doch nicht ganz bei Trost«, meinte Corley.

»Ja, ich weiß.«

Schon ein paar Minuten später mußten beide Männer diese Einschätzung überdenken.

Carol schaute auf ihre Uhr, als sie von der Toilette zurückkam. »Ich hatte keine Ahnung, daß es schon so spät ist«, sagte sie. »In ein paar Stunden muß ich zur Arbeit. Ist es okay, wenn ich jetzt gehe?«

McGowan nickte und begleitete sie zur Tür.

Als sie auf den dunklen Parkplatz hinaustrat, blieb sie plötzlich stehen. »Ich habe noch eine Sache vergessen, mit der wir Joy während dieser Erpressungsgeschichte erschrecken wollten.« Sie lächelte, während sie sprach. »Es war Bills Idee. Wir haben einen toten Fisch in ihren Briefkasten geworfen.«

Mit diesen Worten wandte sie sich ab und ging fort. Und McGowan mußte sofort an das denken, was Larry Aylor erst einen Tag zuvor erzählt hatte: »Chris meint, rings um Joys Haus hätten sich sonderbare Dinge ereignet . . . Anrufe, die sie nervös machten . . . *ein toter Fisch im Briefkasten.*«

McGowan stand an der Tür und war sich seines ungläubigen Gesichtsausdrucks nicht bewußt. »Teufel auch . . .«

Corley lachte. »Willkommen in der Twilight Zone, Partner.«

»Ich glaube, wir werden uns morgen früh mit dem Captain unterhalten müssen«, erwiderte McGowan.

Kapitel 10

Woher kam diese sonderbare Frau, die in der einen Minute kühl und berechnend erschien, in der nächsten hingegen voller Furcht und Verfolgungsangst? War sie wirklich die, für die sie sich ausgab? Und welches Motiv mochte sie haben? War es möglich, daß ihr Leben tatsächlich in Gefahr war? Oder war sie, wie einige im Department glaubten, nur eine jener wütenden, nachtragenden Frauen, die sich ständig neue Geschichten ausdenken, um den verhaßten Ehemann in Bedrängnis zu bringen?

Diese Fragen beschäftigten McGowan so sehr, daß er für den nächsten Abend ein weiteres Treffen ansetzte.

Nachdem er nochmals alle Zeitungsberichte über den Mordfall durchgesehen hatte, kam er zu dem Schluß, daß sie den größten Teil ihrer Geschichte aufgrund der Lektüre dieser Artikel zusammengestückelt haben könnte. »Mit etwas Glück und ein paar geschickten Vermutungen könnte jemand eine plausible Story daraus machen«, meinte er zu Captain D. E. Golden. »Es ist natürlich gut möglich, daß sie einfach nur eine Verrückte ist, aber ich glaube, es besteht zumindest die Chance, daß mehr dahintersteckt.«

Golden hörte sich das mit gemischten Gefühlen an. Golden, der zur Zeit des Mordes als Sergeant bei der Streife gearbeitet hatte, gehörte zu jenen, die seinerzeit als erste am Loganwood Drive angekommen waren. Das Bild, das er in Rozannes Schlafzimmer vorfand, hatte alles übertroffen, was er je gesehen hatte. Und nichts im Verlauf seiner Dienstzeit, weder vorher noch nachher, hatte ihn jemals so betroffen gemacht.

Aus diesem Grund verstand er auch McGowans Entschlossenheit, den langwierigen Fall zum Abschluß zu bringen.

Auf der anderen Seite machte er sich aber auch große Sorgen darum, daß die Untersuchung McGowan zuviel abverlangte. Ähnlich wie Corley vermochte auch Golden nicht mehr zu sagen, wie oft er sich privat mit McGowan über den Fall unterhalten hatte. Dem Captain war bewußt, wie persönlich McGowan die Untersuchung nahm, wie er die Akten auch daheim noch studierte oder mitten in der Nacht aufwachte, um ruhelos in seinem dunklen Haus herumzuwandern, ständig auf der Suche nach Antworten, die nirgendwo zu finden waren. Er hatte zugesehen, wie aus einem lebensfrohen, ausgeglichenen Mann ein kurz angebundener, überempfindlicher Mensch geworden war. Und mehr als einmal hatte er den Eindruck gehabt, Morris stünde sehr dicht am Rand des Zusammenbruchs.

Insgeheim hatte Golden seine Besorgnis über McGowans Gesundheitszustand geäußert, sowohl in physischer wie psychischer Hinsicht, und auch darüber, daß die Untersuchung letzten Endes Auswirkungen auf seine Ehe haben könnte.

Und obwohl der Mann, der jetzt in seinem Büro stand, gelassen sprach und seine Geschichte durchaus als im Grunde recht zweifelhaft hinstellte, war sich Golden bewußt, daß McGowan lediglich seinen frisch erwachten Enthusiasmus verbarg. Und das bereitete ihm Sorgen.

»Besorgen Sie sich ein paar Detectives, die die Laufarbeit für Sie erledigen«, sagte der Captain. Die unausgesprochene Botschaft war klar: Er wollte so schnell wie möglich erfahren, ob Carol Garlands Geschichte etwas taugte. Falls nicht, sollte weder McGowan noch irgendwer sonst seine Zeit damit verschwenden, einer Sache nachzugehen, die letzten Endes doch wieder zu nichts führte.

Falls Golden damals erkannt hätte, daß er jener Frau, die jetzt versprach, neues Licht in den Gailiunas-Fall zu bringen, bereits einige Jahre zuvor begegnet war, hätte er es vermutlich abgelehnt, sich überhaupt mit ihrer Aussage zu beschäftigen.

Damals trug sie noch den Nachnamen Walker, und sie hatte einen Einbruch gemeldet, zu dessen Überprüfung Golden eingeteilt worden war. Als er an ihrem Haus ankam, fand er es verlassen und durch ein Feuer halb zerstört vor. Er setzte sich daraufhin mit der Feuerwehr in Verbindung, wo er erfuhr, daß die

Frau, die man der Brandstiftung verdächtigte, offenbar geflüchtet war.

Die Dame, die sich wegen des angeblichen Einbruchs nie wieder gemeldet hatte, war, wie er später erfuhr, schon seit langem wegen wüster Behauptungen und sonderbaren Verhaltens aktenkundig.

Und einige, die sie besser kannten, hielten diese Beurteilung für einen klassischen Fall von Untertreibung. Das erstgeborene Kind von Henry und Frances hatte sich gewissermaßen aus eigenem Antrieb zum schwarzen Schaf der Familie Davis entwickelt. Soweit sie sich zurückerinnern konnte, hatte die Beziehung zu ihren Eltern hauptsächlich aus Streitereien und gelegentlichen Versöhnungen bestanden. Nur wenig von dem, was Carol tat, fand Beifall. Und oft genug aus gutem Grund.

Als sie ihren Vater um die Erlaubnis gebeten hatte, die Southern Methodist University besuchen zu dürfen, hatte er eingewilligt, die Kosten der College-Erziehung für sie zu übernehmen. Als er dann langsam dahinterkam, daß sie gar nicht daran dachte, den Unterricht zu besuchen, den er mit seinem sauer verdienten Geld finanzierte, wurde er wütend. Da er ein Mann war, der nach dem Glaubenssatz lebte, kein gutes Geld hinter schlechtem herzuwerfen, schloß Henry sein Scheckbuch und informierte seine Tochter darüber, daß sie jetzt auf eigenen Füßen stünde. Doch jedesmal, wenn Carol in finanziellen Schwierigkeiten steckte, kam ihr Henry Davis, wenn auch murrend, zu Hilfe. 1979 bezahlte er die Rechnung, als sie zur psychiatrischen Behandlung ins Baylor Hospital kam, und finanzierte auch die anschließende zweijährige ambulante Therapie.

Ungefähr nach diesem Muster verlief ihre Beziehung auch in den nächsten Jahren.

Als sie einen Mann namens Michael Walker heiratete, stellte Henry ihnen ein Haus zur Verfügung, in dem sie wohnen konnten, und war auch stets bereit, Männer aus seiner Belegschaft abzustellen, die sich um fällige Reparaturen kümmerten. Davis finanzierte sogar den kurzen und erfolglosen Versuch seines Schwiegersohns, im Baugeschäft Fuß zu fassen.

Als ihre siebenjährige Ehe mit einer Scheidung endete, bekam Carol die Ablehnung durch ihre Familie erst richtig zu spüren.

Plötzlich allein mit ihrer zweijährigen Tochter, mußte Carol abermals ihre Eltern um Hilfe bitten. Joy und Larry, die damals gerade am Beginn ihrer Ehe standen, waren im Heim der Davis' herzlich aufgenommen worden, als sie mit finanziellen Schwierigkeiten zu kämpfen hatten. Da beide arbeiteten, kümmerten sich die Großeltern um den kleinen Christopher.

Eine derartige Hilfe wurde Carol jedoch verweigert. Sie war gezwungen, ihre Tochter in eine Kindertagesstätte zu geben, während sie erst als Versicherungsvertreterin und später als Repräsentantin für die Southwest Airlines arbeitete. Frances Davis hatte zu der Angelegenheit lapidar bemerkt, man könnte es ihrem Dienstmädchen nicht zumuten, sich um zwei kleine Kinder gleichzeitig zu kümmern.

Carol hingegen sah darin nur einen weiteren Grund, sich von ihrer eigenen Familie abgelehnt zu fühlen.

Dieses Gefühl, das sie schon in ihrer Kindheit entwickelt hatte, wurde zunehmend stärker. Und im Lauf der Zeit betrafen ihre Ressentiments nicht nur ihre Eltern, sondern auch ihre Schwester. Die zwei Jahre jüngere Joy wurde nach Carols Ansicht eindeutig von ihren Eltern bevorzugt.

In ihrer Kindheit war es immer wieder vorgekommen, daß Joy irgend etwas anstellte, was Carol dann angelastet wurde. So hatte beispielsweise die damals sechsjährige Joy beim Spielen mit Streichhölzern einen Wandschrank in Brand gesetzt. Unter Tränen hatte sie dann ihre Unschuld beteuert und ihre Schwester beschuldigt. Und wie üblich war es schließlich Carol gewesen, die dafür bestraft wurde.

Und nun stand außer Frage, daß ihre Eltern Joys Sohn Carols Tochter gegenüber bevorzugten. Da sie sich darüber ärgerte und es außerdem leid war, sich ständig kritische Bemerkungen über ihre Lebensweise anzuhören, hatte Carol es schließlich vorgezogen, zu ihrer Familie auf Distanz zu gehen. Eine Zeitlang besuchte sie das Haus der Davis' nur noch zu Weihnachten, wo sie sich zu einem freundlichen Lächeln zwang, wenn der Truthahn serviert und die Geschenke verteilt wurden.

Irgendwann in der Mitte der achtziger Jahre stellte sie auch diese Besuche ein. Das selbsternannte ›schwarze Schaf‹ der Familie verschwand in seiner eigenen Welt und ließ damit eine

Gruppe von Menschen hinter sich, die ihrer Ansicht nach grausam, rachsüchtig und berechnend waren.

Von daher war sie auch sehr überrascht, als sie Anfang Januar 1986 einen Anruf von ihrer Schwester bekam.

»Ich muß mit dir reden«, erklärte Joy.

Carol vermutete zunächst, es ginge um ihr Fehlen beim weihnachtlichen Familientreffen, doch Joy sagte, sie wollte über ihren Ehemann sprechen.

»Was weißt du über Larry?«

Carol überlegte einen Moment. »Ich weiß, daß ich ihn nicht mag«, meinte sie dann offen. »Ich konnte ihn noch nie leiden.«

»Kannst du zu mir kommen?«

Joy schien froh zu ein, Carol zu sehen, die sich noch immer über die Dringlichkeit wunderte, die sie in der Stimme ihrer Schwester wahrgenommen hatte. Auf dem Weg zu ihr hatte Carol sogar die Hoffnung gehegt, Joys Anruf sei dem Wunsch entsprungen, ihre Beziehung wieder aufleben zu lassen. Erst als Joy erklärte, sie fühle sich in ihrem Haus unwohl, und deshalb vorschlug, einen Spaziergang durch die Nachbarschaft zu machen, begann Carol zu überlegen, worum es wohl wirklich gehen mochte.

Während sie durch die frische Nachmittagsluft wanderten, erzählte Joy mit ruhiger Stimme von der sonderbaren Kette von Ereignissen, die sie erlebt hatte, seit die beiden zuletzt miteinander gesprochen hatten. Larry hätte sie wegen einer anderen Frau verlassen und die Scheidung eingereicht. Dann sei seine Freundin jedoch unter mysteriösen Umständen ermordet worden und Larry wieder zu ihr zurückgekehrt. Sie fürchte, daß Larry für den Tod der Frau verantwortlich sei, und jetzt sei sie trotz ihrer Versöhnung besorgt, auch ihr eigenes Leben könne in Gefahr sein.

Zum ersten Mal wurde Carol bewußt, wie groß der Abstand war, den sie zwischen sich und ihrer Familie geschaffen hatte. »Wie kommt es, daß ich nie etwas von dieser Geschichte gehört habe?«

Joy überging diesen Einwurf und fuhr mit ihrer Erzählung fort. Sie entschuldigte sich bei Carol, weil sie ihr damals nicht geglaubt hatte, als sie als erste ein Verhältnis zwischen Larry und Elizabeth vermutet hatte. Und zum ersten Mal berichtete sie von dem physischen und psychischen Mißbrauch, den sie in ihrer Ehe erlitten hatte. Sie wünschte sich nicht mehr, als ihren Ehemann zu verlassen, fürchtete sich jedoch zu Tode vor dem, was er dann tun könnte.

Carol, die aufmerksam zuhörte, wunderte sich über die plötzliche Offenheit ihrer Schwester. Früher war immer sie es gewesen, die man paranoider Wahnvorstellungen beschuldigt hatte. Doch jetzt, als sie Seite an Seite durch das ruhige Viertel am Arbor Trail spazierten, schienen die Rollen plötzlich vertauscht. Und Joy war offenbar tatsächlich verängstigt.

»Kennst du jemanden, der Larry Furcht einjagen könnte?« fragte Joy.

»Warum?«

»Wenn er Angst hat, jemand könnte ihm etwas antun, läßt er mich vielleicht in Ruhe.«

»Lieber Himmel, Joy, das ist nun wirklich verrückt.«

»Ja, ich weiß.«

Carol blickte ihre Schwester nachdenklich an. *Weshalb kommt sie deswegen zu mir?* fragte sie sich.

Als sie auf der Heimfahrt das merkwürdige Gespräch mit ihrer Schwester noch einmal überdachte, mußte Carol unwillkürlich grinsen. Zumindest hatten sie jetzt eine Sache gemeinsam:

Keine von ihnen konnte Larry Aylor ausstehen.

Mehrere Wochen vergingen, bis Carol wieder von ihrer Schwester hörte.

Sie trafen sich zum Essen, kamen aber erst nach ungefähr einer Stunde, als sie schon beim Kaffee waren, wieder auf das frühere Gespräch zurück.

Schließlich sagte Joy, während sie das Restaurant gerade verlassen wollten: »Ach, übrigens, ich habe jemanden gefunden.«

Carol bemerkte ein Blitzen in den Augen ihrer Schwester, das ihr vorher nicht aufgefallen war. »Schön«, meinte sie.

»Es kann sein, daß du einen Anruf von einem Mann kriegst, der nach Mary fragt«, fuhr Joy fort. »Wenn das passiert, ruf mich bitte sofort an.«

Carol überlegte einen Moment, ob sie eine nähere Erklärung verlangen sollte, entschied sich dann jedoch dagegen. Allerdings überlegte sie sich, ob ihre Schwester vielleicht die Idee, sich von Larry scheiden zu lassen, aufgegeben und sich statt dessen einen Liebhaber gesucht hatte.

Anfang April rief dann tatsächlich ein Mann an und fragte nach Mary.

»Sie ist nicht da«, erwiderte Carol, »aber ich werde ihr sagen, daß Sie angerufen haben.«

Dies war das erste einer Reihe ähnlicher Gespräche, durch die Carol Garland langsam in einen Alptraum hineingezogen wurde, der kein Ende zu nehmen schien.

Nach einem zweiten Gespräch mit Carol kam McGowan zu der Überzeugung, daß ihre Geschichte zumindest einen wahren Kern besaß. Obwohl sie sich nicht mehr an die Adresse der Postagentur erinnern konnte, die seinerzeit bei der Erpressung benutzt worden war, hatte sie aber immerhin McGowan und dessen Kollegen Ken Roberts dorthin führen können.

Am nächsten Morgen sprach Roberts, der von Detective Ken McKenzie begleitet wurde, mit dem Manager, der bestätigte, daß ein Postfach auf den Namen ›Roxanne Gailiunas‹ angemietet worden war. Seine Beschreibung der Frau, die es gemietet hatte, paßte auf Carol Garland. Er erinnerte sich deswegen an sie, weil sie seinerzeit mehrere Pflaster im Gesicht gehabt hatte. »Es sah nicht so aus, als hätte sie irgendwelche Schnittwunden oder Verletzungen«, meinte der Manager, »und deshalb habe ich mich damals gefragt, ob sie vielleicht versuchte, sich durch die Pflaster unkenntlich zu machen.«

Bei ihrem zweiten Treffen mit McGowan hatte Carol erwähnt, daß sie eine ganze Reihe von Telefonaten ihres Mannes auf Band mitgeschnitten hätte. Garland hätte zwar den größten Teil dieser Bänder gefunden, aber sie meinte, es müßte noch eines dasein, auf dem Garland mit Joy sprach.

McGowan und Roberts begleiteten sie nach Hause, um nach dem Band zu suchen.

Dort, in dem Haus an der Dalhart Street, das Roberts vage

bekannt vorkam, entdeckten sie etwas, das ein neues Licht auf Carol Garlands Identität warf. Bei ihrer Suche ging Roberts ins Eßzimmer, wo er einen ganzen Stapel Briefe und andere Papiere fand, die auf der Anrichte lagen. Er sah die Sachen durch und bemerkte, daß einige davon an ›Carol Walker‹ adressiert waren.

Er gab daraufhin McGowan ein Zeichen, und als sich beide außerhalb Carols Hörweite befanden, flüsterte er ihm zu: »Wir sitzen hier tief in der Scheiße. Ich kenne diese Frau.«

Zurück auf dem Revier, berichtete er, es gäbe eine dicke Akte voller kurioser Beschuldigungen, die alle von Carol Walker stammten. Diese Frau sei für geraume Zeit der Schrecken des Richardson Police Department gewesen.

Von daher wäre es auch kaum überraschend, daß sie das Tonband nicht gefunden hätte.

Doch Carols Geschichte sollte noch seltsamer werden.

Im Frühjahr 1986, erzählte sie, wären die Botschaften für ›Mary‹ nur sehr sporadisch gekommen, und sie hätte sich auch jeweils nur kurz mit dem Anrufer unterhalten.

»Doch dann ruft er eines Tages an und fängt aus heiterem Himmel ein Gespräch an. Er erzählt mir, ich hätte eine nette Stimme, und will meinen Namen wissen. Er selbst hieße Bill Garland. Wir haben vielleicht fünfzehn oder zwanzig Minuten miteinander gesprochen.

Danach dauerten die Gespräche dann meist eine Stunde oder noch länger. Bill erzählte lang und breit von seinen Erlebnissen in Vietnam, von seiner Begeisterung fürs Jagen und Fischen, und beendete die Unterhaltung jeweils mit der Bemerkung, sie müßten sich bald einmal treffen.

Aus irgendeinem Grund hatte er offenbar den Eindruck, ich wüßte weit mehr über das, was vorging, als wirklich der Fall war. Besonders deutlich wurde das, als er eines Tages anrief, um mir mitzuteilen, daß sich ›Mary‹ schon seit einiger Zeit nicht mehr bei ihm gemeldet hätte.«

Offensichtlich war er deswegen irritiert.

Bill trug ihr auf, Joy mitzuteilen, daß er ›weitere Instruktionen‹ benötigte. »Wir haben Probleme, diesen verdammten Job erledigt zu kriegen, und deshalb brauche ich jetzt die andere Liste«, sagte er.

»Welche andere Liste?«

»Sie wissen schon, die anderen fünf Leute.«

Carol spürte, wie ihr die Brust eng wurde, doch sie bemühte sich, ihrer Stimme weiterhin einen ruhigen Klang zu geben. »Kennen Sie deren Namen?«

»Nein, verdammt noch mal, deshalb brauche ich ja die Liste.«

Dann fing er plötzlich an, auf ihre Schwester zu schimpfen, und breitete eine Geschichte vor ihr aus, die Carol sprachlos machte.

Joy, erzählte er, schulde ihm noch Geld für den Job, den sie bei der Frau erledigt hätten, mit der ihr Ehemann ›rumgemacht‹ hatte. Und er wäre ihre Hinhalterei jetzt endgültig leid. Zudem ärgere es ihn, daß ›seine Leute‹ jetzt schon seit 1984 versuchten, Larry Aylor aus dem Weg zu schaffen, und diese Arbeit noch immer nicht erledigt hätten.

Immerhin hätten sie es eines Nachmittags beinahe geschafft, als Larry mit dem Motorrad in der Umgebung seines Hauses herumfuhr. »Wir saßen in einem Jeep und warteten an der Ecke auf ihn. Doch gerade als er mit seinem Motorrad näherkam, tauchten diese Kinder auf. Und wir wollten keine Zeugen haben.«

Irgendwann 1985 hätte er dann keine Lust mehr gehabt, ihm ständig zu folgen und auf den idealen Augenblick zu warten. Statt dessen wollte er einfach zum Haus gehen, die Tür eintreten und die Sache erledigen. Doch Joy hatte diesen Plan abgelehnt und außerdem erklärt, sie hätte ihre Meinung geändert, und sie sollten die ganze Angelegenheit vergessen.

»Die beiden Typen, die ich für diesen Auftrag angeworben hatte, haben einen ganzen verdammten Monat lang in einem Hotel herumgesessen und es nicht geschafft, den Burschen mal lange genug allein zu erwischen, um ihre Arbeit zu erledigen.«

Ehrlich gesagt sei er ganz erleichtert gewesen, als Joy den Auftrag zurückgezogen hätte.

Aber jetzt wollte sie plötzlich doch wieder, daß ihr Mann

getötet würde, und dabei hätte sie ihm noch nicht einmal die elftausendachthundert Dollar bezahlt, die er vorgestreckt hätte. »Erinnern Sie sie daran, daß wir zweihundert Dollar pro Tag ausgemacht haben«, sagte der Anrufer. »Und sagen Sie ihr auch, daß ich mein Geld sofort haben will.«

Erschrocken erklärte Carol, sie würde die Botschaft weiterleiten, und legte den Hörer auf. Eine Zeitlang hockte sie auf dem Bettrand und ließ sich die unglaubliche Geschichte, die sie gerade gehört hatte, immer wieder durch den Kopf gehen.

Am Spätnachmittag des folgenden Tages fuhr Carol zu Joys Haus und stellte erfreut fest, daß weder Larry noch Chris dort waren.

»Dein Freund Bill ist nicht besonders glücklich«, erzählte sie ihrer Schwester. »Er will das Geld haben, das du ihm schuldest . . . und irgendeine Liste.«

Joy lächelte und erklärte, die Sache ginge schon in Ordnung. Sie hätte bereits früher am Tag mit Bill gesprochen.

Obwohl sie allein im Haus waren, dämpfte Carol ihre Stimme zu einem Flüstern. »Lieber Himmel, Joy, er sagt, das Ganze liefe schon seit 1984.«

Joy nickte nonchalant. »Das stimmt.«

Carol erhob sich und wanderte auf und ab, die Arme vor der Brust verschränkt. »Hör mal, was immer zwischen dir und Larry vorgeht, ist deine Angelegenheit. Mich interessiert das überhaupt nicht. Aber warum werde ich da mit reingezogen? Warum tust du mir das an?«

»He, niemand erwartet irgend etwas von dir. Ich brauche lediglich jemanden, mit dem er Kontakt halten kann. Schließlich konnte ich ihn schlecht hier anrufen lassen.«

»Was ist mit dieser Liste? Wer, um Himmels willen, sind die fünf anderen Leute?«

»Es gibt keine Liste«, versicherte ihr Joy. »Ich habe ihm das nur erzählt, um den Preis zu drücken.«

»Den Preis drücken?«

»Natürlich. Solange er denkt, wir würden noch mehr derartige Geschäfte abschließen, kriege ich günstigere Konditionen.«

Carol ließ sich auf einen Sessel fallen. Sie fürchtete sich plötzlich vor dieser Frau, die es sich auf der Couch gemütlich gemacht hatte und Eistee trank. Lieber Himmel, dachte sie, meine Schwester redet so ruhig über Mord zum Billigtarif, als ginge es um ein Sonderangebot im Supermarkt.

»Ich möchte dich um einen Gefallen bitten«, sagte Joy und legte einen Umschlag auf den Tisch. »Würdest du den Brief bitte auf dem Heimweg abgeben?«

»Was ist das denn?«

Joy ignorierte die Frage. »Jemand wird an der Gulf-Tankstelle an der Ecke McArthur und Highway 183 auf dich warten. Gib ihm einfach den Brief.«

Obwohl sie sich recht gut vorstellen konnte, was der Umschlag enthielt, sagte Carol nichts. Statt dessen wanderte sie ziellos durch das geschmackvoll eingerichtete Zimmer und betrachtete eingehend ein Bild über dem Kamin. Schließlich wandte sie sich zu ihrer Schwester um.

»Sag mir, wer deiner Meinung nach wirklich die Frau des Doktors umgebracht hat.«

»Ich habe dir doch schon gesagt, ich glaube, es war Larry«, erwiderte Joy, »oder vielleicht auch ihr Ehemann.« Mit diesen Worten hob sie den Umschlag auf. »Gibst du das hier ab?«

Carol zuckte die Achseln. »Sicher, warum nicht?«

In Wahrheit hatte sie allerdings Angst, es nicht zu tun.

Der Umschlag enthielt dreitausend Dollar – dreißig Hundert-Dollar-Noten. Carol hatte ihn geöffnet, bevor sie die Tankstelle erreichte und in der Nähe der Waschanlage parkte. Sie hatte nicht einmal Zeit, den Motor abzustellen, da beugte sich ein junger Mann mit langen blonden Haaren ins Fenster. »Haben Sie das Päckchen?« fragte er.

Carol reichte ihm wortlos den Umschlag, fuhr sofort los und reihte sich in den Verkehr ein. Joys Schulden, dachte sie, hatten sich auf achttausendachthundert Dollar verringert.

Als sie ihre Haustür aufschloß, hörte sie das Telefon klingeln. Da sie annahm, es sei ihre Schwester, die sich erkundigen wollte, ob die Übergabe geklappt hatte, beeilte sich Carol nicht gerade.

Doch als sie schließlich den Hörer abhob, hörte sie zu ihrer Überraschung Bill Garlands Stimme: »Ich muß schon sagen, Sie sind eine wirklich gutaussehende Frau.«

Er beschrieb die weiße Seidenbluse und das marineblaue Jackett, das sie trug, und erwähnte sogar die blumenförmige Anstecknadel an ihrem Aufschlag.

»Wo sind Sie?« fragte Carol.

Er ignorierte ihre Frage und sagte statt dessen: »Ich mag auch Frauen, die schwarze Strümpfe tragen.«

»Verdammt noch mal, wo sind Sie?«

»Nicht weit weg«, gab er zurück.

Tatsächlich sprach er vom Telefon in seinem Wagen aus, der gegenüber der Tankstelle stand und von wo aus er kaum eine halbe Stunde zuvor beobachtet hatte, wie sie den Umschlag an einen unverdächtigen Büroangestellten weitergab.

Dank eines guten Fernglases hatte er zum ersten Mal einen Blick auf die Frau werfen können, deren Stimme er so aufregend fand. Und jetzt wollte er sie näher kennenlernen.

In den folgenden Tagen rief er regelmäßig an, machte ihr weitere Komplimente über ihre Kleidung und erwähnte, daß er sie beim Einkaufsbummel in der Mittagspause gesehen hatte oder abends, wenn sie ihren Hund ausführte. Außerdem erzählte er auch, wie hübsch ihre Tochter sei.

Seine Stimme hatte einen neuen, teils amüsierten, teils unheimlichen Unterton bekommen, den sie beunruhigend fand. Daß er ihr folgte und mit ihr das ›Ich-kenne-dich-aber-du-kennst-mich-nicht-Spiel‹ trieb, entnervte sie. Er hatte sie bereits mehrmals zum Essen eingeladen, doch sie lehnte jedesmal ab. »Ich bin schon mit jemandem verabredet«, erzählte sie.

»Und ich bin ein geduldiger Mensch«, erwiderte er.

Erst im September, vier Monate nach ihrem ersten Telefongespräch, begegnete Carol Bill Garland zum ersten Mal.

Eines Abends war es in ihrer Nachbarschaft zu einer Schießerei zwischen Drogenhändlern gekommen, und als er einige Zeit später anrief, erwähnte sie dieses Ereignis. Er schlug daraufhin vor, sie sollte sich eine Waffe zu ihrem Schutz zulegen, und erbot sich, ihr eine zu kaufen und ihr auch den Umgang damit zu zeigen. Als sie sein Angebot ablehnte, versuchte er es mit einer anderen Methode. »Wissen Sie, Ihre Tochter sah heute richtig nett aus, als sie von der Schule heimging. Ich hatte schon vor, anzuhalten und ihr guten Tag zu sagen.«

Carol war sicher, eine Drohung in seiner Stimme zu vernehmen.

»Es wird Zeit, daß wir beide uns einmal treffen«, fuhr er fort. »Sie sollten mit mir ausgehen.«

Carol empfand mittlerweile regelrecht Angst vor dem Mann, der offenbar entschlossen war, sich in ihr Leben zu drängen. Und sie sah keinen Ausweg mehr.

Als sie ihm schließlich begegnete, vergrößerten sich ihre Bedenken schlagartig. Bill Garland war ein schwarzhaariger Mann Anfang Vierzig, gut einen Meter neunzig groß und rund dreihundert Pfund schwer.

Je länger diese bizarre Beziehung andauerte, desto überzeugter war Carol, daß er weniger die Absicht hatte, ihr den Hof zu machen, als vielmehr sie umzubringen. Als Motiv betrachtete sie dabei ihr wenn auch vages Wissen um den Mord an der Krankenschwester und die erfolglosen Anschläge auf Larry.

Um Zeit zu gewinnen, nahm Carol seine Einladung zum Essen und ins Kino an. Sie hoffte, derweil einen Weg zu finden, sich aus dieser ihrer Ansicht nach bedrohlichen Situation zu befreien.

Als er sie bat, mit ihm ein Wochenende auf der nördlich von Dallas gelegenen Farm eines Freundes zu verbringen, wo er ihr das Schießen beibringen wollte, stimmte sie zögernd zu. Hinterher erinnerte sie sich vor allem an zwei Dinge. Sie kam mit einer schmerzenden Hand und einem angeschwollenen Arm zurück, beides aufgrund des Rückschlags der .357 Magnum, mit der sie öfter geschossen hatte, als sie zählen konnte. Und Garland hatte eine als Scherz getarnte Bemerkung gemacht, die sie zutiefst erschreckt hatte.

Auf dem Gelände hatte ein Bulldozer gestanden. Garland hatte darauf gedeutet und gesagt: »Wissen Sie, hier draußen könnte man sich auf so ein Ding setzen, ein tiefes Loch graben, eine Leiche darin verscharren – und niemand würde das je herausfinden.« Und dann hatte er gelacht.

Carol fühlte sich den grausamen Scherzen dieses kettenrauchenden Mannes hilflos ausgeliefert.

Zwei Wochen später stand sie im Wohnzimmer des Friedensrichters von Sunset, einem kleinen, knapp eine Autostunde nördlich von Dallas liegenden Ort, und wurde zu Mrs. Bill Garland. Obwohl er es nicht ausdrücklich gesagt hatte, war seine Botschaft klar gewesen: Entweder sie heiratete ihn, oder er würde sie töten.

Mrs. Bill Garland zu werden war ihrer Ansicht nach die einzige Möglichkeit, lange genug am Leben zu bleiben, um einen Plan zu entwickeln, wie sie aus dieser ganzen unheilvollen Geschichte wieder herauskommen könnte.

Sicherheitshalber erzählte sie niemandem aus ihrer Familie, weder ihren Eltern noch ihren Schwestern, daß sie geheiratet hatte.

Und um ihre Tochter zu schützen, die damals die meiste Zeit über entweder bei ihrem Vater oder im Haus der Davis war, teilte ihr Carol nicht einmal mit, daß sie in Bill Garlands Haus in der Nähe von Greenville gezogen war.

McGowan lauschte der unwahrscheinlichen Geschichte und unterdrückte dabei den immer wieder auftauchenden Wunsch, sie zu unterbrechen und ihr die Fragen zu stellen, die ihm durch den Kopf schossen. Warum hatte sie Joy nicht einfach gesagt, daß sie nicht als Vermittlerin fungieren wollte? Warum sprach sie überhaupt mit Bill Garland, wenn sie ihn so furchterregend fand? Wie konnte sie sich einverstanden erklären, Geld weiterzugeben, das eindeutig zur Bezahlung eines Verbrechens bestimmt war, und dabei gleichzeitig hoffen, sie würde nicht als Mittäterin betrachtet werden? Hatte man ihr einen Anreiz geboten, den sie bisher nicht erwähnt hatte? Und wie konnte sie jemanden heiraten, der sie dermaßen in Angst und Schrecken versetzte?

Ihre Geschichte kam den Beamten gleichermaßen unglaublich wie faszinierend vor. Doch es sollte noch schlimmer kommen.

Carol erzählte, ihre Ehe mit Bill Garland sei eine endlose Folge geistiger und körperlicher Mißhandlungen, makabrer Psychospiele und furchtbarer Schrecknisse gewesen. »Er schlief immer mit dieser .357 Magnum unter dem Kopfkissen, und der Lauf deutete stets auf mich.«

Und er liebte es, sie mit Geschichten aus seiner Vergangenheit zu erschrecken.

Nachdem er sein Geschäft als Kammerjäger aufgegeben hatte, weil er auf die dabei benutzten Chemikalien allergisch reagierte, versuchte sich Garland ohne großen Erfolg im Ölgeschäft. Trotzdem würde Geld nie zum Problem werden, versicherte er seiner Frau. Seit seiner Rückkehr aus Vietnam hätte er seine Einkünfte als Berufskiller aufgebessert.

Da hätte es beispielsweise einen Auftrag drüben in Tylor gegeben, prahlte er. Und einen Mann und eine Frau, die er wegen einer Versicherungsgeschichte in Waco umgebracht hätte. Eines Nachts hätte er in Dallas einen Mann getötet, indem er ihn durch sein Wohnzimmerfenster hindurch erschoß. Eine Frau in Houston hätte ihn angeheuert, um ihren Vater und ihren Onkel loszuwerden. Und ein paarmal sei er auch nach Oklahoma gefahren, um dort Aufträge zu übernehmen.

Und dann hätte es da noch diese Frau in Richardson gegeben. Nachdem er sie erschossen hatte, behauptete er, hätte er die Waffe in den Lake Lavon draußen vor Dallas geworfen.

Eines Abends, als sie sich draußen im Garten hinter dem Haus stritten, hatte Carol einmal genug Mut aufgebracht, um ihm zu sagen, sie hätte vor, ihn zu verlassen. Garland hatte sie bei den Armen gepackt, sie dicht an sich herangezogen und gesagt: »Wenn du das jemals tust, wird das, was dieser Lady drüben in Richardson passiert ist, nichts dagegen sein ... gar nichts ... verglichen mit dem, was deiner hübschen kleinen Tochter passieren wird. Und ich werde garantiert dafür sorgen, daß du dabei bist, um zuzusehen. Und wenn du danach wirklich nett zu mir bist, werde ich dich schnell töten.«

Und als er das sagte, waren seine Augen kälter als je zuvor.

Bei einer anderen Gelegenheit hatte er sogar behauptet, daß Joy ihn bereits dafür bezahlt hätte, sie umzubringen. Und er würde lediglich auf den richtigen Moment warten. Ihr Tod, erklärte er, würde wie ein Selbstmord aussehen. Da er um ihre Höhenangst wußte, erzählte er, sie würde vom Dach eines Gebäudes stürzen. Vielleicht würde sie aber auch bei einem Verkehrsunfall umkommen.

Immer wieder weckte er sie mitten in der Nacht auf, um ihr von einem bestimmten Traum zu erzählen: Sie waren irgendwo weit draußen auf dem Land, und er konnte sie am Ende einer erst halb fertiggestellten Brücke sehen, mehr als hundert Meter über dem Boden, wo sie alles für ein Picknick vorbereitete. Als er zu ihr ging, stand sie auf, verlor das Gleichgewicht, und stürzte. In dem Traum würde er immer versuchen, sie zu halten, doch stets ohne Erfolg.

Außerdem hatte sie Teile von Telefongesprächen mitgehört, in denen er jemandem mitteilte, er sei jetzt entschlossen, sie ›loszuwerden‹.

Es gab Zeiten, in denen sie glaubte, ihr einziger Ausweg bestünde darin, sich selbst zu töten, bevor er sie umbringen konnte. Allerdings hätte sie sich nie wirklich dazu durchringen können.

Statt dessen hatte sie über ein Jahr lang seine Mißhandlungen ertragen und sogar bei der Erpressung von Joy mitgemacht.

Nachdem sie von Greenville wieder nach Dallas gezogen waren, hatte Carol angefangen, die Telefonate ihres Gatten heimlich aufzuzeichnen. Sie hatte einen Elektriker dafür bezahlt, das Telefon anzuzapfen und eine Leitung zum Wandschrank im Schlafzimmer zu legen, wo sie in einer der Schubladen ein Bandgerät untergebracht hatte.

Die Bänder, glaubte sie, könnten ihr eines Tages als Lebensversicherung dienen.

Am Morgen des 19. April 1988 kam sie schließlich zu der Überzeugung, daß es nichts mehr gab, was ihre Sicherheit noch garantieren könnte.

Es war zu einem sich über mehrere Tage hinziehenden Streit gekommen, nachdem Carol ihren Mann auf das mitgehörte Telefonat angesprochen hatte, in dem er erwähnt hatte, er wolle sie loswerden.

In einem Wutanfall war Garland auf sie losgegangen, woraufhin sie ins Schlafzimmer rannte, um die Pistole zu holen, die sich im Wandschrank in einer ihrer Jacken befand.

Sie hatte die Waffe gerade gefunden, als eine große Hand ihren Arm packte und sie ins Zimmer hineinzog. Garland schnappte sich die Waffe, zielte mit einem gemeinen Grinsen auf sie und drückte auf den Abzug.

Ihr Herz schlug bis zum Hals, als sie hörte, wie der Hahn auf eine leere Kammer traf. Garland ließ die Waffe fallen, packte Carol wieder und schleuderte sie mit solcher Wucht gegen die offene Tür des Wandschranks, daß sich der Türknauf in die Wand bohrte.

Als Garland sich in Richtung Bett bewegte, glaubte Carol, er wollte seine .357 Magnum holen. Sie flüchtete ins Wohnzimmer, schnappte sich das Telefon und wählte die Notrufnummer 911. »Er hat eine Pistole und will mich erschießen«, schrie sie. »Bitte, helfen Sie mir . . .«

Sie schaffte es gerade noch, ihre Adresse durchzugeben, bevor ihr Mann ihr das Telefon entriß und auf die Gabel drückte.

Mehrere Sekunden lang starrte er sie an, ohne etwas zu sagen. Und dann wurde er, wie auf ein Stichwort hin, bemerkenswert ruhig. Während Carol zitternd und in Tränen aufgelöst mitten auf dem Boden des Wohnzimmers hockte, suchte er methodisch seine persönlichen Sachen zusammen und brachte sie auf die Veranda vor dem Haus.

Er hatte fertig gepackt und war bereit, das Haus zu verlassen, als ein Wagen der Dallas Police vor der Einfahrt anhielt. Bill begrüßte die Polizisten und erklärte, seine Frau sei verrückt und er könnte das nicht länger aushalten.

Nachdem sie sich im Haus umgeschaut und festgestellt hatten, daß es tatsächlich zu einer Auseinandersetzung gekommen war, hörten sich die Beamten Carols Geschichte an. Als feststand, daß sie Anzeige erstatten wollte, legten sie Garland Handschellen an und brachten ihn ins Gefängnis.

Damals, erzählte Carol, hätte sie zum ersten Mal erkannt, daß ihre einzige Chance, am Leben zu bleiben, darin bestand, die Behörden über den Mord an Rozanne Gailiunas und die Anschläge auf Larry Aylor zu informieren.

Nachdem ein Freund für ihn gebürgt hatte, war Bill aus dem Gefängnis freigekommen und hatte sofort bei ihr angerufen. »Ich habe dir ja gesagt, daß ich ein geduldiger Mensch bin«, erklärte er. »vielleicht dauert es ein Jahr oder zwei. Vielleicht auch länger. Aber eines Tages wirst du die Tür öffnen, und draußen steht jemand, der das Zeitungsgeld kassieren oder den Stromzähler ablesen will . . .«

Sie hatte den Hörer aufgelegt.

In den nächsten Tagen lebte sie in ständiger Angst. Sie fuhr jeden Tag auf einer anderen Strecke zur Arbeit, schlief nur noch hinter sorgfältig verriegelten Türen und ging nicht mehr ans Telefon. Ganz gleich, ob sie sich das nun einbildete oder nicht, sie war jedenfalls davon überzeugt, daß er sie wieder verfolgte. Mehr als einmal war sie sicher, ihn inmitten der Menschenmenge entdeckt zu haben, wenn sie nach dem Essen zur Arbeit zurückkehrte. Eines Morgens ging sie aus dem Haus und fand eine tote Katze vor ihrer Tür. Und als sie von der Arbeit heimkehrte, setzte sich ein Wagen, dessen Fahrer sie nicht kannte, neben sie und hupte. Als sie hinüberschaute, zeigte der Fahrer mit dem Finger auf sie und formte mit den Lippen die Worte: »Peng, peng . . . du bist tot.«

Ihr Ehemann vergnügte sich offenbar weiterhin mit seinen grausamen Spielen.

Sie schaute McGowan an, der ihr schweigend gegenübersaß, und erklärte, sie sei mit Sicherheit nur deswegen noch am Leben, weil sie Tonbandaufnahmen hätte, auf denen Garland und Joy sich über den Mord an Rozanne Gailiunas unterhielten.

Der Sergeant schob ihr das Telefon hin und meinte: »Rufen Sie Joy an. Versuchen Sie, mit ihr darüber zu reden.«

»Und was zum Teufel soll ich sagen?«

»Sagen Sie ihr einfach, es wäre etwas passiert. Sie würden sich Sorgen machen. Ich will nur hören, wie sie darauf reagiert.«

Als würde sie eine Herausforderung annehmen, wählte Carol die Nummer und wartete, daß sich ihre Schwester meldete.

»Wir haben ein Problem«, sagte Carol.

»Wovon redest du da?« erwiderte Joy. »Ich bin im Moment sehr beschäftigt. Nachher kommen Gäste zum Abendessen.«

»Joy, wir müssen miteinander reden.«

Es dauerte einen Moment, bevor Joy wieder etwas sagte, und diesmal flüsterte sie: »Ist es wegen Larry?«

»Ja.«

»Ich rufe dich später wieder an.«

McGowan verspürte gleichzeitig Erregung und Ungeduld. Obwohl Joy nur wenig gesagt hatte, hatte ihr Tonfall, besonders als sie nachfragte, ob es um Larry Aylor ging, seine Aufmerksamkeit geweckt. Für einen Moment erwog er sogar, sofort zum Haus der Aylors zu fahren und sie zu verhören.

Statt dessen fragte er Carol, ob sie am nächsten Abend wieder nach der Arbeit zum Polizeirevier kommen könnte. Er wollte, daß sich Ken MacKenzie die Geschichte ebenfalls anhörte.

MacKenzie hatte in stärkerem Maße als McGowan oder Roberts den Eindruck, daß Carols Erzählung einen wahren Kern enthielt. Während seiner ganzen Karriere als Untersuchungsbeamter war er nie jemandem begegnet, dessen Phantasie lebendig genug gewesen wäre, um ein derart komplexes Szenario zu entwerfen.

Nachdem Carol auch ein paar Tage später noch immer nichts von Joy gehört hatte, hielt McGowan es für angebracht, die Dinge etwas voranzutreiben.

»Rufen Sie noch mal an«, sagte er, »und überzeugen Sie sie davon, daß es ein wirklich ernstes Problem gibt, das sich nicht einfach beiseite schieben läßt. Und versuchen Sie, sich irgendwo mit ihr zu treffen.«

Zur Überraschung aller stimmte Joy zu, sich am nächsten Freitag im Jojo's in Richardson mit Carol zu treffen.

McGowan und MacKenzie hatten in einem vor dem Restaurant geparkten Lieferwagen Stellung bezogen. Von hier aus hatten sie einen ausgezeichneten Blick auf Carol, die in einer der Nischen Platz genommen hatte.

Tagsüber hatten sie alle nötigen Vorbereitungen getroffen, um die Begegnung sowohl auf Tonband wie auch auf Video aufzuzeichnen. Ein Mikrofon war in Carols Handtasche versteckt, die sich neben ihr auf dem Sitz befand, ein weiteres steckte in einem Umschlag, der neben ihrem Scheckbuch auf dem Tisch lag.

Vier Beamte in Zivil standen bereit, um das Lokal nach Joy zu betreten und in ihrer Nähe Platz zu nehmen. Einer von ihnen trug eine Aktentasche, in der eine kleine Kamera verborgen war.

Im Lieferwagen richtete sich eine zweite Kamera auf die Nische, in der Carol saß.

Mehrere Male hatten sie nachgeprüft, ob das Mikrofon im Umschlag auch wie gewünscht funktionierte. Um es zu aktivieren, mußte man lediglich auf die Ecke drücken, wo sich die Briefmarke befand. Und abgeschaltet wurde es durch einen Druck auf die entgegengesetzte Ecke.

An jenem Nachmittag hatte McGowan mehrere Stunden lang mit Carol gesprochen und ihr klargemacht, wie wichtig es war, auf keinen Fall den Eindruck zu erwecken, sie sei an bestimmten Informationen interessiert. »Stellen Sie keine Fragen«, wies er sie an. »Reden Sie einfach ein bißchen um die Dinge herum und lassen Sie sie antworten.«

Trotz allem war McGowan während der Vorbereitungen höchst skeptisch geblieben. Und nachdem Carol schon fast eine halbe Stunde lang allein dort saß, war er überzeugt, daß Joy nicht kommen würde.

»Wer ist das?« fragte MacKenzie und nickte zu einer Parklücke in der Nähe des Eingangs hinüber.

McGowan wandte sich um und entdeckte Joy Aylor, die aus einem roten Porsche stieg und zur Eingangstür hinüber ging. »Da hol' mich doch der Teufel«, sagte McGowan und schaute zu, wie sie geradewegs die Nische ansteuerte, in der Carol saß.

In den ersten paar Minuten machte Joy deutlich, daß sie nicht besonders glücklich war, so spät noch aus dem Haus gehen zu müssen. Doch schon bald beruhigte sie sich wieder, und ihre Unterhaltung verlief nicht anders, als man es von zwei Schwestern erwarten konnte, die sich nach längerer Zeit zum ersten Mal wieder trafen. Joy lobte Carol, weil sie etwas abgenommen hatte, und machte ihr auch Komplimente wegen ihrer gepflegten Fingernägel.

Doch schon bald schaffte es Carol, das Gespräch auf die Dinge zu lenken, die sie bereits am Telefon erwähnt hatte. »Joy«, erklärte sie, »ich weiß, was vorgeht.«

»Wovon redest du eigentlich?«

»Ich rede von dieser Frau in Richardson . . . und über Larry, das Geld, eben alles.«

Ein feindseliger Unterton schlich sich in Joys Stimme. »Trägst du ein Mikrofon?« fragte sie.

Carol glitt aus der Nische und stand auf. »Willst du mich durchsuchen? Natürlich trage ich kein Mikro.«

»Setz dich wieder«, sagte Joy und blickte sich nervös im Raum um.

Carol setzte sich und beobachtete ihre Schwester. Obwohl Joy nichts sagte, stand eine Frage deutlich in ihrem Gesicht geschrieben: *Woher weißt du davon?*

»Bill hat es mir gesagt«, meinte Carol.

»Warum sollte er dir so etwas erzählen?«

Diese Frage bot Carol die Gelegenheit, auf die sie gewartet hatte. »Joy, Bill und ich sind verheiratet.«

Selbst durch den Sucher der Videokamera konnte MacKenzie deutlich erkennen, daß Joy schockiert war. Sie senkte ihre Stimme und beugte sich vor. »Was hat er dir erzählt?«

»Alles. Ich verstehe nur nicht, wie du in so eine Sache hineingeraten konntest.«

»Glaub mir, wenn ich die Chance hätte, wieder von vorne anzufangen, würde das auch nicht passieren. Aber du weißt auch nicht . . . was er mir angetan hat.«

Und damit wandte sich das Gespräch Larry Aylor zu. Joy berichtete, wie verletzt sie gewesen war, als sie von seiner Affäre mit ihrer jüngeren Schwester erfuhr. Carol bekannte daraufhin, daß er ihr Jahre zuvor ebenfalls Avancen gemacht hatte. Dann schilderte sie den Alptraum, den ihr Leben mit Bill Garland bedeutete. »Du kannst dir nicht vorstellen, wie es ist, bedroht und geschlagen zu werden«, meinte sie.

Joy nickte. »O doch, das kann ich.«

Während sie sich unterhielten, betraten mehrere Paare das Restaurant und nahmen in der Nische direkt hinter Carol Platz. Und nun wurden auch deren Gespräche und ihr lärmendes Verhalten von den verborgenen Mikrofonen aufgezeichnet. Ich muß eben versuchen, den Lärm zu überhören, munterte sich McGowan selbst auf. Doch dann brachte ihn das schrille Gelächter einer Frau dazu, seinen halbvollen Kaffeebecher gegen die Wand des Lieferwagens zu schleudern.

MacKenzie versicherte ihm daraufhin, auch wenn sie selbst nicht jedes Wort verstehen könnten, wäre das im Umschlag versteckte Mikrofon doch empfindlich genug, um das Gespräch komplett aufzunehmen. Ein paar Sekunden später fiel jedoch das Umschlagmikrofon aus. Die Männer droschen wütend gegen die Wände und stießen Flüche aus. Obwohl sie immer noch einzelne Gesprächsfetzen über das in Carols Tasche verborgene Mikrofon empfangen konnten, wußten doch beide, daß die Qualität der Aufnahmen jetzt drastisch reduziert war.

MacKenzie drängte McGowan, sich zu beruhigen und weiter zu lauschen, während er selbst verzweifelt versuchte, sich etwas einfallen zu lassen, was die Situation doch noch retten könnte. Er erwog, selbst ins Restaurant zu gehen und die Rolle eines Kellners zu übernehmen. Vielleicht schaffte er ja, ein weiteres Mikrofon auf dem Tisch unterzubringen, indem er vorgab, die Salz- und Pfefferstreuer aufzufüllen. Er verwarf diese Idee dann aber genauso schnell, wie sie aufgetaucht war. Diese Methode wäre einfach zu riskant. Er befürchtete, Carol könnte bei seinem unerwarteten Anblick falsch reagieren und damit Joys Verdacht erregen.

Letzten Endes blieb ihnen nichts anderes übrig, als auf das zweite Mikrofon zu hoffen.

McGowan drückte unterdessen die Kopfhörer fest an seine Ohren und lauschte den Gesprächsfetzen. Er vernahm, wie Carol sagte: »Bill behauptet, du hättest ihm erzählt, daß du einen Partner hast . . . daß du einen Teil des Geldes vom Doktor bekommen hast . . .«

»Das war gelogen«, erwiderte Joy. »Ich habe das nur gesagt, um Zeit zu gewinnen . . . ich brauchte Zeit, um das Geld zusammenzubringen . . .«

McGowan blickte zu seinem Partner hinüber, der den Wortwechsel ebenfalls mitbekommen hat. »Sie macht das verdammt gut«, bemerkte MacKenzie.

»War Bill derjenige, der es getan hat?« erkundigte sich Joy.

Das sei zumindest ihr Eindruck gewesen, erwiderte Carol. »Aber er hat noch jemanden dabei gehabt.«

Die nächste halbe Stunde über bestritt hauptsächlich Carol das Gespräch, während sie erkläre, wie sehr sie um ihre Sicherheit fürchtete. Joy nahm derweil eine mitfühlende, ja sogar besorgte Haltung ein.

Und dann war es schließlich vorbei. Joy erhob sich und schlug Carol vor, sie am nächsten Tag anzurufen.

Zum ersten Mal lächelte MacKenzie. »Wenigstens läßt sie die Tür offen«, meinte er. Er dachte bereits darüber nach, wie man ein weiteres Treffen arrangieren könnte.

Nachdem Joy weggefahren war, traf er sich mit Carol hinter dem Restaurant und nahm die Bänder an sich. »Sie haben das sehr gut gemacht«, erklärte er, »aber wir werden das wohl noch einmal wiederholen müssen.«

»Auch das noch«, antwortete Carol.

Wieder zurück im Revier, hörten sich die Beamten die Aufnahmen bis tief in die Nacht hinein an. Und obwohl sie noch immer wegen der Fehlfunktion der Ausrüstung frustriert waren, empfanden doch beide eine gewisse Begeisterung. Carol Garlands Geschichte, das stand jetzt fest, hatte sich als wahr erwiesen.

Und zudem hatten sie deutlich gehört, wie Joy Aylor ihre Schuld eingestand.

Doch angesichts der Qualität der Aufzeichnungen waren sie gezwungen, ein weiteres Treffen zwischen Carol und ihrer Schwester zu planen. Und dieses Mal sollte es an einem Ort stattfinden, wo es keine störenden Geräusche gab. Da sie jetzt ebenfalls glaubten, daß Carols Leben in Gefahr war, wollten sie sie in einem abgelegenen Hotel verstecken, das nicht nur als zeitweilige Zuflucht dienen konnte, sondern darüber hinaus auch als idealer Treffpunkt für eine zweite Begegnung mit Joy.

Sie entschieden sich für das Continental Motel in Richardson, eine betagte, wenig ansprechende Unterkunft in der Nähe des North Central Expreßway.

Carol, die keinen Zweifel daran ließ, der Ausfall des Mikrofons im Restaurant sei die Folge polizeilicher Inkompetenz, war nicht leicht zu überzeugen. Erst nach einer längeren Unterhaltung mit McGowan stimmte sie schließlich zu, Joy abermals anzurufen.

Diesmal sollte sie behaupten, Bill habe versucht, sie umzubringen, und deshalb sei sie untergetaucht.

Sie rief Joy am folgenden Mittwoch an und bat sie, sich am nächsten Tag mit ihr im Zimmer 224 des Continental zu treffen. Zu McGowans Überraschung, der befürchtet hatte, Joy würde auf ein neuerliches Treffen noch mißtrauischer reagieren, stimmte sie zu. Wenn schon nichts anderes, dachte McGowan, dann war Carol zumindest sehr überzeugend.

McGowan war entschlossen, nichts dem Zufall zu überlassen. Der benachbarte Raum wurde angemietet und mit Abhörgeräten vollgestopft. Ein dritter Raum, der dem Parkplatz des Motels genau gegenüber lag, diente zur Unterbringung von Videokameras, die Joys Ankunft und Abfahrt filmen sollten. Beamte in Zivil wurden an verschiedenen Stellen rings um das Motel postiert.

Als alles an Ort und Stelle war, begann das Warten. Und Joy tauchte nicht auf. Carol rief schließlich gegen Abend wütend und nervös ihre Schwester an und erfuhr, daß Joy sich kurzfristig entschlossen hatte, den Tag im Haus am See zu verbringen, und gerade erst zurückgekommen war.

Carol explodierte regelrecht. »Joy, wir *müssen* miteinander reden. Es ist wichtig.«

»Dann müssen wir das irgendwann am Nachmittag machen. Morgen abend gebe ich eine Dinnerparty.«

»Komm einfach her«, sagte Carol, knallte den Hörer auf und sammelte ihre Sachen zusammen, um zu gehen.

Für MacKenzie war die Nacht noch längst nicht vorbei. Nachdem er das Continental verlassen und unterwegs noch etwas gegessen hatte, lag er schon daheim im Bett, als der Auftragsdienst anrief und meldete, Carol wolle sofort mit ihm sprechen.

Der Detective wählte sofort ihre Nummer. Wieder einmal war Carol völlig hysterisch, und ihre Stimme überschlug sich beim Sprechen. Als sie nach Hause kam, sei der Herd aufgedreht und das Haus voller Gas gewesen. »Er versucht mich umzubringen«, kreischte sie in den Hörer.

MacKenzie wies sie an, das Haus sofort zu verlassen und zum Continental zurückzukehren. Nachdem er aufgelegt hatte, rief er beim Polizeirevier an und schickte einen Streifenwagen los, um Carols Haus zu überprüfen, sowie einen zweiten, der vor dem Motel aufpassen sollte, bis er selbst dort eintraf.

Carol marschierte nervös in dem winzigen Motelzimmer auf und ab, als MacKenzie ankam. Sie warf einen Blick auf die Schrotflinte, die er mitgebracht hatte, und fragte: »Was haben Sie vor?«

»Ich bin jetzt wohl Ihr Leibwächter«, meinte er. Den Rest der Nacht über saß er auf einem Stuhl im Nebenraum, die Schrotflinte quer über den Knien.

Im Verlauf dieser schlaflosen Nacht nahm er sich zwei Dinge vor. Zum einen wollte er McGowan mitteilen, er sei jetzt davon überzeugt, daß es tatsächlich nötig wäre, Carol zu schützen. Und zum anderen wollte er dem Sergeant sagen, daß er sich den Tag über freinehmen und seinen Schlaf nachholen wollte. Sollte doch jemand anderes bei der Überwachung des Gesprächs zwischen Carol und Joy helfen. Falls es überhaupt dazu käme.

Die Überwachungskameras richteten sich auf Joys Porsche, als der Wagen am nächsten Nachmittag in eine Parkbucht vor Joys Zimmer einbog. Im Raum nebenan nahmen die Abhörgeräte Joys Klopfen und Carols Begrüßung deutlich auf.

Dem lauschenden McGowan wurde sehr schnell klar, daß Joy höchst argwöhnisch war. Diesmal verschwendete sie keine Zeit, sondern fragte ihre Schwester sofort, ob sie ein Mikrofon bei sich hätte.

»Warum sollte ich das tun?« erwiderte Carol mit einem glaubhaften Unterton der Empörung.

»Es kommt mir einfach merkwürdig vor, daß du dich immer in Richardson mit mir treffen willst. Woher soll ich wissen, ob du nicht zur Polizei gegangen bist?«

Carol wischte den Vorwurf einfach vom Tisch und kam gleich zur Sache. »Joy, was sollen wir tun?«

»Weswegen?«

»Wegen dieser Frau in Richardson.«

»Ich will darüber nicht reden.«

»Verdammt noch mal, Joy, Bill will mich umbringen.«

»Weshalb?«

»Wegen dem, was ich weiß.«

»Carol, im Grunde weißt du doch gar nichts.«

»Jetzt sei aber bitte mal realistisch.«

Über seine Kopfhörer vernahm McGowan scharrende Geräusche aus dem Raum nebenan, während das Gespräch für einige Zeit verstummte. McGowan war sichtlich erleichtert, als er wieder Carols Stimme hörte. »Du weißt, daß du dich nur von Larry hättest scheiden lassen müssen.«

»Ich wollte, das hätte ich getan.« Joy machte eine kurze Pause, bevor sie weitersprach. »Weißt du, einer von uns muß verrückt sein. Du hast doch dabeigesessen, als wir uns mit Morgan Holmes darüber unterhalten haben. Ich habe gesagt, ich suchte jemand, der Larry einen Schreck einjagt. Und du warst diejenige, die erklärt hat, du würdest ihn umbringen.«

Im Raum nebenan schüttelte McGowan den Kopf. Wer mochte diese Person sein, die so plötzlich neu in der Geschichte auftauchte?

Der Ärger in Carols Stimme wurde deutlich. »Sprich nicht so mit mir«, schnappte sie, »sonst knalle ich dir eine.«

Zum ersten Mal hob auch Joy ihre Stimme. »Du warst doch dabei, Carol. Erinnerst du dich nicht mehr?«

Ganz offensichtlich trieb Joy hier ein Spiel. Mehrere Minuten lang stritten sie darüber, wer was zu diesem Mann namens Holmes gesagt hatte. Carol, die zunehmend frustrierter erschien, lenkte das Gespräch schließlich auf ihre Angst vor ihrem Ehemann zurück.

»Er behauptet, du wolltest noch andere Menschen umbringen lassen. Fünf andere.«

»Ich habe dir doch schon gesagt, daß das nur Gerede war.« Joys Geduld näherte sich ihrem Ende. »Ich muß jetzt gehen.«

»Und was soll ich machen?« jammerte Carol.

Joy stieß einen tiefen Seufzer aus. »Ich werde mit Bill Garland reden und die Sache klären. Ich will nicht, daß dir irgend etwas geschieht. Gib mir seine Nummer.«

Statt dessen wählte Carol selbst und gab ihrer Schwester dann den Hörer. »Sprich jetzt mit ihm.«

McGowan konnte Joys Stimme in seinem Kopfhörer so deutlich hören, als stünde sie neben ihm. »Ist Bill da?« fragte sie. Und dann: »Wenn er zurück kommt, sagen Sie ihm bitte, daß Mary angerufen hat.«

McGowan wartete, bis er über Funk die Nachricht erhielt, daß Joy den Parkplatz verlassen hatte, dann eilte er ins Nebenzimmer. Carol saß auf dem Bett, ihr Gesicht in den zitternden Händen vergraben.

»Wer zum Teufel ist Morgan Holmes?« wollte der Sergeant wissen.

Sekundenlang starrte Carol ihn einfach nur an.

Kurz nachdem Joy sich an sie gewandt hatte, erklärte sie schließlich, weil sie jemanden suchte, der Larry ›einen Schreck einjagen‹ sollte, hatte sie ihre Schwester mit Holmes bekanntgemacht, einem Import-Export-Händler aus Dallas, mit dem sie sich seinerzeit regelmäßig traf. Bei mehreren Gelegenheiten hatte Holmes einen Mann erwähnt, den er engagierte, um ausstehende Zahlungen einzutreiben. Ohne in Einzelheiten zu gehen, hatte er doch immerhin klargemacht, daß etwa eine gebrochene Rippe hier oder eine zerschmetterte Kniescheibe dort mit zum Auftragsumfang gehörten.

Carol hatte Joy erzählt, er sei schon bald wieder geschäftlich in Dallas, und ihr angeboten, sie mit ihm bekanntzumachen.

Ein paar Tage später saßen sie gegen Abend im schwach erleuchteten Speiseraum eines Hotels. Joy hörte schweigend zu, wie Carol ihrem Freund die Situation schilderte und ihn fragte, ob er jemanden wüßte, der bereit wäre, sich um die Sache zu kümmern. »Sie will einfach nur, daß er in die Scheidung einwilligt und sie anschließend in Ruhe läßt.«

Carol äußerte sich abschätzig über ihren Schwager, erwähnte dessen Ruf als Weiberheld, erzählte von dem Verhältnis, das er mit ihrer jüngeren Schwester gehabt hatte, und meinte, er könne sich eines Tages sogar für ihre eigene, fünfzehnjährige Tochter interessieren.

»Wenn er es wagen sollte, Hand an mein kleines Mädchen zu legen«, erklärte Carol, »dann schwöre ich, daß ich den Hurenbock umbringe. Und ich werde das ohne zu zögern und am hellichten Tag tun.«

Holmes, der von Carols Zorn beeindruckt war, gestand, daß seine Geschichten über den kräftigen Schuldeneintreiber vielleicht ein wenig übertrieben waren. Er kenne jedenfalls niemanden, der bereit wäre, einen derartigen Job zu übernehmen.

»Mein Ratschlag wäre«, meinte er zu Joy, »sich einfach scheiden zu lassen.«

»Ich fürchte, dann bringt er mich um«, hatte sie mit ruhiger Stimme erwidert und sich dann entschuldigt.

Nachdem sie diese Geschichte erzählt hatte, blickte Carol McGowan an und meinte: »Das also war der berühmte Mr. Holmes.«

Morris lächelte und streckte eine Hand aus, um ihr aufzuhelfen. »Wir bringen Sie jetzt in ein anderes Motel«, sagte er. »Irgendwohin, wo Sie sicher sind.«

Nachdem er nun zweifelsfrei überzeugt war, daß Joy Aylor die Mordanschläge auf Rozanne Gailiunas und Larry zu verantworten hatte, überlegte McGowan, wie er den Fall wasserdicht machen könnte, bevor er sie in Haft nahm. Und da Bill Garland und vielleicht noch eine oder auch mehrere andere Personen darin verwickelt waren, wollte er mehr darüber in Erfahrung bringen. Selbst Carol, deren Glaubwürdigkeit in den letzten Tagen stark gestiegen war, wußte nicht genau, ob Bill Rozanne wirklich getötet hatte. Verschiedentlich hatte er zwar behauptet, er und noch jemand seien damals im Haus am Loganwood Drive gewesen, doch später hatte er diese Geschichte wieder geändert und erzählt, ›seine Leute‹ hätten das Verbrechen begangen.

Da er keine Ahnung hatte, wo diese Kette schließlich enden mochte, wollte sich McGowan für die Untersuchung ausreichend Zeit nehmen. Ganz plötzlich war die Liste der Dinge, die es zu erledigen galt, immer länger geworden. Er mußte mehr über diesen Mann namens Carl Noska erfahren, der offenbar Joy und Garland in Kontakt gebracht hatte. Morgan Holmes mußte ebenfalls vernommen werden. Und überdies mußten die Strafverfolgungsbehörden der verschiedenen Städte, in denen Garland angeblich seine Morde begangen hatte, darüber befragt werden, ob diese Verbrechen tatsächlich geschehen waren.

MacKenzie untersuchte bereits, ob sich die Qualität der Aufzeichnungen aus dem JoJo's mit technischen Mitteln verbessern ließe.

An der Spitze von Morris' Liste stand jedoch der Plan, Bill Garland zu einem Treffen mit Carol und Joy zu locken.

Ein paar Tage später kam er allerdings zu der Überzeugung, daß dieser Plan nicht funktionieren würde.

Ungeachtet der Tatsache, daß man sie von einem Hotel zum nächsten brachte, nahm Carols Angst beständig zu. Beim geringsten Geräusch auf dem Flur vor ihrem Zimmer rief sie zu jeder Tages- und Nachtzeit bei der Polizei an und beschimpfte die Beamten, sie würden ihren Pflichten nur nachlässig nachkommen.

Selbst McGowans Vorschlag, sie im staatlichen Zeugenschutzprogramm unterzubringen, konnte sie nicht beruhigen.

Mit jedem Tag, der verstrich, kam er immer mehr zu der Überzeugung, sie würden nicht mehr sehr lange mit Carol fertig werden. Dieser Verdacht wurde zur Gewißheit, als er erfuhr, daß sie zum Haus der Davis' gefahren war, um ihre Tochter zu besuchen. Bei dieser Gelegenheit hatte sie Francis Davis anvertraut, daß die Polizei sie versteckte.

»Was glauben Sie, wie lange es dauert, bis Joy davon hört?« erkundigte sich McGowan bei MacKenzie. Beide kamen zu der Erkenntnis, daß sie sich den Luxus eines methodischen Vorgehens nicht mehr länger leisten konnten.

»Ich würde sagen, wir müssen unsere Ärsche jetzt in Bewegung setzen«, meinte MacKenzie.

Am Nachmittag des 24. Mai 1988 saß McGowan im winzigen Büro des stellvertretenden Bezirksstaatsanwalts Kevin Chapman, eines athletisch aussehenden Mittdreißigers.

Obwohl McGowan ihm bisher noch nie persönlich begegnet war, hatte ihm doch gefallen, was er über ihn gehört hatte. Chapman galt als der aggressivste und gewissenhafteste unter den jungen Strafverfolgern im Stab des Bezirksstaatsanwalts.

Chapman, der in Jeans und einem blauen Oxford-Hemd an seinem Schreibtisch saß, hatte sich sofort bereiterklärt, zu diesem Treffen in die Stadt zu kommen, obwohl er gerade eine Woche Urlaub bekommen hatte, nachdem ihn ein langwieriger Prozeß für mehrere Monate von Dallas ferngehalten hatte.

McGowan saß schweigend da, als der Staatsanwalt die Aussage von Carol Garland durchlas.

Kommentarlos ließ er schließlich die Mappe auf den Tisch fallen. »Geben Sie mir einen kurzen Abriß des Falls«, verlangte er.

Das war eine Bitte, auf die sich McGowan tagelang vorbereitet hatte. Während der nächsten Stunde schilderte er die seit fünf Jahren laufende Untersuchung und fügte kurze Charakterschilderungen der vielen Personen hinzu, die in diesen Fall verwickelt waren, von dem er freimütig zugab, daß er sowohl der faszinierendste wie auch frustrierendste sei, an dem er je gearbeitet hätte. Zum Schluß rekapitulierte er sorgfältig sein erstes Treffen mit Carol, seine anfänglichen Zweifel und zuletzt die entlarvenden Gespräche zwischen ihr und Joy Aylor.

Chapman unterbrach den Beamten nicht ein einziges Mal. Gelegentlich machte er sich Notizen auf einem gelben Schreibblock, zeigte ansonsten aber kaum eine Reaktion.

Als McGowan seinen Bericht beendet hatte, lehnte sich Chapman zurück, verschränkte die Hände hinter dem Kopf und überdachte die komplizierte, ja fast unglaubliche Geschichte, die er gerade gehört hatte. »Meiner Meinung nach«, meinte er schließlich, »ist es wahrscheinlich gerechtfertigt, wenn Sie Mrs. Aylor in Haft nehmen.

Erfreut stand McGowan auf. »Genau das werden wir jetzt auch tun«, sagte er.

Kapitel 11

Joy Aylor war erleichtert, ein bekanntes Gesicht zu sehen.

Kaum eine halbe Stunde zuvor hatte man sie auf einem Parkplatz Ecke Mockingbird und Hillcrest festgenommen.

Auf der Fahrt zum Richardson Police Department hatte sie sich bei Detective MacKenzie lediglich erkundigt, was mit ihrem Wagen geschehen würde, ansonsten aber kein einziges Wort gesagt. MacKenzie hatte ihr erklärt, Ken Roberts würde beim Wagen bleiben, bis er aufs Polizeigelände geschleppt würde.

Den Rest der Fahrt über hatte sie schweigend aus dem Fenster geschaut, die Lippen fest zusammengepreßt.

Als sie dann in den Befragungsraum gebracht wurde, änderte sich ihre Laune schlagartig, als sie McGowan an einem Tisch in der Mitte des Zimmers sitzen sah. »Es ist schön, Sie wiederzusehen«, sagte sie, ohne der Videokamera, die in der Ecke des Zimmers auf einem Stativ stand, oder dem Tonbandgerät auf dem Tisch auch nur die geringste Beachtung zu schenken.

»Hallo, Joy«, entgegnete McGowan, »bitte nehmen Sie Platz.«

Schon während sie zum Tisch hinüberging, erklärte ihr Sergeant Corley, daß sie wegen Mordes unter Arrest stand, und verlas ihr ihre Rechte. »Sie haben das Recht zu schweigen ... Sie haben das Recht zu ...«

Joy warf Corley einen Blick zu und schaute dann wieder McGowan an.

»Es ist vorbei, Joy«, sagte McGowan.

»Tut mir leid, aber ich weiß nicht, wovon Sie reden.«

McGowan ignorierte ihren Einwand und fuhr fort. »Wir werden uns jetzt einfach nur unterhalten. Ich bitte Sie nicht um ein Geständnis. Wir möchten nur, daß Sie uns helfen.«

»Wobei?«

»Sie sollen uns helfen, Bill Garland zu erwischen.«

»Wen? Denken Sie, ich hätte mir etwas zuschulden kommen lassen?«

»Ja, das denke ich.«

»Und was?«

Morris beugte sich leicht vor und blickte ihr direkt in die Augen. »Sie sind am Mord an Rozanne Gailiunas beteiligt sowie am versuchten Mord an Larry Aylor.«

Zum ersten Mal nahm sie die Gegenwart des Bandgerätes auf dem Tisch wahr und schüttelte den Kopf.

McGowan schaltete das Gerät ab.

»Welche Beweise haben Sie?«

»Wenn Sie wollen, kann ich Ihnen Aufnahmen der Gespräche vorführen, die Sie kürzlich mit Ihrer Schwester geführt haben.«

Für einen kurzen Moment flackerte bei der Erwähnung Carols Ärger in ihren Augen auf, doch schnell hatte sie sich wieder unter Kontrolle. Lediglich ihr permanentes Klicken mit den sorgfältig manikürten Fingernägeln deutete auf ihre Nervosität hin. »Wollen Sie mir wirklich erzählen, daß Sie glauben, was sich Carol zusammenredet?« fragte sie. »Sie wissen doch, daß sie verrückt ist.«

»Joy, das einzige, woran ich glaube, sind Tatsachen.«

Wieder schwieg sie einige Sekunden. Dann fragte sie: »Wie komme ich hier raus?«

Das war die Frage, die alle Untersuchungsbeamten befürchten, denn sie führt sehr oft zu einem plötzlichen Ende des Verhörs. Es ist aber auch eine Frage, die zu beantworten sie durch das Gesetz verpflichtet sind.

»Sie können einen Bürgen oder einen Anwalt anrufen«, erklärte McGowan.

»Ich brauche ein Telefonbuch«, erwiderte sie.

Er war erleichtert, als sie in den gelben Seiten nach einer Bürgschaftsagentur suchte. Sofort nach dem Anruf blickte sie allerdings McGowan an und fragte, ob sie seiner Meinung nach auch einen Anwalt anrufen sollte.

»Das liegt bei Ihnen«, meinte er. »Doch jetzt möchte ich Ihnen etwas klarmachen, etwas, von dem ich glaube, daß Sie es noch nicht richtig begriffen haben. Ich halte Bill Garland für einen außerordentlich gefährlichen Mann. Zu Ihrer eigenen

Sicherheit ist es sehr wichtig, daß wir sofort etwas gegen ihn unternehmen.«

Es war, als hätte Joy ihn überhaupt nicht gehört. »Komme ich ins Gefängnis?«

Corley, der an der Seitenwand gestanden hatte, näherte sich dem Tisch. Vom ersten Augenblick an hatte er Joy nicht leiden können. Innerhalb weniger Minuten hatte er sie als einen der kältesten Menschen eingeschätzt, denen er je begegnet war. Ihre geschäftsmäßige Art, die Leichtigkeit, mit der sie log, und das völlige Fehlen auch des geringsten Anzeichens von Reue hatten ihn sehr schnell verärgert.

»Mrs. Aylor«, sagte er ungeduldig, »geben Sie sich keinen falschen Hoffnungen hin. Letzten Endes werden Sie sehr, sehr lange im Gefängnis sitzen. Und es ist auch sehr gut möglich, daß Sie zum Tode verurteilt werden.«

Joy warf Corley einen kühlen Blick zu. »In dem Fall sollte ich vielleicht einen Anwalt anrufen«, meinte sie.

Während Joy verhört wurde, saßen Chris Aylor und sein Vater in Ken MacKenzies Büro. McGowan hatte Larry Aylor am Abend zuvor angerufen und ihn gebeten, am nächsten Morgen zusammen mit seinem Sohn zum Polizeirevier zu kommen. Als Larry wissen wollte, worum es ging, hatte McGowan lediglich erklärt, Chris sei weder in Schwierigkeiten noch in Gefahr. »ich möchte ihm nur ein paar Fragen stellen.«

Er wollte sich Joys sonderbares Verhalten aus erster Hand schildern lassen.

Verwirrt beantwortete der Junge MacKenzies Fragen. Ja, seine Mutter sei in letzter Zeit recht nervös gewesen und hätte stets die Jalousien geschlossen gehalten. Es hätte seltsame Anrufe gegeben, auf die sie verstört reagiert hätte. Er sei derjenige gewesen, der den Fischkopf im Briefkasten gefunden hätte, und ja, er hätte jemanden gesehen, der über den Zaun hinten im Garten schaute.

Als er davon erzählte, wie er von einem anderen Wagen von der Straße gedrängt worden war, unterschied sich seine Geschichte allerdings erheblich von der, die sein Vater McGowan gegenüber berichtet hatte.

»Ja«, gab Chris zu, »irgendein Kerl hat versucht, mich abzudrängen. Aber ich bin nicht ausgestiegen, um ihn zu verprügeln. Ich habe schließlich nur einen braunen Gürtel, nicht den schwarzen. Den Wagen habe ich überhaupt nicht verlassen.«

MacKenzie schaute zu Larry Aylor hinüber, als der Teenager seine Version der Geschichte erzählte. Aylors einzige Antwort bestand darin, dem Blick des Detective auszuweichen.

Unten in der Eingangshalle waren mittlerweile ein Anwalt und ein Vertreter der Allied Bonding Corporation fast gleichzeitig eingetroffen und wurden zum Verhörzimmer begleitet.

McGowan und Corley verließen den Raum, um die beiden für ein paar Minuten mit Joy allein zu lassen. Morris, der nur darauf wartete, bei der Staatsanwaltschaft anzurufen und Kevin Chapman mitzuteilen, daß die Verhaftung erfolgt war, ging schweigend hinaus. Corley jedoch blieb an der Tür stehen und schaute zu Joy zurück. »Wenn Sie hier fertig sind, komme ich zurück und bringe Sie nach unten in eine der Zellen.«

Joys Antwort kam postwendend. »Ich will nicht in eine Zelle«, schnappte sie.

Corley drehte sich einfach um und schloß die Tür, erfreut darüber, daß er einen Nerv getroffen hatte. Wie er wußte, würden der Bürge und der Anwalt mehrere Stunden brauchen, um ihre Entlassung zu erreichen. In der Zwischenzeit würde sie es zweifellos vorziehen, im Verhörzimmer zu sitzen, statt in eine Zelle eingesperrt zu werden.

Einige Zeit später kam McGowan zurück und setzte sich wieder Joy gegenüber an den Tisch. »Alles in Ordnung?« erkundigte er sich und stellte ein Glas Wasser vor sie hin.

Offensichtlich nicht. »Wissen Sie, was der Anwalt mir gerade gesagt hat? Er meinte, bevor er sich auch nur ein einziges Wort von mir anhöre, wolle er erst mal einen Scheck über sechstausend Dollar haben. Das war alles, was ihn interessierte – nur das Geld.«

McGowan gab keine Antwort, sondern hörte schweigend zu.

»Ich habe ihm einen Scheck ausgeschrieben, aber Sie können jede Wette darauf eingehen, daß ich ihn sofort sperren lasse, sobald ich hier rauskomme. Ich lasse mir weder von ihm noch von irgendeinem anderen Anwalt das Geld wegnehmen, das ich gespart habe, das soll alles Chris bekommen.

Ich weiß, daß das, was ich getan habe, falsch war und daß ich ins Gefängnis komme. Aber ich sollte bestraft werden und nicht mein Sohn.«

Corley kam auch wieder ins Zimmer. Als er den letzten Teil ihrer Bemerkungen mitbekam, war er überzeugt, sie stünde dicht davor, ein Geständnis abzulegen. Er warf einen Blick auf den Rekorder und stellte fest, daß das Gerät noch immer ausgeschaltet war. Ohne etwas zu sagen, zog er sich einen Stuhl heran und setzte sich an den Tisch.

Bei Corleys Rückkehr war Joy verstummt. Sie warf sowohl ihm wie auch McGowan einen kurzen Blick zu, trank einen Schluck Wasser und deutete dann auf Morris. »Ich weiß nicht warum, aber Ihnen traue ich.« Dann wandte sie sich zu Mike. »Ihnen traue ich *nicht*.«

»Joy«, sagte McGowan, »wir reden hier einfach nur. Keine Aufnahmen, keine Notizen.«

Sie seufzte und fing wieder an, mit den Fingernägeln zu klicken. »Mein ganzes Leben lang war ich immer nur für meine Familie da. Das war immer das einzig wirklich Wichtige in meinem Leben. Mein Mann, mein Sohn . . . und dann kommt plötzlich diese Frau daher und zerstört alles.

Und sie haben mich auch noch mit der Nase darauf gestoßen. Sie hat mich angerufen, um mir zu sagen, daß Larry ihr einen Nerzmantel gekauft hat. Sie hat mir sogar erzählt, er hätte ›Rozanne Aylor‹ auf das Namensetikett sticken lassen. So sah die Sache aus. Larry gibt mir zwanzig Dollar die Woche und kauft ihr einen Nerzmantel.

Eines Tages arbeitete ich draußen im Garten, da kamen die beiden vorbei, um Larrys Vater zu besuchen – er wohnt ganz in der Nähe –, und dann marschierten sie durch die ganze Nachbarschaft und gingen vor den Häusern meiner Freunde auf und ab. Ich habe mich so geschämt, daß ich ins Haus gehen mußte.

Und das war der Auslöser. Damals habe ich Bill aufgesucht.«

»Wollen Sie uns helfen, ihn zu kriegen?« fragte McGowan.

Es war, als hätte sie die Frage nicht einmal gehört. Statt zu antworten, beklagte sie sich weiter über ihre Familie, warf ihrem Vater mangelnde Großzügigkeit vor, monierte die Art, in der Larry sie behandelt hatte, und bedauerte, daß Carols Verhalten den Umgang mit ihr so schwer machte.

Während sie sprach, kämpfte Corley mit seinem zunehmenden Gefühl der Frustration. Joys sorgfältig genährtem Selbstmitleid und ihren Vorwürfen jedem gegenüber, von Rozanne bis zu ihrem eigenen Vater, mangelte es seiner Ansicht nach an jeglicher Glaubwürdigkeit. Hätte er nicht gewußt, wie geduldig McGowan war, hätte er vermutet, sein Partner ließ sich von Joy einwickeln. Schließlich schlug er eine Unterbrechung vor und fragte Joy, ob sie ein Sandwich haben wolle.

Sie nippte mechanisch an ihrem Glas und schüttelte den Kopf.

»Wir sind gleich zurück«, sagte Corley und deutete damit an, daß er draußen mit McGowan reden wollte.

Auf dem Flur verlor er keine Zeit, seine Meinung zu äußern. »Verdammt noch mal, sie versucht, Sie einzuwickeln.« Ihm sei ja bekannt, daß es Morris' Art sei, bei Verhören langsam vorzugehen, um das Vertrauen der Menschen zu gewinnen. »Aber mit ihr gehen Sie zu sanft um. Sie ist so schuldig wie die Hölle, und Sie lassen sie ihre Spielchen treiben. Sie redet die ganze Zeit und sagt überhaupt nichts.«

McGowans ruhige Stimme ließ nicht erkennen, ob er sich von Corleys Vorwürfen getroffen fühlte. »Fest steht jedenfalls, daß wir gar nichts erfahren, wenn wir hier draußen herumstehen«, meinte er.

Sein Standpunkt war klar: Das Verhör würde so durchgeführt werden, wie er es gewohnt war. Und wenn er sich erst irgendwelchen Mist anhören mußte über Pelzmäntel, einen gemeinen Daddy, eine verrückte Schwester und einen untreuen Ehemann, bevor er endlich zu der Geschichte kam, die ihn eigentlich interessierte, dann würde er das eben tun. Schließlich hatte er schon zu lange gewartet, um jetzt alles zu überstürzen.

Dagegen konnte Corley kaum etwas sagen.

Sobald sie wieder im Verhörzimmer waren, wiederholte McGowan seine Frage. »Wollen Sie uns helfen, Garland zu schnappen?«

Joy richtete sich auf und blickte den Polizisten prüfend an. Der lange Aufenthalt in dem kleinen Verhörzimmer war offensichtlich nicht spurlos an ihr vorübergegangen. Langsam nickte sie, als wollte sie damit andeuten, daß sie sich zu einem Entschluß durchgerungen hatte.

»Holen Sie mich hier raus«, sagte sie. »Lassen Sie mich heimgehen, damit ich mich frisch machen kann. Danach können Sie mit Ihrem Rekorder zu mir kommen. Ich mache Ihnen ein Sandwich und erzähle Ihnen die ganze Geschichte.«

Sie nickte zu Corley hinüber, als werde ihr dessen Anwesenheit gerade erst wieder bewußt, und meinte: »Ihm erzählte ich aber nichts. Wenn er mitkommt, muß er draußen im Wagen warten.«

Als McGowan nicht sofort antwortete, versuchte sie weiter zu feilschen. »Schauen Sie, ich will nichts weiter, als hier rauskommen. Mir gefällt es hier nicht.«

Sie hielt inne, und ihre grünen Augen musterten den Raum, als wolle sie sich vergewissern, daß die Wände nicht näherrückten, um sie einzumauern. »Sie müssen wissen, daß Ihre Freundin Carol bis zum Hals in dieser Sache mit drinsteckt. Die Abmachung lautete, daß sie fünfzigtausend Dollar aus Larrys Versicherungspolice bekommen würde. Das sollte ihr Anteil sein.«

McGowan verbarg seine Überraschung über diese Aussage, indem er das Gespräch auf die Erpressungsversuche lenkte, von denen ihm Carol berichtet hatte.

»Ich habe diesen in Papier eingeschlagenen Fischkopf bekommen«, meinte Joy. »Und ein paar Briefe.«

»Haben Sie diese Briefe noch?«

»Kann sein. Ich weiß nicht genau. Ich glaube, ich habe auch das Papier aufgehoben, in dem der Fischkopf eingewickelt war. Aber fragen Sie mich bloß nicht, warum ich das getan habe.« Sie erwähnte außerdem eine Kopie jener Skizze, die den Weg zur Farm im Kaufman County zeigte, um die sie Larry gebeten hatte.

Corley, der seit der Wiederaufnahme des Verhörs noch kein Wort gesagt hatte, erhob sich kurz darauf und verließ den Raum ohne jede Erklärung. Ihm war klar, daß der nächste Schritt ihrer Ermittlungen darin bestand, einen Richter zu überzeugen, möglichst schnell einen Durchsuchungsbefehl für Joy Aylors Haus auszustellen.

Nachdem Corley das Zimmer verlassen hatte, verfielen Joy und McGowan in Schweigen. Geraume Zeit betrachtete der Detective die schöne Frau, die ihm gegenübersaß, und schüttelte dann langsam den Kopf.

»Was gibt's?« erkundigte sich Joy.

Morris zuckte die Achseln und lächelte schwach. »Ich kann einfach nicht glauben, daß Sie es getan haben.«

»Ich wollte, ich hätte es auch nicht getan«, erwiderte sie. »Aber jetzt läßt es sich auch nicht mehr rückgängig machen, oder?«

»Aber warum?«

»Ich glaube, ich bin einfach durchgedreht.« Der Nerzmantel, meinte sie, sei wohl der Tropfen gewesen, der das Faß zum Überlaufen gebracht hätte.

Kurz darauf kehrten ihr Anwalt und der Mann von der Kautionsagentur zurück und baten, sich ein paar Minuten allein mit ihrer neuen Klientin unterhalten zu dürfen. Jodi Packer befand sich bei ihnen, gab Anweisungen und erging sich ansonsten in wütenden Kommentaren über die seiner Meinung nach völlig unbegründete Festnahme.

McGowan beobachtete den schlanken Installationsunternehmer und erkannte, daß er einen Fehler gemacht hatte. Nachdem Roberts und McKenzie Chris' Aussage aufgenommen hatten, hatte er die beiden losgeschickt, um mit Packer zu sprechen. McGowan hatte gehofft, daß Joy möglicherweise Packer gegenüber etwas von ihrer Beteiligung an den Verbrechen erwähnt hatte.

Doch statt sich kooperativ zu zeigen, war Packers Reaktion zurückhaltend, ja fast schon feindselig gewesen. Es sei absolut unmöglich, daß Joy mit derartigen Dingen etwas zu tun haben könnte, hatte er erklärt, und er würde persönlich dafür sorgen, daß die Verhaftung die dafür Verantwortlichen teuer zu stehen kommen würde.

Und jetzt erzählte er in der Lobby der Polizeiwache jedem, der es hören wollte, daß seine Ex-Ehefrau Bezirksrichterin gewesen sei, daß er sich mit dem Gesetz recht gut auskenne und daß Joys Verhaftung eine unentschuldbare Vergewaltigung des Rechtssystems sei.

McGowan wandte sich ab und kehrte ins Verhörzimmer zurück, wo Joy gerade einen Scheck über vierzigtausend Dollar für den Mann vom Kautionsbüro ausschrieb.

»Der Scheck ist natürlich nicht gedeckt«, meinte sie und lächelte dabei zum ersten Mal, »aber immerhin komme ich dadurch hier raus.«

Morris lehnte im Eingang, die Hände tief in den Taschen vergraben, und erkundigte sich, was mit ihrem Wagen geschehen solle. »Möchten Sie, daß ich mitkomme, um ihn auszulösen, oder wollen Sie lieber mit Jodi dorthin gehen?«

»Was wäre Ihnen denn lieber?«

»Das ist Ihre Entscheidung.«

»Na gut, dann gehe ich mit Jodi hin. Ich hole den Wagen ab, fahre nach Hause, sehe zu, daß ich Jodi loswerde, und rufe Sie dann an. Lassen Sie mir ungefähr eine Stunde Zeit.«

McGowan gab ihr seine Karte. »Ich bin unter dieser Nummer zu erreichen«, sagte er und ging dann zusammen mit ihr hinunter in die Eingangshalle, wo Packer wartete.

Als Joy und Packer das Gebäude verließen, die Treppen hinuntergingen und auf den baumbeschatteten Bürgersteig einbogen, gesellte sich Corley zu McGowan. »Lieber Himmel, Mo«, meinte er, »das ist ja ein gefährliches Spiel, das wir da angefangen haben. Hoffentlich zahlt es sich auch aus.«

Morris warf ihm einen kurzen Blick zu und richtete dann seine Aufmerksamkeit wieder auf das sich entfernende Paar. Packer hatte schützend einen Arm um Joys Schultern gelegt. »Ja, das hoffe ich auch«, sagte McGowan.

Minuten später brach die Hölle los.

Den ganzen Tag über war Captain Golden immer wieder vorbeigekommen, um sich über die Fortschritte bei der Vernehmung von Joy Aylor zu informieren. Genau wie Corley machte er sich Sorgen darüber, daß McGowan zu sanft vorging und es zuließ, daß Joy seine Fragen mit Gegenfragen beantwortete, oder nicht nachhakte, wenn sie erklärte, über bestimmte Einzelheiten erst später reden zu wollen.

Trotzdem hatte der Captain seine Zweifel gegen sein Vertrauen in McGowans Fähigkeiten abgewogen und nichts gesagt.

Das sollte sich sehr schnell ändern, als McGowan in sein Büro stürmte, die Fäuste siegreich emporreckte und mit breitem Lächeln erklärte: »Ich hab's. Ich kenne jetzt die Geschichte und weiß, was geschehen ist.«

Dann gab er Golden eine kurze Zusammenfassung von Joys Geständnis.

Golden streckte seinen Arm aus und schüttelte McGowan die Hand. »Und wie geht's jetzt weiter?«

»Sie ruft mich an.«

Der verblüffte Captain, der angenommen hatte, Joy wäre in einer der Arrestzellen untergebracht, schaltete nicht sofort. »Wo ist sie denn?«

»Ich habe sie gehen lassen. Sie ist jetzt auf dem Weg nach Hause.« Morris erklärte, daß sie nicht nur versprochen hatte, ein vollständiges Geständnis abzulegen, sondern ihm auch einige Beweisstücke aushändigen wollte. »Sie glaubt, sie hat noch ein paar Briefe, eine Kartenskizze . . .« Noch während er sprach, ging ihm auf, daß der Captain nicht sonderlich erfreut war. »Sie wird sich melden.«

»Den Teufel wird sie tun«, meinte der Captain. »Wir brauchen jetzt so schnell wie möglich einen Durchsuchungsbefehl. Außerdem muß sofort jemand zum Haus fahren und dafür sorgen, daß keine Beweismittel vernichtet werden, bis wir mit der Durchsuchung anfangen können.«

Noch nie zuvor hatte der Captain, der seinen Zorn nur mühsam im Zaum hielt, seinem Sergeant eine Anweisung erteilt, die einem direkten Befehl so nahe kam. Golden war davon überzeugt, daß Joy Aylor sämtliche Beweisstücke, die es möglicherweise gab, sofort nach ihrem Eintreffen vernichten würde. Genau aus diesem Grund sollten so schnell wie möglich Beamte dort stationiert werden, die sie und auch jeden anderen daran hindern sollten, das Haus zu betreten.

Legalerweise durften die Polizisten das Haus nicht ohne einen Durchsuchungsbefehl betreten. Doch andererseits erlaubte es das Gesetz der Polizei, den Ort, der durchsucht werden sollte, so lange abzusichern, bis der Befehl eintraf.

Golden schickte höchstpersönlich Beamte in Zivil zum Haus am Arbor Trail und wies sie an, niemandem Zutritt zu gewähren. McGowans Begeisterung war inzwischen verärgerter Frustration gewichen. *Er hatte schließlich verdammt noch mal gewußt, was er tat, und jetzt würde alles ruiniert.*

Ein paar Minuten später gab einer der Polizisten über Funk durch, daß Joy und Jodi Packer das Haus bereits betreten hätten. Sie seien direkt in die Garage gefahren, hätten das Tor hinter sich geschlossen und seien dann durch einen Seiteneingang ins Haus gegangen.

Golden unternahm gar nicht erst den Versuch, seinen Ärger zu verbergen. »Wir haben jetzt zwei Möglichkeiten«, sagte er, während er mit dem Funkgerät in der Hand in seinem Büro auf und ab schritt. »Entweder wir überreden sie, uns sofort einzulassen, oder wir treten die verdammte Tür ein.« Er unterbrach sich kurz und brüllte dann ins Funkgerät: »Klingeln Sie an der Tür. Wenn das nicht hilft, tun Sie alles, um hineinzukommen.«

McGowan war schon zum Parkplatz unterwegs.

In seinem Wagen hörte er über Funk, daß Packer die Beamten eingelassen hatte und sich jetzt alle im Wohnzimmer aufhielten.

Während McGowan so schnell wie möglich zum Haus fuhr, herrschte in Goldens Büro weiterhin helle Aufregung. Ein von Packer alarmierter Richter rief an und erkundigte sich, was los sei. Nachdem der Captain die Situation kurz erläutert hatte, meinte der Richter, aller Wahrscheinlichkeit nach stelle die Vorgehensweise der Beamten eine Verletzung der Bürgerrechte des Hausbesitzers dar. Golden nahm daraufhin sofort Verbindung zum Rechtsberater des Department auf, dem er ebenfalls die Sachlage schilderte.

Der Berater schlug daraufhin vor, alle sollten sofort das Haus verlassen. Solange der Durchsuchungsbefehl noch nicht vorliege, sei es in der Tat fraglich, ob sich die Beamten schon jetzt im Haus aufhalten dürften. Andererseits hätten die Polizisten jedoch das Recht, das ganze Gebäude zu versiegeln. »Sagen Sie ihnen, sie sollen alle aus dem Haus schaffen, bis der Befehl da ist«, schlug er vor.

Die Vorstellung, zusammen mit ein paar Polizisten in ihrem Vorgarten stehen zu müssen, während die gesamte Nachbarschaft zuschaute, mißfiel Joy noch mehr, als die Beamten in ihrem Haus zu haben.

»Ich habe nichts dagegen, wenn wir hier drinnen bleiben«, erklärte sie. Als McGowan eintraf, bat sie gerade einen Polizisten, seinen Wagen zum Hintereingang des Hauses zu fahren.

Joy, die an einem kleinen Tisch in der Ecke des Zimmers gesessen hatte, sprang bei seinem Anblick schnell auf. »Ich habe Ihnen vertraut«, sagte sie. »Ich wollte Sie anrufen und Ihnen alles erzählen. Was soll das Ganze hier?«

»Joy, mir sind die Hände gebunden«, erwiderte McGowan. »Wir müssen warten, bis ein Durchsuchungsbefehl ausgestellt worden ist.«

Sie drehte sich um und stürmte davon. »Inzwischen weiß jeder in der Nachbarschaft, was hier vorgeht.«

Unterdessen telefonierte Packer am anderen Ende des Zimmers mit dem Police Department von Dallas, gab die Adresse durch und meldete einen Einbruch. Nachdem er eingehängt hatte, blickte er McGowan an. »Wenn Sie schlau sind, verschwinden Sie jetzt sofort mit Ihren Leuten, wenn Sie nicht im Gefängnis landen wollen.«

McGowan unterdrückte eine Antwort. Eines war ihm jedenfalls klar: Er konnte Jodi Packer nicht leiden.

Morris rief Golden an und erfuhr, daß der Captain bereits mit der Polizei von Dallas Kontakt aufgenommen hatte und sie über die Situation aufklärte. Statt jemanden zu verhaften, würden die Beamten aus Dallas mithelfen, das Haus abzusichern, bis der Durchsuchungsbefehl eintraf.

Joys Reaktion auf die Ankunft der Beamten sorgte für eine

gewisse Erheiterung. »*Müssen* sie unbedingt direkt vor dem Haus parken?« fragte sie.

Packer, der verärgert darüber war, daß die Polizisten aus Dallas sich weigerten, McGowan und seine Leute aus dem Haus zu schaffen, wandte seine Aufmerksamkeit wieder Joy zu. Es sei wichtig, daß sie sich sofort an einen guten Anwalt wende, erklärte er und nannte ihr dann die Namen einiger der berühmtesten Strafverteidiger von Dallas. Alle, behauptete er, seien persönliche Freunde von ihm.

Als sich Joy an McGowan wandte und ihn fragte, wen sie seiner Meinung nach anrufen sollte, war Packer ganz offensichtlich verärgert.

»Es gibt nur einen Mann in der Stadt, den ich anrufen würde, wenn ich in Schwierigkeiten steckte«, meinte McGowan.

»Doug Mulder«, sagte Jodi, der versuchte, das Gespräch wieder an sich zu reißen.

Morris nickte. »Doug Mulder.«

Jodi hatte bereits den Hörer in der Hand und wählte die Nummer der Auskunft, als McGowan Joy bedeutete, mit ihm nach draußen zu gehen.

Auf der hinteren Veranda versuchte er ihr klarzumachen, welche Kette von Ereignissen zum Einsatz der Polizei geführt hatte. Jetzt, wo ein Durchsuchungsbefehl unterwegs und Anwälte eingeschaltet waren, hatte sich die ganze Angelegenheit erheblich kompliziert.

Zum ersten Mal seit seinem Eintreffen wirkte Joy ruhig, fast nachdenklich. »Ich möchte Ihnen immer noch sagen . . .«

McGowan schüttelte den Kopf. »Ich kann jetzt nicht mit Ihnen darüber reden.« Drinnen läutete das Telefon.

Packer öffnete die Tür, um Joy mitzuteilen, daß der Anruf für sie sei. Dann gesellte er sich zu McGowan auf die Veranda und brach in eine neuerliche Tirade aus: Wie konnte jemand, der auch nur einen Funken Verstand besaß, die verdrehten Beschuldigungen von Joys Schwester glauben? Er und der ganze Sauhaufen, der sich Richardson Police Department nannte, sollten sich besser auf einen Rechtsstreit gefaßt machen, der so manche Karriere vorzeitig beenden würde. Er jedenfalls kenne sich mit dem Gesetz aus und hätte Freunde an höchster Stelle, und er würde schon dafür sorgen, daß jemand für diese Farce bezahlen müßte: »Da können Sie Ihren süßen Arsch drauf verwetten«, brüllte Packer.

Mit der Zeit entwickelten sich die Dinge zu einem lähmenden Geduldsspiel. Da jetzt die Polizisten aus Dallas zur Verfügung standen, schickte McGowan die Beamten aus Richardson zum Revier zurück.

Draußen war es mittlerweile dunkel geworden, als das Telefon abermals klingelte und Jodi wieder an den Apparat ging. »Es ist ein Mann«, verkündete er, »aber er will seinen Namen nicht nennen.«

Joy warf einen raschen Blick auf McGowan und erklärte, sie wolle das Gespräch in der Küche annehmen.

Als sie einige Minuten später zurückkam, lächelte Morris sie wissend an. »Das war Bill, stimmt's?«

Sie ignorierte die Frage, ging zu Packer hinüber und legte eine Hand auf dessen Arm. »Ich muß dir etwas sagen«, flüsterte sie, wandte sich dann an McGowan und fragte, ob sie und Jodi ein paar Minuten lang unter vier Augen miteinander reden dürften.

McGowan nickte und folgte ihnen bis zu Chris' Zimmer. »Ich bleibe direkt vor der Tür«, sagte er.

Zwanzig Minuten später öffnete er die Tür und wurde von einem plötzlich sehr freundlichen Jodi Packer empfangen. »Kommen Sie herein, Morris«, sagte er. Alle Feindseligkeit war aus seiner Stimme verschwunden. McGowan mußte nicht erst lange überlegen, um zu wissen, worüber die beiden gesprochen hatten. Ganz sicher hatte Joy ihrem Freund gestanden, was sie getan hatte.

»Ich würde es sehr zu schätzen wissen, wenn Sie mir in einem Punkt eine klare Antwort geben würden«, meinte Packer.

»Und worum geht es?« erkundigte sich McGowan.

Ein gezwungenes Lächeln breitete sich über Jodis Gesicht aus. »Gibt es wirklich etwas, worum wir uns Sorgen machen müßten?«

»Dazu haben Sie weiß Gott allen Grund«, erwiderte McGowan und schaute zu, wie Packers Lächeln verschwand, während der Mann das Zimmer verließ.

Joy, die auf dem Bett ihres Sohnes saß, bedeutete dem Detective, die Tür zu schließen.

»Ich liefere Ihnen Bill Garland aus«, sagte sie und erklärte, daß er seit ihrer Rückkehr ins Haus bereits zweimal angerufen hatte. »Aber ich kann nicht ins Gefängnis gehen.«

Als McGowan nicht sofort antwortete, fuhr sie fort. »Um diesen Punkt dreht sich der Handel.«

Morris stellte erfreut fest, daß sich die Rollen plötzlich vertauscht hatten. Er befand sich jetzt an dem Punkt, den er höchstwahrscheinlich auch dann erreicht hätte, wenn man es ihm gestattet hätte, sich allein und auf seine Weise mit Joy auseinanderzusetzen. Jetzt war es an ihm, das Spiel fortzusetzen und Dinge anzudeuten, ohne echte Zugeständnisse zu machen. »Ich kann nicht mehr tun, als nachzufragen, was das Büro des Bezirksstaatsanwalts davon hält«, meinte er.

In diesem Moment kam Packer wieder ins Zimmer. »Was ist hier los?« fragte er.

»Wir schließen einen Handel ab«, schnappte Joy, die offensichtlich nicht sehr erbaut über die Störung war.

Jodi schüttelte heftig den Kopf. »Nein«, sagte er beschwörend. »Keinen Handel, solange du nicht mit einem Anwalt gesprochen hast.«

Als sie ins Wohnzimmer zurückkehrten, fiel selbst den Polizisten aus Dallas auf, daß sich die Stimmung ganz erheblich verändert hatte. Joy war bereit, eine schriftliche Erklärung zu unterzeichnen, daß sie einverstanden war, wenn die Beamten im Haus blieben, bis der Durchsuchungsbefehl eintraf. Lediglich die Streifenpolizisten sollten wieder abrücken. »Ich möchte einfach nicht, daß so viele Polizeiwagen vor meinem Haus stehen«, meinte sie.

McGowan verbarg seine Erheiterung über ihre Besorgnis wegen der Nachbarn, dankte den Polizisten für ihre Hilfe und versicherte ihnen, es gäbe keinen Grund für ihr weiteres Verbleiben.

In der nächsten Stunde wartete McGowan ungeduldig darauf, daß Corley mit dem Durchsuchungsbefehl auftauchte. Der so hektisch verlaufene Tag war jetzt, nach Einbruch der Dunkelheit, geradezu unnatürlich ruhig geworden. Für jeden Fremden hätte die Szene den Anschein gehabt, als wäre er nur ein Freund der Familie, der zu einem Besuch hereinschaute. Joy brachte ihm eine Pepsi, und Jodi rief unterdessen einen Pizzadienst an. Packers wiederholte Versuche, ein belangloses Gespräch in Gang zu setzen, endeten meist genauso schnell, wie sie begonnen hatten.

Wenige Minuten vor Corleys Eintreffen rief Doug Mulder an und sprach erst mit Joy, dann mit Jodi. McGowan war nicht sonderlich überrascht, als Packer ihm mitteilte, Joy sei angewiesen worden, keinerlei Aussage mehr zu machen.

Es war ihm auch klar, daß jetzt keine Hoffnung mehr bestand, das Geständnis zu bekommen, das schon in greifbarer Nähe gewesen war.

Und auch der lange erwartete Durchsuchungsbefehl würde keinerlei Beweisstücke hervorzaubern. Joy hatte eine große Kiste voller Schriftstücke auf den Wohnzimmertisch gestellt und behauptet, sie sei sicher, eines oder mehrere der Erpresserschreiben dort abgelegt zu haben. Doch sie fand nichts.

Es gab keine Zeichnung und auch kein Papier, in das der Fischkopf eingewickelt gewesen war.

Es war schon fast dreiundzwanzig Uhr, als die Beamten schließlich aufbrachen. Beide waren enttäuscht, daß ihre Anstrengung, einen Durchsuchungsbefehl zu erwirken, zu keinem Ergebnis geführt hatte. An der Wohnungstür hielt Joy McGowan an und stellte sich auf die Zehenspitzen, um ihm etwas ins Ohr zu flüstern.

»Mein Handel gilt noch.«

Sandy McGowan erwachte aus einem leichten Schlaf und sah, daß ihr Mann mit einem müden Lächeln im Gesicht auf der Bettkante saß. Wie immer, wenn sie mitten in der Nacht aufwachte, warf sie einen Blick auf die Uhr, die auf dem Nachttisch stand, und stellte fest, daß es fast zwei Uhr morgens war.

»Du siehst erschöpft aus«, sagte sie und beugte sich vor, um die Bartstoppeln zu berühren, die sich auf seinen Wangen zeigten. »Ich will alles wissen, und laß ja nichts aus.«

»Sie war es«, begann McGowan seinen Bericht.

Die nächste Stunde über erzählte er von dem Verhör im Revier, der Auseinandersetzung mit Golden und den Ereignissen, die sich in Aylors Haus abgespielt hatten. Sandy, die fasziniert zuhörte, unterbrach ihn nur, wenn sie befürchtete, er hätte vielleicht irgendein winziges Detail ausgelassen.

Es gäbe noch sehr viel zu tun, erklärte er. Joys Geständnis sei im Grunde nur ein neuer Ausgangspunkt für die Ermittlungen. Zweifellos würden sich in den nächsten Tagen auch neue Hindernisse auftun, aber zumindest hätte der Fall jetzt eine bestimmte Richtung genommen und man könne davon ausgehen, daß er nun auch lösbar sei.

Die fünf langen frustrierenden Jahre wurden jetzt wie auf magische Weise durch ein Gefühl gespannter Erwartung ersetzt, das wohl nur ein Mitglied der Mordkommission wirklich nachvollziehen kann.

Sandy beugte sich zu ihrem Mann hinüber, um ihn zu küssen. »Ich habe ja immer gesagt«, meinte sie in einem neckenden Tonfall, der das Mitgefühl, das sie empfand, verbergen sollte, »daß du den Fall eines Tages lösen wirst.«

Morris lächelte und vergrub den Kopf in seinem Kissen. Gleich darauf war er schon eingeschlafen.

Für mehrere Monate war dies die letzte Nacht, in der er wirklich Ruhe finden sollte.

TEIL ZWEI

Nachforschung

Menschliches Blut ist schwer; der Mann, der es vergossen hat, kann nicht davonlaufen.

Afrikanisches Sprichwort

Alles ist ein Rätsel, und der Schlüssel zu einem Rätsel ist ein weiteres Rätsel.

aus ›Illusions‹
The Conduct of Live
Ralph Waldo Emerson

Kapitel 12

Bill Garlands mächtige Gestalt hatte sich auf den Stuhl gequetscht, der vor Morris McGowans Schreibtisch stand. Garlands verwunderter Gesichtsausdruck entsprach keineswegs dem, was der Detective erwartet hatte.

Es war später Nachmittag, und die Kette der Ereignisse, die schließlich zu Garlands Ankunft im Richardson Police Department geführt hatten, war ungefähr so abgelaufen wie in einer schlechten TV-Komödie.

Da McGowan wußte, daß Garland wegen einer Anhörung bezüglich der Scheidung, die Carol eingereicht hatte, bei Gericht erscheinen mußte, hatte er vier Beamte unter der Leitung von Ken MacKenzie losgeschickt, die warten sollten, bis er sich von seinem Anwalt verabschiedet hatte und das Gerichtsgebäude wieder verließ. Die Computerüberprüfung hatte ergeben, daß Garland ein Strafmandat wegen Falschparkens noch nicht bezahlt hatte, und das sollte als Vorwand dienen, um ihn festzuhalten und zum Revier zu bringen.

Spät am Nachmittag kam Garland endlich aus dem Gerichtssaal, ging sofort zum Parkplatz und fädelte sich in den Verkehr zum Stadtzentrum ein. MacKenzie und Ken Roberts folgten dichtauf. Sowohl die Polizei von Dallas als auch das Sheriff's Department waren schon frühzeitig über das Vorhaben informiert worden. Jetzt bat Roberts das Dallas Police Department, die Aktion so durchzuführen, daß sie wie eine routinemäßige Verkehrskontrolle aussah.

Trotzdem entschloß sich der Pilot eines Polizeihubschraubers, der den Nachmittagsverkehr überwachte und den Funkspruch mithörte, sich der Jagd anzuschließen. Und bevor noch ein Streifenwagen die von Roberts angegebene Position erreichen konnte, hatte Garland schon die Stadtgrenze hinter sich gelassen und befand sich auf dem Weg nach Mesquite. Ein Anruf bei der dortigen Polizei nützte wenig, weil der Verdächtige plötzlich wieder die Route änderte und sich nun im Zuständigkeitsbereich des benachbarten Garland Police Department aufhielt.

Unterdessen hatte der Hubschrauberpilot die Verfolgung fortgesetzt und erkundigte sich über Funk in der Zentrale des Reviers von Richardson, welchen Vergehens sich der Fahrer schuldig gemacht hatte. Der Mann in der Zentrale, der nichts von dem Plan wußte, Garland wegen eines unbezahlten Strafzettels anzuhalten, erklärte, bei dem Gesuchten handele es sich um einen Verdächtigen in einem Mordfall. Der Pilot gab diese Information sofort an die Polizei von Garland weiter.

Und so kam es, daß die ganze Sache schon die Ausmaße einer regelrechten Großfahndung angenommen hatte, als Bill Garland schließlich gestellt wurde.

MacKenzie und Roberts waren völlig überrascht, als der Helikopter auf einem nahegelegenen Parkplatz landete und sich ein halbes Dutzend Polizisten Garlands Wagen mit gezogenen Pistolen näherten. Der Feierabendverkehr an dieser Strecke kam langsam zum Erliegen, weil jeder Zeuge der Ereignisse werden wollte.

Zudem kam in dem Moment, als Garland mit Handschellen gefesselt neben dem Wagen stand, zufälligerweise auch noch sein Scheidungsanwalt, der sich auf dem Heimweg befand, dort vorbei und hielt sofort an.

MacKenzie verdrehte die Augen und schaute zu Roberts hinüber. »Verdammt«, flüsterte er, »es wird nicht leicht werden, das alles zu erklären.«

Und so kam es, daß Garland schließlich in Begleitung des Anwalts Jim Conway zum Richardson Police Department gebracht wurde. McGowans Hoffnung, der Verdächtige würde vielleicht seine Beteiligung an Joy Aylors Mordplänen zugeben, löste sich augenblicklich in Luft aus, als Conway ihm die Hand gab und sich vorstellte.

McGowan gab den ursprünglichen Plan auf, Garland einem harten Verhör zu unterziehen, und zeigte statt dessen eine freundlich-ungläubige Miene, während er die Anschuldigungen vortrug, die Carol gegen ihren Ehemann erhoben hatte.

Garland hatte während des Vortrags gelächelt und mehrfach

den Kopf geschüttelt, um seinen Unglauben zu demonstrieren. »Sie ist völlig verrückt«, meinte er schließlich. »In meinem ganzen Leben hatte ich noch nie Probleme mit dem Gesetz – jedenfalls nicht, bis ich sie kennengelernt habe. Aber plötzlich werde ich festgenommen und wegen tätlichen Angriffs eingesperrt, und jetzt sitze ich hier und muß mir Geschichten über Mord und Erpressung und all solchen Mist anhören. Es ist wirklich unglaublich.

Ich kann dazu nur sagen, daß Sie nichts von dem glauben dürfen, was diese Frau erzählt. Sie tut alles, was sie nur kann, um mir das Leben zur Hölle zu machen. Sie ruft mich zu den unmöglichsten Tages- und Nachtzeiten an und schreit sich die Lunge aus dem Leib. Ich versuche nur, einen möglichst großen Abstand zwischen sie und mich zu legen.«

Es sei Carol gewesen, die ihm nachgestiegen sei, behauptete er. Und sie sei es auch gewesen, die unbedingt heiraten wollte. Tatsächlich wären die ersten paar Monate der Ehe auch toll gewesen. »Aber dann fing sie an, sich sonderbar zu verhalten. Und das wurde dann schlimmer und schlimmer.«

Garlands Anwalt unterstützte ihn und führte eine ganze Reihe von Beispielen an, die zeigten, wie rachsüchtig sich Carol aufgeführt hatte.

McGowan schaute zu MacKenzie hinüber, der ebenfalls an der Vernehmung teilnahm. »Sieht so aus, als hätte man uns da einen richtigen Bären aufgebunden«, meinte er. »Weshalb um alles in der Welt sollte eine Frau sich so benehmen?«

»Falls Sie eine Antwort auf diese Frage finden«, erklärte Garland, »würde mich das auch interessieren.«

Zehn Minuten später hatte er seinen Strafzettel bezahlt und das Polizeirevier verlassen. Die Vernehmung, von der McGowan gehofft hatte, sie würde sich bis tief in die Nacht hinziehen, hatte nicht einmal fünfundvierzig Minuten gedauert. Das Unbehagen, jetzt Captain Golden informieren zu müssen, der sicher wieder der Ansicht war, Morris hätte Garland mehr unter Druck setzen sollen, wurde durch seine eigene Enttäuschung noch verstärkt.

Als McGowan allein in seinem Büro saß und über die verpaßten Chancen nachdachte, erst bei Joy und jetzt bei Garland, schlug er mit der Faust auf den Tisch und stieß einen Fluch aus. *Was zum Teufel soll ich jetzt machen?* fragte er den leeren Raum.

Später am Abend, als er daheim in seinem dunklen Wohnzimmer saß, schienen alle Bedenken, die seine Freunde und Kollegen geäußert hatten, plötzlich berechtigt zu sein.

Zum ersten Mal in seinem Leben befürchtete McGowan, daß er es nicht schaffen würde, daß der Druck und die Frustrationen, der ganze Zickzack-Kurs, den der Fall genommen hatte, mehr waren, als er bewältigen konnte.

Sandys Vater war schwer erkrankt, und sie war im Krankenhaus gewesen, um ihn zu besuchen, als ihr Ehemann heimkam. McGowan hatte nicht einmal das Licht eingeschaltet, sondern sich einfach in einen Sessel fallen lassen und über seine Situation nachgedacht, was ihn schließlich in die düsterste Stimmung versetzte, die er je erlebt hatte.

Die Chancen, den Mord an Rozanne aufzuklären, standen selbst jetzt, wo er das Motiv kannte und wußte, wer dahintersteckte, eher schlecht. Obwohl sie belastend waren, hatten die Tonbandaufzeichnungen von Carols Gesprächen mit Joy nicht ausgereicht, um Kevin Chapman zu einer Anklageerhebung zu bewegen. Zuviel in diesem Fall hing von der Aussage einer Frau ab, die für ihr merkwürdiges Verhalten und ihre wilden Anschuldigungen bekannt war. Und auch wenn sich der größte Teil von Carols Angaben als zutreffend erwiesen hatte, wurde sie doch von Tag zu Tag feindseliger und war immer weniger zur Zusammenarbeit bereit. Sie litt immer noch an Verfolgungswahn und beschimpfte jeden im Department, der ihr in die Quere kam, sich nicht ausreichend um ihren Schutz zu kümmern. Niemand, weder McGowan noch Golden oder MacKenzie, ja nicht einmal die Beamtin Rhonda Bonner, war in der Lage gewesen, über längere Zeit hinweg eine wenigstens halbwegs passable Beziehung zu ihr zu unterhalten. Jeder Kontakt mit Carol endete schließlich in Vorhaltungen, heftigen telefonischen Auseinandersetzungen oder Türenknallen. Mittlerweile sprach sie davon, ihre Tochter zu nehmen und die Stadt zu verlassen, einfach zu verschwinden.

Eine Unterredung mit Carl Noska, dem Mann, den Joy bei

ihren Mordplänen vermutlich als ersten angesprochen hatte, brachte den Fall auch nicht weiter. Noska erklärte zwar, daß Joy sich tatsächlich an ihn gewandt hatte, weil es angeblich Probleme mit ihrem Ehemann gab. Er habe aber keine Ahnung gehabt, daß sie einen Mord plante. Er hatte sie mit Bill Garland bekannt gemacht, dessen Kammerjäger-Geschäft sich nur ein paar Häuser weiter befand, dabei aber den Eindruck gewonnen, daß Garland nur dafür bezahlt wurde, Aylor zu verfolgen und ihm einen Schrecken einzujagen. Noska hatte sich freiwillig einem Lügendetektortest unterzogen und ihn bestanden.

Und so war schließlich nichts anderes übrig geblieben, als auf ein Geständnis von Joy oder Bill Garland zu hoffen. Beide Versuche hatten kein Ergebnis gebracht, und McGowan wußte, daß viele Kollegen im Department diesen Mißerfolg darauf zurückführten, daß er bei den Verhören nicht genügend Druck ausgeübt hatte.

Die ohnehin schon niederschmetternde Situation wurde noch dadurch verschlimmert, daß McGowans Ego erheblich angekratzt war. Zum ersten Mal seit seiner Vereidigung hatte er das Gefühl, sein Ruf habe Schaden genommen. Obwohl er niemals mit den von ihm gelösten Fällen angab, hatte er doch aus dem Wissen, daß seine Kollegen und Vorgesetzten seine Fähigkeiten schätzten, tiefe Befriedigung gezogen. Aber jetzt, nach fünf Jahren voller Arbeit, war der größte Fall seiner bisherigen Karriere praktisch ein Scherbenhaufen. Und die Aussicht, mit diesem Erbe leben zu müssen, fand er ausgesprochen deprimierend. Und außerdem gab es da noch das nicht eingelöste Versprechen gegenüber Rozannes Familie.

Wieder einmal kam ihm das Bild des vierjährigen Jungen in den Sinn, der voller Angst und Verwirrung vom Schauplatz des Verbrechens an seiner Mutter fortlief.

Er saß stundenlang da, während ihn die negativen Gedanken langsam überwältigten. Und erschreckten.

Kurz bevor Sandy heimkehrte, entfernte er methodisch die Patronen aus seinem Dienstrevolver, ging damit zur Küchentür und schleuderte sie in die Dunkelheit hinaus.

Für den Rest der Nacht hörte Sandy McGowan ihrem Mann zu, der ihr seine Frustrationen und Enttäuschungen anvertraute, und suchte vergeblich nach einem Weg, ihn aus der düsteren Stimmung zu reißen, die sie weit mehr beunruhigte, als sie zuzugeben wagte.

Plötzlich erfüllte sie der ganze Fall und das, was er ihrem Mann angetan hatte, mit Wut. Sie ärgerte sich darüber, daß er es gewesen war, der in jener längst vergangenen Nacht am Loganwood Drive die Ermittlungen übernommen hatte; sie war wütend auf den langanhaltenden Einfluß, den Joy Aylor auf ihr Leben hatte, und auch auf Carol und Bill Garland und auf jene Kollegen im Department, die Morris' Fähigkeiten anzweifelten.

»Vielleicht solltest du auch einfach verrückt werden«, meinte sie schließlich.

Nach ein paar Stunden Schlaf erwachte McGowan mit der Erkenntnis, daß sie völlig recht hatte. Während sein eigener Ärger wuchs, stellte er fest, daß er ihm zugleich zu neuer Entschlossenheit verhalf. Wenn es tatsächlich nötig sein sollte, wieder ganz von vorn anzufangen, dann würde er das eben auch tun.

Den nächsten Monat über wurden Fahnder ausgeschickt, um jede einzelne Information zu überprüfen, die irgendwann einmal gesammelt worden war. Zusätzlich zu den langen Stunden, die MacKenzie mit dem Versuch zubrachte, die beeinträchtigten Stellen auf dem im JoJo's aufgenommenen Tonband zu entschlüsseln, fuhr er auch noch nach Houston, um mit Morgan Holmes über eine Unterhaltung zu sprechen, die er vor langer Zeit mit Joy und Carol geführt hatte.

Soweit er sich entsinnen könnte, wäre es Carol gewesen, die davon gesprochen hatte, Larry Aylor zu töten, und nicht Joy, meinte Holmes.

Kevin Chapman begab sich mehrfach zum Richardson Police Department, wo er die Unterlagen des Falls sorgfältig studierte und den Beamten Mut zusprach.

Und obwohl die neuerlichen Anstrengungen nicht zu direkt verwertbaren Ergebnissen führten, erfüllten sie doch zumindest einen Zweck – sie sorgten für die beruhigende Gewißheit, daß die Ermittlungen so gründlich wie nur irgend möglich durchgeführt wurden. Und die Ermittler stimmten alle darin überein, daß sich nur durch die Fortführung der Arbeit die Möglichkeit eröffnen konnte, den Fall doch noch zu lösen.

Trotz allem wurde die Untersuchung auch jetzt noch von dem Gefühl beständiger Frustration überschattet. Der einzige Unterschied bestand darin, daß McGowan jetzt nicht mehr allein damit fertig werden mußte.

Anfang Juni kehrte MacKenzie nach einem Besuch im Büro des Bezirksstaatsanwalts zu McGowan zurück, um von einem Gespräch zu berichten, das er gerade mit den Strafverfolgern Kevin Chapman und Dan Hagood geführt hatte. Chapman, der mittlerweile alle juristischen Implikationen des Falls geprüft hatte, glaubte noch immer nicht, daß die vorliegenden Beweismittel für eine Verurteilung ausreichen würden. Hagood hatte sogar noch größere Zweifel geäußert als sein Kollege.

Diese Einschätzung der Situation hätte ihn dermaßen deprimiert, meinte MacKenzie, daß ihm selbst die simple Fahrt von Dallas zurück zum Revier wie eine unüberwindbare Hürde erschienen wäre. »Wissen Sie, was Kevin mir zum Schluß gesagt hat?« fragte MacKenzie wütend. »›Lassen Sie sich nicht unterkriegen‹, hat er gesagt. Lassen Sie sich nicht unterkriegen. Mann, hat der eine Ahnung.«

McGowan, der den eigenen Kampf gegen seine depressiven Anwandlungen für sich behalten hatte, empfand durchaus Verständnis für den erschöpften Beamten, der da in seinem Büro stand. »Machen Sie Feierabend«, meinte er. »Nehmen Sie sich ein paar Tage frei und versuchen Sie, etwas Abstand zu der ganzen Geschichte zu gewinnen. Spannen Sie aus und kommen Sie erst zurück, wenn Sie wieder fit sind.«

Jetzt, so glaubte McGowan, sei es an der Zeit, eine Karte auszuspielen, die er seit seiner ersten Begegnung mit Carol zurückgehalten hatte und von der er hoffte, sie würde ihm eine Möglichkeit eröffnen, mit Bill Garland ins Gespräch zu kommen.

Bei einem ihrer ersten Besuche im Richardson Police Department war Carol mit Bill Garlands Chevrolet Blazer vorgefahren und hatte gefragt, ob sie ihn auf dem Parkplatz des Reviers abstellen dürfte, damit Bill ihn sich dort holen könnte. Der Wagen stand noch immer dort, und zweifellos würde Garland ihn gern wiederhaben.

Wenn Garland nach Richardson kam, um ihn abzuholen, mochte sich für McGowan eine Gelegenheit bieten, sich nochmals mit ihm zu unterhalten.

McGowan wußte, daß Garland bei einem alten Jagdgenossen namens Billy Ray Newsome gewohnt hatte, dem die Farm in Sunset, Texas, gehörte, wo Bill Carol Schießunterricht gegeben hatte. In der Hoffnung, Garland dort anzutreffen, rief der Detective bei Newsome an.

Newsome teilte ihm mit, daß Garland inzwischen nach Sulphur Springs gezogen war und dort bei seiner Mutter lebte. McGowan bat ihn daraufhin, Garland zu benachrichtigen, daß sein Wagen in Richardson zur Abholung bereitstände.

Einen Tag später rief Newsome an und erzählte, er hätte die Nachricht weitergegeben, Bill sei aber nicht mehr an dem Wagen interessiert.

McGowan war nicht weiter überrascht, als er ein paar Tage später erfuhr, daß Garland das Auto am Wochenende abgeholt hatte, zu einer Zeit also, wo er einigermaßen sicher sein konnte, daß kaum jemand von der Mordkommission im Haus sein würde.

Am nächsten Tag lud McGowan Newsome zum Mittagessen ein. »Ich möchte mich nur mit Ihnen über Bill unterhalten«, erklärte er.

Zögernd stimmte Newsome zu. »Ich stecke doch nicht in irgendwelchen Schwierigkeiten, oder?« erkundigte er sich.

»Nicht daß ich wüßte«, erwiderte McGowan.

Als sie im Speisesaal des Rockwall Country Club saßen, versicherte der sympathische Teppichleger McGowan, es sei ausgeschlossen, daß sein Freund in einen Mord verwickelt sein könnte. Bill nähme zwar mitunter den Mund reichlich voll, meinte er, und man müsse schon aufpassen, um Dichtung und Wahrheit zu unterscheiden, aber im Grunde sei er ein guter Kerl. »Was seine Frau angeht, sieht die Sache allerdings anders aus«, erklärte Billy Ray. »Nach dem zu urteilen, was Bill mir über sie erzählt hat, muß sie ja völlig übergeschnappt sein.«

»Hat er jemals irgend etwas von einer Erpressung erzählt?« erkundigte sich McGowan.

Newsome seufzte. »Ja, das hat er in der Tat. Wissen Sie, was es damit auf sich hat? Er hat mir erzählt, Carol wüßte, daß der Ehemann ihrer Schwester mit ihrer jüngeren Schwester Elizabeth ›rumgemacht‹ hat. Carol hätte ihm dann vorgeschlagen, Joy damit zu erpressen, daß sie zu ihrem Vater gehen und ihm die ganze Geschichte erzählen würde. Carol meinte, sie könnte eine ganze Menge Geld allein dafür bekommen, daß sie Stillschweigen bewahrte und ihrem alten Herrn nichts davon erzählte, daß Joy bei ihrem Mann geblieben war, obwohl sie wußte, daß er es mit ihrer kleinen Schwester getrieben hatte.«

»Das soll doch wohl ein Scherz sein«, meinte McGowan.

»Mehr ist an der ganzen Sache nicht dran. Zumindest hat Bill es mir so erzählt. Wie ich schon sagte, seine Alte ist verrückt.«

Auf dem Rückweg nach Richardson ließ McGowan das Gespräch noch einmal Revue passieren. *Das ist ja eine tolle Geschichte, Bill,* dachte er, *aber was ist mit diesem Postfach? Und weshalb wurde der Name ›Rozanne Gailiunas‹ benutzt?*

Noch bevor er wieder im Revier war, hatte er sich schon entschlossen, nach Sulphur Springs zu fahren.

Am Morgen des 8. Juli machte sich McGowan nach einer kurzen Unterredung mit Captain Golden auf den stundenlangen Weg zu den Pinienwäldern von East Texas. Während er sich Sulphur Springs näherte, der zwölftausend Einwohner zählenden Gemeinde im Hopkins County, brachte er nur wenig Interesse für die düsteren Berge oder malerischen Pinien und Hartriegelgewächse auf. Die Region, in der die Zeit in den fünfziger Jahren stehengeblieben zu sein schien, war lichtjahreweit vom Glanz und der Hektik einer modernen Metropole wie Dallas entfernt. Kleine Farmen sprenkelten die Landschaft rings um die Stadt, und die Brücke über den Sulphur River schien dem Reisenden zu signalisieren, daß er jetzt in eine Stadt fuhr, deren Straßen von Bäumen überschattet wurden und wo freundliche Menschen kleine Läden betrieben.

Es war nicht die Art von Ort, wohin man sich normalerweise auf die Suche nach einem Killer begab.

McGowan fand das Haus von Garlands Mutter ohne Probleme. Die alte Dame teilte ihm höflich mit, ihr Sohn sei im Moment nicht da, müsse aber schon bald wieder zurückkommen. »Sind Sie der Anwalt?« erkundigte sie sich mit einem Unterton, den McGowan als Argwohn interpretierte.

»Nein, Ma'am«, erwiderte er und gab ihr seine Karte. »Ich möchte Ihrem Sohn nur ein paar Fragen stellen. Es wäre nett, wenn Sie ihm mitteilen könnten, daß ich im Sicherheitsbüro der Stadt auf seinen Anruf warte.«

Es wurde Nachmittag, ohne daß McGowan etwas von Garland gehört hätte. Schließlich rief er Captain Golden an und informierte ihn, daß es so aussah, als hätte er schon wieder einen Fehlschlag zu verzeichnen. »Aber da ich nun schon einmal hier bin«, fügte er hinzu, »kann ich auch noch etwas länger bleiben.«

Nach dem Gespräch verließ er das Sicherheitsbüro und fuhr zum Haus von Garlands Mutter. Zu seiner Überraschung entdeckte er dort einen Pick-up in der Einfahrt. Zuerst wollte er anhalten, entschloß sich dann jedoch, ins Zentrum zurückzufahren und von dort aus anzurufen.

»Ich wollte Sie gerade anrufen«, erklärte Bill. »Ich bin eben erst heimgekommen, aber ich mache mich jetzt sofort auf den Weg.

Ein paar Minuten später sah McGowan, wie Garland auf den Parkplatz einbog.

Die beiden Männer saßen an einem kleinen Tisch in dem Verhörraum, den man ihnen zur Verfügung gestellt hatte. McGowan schob Garland einen Aschenbecher hin, um anzudeuten, daß er nichts dagegen hätte, wenn geraucht würde.

»Also gut, Bill«, sagte er, »ich will die ganze Geschichte noch einmal durchgehen.«

»Was für eine Geschichte?«

»Wie Sie Carol kennengelernt haben, was Sie über Joy wissen, die Erpressung . . . also einfach alles.«

»Sollte ich einen Anwalt anrufen?«

»Das liegt bei Ihnen. Ich bin eigentlich nur hier, weil ich herausfinden möchte, was überhaupt passiert ist.«

Garland sog intensiv an der Zigarette, die er gerade angezündet hatte, lehnte sich zurück und blies den Rauch in Richtung Decke. »Okay, was genau wollen Sie wissen?«

McGowan fragte abermals, wie er und Carol sich kennengelernt hätten.

Es war in einem Café, erzählte Garland, wobei er wieder Carol als diejenige hinstellte, von der die Initiative ausgegangen sei. Die ersten Monate ihrer Ehe seien toll gewesen. Doch plötzlich hätte sie angefangen, alles, was er tat, argwöhnisch zu beobachten, ihm ständig vorgeworfen, er würde sich mit anderen Frauen treffen und hätte Geheimnisse vor ihr.

»Sie hat immer erzählt, wie reich ihre Familie wäre, und sie selbst sei eine großartige Köchin. Dabei habe ich ihre Sippe nie kennengelernt. Es war so, als würde sie sich schämen, mich dorthin mitzunehmen.

Und außerdem hatte sie vom Kochen nicht die geringste Ahnung.

Schließlich ist sie dann richtig durchgedreht. Das war an dem Tag, als man mich eingesperrt hat, weil sie behauptete, ich hätte versucht, sie umzubringen. Dabei habe ich sie nicht mal berührt. Sie geriet einfach in Wut und sagte mir, ich solle mich zum Teufel scheren. Und während ich meine Sachen packte, tauchte die Polizei auf.«

»Warum sind Sie denn überhaupt so lange bei ihr geblieben?«

»Also ehrlich gesagt, das weiß ich auch nicht.«

McGowan lenkte nun das Gespräch auf den Erpressungsversuch. Garlands Version entsprach fast wortwörtlich der Geschichte, die Billy Ray Newsome erst wenige Tage zuvor erzählt hatte. »Ich weiß, daß es verrückt klingt«, fügte Garland hinzu, »aber genauso ist es abgelaufen. Ich konnte kaum glauben, daß sie ihrer Schwester und ihrem Vater so etwas antun würde.«

McGowan erhob sich von seinem Stuhl und setzte sich auf die Tischkante. Ein paar Sekunden lang sagte er nichts, ganz so, als müßte er die gerade gehörte Geschichte erst verdauen. Dann beugte er sich vor, blickte Garland genau in die Augen und sagte mit sanfter Stimme: »Bill, Sie lügen.«

»Das ist nicht wahr.«

»Hören Sie mir gut zu«, sagte McGowan, und jetzt klang

seine Stimme lauter und verlangte volle Aufmerksamkeit, »da draußen gibt es zwei Frauen – Carol und Joy Aylor –, die Sie bei den Eiern haben. Und die beiden wollen Sie ans Messer liefern.«

Garlands Gesicht wurde plötzlich blaß. »Wie kommen Sie auf diese Idee?«

»In der Nacht, als wir Joy verhaftet haben, da haben Sie sie angerufen. Sie haben sie sogar zweimal angerufen. Ich stand direkt neben dem Telefon.«

Garland sagte nichts, als McGowan, der jetzt keineswegs mehr dem freundlichen Bullen glich, den er seinerzeit in Richardson kennengelernt hatte, seine Ausführungen fortsetzte. »Wie wollen Sie denn dieses Postfach erklären? Das haben wir nämlich auch überprüft.«

Garland drückte seine Zigarette aus und schüttelte langsam den gesenkten Kopf.

McGowans Stimme klang plötzlich wieder sanft, wurde fast zu einem Flüstern. »Bill, was dieser Frau passiert ist . . . und was dieser kleine Junge durchmachen mußte . . . das war nicht recht.«

»Ich weiß«, gab Garland zu und vermied den Blick des Polizisten.

»Ich will alles darüber wissen«, sagte McGowan. »Ich will die ganze verdammte Geschichte hören.«

Garland, der plötzlich sehr erschöpft wirkte, holte tief Luft.

»Okay«, sagte er, »ich erzähle Ihnen, was passiert ist.«

Er hatte sich in seinem Büro aufgehalten, als Carl Noska hereinkam und von einem Freund erzählte, der irgendwen verfolgen lassen wollte.

»Ich habe ihm gesagt, der Betreffende solle mich anrufen«, meinte Garland. »Noska hat wegen der ganzen Sache richtig geheimnisvoll getan. Er wollte mir nicht mal erzählen, wer dieser ›Freund‹ war, und hat nur erwähnt, daß sich eine Frau melden würde.

Ein paar Tage später rief dann diese Frau an, die sich Mary nannte. Sie wollte, daß man sich um irgend jemanden kümmert.«

McGowan unterbrach ihn zum ersten Mal. »Was hieß das für Sie?«

»Daß sie jemanden umbringen lassen wollte.«

»Haben Sie das jemals Noska gegenüber erwähnt?«

Garland schüttelte den Kopf. »Nein, ich dachte mir, das müsse er nicht unbedingt wissen.

Ich sagte der Frau dann, ich würde sehen, was sich da machen ließe, und erklärte ihr auch, welche Informationen ich brauchte und was die ganze Sache kosten würde. Fünftausend Dollar wollte ich haben, die Hälfte vorab, den Rest nach Erledigung des Auftrags.«

Zwei Tage später war Noska wieder in sein Büro gekommen und hatte ihm einen Umschlag mit fünfundzwanzig Hundertdollarnoten übergeben. Dabei befanden sich auch das Foto einer dunkelhaarigen Frau, die Adressen ihrer Wohnung und ihrer Arbeitsstelle sowie das Kennzeichen ihres Cadillac.

»Ich habe die Sachen dann an einen Freund von mir weitergereicht – einen Burschen namens Brian Kreafle –, der meinte, er wüßte vielleicht jemanden, der an dem Auftrag interessiert wäre.«

»Hat er gesagt, wer das war?«

»Ich schwöre, daß ich das nicht weiß. Ich wollte es auch gar nicht wissen. Es kam mir so vor, als wollte er mit jemandem aus Houston Kontakt aufnehmen, aber sicher bin ich mir da auch nicht.

Ungefähr eine Woche später ruft Brian an und sagt, der Auftrag wäre erledigt. Ich rufe Carl an und sage ihm Bescheid. Dann ruft diese Mary an, und ich erzähle es ihr auch noch mal. Außerdem habe ich ihr die Nummer von meinem Postfach gegeben, damit sie den Rest des Geldes dorthin schicken kann. Doch am nächsten Tag kam Carl mit einem weiteren Umschlag vorbei, in dem wieder fünfundzwanzig Hundertdollarnoten steckten. Ich habe fünfhundert für mich behalten und Brian den Rest gegeben.«

Die fast beiläufige Art, in der Garland die Transaktionen schilderte, erstaunte McGowan. Und die Vorstellung, daß fünftausend Dollar Rozanne Gailiunas den Tod gebracht haben sollten, widerstrebte ihm. Dutzende von Fragen schossen ihm durch den Kopf, doch er schob sie beiseite, weil er wollte, daß Garland seine Geschichte fortsetzte.

»Offensichtlich war sie sehr davon angetan, wie der Job erledigt worden war«, meinte Bill, »denn ein paar Tage später schickte sie nochmals fünfhundert Dollar mit der Post und dazu ein beschissenes Dankesschreiben.

Das war das letzte, was ich von ihr hörte – bis zum Anfang dieses Jahres jedenfalls. Da rief sie an und meinte, sie hätte einen neuen Auftrag. Ich weiß noch, wie ich gelacht habe und sie fragte, ob sie eigentlich jeden in Dallas loswerden wollte. Sie sagte daraufhin, außer diesem einen hätte sie noch fünf andere auf der Liste.«

Der neue Auftrag, erklärte ihr Garland, würde mehr kosten. »Ich sagte ihr, der Preis wäre auf zehntausend gestiegen, und daraufhin zögerte sie einen Moment. Schließlich sagte sie dann einfach nur okay, und einige Tage später bekam ich fünf Riesen.«

»Hat Noska das Geld überbracht?«

»Nein, sie hat es mit der Post geschickt. Carl hatte sie gar nicht eingeschaltet, sondern direkt mit mir verhandelt.«

Dieses Mal lag ein Foto von Larry Aylor bei dem Geld, außerdem eine Liste von Örtlichkeiten, die er häufig aufsuchte, sowie eine Beschreibung der verschiedenen Fahrzeuge, die er zu benutzen pflegte.

»Ich ging wieder zu Brian und sagte ihm, wir hätten einen neuen Auftrag. Er meinte, das ginge in Ordnung und er würde sich wieder an seinen Mann in Houston wenden.«

Garland erklärte, er habe Kreafle gegenüber nichts von dem Preisanstieg erwähnt, weil er diesmal die Hälfte der fünftausend Dollar für sich selbst behalten wollte.

»Mehrere Wochen lang hörte ich nichts mehr von Brian, und so rief ich schließlich bei ihm an. Er erzählte mir dann, sein Killer wäre von der Polizei in Houston erschossen worden. Als ich ihn daraufhin fragte, was mit dem Geld geschehen wäre, meinte er, das hätte er für die Suche nach diesem Burschen ausgegeben.

Als Mary dann wieder anrief, durfte ich ihr erklären, daß wir zwar nicht in der Lage gewesen wären, den Auftrag auszuführen, das Geld aber trotzdem nicht mehr da wäre. Sie schien darüber gar nicht mal so unglücklich zu sein. Tatsächlich hatte ich sogar den Eindruck, daß sie bereit war, die ganze Angelegenheit zu vergessen.«

Garland hatte angenommen, die Geschichte hätte sich damit erledigt, doch einige Monate später rief ›Mary‹ wieder an. »Sie sagte, sie hätte sich alles noch einmal überlegt und wollte nun doch, daß der Auftrag ausgeführt wird. Allerdings sollte der Preis nicht über die ursprünglich vereinbarten Zehntausend hinausgehen. Daraufhin habe ich ihr erklärt, ich müßte mir die Sache erst mal durch den Kopf gehen lassen.

Ein paar Tage später rief mich dann eine Frau an, die sich ›Mrs. Mud‹ nannte. Sie meinte, sie hätte etwas für mich und wir sollten einen Treffpunkt vereinbaren. Bei uns im Büro arbeitete ein junger Bursche, der gerade losgehen wollte, um Zigaretten zu besorgen. Also habe ich ihn gefragt, ob er einen Umschlag von dieser Frau entgegennehmen könnte, die mir erzählt hatte, daß sie einen schwarzen Mercedes fuhr.«

Diesmal, berichtete Garland, hätte Brian Kreafle es geschafft, jemanden aufzutreiben, der den Auftrag erledigen wollte. »Aber sie haben es vermasselt, haben glatt vorbeigeschossen. Als ›Mary‹ hinterher anrief, war sie stocksauer.

Daraufhin hab' ich dann gesagt: ›Lady, ich will mit dieser Sache nichts mehr zu tun haben. Das Spiel ist aus.‹«

McGowan, der in dem verqualmten Zimmer auf und ab ging, hatte genug gehört. »Okay, Bill«, sagte er, »wir fahren jetzt zum Revier und nehmen Ihre Aussage offiziell zu Protokoll. Und anschließend machen wir einen Test mit dem Lügendetektor.«

»Warum denn das?«

»Um mich davon zu überzeugen, daß Sie nicht der Schütze waren.«

Captain Golden hatte nur wenig von McGowans Reise gehalten. Seiner Meinung nach war die Chance, daß Garland Wesentliches zum Fall beitragen würde, geradezu astronomisch klein. Und nachdem McGowan am frühen Nachmittag angerufen und erzählt hatte, daß es ihm nicht einmal gelungen war,

Garland auch nur zu finden, hatte er endgültig jede Hoffnung auf einen Erfolg begraben.

Er wollte gerade Feierabend machen, als das Telefon läutete und McGowan sich meldete.

»Ich wollte Ihnen nur Bescheid geben, daß wir unterwegs sind«, erklärte Morris.

Golden schwieg einen Moment, bevor er antwortete. »Haben Sie *wir* gesagt?«

»Ja.«

Plötzlich sah der Captain vor seinem inneren Auge, wie McGowan mit dem Hörer in der Hand dastand, und gleich neben ihm Bill Garland.

»Wollen Sie mir erzählen, er hätte aufgegeben?« fragte Golden.

»Ja, genau«, meinte McGowan.

»Lieber Himmel«, flüsterte Golden. »Bis Sie hier sind, haben wir alles vorbereitet.«

»Sehr schön«, erwiderte McGowan, »dann bis nachher.«

Golden, der seine Begeisterung kaum zügeln konnte, stürmte aus dem Büro und gab eine Reihe von Anweisungen. Im Verhörraum sollten sofort eine Videokamera und ein Bandgerät aufgestellt werden. »Bill Garland will gestehen«, meinte er. »Ich kann es kaum glauben, aber es sieht wirklich so aus.«

Garland schwieg auf der Fahrt nach Richardson und starrte nur kettenrauchend in die Nacht hinaus. Erst als sie den Stadtrand von Dallas erreichten, wandte er sich an McGowan.

»Beim letzten Mal, als sie anrief und wollte, daß ihr Mann umgebracht wird, da habe ich mich nicht an Brian gewandt, sondern an einen Mann namens Joe Thomas.«

McGowan zeigte deutlich, was er von der ständig wachsenden Zahl von Mitspielern hielt. Da gab es Brian Kreafle, der, wenn Garland die Wahrheit sagte, jemand anderen angeheuert hatte, um Rozanne zu töten. Und nun tauchte noch ein weiterer Name in diesem Verwirrspiel auf.

»Wer zum Teufel ist Joe Thomas?« fragte der Detective.

»Ein alter Freund von mir aus dem Baugeschäft. Ich habe ihm

von dem Auftrag erzählt, und er meinte, unter seinen Leuten wären ein paar Burschen, die daran interessiert sein könnten. Er hat dann diese beiden saudummen Brüder losgeschickt, und die haben es prompt versaut. Sind betrunken losgezogen und hatten nur eine .22er Pistole dabei.«

Die Zahl der Glieder dieser alptraumhaften Kette nahm weiter zu.

Es war bereits nach zweiundzwanzig Uhr, als Garlands Aussage, auf Video und Tonband festgehalten, endlich vorlag. Noch einmal hatte er detailliert geschildert, was er einige Stunden zuvor bereits erzählt hatte.

Gegen Ende des Verhörs stellte McGowan dann eine Frage, die ihn schon seit langem beschäftigt hatte. Was hatte es mit dem Fischkopf in Joys Briefkasten auf sich?

»Sie hat unsere Briefe nicht ernst genommen«, erläuterte Garland. »Sie hat sie einfach zerrissen und weggeworfen. Da haben wir gedacht, der Fischkopf würde sie ein wenig aufschrecken.« Er lächelte dünn und nahm einen Schluck von dem Kaffee, den man ihm gebracht hatte. »Das hat ja dann auch gut funktioniert.«

Inwieweit war Carol in den Anschlag auf Larry Aylors Leben verwickelt?

»Sie sollte fünfzigtausend Dollar bekommen, sobald die Versicherung gezahlt hätte.«

Nachdem das Verhör beendet war, besprachen McGowan und Golden die nächsten Schritte. Obwohl der Test mit dem Lügendetektor nicht vor Montag morgen durchgeführt werden konnte, waren beide mittlerweile davon überzeugt, daß Garland nur als Mittelsmann fungiert hatte. Er hatte sogar angeboten, sie zu Brian Kreafle und Joe Thomas zu führen.

»Ihre Aufgabe besteht darin, denjenigen zu finden, der Rozanne Gailiunas getötet hat«, bemerkte Golden. »Garland kann Ihnen dabei kaum helfen, wenn er im Gefängnis sitzt.«

Das war genau das, was McGowan hatte hören wollen. Wenn

Bill Garland nicht sofort eingesperrt wurde, würde er weitaus eher bereit sein, auch in Zukunft mit ihnen zusammenzuarbeiten. Außerdem würde dadurch die neue Entwicklung aus den Medien herausgehalten werden.

»Ich glaube nicht, daß er abhauen wird«, meinte McGowan.

»Ach ja, noch etwas«, sagte Golden und reichte ihm die Hand. »Herzlichen Glückwunsch.«

Bevor er das Revier verließ, bat Garland darum, seine Mutter anrufen zu dürfen. Er wollte sie wissen lassen, daß alles in Ordnung war. Nach einem kurzen Gespräch kehrte er in die Eingangshalle zurück, wo McGowan und Golden warteten.

»Sie hat mir gesagt, daß Joys Anwalt, Doug Mulder, angerufen hat«, berichtete er.

McGowan fiel die Frage wieder ein, die ihm Garlands Mutter gestellt hatte, als er vor ihrer Haustür stand. *Sind Sie der Anwalt?*

Garland lächelte, als würde er die nächste Frage des Beamten vorausahnen. »Da bin ich heute vormittag gewesen. Er wollte mit mir reden, und jetzt kennt er die ganze Geschichte.«

McGowan hatte ebenfalls noch einen Anruf zu erledigen, bevor er sich wieder auf den Weg nach Sulphur Springs machte.

Rhonda Chapman drehte den Ton des Fernsehgeräts leiser, vor dem sie zusammen mit ihrem Mann gesessen hatte, bevor sie an den Apparat ging. »Kevin«, rief sie, »Es ist McGowan.«

Falls der stellvertretende Bezirksstaatsanwalt sich über den späten Anruf wunderte, merkte man das zumindest seiner Stimme nicht an.

»Ich bin heute nach Sulphur Springs gefahren, um mit Bill Garland zu sprechen«, erzählte McGowan.

»Aha, und ich vermute, er hat gestanden«, meinte Chapman scherzend.

»Kevin, *genau das hat er getan*. Er hat aufgegeben und alles erzählt.« McGowan gab dem Staatsanwalt eine kurze Zusammenfassung von Garlands Aussage.

Chapman lauschte schweigend, bis McGowan mit seiner Geschichte fertig war. Dann meinte der Strafverfolger: »Morris, Sie haben gerade Joy Aylor in die Hand bekommen. Rufen Sie mich morgen früh an, dann machen wir uns an die Arbeit.«

Rhonda Chapman wartete ein paar Minuten darauf, daß ihr Mann ins Wohnzimmer zurückkam. Schließlich stand sie auf und entdeckte ihn vor einem Fenster, wo er gedankenverloren in die Dunkelheit hinausblickte.

»Stimmt irgendwas nicht?« fragte sie.

Chapman, der die ganze Geschichte noch immer kaum glauben konnte, schüttelte den Kopf. Dann wandte er sich zu ihr um, und langsam breitete sich ein Lächeln auf seinem Gesicht aus.

Captain Golden, dessen Adrenalinspiegel immer noch hoch war, hatte sich freiwillig angeboten, McGowan auf der Rückfahrt nach East Texas zu begleiten.

Die Stimmung Bill Garlands, der ganz offensichtlich erleichtert war, daß er nicht ins Gefängnis mußte, hatte sich erheblich verbessert. Er saß auf dem Rücksitz und erzählte Horrorgeschichten aus seiner Zeit mit Carol, von ihrer krankhaften Eifersucht und ihrem unersättlichen sexuellen Appetit und von den Wutanfällen, in die sie sich bei der geringsten Provokation hineinsteigerte.

McGowan suchte im Rückspiegel Augenkontakt zu seinem Passagier. »Ich kann immer noch nicht begreifen, weshalb Sie bei ihr geblieben sind«, bemerkte er.

»Wegen dem verdammten Tonband«, erklärte Garland. »Sie behauptete die ganze Zeit über, sie hätte dieses Band mit dem Telefongespräch zwischen Joy Aylor und mir. Und solange dieses Damoklesschwert über meinem Kopf hing, konnte ich ja schlecht abhauen.«

McGowan nickte. Wie es aussah, ging Carols Beteiligung an der Erpressung weit über Briefe und Fischköpfe in Postkästen hinaus.

Während er in die Nacht hineinfuhr, überlegte der Detective, ob sich dieses Gespinst aus Lügen und Halbwahrheiten, die er sich seit dem Beginn der Ermittlungen hatte anhören müssen, wohl jemals entwirren lassen würde.

Nachdem er in die Hauseinfahrt eingebogen war, wandte er sich an Garland und erinnerte ihn daran, daß er am Montag nach Sulphur Springs zurückkommen würde. Es gäbe noch einige Dinge zu klären, meinte er, und außerdem stünde auch noch der Test mit dem Lügendetektor aus.

Schließlich stellte Garland die Frage, die seit dem Verlassen des Polizeireviers auf ihm gelastet hatte.

»Was wird mit mir?«

»Bill«, erwiderte McGowan, »die Entscheidung darüber liegt nicht bei mir.«

Garland nickte und stieg aus dem Wagen.

Es gab allerdings einige Entscheidungen, die McGowan während der stundenlangen Fahrt getroffen hatte. Auf dem Rückweg besprach er sie mit Golden. Als erstes, erklärte er, wolle er Joe Thomas ausfindig machen. Und dann Brian Kreafle.

»Es ist Ihr Spiel, aber Sie werden dabei eine Menge Hilfe brauchen«, bemerkte der Captain. »Am besten setzen wir uns gleich Montag morgen zusammen und arbeiten einen Plan aus.«

Im Moment hatte es McGowan jedoch vor allem eilig, heimzukommen und Sandy zu erzählen, was geschehen war. Vor seinem inneren Auge sah er ein höchst erfreuliches Bild.

Eine Reihe von Dominosteinen, die einer nach dem anderen umkippten.

McGowan stand an der Tafel und umriß einen Plan, über den er am Wochenende ausgiebig nachgedacht hatte. Nachdem nunmehr handfeste Beweise gegen Joy Aylor vorlagen, würden die Ermittlungen sich jetzt vor allem auf die Identität der Person – oder der Personen – richten, die den Mord an Rozanne Gailiunas tatsächlich ausgeführt hatten.

Die beste Vorgehensweise bestand nach McGowans Ansicht darin, zuerst bei den schwächsten Gliedern anzusetzen. Man könnte auch sagen, er wollte der Untersuchung gewissermaßen dadurch Rückhalt geben, daß er sich zunächst um den Mittelsmann kümmerte, der am wenigsten zu verlieren hatte.

Falls dieser Joe Thomas den Anschlag auf Larry Aylor tatsächlich nur in die Wege geleitet hatte, würde er, sobald man ihn damit konfrontierte, sicher ganz froh darüber sein, daß der geplante Mord gar nicht passiert war. »Was wir ihm und jedem anderen Vermittler oder Zuträger klarmachen müssen, ist, daß wir uns in erster Linie nur für zwei Personen interessieren – für denjenigen, der den Mord an Rozanne geplant hat, und den, der ihn ausgeführt hat.«

Am Ende würden natürlich alle Beteiligten verhaftet und ein Großteil davon auch verurteilt werden. Trotzdem war McGowan vor allem an demjenigen interessiert, der Rozanne Gailiunas die Kugeln in den Kopf geschossen hatte.

Unter denen, die sich im Konferenzraum versammelt hatten, befand sich auch die Fahnderin Rhonda Bonner, die sich im Lauf der Jahre einen wohlverdienten Ruf als vertrauenswürdige, hart arbeitende Polizistin erworben hatte. Bonner, die kurz vor der Beförderung zum Sergeant stand, gehörte zu jenen Beamten, deren Karriereentwicklung McGowan mit großem Respekt beobachtet hatte. Er wußte, daß sie in jeder wachen Minute an einem ihr übertragenen Fall arbeiten würde.

Bonner wiederum, die bereits einmal für kurze Zeit an den Ermittlungen teilgenommen hatte, als sie sich um Carol Garland kümmern mußte, war höchsterfreut, daß sie eingeteilt worden war, um MacKenzie bei der Suche nach Thomas zu unterstützen.

Im Verlauf dieses Tages erfuhr sie, daß Joe Thomas, ein Endvierziger, der jetzt auf dem Bau arbeitete, ein hochdekorierter Infanterist war, der drei Dienstzeiten in Vietnam absolviert hatte und heute an den Nachwirkungen eines Kontaktes mit dem Entlaubungsgift Agent Orange litt.

Außerdem stießen sie und MacKenzie auch auf eine Adresse.

Als sie sie überprüften, hatte ihnen eine ältere Frau geöffnet und erklärt, sie kenne keinen Joe Thomas.

Kaum waren die beiden Beamten wieder fort, rief die Frau, bei der es sich um Thomas' Mutter handelte, ihren Sohn in

MacAlester, Oklahoma, an, wo er derzeit arbeitete. »Die Polizei von Richardson sucht nach dir«, erzählte sie. »Was wollen die denn von dir?«

Joe versicherte ihr, er hätte keine Ahnung, worum es da ginge, es gäbe aber keinen Grund für sie, sich Sorgen zu machen.

Am nächsten Tag rief er selbst Bonner an. »Ich weiß, weshalb Sie nach mir suchen«, sagte er. Mit einem resignierenden Unterton in der Stimme erklärte er sich bereit, sie und MacKenzie am nächsten Tag in Denny's Restaurant in Sherman, Texas, zu treffen, einem Ort, der ungefähr in der Mitte zwischen Richardson und MacAlester lag.

Am Morgen des 11. Juli marschierte McGowan schon nervös im Polizeirevier auf und ab, noch bevor sich die beiden Beamten überhaupt auf den Weg gemacht hatten. Kurz nach Mittag meldete sich Bonner telefonisch und meldete, daß sie zusammen mit Thomas auf dem Weg nach Richardson wären. »Er hat gestanden«, fügte sie hinzu.

Die Geschichte, die der nervöse und ziemlich kurzsichtige Joe Thomas schließlich erzählte, vermehrte die Zahl der Darsteller dieses Dramas um einige sonderbare Charaktere.

Im Frühling des Jahres 1986 war Bill Garland, ein ehemaliger Geschäftspartner von Thomas, mit einer Geschichte zu ihm gekommen, nach der eine reiche Familie jemanden suchte, der sich um einen Mann ›kümmern‹ sollte, der angeblich seine kleine Tochter mehrfach mißbraucht hatte. Entweder die Mutter oder die Großmutter des Kindes – Bill schien sich in diesem Punkt nicht ganz sicher zu sein – hätte beschlossen, das Kind nicht der Belastung durch ein Strafverfahren auszusetzen, sondern statt dessen die Angelegenheit auf eigene Faust zu regeln.

Thomas hatte Garland gegenüber angedeutet, er wüßte möglicherweise jemand, der an dem Auftrag Interesse haben könnte. »Ich werde mich mal umhören«, versprach er.

Ein paar Tage später traf er sich mit einem Arbeitskollegen namens Kenneth Moorefield. Nach ein wenig Fachsimpelei brachte Thomas das Gespräch auf den unbekannten Mann, der seine Tochter mißbrauchte.

»Was halten Sie von so einem verdammten Kinderschänder?« fragte er und erläuterte, es gäbe Familienmitglieder, die gut dafür bezahlen würden, »den Kerl ins Krankenhaus zu bringen.«

»Ich mache solche Sachen nicht«, erwiderte Moorefield.

»Kennen Sie denn jemanden, der das tun würde?«

Moorefield erwähnte zwei Brüder, die für ihn arbeiteten und schon öfters behauptet hätten, für Geld würden sie so ziemlich alles tun. Und schließlich gab er Thomas die Telefonnummern von Buster und Garry Matthews.

Thomas rief Buster, den älteren der Brüder, an und erzählte abermals die Geschichte vom Kindesmißbrauch. »Wenn der Preis stimmt, könnte mich die Sache schon interessieren«, erklärte Buster. Nachdem Thomas sich mit Garland in Verbindung gesetzt und von ihm nähere Informationen erhalten hatte, traf er sich mit Buster in einem Drive-in-Restaurant. Als er dort ankam, warteten zu seiner Überraschung beide Brüder auf ihn.

»Wie hoch ist das Angebot?« erkundigte sich Buster.

»Fünftausend Dollar. Die Hälfte vorab, den Rest, wenn der Auftrag erledigt ist. Wie ihr die Sache durchzieht –, mit dem Gewehr, einem Messer oder auch Pfeil und Bogen – bleibt euch überlassen. Falls euch dabei Geld oder Schmuck in die Hände fällt, könnt ihr das als Bonus betrachten.«

Buster zögerte nur ein paar Sekunden, bevor er antwortete. »Wir kümmern uns darum.«

»Das ist auch nur eine ›Finden-und-Vernichten-Mission‹«, fügte Gary Matthews hinzu, der bei den Streitkräften als Waffenexperte gedient hatte.

Am Wochenende überbrachte Thomas ihnen dann einen großen braunen Umschlag, in dem sich zweitausendfünfhundert Dollar in bar befanden, außerdem das Foto eines bärtigen, gutgekleideten Mannes, der neben einem Suburban stand, sowie die Wegbeschreibung zu einer Ranch im Kaufman County, wo der Mordanschlag durchgeführt werden sollte.

Als seine Aussage aufgenommen wurde, erläuterte Thomas genauer die Folge der Ereignisse, die zu dem Hinterhalt auf der Landstraße geführt hatten.

»Bill Garland sollte mich anrufen und mir mitteilen, wann sich dieser Bursche auf der Farm aufhalten würde. Beim ersten Mal fuhren Buster und Gary den halben Tag lang in der Gegend herum und konnten die verdammte Farm nicht finden. Schließlich kamen sie zurück und erklärten, die Wegbeschreibung würde nichts taugen.

Beim nächsten Versuch, für den sie eine bessere Skizze bekommen hatten, regnete es in Strömen, und der Bursche hatte offenbar keine Lust, bei so einem Wetter auf die Farm hinauszufahren.

Und dann, beim dritten Mal . . . na ja, Sie wissen ja selbst, was für ein Mist dabei rausgekommen ist.«

Am Tag nach dem Überfall hatte sich Thomas in der Nähe seines Büros mit den Matthews getroffen und sich angehört, wie sie ihren Mißerfolg schilderten.

»Als ich hinterher Bill anrief, um ihm zu erzählen, was passiert war, reagierte er richtig wütend. Er meinte, seine Auftraggeber hätten ihm schon die Hölle heißgemacht. Zufälligerweise hätte er kurz vorher dort angerufen, und sie hätten ihm gesagt, wenn es bei der Farm nicht klappte, sollte der Auftrag eben woanders durchgeführt werden. Dann nannte er mehrere Cafés und eine Bar, wo sich der Typ häufiger herumtrieb.

Diesmal machte Bill richtig Druck und ließ sich auf keine Diskussion ein.

Also traf ich mich wieder mit den Matthews und erklärte ihnen, wie die Sache stand. Dann machten wir uns auf den Weg und fuhren an den Cafés, der Bar und dem Haus des Burschen vorbei. Buster wollte wissen, warum wir nicht einfach anhielten und bei ihm klingelten. Wenn er aufmachte, könnten wir ihn erschießen und schleunigst wieder abhauen. Dann besprachen wir die Möglichkeit, ihn auf der Straße kurz vor seiner Hauseinfahrt abzufangen und mitzunehmen. Doch Bill hatte mir schon vorher gesagt, er hätte die strikte Anweisung, daß in der Nähe des Hauses nichts passieren dürfte.«

Kurz danach, erzählte Thomas weiter, hätte Garland ihm dann mitgeteilt, die ganze Angelegenheit habe sich erledigt. »Im September bin ich dann nach East Texas gezogen und habe seitdem nie wieder etwas von Bill gehört.«

Bis spät in die Nacht saßen MacKenzie, Bonner und McGowan beisammen und besprachen die Geschehnisse des Tages. Genau wie in Garlands Fall hatten sie sich auch diesmal entschlossen, Thomas nicht sofort einzusperren. Statt dessen sollte erst einmal ein Test mit dem Lügendetektor die Glaubwürdigkeit seiner Aussage erhärten, und anschließend wollten sie durch ihn an die Matthew-Brüder herankommen.

Das hatte allerdings noch ein paar Tage Zeit. Zuerst wollten sie sich jetzt um Brian Kreafle kümmern.

Bill Garland rief Kreafle vom Polizeirevier aus an und schlug vor, sie sollten sich später am Nachmittag auf einem Parkplatz in der Nähe von Brians Autowerkstatt treffen.

Obwohl Kreafle etwas verwundert und mißtrauisch war, weil Garland sich geweigert hatte, am Telefon nähere Angaben zu machen, stimmte Kreafle dem Treffen zu. »Warum sagen Sie mir nicht einfach, was zum Teufel los ist«, meinte er.

»Kommen Sie einfach hin«, erwiderte Garland. »Es ist wirklich wichtig.«

Ein halbes Dutzend Beamte in Zivil hatten sich rings um den Parkplatz verteilt, während Garland, der ein Mikrofon unter dem Hemd trug, eine halbe Stunde lang warten mußte, bis sich Kreafles Wagen langsam näherte.

Als er neben ihm anhielt, entdeckte Garland allerdings, daß nicht Brian am Steuer saß, sondern dessen Frau Cindy. Sie kurbelte das Fenster hinunter und blinzelte gegen die tiefstehende Spätnachmittagssonne auf den großen Mann, der jetzt neben dem Auto stand.

»Brian hat noch zu tun«, erklärte sie. »Einer seiner Freunde hat angerufen, weil sein Wagen repariert werden muß.«

Im ein paar hundert Schritte entfernt stehenden Überwachungswagen schaute MacKenzie zu Bonner hinüber. »Er hat Lunte gerochen«, meinte er.

Am nächsten Tag, als die elektronische Ausrüstung wieder im Lagerraum des Department verstaut lag, klopften die beiden Detectives an Brian Kreafles Haustür.

Es lief besser, als sie zu hoffen gewagt hatten.

Als Garland ihn anrief, erklärte Kreafle, hätte er gleich geahnt, daß irgend etwas schiefgelaufen war. Seitdem wäre er mit den Nerven völlig fertig.

Auf der Couch in seinem Wohnzimmer hörte sich Kreafle an, was MacKenzie über Garlands Aussage zu berichten hatte. Während der Detective sprach, vergrub Kreafle das Gesicht in den Händen und fing an zu schluchzen. Schließlich hob er den Kopf und schaute MacKenzie an. »Ich habe niemanden umgebracht«, sagte er. »Alles, was ich getan habe, war, das Geld an diesen Versicherungsmenschen weiterzureichen.«

Bonner rief auf dem Revier an und meldete dem hocherfreuten McGowan, er solle das Vernehmungszimmer bereithalten.

Garland war mit dem Umschlag, in dem sich das Geld und das Foto der Frau befanden, zu seiner Werkstatt gekommen, berichtete Kreafle.

»Bill schlug zunächst vor, wir sollten die Sache gemeinsam übernehmen. Wir fuhren sogar zu der Adresse, die sich ebenfalls bei den Unterlagen im Umschlag befunden hatte. Aber mir gefiel das alles nicht. Ich hatte regelrecht Angst vor dieser Sache, und das habe ich Bill auch gesagt. Statt dessen habe ich ihm dann vorgeschlagen, ich könnte mich an jemanden wenden, der den Auftrag vielleicht übernehmen würde. Ich dachte dabei an einen Versicherungsvertreter namens Andy Hopper, mit dem ich mal ein paar Drogengeschäfte gemacht hatte. Das war ein großer Schwätzer, der dauernd erzählte, was er schon alles angestellt hätte und daß er eine Menge schwerer Jungs kennen würde.

Eines Nachmittags kam dieser Hopper bei mir vorbei, und wir haben über die Sache geredet. Er meinte, einer seiner Kumpel in Houston würde den Auftrag vielleicht übernehmen. Also gab ich ihm den Umschlag. Er warf ihn auf den Beifahrersitz seines Wagens und brauste los.

Das nächste Mal hörte ich von ihm, als er ungefähr eine Woche später wieder vorbeikam und berichtete, ein Kumpel hätte die Sache erledigt. Daraufhin rief ich Bill an und sagte ihm Bescheid.«

MacKenzie, der das Verhör durchführte, fragte Kreafle nach diesem Kontakt in Houston. Garland, erläuterte er, hätte behauptet, es sei Brian gewesen, der von einem Mann in Houston gesprochen hätte.

»Was ist mit diesem Typ, den Sie dort gesucht haben? Derjenige, der von der Polizei erschossen worden ist?«

Einen Augenblick lang sah Kreafle verwirrt aus, dann nickte er verstehend. »Sie reden jetzt von dem zweiten Auftrag.«

»Von dem Auftrag, bei dem der Mann unten auf der Ranch getötet werden sollte«, stimmte MacKenzie zu.

»Diese Geschichte hatte ich mir nur ausgedacht. Bill hatte mir einen weiteren Umschlag gebracht, wieder mit zweitausendfünfhundert Dollar. Ich habe ihm gesagt, ich würde sehen, was ich tun könnte, doch in Wahrheit wollte ich nichts damit zu tun haben. Als er dann ein paar Wochen später wieder anrief, habe ich ihm erzählt, ich hätte das Geld ausgegeben, um diesen Burschen ausfindig zu machen, der angeblich bei einer Schießerei mit der Polizei in Houston umgekommen ist.«

»Und was ist mit dem Geld passiert?«

»Die Geschäfte liefen damals ziemlich schlecht«, erklärte Kreafle. Er hatte das Geld benutzt, um einen Teil seiner Schulden zu bezahlen.

MacKenzie warf einen Blick zu McGowan, der dem Verhör schweigend gelauscht hatte, und wandte sich dann wieder Kreafle zu.

»Wo finden wir diesen Andy Hopper?« fragte er.

Kapitel 13

Der Sohn eines Houstoner Automechanikers gehörte zu den populärsten Studenten des Jahrgangs 1974 an der Sam Houston High School. Bei der Wahl zum beliebtesten Oberstufenschüler belegte er den zweiten Platz und kam in die Endausscheidung beim Wettbewerb um den Titel des nettesten Jungen. George Anderson Hopper, Jr., von seinen vielen Freunden kurz Andy gerufen, spielte im Golf-Team der Schule, war Mitglied des Thespian Club, und wurde von seinen Lehrern als brillant und vielversprechend eingeschätzt.

Obwohl er mitunter zu einer gewissen Angeberei neigte, wurde das allgemein nur als kleinerer Persönlichkeitsmangel angesehen, der bei weitem durch die guten Manieren aufgewogen wurde, mit denen er die Eltern seiner Freunde für sich einnahm.

Andy Hopper, dessen waren sich alle, die ihn kannten, sicher, war ein junger Mann, dem eine strahlende Zukunft offenstand. Insofern war auch kaum jemand überrascht, als er nach seiner Graduierung ankündigte, er wolle sich am Southwestern Assemblies of God College in Waxahachie, Texas, einschreiben und die Priesterlaufbahn einschlagen. Und niemand war davon mehr angetan als George und JoAnn Hopper, seine tiefreligiösen Eltern, die außer Andy noch zwei Söhne und eine Tochter hatten. Obwohl alle ihre Kinder sich in der Kirche engagierten, war Andy doch der erste, der daraus seinen Lebensinhalt machen wollte. Sein Entschluß war in gewisser Weise auch eine Antwort auf die Gebete seiner Mutter, die es schon jetzt kaum mehr erwarten konnte, in der Kirche zu sitzen und zu hören, wie ihr Sohn das Wort Gottes verkündete.

Als guter Student erhielt er fast sofort einen Platz im Chor des College, was ihm wiederum die Bewunderung seiner Mitstudenten eintrug. Und so manche Studentin machte kaum einen Hehl aus ihrem Wunsch, ihn näher kennenzulernen.

Unter diesen Mädchen befand sich auch eine unscheinbare und eher zurückhaltende Studentin, die aus der Gemeinde Pampa im Panhandle-Gebiet von Texas stammte.

Becky Scott, die langes, rotbraun schimmerndes Haar und warme, freundlich dreinblickende Augen besaß, war angenehm überrascht, als Andy sie einlud, mit ihm auszugehen. Zwar schmeichelte es ihr anfangs nur, daß er Interesse für sie zeigte, doch schon bald war sie bis über beide Ohren in ihn verliebt.

Am 19. April 1975 heirateten die beiden. Andy war neunzehn, Becky achtzehn Jahre alt. Sie verließen die Hochschule und zogen nach Dallas, wo Andy ein hübsches Apartment und einen Job als Schuhverkäufer gefunden hatte.

JoAnn Hopper verbarg ihre Enttäuschung darüber, daß ihr Sohn jeden Gedanken an eine Priesterlaufbahn fallengelassen hatte, und tat ihr möglichstes, damit sich ihre neue Schwiegertochter im Schoße der Familie wohl fühlte. George Hopper wiederum war bereit, die Karriere seines Sohnes nach Kräften zu fördern.

Während seiner High-School-Zeit hatte Andy in den Sommerferien immer im Geschäft seines Vaters geholfen und dabei die Aufgaben eines Automechanikers kennengelernt, ein Beruf, für den er ganz offensichtlich Talent besaß. Außerdem, so pflegte sein Vater später häufig zu sagen, wurden Automechaniker erheblich besser bezahlt als Schuhverkäufer.

Deshalb hatte George Hopper auch keine Bedenken, seinen Sohn einzustellen, als in der Houstoner Lincoln-Mercury-Reparaturwerkstatt, die er leitete, eine Stelle frei wurde.

Ende 1975 besaß Andy damit einen Arbeitsplatz, der ihm seiner Meinung nach vielversprechende Aufstiegschancen und die Aussicht auf eine blühende Zukunft bot. Tatsächlich kletterte er die Karriereleiter noch schneller empor, als er zu hoffen gewagt hatte. Sein Ruf, für Qualitätsarbeit zu garantieren, einen gutentwickelten Geschäftssinn zu besitzen und zuvorkommend gegenüber den Kunden zu sein, hatte sich schnell herumgesprochen. Und so wurde ihm schon kurz nach seinem einundzwanzigsten Geburtstag angeboten, die Leitung der Reparaturwerkstatt eines Ford-Händlers in Houston zu übernehmen.

Die Ehe von Andy und Becky Hopper schien sich ebenfalls

ausgezeichnet zu entwickeln. Verwandte und Freunde betrachteten die beiden als glückliches, verliebtes Paar, das regelmäßig die Kirche besuchte und ansonsten entschlossen war, den Lebensweg ohne fremde Hilfe zu meistern. Kurz vor der Geburt ihres ersten Kindes, einer Tochter, nahm Andy einen Kredit auf, um damit eine Anzahlung auf ein Haus zu leisten.

Zu jener Zeit wußten nur wenige, daß Andy Hopper auch eine dunkle Seite besaß.

Becky hatte niemandem etwas von den erschreckenden, unkontrollierbaren Wutausbrüchen erzählt, die sie zum ersten Mal kurz nach der Hochzeit bei ihrem Mann erlebt hatte, und auch nichts von der verletzenden, oftmals grausamen Art, in der er sie behandelte.

Ihr Mann verlangte, daß seine Kleider morgens exakt und ordentlich arrangiert für ihn bereitlagen. Wenn er duschte, mußte Becky mit einem noch vom Wäschetrockner warmen Handtuch daneben warten. Falls seine Mahlzeiten nicht pünktlich auf dem Tisch standen und zu seiner Zufriedenheit zubereitet waren, neigte er dazu, das Essen mitsamt dem Geschirr quer durch den Raum zu schleudern. Einmal hatte Becky ein blaues Auge davongetragen, als er in einem seiner Wutanfälle ein Kinderspielzeug nach ihr warf. Und schon routinemäßig verbarg sie die blauen Flecken an Armen, Hals und Schultern, die er ihr immer wieder zufügte.

Doch obwohl Becky Angst vor der Unberechenbarkeit ihres Mannes hatte, wehrte sie sich dagegen, sich selbst eingestehen zu müssen, daß sie mißhandelt wurde, und zog es statt dessen vor, alles zu tun, um nach außen hin den Eindruck eines idealen Paares aufrechtzuhalten.

Allerdings war es nicht immer einfach, die Wahrheit über ihren Ehemann zu verbergen.

Kurz vor der Geburt ihrer Tochter hatte Andy seinen ersten Zusammenstoß mit dem Gesetz.

Ende März 1976 war Francis Ferguson, die einen Apartmentkomplex in der Nähe von Andys Arbeitsstätte betreute, damit beschäftigt, eine der gerade leerstehenden Wohnungen zu reinigen. Es war kurz nach Mittag, und sie saugte gerade das Schlafzimmer, während ihr kleiner Sohn auf der Liege im Wohnzimmer schlief.

Als sie aufblickte, sah sie plötzlich einen jungen Mann in der Tür zum Schlafzimmer stehen. Da sie annahm, er sei wegen einer Wohnung hier, fragte sie ihn, ob sie ihm helfen könne.

Statt zu antworten, lächelte der Mann nur, öffnete seine Hose und holte seinen Penis heraus.

Die Frau stürzte angsterfüllt aus dem Zimmer und stieß dabei den Mann zur Seite. Im Wohnzimmer riß sie ihren Sohn an sich und flüchtete dann in ihr Büro. Sobald sie in Sicherheit war, schaute sie aus dem Fenster und sah, daß der Mann noch immer im Eingang jenes Apartments stand. Bei diesem Anblick verwandelte sich ihre Angst in Wut. Sei riß die Tür auf und brüllte: »Wenn Sie fertig sind, können Sie ja jetzt gehen.«

Der Mann zuckte die Achseln und ging in Richtung Parkplatz.

Für Mrs. Ferguson, die jetzt erst richtig in Rage geriet, war die Angelegenheit damit noch längst nicht vorbei. Sie stürmte in ihr eigenes Apartment, das gleich neben dem Büro lag, holte die Pistole, die ihr Mann ihr einmal zum Schutz gekauft hatte, und lief ebenfalls zum Parkplatz. Der Mann saß schon in seinem Wagen, hatte aber offenbar Probleme, den Motor zu starten. Sie stürzte auf ihn zu, lehnte sich auf die Motorhaube und zielte mit ihrer Waffe auf ihn.

»Werden Sie wiederkommen und das noch mal versuchen?« schrie sie herausfordernd.

Der Mann stieg aus dem Auto. Statt des Lächelns trug sein Gesicht jetzt den Ausdruck nackter Angst. »Bitte schießen Sie nicht«, flehte er und lief davon.

Mrs. Ferguson notierte sich sein Kennzeichen und rief dann die Polizei an.

Am Nachmittag des gleichen Tages erzählte Andy seiner Sekretärin, ihm sei während der Mittagspause etwas Merkwürdiges widerfahren. Er sei zum nahegelegenen Winkler Drive-in gefahren, um einen Hamburger zu essen, und hätte anschließend noch einen kleinen Spaziergang machen wollen. Als er an einem leerstehenden Apartment vorbeikam, hätte ihn eine hysterisch kreischende Frau beschuldigt, sich entblößt zu haben, und ihn dann mit einer Waffe in der Hand gejagt.

Natürlich müsse es sich dabei um irgendein Mißverständnis handeln, versicherte Andy seiner Mitarbeiterin. Er wollte nur, daß sie es von ihm erführe für den Fall, daß es später irgendwelchen Ärger gab.

Die Sekretärin wischte die ganze Sache amüsiert beiseite. Schließlich war es völlig ausgeschlossen, daß ein so netter und höflicher Mann wie Andy Hopper so etwas tun könnte.

Wenig später wurde Hopper dann wegen Exhibitionismus verurteilt, und Becky lieh sich bei ihren Eltern Geld, um die Strafe und die Gerichtskosten zu bezahlen. Natürlich erzählte sie ihnen nicht, wofür sie das Darlehen brauchte.

Andy wiederum behauptete seiner Frau gegenüber steif und fest, die Frau aus dem Apartment hätte die Polizei belogen.

Und so kam der beliebte, vielversprechende junge Mann zu seiner ersten Vorstrafe.

Selbst Becky hatte allerdings keine Ahnung, daß ihr Ehemann mittlerweile ein Doppelleben führte, das sich keineswegs auf Wutanfälle und Mißhandlungen beschränkte.

Sexuelle Beziehungen zu anderen Frauen waren für Hopper an der Tagesordnung. Meist vergnügte er sich mit Damen aus dem Bekanntenkreis, die Becky als Freundinnen betrachtet hatte, gelegentlich aber auch mit Zufallsbekanntschaften, die er während der Arbeit machte.

Da gab es beispielsweise Danny Colson und dessen jugendliche Verlobte Janie, die die Hoppers in der Kirche kennengelernt hatten. Schon bald luden sich die beiden Paare gegenseitig zu Grillparties und Videoabenden ein. An einem Wochenende, an dem Becky ihre Eltern in Pampa besuchte, hatte Andy Janie zu sich eingeladen und verführt. Die Affäre zwischen den beiden dauerte sogar noch an, als Janie einige Zeit später heiratete.

Sie war weder die erste noch die letzte, die half, Andys ständig wachsenden sexuellen Appetit zu befriedigen.

Nach außen bewahrte Andy freilich sein Image als aufstrebender Geschäftsmann. Er war groß, zweihundert Pfund schwer und zeigte sich überrascht, als der junge Mann sich bei ihm meldete, dem er früher einmal während der Sommerferien beigebracht hatte, wie man einen Wagen repariert.

Obwohl Carver offiziell immer noch Autos lackierte und instandsetzte, fand sich schon lange keine Spur von Schmieröl mehr unter seinen manikürten Fingernägeln. Heute trug er Diamantringe und eine Rolex, fuhr einen schicken Wagen und wohnte in einem Haus, das mehr als zwei Millionen Dollar gekostet hatte.

Andy erkannte sofort, daß die Gerüchte, die er gehört hatte, der Wahrheit entsprachen: Carver hatte sich zu einem der führenden Marihuanahändler der Vereinigten Staaten gemausert und verdiente mindestens fünfzigtausend Dollar pro Woche.

Und obwohl er normalerweise seine Geschäfte nur mit Großhändlern aus Kalifornien und dem Mittelwesten machte, die bei ihm meist für sechsstellige Beträge einkauften, hatte er ein offenes Ohr für Andys finanzielle Nöte. Um der alten Zeiten willen erklärte er sich bereit, ihm regelmäßig jeweils ein Pfund Marihuana – das üblicherweise 650 Dollar kostete – auf Provisionsbasis zu überlassen. Dazu gab er Andy den Rat, einen kleinen, aber zuverlässigen Kundenkreis aufzubauen.

Carvers Vorschlag bot die Möglichkeit, im kleinen Rahmen und ohne großes Risiko in den Rauschgifthandel einzusteigen, da sich die Drogenfahndung seiner Erfahrung nach kaum um jemanden kümmerte, der Marihuana in winzigen Mengen abgab.

Andy nutzte das Angebot gern, und schon bald verbrachte er mehr Zeit mit dem Verkauf von Dope als mit dem Erstellen von Gutachten für Unfallwagen. Carvers Lebensstil beeindruckte ihn weit stärker als der seines hart arbeitenden Vaters.

Nachdem Andy einen Blick auf diesen Wohlstand erhascht hatte, wollte er auch daran teilhaben. Dank der neuen Einkommensquelle unternahmen er und Becky Ausflüge zum Skifahren nach Colorado und bezogen ein größeres Haus mit Swimmingpool. Darüber hinaus trug sich Andy mit dem Gedanken, gemeinsam mit einigen Freunden in einen Nachtclub namens Beethoven's zu investieren.

Andys Finanzprobleme waren damit jedoch noch nicht aus der Welt. Zum einen verschlang sein eigener Drogenkonsum erhebliche Teile des Gewinns aus dem Handel, zum anderen entschloß sich George Hopper Anfang der Achtziger, die Filiale in Dallas zu schließen, da sein Sohn enttäuschenderweise nicht in der Lage gewesen war, das Geschäft in die Gewinnzone zu führen. Er schlug Andy vor, sich entweder um eine Stelle bei einer anderen Sachverständigenfirma zu bemühen oder aber ins sichere Reparaturgewerbe zurückzukehren.

Andy Hopper, einst ein aufstrebender junger Mann, der es schon mit einundzwanzig zum Geschäftsführer gebracht hatte, mußte sich zehn Jahre später mit der niederschmetternden Erkenntnis abfinden, daß seine Karriere die falsche Richtung genommen hatte. Seine Frau Becky war gezwungen, mitzuverdienen, und arbeitete als Verkäuferin in einem Kunsthandwerkerladen in Richardson.

Am Morgen des 21. Juli 1988 suchten die Beamten MacKenzie und Bonner Andy Hopper in der Steakley-Chevrolet-Werkstatt in Dallas auf.

Genau wie bei ihren ersten Kontaktaufnahmen mit Thomas und Kreafle hatten sie auch jetzt keinen Haftbefehl bei sich. Falls noch jemand außer Hopper in den Fall verwickelt sein sollte, wie Kreafle angedeutet hatte, wollten sie den Betreffenden nicht durch eine Verhaftung aufschrecken.

Nachdem sie in einem kleinen Büroraum Platz genommen hatten, umriß MacKenzie sorgfältig Brian Kreafle's Aussage und erwähnte dabei auch den Umstand, daß Andy den Auftrag angeblich an einen Freund in Houston weitergeleitet hatte.

»Ich will Ihnen ganz offen sagen, daß die Mittelsmänner nicht annähernd soviel Grund haben, sich Sorgen zu machen, wie die Lady, die den Mord veranlaßt hat, und derjenige, der ihn schließlich ausführte«, erklärte MacKenzie.

»Ich weiß überhaupt nicht, wovon Sie eigentlich reden«, erwiderte Andy, »und ich wüßte auch nicht, weshalb Brian Ihnen so eine Geschichte auftischen sollte.«

MacKenzie tat so, als hätte er Hoppers Einwand gar nicht gehört. »Andy, wer ist Cal? Brian sagt, Sie hätten einen Kumpel dieses Namens in Houston erwähnt.«

Obwohl er direkt neben einem Ventilator saß, fing Andy plötzlich an zu schwitzen, und zwar so heftig, daß Schweißtropfen von seinem Kinn auf den mit einer Glasplatte bedeckten Schreibtisch fielen. Calvin Hobson war ein Freund aus seiner High-School-Zeit, erzählte er schließlich, ein richtiger Schwerenöter. Noch heute würde er Freunde und Geschäftspartner mit Geschichten über die Streiche unterhalten, die Cal ausgeheckt hatte. Höchstwahrscheinlich hätte er ihn auch Brian gegenüber irgendwann einmal erwähnt.

»Soweit mir bekannt ist, haben Sie sich wegen des Mordauftrags an ihn gewandt«, bemerkte MacKenzie.

Andy, der immer noch heftig schwitzte, gab keine Antwort. Schließlich sagte er: »Ich glaube, ich sollte besser meinen Anwalt anrufen.« Während Hopper zum Telefon im hinteren Teil der Werkstatt ging, warf MacKenzie Bonner einen Blick zu. »Er ist reichlich nervös«, bemerkte die Polizistin, als hätte sie den Gedanken ihres Kollegen gelesen.

MacKenzie verzichtete darauf, ihr seine eigene Einschätzung zu erläutern, die auf seiner jahrelangen Erfahrung im Verhör von Kriminellen beruhte: Angesichts der nervösen Reaktionen Hoppers hatte der Detective immer mehr den Eindruck gewonnen, daß dieser gutaussehende, wortgewandte junge Mann nicht zu den Bindegliedern der Kette gehörte, sondern selbst der Mörder von Rozanne Gailiunas war.

MacKenzie wies Bonner an, sich mit McGowan in Verbindung zu setzen und ihm mitzuteilen, daß sie den Verdächtigen zu einem gründlicheren Verhör aufs Revier bringen würden. Dann begab er sich in den hinteren Teil der Werkstatt.

Doch von Andy war dort nichts zu sehen.

Während sie noch das Gebäude und den Parkplatz absuchten, kam eine Sekretärin zu MacKenzie und teilte ihm mit, daß er am Telefon verlangt würde.

Der Polizist eilte in die Werkstatt zurück, schnappte sich den Hörer und vernahm Andys Stimme. Er rief aus einer Telefonzelle an und erklärte, er hätte mit der Sekretärin seines Anwalts gesprochen. »Sie empfahl mir, zu verschwinden und keine Aussage zu machen, solange ich nicht mit dem Anwalt gesprochen hatte. Ich komme also nicht zurück.« MacKenzie machte keinen Hehl aus seinem Ärger, als ihm Hoppers Sekretärin dann auch noch erzählte, sie hätte gesehen, wie Andy aus der Hintertür gelaufen sei und sich über den Zaun davongemacht hätte.

Die beiden Beamten fuhren sofort zu Andys Haus am Catalpa Drive, wo sich jedoch niemand aufhielt. Immerhin gab ihnen aber eine Nachbarin, die im Garten arbeitete, die Adresse von Beckys Arbeitsstelle. Sie war als Kassiererin in der Hobby-Abteilung des Michael's in Richardson tätig.

Auf dem Weg zum Kaufhaus verfiel MacKenzie plötzlich in Schweigen. Die Umgebung von Hoppers Heim war ihm merkwürdig bekannt vorgekommen, und ganz besonders das Haus selbst. Schließlich fiel ihm wieder ein, daß er dort einmal eine Festnahme durchgeführt hatte.

»Da hol' mich doch . . .« murmelte er vor sich hin.

»Was gibt's denn?« erkundigte sich Bonner.

»Das erzähle ich Ihnen später«, meinte ihr Partner und trat hart aufs Gaspedal.

Als die Beamten den Laden betraten, wurde Becky Hopper gerade über die Lautsprecheranlage gerufen. Bonner ließ ihren Blick umherschweifen und bemerkte eine zierliche Frau, die im hinteren Teil des Geschäftes ans Telefon ging. Sofort eilte sie ebenfalls in diese Richtung, weil sie hoffte, etwas von dem Gespräch mitzubekommen. Obwohl die Frau nur wenig sagte, wurde doch deutlich, daß sie sehr bestürzt war.

Nach dem Telefonat betätigte Becky die Stechuhr, verließ den Laden und begab sich zu ihrem Wagen. Auf diesem Weg fingen die beiden Beamten sie ab und erklärten ihr die Sachlage. »Es ist wichtig, daß Andy mit uns spricht und ein paar Dinge klarstellt«, meinte MacKenzie.

»Er hat mir nicht gesagt, wo er sich aufhält«, erwiderte Becky mit leicht zitternder Stimme. »Ich verstehe auch gar nicht . . .« Abrupt hielt sie inne und starrte den Polizisten an, als würde sie ihn jetzt erst richtig wahrnehmen. »Ich kenne Sie doch«, sagte sie zögernd.

MacKenzie nickte. »Ja, wir hatten schon das Vergnügen.«

Mitte Mai 1984 hatte der Versicherungsvertreter Glenn Johnston, der gerade von einer Geschäftsreise zurückgekommen war, die Square Mall von Richardson aufgesucht, um dort eine Geburtstagskarte für seinen Cousin zu kaufen.

Als er dort in einem Geschäft namens The Card Cage das Angebot durchsah, rempelte ihn ein bärtiger junger Mann an. Johnston dachte sich nichts dabei, auch dann noch nicht, als ihn der derselbe Mann auf seinem Rückweg in die Mall abermals anstieß.

Erst als Johnston ein paar Minuten später die Karte, die er sich ausgesucht hatte, bezahlen wollte, wurde ihm klar, daß er das Opfer eines Taschendiebs geworden war. Seine Brieftasche, in der sich vierzig Dollar Bargeld und Reiseschecks im Wert von zweihundert Dollar befunden hatten, war verschwunden.

Obwohl Johnston den Mann nicht genau beschreiben konnte, hielt er es für sinnvoll, den Diebstahl der Polizei zu melden. Immerhin bestand ja die Möglichkeit, daß jemand die Brieftasche fand und er auf diese Weise vielleicht seinen Führerschein und ein paar persönliche Dinge wie etwa die Fotos von seiner Frau und den Kindern zurückbekommen könnte.

Zwei Tage nach dem Zwischenfall rief ihn ein Mann an, der behauptete, er hätte die Brieftasche in der Mall gefunden. Erleichtert fragte Johnston, wo er sein Eigentum abholen könnte.

»Ich hatte eigentlich mit einer Belohnung gerechnet«, meinte der Anrufer.

Johnston war im ersten Moment verblüfft über diese doch etwas dreiste Haltung, schlug dann aber vor, der Anrufer könnte das Bargeld behalten, das sich in der Brieftasche befand.

»Da war kein Geld drin«, erklärte der Mann. »Ich melde mich wieder.«

Einen Tag später meldete sich der Unbekannte wieder. Diesmal verlangte er von Johnston die Geheimzahl seiner Bankkarte. »Ich werde mir die Belohnung selbst am Geldautomaten holen«, verkündete er.

Sie stritten eine Weile deswegen, und schließlich gab ihm Johnston eine falsche Nummer.

Noch am gleichen Abend erhielt Johnston den nächsten

Anruf. »Sie haben mich angelogen«, erklärte der Unbekannte mit wütender Stimme. »Sie sollten mal darüber nachdenken, daß ich jede Menge Informationen über Sie habe. Ich weiß, wo Sie wohnen, wo Sie arbeiten, wo Ihre Frau arbeitet . . . und wie Ihre Kinder aussehen.«

Johnston, der es jetzt der Angst bekam, fragte: »Was wollen Sie denn von mir?«

»Ich will, daß wir uns treffen und Sie die Reiseschecks auf mich übertragen.«

»Darüber muß ich erst nachdenken.«

»Ich melde mich wieder.«

Johnston hörte, wie aufgelegt wurde, und blieb dann mehrere Minuten lang völlig sprachlos neben dem Telefon stehen. Dann wählte er die Nummer des Richardson Police Department.

Nachdem Johnston zum Revier gefahren war und dem Beamten Ken Roberts den Erpressungsversuch detailliert geschildert hatte, empfahl man ihm, auf den Plan des Anrufers einzugehen. Sobald er herausgefunden hätte, wann und wo das Treffen stattfinden werde, sollte er diese Information an die Polizei weitergeben. Ein Team von Polizisten in Zivil würde sich dann zum Treffpunkt begeben und den Erpresser festnehmen.

Am gleichen Abend meldete sich der Unbekannte wieder und beorderte Johnston zum Loman's Plaza Shopping Center. »Im Moment wird da überall gebaut«, erläuterte der Anrufer. »In der Nähe des Eingangs befindet sich ein Stapel Ziegelsteine gleich neben einem Stromkasten. Dort hinterlege ich die Schecks zusammen mit einer Notiz, in der steht, wie Sie die Schecks ausschreiben sollen.

Sobald Sie das erledigt haben, gehen Sie quer über die Straße zum JoJo's und warten dort am Münztelefon. Ich rufe Sie dann an und sage Ihnen, wo Sie die Brieftasche finden.«

Als Johnston zum Shopping Center fuhr, folgten ihm die Beamten Ken Roberts und Melody Acord in zivilen Polizeiautos. Zwei andere Polizisten, natürlich ebenfalls in Zivil, warteten bereits im Restaurant. Ken MacKenzie, der in seinem eigenen Pick-up unterwegs war, hatte sich auf dem Parkplatz des Einkaufszentrums umgeschaut und schließlich in der südöstlichen Ecke Stellung bezogen, von wo aus er sowohl den Ausgang als auch die Seitenstraße im Auge behalten konnte.

Während MacKenzie ihn durch sein Fernglas beobachtete, hielt Johnston neben dem Ziegelsteinhaufen. Praktisch auf Anhieb entdeckte er die Schecks sowie eine Karte, auf der vermerkt war, er solle sie auf ›A. Hopper‹ ausstellen. Er tat so, als würde er beide Schecks unterzeichnen, und fuhr dann schleunigst zum Restaurant hinüber.

Es dauerte nur ein paar Minuten, dann sah MacKenzie, wie ein brauner Ford neben den Ziegelsteinen hielt und ein Mann in weißem Hemd und blauen Shorts ausstieg. Der Polizist wartete, bis er sicher war, daß der Mann die Schecks an sich genommen hatte, und fuhr dann los.

Als der Mann MacKenzie bemerkte, sprang er in seinen Wagen und fuhr mit hoher Geschwindigkeit auf den Ausgang zu, der aber mittlerweile von Roberts und Acord versperrt wurde, die mit gezogenen Waffen hinter ihren Autos in Deckung gegangen waren. Der Fahrer bog scharf ab, holperte über den Bordstein und fädelte sich in den Feierabendverkehr ein, dicht gefolgt von MacKenzie.

Obwohl die Verfolgungsjagd Geschwindigkeiten von bis zu achtzig Meilen pro Stunde erreichte, schloß der Detective dicht genug auf, um das Nummernschild erkennen zu können. Schließlich gelang es ihm sogar, sich neben den Flüchtigen zu setzen und ihm Anweisung zu geben, am Straßenrand anzuhalten.

Der jedoch versuchte, MacKenzies Pick-up zu rammen, und bog dann so scharf in eine Seitenstraße ab, daß er eine Radkappe verlor, überquerte den Parkplatz eines anderen Einkaufszentrums und verschwand dann in einem Wohngebiet, wo der Beamte ihn aus den Augen verlor. Erst als ein Mann, der seinen Rasen mähte, auf die Straße deutete, die hinter dem Catalpa Drive lag, wußte MacKenzie, wohin der Ford verschwunden war.

Noch am gleichen Abend tauchte MacKenzie, der inzwischen das Kennzeichen hatte überprüfen lassen, zusammen mit Roberts und Acord vor dem Haus Nummer 3217 Catalpa auf. Becky Hopper öffnete ihnen die Tür.

»Wir würden gern mit Andy Hopper sprechen«, sagte MacKenzie.

Im gleichen Moment zeigte sich Andy am Eingang. Er hatte seinen Bart abrasiert und die Kleidung gewechselt. »Was gibt's denn?« erkundigte er sich mit einem gezwungenen Lächeln.

MacKenzie antwortete nicht, sondern nickte statt dessen Roberts zu. »Das ist er.«

Nachdem Andy abgeführt worden war, entdeckte Becky das weiße Hemd und die blauen Shorts, die ihr Mann zuvor getragen hatte, als er an ihr vorbeigerannt und im Badezimmer verschwunden war. Sie händigte die Sachen der Polizei aus.

Am nächsten Tag lieh sie sich bei James Carver Geld, um Andys Kaution zu bezahlen.

Natürlich kamen Becky die Ereignisse des Jahres 1984 wieder in den Sinn, als sie auf dem Parkplatz vor Michael's stand und abermals von MacKenzie befragt wurde. Schnell machte sie deutlich, daß sie nicht daran interessiert war, mit ihm zu reden.

Als Bonner bemerkte, daß die Anwesenheit ihres Partners hier offensichtlich eher störend war, schlug sie vor, sie und Becky sollten in einem nahe gelegenen Schnellimbiß eine Tasse Kaffee trinken. »Sie müssen doch wissen, was los ist«, meinte die Untersuchungsbeamtin. »Ihr Mann steckt in ernsthaften Schwierigkeiten.«

Mehr als eine Stunde lang sprach Bonner mit der verstörten jungen Frau, die sich standhaft weigerte zu glauben, ihr Mann könnte irgend etwas mit dem zu tun haben, was die Beamtin andeutete. Auf Bonners beharrliche Fragen hin gab Becky schließlich zu, daß Andy in Houston einen Mann namens Calvin Hobson kannte. Aus Gründen, die sie nie so recht begriffen hatte, stellte dieser Mann seit den High-School-Tagen eine Art Idol für Andy dar. »Er hat immer erzählt, was für furchtbare Sachen Cal macht, wie gemein und böse er ist.«

»Nach unseren Informationen ist es durchaus möglich, daß Cal jener Mann ist, den wir eigentlich suchen«, meinte Bonner. »Wir vermuten, daß Andy nur als Mittelsmann fungiert hat.

Joy Aylor

(Foto mit freundlicher Genehmigung von Richardson Police Department)

Joy und Larry Aylor auf einer Wohltätigkeitsveranstaltung in Dallas

(Foto mit freundlicher Genehmigung von Andy Hansen)

Larry Aylor und Joy Davis in den Jahren ihrer High-School-Romanze

(Fotos Hillcrest High-School-Jahrbuch)

Larry Aylor

(Foto Pat Stowers)

Chris Aylor auf der High-School-Abschlußfeier

(Foto Bending Oaks-Schul-Jahrbuch)

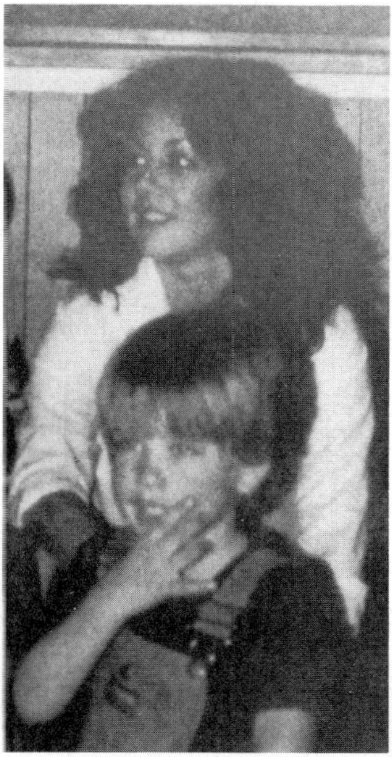

Rozanne Gailiunas feiert den Geburtstag von Peter III

(Foto Richardson Police Department)

Rozanne Gailiunas

(Foto: Paula Donahue)

Das Haus am Longanwood Drive. Hier wurde Rozanne angegriffen.

(Foto Pat Stowers)

Ein Foto vom Tatort in Rozannes Haus. Man beachte den Blumentopf zwischen Tür und Sofa.

(Foto Richardson Police Department)

Dr. Peter Gailiunas
(Foto Pat Stowers)

Elizabeth Davis, Joys Schwester
(Foto Richard Pruitt, Dallas Morning News)

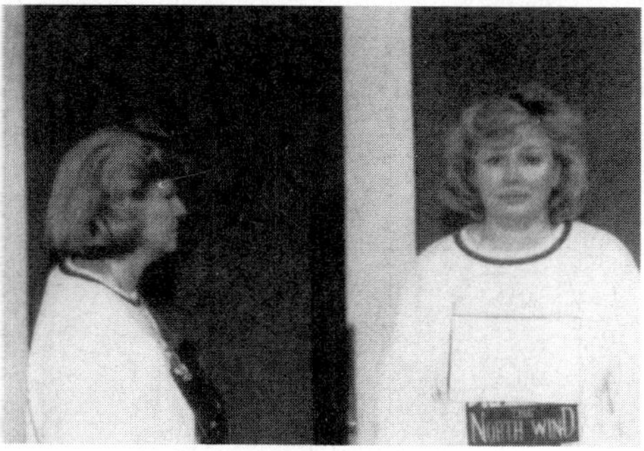

Carol Garland, Joys Schwester
(Foto Dallas County Sheriff's Department)

Henry und Frances Davis
(Foto Andy Hansen)

Morris und Sandy McGowan
(Foto Sandy McGowan)

Ken MacKenzie vom Richardson Police Department

(Foto Pat Stowers)

Joy Aylor und ihr Rechtsanwalt Doug Mulder nach einer Vorverhandlung im Gericht von Dallas County

(Foto Richard Pruitt)

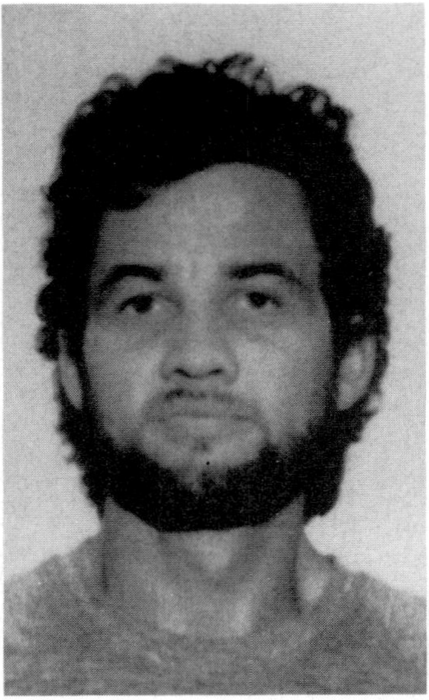

Andy Hopper

(Foto Richardson Police Department)

Andy Hopper während der Gerichtsverhandlung

(Foto John Rhodes, Dallas Morning News)

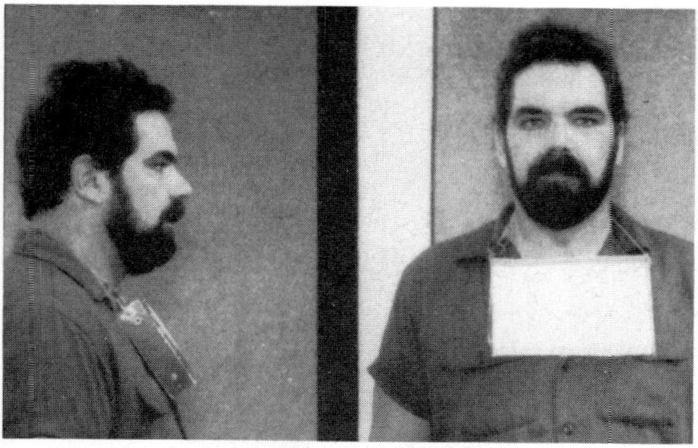

Brian Kreafle

(Fotos Dallas County Sheriff's Department)

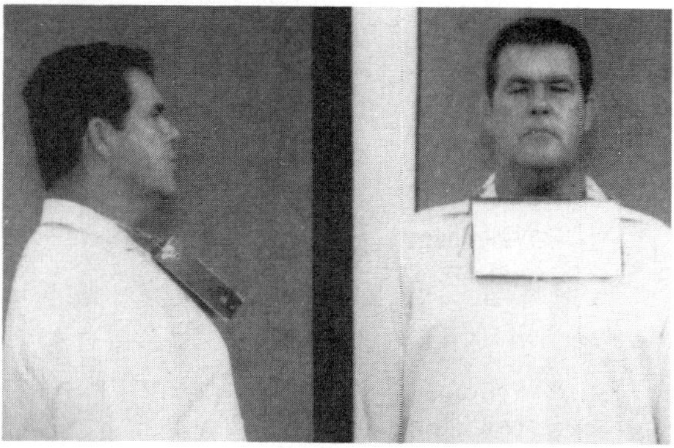

Bill Garland

(Foto Dallas County Sheriff's Department)

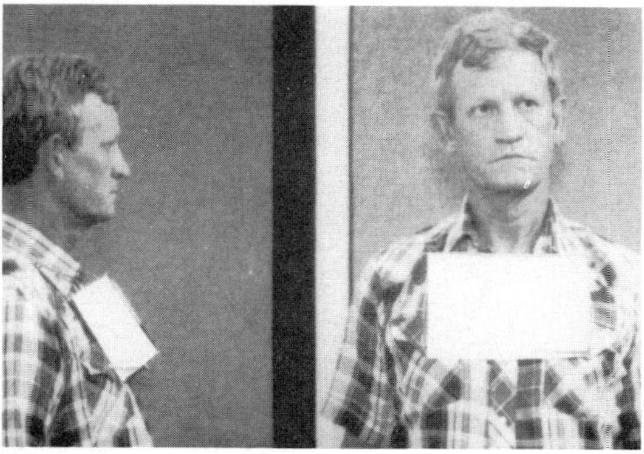

Joe Thomas

(Foto Dallas County Sheriff's Department)

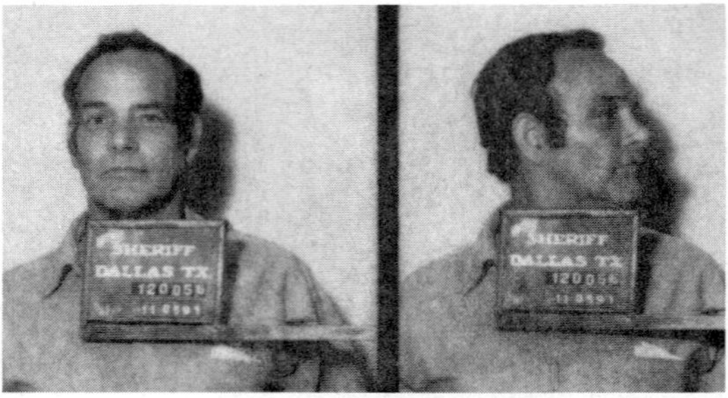

Buster Matthews
(Foto Dallas County
Sheriff's Department)

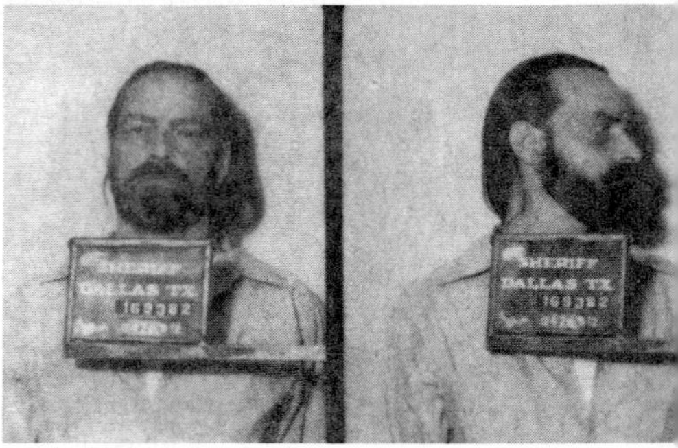

Gary Matthews
(Foto Dallas County
Sheriff's Department)

Die Kaufmann County Straße – an dieser Stelle wurde Larry Aylor und Don Kennedy ein Hinterhalt gelegt
(Foto Carlton Stowers)

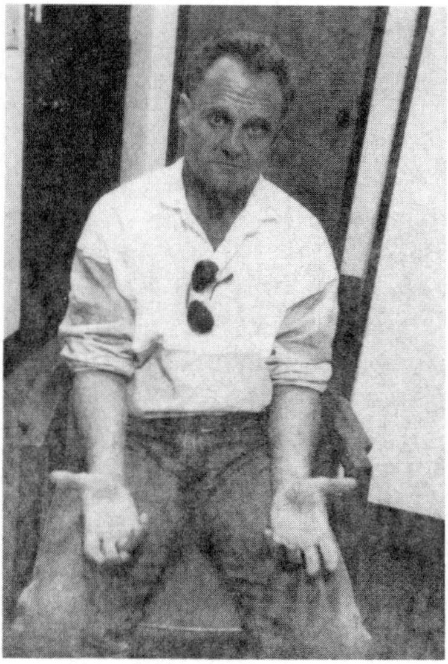

Mike Wilson nach seiner Verhaftung
(Foto U.S. Attorney's Office, Dallas)

Der Grabstein für Rozanne Gailiunas
(Foto Carlton Stowers)

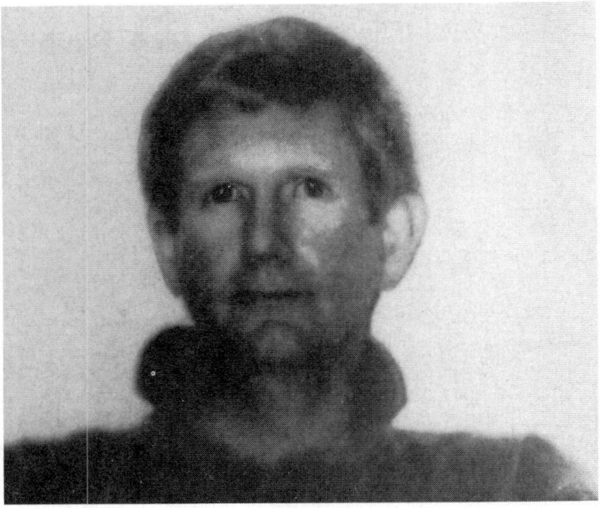

Jodi Packer (Foto U.S. Attorney's Office, Dallas)

Brad Davis (Foto Dallas County Sheriff's Department)

INTERSTATE FLIGHT – CAPITAL MURDER

Entered NCIC
I.O. 5141
9-11-90

WANTED BY FBI

FBI No.
309 819 JAO

Aliases: Joy Aylor, Leigh Curry, Joy Jeannine Davis, Stephenie Grimes, Jodi Packer, Jodie Packerd, Mrs. John Storms, J. Taylor

JOY DAVIS AYLOR

Date of Birth:	August 13, 1949	Eyes:	green
Place of Birth:	Dallas, Texas	Complexion:	light
Height:	5'7"	Sex:	female
Weight:	120 pounds	Race:	White
Build:	slender	Nationality:	American
Hair:	brown		

Scars and Marks: Scar on left knee.
Occupation: Interior Decorator
Remarks: Aylor reportedly travels with a male companion. She generally terminates relationships with her companions after approximately three or four months.
Social Security Number Used: 466-84-9583

Photograph Taken 1988 Photograph Taken 1990

NCIC: 200809120719AA05060?

20 M 1 U III 7
L 1 A II

CRIMINAL RECORD

A Federal warrant was issued on May 8, 1990, at Dallas, Texas, charging Aylor with Unlawful Interstate Flight to Avoid Prosecution for the crime of Capital Murder (Title 18, U.S. Code, Section 1073).

IF YOU HAVE ANY INFORMATION CONCERNING THIS PERSON, PLEASE CONTACT YOUR LOCAL FBI OFFICE. TELEPHONE NUMBERS AND ADDRESSES OF ALL FBI OFFICES LISTED ON BACK

Identification Order 5141
September 11, 1990

CAUTION

AYLOR IS BEING SOUGHT IN CONNECTION WITH THE OCTOBER 4, 1983, MURDER OF HER ESTRANGED HUSBAND'S MISTRESS IN DALLAS, TEXAS. AYLOR IS REPORTEDLY TRAVELING WITH APPROXIMATELY $300,000 DOLLARS IN CASH SECRETED ON AND ABOUT HER PERSON. SHE MAY HIRE INDIVIDUALS TO PROTECT HER OR BE IN POSSESSION OF A HAND WEAPON. SHE SHOULD BE CONSIDERED ARMED, DANGEROUS, AND APPROACHED WITH CAUTION.

DIRECTOR
FEDERAL BUREAU OF INVESTIGATION
WASHINGTON, D.C. 20535

Fahndungsplakat von Joy Aylor

(Foto FBI)

Das Haus in Frankreich, in dem Joy verhaftet wurde
(Foto Dan Hagood)

Dan Hagood, der Stellvertretende Staatsanwalt aus Dallas County, und Huy Decloedt von der Kriminalpolizei in Nizza (Frankreich)
(Foto Dan Hagood)

Die Ankläger vom Dallas County: Dan Hagood (links), Morris McGowan (Mitte) und Kevin Chapman (Foto Morris McGowan)

Jim Oatman, Stellvertretender Staatsanwalt
(Foto Morris McGowan)

Hoppers Anwälte: Peter Lesser (stehend) und Larry Mitchell

(Foto Pat Stowers)

Richter Pat McDowell

(Foto Pat Stowers)

Captain Morris McGowan und Joy Aylor am Abend des 4. November 1993

(Foto Pat Stowers)

Von daher wäre es in seinem eigenen Interesse, mit uns zu reden.«

Becky, die erschöpft und zerbrechlich wirkte, brach in Tränen aus. »Ich werde zusehen, daß er sich bei der Polizei meldet.«

Später an jenem Nachmittag rief Andy beim Richardson Police Department an und versprach Rhonda Bonner, sich am nächsten Tag in ihrem Büro einzufinden. Bis dahin wollte er sich versteckt halten.

In der Zwischenzeit hatte sich McGowan mit Bonner und MacKenzie zusammengesetzt, um den nächsten Zug zu besprechen. Da sie hofften, Becky würde fähig sein, ihren Mann zu bewegen, mit den Beamten zusammenzuarbeiten, kamen sie übereinstimmend zu der Ansicht, es sei noch zu früh, Hopper zur Fahndung auszuschreiben. Insbesondere galt dies, falls es tatsächlich jemanden gab, an den er das Geld weitergereicht hatte.

»Warum versuchen wir nicht, Cal Hobson zu finden?« schlug McGowan vor.

Dieser Wunsch erfüllte sich schneller als geahnt. Kaum eine Stunde später nahm Bonner ein Ferngespräch aus Houston entgegen und hörte eine Stimme, die sich selbst als Calvin Hobson vorstellte. Er hatte mit Becky gesprochen und erfahren, daß die Polizei nach ihm suchte. »Ich weiß nicht, was da unten eigentlich los ist«, meinte er, »aber ich will diese Sache geklärt wissen. Ich mache mich jetzt auf den Weg.«

»Wann werden Sie hier sein?« erkundigte sich Bonner.

»Ich nehme den nächsten Flug, der rausgeht.«

»Und wie können wir Sie erkennen?«

»Ich bin der bestaussehende Bursche, der aus dem Flugzeug steigt.«

Noch vor Einbruch der Nacht saß Hobson in McGowans Büro. Unten in der Halle wartete ein Lügendetektor-Spezialist auf seinen Einsatz.

»Ich habe in meinem ganzen Leben noch keinen Menschen verletzt«, behauptete Hobson. »Na gut, ich bin ein Gauner und

zocke die Leute beim Kartenspiel und solchen Sachen ab, aber mit Gewalttaten habe ich nichts am Hut. So was ist nicht meine Art.

Andy und ich haben mal ein bißchen mit Dope gehandelt. Er wollte mich auch mit dem Typ ins Geschäft bringen, für den er verkaufte. Aber ich habe absolut nichts mit der Art von Handel zu tun, über die Sie hier reden.«

Andy, so erinnerte er sich, hatte ihn irgendwann Ende 1983 angerufen und dabei etwas von einem Burschen erwähnt, der jemanden für einen Mordauftrag suchte. Allerdings war die Summe, um die es dabei ging, geradezu lächerlich. Er hatte Andy daraufhin nicht nur gesagt, daß er selbst kein Interesse daran hätte, sondern auch, daß er für den Preis niemanden finden würde. »Das war das letzte, was ich von dieser Sache gehört habe, bis Becky mich heute anrief.«

»Glauben Sie, sie würde Ihnen erzählen, wo sich Andy aufhält?«

»Keine Ahnung. Ich kann's ja mal versuchen.«

McGowan wählte die Nummer und schob ihm dann das Telefon hin. Ein paar Minuten später war er überzeugt, daß Hobson entweder wirklich verärgert war, weil man ihn in diese Sache hineingezogen hatte, oder daß er der beste Schauspieler war, den er je zu Gesicht bekommen hatte. »Jetzt paß mal auf«, rief er in den Hörer, »ich weiß, was Andy angestellt hat, und er wird meinen Arsch da nicht mit reinziehen. Sag ihm, daß ich mit ihm reden will, und zwar sofort. Du kannst ihm mitteilen, daß ich morgen abend nach Dallas komme, um diese Sache zu klären. Und sag ihm auch, daß ich mit dem Southwest-Airlines-Flug komme, der um sieben landet. Ich warte auf ihn in der Lobby bei dieser Riesenstatue von dem Texas Ranger.«

Er legte auf und blickte McGowan an. »Sie sagt, sie wüßte nur, daß er in irgendeinem Motel steckt, aber er hätte versprochen, sie anzurufen.«

»Wird er kommen?«

»Das möchte ich ihm dringend raten.«

Hobson stimmte bereitwillig zu, ein Abhörmikrofon zu tragen.

Nicht nur bei der Polizei von Richardson wurden Pläne geschmiedet.

Andy rief von seinem Zimmer im Comfort Inn Motel, wo er sich versteckt hatte, eine Reihe von Freunden an, um sich Geld zu borgen, damit er einen Anwalt engagieren konnte.

Nachdem er den ganzen Tag über schwer getrunken hatte, rief er Becky spät abends an, um ihr zu sagen, daß er nicht nach Hause käme. Er sei betrunken, erklärte er, und er wolle nicht, daß die Mädchen ihn in diesem Zustand sähen.

»Ist bei dir alles in Ordnung?« fragte Becky.

»Ich überlege, ob ich mich umbringen soll«, gab er zur Antwort. Er hätte sich von einem Freund eine .22er Pistole geliehen, erzählte er und las dann einen langen, weitschweifigen Brief vor, den er geschrieben hatte, um sich für alles zu entschuldigen, was er seiner Familie angetan hatte. *Becky,* endete der Brief, *es tut mir leid, daß ich dir soviel Kummer bereitet habe. Du bist immer viel zu gut für mich gewesen.*

Nach diesem Telefonat kehrte Becky wieder ins Wohnzimmer zurück, wo eine Freundin saß, um ihr Gesellschaft zu leisten.

Becky kuschelte sich in eine Ecke der Couch und berichtete: »Er sagt, er denkt über Selbstmord nach.« Sie machte eine nachdenkliche Pause und fügte dann zum Entsetzen ihrer Freundin hinzu: »Ich hoffe, er tut es auch.«

Das war eine aus Angst und Enttäuschung geborene Bemerkung, die sie sofort bereute.

Calvin Hobson war zwei Stunden vor der mit Andy vereinbarten Zeit am Flughafen Love Field und traf sich mit McGowan in der Polizeiwache, die sich direkt in der Abflughalle befand. Von hier aus, erläuterte McGowan, sollte eine Begegnung mit Andy an der Statue des Texas Rangers überwacht werden. »Ihre Aufgabe besteht darin, ihn dazu zu bringen, von diesem Geschäft zu erzählen. Wenn er das Geld an jemand anderen weitergegeben hat, wollen wir wissen, an wen.«

Hobson, der immer noch verärgert war, weil man seinen Namen in die Ermittlungen hineingezogen hatte, erhob keinerlei Einwände. Wie er sagte, war er selbst scharf darauf, Hopper zu treffen.

Eine Stunde später stand er am Fuß der Statue und sah, wie Andy die Lobby betrat und sich mißtrauisch nach allen Seiten umschaute, bevor er sich dem vereinbarten Treffpunkt näherte.

Hobson verschwendete keine Zeit auf einen freundlichen Händedruck oder irgendwelche einleitenden Floskeln. Er sei stocksauer, erklärte er. Die Polizei wolle ihm den Mord an irgendeiner Frau anhängen und er wolle jetzt wissen, was zum Teufel hier eigentlich los sei. In diesem Stil bearbeitete er seinen alten Freund minutenlang.

Schließlich sagte Andy auch etwas: »Haben sie dich verkabelt?«

»Scheiße, natürlich nicht.«

Hopper legte eine Hand auf Hobsons Brusttasche, als wollte er das überprüfen, und Cal wischte sie beiseite. »Hör mal, du Arschloch, ich habe gerade gesagt, daß ich kein Mikro trage. Ich will nur wissen, was es mit dem ganzen Mist auf sich hat.«

Andy seufzte tief und begann zu weinen. Seine Schultern sanken herab, als Hobson ihm weiterhin Vorwürfe machte. »Warum zum Teufel bist du mit meinem Namen hausieren gegangen?«

Hopper, der sich nervös in der fast menschenleeren Lobby umschaute, sagte: »Es tut mir wirklich leid, Mann.«

»Das hilft mir nun auch nicht weiter. *Was ist das für eine verdammte Geschichte?«*

Hoppers Stimme sank zu einem Flüstern herab. »Ich weiß darüber Bescheid«, meinte er, »aber ich bin's nicht gewesen. Komm, wir gehen in den Waschraum. Du zeigst mir, daß du kein Mikro trägst, und ich erzähle dir die ganze Sache.«

Das war ein Vorschlag, mit dem Hobson nicht gerechnet hatte. »Leck mich«, gab er zur Antwort und starrte Andy an.

Hopper sagte nichts mehr, sondern drehte sich um und ging davon. Je näher er dem Ausgang kam, desto schneller wurde sein Schritt. Er war sicher, daß sein alter Freund versucht hatte, ihn in irgendeine Falle zu locken, und daß die Polizei ganz in der Nähe gewesen war und jedes einzelne Wort mitgehört hatte.

Was Andy sofort stutzig gemacht hatte, war der Umstand,

daß sein Freund zum ersten Mal, seit sie sich kannten, einen Anzug getragen hatte.

Im Innern des Polizeipostens setzte McGowan die Kopfhörer ab und hob die Hände in einer Geste der Enttäuschung. Alles, was das Treffen gebracht hatte, waren weitere Hinweise darauf, daß man Hobsons Namen von der Liste der Verdächtigen streichen konnte.

Am nächsten Montag verschwand Andy Hopper.

Kevin Chapman hatte Hoppers Anwalt angerufen und ihn gedrängt, er solle seinen Klienten überreden, das Büro des Bezirksstaatsanwalts aufzusuchen, um dort die gegen ihn erhobenen Anschuldigungen zu besprechen. Einige Zeit später hatte der Anwalt zurückgerufen und mitgeteilt, er könne Andy nirgendwo erreichen.

Fast zur gleichen Zeit sprach Ken MacKenzie mit einem Beamten der Polizei von Garland, der ihn telefonisch davon in Kenntnis setzte, daß Hoppers Vater eine Vermißtenanzeige erstattet hatte.

Wie der alte Hopper erklärte, hatte man Andy zuletzt gesehen, als er kurz nach Hause kam, um die Geburtstagsfeier seiner ältesten Tochter zu besuchen.

MacKenzie machte sich auf den Weg zu McGowans Büro, um wieder einmal den Überbringer schlechter Nachrichten zu spielen. »Er ist abgehauen«, erklärte er.

Becky hatte tagelang versucht, ihr Leben normal weiterlaufen zu lassen. Eine ihrer Töchter hatte sich für einen Cheerleader-Kurs an der Southern Methodist Church eingeschrieben, und so beschäftigte sie sich mit dem Nähen von Kostümen und besuchte häufig die abendlichen Proben.

Über Tag telefonierte sie viel und suchte die Lieblingslokale ihres Mannes in der Hoffnung auf, jemand dort hätte ihn vielleicht gesehen. Doch mit jedem Tag, der verstrich, wuchs ihre Angst, Andy könnte tatsächlich Selbstmord begangen haben.

Zu denen, die versuchten, ihr Trost zuzusprechen, gehörte

Lynda Whittaker, eine schöne, dunkelhaarige Kellnerin, die im Beethoven's arbeitete, jenem Nachtclub, in den Andy früher einmal Geld investiert hatte. Einige Monate zuvor hatte ihr Andy Buddy Wright, einen alten Freund aus Houston, vorgestellt. Schon bald kam Buddy ihretwegen fast jedes Wochenende nach Dallas. Dabei hatten sie ihre Zeit häufig in Gesellschaft der Hoppers verbracht, und die beiden Frauen wurden schnell gute Freunde. Buddy wiederum hatte Andy anvertraut, er überlege sich ernsthaft, Lynda um ihre Hand zu bitten.

Als Buddy ihr erzählte, daß Andy in Schwierigkeiten steckte und ihn um Geld gebeten hatte, war Lynda sofort zu Becky gefahren und hatte sie gefragt, ob sie irgendwie helfen könnte. In der Zeit nach Andys Verschwinden wurde sie praktisch zu Beckys ständiger Begleiterin und war stets bereit, der verstörten Freundin zuzuhören und ihr Trost und Unterstützung zu geben.

Eines Abends, als Beckys Tochter anrief, weil sie dachte, sie hätte sich beim Cheerleader-Training den Knöchel gebrochen, da war es Lynda, die Becky zum Campus fuhr, wo sie das Mädchen abholten und zum Röntgen in die Notaufnahme brachten.

Ebenso bot sie sich freiwillig an, Becky bei den Vorbereitungen zu einem Garagenverkauf zu helfen, bevor diese nach Pampa zu ihren Eltern zog. Wie Becky erklärte, blieb ihr gar nichts anderes übrig, nachdem Andy vor seinem Verschwinden noch sämtliche Konten leergeräumt hatte. Nicht einmal die Kreditkarte der Tankstelle hatte er ihr dagelassen.

Wenige Tage bevor Beckys Eltern nach Dallas fuhren, um ihre Tochter und deren Kinder abzuholen, entdeckte Lynda Whittaker Andys verlassenen Nissan Maxima, der nur ein paar Meilen vom Haus der Hoppers entfernt bei einem Einkaufszentrum abgestellt war. Der Wagen war nicht abgeschlossen, berichtete sie erst Becky und dann den Behörden. Zu ihrer Überraschung befand sich das Autotelefon trotzdem noch an Ort und Stelle. Als sie das Handschuhfach überprüfte, um sicherzugehen, daß es sich tatsächlich um Andys Wagen handelte, hatte sie dort eine .22er Pistole gefunden.

Becky, die ohnehin von Tag zu Tag verstörter wurde, empfand Lyndas Geschichte als ausgesprochen beunruhigend. Während ihrer Suche nach Andy war sie praktisch täglich an diesem Parkplatz vorbeigefahren, und sie war sich sicher, daß der Wagen damals noch nicht dort gestanden hatte.

Am dritten Sonntag im August hielt sich McGowan im Garten auf und striegelte seinen Hund, als MacKenzie anrief. »Lynda Whittaker will mit uns reden.«

»Worüber?«

»Über ihren Liebhaber . . . Andy Hopper.«

Es dauerte einen Moment, bis McGowan die Antwort wirklich begriffen hatte. »Da hol mich doch der Teufel«, meinte er schließlich.

Lynda, die von ihrer Mutter zum Polizeirevier begleitet worden war, brach in Tränen aus, kaum daß sie in McGowans Büro Platz genommen hatte.

Sie und Andy hatten ein Verhältnis gehabt, berichtete sie. Sie hatten sich im Club kennengelernt und sich dann heimlich getroffen, noch bevor Andy sie seinem Freund vorgestellt hatte. Ihr Interesse an Buddy hatte sie nur geheuchelt, weil sie auf diese Weise die Möglichkeit sah, mehr Zeit in Andys Gesellschaft zu verbringen, ohne Verdacht zu erwecken.

»Ich liebe ihn«, schluchzte sie, »und er liebt mich. Aber jetzt habe ich Angst. Und ich fühle mich schrecklich wegen dem, was ich Becky angetan habe.«

Sie hatte Andy geholfen, die Stadt zu verlassen, indem sie ihn zu einer Bushaltestelle in Oklahoma City gebracht hatte. Nach ihrer Rückkehr hatte sie den Wagen in der Garage ihrer Mutter versteckt, bis sie ihn dann schließlich zum Einkaufszentrum brachte.

Mit Becky hatte sie soviel Zeit verbracht, damit sie Andy informieren konnte, wie die Dinge standen und was über seine Flucht erzählt wurde.

»Und jetzt«, fügte sie hinzu, »will er, daß ich ihn besuchen komme.«

»Wo hält er sich auf?« erkundigte sich McGowan.

»Das wollte er mir nicht sagen. Er will mich heute abend anrufen und mir erzählen, wo wir uns treffen sollen.«

»Möchten Sie ihn denn sehen?«

Lynda schaute auf, während die Tränen langsam über ihre Wangen hinabrollten. »Ja«, sagte sie. »Ich möchte ihm helfen. Er kann diese furchtbare Sache, die Sie ihm vorwerfen, gar nicht getan haben. Nicht der Andy, den ich kenne.«

McGowan erhob sich, ging um den Tisch herum und blieb nah bei ihr stehen. »Wenn Sie ihm wirklich helfen wollen, erkläre ich Ihnen, wie Sie das am besten können. Er kennt mich nicht. Wenn Sie ihn also besuchen, komme ich mit. Und Sie müssen versuchen, ihn zum Reden zu bringen. Wenn Ihnen das nicht gelingt, versuchen Sie ihn davon zu überzeugen, daß es in seinem eigenen Interesse ist, mit uns in Verbindung zu treten.

Wann will er sich wieder melden?«

»Um neunzehn Uhr.«

»Rufen Sie mich an, sobald Sie Nachricht von ihm haben.«

Lynda weinte noch immer, als McGowan und MacKenzie sie und ihre Mutter zum Parkplatz des Polizeireviers brachten.

Am gleichen Abend rief sie McGowan an und erzählte ihm, daß Andy sich gemeldet hätte. Er sei irgendwo in Montana, sagte sie, und er würde sich am Dienstag wieder melden, um einen Treffpunkt auszumachen.

Zwei Tage später erhielt Lynda von Andy die Anweisung, am Samstag morgen nach Boise, Idaho, zu fliegen. Er würde sie am Flughafen treffen.

»Hat er sonst nichts gesagt?« erkundigte sich McGowan.

»Er wartet sehnsüchtig auf mich«, erwiderte Lynda. Die Besorgnis in ihrer Stimme war unüberhörbar.

Für den Rest der Woche arbeiteten McGowan und MacKenzie fieberhaft an der Vorbereitung des Treffens. Sie nahmen Kontakt zur Polizei von Boise auf, faxten ein Foto von Hopper dorthin, schilderten die Lage und baten um Unterstützung bei den Überwachungsmaßnahmen. Don Burcham, der Elektronikspezialist des Richardson Police Department, war bereits nach Idaho unterwegs.

In der Nähe des Flughafens gab es ein Holiday Inn, und dort, so teilte man ihnen mit, würde bis zu ihrer Ankunft alles vorbereitet sein. Auf Lynda Whittakers Namen wurde ein Zimmer reserviert, in dem Burcham seine Mikrofone anbrachte. Der Raum nebenan blieb dem Überwachungsteam vorbehalten.

Darüber hinaus würden Beamte in Zivil am Flughafen warten, um jede nur mögliche Unterstützung zu gewähren.

Und so schien alles bestens geregelt, als McGowan und Lynda die Maschine der United Airlines betraten. Obwohl sie sich im Lauf der Woche bereits mehrfach getroffen hatten, wobei der Detective ihr sehr sorgfältig erklärte, welche speziellen Fragen sie stellen sollte, ging Morris während des Fluges noch einmal alles mit ihr durch und bemühte sich dabei, sie zu überzeugen, daß alles, was sie tat, zu Andys Bestem war.

Erst als das Flugzeug bereits zur Landung ansetzte, stellte ihm Lynda die Frage, vor der sie sich tagelang gedrückt hatte. »Werden Sie ihn verhaften?«

»Nein«, versicherte ihr McGowan.

Seine Antwort entsprach nur teilweise der Wahrheit. Er war noch immer nicht davon überzeugt, daß Andy das letzte Glied in der Kette war, die zu Rozannes Mörder führte, und so unternahm er die Reise in der Hoffnung, er würde den Namen desjenigen erfahren, an den Andy den Auftrag weitergeleitet hatte. Solange die Polizei von Boise jede von Andys Bewegungen überwachte, würde es kein Problem sein, ihn festzunehmen und zu verhören, sobald Lynda wieder sicher in Dallas war.

Sollte Andy allerdings gestehen, daß er selbst den Mord begangen hatte, würde McGowan ihn sofort verhaften.

Bevor sie die Terminalhalle des Flughafens von Boise betraten, ließ McGowan Lynda etwas vorgehen, damit sie sich unter eine Gruppe anderer Reisender mischen konnte. Er blieb nahe genug hinter ihr, um sie beobachten zu können, ohne selbst aufzufallen. Obwohl Andy Hopper den Detective noch nie gesehen hatte, wollte McGowan sicherheitshalber jeden Anschein, Lynda sei nicht allein gereist, vermeiden.

Schon bald sah McGowan einen braunhaarigen Mann mit

dichtem, sorgfältig getrimmtem Bart, der sich Lynda lächelnd näherte. Er gab ihr einen Kuß, nahm ihr die kleine Reisetasche ab und deutete in Richtung Ausgang.

McGowan durchzuckte ein Gefühl der Erregung, als er Hopper zum ersten Mal sah. Er beschleunigte seinen Schritt, um das Paar nicht aus den Augen zu verlieren. Kurz vor dem Ausgang näherte sich ihm ein Fremder, der Jeans und einen Cowboyhut trug. »Sind Sie Polizeibeamter?« erkundigte sich der Mann.

Morris nickte.

»Mein Wagen steht draußen«, sagte der Polizist aus Boise. »Ihr Mann ist mit einem Motorrad unterwegs.«

Während sie dem Paar folgten, versicherte ihm der Beamte, daß alles an Ort und Stelle sei. »Das Holiday Inn steht nur ein paar Meilen von hier entfernt auf der rechten Straßenseite. Die Zimmer sind präpariert, und wir haben auch ein paar Leute draußen auf dem Parkplatz postiert.«

Einige Minuten später wurde das Motorrad, das in knapp dreißig Meter Abstand vor ihnen herfuhr, langsamer, als es sich der Einfahrt zum Holiday Inn näherte. Doch plötzlich bog Andy scharf nach links ab.

McGowan beugte sich auf dem Beifahrersitz vor. »Was zum Teufel macht er da?«

Die Auskunft des Fahrers war nicht gerade ermutigend. »Er fährt zu dem Hotel auf der anderen Seite des verdammten Highway.«

Auf der Fahrt vom Flughafen hatte Lynda erzählt, daß sie im Holiday angerufen und ein Zimmer hatte reservieren lassen. Andy erklärte daraufhin, er hätte bereits in einem anderen Hotel eingemietet und im voraus bezahlt.

Er hatte sich unter dem Namen Bobby Drowns eingetragen, ein Freund, der ein Jahr zuvor Selbstmord begangen hatte.

In einem Zimmer des Hotels, in dem Andy und Lynda abgestiegen waren, schritt McGowan ruhelos auf und ab und dachte darüber nach, wie sich die Situation doch noch retten ließe. Irgendwie, meinte er zu seinem Kollegen aus Boise, müsse Lynda Andy dazu bringen, ins Holiday Inn umzuziehen. Falls das nicht gelang, müßten sie sich einen Weg ausdenken, wie sie die Frau selbst mit einem Mikrofon ausstatten konnten.

»Früher oder später werden sie ausgehen müssen, um etwas zu essen«, erklärte er schließlich. »Dieser Laden sieht nicht so aus, als gäbe es hier einen guten Zimmerservice.«

Kurz darauf wurde eine Polizistin aus Boise zum Schauplatz des Geschehens beordert. Auf ihrem Weg zum Hotel mußte sie eine kleine Packung Tampons besorgen, in der man eine Wanze verstecken wollte.

Am frühen Abend verließen Andy und Lynda ihr Zimmer und schlenderten zu einem nahe gelegenen Denny's Restaurant hinüber. Als sie das Lokal betraten, sah Lynda, wie McGowan in Begleitung einer Frau auf dem Parkplatz eintraf.

Die beiden Beamten warteten, bis Andy und Lynda Platz genommen hatten, dann betraten sie ebenfalls das Restaurant und setzten sich in eine Nische im hinteren Teil des Lokals. Es dauerte fast eine Stunde, bis Lynda endlich aufstand und an ihnen vorbei zur Damentoilette ging. Die Beamtin wartete ein paar Sekunden und folgte ihr dann.

Lynda war völlig hysterisch. Sie hatte die Arme um sich geschlungen, um ihr Zittern zu unterdrücken. Flüsternd erklärte sie, sie hätte versucht, ihn zu überreden, ins Holiday Inn zu ziehen, doch er hätte sich mit der Begründung geweigert, daß er dann das vorausbezahlte Geld verlieren würde. »Ich hatte keine Ahnung, was ich tun sollte.«

»Sie müssen ihn dazu bringen, umzuziehen«, erwiderte die Beamtin. »Erzählen Sie ihm irgendwas. Daß Ihnen das Hotel zu schäbig ist oder das Bett nichts taugt. Was immer Ihnen einfällt.«

»Und wenn er nicht will?«

Die Polizistin griff in ihre Handtasche und gab Lynda die Schachtel mit Tampons. »Da ist ein Mikro drin.«

»Er hat mir aber schon alles erzählt«, wandte Lynda ein. »Ich kann ihn doch nicht noch mal fragen . . .«

Die Beamtin legte sanft eine Hand auf die Schulter der verstörten jungen Frau. »Sie machen das schon«, meinte sie, wandte sich um und ging ins Lokal zurück.

Den Rest des Abends über saß McGowan im Zimmer neben

dem von Andy und Lynda und hörte nichts als den Klang des Fernsehgeräts und die Geräusche des sich liebenden Pärchens. Obwohl es Lynda am nächsten Morgen tatsächlich gelang, Andy zum Umzug ins Holiday Inn zu überreden, hatte der Detective nur noch wenig Hoffnung, sie würde es auch schaffen, das Gespräch auf den Mord zu bringen.

Den ganzen Tag über lauschten McGowan und Burcham den Aufnahmen aus dem Zimmer, wobei sie den Umstand verfluchten, daß Andy das Fernsehgerät ständig mit ohrenbetäubender Lautstärke laufen ließ, während Lynda kaum etwas sagte. Und bei Einbruch der Dunkelheit kamen sich die Beamten wie elektronische Voyeure vor, als sie abermals die Laute jugendlicher Leidenschaft vernahmen.

In einem Telefonat mit MacKenzie, der in Richardson geblieben war, schilderte McGowan die frustrierenden Ereignisse, die sich seit seiner Ankunft abgespielt hatten. »Bis jetzt ist nichts dabei herausgekommen als eine nicht jugendfreie Tonbandaufnahme, und die reicht nicht aus, um jemand wegen Mordes hinter Gitter zu bringen«, brummte er.

Am anderen Ende der Leitung fing MacKenzie an zu lachen.

»Was ist denn so verdammt komisch?« fragte McGowan.

»Es hört sich nicht so an, als würden Sie Ihren Geburtstag besonderes fröhlich feiern«, meinte Ken. »Wenn ich mir überlege, was Sie da gerade erzählt haben, sollten Rhonda und ich Ihnen vielleicht per Express eine von diesen aufblasbaren Puppen als Geschenk schicken.«

McGowan, der seinen eigenen Geburtstag ganz vergessen hatte, mußte lachen. »Vielen Dank für die gute Absicht.«

Sobald Andy am nächsten Morgen das Zimmer verließ, um Lyndas Reisetasche am Motorrad zu befestigen, weil es Zeit wurde, zurück zum Flughafen zu fahren, rief McGowan bei Lynda an. »Was zum Teufel treiben Sie da eigentlich?« rief er. »Warum tun Sie nicht, was ich Ihnen gesagt habe?«

»Ich habe Angst.«

Morris ignorierte den weinerlichen Tonfall in ihrer Stimme.

»Verdammt noch mal, uns läuft die Zeit davon. Sie müssen ihn zum Reden bringen . . . und zwar jetzt sofort.«

Ein paar Minuten später kehrte Andy ins Zimmer zurück und stellte sofort wieder das Fernsehgerät laut. Lynda packte ihre Sachen fertig und drehte dann den Ton leiser. »Andy, diese ganze Sache macht mir angst. Ich muß wissen, was wirklich los ist.«

Andy schwieg einen Moment, dann sagte er: »Okay, was willst du wissen?«

»Hast du diese Frau umgebracht?«

»Nein, habe ich nicht«, erwiderte er. »Allerdings habe ich Geld angenommen. Ich bin darin verwickelt, aber ich habe sie nicht getötet.«

»Wie konntest du denn in so etwas hineingeraten?«

»Das weiß ich selbst nicht. Es ist einfach passiert. Aber ich habe sie nicht erschossen, das schwöre ich. Dummerweise kann ich meine Unschuld im Moment nicht beweisen.«

Im Raum nebenan sackte McGowan auf seinem Stuhl zusammen und stieß einen tiefen Seufzer der Erleichterung aus.

Auf dem Rückflug nach Dallas sagte Lynda nur wenig. Ganz offensichtlich machte sie sich Vorwürfe wegen ihrer Handlungsweise. Und nur wenn McGowan drängte, berichtete sie, was Andy ihr erzählt hatte.

Er hatte ihr versichert, daß er die Frau, die ermordet worden war, nicht einmal gekannt hatte, geschweige denn in ihrem Haus gewesen sei. Bei dem Mann, der ihm das Geld gegeben und ihn gefragt habe, ob er den Auftrag übernehmen wolle, habe es sich um jemand namens Brian gehandelt.

Die ganze Aktion hatte nicht so viel gebracht, wie McGowan gehofft hatte, aber Hoppers Worte bewiesen zumindest, daß er tatsächlich mit dem Mordfall zu tun hatte.

Es war immerhin ein Schritt in die richtige Richtung gewesen. Da das Nummernschild des Motorrads jetzt bekannt war, konnte die Polizei von Idaho Andy weiterhin im Auge behalten. Außerdem entwarf Morris bereits einen neuen Plan. Er war sicher, daß Andy schon bald anrufen würde, um Lynda zu einem neuen Treffen zu bewegen. Die würde dann allerdings in Dallas zurückbleiben, während McGowan sich mit einem Haftbefehl auf den Weg machte. Er wollte Hopper festnehmen.

»Lynda«, sagte McGowan, »ich weiß, daß die ganze Sache schwer für Sie war . . .«

»Ich liebe ihn«, warf sie ein.

». . . aber Sie haben das Richtige getan. Und Sie haben es gut gemacht.«

McGowan wußte allerdings nicht, daß die verstörte Frau an seiner Seite ihm nicht alles erzählt hatte.

Auf dem Weg zum Flughafen war sie von Schuldgefühlen übermannt worden und hatte Andy erzählt, daß die Polizei sie während des ganzen Wochenendes überwacht und wahrscheinlich auch ihre Gespräche abgehört hatte.

Und natürlich sagte sie McGowan auch nicht, daß sie Andy geraten hatte, Boise sofort zu verlassen und das Motorrad loszuwerden.

Kapitel 14

In Dallas konzentrierten sich Rhonda Bonner und Ken MacKenzie darauf, die Männer ausfindig zu machen, die vermutlich die Schüsse auf Larry Aylor abgefeuert hatten. Joe Thomas hatte sich zur Mitarbeit bereit erklärt und Buster Matthews angerufen, um ein Treffen zu vereinbaren.

Am Morgen des 19. August fuhr Thomas, der ein verborgenes Mikrofon bei sich trug, zu Griff's, einem Coffee Shop in Mesquite, den Buster recht häufig besuchte. Während die Polizeibeamten das Gespräch von einem nahegelegenen Parkplatz aus überwachten, tranken die beiden Männer Kaffee und unterhielten sich über das Baugewerbe. Schließlich schlug Thomas vor, sie sollten sich wieder auf den Weg machen. Draußen sprachen sie kurz über den erfolglosen Anschlag auf Aylor, und dann erzählte Thomas, er sei gefragt worden, ob ›seine Leute‹ bereit wären, es noch einmal zu versuchen.

Buster, ein stämmiger Mittvierziger mit pechschwarzem Haar, dessen Vorstrafenregister bis in die 60er zurückreichte, erklärte, er müsse das mit seinem Bruder besprechen. »Wenn wir es tun, steigt allerdings der Preis.«

»Sagen Sie mir einfach so bald wie möglich Bescheid«, erwiderte Thomas.

Kaum war Bonner zurück im Revier, rief sie Don Robertson an, einen pensionierten Polizeibeamten aus Mesquite, der in seiner aktiven Zeit oft genug mit Buster Matthews zu tun gehabt hatte. Sie schilderte ihm die Sachlage und bat ihn, Buster zu überreden, sich mit ihr in Verbindung zu setzen.

Drei Tage später meldete sich Robertson und schlug vor, die Beamtin sollte sich am kommenden Nachmittag mit ihm in Griff's Coffee Shop treffen.

Als Bonner das Lokal betrat und einen Kaffee bestellte, konzentrierte Buster Matthews seine Aufmerksamkeit voll und ganz auf ein Flippergerät. Erst als das Spiel zu Ende war, bemerkte er, daß Robertson ihn an den Tisch winkte, wo die Beamtin inzwischen Platz genommen hatte.

Er stellte die beiden einander vor und kam dann direkt zum Punkt. »Sie möchte etwas darüber erfahren, wie Sie und Ihr Bruder versucht haben, diesen Burschen oben im Kaufman County umzubringen.«

Matthews, der ganz offensichtlich überrascht war, blickte erst Robertson und dann Bonner an. Dann fuhr er sich nervös durchs Haar und meinte schließlich: »Zum Teufel, Don, ich kann nicht darüber reden, wenn sie dabei ist.«

»Dann gehen wir eben nach draußen«, schlug Robertson vor.

Sie blieben in der Nähe des Eingangs stehen, und der ehemalige Polizist sagte mit sanfter, freundlicher Stimme: »Ich bin nicht mehr bei der Polizei, und deshalb geht mich diese Sache auch nichts an. Aber ich kann Ihnen wohl sagen, daß diese Leute nicht einfach nur im Trüben fischen. Sie wissen ganz genau, was sie tun, und wenn ich an Ihrer Stelle wäre, würde ich jetzt da hinein gehen und ihr alles erzählen, was ich weiß, damit ich hinterher im Gericht so gut wie möglich abschneide.«

»Helfen Sie mir?«

»Buster«, erklärte Robertson, »die Lady da drin ist die einzige, die Ihnen jetzt noch helfen kann.«

Matthews wippte nervös mit seinem Stuhl, während er von den Ereignissen bei der Ranch berichtete. Irgendeine reiche Familie, erzählte er, wollte einen Kinderschänder umbringen lassen, weil sie das Kind nicht einem Gerichtsverfahren aussetzen wollten. Er und sein Bruder wären zu einer Ranch draußen auf dem Land gefahren und hätten auf den Mann geschossen.

»Haben Sie jemals den Namen Joy Aylor gehört?« erkundigte sich Bonner.

Matthews schüttelte den Kopf. »Nein, die kenne ich nicht.«

Mehrere Minuten lang erzählte er dann von dem Überfall, bis Bonner ihn unterbrach und ihm seine Rechte vorlas.

»Und was passiert jetzt?« erkundigte er sich.

»Sie werden möglicherweise verhaftet und wegen Mordversuchs angeklagt«, erwiderte Bonner.

»Gary war derjenige, der geschossen hat«, wandte Buster ein.

Noch am gleichen Abend machte Buster Matthews im Verhörraum von Richardson eine offizielle Aussage, in der er seine Rolle beim Anschlag auf Larry Aylors Leben schilderte.

Er erklärte sich außerdem bereit, seinem Bruder zu erzählen, Joe Thomas hätte ihnen ein zweites Mal angeboten, Aylor zu töten.

Zwei Tage später erreichte Buster vom Polizeirevier aus endlich seinen Bruder.

»Hör mal zu«, sagte er, »J. T. hat sich wieder gemeldet. Diese Leute machen ihm die Hölle heiß, damit der Auftrag endlich erledigt wird.«

Garry überlegte ein paar Sekunden, bevor er antwortete. »Sie müssen bar bezahlen, die Hälfte vorher, den Rest danach. Und sie müssen uns die Ausrüstung besorgen.«

»Hast du die .22er nicht mehr?«

»Nein.«

»Hast du sie verkauft?«

»Ich hab' keine Ahnung, wo sie ist. Sag mal, wieviel bieten die eigentlich?«

»Du meinst, wir sollten noch mehr verlangen?«

»Ganz genau. Nichts ist umsonst.«

Buster beendete das Gespräch mit der Zusicherung, Thomas anzurufen und die finanziellen Einzelheiten zu klären. Er sollte auf zusätzlichen 5000 Dollar bestehen.

Das Treffen sollte am nächsten Freitag vormittag bei einer Waffelbäckerei stattfinden. Bonner erklärte Buster, er sollte vorher zum Parkplatz eines nahe gelegenen 7-11-Supermarktes kommen, wo sie ihn mit einem Mikrofon ausrüsten wollte.

Sie sah Buster Matthews jedoch nie wieder.

Am Donnerstag abend erhielt der Dachdecker Michael Zick einen Anruf von Buster Matthews, der erzählte, er hätte Probleme und wolle für einige Zeit verschwinden, um über alles nachzudenken. Busters Stimme klang so drängend, wie es sein Freund und Angelgefährte noch nie erlebt hatte.

Zick, der selbst arbeitsmüde war, schlug vor, sie sollten für ein paar Tage zum Camping in einen der Nationalparks von New Mexiko fahren. »Wann hast du denn vor, loszufahren?«

»Am liebsten sofort«, erwiderte Buster, »aber ich bin pleite, und mein verdammter Wagen ist auch kaputt.«

Zick erwärmte sich schnell für den Gedanken, sofort abzuhauen. Er sagte seinem Freund, er würde ein paar Stunden brauchen, um alles zusammenzupacken. Buster erklärte sich einverstanden und meinte, er würde vor einem Laden in der Nähe seines Hauses auf ihn warten.

Zick schloß daraus, daß es wieder einmal zu einem handfesten Krach zwischen Buster und seiner Frau gekommen war. Es wäre nicht das erste Mal, daß Buster aus seinem eigenen Haus rausgeworfen wurde.

Als Zick bei dem Geschäft ankam, stellte er zu seiner Überraschung fest, daß dort zwei Männer auf ihn warteten. »Mein Bruder kommt mit uns«, erläuterte Buster.

Obwohl er Gary Matthews nicht persönlich kannte, hatte Zick doch schon mehr als genug über Busters jüngeren Bruder gehört. Gary hatte den Ruf eines hitzigen, bösartigen Schlägers, der ständig auf Streit aus war. So erzählte man beispielsweise, daß Gary einmal betrunken in ein Restaurant marschiert war und einem völlig Fremden ins Essen gespuckt hatte, um auf diese Weise eine Schlägerei anzuzetteln. Es gab kaum jemanden, der Gary kannte und keine Angst vor ihm hatte, und wie es hieß, hatten es viele nur Busters Einfluß zu verdanken, daß sie ohne größere Verletzungen davongekommen waren. Sie fuhren die ganze Nacht durch und erreichten Clovis, New Mexiko, früh am folgenden Morgen. Zick kaufte dort Lebensmittel und andere Ausrüstung ein und schlug dann vor, nach Norden in Richtung Santa Fe weiterzufahren.

Dort fanden sie allerdings keinen Campingplatz, der ihnen zusagte, deshalb fuhren sie wieder nach Süden und landeten schließlich in einem pittoresken Bergwald, der nicht weit von einer Indianerreservation im Lincoln County entfernt lag.

Zick empfand die Fahrt schon jetzt als Belastung. Seine Reisegefährten erwiesen sich als launisch, waren mitunter streitsüchtig, nur um dann wieder in dumpfes Schweigen zu verfallen. Buster, normalerweise ein recht angenehmer Begleiter, rauchte nervös eine Zigarette nach der anderen und sagte kaum etwas. Obwohl sich niemand über den wahren Grund des Ausflugs geäußert hatte, war sich Zick doch ziemlich sicher, daß die beiden vor irgendwelchen Schwierigkeiten davonliefen, mit denen er lieber nichts zu tun haben wollte.

Insofern war er ganz erleichtert, als er am Samstag morgen erklärte, er wolle nach Dallas zurückfahren, und daraufhin keiner der beiden Matthews Einspruch erhob oder mitkommen wollte.

Es dauerte nicht sehr lange, die Matthews-Brüder ausfindig zu machen. Noch vor Ablauf einer Woche erhielt Bonner den Anruf eines Deputy vom Lincoln County Sheriff's Department.

»Wir haben hier oben einen Burschen festgenommen, der meint, Sie würden möglicherweise nach ihm suchen«, erklärte der Deputy. »Er heißt Buster Matthews.«

Er wurde wegen Kidnappings und Autodiebstahls festgehalten.

Kurz nach Zicks Abreise hatten Buster und Gary einen in der Nähe zeltenden Mann überfallen, gefesselt und in seinem Schlafsack zurückgelassen, während sie mit seinem Pick-up flüchteten.

Das Opfer hatte es trotzdem schnell geschafft, sich von den Fesseln zu befreien, und den Diebstahl mitsamt dem Autokennzeichen gemeldet.

So kam es, daß die Matthews gestellt wurden, noch bevor sie den Ausgang des Parks erreicht hatten. Buster ergab sich sofort, doch Gary war in den Wald geflüchtet.

»Da oben in den Bergen wird es ganz schön kalt«, meinte der Deputy, »deshalb kommt er sicher schon bald freiwillig wieder zurück.«

Tatsächlich hielt schon am nächsten Tag ein vor Kälte zitternder Gary Matthews einen vorbeikommenden Ranger an und ergab sich.

Bonner informierte McGowan, daß die Behörden von New Mexico bereits Anklage gegen die beiden Männer erhoben hatten.

»Die sehen wir so bald nicht wieder«, fügte sie hinzu.

Jetzt, da die Staatsanwaltschaft bereit war, Anklage gegen Joy Aylor zu erheben, Geständnisse von Bill Garland, Brian Kreafle und Joe Thomas vorlagen, und die Matthew-Brüder im Gefängnis von New Mexico saßen, neigte sich die große Hetzjagd langsam ihrem Ende zu.

Es war an der Zeit, Andy Hopper in Haft zu nehmen, entschied McGowan.

Obwohl er noch keineswegs überzeugt war, daß Andy selbst Rozanne Gailiunas ermordet hatte, stand doch außer Frage, daß er innerhalb dieser Verschwörung eine wesentliche Rolle gespielt hatte. Und sobald er erst einmal in Haft war, standen die Aussichten gut, daß er sie zum nächsten Glied in der Kette führen würde.

Ken MacKenzie teilte McGowans Zweifel an Andys Schuld nicht. Er war davon überzeugt, daß der ehemalige Theologiestudent selbst den Finger am Abzug gehabt hatte.

Zu denen, die er seit Andys Verschwinden vernommen hatte, gehörte auch James Carver. Carver, der erst vor kurzem wegen Drogenhandels und Steuerhinterziehung verurteilt und dem Staatsgefängnis in Texarkana überstellt worden war, hatte zunächst nicht glauben wollen, daß Hopper an einem derartigen Verbrechen beteiligt war. »Der Junge ist ein bißchen instabil, aber doch nicht verrückt«, meinte er. »Der ist doch bloß ein großer Schwätzer.«

Andy versuchte stets, andere Menschen zu beeindrucken, berichtete Carver. »Er brachte seine Freundinnen mit ins Geschäft, um mit ihnen anzugeben. Einmal rief er mich nachmittags an, nur um mir zu erzählen, daß er gerade mit irgendeinem Hasen, den er abgeschleppt hatte, im Bett lag. Er hat sie sogar mal kurz ans Telefon geholt.

Bei einer anderen Gelegenheit hatte ich erwähnt, ich hätte Probleme, bei einigen Kunden in Baltimore an mein Geld zu kommen. Andy war ganz begeistert und meinte, er würde selbst dort hinfahren und mir das Geld beschaffen. Wenn es sein müßte, würde er sie auch umbringen.«

Eines Tages brachte Andy einen Freund namens Cal Hobson mit, dem Carver einen Job im Drogengeschäft verschaffen sollte. Carver war verärgert, weil Hopper mit seinem Namen hausieren gegangen war, und hatte ihn deswegen heftig zurechtgewiesen.

So war Andy eben, erklärte Carver. Ein großes Maul, viel Geschwätz und immer darauf bedacht, andere zu beeindrucken.

Erst nach einigen recht unergiebigen Besuchen war es MacKenzie gelungen, Carvers Vertrauen zu gewinnen. Und nachdem der Detective die grausamen Einzelheiten des Mordes an Rozanne Gailiunas geschildert hatte, fing Carver schließlich an zu reden.

Drogenhandel war eine Sache; eine wehrlose Frau umzubringen, während sich ihr kleiner Sohn im Haus befand, eine ganz andere.

Gegen Ende 1983, erinnerte sich Carver, verließ er gerade ein Motorradgeschäft am North Central, als Andy neben ihm anhielt und vorschlug, zusammen eine Tasse Kaffee zu trinken.

Im Verlauf ihres Gesprächs hatte Andy seine Besorgnis wegen seiner zunehmenden finanziellen Probleme geäußert und dabei erwähnt, man sei wegen eines Mordauftrags an ihn herangetreten.

»Das ist doch Blödsinn«, sagte Carver, obwohl er vermutete, Hopper würde ihm einen Bären aufbinden, damit er ihm mehr Dope zum Verkauf zuteilte. »Du bist doch kein Killer. Ich besorge dir mehr Marihuana, also setz deinen Arsch in Bewegung, such dir ein paar neue Kunden und vergiß diesen anderen Quatsch.«

Carver hörte erst drei Wochen später wieder von Andy, als der ihn anrief, um ein weiteres Treffen zu vereinbaren, diesmal im Golden Eagle Restaurant.

»Du erinnerst dich doch an den Mordauftrag, von dem ich dir erzählt habe?« fragte Andy. »Tja, ich hab's gemacht.«

Wie gelähmt hörte Carver zu, als sein Freund damit angab, wie er das Verbrechen begangen hatte. Er hätte der Frau ein Seil um den Hals gelegt, erzählte Andy, und sie so eine Weile durch das Haus geführt und ihr dabei gedroht, das Kind zu verletzen. Schließlich hätte er sie dann ins Schlafzimmer gebracht und erschossen. »Mann«, sagte er, »du kannst dir gar nicht vorstellen, wie mächtig man sich fühlt, wenn man Herr über Leben und Tod ist. Ich wollte, du hättest gesehen, wie das Weib sich gewunden hat.«

Schließlich unterbrach Carver ihn. »Redest du von dem Mord in Richardson, über den die Zeitungen berichtet haben?«

Andy grinste und nickte.

»Hast du sie vergewaltigt?«

»Nein.«

»Verdammt, Andy, weiß Becky davon?«

»Nein.«

Plötzlich wurde Carver wütend. Wenn auch nur die geringste Möglichkeit bestand, daß an dieser Sache mehr war als an den anderen Geschichten, mit denen Andy sich immer als harter Bursche aufzuspielen versuchte, dann wollte er da nicht mit hineingezogen werden. »Verdammt noch mal«, flüsterte er mit zusammengebissenen Zähnen, »ich will nichts mehr davon hören. Halt einfach die Klappe. Halt dein gottverdammtes Maul und erzähl mir nie wieder etwas von solchen Dingen. Hast du mich verstanden?«

Hopper zuckte die Achseln und lächelte leicht. »He, das geht schon in Ordnung. Ich hab' so was schon früher gemacht.«

Zum ersten Mal in ihrer fünfzehnjährigen Freundschaft war sich Carver nicht sicher, ob Andy log oder nicht.

»Andy ist unser Mann«, sagte MacKenzie zu McGowan. Rhonda Bonner stimmte ihm zu.

»Na schön, dann schnappen wir ihn uns und finden es heraus«, schlug der noch immer skeptische Detective vor.

Allerdings war das leichter gesagt als getan.

Noch bevor McGowan Lynda Whittaker nahelegen konnte, eine weitere Begegnung mit Andy zu arrangieren, traf ein Fernschreiben aus Salmon, Idaho, ein.

Als MacKenzie daraufhin sofort beim zuständigen Sheriff's Department anrief, stellte sich heraus, daß man Andys Motorrad in einem Waldstück außerhalb der Stadt entdeckt hatte. Das Gefährt war mit Zweigen getarnt gewesen.

»Es ist nicht defekt oder so was in der Art«, meinte der Deputy. »Sieht ganz so aus, als wollte es jemand loswerden.«
Offensichtlich hatte Hopper Lyndas Ratschlag befolgt.

Im Büro des stellvertretenden Bezirksstaatsanwalts Kevin Chapman gab es nichts, aus dem man Rückschlüsse auf den Besitzer hätte ziehen können. Anders als bei seinen Kollegen fand man hier keine gerahmten Fotos oder Zeitungsausschnitte, die an vergangene Siege im Gerichtssaal erinnerten, und auch keine Plaketten oder sonstige Erinnerungsstücke. Einzig die beiden Ledersessel, die nebeneinander vor dem Schreibtisch standen, brachten ein wenig Wärme in den Raum.

Entlang den Wänden waren Kästen aufgestapelt, in denen all die Ordner lagerten, die in den beiden großen Aktenschränken keinen Platz mehr gefunden hatten. Auf den meisten der Kartons stand der Name ›Gailiunas‹. Chapman hatte die Unterlagen monatelang studiert und versucht, sich jeden winzigen Hinweis zu merken, den die Polizei von Richardson im Verlauf der Untersuchung angesammelt hatte.

In letzter Zeit hatte er angefangen, die Wochenenden in seinem Büro zu verbringen, weil er nur dann die nötige Ruhe fand, um Beweise zuzuordnen, Präzedenzfälle nachzuschlagen und sich auf den Tag vorzubereiten, an dem er endlich die Gelegenheit haben würde, diese bizarre Geschichte einer Jury vorzutragen.

Obwohl er genau wie McGowan nicht sehr glücklich über den Umstand war, daß noch immer Teile des Puzzles fehlten, Teile, die vermutlich nur der flüchtige Andy Hopper einsetzen konnte, war Chapman doch zu der Überzeugung gekommen, es sei an der Zeit, den Fall voranzutreiben. Zwar war er ursprünglich ebenfalls der Ansicht gewesen, zu eilige Verhaftungen könnten den Informationsfluß versiegen lassen, doch mittlerweile machte er sich Sorgen, auch andere könnten sich wie Hopper und die Matthew-Brüder aus dem Staub machen.

Chapman wollte nicht, daß noch irgend jemand flüchtete. Es sei nun an der Zeit, Anklage zu erheben, teilte er McGowan zu dessen großer Erleichterung mit. Die einzige Ausnahme würde

Andy Hopper sein. Obwohl ausreichende Beweise gegen ihn vorlagen, um ihn der Verschwörung zu beschuldigen, wollte der Staatsanwalt damit noch warten, bis er verhaftet worden war. Denn wenn es doch jemand gab, der noch hinter Andy stand, würde sich der Betreffende vermutlich keine allzu großen Sorgen machen, solange Hoppers Name weder in den Gerichtsakten noch in den Zeitungen auftauchte.

Der nächste Schritt bestand also darin, die Zeugen zu einer Anhörung vor der Grand Jury zu laden.

Nachdem sie ihre Vorladung erhalten hatte, suchte Frances Davis Chapmans Büro auf, um mit ihm und McGowan zu sprechen. Chapman, der von der inneren Stärke dieser Frau beeindruckt war, befragte sie ausgiebig nach allem, was sie möglicherweise über Joys Beteiligung an dem Verbrechen wußte.

Mrs. Davis, deren Stimme sanft, aber fest war, versicherte dem Staatsanwalt, sie wüßte nicht mehr darüber, als ihre Tochter Carol ihr erzählt hatte. Offenbar war sie fest davon überzeugt, daß die ganze Angelegenheit nur einer Intrige entsprungen war, die Carol zusammen mit Larry Aylor ausgeheckt hatte, um zu Geld zu kommen.

Als Frances schon im Begriff war zu gehen, wandte sie sich noch einmal zu Chapman um und suchte seinen Blick. »Darf ich Sie etwas fragen?«

»Natürlich, Ma'am«, erwiderte der Strafverfolger.

»Wird dies alles schnell vorbei sein?«

Kevin verharrte mehrere Sekunden schweigend. Zum ersten Mal empfand er so etwas wie Sympathie für jemanden, der mit diesem Fall zu tun hatte. Und er wußte, daß diese Mutter ihre Frage ohne echte Hoffnung gestellt hatte.

»Es tut mir leid«, sagte er, »aber das kann ich Ihnen nicht versprechen.«

Frances nickte. »Ich danke Ihnen für Ihre Aufrichtigkeit«, antwortete sie und ging zur Tür.

Von allen Zeugen auf Chapmans Liste war nur einer ausgesprochen schwer zu erreichen.

Nachdem Ken MacKenzie sowohl Jodi Packers Haus als auch sein Geschäft mehrfach aufgesucht hatte, wurde ihm klar, daß der Installationsunternehmer versuchte, die Zustellung der Vorladung zu vermeiden. Als der Tag der Anhörung näher rückte, entwickelte MacKenzie einen ausgeklügelten Plan.

Er lieh sich einen Lastwagen des städtischen Wasserwerks und tauchte damit im Morgengrauen vor Packers Haus auf. Angetan mit Overall und Schutzhelm, errichtete er eine Absperrung und schloß dann ein Rohr an die Wasserleitung an, die direkt vor Packers Ausfahrt verlief. Dann wartete der Detective mit tief ins Gesicht gezogenem Helm, bis Packer auftauchte und sich erkundigte, wie lange seine Ausfahrt noch versperrt sein würde.

»Guten Morgen, Mr. Packer«, sagte MacKenzie lächelnd, als er Jodi die Vorladung in die Hand drückte.

Am 19. September 1988 – vier Jahre und elf Monate nach dem Überfall auf Rozanne Gailiunas – wurden die Anklagen erhoben und die Haftbefehle ausgestellt.

Joy Aylor wurde wegen Mordes, wegen Verschwörung zum Mord und wegen Anstiftung zum Mord angeklagt. Bill Garland und Brian Kreafle erhielten Anklagen wegen Verschwörung und Anstiftung. Joe Thomas, Buster Matthews und Gary Matthews wurden jeweils wegen Verschwörung angeklagt.

McGowan sollte derjenige sein, der Joy verhaftete.

Nachdem sie überprüft hatten, daß Joy Aylors Porsche hinter ihrem Haus abgestellt war, besetzten Polizeibeamte aus Dallas und Richardson sämtliche Zufahrtstraßen zum Viertel.

Ein Stück die Straße hinunter saß McGowan zusammen mit zwei Kollegen im Auto und wartete. Er hatte beschlossen, Joy erst festzunehmen, wenn sie das Haus verlassen hatte.

Knapp eine Stunde später hörte er das sich nähernde Geräusch eines Motorrads und entdeckte schließlich Chris Aylor, der zum Haus seiner Mutter unterwegs war. Als sich Chris dem Wagen näherte, erkannte er McGowan sofort, der auf dem Beifahrersitz des zivilen Polizeifahrzeugs saß.

»Was ist denn los?« fragte der düster blickende Junge, als McGowan ausstieg, um ihn zu begrüßen.

»Tut mir leid, Chris, das kann ich dir nicht sagen.«

»Sie wollen meine Mutter wieder mitnehmen, nicht wahr?«

Morris nickte. »Ich fürchte, ja. Hör mal, ich weiß, daß das hart für dich . . .«

»Hey«, unterbrach ihn Chris, der seine Empfindungen durch vorgespielte Gleichgültigkeit zu kaschieren suchte, »Sie tun doch auch nur Ihre Pflicht. Ich werde dann einfach zu meinem Dad ziehen.«

McGowan schaute zu, wie das Motorrad in der Abenddämmerung verschwand. Seine Begeisterung, endlich am Ziel der Ermittlungen angekommen zu sein, ließ spürbar nach, als er an die Seelenqualen dachte, die der junge Mann hatte erdulden müssen, und an die unbeantworteten Fragen, die wohl selbst noch seine Träume heimsuchten. *Eines Tages,* dachte McGowan, als er zum Wagen zurückging, *eines Tages setzen wir uns zusammen und reden über alles. Du hast ein Recht darauf, bestimmte Dinge zu erfahren.*

Sekunden später galt seine Aufmerksamkeit wieder dem eigentlichen Grund seiner Anwesenheit. Über Funk kam die Meldung durch, daß Joy gerade in ihrem Auto das Grundstück verließ. McGowan setzte sich sofort hinter den Porsche.

Joy hielt an und stand schon neben dem Wagen, als der Polizist sich näherte.

»Mrs. Aylor«, sagte McGowan, »Sie stehen unter Arrest. Es liegen fünf Anklagepunkte im Zusammenhang mit dem Mord an Rozanne Gailiunas und dem Mordversuch an Larry Aylor gegen Sie vor.«

Joy blickte ihn leicht verwirrt an. »Heißt das, ich muß mitkommen?«

»Ja, Ma'am«, erwiderte McGowan und öffnete die hintere Tür seines Wagens.

Joy schwieg, bis McGowan am North Central in Richtung Polizeirevier abbog. Dann fragte sie: »Und was geschieht jetzt?«

»Da Sie mittlerweile einen Anwalt haben, darf ich Sie nicht befragen, es sei denn, Sie wollen auf eigenen Wunsch mit mir reden. Ich nehme an, Ihr Anwalt hat Ihnen das auch erklärt.«

»Mein Anwalt hat mir überhaupt nichts erklärt«, entgegnete sie mit deutlich verärgertem Unterton. Wieder schwieg sie eine Weile und erklärte dann: »Okay, ich will mit Ihnen reden.«

»Sobald wir auf dem Revier sind«, stimmte der Detective zu. Und insgeheim schwor er sich, daß die Dinge diesmal anders verlaufen würden als seinerzeit, als sie zum ersten Mal über Joys Rolle beim Mord an Rozanne Gailiunas gesprochen hatten.

Sobald Joy im Verhörraum im ersten Stock des Richardson Police Department Platz genommen hatte, verschwanden Joys Ärger und Anspannung und wurden durch die gleiche Ruhe und Selbstkontrolle ersetzt, die McGowan schon beim ersten Verhör aufgefallen waren.

Ihre erste Frage klang ebenfalls vertraut. »Kann ich hier irgendwie wieder herauskommen?«

»Joy«, entgegnete McGowan, »Ich möchte genau wissen, was alles passiert ist. Ich möchte, daß Sie mir erzählen, warum Sie all das getan haben. Wenn Sie dazu nicht bereit sind, bringe ich Sie in Ihre Zelle.«

Sie schüttelte den Kopf. »Nein, ich sage Ihnen alles. Ich weiß selbst nicht mehr genau, wie die ganze Sache angefangen hat. Larry und ich sind damals öfter zu dem Haus gefahren, das wir für den Doktor und seine Frau gebaut haben. Ich erinnere mich, daß der kleine Junge einmal sehr aufgeregt war und weinte. Daraufhin bot ich an, mit ihm ein Eis essen zu gehen, damit seine Eltern sich in Ruhe mit Larry unterhalten konnten.«

Wieder versuchte Joy ihr altes Spielchen, viel zu reden, aber wenig zu sagen. Doch in diese Falle wollte sich der Detective nicht noch einmal locken lassen.

»Einen Moment, Joy«, unterbrach er sie. »Ich will nur wissen, warum Sie es getan haben. Versuchen Sie also nicht, mir das Blaue vom Himmel zu erzählen. Warum und wie – das ist alles, was mich interessiert.«

Es war, als hätte sie ihn überhaupt nicht gehört. »Kann ich hier irgendwie rauskommen?« fragte sie wieder.

»Darum wird sich Ihr Anwalt kümmern müssen.«

Daraufhin erzählte sie wieder von dem Haus, das ihr Mann

für Dr. Gailiunas gebaut hatte. Es schienen nette Leute zu sein, meinte sie. Für geraume Zeit hätte sie nicht den geringsten Verdacht gehabt, daß zwischen Larry und Rozanne irgend etwas ablief.

McGowan erhob sich. »Diesmal funktioniert das nicht, Joy. Ich habe auch noch anderes zu tun. Also kommen Sie, ich bringe Sie jetzt in Ihre Zelle.«

Auf dem Weg zur Tür wandte er sich noch einmal um. »Ich habe noch eine Frage, und darauf hätte ich gern eine ehrlich Antwort.«

»Ja?«

»War Dr. Gailiunas daran beteiligt?«

Joy lächelte amüsiert, während sie aufstand, und schüttelte dann den Kopf. »Nein, er hatte absolut nichts damit zu tun.«

»Sind Sie ganz sicher?«

»Hundertprozentig.«

Auf dem Weg zum Zellenblock entdeckte McGowan Bill Garland, der in der Nähe des Aufnahmeschalters stand. Ohne etwas zu sagen, dirigierte er Joy in Garlands Richtung.

Garland nickte dem Detective zu und fragte: »Was gibt's?«

»Ich wollte nur sehen, ob Sie beide sich kennen«, meinte McGowan und deutete in Joys Richtung. »Das ist Joy Aylor.«

Dann wandte er sich ihr zu und sagte: »Joy, das hier ist Bill Garland.«

Sie starrte den hünenhaften Mann einen Moment lang mit weit aufgerissenen Augen an und wich dann hastig zurück, als fühle sie sich plötzlich abgestoßen.

Ohne auch nur ein Wort zu sagen, hatte sie damit eine weitere Frage des Detective beantwortet. Ganz offensichtlich hatte sie den Mann, den sie für ihre Mordpläne angeheuert hatte, noch nie zuvor gesehen.

McGowan wartete, bis Joy in ihrer Zelle eingeschlossen war, und trat dann an die Gitter heran. »Wenn Sie Ihre Meinung ändern, sagen Sie einfach Bescheid. Man wird mich dann schon finden.«

Joy hatte die Lippen fest zusammengepreßt und gab keine Antwort. McGowan war ziemlich sicher, daß sie sich nicht melden würde, und verließ schon bald darauf das Revier. Während er in die warme Nachtluft hinausging, freute er sich schon darauf, nach Hause zu kommen, wo Sandy darauf wartete, das Neueste über den Fall zu hören.

Am nächsten Morgen ging McGowan auf dem Weg zu seinem Büro kurz am Zellentrakt vorbei. Da er annahm, daß alle Festgenommenen noch in der Nacht oder spätestens am frühen Morgen gegen Kaution freigelassen worden waren, war er recht überrascht, als er Joy entdeckte, die in Begleitung eines Beamten die Eingangshalle durchquerte.

»Wieso hat Ihr Anwalt Sie denn noch nicht ausgelöst?« erkundigte er sich.

»Ich habe gerade wieder versucht, ihn zu erreichen«, entgegnete sie. »Angeblich ist er unterwegs.«

Wie sie so dastand, eine Decke um die Schultern geschlungen, schien sie eine überraschende Wandlung durchgemacht zu haben. Die Aura der Unschuld war verschwunden, so als hätte sie im Verlauf der Nacht endlich erkannt, was die Zukunft für sie bereithielt. Ihre Stimme klang schwächer, und ihre fast schon mechanischen Bewegungen erweckten den Eindruck, sie wäre völlig erschöpft.

»Möchten Sie einen Kaffee?« fragte der Detective.

»Und etwas gegen Kopfschmerzen«, nickte sie.

McGowan führte sie in eins der Verhörzimmer, versuchte aber gar nicht erst, ihr etwas zu entlocken. Zweifellos hatte Mulder, der jetzt wohl mit ihren Entlassungspapieren beschäftigt war, sie angewiesen, kein Wort zu sagen.

Während sie ihren Kaffee schlürfte, beobachtete McGowan sie schweigend. »Wissen Sie«, meinte er schließlich, »etwas wundert mich wirklich. Bei allem, was Sie durchgemacht haben, konnte ich nie auch nur die geringste Spur einer Gefühlsregung bei Ihnen entdecken.«

Sie zog die Decke fester um sich und schüttelte dann den Kopf. »Ich habe durchaus Gefühle, mehr als reichlich sogar. Sie haben das nur nicht bemerkt.«

McGowan wartete, bis sie ihren Kaffee ausgetrunken hatte, und brachte sie dann zur Zelle zurück.

Am späten Nachmittag meldete sie sich telefonisch bei ihm. Sie rief von daheim aus an, ihre Kautionssumme hatte hundertvierzigtausend Dollar betragen.

»Ich wollte nur sagen, daß ich wirklich zu schätzen weiß, wie Sie mich behandelt haben. Vielen Dank dafür.«

Ihre Stimme klang wieder ruhig und freundlich, so wie immer.

Kapitel 15

Andy Hopper betrachtete stirnrunzelnd die Benzinanzeige des alten Pick-up, warf einen kurzen Blick zu seinem Begleiter hinüber und knöpfte seine Army-Jacke zu. Sie waren am Rand eines Highway irgendwo in Montana gestrandet, hatten kein Benzin mehr und befanden sich noch immer mehrere Meilen von ihrem Ziel entfernt. Sie würden trampen müssen.

Hopper hatte in den Monaten seit seinem Rendezvous mit Lynda wie ein Vagabund gelebt. Da er durchaus zu Recht vermutete, daß mittlerweile auch das FBI eingeschaltet worden war und man überall in den Vereinigten Staaten nach ihm suchte, war er in Bewegung geblieben.

Eine Zeitlang war er mit einer Familie von Wanderarbeitern gereist, die in einem klapprigen alten, in Tarnfarben gestrichenen Bus unterwegs waren. Sie hatten ihn auf Anhieb gemocht, und ihr beständiges Umherreisen traf sich gut mit seinen eigenen Plänen. Doch schon bald hatten die harten Bedingungen, unter denen sie lebten, seine Kräfte erschöpft. Da Andy sich schämte, Essen von ihnen anzunehmen, das sie eigentlich gar nicht entbehren konnten, war er dazu übergegangen, unterwegs bei Kirchen und sozialen Einrichtungen vorzusprechen. Auf diese Weise war es ihm gelungen, die Nahrungsvorräte aufzustocken, sowie warme Kleidung und Decken zu besorgen, bevor er sich von der dankbaren Familie trennte.

Für kurze Zeit fand er Unterschlupf in einem abgelegenen Holzfällercamp in Idaho und wurde dann vom Besitzer eines kleinen Wanderzirkus angeheuert. Um sich seine hundertfünfzig Dollar Wochenlohn zu verdienen, mußte er beim Aufbau der Zelte und beim Errichten der Fahrgeschäfte und Losbuden helfen. Zudem fiel ihm die Rolle des ›Kundschafters‹ zu. Einen Tag bevor der Zirkus seine Zelte abbrach, mußte Andy zum nächsten Reiseziel vorausfahren. Dort sollte er Plakate aufhängen, den Kirmesplatz überprüfen und die Schule aufsuchen, um ein paar Freikarten zu verteilen.

Auf so einer Fahrt von einem winzigen Ort zum nächsten war ihm das Benzin ausgegangen. Und schließlich hatte tatsächlich ein freundlicher State Trooper angehalten, um ihn und seinen Begleiter in die nächste Ortschaft mitzunehmen.

Andy war schleunigst auf den Rücksitz des Streifenwagens geschlüpft, während sein Begleiter auf dem Beifahrersitz Platz nahm. Zwar fragte der Beamte routinemäßig nach ihren Ausweisen, gab sich aber glücklicherweise damit zufrieden, daß Andys Kollege seinen Führerschein vorzeigte und den Anlaß ihrer Fahrt erläuterte.

Auf die Idee, den lächelnden jungen Mann auf dem Rücksitz, der sich als Bobby Drowns vorgestellt hatte, ebenfalls nach seinem Ausweis zu fragen, kam der Polizist gar nicht.

In Richardson steuerte die emotionale Achterbahnfahrt einem neuerlichen Tiefpunkt zu. Die gute Stimmung, die sich nach der Verhaftung von Joy Aylor und den anderen Beteiligten verbreitet hatte, legte sich bald wieder angesicht der Tatsache, daß man Hopper noch immer nicht erwischt hatte.

Wochenlang hatten Bonner und MacKenzie Freunde und Verwandte von Andy in der Hoffnung aufgesucht, er könnte sich bei ihnen gemeldet haben. Bonner reiste sogar bis nach Pampa, wo Becky mitsamt den Kindern bei ihren Eltern wohnte, doch auch dort erfuhr sie nichts über Andys Verbleib. Und von George Hopper erfuhr MacKenzie lediglich, daß Andys Eltern große Angst hatten, ihr Sohn könnte bei einer Festnahme zu Schaden kommen.

»Nach allem, was Sie mir erzählt haben«, erklärte George Hopper MacKenzie gegenüber, »sieht es sehr übel aus. Meine Frau und ich hoffen zu seinem eigenen Besten, daß Sie ihn erwischen. Aber ich muß Ihnen auch sagen, daß er immer noch mein Sohn ist und ich ihn liebe. Was auch immer geschieht, ich werde zu ihm stehen.«

Gelegentlich erhielten die Beamten zwar den einen oder anderen Tip, doch keiner davon erwies sich als brauchbar. So gab es einen Anruf aus Tennessee, wo die Hoppers ein kleines Stück Farmland besaßen, auf dem George sich ein Ferienhäuschen gebaut hatte. Angeblich hatte man Andy dort gesichtet, doch als die lokalen Behörden die leerstehende Hütte tagelang beobachteten, entdeckten sie niemanden.

Nachdem auch noch mehrere Nachbarn befragt worden waren, stand fest, daß Andy lange vor seiner Flucht zum letzten Mal dort gewesen war. Seine Frau hatte ihn damals allerdings nicht begleitet, sondern eine hübsche, schwarzhaarige Frau, die er als ›Lynda‹ vorgestellt hatte.

Hin und wieder meldeten sich auch Polizeidienststellen und Sheriff's Departments im Mittelwesten, denen Hoppers Fahndungsfoto zugegangen war, weil sie hofften, der flüchtige Texaner könnte auch noch für andere ungeklärte Fälle verantwortlich sein. Doch keiner dieser Anrufe half den Beamten in Richardson weiter.

Erst im November gab es Fortschritte bei der Jagd zu verzeichnen.

Don Price, Angestellter eines Gutachterbüros in Dallas, rief McGowan an. »Wir haben etwas zu besprechen«, meinte er.

»Worum geht es?«

»Andy Hopper hat mich gebeten, ihm telegrafisch zweihundert Dollar anzuweisen«, erwiderte Price.

Trotz seines Grundsatzes, keine privaten Kontakte zu Geschäftspartnern zu unterhalten, hatte Don Price eine Ausnahme gemacht, als Andy im Jahr 1981 für seine Firma zu arbeiten begann. Price empfand Hoppers warmherzige Art und insbesondere seine kindliche Lebensfreude ansteckend. Sehr schnell freundeten sich die beiden Männer an, trafen sich häufig zum Essen, spielten fast jede Woche Golf und besuchten gemeinsam die Baseballspiele der Texas Rangers. Andy drängte Don auch, sich einem Amateur-Softballteam anzuschließen, das von einem alten Freund namens James Carver gesponsert wurde.

Zwischen Prices' Frau Wanda und Becky entwickelte sich ebenfalls sehr schnell eine Freundschaft. Sie hatten gemeinsame

Interessen, sowohl was die Kinder betraf, wie auch bei ihrer Vorliebe für das Kunsthandwerk, und sie telefonierten fast täglich miteinander.

Zwischen den beiden Paaren entwickelte sich eine entspannte, freundschaftliche Beziehung, wie sie bei so kurzen Bekanntschaften eher ungewöhnlich ist. Sie luden sich gegenseitig zu Grillfesten ein, verbrachten sorglose Sommerabende auf der Terrasse eines Lokals namens Cardinal Puff's, gingen gemeinsam ins Kino oder zum Bowling.

Praktisch jeden Morgen rief Andy bei Wanda an, um ihr den ›Witz des Tages‹ zu erzählen. Zunächst fand sie es etwas ungewöhnlich, daß er sich so regelmäßig meldete – die Ehemänner ihrer anderen Freundinnen riefen so gut wie nie an oder höchstens, wenn es darum ging, ein Geschenk zum Geburtstag oder zum Hochzeitstag für ihre Frauen auszusuchen –, doch dann schob sie ihre Bedenken schnell beiseite. Die Anrufe waren lediglich ein harmloser Spaß, nicht mehr.

Im ersten Jahr ihrer Bekanntschaft betrachtete Wanda Price Andy und Becky als glückliches Paar, das bemerkenswert gut mit den alltäglichen Spannungen des Familienlebens und dem Druck, sich eine Existenz aufzubauen, fertig wurde.

Mit der Zeit mußte sie diese Ansicht allerdings revidieren.

Aus Gründen, die sie selbst nicht erklären konnte, erhielt Wanda tieferen Einblick in das Leben ihrer beiden neuen Freunde als jeder andere. Es war ganz so, als hätten beide ihr die Rolle des Beichtvaters zugedacht.

Fast schüchtern hatte Becky angedeutet, daß sie Wanda als ihre beste Freundin betrachtete, als eine Vertraute, bei der sie sich wohl fühlte und mit der sie auch über die privatesten Dinge reden konnte. Später gestand sie dann unter Tränen, daß in ihrem Leben keineswegs alles so glücklich verlief, wie es den Anschein hatte. Sie erzählte Wanda von den Mißhandlungen körperlicher und seelischer Art, die sie dank Andys heftigem Temperament zu erdulden hatte. Er bemängelte ständig, wie sie den Haushalt führte und die Kinder versorgte. Und sein steigender Drogenkonsum – Kokain, Amphetamine und Marihuana – führte zu Stimmungsschwankungen, mit denen sie kaum mehr fertig werden konnte. Einmal hatte der plötzlich in Wut geratene Andy ihre zu Besuch weilende Schwester mit einem Fleischermesser durch das Haus gejagt, bis sie sich schließlich ins Badezimmer flüchten und die Tür verriegeln konnte. Es gab Zeiten, in denen sie glaubte, sie könnte nur dann ein glückliches Leben führen, wenn sie sich von ihrem Mann trennte. Meist rief sie dann allerdings ein paar Tag später wieder an, um ihre Vorwürfe herunterzuspielen und Wanda zu versichern, die Dinge wären nicht annähernd so schlimm, wie sie sie dargestellt hatte.

Unterdessen schlüpfte Andy Wanda gegenüber in eine Rolle, die eher der eines etwas mißratenen jüngeren Bruders glich, als der des Ehemanns einer engen Freundin. Hin und wieder erzählte er von seinen Beziehungen zu anderen Frauen, manchmal in einer mehr scherzhaften Art, mitunter aber auch ernsthaft und detailliert, wobei er Namen und Orte nannte. »Aber erzähl bloß Becky nichts davon«, fügte er regelmäßig hinzu.

Es kam Wanda so vor, als würde er ihre Loyalität testen, eine Situation, die ihr sowohl unangenehm wie verwirrend vorkam. Auf der einen Seite war es schwer, ja fast unmöglich, Andy nicht zu mögen. Sie ertappte sich selbst dabei, daß sie hoffte, seine Geschichten über die sexuellen Affären mit anderen Frauen wären nichts als Angeberei, reine Phantasievorstellungen, die nichts mit der Wirklichkeit zu tun hatten. Es kam ihr so vor, als wollte Andy sie aus irgendeinem Grund davon überzeugen, daß in ihm auch ein ›böser Junge‹ steckte.

Irgendwann entwickelten sie ein Spiel, das den Namen ›Geheimnis‹ trug. Andy erzählte etwas Indiskretes, und im Gegenzug mußte auch Wanda etwas sehr Privates aus ihrem Leben beichten. Während Wanda nur wenig zu diesem Spiel beitragen konnte, nutzte Andy die Gelegenheit, um mit seinen Drogenverbindungen anzugeben, von Freunden zu berichten, die ›für Geld alles tun würden‹, und prahlerisch von Frauen zu erzählen, die ihn angeblich bedrängten, in seiner Mittagspause mit ihnen zu schlafen.

Die einzige Regel in diesem Spiel, darauf hatte Andy bestanden, besagte, daß sie ihre Geheimnisse nie mit anderen teilen dürften.

Und so spielte Wanda mit, amüsierte sich über seine Erzählungen und erwähnte nichts davon gegenüber ihrem Mann oder Becky.

Das änderte sich erst im Jahre 1983, ein paar Tage nach Weihnachten.

Die Prices waren von den Hoppers zum Abendessen eingeladen worden. Man wollte den Umstand feiern, daß Becky und Andy sich wieder einmal versöhnt hatten, und bei dieser Gelegenheit auch gleich Weihnachtsgeschenke austauschen.

Als Becky in der Küche mit den Vorbereitungen zum Essen beschäftigt war und Don im Badezimmer verschwand, setzte sich Andy zu Wanda auf die Couch im Wohnzimmer. »Ich muß dir ein Geheimnis anvertrauen«, sagte er.

Dann erzählte er, wie er kürzlich in einem Haus gewesen sei, wo jemand gefoltert wurde. Obwohl er selbst keinen Anteil daran gehabt, sondern in einem anderen Zimmer auf ein Kind aufgepaßt hätte, das sich ebenfalls im Haus befand, sei die ganze Sache doch viel übler verlaufen, als er erwartet hatte. »Es ist etwas wirklich Schlimmes passiert«, erklärte er.

Wanda starrte den Mann sprachlos an, wandte sich dann ab und richtete ihre Aufmerksamkeit auf den Christbaum. Wenn Andy normalerweise seine Geheimnisse berichtete, lächelte er dabei, und seine Stimme klang immer etwas amüsiert. Diesmal hatte er jedoch nicht gelächelt, sondern wirkte eher, als hätte ihn etwas aus der Fassung gebracht.

Wanda, nun zutiefst erschreckt, stand auf und ging in die Küche, um Becky bei den Vorbereitungen zu helfen.

Später auf der Heimfahrt erwähnte sie Don gegenüber die sonderbare Unterhaltung. Ihr Mann bemerkte daraufhin, Andy hätte ihm kurz vor der Abfahrt die gleiche Geschichte erzählt.

Sie kamen beide zu dem Schluß, daß Andy wohl in eine Drogensache geraten sei. Höchstwahrscheinlich hatte jemand seine Schulden nicht bezahlt und war deswegen fertiggemacht worden.

»Glaubst du, Andy war wirklich daran beteiligt?« fragte Wanda.

»Lieber Himmel, du kennst doch Andy«, erwiderte ihr

Mann. »Der erzählt doch ständig irgendwelche wilden Geschichten.«

Wanda dachte an diesem Abend an die Ereignisse der letzten Monate.

Sie wußte, daß sich Andy's Drogenproblem verschlimmert hatte. Becky hatte ihr das erzählt. Zudem wuchsen den Hoppers ihre finanziellen Probleme langsam über den Kopf. Obwohl sie hin und wieder über ganz ansehnliche Beträge verfügten, waren sie doch meist ziemlich abgebrannt und kamen nur mit Mühe und Not über die Runden. Becky hatte sich zwar nicht dazu geäußert, doch Wanda vermutete, daß der Löwenanteil ihrer Einkünfte aus Andys Drogengeschäften stammte und nicht aus seiner Gutachtertätigkeit. In der Tat hatte Andy seine Karriere als Gutachter praktisch ruiniert, indem er nachlässig arbeitete und häufig Gefälligkeitsurteile abgab. Selbst Don hatte bereits erwähnt, daß er wohl auf Dauer nicht mehr mit Andy zusammenarbeiten könnte. »Freundschaft ist eine Sache«, hatte er gesagt, »und Geschäft eine andere. Andy leistet einfach keine gute Arbeit.«

Endgültig von Andys Drogengeschäften überzeugt war Wanda, als Becky eines Tages völlig aufgelöst anrief und erzählte, sie könne dreitausendsiebenhundert Dollar nicht finden, die sie im Haus versteckt hätte.

Wanda fragte Becky, weshalb sie soviel Bargeld im Haus aufbewahrte.

Becky erklärte schließlich, Andy würde dieses Geld James Carver schulden.

»Kann es jemand gestohlen haben?« erkundigte sich Wanda. »War kürzlich ein Fremder im Haus?«

Becky dachte vielleicht eine Minute lang nach und nannte dann den Namen eines Mannes, den Andy ihr kürzlich vorgestellt hatte. »Brian«, sagte sie. »Brian Kreafle war gestern hier.« Ihm gehörte eine Werkstatt, die sich Brian's Car Care nannte. Kreafle war ein großer, polternder Mann, der ihr augenblicklich mißfallen hatte.

Dann gab es da noch diese sonderbare Kette von Ereignissen

im letzten Oktober, als Don und Wanda die Hoppers zu einer Toga-Party eingeladen hatten.

Alljährlich macht sich an dem Wochenende, an dem die Football-Mannschaften aus Texas und Oklahoma in der Cotton Bowl gegeneinander antreten, eine Art Ferienatmosphäre in Dallas breit. Fans aus Austin, Texas, und Norman, Oklahoma, strömen zu einer Feier nach Dallas, bei der die Innenstadt einer Szenerie des Mardi Gras gleicht. Jung und alt marschieren mit einem Bier in der Hand über die Commerce Street, stoßen Schlachtrufe aus und veranstalten ein furchtbares Durcheinander. Die Zeitungen machen sich mittlerweile einen Spaß daraus, die Zahl der Verhaftungen wegen Trunkenheit und ungebührlichen Verhaltens aufzulisten und mit den Ergebnissen der Vorjahre zu vergleichen.

Überall in der City werden Parties von Sportvereinen und Studentenverbindungen veranstaltet, die bis zum frühen Morgen dauern. Und um an dieser Art ›Festivität‹ teilzunehmen, ist es keineswegs nötig, selbst einer derartigen Gruppe anzugehören.

Anfänglich hatte sich Andy sehr auf diese Party gefreut. Doch je näher der festgesetzte Termin rückte, desto mehr nahm seine Begeisterung ab und wurde durch Angstzustände ersetzt, wie sie Becky nie zuvor bei ihm erlebt hatte. Erst als sowohl seine Frau als auch Wanda ihn beharrlich drängten, erklärte er sich bereit, mitzukommen.

Am Abend der Feier entschieden sich die beiden Paare, mit zwei Wagen zu fahren, wobei Andy und Becky den anderen folgen sollten.

Als Don an einer Kreuzung anhalten mußte, warf er einen Blick in den Rückspiegel und sah Becky, die in Richtung des Parkplatzes der Friendly-Chevrolet-Niederlassung lief. Andy, der seinen Wagen mitten auf der verkehrsreichen Straße stehengelassen hatte, stürmte hinter ihr her und schrie seine Frau dabei an.

Schließlich holte er sie ein, und dann standen die beiden da, in Laken gehüllt, und brüllten sich gegenseitig an.

»Das ist ja wirklich albern«, meinte Don, wendete den Wagen und fuhr zu den beiden hinüber. Dort schrieb er die Adresse, wo die Party stattfand, auf einen Zettel und gab ihn Andy. »Wir fahren schon vor«, erklärte er.

»Scheiß drauf«, erwiderte Andy, »wir kommen nicht mit.«

»Doch, tun wir wohl«, schnappte Becky zurück.

Don, den die ganze Szene anwiderte, kurbelte das Fenster hoch und fuhr davon.

Später an jenem Abend, als die Party schon richtig in Schwung gekommen war, sah Wanda zu ihrer Überraschung, wie Becky hereinkam. Es war unübersehbar, daß sie geweint hatte. »Andy wollte nicht mit hereinkommen«, erklärte sie, »deshalb fahren wir jetzt heim. Ich wollte nur sagen, daß ihr euch keine Sorgen machen müßt.«

Wanda ärgerte sich über Andys Verhalten und schlug vor, Becky sollte wenigstens ein Bier trinken, bevor sie wieder ging. »Laß ihn doch ruhig eine Weile draußen warten«, meinte sie.

Becky hatte noch nicht ausgetrunken, da kam einer der Gäste und sagte ihr, ihr Mann stünde vor der Tür und wolle sie sprechen. Sie entschuldigte sich bei Wanda, kämpfte sich durch das Gedränge bis zum Ausgang und verschwand.

Andys irrationales Verhalten und die Verlegenheit in Beckys Augen hatten ihr selbst das Vergnügen an der Party verleidet. Sie ging zu ihrem Mann, um ihm vorzuschlagen, das Fest ebenfalls zu verlassen, da kam die Gastgeberin zu ihr und flüsterte: »Die Polizei steht vor dem Haus und redet mit euren Freunden.«

Der Streit zwischen Andy und Becky war wieder aufgeflammt, kaum daß sie das Haus verlassen hatten. Andy packte Becky am Arm und zerrte sie zum Auto, woraufhin sie ihm den Plastikbecher Bier ins Gesicht schleuderte.

Andy reagierte darauf mit einer Ohrfeige, wodurch Becky einen kleinen, diamantbesetzten Ohrring verlor. Auf Händen und Knien suchte sie im Gras danach, doch kaum hatte sie ihn gefunden, schlug Andy ihn ihr aus der Hand.

Zu diesem Zeitpunkt rief ein Nachbar, der die Szene mit angesehen hatte, die Polizei.

Als Wanda sich bis zum Eingang durchgedrängt hatte, stand Andy bleich vor Wut neben seinem Wagen, während Becky mit einer Taschenlampe, die sie von den Polizisten geliehen hatte, nach dem Ohrring suchte.

In der gleichen Nacht, als Wanda und Don wieder daheim waren und sich fürs Bett fertigmachten, rief Becky an. »Es tut mir so leid, was passiert ist«, sagte sie.

»Es war nicht deine Schuld. Ist alles in Ordnung?«

»Mir geht's gut. Als wir heimkamen, hatte sich Andy schon wieder beruhigt und tat so, als wäre nichts gewesen. Er schläft jetzt.«

»Was ist denn überhaupt los, Becky?«

Beckys Stimme sank zu einem Flüstern herab. »Ich verlasse ihn. Ich kann sein Verhalten einfach nicht mehr ertragen und ziehe mit den Mädchen nach Pampa.«

»Kommst du wieder zurück?«

»Ich glaube nicht.« Becky weinte, als sie das sagte.

In jener Nacht war Becky nicht die einzige, die keinen Schlaf fand.

Auf der anderen Seite der Stadt lag Paula Donahue in ihrem Bett und grübelte darüber nach, daß sie wenige Stunden zuvor beschlossen hatte, ihre Schwester vom Lebenserhaltungssystem zu trennen.

Am Dienstag reiste Becky mit ihren weinenden kleinen Töchtern ab. Obwohl fast alle, Andy eingeschlossen, ihren Rückzug ins Haus der Eltern im texanischen Panhandle lediglich als eine vorübergehende Phase betrachteten, in der sich die Gemüter etwas abkühlen könnten, verstrichen erst Wochen, dann Monate, ohne daß sie zurückgekommen wäre.

Schließlich tauchte sie wieder auf, aber nur, um zusammen mit ihrem Vater ihre restlichen Habseligkeiten in einem gemieteten Umzugsanhänger zu verstauen und alles nach Pampa zu schaffen.

Wanda kam durch einige Ferngespräche zu der Überzeugung, daß Becky endlich die Kraft gefunden hatte, die Ehe zu beenden und Andy aus ihrem Leben zu verbannen.

Doch während sie mit Becky nur gelegentlich telefonierte, wurde sie von Andy mit Anrufen geradezu belagert. Mindestens ein halbes Dutzend Male am Tag meldete er sich bei ihr, aber nicht mehr, um irgendwelche Witze zu erzählen, sondern um sie unter Tränen anzuflehen, ihm zu helfen, seine Frau zur Rückkehr zu bewegen. Er vermisse Becky und die Kinder, erklärte er.

Und außerdem hatte er Angst. »Ich habe etwas wirklich Schlimmes getan«, behauptete er bei praktisch jedem Anruf, »und jetzt sind sie hinter mir her.«

Wanda spürte deutlich das Zittern in seiner Stimme. Vielleicht lag das ja an den Drogen, die er nahm, dachte sie. Möglicherweise war es aber auch nur ein kindischer Versuch, Mitleid zu erregen. Aber was auch immer zutreffen mochte, sie wollte dieses Thema jedenfalls nicht vertiefen. Falls Andy wirklich in etwas Gefährliches verwickelt war, wollte sie lieber nichts davon wissen.

Zudem hatte sie den Verdacht, das ›wirklich Schlimme‹ sei nur Andys Art, auf verschlüsselte Weise zuzugeben, daß er seine Frau geschlagen hatte. Aber auch das war ein Thema, über das sich Wanda nicht mit ihm unterhalten wollte.

Von daher war sie ausgesprochen überrascht, als Becky zwei Monate später anrief und erzählte, sie hätte mit Andy gesprochen und zugesagt, zusammen mit den Kindern zu einem vorweihnachtlichen Besuch nach Dallas zu kommen.

Noch überraschter war sie allerdings, als sie und Don nach Weihnachten zu den Hoppers zum Essen eingeladen wurden. »Ich habe beschlossen zu bleiben«, erklärte Becky.

Nach diesem Besuch und Andys absonderlicher Schilderung von einer Folterung beschlossen Don und Wanda, in Zukunft etwas Abstand zu den Hoppers zu halten.

Auch wenn Wanda und Becky weiterhin miteinander telefonierten, behauptete Don regelmäßig, er sei beschäftigt, wenn Andy ihn zu einer Runde Softball oder Golf einladen wollte. Und als Andy ihn drängte, ebenfalls in den neuen Nachtclub Beethoven's zu investieren, lehnte Don auch dieses Angebot ab.

Nach und nach begriff Andy, daß Don kein Interesse mehr am Fortbestand ihrer Freundschaft hatte, und so brach der Kontakt zwischen den beiden Männern schließlich ganz ab.

Um so überraschter war Don daher, als Andy eines Tages anrief und um Geld bat.

Sofort nachdem sich Price bei ihm gemeldet hatte, schickte McGowan Rhonda Bonner zu dessen Büro und Ken MacKenzie zur Western Union. »Wir müssen uns Prices Mitarbeit versichern«, erklärte Morris eindringlich, »und wir müssen herausfinden, wie sich feststellen läßt, wohin das Geld geschickt wird.«

Und während Bonner Price zu überzeugen versuchte, bei der Jagd auf Hopper mitzuwirken, lernte MacKenzie die Möglichkeiten des Computersystems der Western Union kennen.

Wenn Geld telegrafisch angewiesen werden sollte, wurde ihm gesagt, war es nicht nötig, es an einen bestimmten Ort zu schicken. Man konnte in jedes beliebige Büro der Western Union gehen und nachfragen, ob Geld oder ein Telegramm für einen vorlag. Es war dabei nicht einmal nötig, sich auszuweisen, solange man die richtige Antwort auf eine Frage geben konnte, die der Absender vorher festgelegt hatte.

»Ihr Mann kann also in irgendeine Niederlassung der Western Union gehen und erklären, daß er Geld von jemandem erwartet«, erläuterte ein Angestellter MacKenzie. »Er wird dann gefragt, ob er das Codewort kennt, und wenn er korrekt antwortet, bekommt er das Geld.«

»Und wenn er die falsche Antwort gibt?«

»Dann darf ihm das Geld nicht ausgezahlt werden.«

MacKenzie nahm zweihundert Dollar aus seiner Brieftasche. Er wollte das Geld zwar in Prices Namen abschicken, als Codewort aber nicht, wie Andy vorgeschlagen hatte, ›Rangers Tickets‹ benutzen, sondern ›Cowboys Tickets‹. Die Verwirrung, die diese kleine Änderung hervorrufen würde, müßte ihnen genug Zeit verschaffen, herauszufinden, wo Hopper das Geld abholen wollte.

Nachdem das erledigt war, rief er McGowan an und teilte ihm mit, daß alles geregelt wäre. Er selbst wollte im Büro der Western Union bleiben, um die Angelegenheit an den Computerschirmen zu überwachen.

McGowan fiel ein besorgter Unterton in MacKenzies Stimme auf. »Nur keine Sorge, wir schnappen ihn schon«, meinte er beruhigend.

»Das hoffe ich sehr«, entgegnete MacKenzie. »Das waren nämlich meine eigenen zweihundert Dollar, die ich benutzt habe.«

Zwei Tage später, genau um vierzehn Uhr, rief MacKenzie wieder vom Büro der Western Union bei McGowan an. »Andy ist im Shott's Crossroads Truck Stop in Minot, North Dakota«, sagte Ken und gab dann schnell die Telefonnummer durch.

Die Kassiererin Julie Henson hatte gerade erst ihren Dienst begonnen, als ein Mann in Wanderkleidung und mit einem Rucksack eintrat und sich nach einer Geldanweisung erkundigte. Wie sich zeigte, konnte er jedoch das verlangte Codewort nicht korrekt nennen. »Es tut mir leid«, erklärte sie, »aber ›Rangers Tickets‹ ist nicht der Code, der hier angegeben ist.«

Verwundert ging der Mann zu den Telefonzellen im Foyer, das den Truck Stop mit dem danebenliegenden Restaurant verband, und versuchte von dort aus anzurufen. Als er zurückkam, konnte sie seinem Gesichtsausdruck entnehmen, daß er kein Glück gehabt hatte.

»Vielleicht war es ja auch ›Texas Rangers‹«, meinte er.

Die junge Frau schüttelte bedauernd den Kopf, und er wandte sich wieder den Telefonzellen zu. Einen Moment später klingelte das Telefon neben ihrem Computer. »Ma'am, ich bin Detective Morris McGowan vom Richardson Police Department in Texas«, hörte sie eine Stimme sagen. »Bitte passen Sie genau auf, wie Sie meine Fragen beantworten.«

Die verdutzte Kassiererin brachte schließlich ein »Okay« heraus.

»Ist bei Ihnen ein Mann, der Geld von einem gewissen Don Price erwartet?«

»Ja«, erwiderte sie. »Er ist gerade nach nebenan ins Restaurant gegangen, um einen Kaffee zu trinken. Es hat hier ein paar Probleme mit dem Codewort gegeben.«

»Es ist sehr wichtig, daß er nicht fortgeht. Versuchen Sie ihn irgendwie aufzuhalten.«

Während er mit der Kassiererin sprach, hatte eine Sekretärin das Polizeirevier von Minot angewählt und reichte ihm jetzt den Hörer. Rasch erklärte McGowan seinem Kollegen in Minot die Lage.

Dann wandte er sich wieder dem anderen Apparat zu und sagte: »Die Polizei ist schon unterwegs.«

Kaum zwanzig Minuten später stürmte ein halbes Dutzend Polizeibeamte und FBI-Agenten den Truck Stop.

»Tut mir leid«, erklärte die junge Kassiererin und deutete in Richtung Parkplatz. »Er ist vor ein paar Minuten gegangen.«

Der Polizeichef von Minot selbst teilte McGowan die schlechte Nachricht mit. »Sehr weit wird er allerdings nicht kommen«, fügte er hinzu. »Hier hat gerade der schlimmste Schneesturm seit Jahren eingesetzt. Es dauert nicht mehr lange, dann sind hier alle Straßen dicht, auch die Highways.«

Der Sprecher im Autoradio verkündete, der Windchill-Faktor in North Dakota sei mittlerweile auf minus fünfzig Grad Fahrenheit gesunken, während Milton Melgrado mit seiner Familie von Burlington aus in östlicher Richtung nach Minot fuhr. Der windgepeitschte Schneesturm hatte gerade eingesetzt, da verlangsamte der Fahrer sein Tempo und kniff die Augen zusammen, verblüfft über das, was er in einiger Entfernung entdeckt hatte. Eine einsame, nur in eine Militärjacke gekleidete Gestalt stand am Straßenrand und streckte den Arm in der typischen Anhaltergeste aus.

»Der Bursche erfriert doch dort draußen«, meinte Melgrados Frau. »Nimm ihn mit.«

Kurz darauf genoß der durchgefrorene Tramper dankbar die Wärme der Autoheizung. Er stellte sich als Bob Frost vor.

Sogleich machte sich der freundliche Tramper daran, eine anrührende Geschichte zu erzählen, wobei er freilich nichts von dem frustrierenden Erlebnis erwähnte, das er wenige Minuten zuvor gehabt hatte:

Er stamme ursprünglich aus Dallas, sei aber vor einigen

Monaten dort fortgegangen, nachdem seine Frau und seine Tochter bei einem Autounfall mit einem betrunkenen Fahrer ums Leben gekommen wären. Er habe daraufhin beschlossen, nach Norden zu ziehen, weil er hoffte, die Entfernung könnte seinen furchtbaren Kummer lindern.

Eine Zeitlang sei er bei Verwandten untergeschlüpft, die er schon jahrelang nicht mehr gesehen hätte. Doch nachdem er herausfand, daß der Ehemann ein Alkoholiker war, der seine Kinder mißhandelte, sei er weitergezogen. Er hätte sich dann einem Wanderzirkuns angeschlossen, doch der Wintereinbruch hätte die Saison abrupt beendet. Seither sei er einfach nur herumgezogen, hätte sich die Landschaft angeschaut und versucht, wieder zum Leben zurückzufinden.

Er hätte ein Motorrad gehabt, das ihm aber gestohlen worden sei, zusammen mit seiner Brieftasche, in der sich all sein Geld und seine Papiere befunden hätten. Wegen des Diebstahls hätte er sich entschlossen, heimzukehren. Er hätte schon seine Schwester angerufen, die ihm Geld für die Rückreise nach Dallas schicken würde.

Melissa, die halbwüchsige Tochter der Melgrados, hatte angefangen zu weinen, als der Fremde seine Geschichte erzählte.

Nachdem sie Minot passiert hatten, fuhren sie in südlicher Richtung und blieben dabei immer vor dem herannahenden Sturm. In Bismark blieben sie gerade lange genug, um zu tanken, während ihr Reisebegleiter telefonierte. Dann wandten sie sich nach Osten.

In einem Truck Stop in Fargo kam Hopper schließlich zu Geld.

Sein Bruder Joe hatte ihm telegrafisch zweihundert Dollar angewiesen, wobei er natürlich ein anderes Codewort benutzte.

»Sind Sie sicher, daß Sie genug haben, um bis nach Dallas zu kommen?« erkundigte sich Angie Melgrado. »Wir würden uns freuen, wenn wir Ihnen helfen könnten.«

»Es geht schon, danke«, erwiderte Hopper. »Ich suche mir jetzt ein Hotel, um etwas auszuruhen, und fahre dann morgen mit dem Bus heim.«

Bevor sie Hopper am Eingang eines Super 8 Motel absetzten,

drückte ihm die Frau noch einen Zettel mit ihrer Adresse in die Hand.

»Passen Sie gut auf sich auf«, sagte sie, »und schreiben Sie uns, wenn Sie wieder daheim in Dallas sind.«

»Mache ich«, versprach er und umarmte sie.

Während ihrer Weiterfahrt sprach die Familie noch lange über den netten jungen Mann, der ein so schweres Schicksal hatte.

In Richardson waren die Kollegen überrascht, wie schnell McGowan die Enttäuschung über den Fehlschlag überwand. »Er ist jetzt gewarnt«, meinte der Detective, »und wird noch vorsichtiger sein als bisher. Zumindest eine Zeitlang. Aber wir kriegen ihn.« Weihnachten näherte sich rasch, und McGowan, wußte, daß dies eine Zeit war, wo jeder, selbst ein Flüchtiger, an seine Familie dachte – und an jene, die er liebte. Andy würde sicher schon bald jemandem einen Besuch abstatten.

McGowan wandte sich deshalb an einen in Pampa stationierten Texas Ranger und bat ihn, den Wohnsitz von Becky und ihren Töchtern im Auge zu behalten. Und die Behörden in Houston erklärten sich bereit, Andys Eltern verdeckt zu überwachen.

MacKenzie sprach unterdessen mit Lynda Whittaker. Sie hatte inzwischen kein Interesse mehr daran, Andy zu helfen, und versprach, sich zu melden, falls sie von ihm hören sollte.

Es war offensichtlich, daß Lynda, die mit ihrem neuen Freund zusammenziehen wollte, gehofft hatte, die Geschichte mit Andy Hopper läge hinter ihr. »Ich will nie wieder etwas mit ihm zu tun haben«, erklärte sie.

Während man in dieser Hinsicht nur abwarten konnte, gab es in einem anderen Bereich der Ermittlungen Fortschritte zu verzeichnen.

Einen Tag nachdem Hopper verschwunden war, hatte McGowan einen Anruf aus dem Gefängnis von Lincoln County, New Mexico, erhalten. Gary Matthews war am Apparat und erklärte, er wolle seine Beteiligung am Hinterhalt auf Larry Aylor gestehen. Und er gab sogar freiwillig die Adresse der Pfandleihe an, wo er die bei dem Überfall benutzte neunschüssige .22er Automatic versetzt hatte.

Morris rief MacKenzie in sein Büro, informierte ihn über das unerwartete Geständnis und schlug vor, Ken solle die Waffe sicherstellen.

»Was glaubt er denn, was für ihn dabei herausspringt?« fragte MacKenzie.

McGowan lächelte sarkastisch. »Gary versucht gar nicht, etwas für sich herauszuschlagen. Das hat er mir gesagt. Er möchte nur gestehen, um sein Gewissen zu erleichtern.«

MacKenzie grinste. »Er hat Gott gefunden, stimmt's?«

»Genau«, erwiderte McGowan.

Am 19. Dezember, einem Sonntag, ging McGowans Prophezeiung in Erfüllung.

Gegen einundzwanzig Uhr traf Andy Hopper am Busbahnhof von Richardson ein. Er reiste unter dem Namen Robert Lee Kobb, eines Musikers aus Dallas, der ebenfalls Anteile am Beethoven's besaß.

Mike Wiley, der zusammen mit Hopper bei Seakley Chevrolet gearbeitete hatte, hatte sei jenem Abend, als er zum Comfort Inn gefahren war, um Andy einen Selbstmordversuch auszureden, nichts mehr von seinem Freund gehört. Obwohl Mike kurz nach Hoppers Verschwinden von MacKenzie und Bonner vernommen worden war, wußte er kaum etwas von dem ganzen Fall und war immer noch der Ansicht, der Verdacht gegen Andy müsse auf einem Mißverständnis beruhen, das sich leicht ausräumen ließe, sobald er sich endlich stellte.

Deshalb rief Mike auch sofort bei MacKenzie an, als Andy sich bei ihm meldete, und erzählte, er wäre wieder in der Stadt und versuche, Lynda Whittaker zu erreichen.

Kaum eine Stunde später saßen die beiden Detectives in McGowans Büro und erklärten Lynda und ihrer Mutter, wie sie Hopper zu erwischen hofften. Eine Fangschaltung sollte an ihrem Telefon installiert werden, sobald ein Richter die Genehmigung dafür erteile. Bis dahin sollte MacKenzie sich in der Nähe ihrer Wohnung postieren, um da zu sein, falls Andy ohne vorherige Ankündigung auftauchen sollte.

Doch während dieser Plan noch ausgearbeitet wurde, marschierte Andy bereits in Richtung des Whittaker-Hauses. Sein Weg hatte ihn dabei über den nur zwei Blocks vom Busbahnhof entfernten Parkplatz des Police Department geführt.

Da bei den Whittakers niemand daheim war, begab er sich zu einem Park in der Nähe und versteckte dort seine Habseligkeiten. Anschließend schlich er eine Gasse entlang, bis er eine Wäscheleine erspähte, von der er ein sauberes Sweatshirt stahl.

MacKenzie hatte währenddessen seinen Beobachtungsposten am Ende des Blocks bezogen. Von der Kabine seines Pick-up hatte er einen guten Ausblick auf das Haus, in dem Lynda und ihre Mutter wohnten.

Zu seiner Überraschung tauchte kurz darauf ein Streifenwagen der Polizei von Garland auf, der langsam die Straße hinunterfuhr. MacKenzie duckte sich unter das Lenkrad, weil er befürchtete, der Streifenwagen könnte bei seinem Anblick anhalten und so die ganze Nachbarschaft auf seine Anwesenheit aufmerksam machen. Wenige Minuten später kam eine zweite Streife vorbei.

Über Funk wandte sich MacKenzie an McGowan im Revier. »Was zum Teufel treiben die Kollegen aus Garland hier?« fragte er.

»Ich werd's nachprüfen.«

Bald darauf meldete sich McGowan wieder. Der Polizei von Garland war ein Landstreicher gemeldet worden. Ein Beamter hatte daraufhin einen Mann in der Nähe des Whittaker-Hauses angehalten, der jedoch geflüchtet war, als der Polizist seine Personalien überprüfen wollte. »Sie suchen jetzt nach ihm«, erzählte McGowan und fügte hinzu, daß er die Kollegen auf MacKenzies Anwesenheit aufmerksam gemacht hatte.

Die Beamten aus Garland würden sich zurückziehen, jedoch in Bereitschaft bleiben für den Fall, daß sie benötigt wurden. »Außerdem habe ich Unterstützung angefordert, um die ganze Gegend abzuriegeln«, erklärte McGowan.

Beruhigt setzte MacKenzie seine Wache fort. Falls Andy

durch die Begegnung mit dem Streifenpolizisten nicht verscheucht worden war, mußte er sich ganz in der Nähe befinden.

Ein paar Minuten vergingen, dann entdeckte MacKenzie eine schattenhafte Gestalt in seinem Rückspiegel. Ein Mann hatte die Straße überquert und näherte sich jetzt dem Gehweg. Sofort schaltete der Detective das Funkgerät aus und duckte sich abermals in der Hoffnung, nicht bemerkt zu werden.

Der Mann blieb jedoch stehen, als er den Pick-up erreicht hatte, trat an die Fahrertür und schaute hinein. Offenbar glaubte er, der Besitzer würde schlafen, denn er wandte sich ab und ging weiter. Doch kaum hatte er ein paar Schritte gemacht, hörte er, wie die Wagentür geöffnet wurde. Ohne zurückzuschauen, rannte er los.

Die fliehende Gestalt war schon ein gutes Stück entfernt, als MacKenzie ihn aufforderte stehenzubleiben. Der Beamte trat einen Schritt vor und rief abermals: »Polizei, stehenbleiben ... *Andy* ...«

Erst als er den Namen nannte, war sich der Beamte der Identität des Mannes sicher. Beim Klang seines Namens stieß Andy einen Schrei aus, lief noch schneller und vergrößerte rasch die Entfernung zwischen sich und dem Polizisten. Er rannte den Gehweg entlang, huschte in die Dunkelheit zwischen zwei Häusern und sprang über einen Zaun. Obwohl MacKenzie gut in Form und zudem ein begeisterter Jogger war, hatte er keine Chance, den Flüchtenden einzuholen.

So gab er die Verfolgung auf und eilte zu seinem Wagen zurück, um über Funk Verstärkung anzufordern. Doch bevor er den Pick-up erreichte, tauchte schon der FBI-Agent Matt Chapman auf, gefolgt von mehreren Polizisten des Garlander Reviers.

Zudem war auch ein Hubschrauber des Dallas Police Department bereits unterwegs.

MacKenzie kletterte in den Pick-up, schaltete das Funkgerät ein und rief McGowan. »Verdammt noch mal«, rief er, »er ist mir entwischt.« Bei diesen Worten schlug der Polizist so fest mit der Faust auf das Lenkrad, daß er schon befürchtete, er hätte sich die Hand gebrochen.

»Wir sind unterwegs«, erwiderte McGowan.

Die Suche in der Umgebung dauerte bis zum Morgengrauen, doch es schien, als wäre Hopper auf magische Weise verschwunden.

Tatsächlich lag Andy gar nicht weit entfernt zusammengerollt unter einem umgestülpten Kinderplanschbecken. Und dort blieb er bis zum Abend des nächsten Tages.

Merle Ward war von ihrem Job bei der TU Electric heimgekommen, hatte sich ein Sandwich gemacht und dann das Fernsehgerät eingeschaltet, um ihre Lieblingssendung ›Designing Women‹ anzusehen, da klopfte es an der Tür.

Seit Merle zusammen mit ihrer Freundin Rebecca Trammell in dieses Haus gezogen war, das im berüchtigten Stadtteil Pleasant Grove lag, hatte sie gelernt, die Tür geschlossen zu halten, solange sie nicht wußte, wer draußen stand.

Sie fragte, wer draußen sei.

»Andy Hopper. Wohnt Merle Ward noch hier?«

Obwohl Merle Andy und dessen Familie schon seit Jahren kannte, hatte sie doch in letzter Zeit weder von ihm noch von Becky etwas gehört. Sie öffnete die Tür und schaute Andy überrascht an.

Der in Jeans und ein graues Sweatshirt gekleidete Mann war erheblich schlanker, als sie ihn in Erinnerung hatte. Außerdem brauchte er dringend einen Haarschnitt, und auch der Vollbart, der sein Gesicht bedeckte, war ungepflegt. Trotzdem erkannte sie den Mann sofort wieder, der einmal ihre bevorzugte Bezugsquelle für Marihuana gewesen war.

»Darf ich reinkommen und einen Moment mit dir reden?« fragte Andy.

»Natürlich. Was ist denn los?«

»Hast du nichts davon gehört?«

Merle zuckte die Achseln und schüttelte den Kopf.

»Lieber Himmel«, meinte er und ging dann schnell zur Einfahrt zurück, um den Taxifahrer zu bezahlen.

Im Wohnzimmer hörte sich Merle dann schweigend an, wie Andy erzählte, daß er und Becky sich getrennt hatten und er die letzten Monate auf der Flucht gewesen war. Er wollte wissen, ob er für ein paar Tage bei ihr unterschlüpfen könnte.

»Andy, ich muß erst wissen, was eigentlich los ist«, sagte Merle.

»Ich habe ein paar Probleme mit dem Gesetz.«

»Drogengeschichten?«

»Nein, nichts dergleichen.«

»Was denn dann?«

Hopper stand auf und fing an, im Zimmer hin und her zu laufen. »Du mußt mir versprechen, niemandem davon zu erzählen. Ich bin in ein Geschäft verwickelt, bei dem ich Geld weitergeleitet habe, für das jemand umgebracht werden sollte.« Seiner Erzählung nach hatte er damals ganz erheblich unter Amphetaminen gestanden. Dann berichtete er davon, wie die Polizei ihn im Steakley Chevrolet aufgesucht hatte und er geflohen war, von seinen Reisen, der Arbeit beim Wanderzirkus und dem Umstand, daß er mehrmals, zuletzt in der vergangenen Nacht, beinahe von der Polizei geschnappt worden wäre.

»Wenn du in solchen Schwierigkeiten steckst, warum bist du dann überhaupt zurückgekommen?« fragte Merle.

»Ich wollte meine Freundin besuchen. Anschließend verschwinde ich nach Mexiko, sobald der Typ, für den ich gearbeitet habe, mir etwas Geld geschickt hat.«

Als Merle in die Küche ging, um ihm ein Sandwich zu machen, wandte Andy seine Aufmerksamkeit dem Footballspiel im Fernsehen zu.

Kurz vor Mitternacht kam Rebecca Trammell heim und wurde Hopper vorgestellt. Während der unerwartete Gast eine Dusche nahm, erklärte Merle Rebecca schnell die Probleme, die Andy hatte.

»Es gefällt mir nicht, daß er hier ist«, meinte Rebecca.

»Es ist doch nur für ein, zwei Tage.« Sobald Andy ins Wohnzimmer zurückkehrte, stellte Rebecca ihm einige Fragen. »Weshalb sind Sie auf der Flucht?«

»Weil ich nicht ins Gefängnis will.«

»Und Sie haben nichts anderes getan, als Geld an jemanden weiterzugeben?«

Andy nickte.

Rebecca meinte daraufhin, sie verstünde zwar nicht viel vom Gesetz, könnte sich aber kaum vorstellen, daß jemand *derart* in Schwierigkeiten kommen könnte, nur weil er Geld weitergegeben hätte, selbst dann nicht, wenn deswegen ein Mord geschehen sei. »Ich würde eher sagen, daß derjenige, der den Abzug durchgezogen hat, sich wirklich Sorgen machen muß.«

»Ja«, erwiderte Andy, »den erwartet die Todesstrafe.«

Der folgende Montag war für MacKenzie einer der längsten Tage, die er je erlebt hatte. Er war übermüdet, und sein Versagen bei der Jagd auf Hopper nagte noch immer an ihm. Ein ums andere Mal ging er über den Flur zu McGowans Büro hinüber.

Beide Männer waren sicher gewesen, daß Andy versuchen würde, Lynda zu sprechen. Falls er anrief, hatten sie ihr eingeschärft, sollte sie ihn unbedingt lange genug am Apparat halten, damit man den Anruf zurückverfolgen konnte. Wenn er sich mit ihr treffen wollte, sollte sie darauf eingehen, jedoch nichts unternehmen, bevor sie nicht mit den Beamten gesprochen hätte.

Falls sich Hopper nicht bis zum Abend meldete, dann, so fürchtete MacKenzie, hatte er vermutlich schon die Stadt verlassen.

»Nachdem er extra so weit gefahren ist, sollten wir die Hoffnung noch nicht aufgeben«, versuchte McGowan seinen Freund aufzumuntern.

Tatsächlich brachte der nächste Tag neue Hoffnung.

Als die beiden Beamten am Dienstag kurz nach Mittag in einem Restaurant in der Nähe des Polizeipostens saßen, meldete sich McGowans Rufgerät. Als er daraufhin im Büro anrief, sagte die Sekretärin: »Mrs. Whittaker hat gerade angerufen. Andy hat ihr gesagt, sie solle Lynda zu einem Münzfernsprecher in der Nähe schicken, wo er sie anrufen will.«

Als die Detectives bei den Whittakers eintrafen, war Lynda schon wieder zurück. »Mit dem Apparat hat irgend etwas nicht gestimmt«, meinte sie. »Ich konnte ihn kaum verstehen, und er mich offenbar überhaupt nicht. Schließlich habe ich einfach aufgelegt.«

MacKenzie, der sicher war, daß Andy sich wieder melden würde, rief sofort Matt Chapman vom FBI an. Sobald sie wußten, an welchem Apparat der nächste Anruf ankommen würde, sollte die Telefongesellschaft alarmiert werden, um ihn zurückzuverfolgen. Kurz vor vierzehn Uhr rief Hopper wieder an und nannte diesmal ein anderes Münztelefon. Während die Polizei ihr diskret folgte, fuhr Lynda zu einem Einkaufszentrum und wartete dort nervös.

Sie ließ den Apparat mehrmals klingeln, bevor sie abnahm.

»Hi, Baby«, sagte Andy.

»Wo bist du?«

Er ignorierte die Frage und erzählte ihr statt dessen, wie sehr er sie vermißt hätte. »Ich liebe dich, und ich möchte dich sehen.«

»Bist du denn hier?« fragte Lynda und hoffte, ihr Versuch, überrascht zu klingen, sei überzeugend ausgefallen.

»Ich bin hier«, bestätigte er und erzählte ihr dann, daß er Sonntag nacht bei ihrem Haus gewesen war und seinen Rucksack in einem Park in der Nähe versteckt hatte. »Ich kann es kaum erwarten, dich zu sehen, aber ich muß vorsichtig sein. Um achtzehn Uhr rufe ich noch mal diese Nummer an.« Und damit legte er auf.

Das Gespräch war zu kurz, um den Anrufer genau zu lokalisieren. »Wir konnten nur feststellen, daß es von irgendwo aus Pleasant Grove kam«, erklärte der Techniker.

Und erst in vier Stunden konnten sie einen neuen Versuch machen.

McGowan und MacKenzie stellten ein paar Beamte zur Überwachung des Whittaker-Hauses ab und zogen sich dann zu einer neuerlichen Planungsrunde ins Revier zurück. Diesmal wollten sie alle Möglichkeiten abdecken: Ein Team von Polizisten sollte den Park für den Fall im Auge behalten, daß Andy versuchte, seine Sachen zu holen. Lynda sollte mit einem Mikrophon ausgerüstet werden, weil es ja möglich war, daß Andy sie überraschen wollte, indem er persönlich auftauchte. Außerdem wollten sie Beamte aus Richardson, Dallas und vom

FBI auf dem Parkplatz des Einkaufszentrums postieren, die je nach Sachlage entweder Andy dort verhaften oder aber sofort ausrücken sollten, sobald die Telefongesellschaft den Anrufer ausfindig gemacht hätte.

Während im Norden von Dallas fieberhafte Vorbereitungen getroffen wurden, verbrachte Andy Hopper seine Zeit damit, fernzusehen und auf Rebeccas Rückkehr zu warten. Bevor sie am Morgen zur Arbeit gefahren war, hatte sie sich überraschenderweise bereit erklärt, seine Sachen abzuholen.

Sie benutzte einen Plan, den er für sie gezeichnet hatte, und entdeckte tatsächlich den Rucksack im Watson Park.

Zuvor hatte sie allerdings den Park mehrmals umkreist, um sicherzugehen, daß ihr niemand folgte. Die ganze Angelegenheit war ihr höchst suspekt, und als sie an ihrem Arbeitsplatz eintraf, den Rucksack sicher im Kofferraum ihres Wagens verborgen, war sie zu einem Entschluß gekommen. Sobald sie nach Hause kam, wollte sie Merle sagen, daß ihr Freund verschwinden müßte.

Andy telefonierte gerade, als sie kurz nach achtzehn Uhr eintraf. Merle, die bereits gemerkt hatte, daß ihre Mitbewohnerin über den Besucher nicht gerade erfreut war, stand an der Tür und flüsterte: »Er zieht schon bald weiter.«

Mehrere Meilen entfernt, auf dem Parkplatz des Einkaufszentrums, hörte McGowan, wie Chapman sich über Funk aus der Zentrale der Telefongesellschaft meldete.

»Wir haben die Adresse. 3331 James Street... Pleasant Grove.«

»Wir sind schon unterwegs«, verkündete McGowan.

»Ich komme sofort nach«, meinte Chapman.

Im Haus in der James Street saß Hopper mit den beiden Frauen im Eßzimmer und verspeiste einen Hackbraten, den Merle zubereitet hatte. Nach dem Essen unterhielten sie sich, während Andy darauf wartete, daß seine Wäsche trocknete. Andy zeigte den beiden ein Foto von Lynda, das sich in seinem Gepäck befunden hatte und bei einer Fahrt nach Mississippi aufgenommen worden war, sowie eine gefälschte Geburtsurkunde aus Georgia, die er als Ausweis benutzen wollte, wenn er über die Grenze nach Mexiko ging.

Unterdessen wurde das Haus umstellt.

Merle ging zur Vordertür, als es klopfte. Eine Sekunde später stand Rebecca neben ihr.

»Ist sonst noch jemand im Haus«, fragte McGowan.

Ängstlich schüttelte Merle den Kopf. »Nein.«

»Kennen Sie jemanden namens George Anderson Hopper?«

Wieder schüttelte Merle den Kopf.

»Dürfte ich vielleicht hereinkommen?«

Gleichzeitig traten die beiden Frauen beiseite und machten den Weg frei. Während FBI-Agenten ins Wohnzimmer und die Küche eilten, ging McGowan den Flur entlang.

Am Ende des Gangs blieb er einen Moment stehen und lauschte, dann schob er langsam die Tür auf. Der Raum wurde nur durch das fluoreszierende Licht eines großen Aquariums erhellt. Als McGowan den Raum betrat, ließ sich die Tür nicht ganz öffnen.

McGowan trat schnell ein, drehte sich sofort um, legte die Hand auf die Brust des Mannes, der hinter der Tür stand, und preßte ihn fest gegen die Wand. Der Detective brauchte kein Licht, um zu wissen, wer dort vor ihm stand.

»Andy, machen Sie jetzt keine Dummheiten«, sagte er.

»Habe ich nicht vor.«

»Ich hab' ihn«, rief McGowan, und Sekunden später stand ein FBI-Agent mit Handschellen neben ihm.

Nachdem er und Mike Corley Andy zu einem der wartenden Wagen gebracht hatten, schaute sich McGowan um und entdeckte MacKenzie im Vorgarten, der bisher hinter dem Haus Wache gestanden hatte.

Müde, aber lächelnd winkte ihn McGowan zu sich und schlug vor, ihn bei der Rückfahrt nach Richardson zu begleiten. »Jetzt bringen wir den Burschen ins Gefängnis«, meinte er.

Kapitel 16

Richtig durchgeführt, gleicht die Vernehmung eines Verdächtigen einem improvisierten Theaterstück. Der Beamte, der die Fragen stellt, paßt sein Verhalten, ja sogar seine Sprache der jeweiligen Situation an. In gewisser Weise wird er zum Schauspieler, der seine Überzeugung, der vor ihm Sitzende sei schuldig, zum Ausdruck bringen muß. Zudem muß er sich auf die Reaktionen des Verdächtigen einstellen. Ist dieser feindselig und aggressiv, muß der Beamte darauf mit noch größerer Aggressivität reagieren. Ist der Verdächtige hingegen ängstlich, muß man ihm freundliches Verständnis entgegenbringen. Schwäche wird mit Stärke beantwortet, Vertrauen mit Vertrauen.

Andy Hopper, das erkannte McGowan schnell, brauchte einen Freund, und schon bald nannten sich die beiden beim Vornamen.

Mehrere Minuten lang schilderte der Detective den Fall und erklärte, daß gegenüber den anderen Beteiligten bereits Anklage erhoben worden war. Die Hauptverdächtige, erklärte er, war eine Frau namens Joy Aylor. Zudem gab es noch eine Reihe anderer Beteiligter, deren Namen Andy vermutlich noch nie gehört hatte.

Dann berichtete McGowan von den Monaten der Verfolgung, dem Wochenende in Boise, dem knappen Fehlschlag in Minot, den zahllosen Vernehmungen von Freunden und Verwandten. »Ich wollte, Sie wären nicht abgehauen«, meinte er. »Himmel noch mal, Sie haben doch nicht einmal eine richtige kriminelle Vorgeschichte. Na ja, aber jetzt ist der ganze Mist ja vorbei.«

»Ich war es leid, wegzulaufen.«

McGowan beugte sich vor, seine Stimme klang mitfühlend. »Ich kann mir vorstellen, daß Sie die ganze verdammte Sache leid sind, genau wie viele andere Leute. Andy, ich habe mich jetzt seit fünf Jahren mit diesem Mist beschäftigt, und es ist wahrhaft nicht leicht gewesen. Daher kommen auch all die grauen Haare, die ich jetzt habe. Aber nun ist es vorbei. Wir kennen die ganze Geschichte, nur Andys Teil noch nicht. Und jetzt hängt alles von Ihnen ab.«

»Was meinen Sie damit?«

»Sie können mitspielen und uns helfen oder es bleiben lassen. Das liegt ganz bei Ihnen.«

»Sollte ich nicht erst mit einem Anwalt sprechen?«

Das war eine Frage, auf die McGowan gewartet hatte, seit er Hopper seine Rechte vorgelesen hatte. Bei enger Auslegung des Miranda-Gesetzes muß ein Verdächtiger in einer ganz bestimmten Art nach einem Anwalt verlangen. Sofern er nicht eine definitive Aussage macht, wie etwa ›Ich will sofort mit einem Anwalt sprechen und weigere mich, vorher noch eine einzige Frage zu beantworten‹, bleibt für den geübten Beamten noch Raum zum Manövrieren. Das Ganze gleicht einem semantischen Spiel innerhalb enger, völlig gesetzmäßiger Grenzen.

»Andy, ich will aufrichtig zu Ihnen sein«, entgegnete McGowan. Sobald ein Anwalt, ob engagiert oder vom Gericht bestellt, die Szene betrat, endete ihre Beziehung, erklärte er. Dann übernehmen der Staatsanwalt und der Verteidiger den Fall. »Und glauben Sie mir, das Büro des Bezirksstaatsanwalts wird nicht gerade sanft mit Ihnen umspringen. Ihre eigene Zukunft liegt jetzt ganz allein in Ihrer Hand. Darüber sollten Sie jetzt sehr gründlich nachdenken. Es geht um Sie, Andy, und nicht um irgendeinen Rechtsverdreher.«

Hopper lehnte sich auf seinem Stuhl zurück und sog tief an seiner Zigarette. »Ich weiß nicht so recht, was ich jetzt machen soll.«

McGowan lächelte. »Schön, dann unterhalten wir uns eben mal einfach so, ohne ein besonderes Ziel. Einverstanden?«

»Es kommt nichts in die Akten?«

»Nichts davon.«

Der Detective, der davon ausging, daß Andy noch längst nicht bereit war, ein Geständnis abzulegen, wollte ihn einfach am Reden halten. Wenn schon nichts anderes dabei herauskam, wollte McGowan wenigstens seine eigene Neugier in bezug auf den Mann befriedigen, der hier vor ihm saß.

Er lauschte aufmerksam, als Hopper von seiner Reise durch den Mittelwesten berichtete. Außer in Idaho und North Dakota war er auch noch in Oregon und für kurze Zeit sogar in Nevada und New Mexico gewesen.

Nach und nach stellte Andy auch selbst Fragen. Wie viele Beamte hatten ihn und Lynda in Boise beobachtet? Warum hatte man ihn dort nicht verhaftet? War ihm jemand gefolgt, als er die Stadt verließ? War Lyndas Telefon abgehört worden?

McGowan beantwortete die Fragen und machte dann selbst eine Bemerkung. »Ich hatte eigentlich angenommen, Sie würden irgendwann umkehren und das Richtige tun.«

»Sie meinen, mich selbst zu stellen?«

»Ja, das hatte ich eigentlich erwartet. Jedenfalls habe ich den Eindruck, daß Sie darüber auch mal nachgedacht haben.«

»Mehrmals sogar«, meinte Andy. »Aber ich konnte es nicht ertragen, das meinen Kindern anzutun. Ich habe zwei großartige Töchter, müssen Sie wissen.«

Hoppers entspannte Miene verschwand, als MacKenzie den Raum betrat. »Solange er hier ist, sage ich kein einziges Wort mehr«, erklärte er.

McGowan stand auf und reckte sich. »Ich verstehe. Ist in Ordnung. Aber zumindest *mir* werden Sie vertrauen müssen, zu Ihrem eigenen Vorteil. Denken Sie darüber nach. In der Zwischenzeit hole ich mir einen Kaffee. Möchten Sie auch einen?«

»Ich nehme eine Cola.«

MacKenzie ignorierte Andys Feindseligkeit und nahm auf dem Stuhl Platz, auf dem McGowan während der letzten Stunde gesessen hatte. »Ich kann mir vorstellen, daß Sie mich nicht besonders mögen, aber es gibt ein paar Dinge, die Sie vermutlich wissen möchten. Beispielsweise, daß es Ihren Kindern gutgeht. Sie besuchen die Schule und sind gesund. Und sie wissen nichts von dem, was hier vorgeht.«

Dann wurde MacKenzies Tonfall aggressiver. Weshalb hatte Andy so viel riskiert, um Lynda zu sehen, während er es nicht einmal in Erwägung gezogen hatte, Becky und die Kinder in Pampa zu besuchen?

»Wissen Sie«, meinte der Detective, »ich habe in den vergangenen Monaten mit vielen Menschen über Sie gesprochen. In einem Punkt waren sich alle einig, daß Sie nämlich verrückt nach Ihren Kindern wären. Zum Teufel, es klang so, als würden Sie jederzeit für die beiden durchs Feuer gehen. Aber Sie haben nicht einmal versucht, sie zu sehen oder herauszufinden, wie es Ihnen geht. Das hat mich bei alledem am meisten überrascht.«

Als Andy nicht antwortete, fuhr MacKenzie fort. »Als Sie hierher zurückkamen, obwohl Sie genau wußten, daß hier jeder hinter Ihnen her war, da kam es mir so vor, als hätten Sie insgeheim geglaubt, es sei an der Zeit, aufzugeben.«

»Vielleicht. Ich weiß es wirklich nicht.«

Anders als McGowan gab MacKenzie nicht vor, den Mann zu mögen. Er machte deutlich, daß er Andys Vergangenheit kannte, sprach von seinem Drogenkonsum und dem Rauschgifthandel, erwähnte seine Untreue und warf ihm vor, daß er Becky bei seiner Flucht ohne einen Pfennig zurückgelassen hatte. »Sie haben das Bankkonto leergeräumt . . . man hat ihr sogar das Auto wieder weggenommen . . .«

Damit schwieg der Beamte und betrachtete den Mann gegenüber. »Weshalb haben Sie Rozanne Gailiunas getötet?« fragte MacKenzie dann.

»Ich will meinen Anwalt sprechen«, schnappte Hopper wütend zurück. Er beruhigte sich erst wieder, als McGowan hereinkam.

Die Ruhe war jedoch nicht von Dauer.

Sie hatten sich erst ein paar Minuten unterhalten, da stand McGowan abermals auf und näherte sich Hopper. »Okay«, meinte er, »wir sollten erst einmal ein paar Dinge klären. Ich will von Ihnen jetzt nichts von wegen einem Anwalt hören, weil ich nichts von dem, worüber wir reden, gegen Sie verwenden werde. Nichts davon kommt in die Akten.

MacKenzie glaubt, daß Sie es gewesen sind. Na schön, ich frage Sie jetzt gerade heraus, ob Sie es getan haben, und ich möchte nur ein Ja oder Nein hören. Sonst nichts.«

»Sie wollen wissen, ob ich das Mädchen erschossen habe?«

»Ja.«

»Nein, habe ich nicht.«

McGowan schwieg einen Moment, als würde er über die Antwort nachdenken. »In dem Fall haben Sie wirklich allen Grund, mitzuspielen, mein Junge. Sie werden mir beweisen müssen, daß Sie es nicht getan haben. Das läßt sich machen, indem wir miteinander reden. Aber wenn wir das hier nicht klären können, ist das Spiel aus. Wenn Sie mir die Wahrheit sagen, können Sie dabei nur gewinnen, denn im Moment sitzen Sie tief in der Scheiße.

Bis jetzt haben wir nur um den heißen Brei herumgeredet, aber von nun an wird es ernst.«

Hopper, der spürte, daß McGowan nicht zu Scherzen aufgelegt war, war den Tränen nahe. »Meinen Sie nicht, daß ich das Recht hätte, wenigstens mit einem Anwalt zu reden?«

»Natürlich, wenn Sie das unbedingt wollen. Ich meine nur, daß letzten Endes alles eine Frage des Vertrauens ist.«

»Morris, wenn ich irgendwem trauen soll, dann Ihnen«, erwiderte Andy. Aber ich habe mir selbst eingehämmert, daß ich mit einem Anwalt reden muß. Und Sie meinen, wenn ich erst mit einem Anwalt gesprochen habe, hätte ich keine Chance mehr, mit Ihnen zusammenzuarbeiten?«

»Sehen Sie, Andy, Sie hätten es dann nicht mehr mit mir zu tun, das kann ich Ihnen jetzt schon sagen. Ihr Anwalt wird sofort zum Staatsanwalt laufen, und danach werden wir nicht mehr miteinander reden können.«

In diesem Moment schaute Captain Golden, der das Verhör vom Nebenraum aus beobachtet hatte, kurz herein und winkte McGowan nach draußen. »Das alles führt doch zu nichts«, meinte er. »Warum lassen wir ihn nicht einfach einen Anwalt anrufen?«

»Weil ein Anwalt ihm raten wird, den Schnabel zu halten, und das war's dann. Mir geht es jetzt um Informationen.«

»Nichtverwertbare Informationen«, wandte der Captain ein. »Er hat so oft einen Anwalt verlangt, daß er jetzt auf die Knie fallen und alles gestehen kann, ohne daß wir es gegen ihn verwenden könnten.«

»Im Moment bereite ich nur den Boden für spätere Vernehmungen vor.«

Schließlich nickte Golden. »Also schön, dann machen Sie weiter.«

Der Captain hörte noch eine Weile zu, wie McGowan die Wichtigkeit von Andys Mitarbeit hervorhob. Wenn noch jemand an der Sache beteiligt war, dann war Andy der einzige, der diese Person überführen konnte. Die Entscheidung lag bei ihm. Es ging um sein Leben.

»Sehen wir den Tatsachen ins Auge«, fügte der Detective hinzu. »Sie haben jetzt so oft nach einem Anwalt gefragt, daß ich nichts von dem, was Sie sagen, verwenden kann. Selbst wenn Sie jetzt ein schriftliches Geständnis ablegen würden, könnte ich es nicht benutzen. So lautet das Gesetz.

Aber ich möchte, daß Sie eines wissen, Andy. Ich lege die Karten offen auf den Tisch, und Sie dürfen mir glauben, daß ich aufrichtig zu Ihnen bin.«

Über dieses Versprechen dachte Hopper noch bis tief in die Nacht hinein nach, als er in seiner Zelle lag.

Als McGowan am nächsten Morgen zum Revier kam, warteten George und JoAnn Hopper schon auf ihn. Genau wie damals, als der Detective Joy Aylors Mutter zum ersten Mal im Büro des Bezirksstaatsanwalts getroffen hatte, war er auch jetzt wieder von der Trauer in ihren Gesichtern angerührt. Die Hoppers, dachte er, waren gute Menschen, die unschuldig in einen Alptraum hineingezogen worden waren, mit dem sie nicht fertig werden konnten.

Sofort erklärte er sich bereit, ihnen einen Besuch bei ihrem Sohn zu ermöglichen.

»Wie ernst ist die Sache?« fragte George Hopper.

»Sir, zur Zeit glaube ich nicht, daß Ihr Sohn den Mord begangen hat, den wir untersuchen.« Das schwache, erleichterte Lächeln auf dem Gesicht des Vaters verschwand wieder, als der Beamte hinzufügte: »Aber ich glaube, Sie sollten wissen, daß ich mit dieser Ansicht ziemlich allein dastehe.«

Er erläuterte dann, daß er bei der gestrigen Vernehmung nur sehr wenig von ihrem Sohn erfahren hatte. »Während ich weiter mit ihm reden wollte, hat er nach einem Anwalt verlangt, und damit ist mir die Sache aus den Händen genommen.«

»Wieso das?« fragte Hopper.

»Jetzt darf ich nur noch mit ihm reden, wenn er selbst das verlangt.«

Zum ersten Mal sagte JoAnn Hopper, die eine Bibel gegen ihre Brust drückte, auch etwas. »Wir wollen, daß er mit Ihnen redet.«

McGowan war bereits wieder daheim und hatte sich zum Abendessen hingesetzt, als er einen Anruf aus dem Gefängnis erhielt. Hopper hatte nach ihm verlangt.

Sandy wunderte sich, daß ihr Mann sich eine halbe Stunde Zeit ließ, bevor er aufbrach. Als er dann auch noch in den Garten ging, um nach dem Hund zu sehen, verlor sie endgültig die Geduld.

Sie stand auf der rückwärtigen Veranda, die Hände in die Hüften gestemmt, und rief: »Worauf wartest du eigentlich noch?«

»Ich will nicht zu eifrig wirken«, erwiderte ihr Gatte. Schließlich gehörte auch das zu dem Spiel.

Morris warf ein Päckchen Zigaretten auf den Tisch. Es war deutlich zu sehen, daß Andy seit ihrem letzten Gespräch nicht viel Schlaf gefunden hatte. Seine Augen wirkten eingesunken und glasig und waren von dunklen Ringen umgeben.

»Wissen Sie«, sagte McGowan, »ich habe gestern viel über Sie nachgedacht. Sie haben es dort draußen weitaus länger ausgehalten, als ich vermutet hätte.«

»Mitunter war es auch ziemlich hart.«

»Teufel auch, wenn Sie sich von hier – von Lynda – ferngehalten hätten, dann hätten Sie es schaffen können.«

Andy zündete sich eine Zigarette an und blies den Rauch gegen die Decke. »Ich möchte Sie etwas fragen. Hat Lynda mich reingelegt?«

Bei einer früheren Gelegenheit hatte McGowan Lynda gewarnt, daß Andy diese Frage stellen könnte, wenn er gefaßt wurde. Sie hatte darüber nachgedacht und ihm dann erklärt, er solle die Wahrheit sagen.

»Ja, Andy, das hat sie. Aber Sie müssen wissen, daß wir auch eine Menge Druck gemacht haben. Ich glaube nicht, daß ich ihr das an Ihrer Stelle vorwerfen würde.«

»Nein, das tue ich auch nicht. Ich liebe sie noch immer. Kann ich sie anrufen?«

»Wollten Sie mich deshalb sehen«, fragte McGowan und schob seinen Stuhl zurück, als wollte er aufstehen.

Andy schüttelte schnell den Kopf. »Ich besorge mir einen Anwalt, und wenn der meint, es ginge in Ordnung, rede ich mit Ihnen.«

»Ich weiß nicht, ob das so eine gute Idee ist. Wenn Sie, wie die meisten hier glauben, der Mörder sind, sollten Sie nicht mit mir reden.«

»Ich habe Ihnen doch schon gesagt, daß ich es nicht war.«

McGowan sagte eine Minute lange nichts, sondern blickte den Gefangenen nur an. »Kommen Sie«, sagte er schließlich, »machen wir Ihren Anruf.«

Während der nächsten zwanzig Minuten hockte Andy auf dem Betonboden des Aufnahmeraums und sprach leise mit seiner Freundin. Dann legte er die Hand über die Muschel und schaute McGowan an. »Kann ich sie sehen?«

Damit war der Detective am Zug. »Nicht, solange Sie nicht bereit sind, mir Ihren Teil der Geschichte zu erzählen.«

Hopper starrte schweigend auf den Boden, hob dann den Kopf und nickte langsam. »Gemacht.«

»Dann sagen Sie ihr, sie soll herkommen.«

Zurück im Verhörzimmer, lauschte McGowan, wie Andy von Brian Kreafle erzählte, der ihm den Umschlag gegeben hatte, in dem sich das Geld, der Zettel und das Foto von Rozanne Gailiunas befunden hatten. »Ich habe ihn einfach auf den Beifahrersitz geworfen und erst später hineingeschaut. Ein paar Tage danach war ich in der Oak-Lawn-Gegend, wo ich Speeds von diesem Typ namens Chip gekauft habe. Ich habe mit ihm über die Sache geredet, und er meinte, er könne das arrangieren. Also habe ich ihm den Umschlag gegeben. Wieder ein paar Tage darauf habe ich ihn nochmals getroffen, und da sagte er, die Sache wäre erledigt.«

»Wie heißt Chip mit Nachnahmen?«

»Ich weiß nicht, aber ich glaube, ich kann Ihnen helfen, ihn zu finden.«

»Ich werde mal nachsehen, ob Lynda schon da ist, und dann einen Platz suchen, wo Sie mit ihr reden können.«

Er schloß Andy ein, ging dann zum Telefon und rief MacKenzie an. »Andy hat mir etwas erzählt, das Sie sich anhören sollten«, meinte er.

Als MacKenzie ins Revier kam, sah er zu seiner Überraschung Andy und Lynda, die zusammen in einem der Zimmer im oberen Stock saßen, Händchen hielten und miteinander sprachen. McGowan saß in der Nähe auf einem Schreibtisch und beobachtete sie durch die geöffnete Tür.

»Ich hoffe, Sie wissen, was Sie da tun«, bemerkte MacKenzie.

McGowan ließ ihnen zwanzig Minuten, dann bedeutete er Lynda, es sei an der Zeit zu gehen.

Anschließend setzte er das Verhör fort, während MacKenzie an seinem Schreibtisch wartete. »Okay, Andy, ich möchte die Geschichte jetzt von Anfang an hören.«

Abermals berichtete Hopper von seinem Treffen mit Kreafle. »In dem Umschlag befanden sich fünfzehnhundert Dollar, alles in Hundertdollar-Noten.«

Dann veränderte sich seine Erzählung allerdings. Er gab zu, daß er mehrmals am Loganwood Drive vorbeigefahren war. Eines Abends, als Rozannes Cadillac in der Einfahrt stand, war er unter dem halb geöffneten Garagentor durchgeschlüpft, weil er dachte, es gäbe dort eine Tür, die ins Haus führte. Das war nicht der Fall, und so ging er an der Seite des Hauses entlang und schaute gerade in ein Schlafzimmerfenster, als nebenan Hunde bellten und ihn verscheuchten.

In der nächsten Nacht kehrte er zurück. Das Haus war unbeleuchtet, und so versuchte er mit einem Glasschneider, durch eines der rückwärtigen Fenster hineinzugelangen. Als das Glas zerbrach, griff er durch das Loch, öffnete die Verriegelung und kletterte hinein. Etwa eine halbe Stunde lang ging er durch das leere Haus und benutzte dabei sein Feuerzeug, um sich zurechtzufinden.

Während er dort war, überlegte er sich, den Mord selbst auszuführen. »Ich ging in die Küche und holte ein Messer aus der Schublade«, erzählte er.

»Wollten Sie sie erstechen, wenn sie heimkam?«

»Vielleicht. Ich weiß nicht. Ich war völlig durcheinander. Jedenfalls hab' ich's dann gelassen. Ich dachte mir, es wäre vielleicht jemand bei ihr, wenn sie heimkam. Ihr Freund oder sonst jemand. Also habe ich gemacht, daß ich wegkam.«

Die ganze Sache habe ihn doch sehr mitgenommen, meinte Andy. Anschließend sei er zur Wohnung eines Drogendealers in Oak Lawn gefahren, mit dem ihn seine Cousine Ann Warren bekanntgemacht hatte. »Der Bursche heißt Chip. Ich wollte bei ihm etwas Speed kaufen und habe ihm dann einfach von dem Auftrag erzählt. Er sagte, er würde sich darum kümmern, und so habe ich ihm den Umschlag gegeben. Ein paar Tage später hat er mir dann erzählt, die Sache wäre erledigt.«

Danach war Andy dann bei Kreafle vorbeigefahren, um ihm Bescheid zu geben. »Brian meinte dann, die Frau läge im Krankenhaus und wäre immer noch am Leben. Bis dahin hatte ich von dieser ganzen Geschichte noch gar nichts gehört.«

»Was war mit der anderen Hälfte des Geldes?« fragte McGowan.

»Das habe ich nie bekommen.«

Plötzlich verbarg Andy das Gesicht in den Händen und fing an zu schluchzen. Als er den Kopf wieder hob, liefen ihm Tränen über die Wangen. »Morris«, sagte er, »Chip hat mir gedroht, wenn ich jemals etwas über diese Sache erzähle, dann würde er meine Töchter vergewaltigen und in Stücke schneiden.«

»Wenn Sie kooperieren und zulassen, daß wir Ihnen helfen, dann garantieren wir auch dafür, daß er nicht an die Kinder herankommt. Aber wir müssen wissen, wo wir diesen Burschen finden.«

»Zuletzt hab ich ihn kurz nach dem Mord gesehen. Später hörte ich dann, er wäre nach Kalifornien gezogen.«

»Und Sie kennen seinen Nachnamen bestimmt nicht?«

»Er wurde immer nur Chip genannt.«

»Wie sieht er aus?«

»Knapp ein Meter achtzig groß . . . vielleicht hundertsechzig Pfund schwer . . . schwarzes, in der Mitte gescheiteltes Haar.«

Nachdem McGowan Hopper wieder im Zellenblock abgeliefert hatte, kehrte er zu MacKenzie zurück, der schon gespannt auf seinen Bericht wartete. Morris gab sich keine Mühe, seine Genugtuung zu verbergen, als er Andys Aussage rekapitulierte.

»Ken«, meinte er zum Schluß, »ich möchte, daß Sie diesen Chip auftreiben.«

MacKenzies Ärger über Morris' stures Beharren auf der Ansicht, Hopper sei nicht der Mörder, explodierte schließlich. »Um Himmels willen, Mo«, sagte er, »diese ganze Geschichte ist doch der reine Mist. Es gibt keinen Chip. Ich sage Ihnen, Andy Hopper ist derjenige, der Rozanne Gailiunas getötet hat. Ich bin mir dessen sicher, seit ich zum ersten Mal im Steakley Chevrolet mit ihm gesprochen habe . . .«

McGowans Stimme klang ruhig, aber fest. »Chip existiert wirklich«, sagte er. »Andy hat ihn viel zu genau beschrieben, und ich will, daß Sie ihn suchen.«

Ob Andy Hopper ein Mittelsmann oder ein Mörder war, würde sich zeigen, wenn sie diesen geheimnisvollen Drogendealer ohne Nachnamen fanden. Und obwohl McGowan verstand, daß MacKenzie seine Meinung nicht teilte, war er doch davon überzeugt, daß Ken diesen Mann finden würde, sofern es ihn wirklich gab.

MacKenzie startete seine Nachforschungen, noch bevor Hopper von Richardson zum Bezirksgefängnis von Dallas verlegt wurde. Er hatte zwar immer noch den Eindruck, man hätte ihn auf die Suche nach einer Nadel im Heuhaufen geschickt, doch mittlerweile hatte er, wenn auch widerwillig, akzeptiert, daß man die Möglichkeit, es könnte noch eine weitere Person in den Fall verwickelt sein, nicht außer acht lassen durfte.

In den nächsten Wochen führte ihn seine Suche in die Seitenstraßen und Hinterhöfe des Oak-Lawn-Viertels, das als die Schwulenhochburg von Dallas gilt.

Durch einen Anruf bei Becky Hopper erfuhr MacKenzie, daß Andys Cousine, jene Frau, die ihn angeblich mit Chip bekannt gemacht hatte, nach Houston verzogen war. Ein Dutzend Anrufe später hatte er herausgefunden, daß Ann Warren abermals umgezogen war und jetzt in Florida lebte.

Als er sie endlich erreicht hatte, gab sie zu seiner Überraschung zu, daß sie die beiden Männer tatsächlich irgendwann im Jahr 1983 miteinander bekannt gemacht hatte. »Chip hatte eine Wohnung in der Cole Street«, erzählte sie. »An die Adresse kann ich mich nicht mehr erinnern. Er hat mit Speeds und ab und zu auch mit Kokain gehandelt.«

Die Beschreibung, die sie von Chip gab, ähnelte in bemerkenswerter Weise jener, die sie von Andy erhalten hatten.

»Vielleicht sollten Sie mal mit Deena Lampley reden«, meinte sie. »Die ist sehr oft bei Chip gewesen.«

»Und wo kann ich sie finden?«

»Keine Ahnung. Soweit ich gehört habe, hat sie geheiratet.« MacKenzie durchstreifte tagelang Oak Lawn, besuchte Schwulenbars und Coffee Shops und sprach mit Nutten und Fixern, die sich dort herumtrieben. Schließlich fand er heraus, daß Deena Lampley tatsächlich geheiratet hatte und jetzt in einem anderen Teil von Dallas wohnte.

Sie war nicht besonders erfreut, als der Detective sie aufsuchte. Wie sie erklärte, hatte sie ihr Vorleben sorgfältig vor ihrem Gatten geheimgehalten. Erst nachdem MacKenzie ihr versichert hatte, er würde darüber garantiert nichts ausplaudern, gab sie zu, tatsächlich einmal einen Drogendealer namens Chip gekannt zu haben. »Aber das liegt schon lange zurück«, meinte sie.

»Erinnern Sie sich, wo er gewohnt hat?«

»Ich kann es Ihnen zeigen«, bot sie an.

Stundenlang fuhren sie durch den Oak Lawn Bezirk, vorbei an heruntergekommenen Apartmenthäusern, trostlosen Bars und Imbißbuden, und schließlich erinnerte sich die Frau wieder. »Dort war es«, sagte sie, als sie durch die baumbestandene Cole Street fuhren.

MacKenzie starrte verdutzt auf eine Baulücke, in der früher einmal ein Wohnhaus gestanden hatte.

In der nächsten Woche suchte er vergeblich nach Unterlagen, die Aufschluß darüber hätten geben können, wer das Apartment im Jahr 1983 bewohnt hatte. Zudem trieb er sich auch weiterhin in dieser Gegend herum in der Hoffnung, jemanden aufzutreiben, der Chip gekannt hatte.

Deena hatte zwei Frauen erwähnt, die sie bei Chip kennengelernt hatte. Die eine hieß Joyce, die andere Cathy.

»Lieber Himmel, hat denn hier niemand einen Nachnamen?« fragte der Detective frustriert.

»Hey«, schnappte Deena zurück, »damals habe ich von allem kaum was mitgekriegt. Ich wollte nur high sein und nicht irgendwem förmlich vorgestellt werden.«

Einer der zahllosen Liebhaber von Joyce und Cathy führte MacKenzie schließlich zu den beiden Frauen. Im Wohnzimmer ihres winzigen Apartments lauschte er ihren Erinnerungen an die Zeit mit Chip, an Drogenparties und Gelegenheitssex.

»Ich glaube, sein richtiger Vorname war Steve«, meinte Cathy. »Wenn ich mich recht entsinne, wurde er kurz vor Weihnachten '83 drüben in Highland Park festgenommen. Ich habe damals für ihn gebürgt.«

Falls es tatsächlich eine Nadel in dem Heuhaufen gab, den MacKenzie gerade durchsuchte, dann wußte er jetzt, wie er sie finden konnte.

Highland Park war eine nur wenige Meilen von Dallas entfernte Siedlung, in der es von Millionärsvillen geradezu wimmelte. Die rein weiße Gemeinde brüstete sich mit einer der niedrigsten Kriminalitätsraten in ganz Texas, wofür nicht nur die Polizei sorgte, sondern auch ein privat organisierter Wachdienst, der schon Alarm schlug, wenn sich nur ein fremdes Auto auf der Straße zeigte.

Es war eher unwahrscheinlich, daß die Polizei dort in der Vorweihnachtszeit des Jahres 1983 viel zu tun gehabt hatte, überlegte MacKenzie. Eines Morgens Ende Februar fuhr er zum Highland Park Police Department und überprüfte methodisch die sechs Jahre alten Akten, wobei er nach jemandem namens Steve suchte, der festgenommen worden war.

Schon zwei Stunden später wurde er fündig. Steve Rennick, damals wohnhaft in dem mittlerweile abgerissenen Apartmenthaus in der Cole Street, war wegen illegalen Waffenbesitzes festgenommen worden.

Als nächstes wandte sich MacKenzie an die Polizei von Dallas, um in Erfahrung zu bringen, ob man dort schon etwas mit Rennick zu tun gehabt hatte. Ein Beamter der Drogenfahndung informierte ihn, daß Rennick mehrfach wegen Drogenvergehen angezeigt worden war, und schlug vor, er solle mit dem inzwischen pensionierten Officer Buddy Beckwith in Verbindung treten. »Er hat lange in der Gegend von Oak Lane gearbeitet und kennt jeden der Typen, die dort herumlungern.«

Als MacKenzie Beckwith aufsuchte, stellte sich heraus, daß er Steve Rennick nicht nur kannte, sondern auch einen Teil seiner eigenen Akten kopiert hatte, wie das viele Beamte tun, bevor sie in Pension gehen. Bei diesen Unterlagen befand sich auch das Vorstrafenregister des Mannes, nach dem MacKenzie suchte.

»Er war nur ein kleiner Ganove«, erinnerte sich Beckwith, während er die Papiere durchblätterte. »Hat zwar hier und da etwas verkauft, den meisten Shit aber selbst verbraucht oder an seine Freunde weitergegeben. Wie ich gehört habe, ist er nach San Diego gezogen.«

Dann reichte er seinem Besucher ein Foto. »Das ist Ihr Mann«, meinte er.

MacKenzie betrachtete das Bild schweigend. Er zeigte einen schmalgesichtigen jungen Mann, dessen schwarzes Haar in der Mitte gescheitelt war.

An diesem Nachmittag begab sich MacKenzie in McGowans Büro, legte ihm das Foto auf den Schreibtisch und erklärte: »Sie hatten recht.«

Es hatte knapp zwei Monate intensiver Nachforschung gebraucht, um zu dieser Erkenntnis zu gelangen.

Jan Hemphill hatte sich in den zwei Jahrzehnten, die sie in Dallas praktizierte, einen Ruf als aggressive Verteidigerin erworben. Sie galt als Frau, die eher ihre Kollegen einschüchterte als umgekehrt.

Als sie vom Gericht als Hoppers Pflichtverteidigerin bestellt wurde, merkte er schnell, daß er sich deswegen glücklich schätzen durfte. Andere Insassen des Dallas County Jail, von denen sich viele als Experten für die Qualität der hiesigen Anwälte betrachteten, versicherten ihm, Hemphill sei ein ›harter Brocken‹ und täte nichts lieber, als sich mit dem Büro des Bezirksstaatsanwalts anzulegen. »Du hast echt Schwein gehabt«, meinte einer.

Hemphill hatte Hopper bei ihrer ersten Begegnung sympathisch gefunden; vielleicht ein wenig zu großmäulig für jemand, gegen den derart ernste Anschuldigungen erhoben wurden, aber höflich und wohlerzogen. Zudem war sie beeindruckt, daß er im Gegensatz zu vielen anderen ihrer Klienten kein nennenswertes Vorstrafenregister besaß.

Nachdem sie sich seine Geschichte angehört hatte, wie er das Geld genommen, dann überlegt, den Mord selbst begehen zu wollen, und schließlich den Auftrag an einen Drogendealer namens Chip weitergereicht hätte, traf sie sich mit den Strafverfolgern Chapman und Dan Hagood, um den Fall durchzusprechen.

Die beiden schilderten ihr kurz die Zusammenhänge der ganzen Mordgeschichte und machten dann deutlich, daß sie in erster Linie an Joy Aylor und demjenigen, der die Kugeln abgefeuert hatte, interessiert wären. Falls Hemphills Mandant tatsächlich nur ein weiterer Mittelsmann war, wäre es zu seinem eigenen Besten, ihnen zu helfen, denjenigen ausfindig zu machen, an den er angeblich den Auftrag weitergereicht hatte.

Und so rief Hopper am 22. Februar 1990 beim Richardson Police Department an und fragte nach McGowan. »Meine Anwältin meint, ich sollte mit Ihnen zusammenarbeiten.«

Er erwähnte allerdings nicht, daß Hemphill ihn angewiesen hatte, diese Zusammenarbeit ausschließlich auf die Suche nach Chip zu beschränken.

Eine Woche später wurde Andy nach Richardson gebracht und in das Büro des Lügendetektorspezialisten Robert Strauss geführt.

Strauss, ein freundlicher Mann mit sanfter Stimme, tat alles, damit sich Hopper wohl fühlte. Mehrere Minuten lang erklärte er ihm sorgfältig die gesamte Prozedur, las ihm dann das

Miranda-Gesetz vor und ließ sich von ihm eine Einverständniserklärung für den Test unterzeichnen.

»Zunächst werden wir einfach nur ein bißchen miteinander reden«, erklärte Strauss. »Wir gehen die ganze Sache einmal durch, bevor ich Sie an die Maschine anschließe. Ich möchte, daß Sie so entspannt wie möglich sind und genau wissen, welche Fragen Ihnen während des Tests gestellt werden.« Tricks, versicherte er ihm, werde es nicht geben.

Da Strauss bereits von McGowan und MacKenzie eingewiesen worden war, kannte er sich mit dem Fall Gailiunas einigermaßen aus und wußte auch, daß Hopper gestanden hatte, den Mord selbst zu begehen, bevor er den Auftrag an seinen Drogenlieferanten weitergegeben hätte.

Eine halbe Stunde lang beantwortete Andy allgemeine Fragen nach seiner Familie, seinem Gesundheitszustand und seiner Ausbildung. Er hätte sich nur einmal mit jemandem geprügelt, und zwar in der siebten Klasse. Seine Eltern hätte er nur ein einziges Mal angelogen, erzählte er, als sie ihn in seiner Schulzeit einmal gefragt hätten, ob er Marihuana rauche. Sein Gesundheitszustand sei gut und er hätte nur einmal kurzzeitig Kontakt zu einem Psychotherapeuten gehabt, als er und Becky Eheschwierigkeiten hatten.

Dann befragte ihn Strauss nach den Ereignissen, die zu seiner Verhaftung geführt hatten, und kam schließlich zu den Fragen, die Hopper gestellt werden sollten, sobald die Maschine lief.

»Gibt es irgendwelche Probleme mit einer dieser Fragen?« erkundigte sich Strauss.

»Nein, Sir.«

»Schön, dann können wir ja anfangen.«

Sobald Hopper an die Maschine angeschlossen war, die seinen Atemrhythmus, die Pulsfrequenz und die Schweißabsonderung an seinen Handfläschen aufzeichnen würde, begann Strauss mit dem Test.

»Haben Sie verstanden, daß ich nur die Fragen stelle, die wir vorher durchgesprochen haben?«

»Ja.«

»Sind Sie bereit, alle Fragen, die den Mord an Rozanne Gailiunas betreffen, wahrheitsgetreu zu beantworten?«

»Ja.«

»Sind Sie Bürger der Vereinigten Staaten?«

»Ja.«

»Haben Sie, abgesehen von dem einen Fall, den wir vorhin besprochen haben, in den ersten fünfundzwanzig Jahren Ihres Lebens jemals erwogen, jemanden körperlich zu verletzen?«

»Nein.«

»Wissen Sie, wer Rozanne Gailiunas erschossen hat?«

»Nein.«

»Lautet Ihr Nachname Hopper?«

»Ja.«

»Haben Sie in den ersten fünfundzwanzig Jahren Ihres Lebens jemanden körperlich verletzt?«

»Nein.«

»Haben Sie selbst Rozanne Gailiunas erschossen?«

»Nein.«

»Sind Sie im Oktober geboren?«

»Ja.«

»Haben Sie, abgesehen von dem einen Fall, den wir vorhin besprochen haben, in den ersten fünfundzwanzig Jahren Ihres Lebens eine Autoritätsperson belogen?«

»Nein.«

»Befanden Sie sich im Haus von Rozanne Gailiunas, als sie erschossen wurde?«

»Nein.«

Strauss wies Andy an, sich zu entspannen, und machte einen Vermerk auf dem Ausdruck des Detektors.

Während der nächsten halbe Stunde wiederholte er den ganzen Vorgang und stellte die gleichen Fragen – wenn auch in veränderter Reihenfolge – noch dreimal. Als der Test schließlich beendet war, ließ sich Strauss jeden einzelnen Ausdruck von Andy abzeichnen und übergab den Gefangenen dann der Obhut von Brent Tourangeau, einem Fahnder aus Richardson, der während der gesamten Prozedur anwesend war.

»Warten Sie bitte ein paar Minuten draußen, bis ich die Unterlagen ausgewertet habe«, sagte er.

Zehn Minuten später rief er Hopper wieder herein. »Ich

fürchte, es ist nicht besonders gut für Sie gelaufen, Andy«, meinte er.

Hopper machte ein ungläubiges Gesicht. »Wann soll ich denn gelogen haben?«

»Bei allen drei Fragen, die sich auf den Mord bezogen. Auf jede davon haben Sie sehr heftig reagiert, und ganz besonders auf die, ob Sie selbst Rozanne Gailiunas erschossen haben.«

»Ich weiß nicht, was ich dazu sagen soll.«

»Detective McGowan wird sich natürlich darüber mit Ihnen unterhalten wollen.«

Hopper blickte den Experten mitleidheischend an. »Ich habe die Wahrheit gesagt. Was kann ich denn noch tun?«

»McGowan wartet schon auf Sie. Ich kann Ihnen nur raten, das mit ihm zu klären.«

Während Tourangeau mit ihm zum Verhörraum ging, schüttelte Andy immer noch den Kopf. »Ich verstehe das nicht«, murmelte er. »Ich verstehe das einfach nicht.«

»Am besten fangen wir wieder von vorn an und versuchen herauszufinden, was los ist«, schlug McGowan vor. »Erzählen Sie mir die ganze Geschichte noch einmal, und zwar von Anfang an.« Wieder begann Hopper bei seiner Begegnung mit Kreafle, schilderte dann detailliert den nächtlichen Besuch in Rozannes Haus und schließlich seine Fahrt zu Chip.

McGowan sagte nichts, bis Andy berichtete, wie er Chip abermals getroffen und dabei erfahren hatte, daß der Auftrag erledigt war. Dann schüttelte der Detective leicht den Kopf und meinte: »Ich glaube nicht, daß Sie mir die Wahrheit gesagt haben.«

»Doch, das habe ich.«

McGowan erhob sich und ging im Zimmer auf und ab, während Andys Blick ihm folgte. »Nehmen wir an, ich finde Chip. Nehmen wir weiter an, ich bringe ihn her und frage ihn nach der ganzen Sache, und er sagt mir, daß er von dem ganzen Mist nichts weiß. Und nehmen wir schließlich noch an, ich lasse ihn durch den Lügendetektor prüfen, und seine Aussage wird dadurch bestätigt. Wenn ich all das mache, wohin bringt mich das dann?«

Andy starrte einen Moment auf seine Finger und schaute dann wieder hoch. »Zurück zu mir«, meinte er.

McGowan kehrte zum Tisch zurück, zog das Foto heraus, das MacKenzie ihm mitgebracht hatte, legte es vor Hopper hin und fragte: »Wer ist das, Andy?«

Hopper sackte auf seinem Stuhl zusammen, alle Farbe verschwand aus seinem Gesicht. »Das ist Chip«, sagte er mit kaum hörbarer Stimme.

»Da haben Sie verdammt recht«, meinte McGowan, »und ich weiß auch, wo er zu finden ist.«

»Was erwarten Sie jetzt von mir?«

»Verdammt noch mal, Andy, ich erwarte, daß Sie mir die Wahrheit sagen. Und dann will ich, daß Sie in den Zeugenstand treten und gegen Joy Aylor aussagen. Aber vorher muß ich die Wahrheit wissen.«

»Kann ich zurückgehen und darüber nachdenken?«

McGowan schüttelte den Kopf und beugte sich über den Tisch, bis sein Gesicht nur noch Zentimeter von Hopper entfernt war. *»Ich will es jetzt wissen.* Wenn Sie dabei waren, als Rozanne Gailiunas erschossen wurde, will ich das jetzt wissen.«

Andys Kiefermuskeln arbeiteten, und er fing an, nervös auf dem Stuhl vor und zurück zu schaukeln.

»Ich muß das jetzt wissen, Andy.«

Andys Antwort kam als Flüstern. »Morris«, sagte er, »ich hab's getan.«

Das Geständnis wurde so ruhig und zugleich unerwartet vorgetragen, daß der Detective für einen Moment völlig überrascht war. »Was haben Sie gesagt?«

»Ich hab's getan. Ich habe sie erschossen.«

Am Nachmittag des 4. Oktober 1983, eines Dienstags, wartete der einundzwanzigjährige Kenneth Allen seit fast einer Stunde auf dem Parkplatz des Jerry Mason's Body Shop in Cedar Hill, Texas, auf einen Versicherungssachverständigen, der den Schaden an seinem Ford LTD schätzen sollte.

Als der Mann, der sich als Andy Hopper vorstellte, schließlich auftauchte, schien er in Eile zu sein und zeigte nur wenig Interesse an dem Fall. Er besah sich den Schaden nur oberflächlich und schätzte dann die Reparaturkosten. Als Allen die Sache genauer erläutert haben wollte, winkte der Sachverständige ab.

»Es tut mir leid«, erklärte er, »aber ich habe eine Verabredung am anderen Ende von Dallas.«

Seit Tagen befand sich Hopper in einem Zustand nervöser Gereiztheit, hervorgerufen durch ständig steigenden Verbrauch von Amphetaminen in Verbindung mit zu wenig Schlaf.

Das ging schon so, seit er Brian Kreafle erzählt hatte, er könnte jemanden finden, der die Frau in Richardson umbringen würde.

Bevor er zu diesem Termin in Cedar Hill fuhr, machte er einen Umweg zur Wohnung von Terry Harmon, einem befreundeten Sachverständigen, der im Norden von Dallas wohnte.

Harmon, der sich von seiner Frau getrennt hatte und jetzt allein lebte, hatte Hopper auf dessen Drängen hin einen Wohnungsschlüssel überlassen. Hopper hatte zwar behauptet, er brauche einen Platz, an dem er seine Berichte schreiben und Anrufe erledigen könnte, wenn er sich in diesem Teil der Stadt aufhielt, doch Harmon vermutete, daß Andy die Wohnung in erster Linie benutzte, um die endlose Reihe seiner Liebschaften dort durchzuschleusen.

An diesem Tag suchte Andy allerdings keine Intimitäten, sondern die .25er Automatic, die Harmon in einer Schublade des Schreibtischs aufbewahrte.

Nachdem er sich die Pistole besorgt hatte, fuhr er zu einer Mall in der Nähe und schraubte die Nummernschilder eines dort abgestellten Autos ab. In einer abgeschiedenen Seitenstraße tauschte er seine eigenen Nummernschilder gegen die gestohlenen aus und fuhr dann Richtung Süden nach Cedar Hill.

Gleich nachdem Andy seine Arbeit dort erledigt hatte, machte er sich nach Richardson auf. Unterwegs hielt er bei einem Safeway an und kaufte dort mehrere Meter Baumwollseil sowie ein Paar medizinische Handschuhe. Danach begab er sich zu einem Blumenladen und kaufte eine Topfpflanze.

Es erfüllte ihn mit innerer Befriedigung, einem durchdachten Plan zu folgen.

Nachdem der kleine Peter eingeschlafen war, hatte sich Rozanne gerade ausgezogen, um zu duschen, als die Türglocke läutete. Sie hüllte sich in ihren Bademantel, ging zur Vordertür und öffnete sie. Draußen stand ein gutaussehender, lächelnder junger Mann mit einer Topfpflanze in der Hand.

»Eine Blumenlieferung«, sagte Andy Hopper.

Rozanne öffnete auch die Fliegengittertür, und im gleichen Moment erlosch das Lächeln des Mannes. Er stieß sie in den Flur zurück und zielte mit der Pistole auf sie. Erst da bemerkte Rozanne, daß er OP-Handschuhe trug.

»Sei ja still«, sagte der Mann, während er den Blumentopf neben der Tür abstellte. Dann packte er sie am Arm und führte sie zu ihrem Schlafzimmer. Unterwegs hielt er gerade lange genug an, um die Tür des Zimmers, in dem Rozannes Sohn schlief, leise zu schließen.

»Zieh deine Sachen aus und leg dich aufs Bett«, forderte er und schloß die Tür hinter sich. Dann schaute er schweigend zu, wie die verängstigte Frau ihren Morgenmantel auszog. »Leg dich auf den Bauch.«

Rozanne leistete keinen Widerstand, als er ihre Arme und Beine langsam und methodisch an die Bettpfosten fesselte. Er hatte schließlich keine Eile. Als er den letzten Knoten festzog, bemerkte Andy, daß sie weinte. Da er fürchtete, sie könnte anfangen zu schreien, ging er schnell ins Badezimmer und nahm ein paar Papiertaschentücher aus einer Schachtel.

Während er ihr das Papier gewaltsam in den Mund stopfte, stieß sie ein einziges Wort aus: »Warum?«

Hopper gab keine Antwort. Die Dringlichkeit seiner Aufgabe interessierte ihn nicht mehr, seit ihn das Gefühl der Macht geradezu schmerzhaft überkommen hatte. Er wollte dieses Gefühl auskosten und den Geruch nach Angst und Parfüm tief einatmen, und er wollte auf diese schöne Frau hinabschauen, die sich jetzt völlig in seiner Gewalt befand.

Langsam bewegte er sich durch den Raum und genoß dieses

Eindringen in die Privatsphäre eines anderen Menschen. Er zog eine Schublade ihres Frisiertisches auf, die mit seidenen Schals und Unterwäsche gefüllt war, und kämpfte gegen den Drang an, seine Handschuhe auszuziehen und ihre Sachen zu nehmen, ihre kühle Glätte gegen die eigene Haut zu reiben. Dann ging er zum Wandschrank hinüber. Sie mag helle Farben und Muster, dachte er, während er die Schärpe von einem der Kleider entfernte.

Sein Eindringen in ihren Bereich erregte ihn.

Er kehrte zum Bett zurück, hockte sich über sie, zog die Handschuhe aus und masturbierte.

Nachdem er seine Hände im Badezimmer gewaschen hatte, kam er zurück und legte die Schärpe um Rozannes Hals. Als er anfing, sie zu würgen, versuchte sie sich zu wehren, bäumte sich unter ihm auf und schaffte es schließlich, ihre linke Hand aus der Fessel zu lösen.

Ganz plötzlich, so als hätte man einen Schalter umgelegt, verschwand Hoppers Euphorie und wurde durch schiere Panik ersetzt. Er griff nach der Pistole, die er auf den Nachttisch gelegt hatte, drückte ein Kissen auf ihren Kopf und feuerte zweimal. Rozannes Körper erschlaffte.

Andy überprüfte nicht einmal, ob die Schüsse tödlich gewesen waren. Er stürmte aus dem Haus, vorbei an der noch immer geschlossenen Tür des Kinderzimmers, und zu seinem Wagen.

Er fuhr zu einer Waschanlage und warf dort die Handschuhe sowie den Glasschneider, den er bei seinem früheren Einbruch benutzt hatte, in eine Mülltonne. Dann schraubte er die gestohlenen Nummernschilder ab, warf sie fort und ersetzte sie durch seine eigenen.

Schließlich holte er das Foto und die Anweisungen, die Kreafle ihm gegeben hatte, aus dem Handschuhfach, zerriß beides in kleine Stücke und warf die Schnipsel ebenfalls in die Abfalltonne.

Wenig später hatte er die Pistole wieder in Harmons Schreibtisch gelegt, und auf dem Heimweg überkam ihn abermals jenes Glücksgefühl, das anders war als alles, was er je erlebt hatte.

Nach all dem Grübeln und Pläneschmieden war es fast zu schnell gegangen. Und es war so leicht gewesen.

Hopper warf einen Blick auf die Uhr am Armaturenbrett, lächelte und atmete tief durch. Es war immer noch genug Zeit, um seine kleine Tochter vom Babysitter abzuholen.

Als Hopper die Blumen erwähnte, stürmte MacKenzie, der das Verhör vom Nebenzimmer aus beobachtete, den Flur entlang und kehrte kurz darauf mit einem Aktenordner zurück, in dem sich die Tatortfotos befanden, die er und McGowan schon so oft studiert hatten. Rasch blätterte er die Seiten durch und entdeckte schließlich das Bild, das in jener Nacht vor fünf Jahren in Rozannes Wohnzimmer aufgenommen worden war. Neben der Haustür stand eindeutig und unübersehbar eine Topfpflanze. Die Antwort auf die Frage, die McGowan gequält hatte, seit er zum ersten Mal das Haus von Rozanne Gailiunas betrat, war die ganze Zeit über dort gewesen.

Am frühen Abend hatte Hopper ein formelles Geständnis abgelegt, sowohl schriftlich wie auch als Videoaufzeichnung. Erschöpft, aber auch glücklicher, zog sich McGowan in sein Büro zurück, um einige Anrufe zu machen. Zuerst rief er Sandy an, dann Paula Donahue und zuletzt Kevin Chapman.

Am nächsten Tag sprach jeder im Gerichtsgebäude davon, daß das letzte Puzzleteil beim Mordfall Gailiunas endlich an seinen Platz gefallen war.

Lediglich Jan Hemphill, Hoppers Anwältin, teilte die allgemeine Begeisterung nicht. King Solomon, ebenfalls ein Strafverteidiger, hielt sie an, als sie gerade auf dem Weg zum Fahrstuhl war.

»Sie sehen nicht besonders glücklich aus«, bemerkte Solomon.

»Bin ich auch nicht«, erwiderte sie und fügte hinzu, daß sie gerade einen Anruf vom Büro des Staatsanwaltes erhalten hatte. »Ich kann einfach nicht glauben, was diese Mistkerle mir angetan haben.«

Sie erklärte Solomon, was geschehen war, und verschwand dann im Fahrstuhl. Der Anwalt stand allerdings immer noch da und fragte sich, auf wen Hemphill nun wirklich wütend war – auf die Polizei oder auf sich selbst, weil sie ihren Mandanten nicht zu dem Lügendetektortest begleitet hatte.

Weiter oben im Gebäude telefonierte Kevin Chapman mit McGowan, gratulierte ihm und erinnerte an die unglaubliche Anzahl von Umwegen, die sie hatten nehmen müssen, um dorthin zu gelangen, wo sie jetzt angekommen waren.

»Sie haben höllisch gute Arbeit geleistet«, meinte Chapman, »und sich etwas Ruhe verdient. Setzen Sie sich auf die Reservebank, und lassen Sie mich jetzt das Spiel übernehmen.«

Der Strafverfolger dachte schon jetzt mit Begeisterung an die Prozesse, die vor ihm lagen.

TEIL DREI

Flucht

Ich dachte: Oh, hätte ich Schwingen wie eine Taube! Ich flöge fort und ließe mich ruhig nieder.

Psalmen 55.7

Die Anstrengungen, die wir unternehmen, um unserem Schicksal zu entkommen, führen uns letztlich nur genau dorthin.

aus ›Fate‹
The Conduct of Life, Ralph Waldo Emerson

Kapitel 17

Die drei Frauen waren früh genug eingetroffen, um noch einen freien Tisch an einem der ausladenden Panoramafenster des Chez Gerard zu finden. Das französische Restaurant an der McKinney Avenue, das derzeit gerade ›in‹ war, bot auf der Speisekarte Suppen, Salate und Croissants an, die in erster Linie auf eine weibliche Kundschaft zugeschnitten waren. Das Lokal gehörte zu jenen Örtlichkeiten, die man besuchte, um zu sehen und gesehen zu werden, und war einer der bevorzugten Treffpunkte für Frauen aus den Nobelvororten Highland Park und Park Cities, die sich hier von den Anstrengungen des Shopping und den Versammlungen der Komitees für Wohlfahrtsgalas erholten. An den mit feinem Leinen gedeckten Tischen, wo Sonnenstrahlen über Kristallglas und poliertes Silber tanzen, reichen die Gesprächsthemen von Modeneuheiten bis zu den jüngsten Geschäftserfolgen der arbeitswütigen Ehegatten. Es ist aber auch ein Ort, an dem im Flüsterton Gerüchte erzählt werden, etwa wer mit wem eine Affäre hat oder wer in letzter Zeit den Scheidungsanwalt oder den Schönheitschirurgen aufgesucht hat.

Dem angeregten Gespräch an jenem Fenstertisch konnte man allerdings kaum entnehmen, daß die drei Frauen – Joy Aylor, ihre Cousine Vicki Kienest und eine neue Freundin namens Darla Green – in den vergangenen Wochen allesamt Gegenstand derartiger Gerüchte gewesen waren. Joys Verhaftung und die Anklageerhebung hatten sogar in den Lokalzeitungen gestanden; die saftig formulierte Scheidungsklage, die Vicki gegen ihren Mann Jim eingereicht hatte, war mittlerweile allgemein bekannt; und Darlas Anwalt schließlich gab sich alle Mühe, bei den Behörden eine Strafminderung für ihre Rolle bei einem betrügerischen Bankgeschäft zu erreichen, wenn sie dafür gegen ihre Komplizinnen aussagte.

Wenn andere Restaurantbesucher verstohlene Blicke in Richtung der Frauen warfen, ignorierten sie das. Alle drei hatten schnell gelernt, daß die öffentliche Zurschaustellung von Gelassenheit und Zuversicht die beste Waffe gegen Klatsch war.

Darla, blond, blauäugig und geschieden, war Joy zum ersten Mal begegnet, als sie ihre Nachbarin Vicki und deren Mutter, Victorine Davis, besucht hatte. Obwohl an diesem Tag niemand Joys Konflikt mit dem Gesetz erwähnte, wußte Darla doch im großen und ganzen über die Anklagen Bescheid und war selbst überrascht, daß sie diese Frau, die angeblich einen Mord angezettelt hatte, auf Anhieb mochte. Obwohl Joy eher sanft redete und ein wenig schüchtern wirkte, wurde doch klar, daß sie über große innere Stärke verfügte. Darla wußte, daß sie Victorine in privaten wie in geschäftlichen Dingen unterstützt hatte, nachdem ihr Ehemann Hugh bei einer Vogeljagd mit Henry Davis an einem Herzanfall gestorben war. Und die Beziehung zwischen Joy und Vicki wirkte eher wie die zwischen Schwestern als die von Cousinen. Als Vickis halbwüchsiger Sohn Selbstmord begangen hatte, war es Joy gewesen, die ihr in diesem Schicksalsschlag beigestanden hatte. Und als Henry Davis einen Schlaganfall erlitt, kaufte Joy ihm einen elektrischen Rollstuhl und kam ihn jeden Tag besuchen.

Darla war froh, daß sich ihre Freundschaft mit Joy schnell festigte.

Schon bald trafen sie sich regelmäßig zum Essen, telefonierten häufig und teilten ihre Probleme miteinander. Darla, deren Konten durch die Behörden eingefroren worden waren, brauchte dringend Bargeld. Joy lieh ihr sofort zweitausendfünfhundert Dollar, wobei sie etwas Schmuck als Sicherheit annahm, und half ihr später, eine Reihe von Ringen, Armbändern und Halsketten zu verkaufen, die fast eine halbe Million Dollar einbrachten. Im Gegenzug hatte Darla, die als Maklerin eingetragen war, Joy angeboten, ihr beim Verkauf ihres Hauses zu helfen.

Obwohl sich die beiden über vielerlei Dinge unterhielten, vermied es Joy doch, über ihre Mordanklage zu reden, und beschränkte die Geständnisse aus ihrem Privatleben auf gelegentliche Erwähnungen ihrer Scheidung. Der Grund, weshalb sie ihren Mann aus dem Haus geworfen habe, erzählte sie

Darla, sei das Verhältnis gewesen, das er mit ihrer jüngeren Schwester begonnen habe.

Je besser Darla Joy kennenlernte, desto mehr wunderte sie sich allerdings auch über sie. Es gab Zeiten, da erschien ihr die neue Freundin wie das unschuldige Opfer eines durchtriebenen Ehemanns, der vermutlich auch das Verbrechen begangen hatte, das man ihr jetzt zur Last legte. Doch immer wenn sie gerade glaubte, Joy sei nichts anderes als eine freundliche, liebenswerte Frau, tauchte eine kalte, berechnende Seite ihrer Persönlichkeit auf, die Darla zwang, ihre Einschätzung noch einmal zu überdenken. Überdies hatte Joy eine Angewohnheit, die man nur als exzentrisch bezeichnen konnte. Wenn sie Joy besuchte, zog diese routinemäßig alle Vorhänge zu, bevor sie bereit war, sich hinzusetzen. Zudem galt für alle Besucher ein striktes Rauchverbot, und Joy wirkte mitunter geradezu wie eine besessene Haushälterin.

Schon bald gelangte Darla zu der Erkenntnis, daß ihre Beziehung vermutlich nicht von Dauer sein würde. Obwohl Joy es nicht direkt zugegeben hatte, war doch offensichtlich, daß sie ihre Flucht plante, um so der Justiz zu entkommen. Eines Abends zeigte sie Darla einen Artikel, den sie aus der Reisebeilage der *Dallas Morning News* ausgeschnitten hatte und der von einem abgelegenen Unterschlupf in Mexiko berichtete. Joy meinte dazu, sie würde sehr gern dort hinfahren und ›einfach verschwinden‹.

Wenig später hörte sie sich nach einem erstklassigen Schönheitschirurgen um, der ihre Nase und ihr Kinn verändern könnte. Da sie wußte, daß Darla erst kürzlich nach einem Reitunfall eine Gesichtsoperation mitgemacht hatte, erkundigte sie sich nach dem Namen des Arztes. Zudem überlegte sie laut, ob es eine Möglichkeit gäbe, die Fingerabdrücke zu verändern.

Lange bevor Darla Joy zu ihrem Arzt begleitete und sie dort – auf Joys Wunsch hin – als ›Linda‹ vorstellte, war offensichtlich, daß sie einen bestimmten Plan verfolgte: Erst ein neues Gesicht, dann eine neue Umgebung. So war es auch keine besondere Überraschung, als Joy entschied, sich keinem der ortsansässigen Ärzte anzuvertrauen, und statt dessen überlegte, nach Los Angeles, New York oder Chicago zu fahren, wo die

Wahrscheinlichkeit, erkannt zu werden, geringer war. Durch irgend jemand hatte sie von einem berühmten Unterweltchirurgen in Mexiko gehört, der sich darauf spezialisiert hatte, Menschen mit ganz neuen Gesichter auszustatten. Vielleicht, meinte Joy, würde sie ihn ja einmal aufsuchen.

Wenn schon nichts anderes, so war Joy Aylor zumindest eine sorgfältige Planerin, die alle Möglichkeiten gegeneinander abwog, bevor sie eine Entscheidung traf.

Darla, die selbst wegen ihres immer näher rückenden Verfahrens zusehends unruhiger wurde, fragte sich gelegentlich, ob Joy mit ihren Plänen nicht doch recht hatte. Allerdings mangelte es ihr an Joys Mut und Selbstvertrauen. Ihr blieb nichts anderes übrig, als abzuwarten und zu hoffen, daß ihr Anwalt einen Deal aushandelte, bei der, sie so unbeschadet wie eben möglich davonkam.

Joy beklagte sich derweil über das mangelnde Engagement ihre eigenen Anwalts. Wenn sie anrief, befand sich Doug Mulder nur selten in seinem Büro. Wenn er aber dort war, steckte er üblicherweise gerade in einer Besprechung und rief erst Tage später zurück. Und falls sie tatsächlich einmal miteinander sprachen, hatte er kaum jemals ermutigende Nachrichten für sie.

Eines Abends, als die beiden Frauen miteinander telefonierten, äußerte Joy ihre Besorgnis, weil sie in letzter Zeit gar nichts mehr von Mulder gehörte hatte. »Vielleicht brauche ich einfach einen anderen Anwalt«, überlegte sie.

Sie erwähnte allerdings nicht, daß sie bereits mit dem schon legendären Houstoner Anwalt Racehorse Haynes Kontakt aufgenommen hatte, um mit ihm die Übernahme ihres Falls zu besprechen. Dabei hatten ihr aber weder seine Stimme noch der Umstand, daß er einhunderttausend Dollar Honorar verlangte, gefallen, und so hatte sie sich nicht wieder bei ihm gemeldet.

Darla erzählte daraufhin von ihren beiden Anwälten Denver McCarty und Mike Wilson. Wilson war ein ehemaliger Strafverfolger, der eine Zeitlang gemeinsam mit Mulder im Büro des Bezirksstaatsanwalts gearbeitet hatte, bevor er sich mit einer eigenen Kanzlei selbständig machte. Er übernahm in erster

Linie Kriminalfälle und sollte dem Vernehmen nach sehr gute Arbeit leisten. »Ich mache dich gern mit ihm bekannt«, meinte Darla.

»Ich glaube, das wäre ganz gut«, entgegnete Joy.

An einem warmen Maiabend des Jahres 1988 saßen McCarty und Wilson in Joys Wohnzimmer, tranken Eistee und versuchten die Frau einzuschätzen, die ihnen gegenüber auf der Couch hockte. Beide Anwälte hatten im Verlauf ihrer Karriere gelernt, daß Kriminelle nicht unbedingt wie Verbrecher aussehen mußten. Joy Aylor bestätigte diese Regel glänzend.

Entspannt und lächelnd stellte sie den beiden Anwälten ihren Sohn Chris vor, als er auf dem Weg zur Küche durch das Zimmer kam, bot an, Sandwiches zu machen, und zeigte nicht den kleinsten Anflug von Unbehagen, als sie ihre gegenwärtige Situation darstellte. Es war, dachte Wilson, als würde sie über die Probleme eines anderen sprechen, einer Freundin vielleicht, oder einer Nachbarin.

Als jedoch ein blonder Mann von irgendwo aus dem hinteren Teil des Hauses auftauchte und erklärte, er müsse für eine Weile fort, wirkte sie plötzlich angespannt und eher schweigsam und verzichtete darauf, den Besuch vorzustellen. Sobald der Mann gegangen war, erklärte sie mit einem freundlichen Lächeln: »Ich wollte über diese Sache nicht reden, solange er dabei war.«

Fast eine Stunde hörten die beiden Männer zu, wie Joy von den bizarren Umständen erzählte, die zum Tod von Rozanne Gailiunas geführt hatten. Gelegentlich unterbrach sie ihren Bericht, um die Anwälte nach ihrer juristischen Meinung zu fragen und nach dem Preis, den sie für ihre Vertretung verlangen würden. Während sie sprach, fühlte sich McCarty durch das fast konstante Lächeln irritiert, mit dem sie über die gegen sie erhobenen Anklagen sprachen. Wilson, den sie die meiste Zeit direkt anredete, fühlte sich an eine Beobachtung erinnert, die ein alter Freund, der forensische Psychologe James Grigson, gemacht hatte. Die meisten Menschen, hatte der Doktor gesagt, lächeln oder lachen sogar, wenn sie von den Dingen erzählen, die ihnen die meisten Schmerzen bereiten. Die ›unangemessene

Reaktion‹, wie Grigson diesen Vorgang genannt hatte, war eine Methode, mit der manche Menschen ihren Schmerz und ihre wahren Gefühle zu verbergen suchen.

Unangemessen oder nicht, Wilson fand das Lächeln und die ganze Frau faszinierend.

Als Joy erwähnte, daß ihre Mutter sie bedränge, bei dem Anwalt zu bleiben, den sie ursprünglich ausgewählt hatte, nutzte McCarty diese Gelegenheit, um Doug Mulder in den höchsten Tönen zu loben. Auch wenn er dadurch riskiere, einen Mandanten zu verlieren, erklärte McCarty, müsse er doch feststellen, daß Mulders Ruf als einer der besten Strafverteidiger des Landes wohlverdient sei. Er jedenfalls würde ihr dringend raten, gut darüber nachzudenken, ob sie ihren gegenwärtigen Anwalt entlassen wolle. Wilson nickte zu diesem Ratschlag zustimmend.

Auf der Heimfahrt schwiegen die beiden Männer eine Zeitlang. Schließlich sagte McCarty: »Das war die kälteste Frau, die ich je gesehen habe.«

Wilson hatte eine gänzlich andere Person erlebt – eine schöne, verängstigte Frau, die ihm vom ersten Moment an gefallen hatte.

Während sie durch die Dunkelheit zum Büro fuhren, lehnte sich Mike Wilson bequem zurück, schloß die Augen und rief sich Joys Lächeln ins Gedächtnis zurück.

Winnsboro gehört zu jenen pittoresken Gemeinden im Osten von Texas, die während des Ölbooms entstanden, zunächst schnell hochschossen, dann aber langsamer und stabiler weiterwuchsen, während die an schnellem Geld interessierten Spekulanten in lohnendere Regionen weiterzogen. In den späten Fünfzigern erinnerte kaum noch etwas an den ursprünglichen Grund der Stadtgründung. Dafür hatte man die Gebräuche und Gewohnheiten übernommen, die bei den meisten über Texas verstreuten Gemeinden üblich sind. Die Menschen waren freundlich und offen, die Aktivitäten von Kirche und Schule beherrschten das gesellschaftliche Leben, und eine baumbestandene Main Street wand sich durch das Herz der Stadt. Alles in allem war das ein großartiger Ort, um eine Familie zu gründen und dem täglichen Druck und der Hetze des Großstadtlebens zu entkommen.

So sah die Umgebung aus, in der Mike Wilson aufgewachsen war. Er kam als Sohn eines der letzten freien Erdölsucher dieser Region zur Welt, spielte im Footballteam der High-School als Quarterback, ging mit den hübschesten Mädchen der Stadt aus und war einer der beliebtesten Studenten seiner Abschlußklasse. Bereits mit vierzehn Jahren wurde er eingeladen, die älteren Jugendlichen aus Winnsboro bei ihren Ausflügen über die Grenze ins nahegelegene Gladwater zu begleiten, wo sie Bier kauften.

Der bei Lehrern wie Einwohnern gleichermaßen beliebte Junge war schon sehr früh fest entschlossen, alle Hindernisse beiseite zu räumen, die sich ihm in den Weg legen mochten. In seinem ersten Jahr an der High-School hatte er beim Weihnachtsumzug einen schweren Unfall. Er stürzte von einem Heuwagen, dessen Hinterrad ihn überrollte. Dabei erlitt er einen Hüft- und Beckenbruch sowie schwere innere Verletzungen. Für geraume Zeit landete er auf der Intensivstation, wo man zudem noch eine Kolostomie durchführen mußte. Sieben Wochen lang lag er in einem Streckverband, und acht Monate nach dem Unfall war sein Gewicht von ursprünglich einhundertfünfzig auf neunzig Pfund heruntergegangen. Doch der willensstarke Fünfzehnjährige kämpfte verbissen und gewann langsam seine frühere Gesundheit und Stärke zurück. Sein Vater, der ihm riet, die Schmerzen einfach zu ignorieren, zwang ihn, schon lange vor dem vom Arzt angegebenen Zeitpunkt auf seine Krücken zu verzichten. Und als die nächste Footballsaison begann, war Mike beim ersten Spiel als Quarterback dabei.

Ein junger Mann dieses Kalibers war für Dinge geschaffen, die ihm Winnsboro nicht bieten konnte, darin stimmten die Einheimischen überein. Und als er sich im Herbst 1963 an der University of Texas einschrieb, wußten seine Familie und seine Freunde, daß er nicht zurückkommen würde. Für Mike Wilson gab es eine größere Welt, die er erkunden mußte.

Am College erlangte er ebenfalls schnell den Ruf, jemand zu sein, der mit gleicher Begeisterung spielte und arbeitete. Mit schöner Regelmäßigkeit erhielt er im Unterricht Bestnoten, und zugleich fand er Gefallen an den gesellschaftlichen Aktivitäten der Phi-Delta-Verbindung, der er sich angeschlossen hatte. Bei den üblichen Bierparties am Wochenende war er unter den ersten, die kamen, und unter den letzten, die gingen. Hübsche Studentinnen befanden sich stets in seiner Nähe.

Die hübscheste von ihnen war eine kleine Blondine namens Lucy Brants. Sie stammte aus Fort Worth, und zu ihrer Familie gehörte der legendäre Philanthrop und Zeitungsherausgeber Amon Carter. Sie heirateten noch im ersten Jahr ihres Studiums und zogen in die Braesridge Apartments am Rande des UT Campus.

Ein paar ihrer Freunde fanden es sonderbar, daß Wilson trotz der Heirat weiterhin so aktiv am Verbindungsleben teilnahm. Er und Lucy besuchten jedes Fest, das bei Phi Delta stattfand. Und obwohl Mike immer etwas mehr zu trinken schien als alle anderen, schenkte kaum jemand diesem Umstand besondere Beachtung. Selbst als sich seine junge Frau wegen der Trinkerei langsam Sorgen machte und ihm vorschlug, zwei Wochen bei seinem Onkel Harold und seiner Tante Doris in Midland zu verbringen, um sich einmal gründlich auszunüchtern, dachte sich fast niemand etwas dabei. Alles in allem schien Mike Wilson ein sehr angenehmes Leben zu haben – er bekam gute Zensuren und hatte glücklich in eine reiche Familie eingeheiratet.

Und trotz eines weiteren, lebensbedrohenden Ereignisses wirkte er unverwüstlich. Während eines Ausflugs zum Wasserskifahren am Lake Travis in der Nähe von Austin wurde er von einer giftigen Moccassinschlange gebissen. Sein Verbindungsbruder John Small brachte ihn schleunigst ins Krankenhaus, wo die Ärzte wochenlang befürchteten, er könnte sein Bein verlieren. Doch mit der Zeit kam Wilson wieder auf die Füße, ohne einen bleibenden Schaden erlitten zu haben.

Nach der Graduierung packten Mike und Lucy ihre Habseligkeiten zusammen und zogen mitsamt dem neugeborenen Sohn Michael und ihrem Basset nach Dallas. Mike war sich der Gefahr bewußt, eingezogen und nach Vietnam geschickt zu werden. Deshalb hielt er es für angeraten, noch eine Weile zu studieren. Als dann ein Verbindungskamerad erwähnte, er wolle sich an der juristischen Fakultät der Southern Methodist University einschreiben, folgte Mike ihm kurzentschlossen.

Wilson hatte ursprünglich vorgehabt, sein Jurastudium auf die leichte Schulter zu nehmen, doch bald faszinierten ihn die verschlungenen Pfade des Rechtssystems und ganz besonders jene des Strafrechts. Er nutzte jede Gelegenheit, mit den Beamten der Polizei von Dallas auf nächtliche Streifenfahrt zu gehen und die Gefahren aus erster Hand kennenzulernen. Wie gebannt lauschte er jedem Wort der berühmten Strafverfolger, die regelmäßig zu Vorträgen auf den Campus kamen. Mike Wilson hatte endlich seine Berufung gefunden. Jetzt wollte er nur noch so schnell wie möglich seinen Abschluß machen, um sich dann dem Büro des Bezirksstaatsanwaltes von Dallas anzuschließen.

1971 erreichte er dieses Ziel und erwarb sich in den folgenden drei Jahren sehr schnell den Ruf eines zwar aggressiven, aber auch fairen Strafverfolgers. Nach Ansicht seiner Kollegen besaß Wilson ein untrügliches Gespür bei der Einschätzung eines Falls und wußte praktisch immer im voraus, ob es sinnvoller war, ein Verfahren niederzuschlagen oder tatsächlich den Prozeß zu eröffnen. Er schien in seinem Arbeitseifer unermüdlich zu sein, besuchte die Schauplätze von Verbrechen, sprach mit Zeugen und Untersuchungsbeamten und fand dabei stets noch die Zeit, den Opfern zu versichern, er würde sich in deren Interesse besondere Mühe geben. Im Gerichtssaal bot er das Bild eines ernsten, fairen und wohlvorbreiteten Staatsanwalts, der von seiner Aufgabe überzeugt war. Wenn er sein Schlußplädoyer hielt, tauchten oft Anwaltskollegen auf, um seinen Worten bewundernd zu lauschen. Am wichtigsten war freilich, daß er weitaus mehr Fälle gewann als verlor.

So stand praktisch außer Frage, daß Wilson ein aufsteigender Stern war, und er selbst machte auch keinen Hehl daraus, mit welcher Begeisterung er sich in jeden neuen Fall stürzte.

Den einzigen Wermutstropfen bei alledem stellten nur die quälend langen Wartezeiten auf eine Beförderung dar, für die das Büro von Bezirksstaatsanwalt Henry Wade geradezu berüchtigt war. Anders als in vielen anderen Orten des Landes, wo junge, unterbezahlte Strafverfolger ihre Zeit als stellvertretende Staatsanwälte lediglich nutzen, um genügend Erfahrung für den Einstieg in eine lukrativere Privatpraxis zu sammeln, wurden Wades Spitzenkräfte gut bezahlt, bekamen regelmäßig die interessantesten und wichtigsten Fälle zugeteilt und blieben deshalb viele Jahre im Amt.

Wilson, der ungeduldig darauf wartete, endlich als Verteidiger zu arbeiten, deren Honorare für einen einzigen Fall oft genug höher lagen als sein derzeitiges Jahresgehalt, verließ 1974 die Staatsanwaltschaft und eröffnete mit seinen Kollegen Bob Fain und Tommy Callan eine Privatpraxis.

Dieser Schritt erwies sich als katastrophal. Wilson merkte, sehr schnell, daß potentielle Mandanten, die über genug Geld verfügten, um sich die besten Anwälte zu leisten, nicht sonderlich an einem Juristen interessiert waren, der erst drei Jahre zuvor sein Studium abgeschlossen hatte, mochte er auch noch so überragende Fähigkeiten besitzen. Wilson war gezwungen, fast ausschließlich als Pflichtverteidiger zu arbeiten und Mandanten zu verteidigen, denen er wenig bis gar keine Sympathie entgegenbrachte. Zudem mußte auch er sich an den wichtigsten Grundsatz der Strafverteidigung halten: Ein guter Anwalt bemüht sich, seinen in der Regel schuldigen Mandanten vor der Eröffnung der Hauptverhandlung zu bewahren, indem er nach Möglichkeit mit dem zuständigen Richter die Bedingungen für eine Niederschlagung aushandelte.

Am meisten vermißte Mike das Drama der Gerichtsverhandlung, wo die Anwälte bei ihrer Suche nach Gerechtigkeit im Mittelpunkt standen. Schon bald trank er mehr als je zuvor aus Enttäuschung über seine Karriere, die offenbar nirgendwohin führte. Nach drei Jahren voller Frust faßte Wilson zwei Entschlüsse: Er würde eine Therapie machen, um sein Alkoholproblem in den Griff zu bekommen, und anschließend wollte er zu Henry Wade gehen und ihn bitten, ihn wieder als Staatsanwalt aufzunehmen.

Doch obwohl er in seiner alten Abteilung herzlich empfangen wurde, war es nicht mehr so wie früher. In den nächsten fünf Jahren wuchs seine Reputation als Anwalt, und er klagte erfolgreich gegen Mörder, Vergewaltiger, Kinderschänder und

Drogenhändler. Als die Dallas Cowboys Anzeige gegen die Produzenten eines Pornofilms mit dem Titel ›Debbie Does Dallas‹ erstatteten, in dem eine Schauspielerin im Kostüm der weltberühmten Dallas Cowboys Cheerleaders allerlei Sexakrobatik vorführte, wurde dieser Fall Wilson übertragen. Zwar hielt er die Verfolgung von Pornofilmen insgeheim für eine Verschwendung von Zeit und Steuergeldern, doch der entzückten Jury gegenüber vertrat er den Fall mit dem Eifer eines Baptisten aus den Südstaaten. Als er das Verfahren gewann, erntete er für seine Mühe landesweite Aufmerksamkeit.

Wilsons Stern stieg abermals auf, und nur seine Trinkerei trübte den Glanz. Obwohl seine Arbeit dadurch offenbar nicht beeinträchtigt wurde, besaß er mittlerweile keine Kontrolle mehr über seinen Alkoholkonsum. Auch die fünf oder sechs Entzugstherapien änderten daran wenig.

1981 bot sich ihm endlich die Möglichkeit, auf die er schon lange gewartet hatte. Die Missouri-Texas-Kansas-Eisenbahngesellschaft, die einen dynamischen jungen Anwalt als Leiter ihrer zivilrechtlichen Abteilung suchte, bot Wilson eine Stelle an, die sein Einkommen über Nacht verdreifachen würde. Und jetzt war er endlich in der Lage, jenes Ziel zu erreichen, das ihm seit seiner Schulzeit vorgeschwebt hatte.

Doch nur sechs Monate später hatten sich die Dinge abermals gewendet. Auf einer Anwaltstagung in Denver machte er den Fehler, einen Drink zu akzeptieren. Ein Glas führte zum nächsten, und es kam zu mehreren unangenehmen Auftritten, bevor er endlich in seinem Motelzimmer verschwand.

Bei seiner Rückkehr nach Dallas wurde er gefeuert. Und wieder einmal taumelte Wilsons Karriere auf ein tiefes Loch zu, das er sich selbst gegraben hatte. Da die frühen, eher kurzen Entziehungskuren keinen Erfolg gezeigt hatten, meldete er sich für eine einmonatige Behandlung im Krankenhaus an. Als er wieder entlassen wurde, hatte er endlich eingesehen, daß er ein echter Alkoholiker war und schon ein einziges Glas zu einer neuerlichen Katastrophe führen konnte. Seit jener Sauferei, die ihn seinen Job bei der Eisenbahngesellschaft gekostet hatte, hatte er keinen Alkohol mehr angerührt. Und wieder einmal kämpfte sich Mike Wilson nach oben.

Er versuchte es nun erneut mit einer Privatpraxis, und diesmal liefen die Dinge besser. Er war jetzt nicht mehr ein junger, unerfahrener Anwalt, sondern ein recht gefragter Jurist, und sein Einkommen stieg von Monat zu Monat. In seiner Freizeit diente er als Ansprechpartner für andere Anwälte, die ebenfalls mit Alkoholproblemen zu kämpfen hatten. Zusammen mit seinem Kollegen John McShane gründete er eine Gruppe der Anonymen Alkoholiker, die sich fast ausschließlich aus Juristen zusammensetzte. Und trotz seines engen Terminplans hielt er immer wieder Vorträge über die Gefahren des Alkohols. Und wenn er auf Mandanten mit Alkohol- oder Drogenproblemen stieß, versuchte er, sie zur Rehabilitation zu bewegen.

Wilson wurde zusehends erfolgreicher. Er und Lucy bewohnten ein Dreihunderttausend-Dollar-Haus am Seeufer, und zum Büro fuhr er mit einem Porsche 924. Seine Frau benutzte einen BMW. Für Außenstehende sah es so aus, als hätte der junge Anwalt, der vor wenigen Jahren noch für ein Fünfzigtausend-Dollar-Einkommen als Staatsanwalt gearbeitet hatte, sein Glück jetzt fest im Griff.

Wilsons erstaunlicher Erfolg wurde jedoch von einer Art düsterer Ironie begleitet. Die ständig wachsende Anzahl seiner Klienten bestand fast ausschließlich aus reichen Drogendealern. Genau die Leute, die er einst unbarmherzig verfolgt hatte, stellten nun seine Haupteinnahmequelle dar.

Anfang der Achtziger wurde Wilson engagiert, um einen Drogenhändler namens Hollis Burns zu vertreten, einen Falschspieler und Billardhai, der mehrmals pro Jahr nach Kolumbien reiste und von dort mit einer größeren Menge Kokain im Gepäck nach Florida zurückkehrte. Anschließend übernahm dann der Kalifornier Michael Dawson, der über erstklassige Verbindungen zum Kolumbianischen Drogenkartell verfügte, den Koks, flog damit zu seiner Farm und organisierte von dort aus die landesweite Verteilung.

Als die Drogenfahndung Dawsons Aktivitäten in verstärktem Maße nachspürte, schlug Burns vor, er solle von der Küste fortziehen und nach Dallas gehen. Die Stadt würde ihm nicht nur mehr Sicherheit bieten, es gäbe dort auch einen erstklassigen Anwalt, mit dem sich Dawson unbedingt einmal unterhalten müßte. Mike Wilson hätte sowohl zum Gericht wie zur Polizei ausgezeichnete Beziehungen und würde deshalb beizeiten erfahren, wenn ein größerer Schlag gegen den Rauschgifthandel bevorstünde.

Und so zog Dawson mitsamt seiner Familie in ein hübsches Haus im Norden von Dallas. Wenig später machte das Gerücht die Runde, Mike Wilson arbeite jetzt für zwei der größten Kokainhändler der Stadt. Viele seiner früheren Kollegen im Büro des Staatsanwalts äußerten Überraschung und Enttäuschung, daß ein Anwalt von Mikes Fähigkeiten sich in der Hoffnung auf schnellen Reichtum an Drogendealer ›verkauft‹ hatte.

Mike Wilsons Leben verwandelte sich dadurch in einen paranoiden Alptraum. Schon sehr bald wurde im Gerichtsgebäude kolportiert, Wilson habe selbst Dreck am Stecken, hätte die Seiten gewechselt und sei in die illegalen Geschäfte seiner Mandanten verwickelt.

Für Dawson erwies sich Dallas keineswegs als der sichere Hafen, den er sich erhofft hatte. 1986 wurde er nach einer wilden Verfolgungsjagd von Drogenfahndern festgenommen. In seinem Wagen befanden sich seine Tochter, seine Freundin, die ansonsten als Prostituierte arbeitete, eine Pistole und dreihundertfünfundvierzig Dollar Bargeld. Man lieferte ihn schleunigst nach Kalifornien aus, wo er vor Gericht gestellt wurde.

Burns wurde ebenfalls verhaftet und wegen Drogenbesitzes und -handels angeklagt sowie wegen Anstiftung zum Mord, weil er versucht hatte, jemanden anzuheuern, der den Liebhaber von Dawsons Frau umbrachte.

Während Wilson zwischen Kalifornien und Dallas hin und her flog und verzweifelt versuchte, die Anklage gegen Dawson niederzuschlagen, setzte sich der gegen Kaution freigelassene Burns nach Brasilien ab.

Die guten Beziehungen, die Dawsons Anwalt angeblich besaß, erwiesen sich als nicht existent. Obwohl Wilson versprach, sein Mandant wäre bereit, gegen ein mildes Urteil Informationen über kolumbianische Drogenhändler preiszugeben, machte er bei seinen Verhandlungen keinerlei Fortschritte. Die Agenten der Drogenbehörde weigerten sich, auch nur über eine

Verringerung der Anklagepunkte zu diskutieren. Beim FBI und der kalifornischen Drogenfahndung hatte er genausowenig Glück. Als Wilson schließlich nach Washington D. C., flog, teilte ihm Thomas Kelly, der stellvertretende Leiter der nationalen Drogenbehörde, mit, für Mike Dawson würde es keinen Deal geben.

Wilson ahnte nichts von dem Gerücht, er sei zu eng mit den Spitzen des Drogenhandels verbunden, als daß man ihm noch trauen könnte. Obwohl es keinen Beweis gab, daß Wilson tatsächlich in irgendwelche illegalen Geschäfte verwickelt war, galt bei der Drogenbehörde die inoffizielle Anweisung, keinem seiner Klienten einen Straferlaß zu gewähren.

Schließlich überredete Wilson den verärgerten Dawson, sich in fünf Anklagepunkten schuldig zu bekennen, indem er weiterhin versprach, er würde es irgendwie schaffen, die Staatsanwaltschaft zu einem Handel zu bewegen. Anschließend unternahm er einen neuen Anlauf und versuchte die Behörden davon zu überzeugen, daß Burns, sein anderer Mandant, und nicht Dawson die eigentliche Schlüsselfigur sei. Und mit dem richtigen Anreiz würde Dawson gegen Burns aussagen.

Burns, der sich in Rio de Janeiro aufhielt, hörte von diesem Vorschlag seines Anwalts. Wenig später erhielt Wilson, der sich jetzt in einer ausweglosen Situation zu befinden schien, erste Morddrohungen.

Im Sommer 1987 kam zu diesen Problemen auch noch eine Ehekrise hinzu, die schließlich darin gipfelte, daß Lucy die Scheidung einreichte. Vor Gericht wurde entschieden, daß er vorerst zwölftausendfünfhundert Dollar pro Monat an Unterhaltszahlungen für seine Frau und die drei Kinder zu leisten hätte.

Für den aufstrebenden jungen Anwalt war der Weg zu teuren Autos, einem großzügigen Haus und dem großen Geld sehr steinig und gefahrvoll geworden.

Am 2. Juli 1987 sollte Wilson zusammen mit seinem Mandanten zu einer Anhörung vor Gericht erscheinen, tauchte jedoch nicht auf. Der Richter verlegte die Anhörung darauf auf den

16. Juli, doch auch diesen Termin ließ Wilson verstreichen. Da er kein Verfahren gegen den Anwalt einleiten wollte, setzte der Bezirksrichter Edward Garcia abermals einen neuen Termin fest.

Am 13. August erschien Wilson schließlich in Kalifornien und legte ärztliche Bescheinigungen vor, nach denen er an einem offenen Magengeschwür und einer Entzündung der Vorsteherdrüse litt. Ein Blick auf die abgemagerte, blasse Gestalt überzeugte jeden im Gerichtssaal davon, daß die Atteste der Wahrheit entsprachen.

Dawson ließ sich allerdings nicht durch den physischen Zustand seines Anwalts beeindrucken. Kaum hatte er den Zeugenstand betreten, erklärte er dem Richter, Wilson hätte ihm versprochen, ein Geschäft mit den Spitzen der Drogenbehörde auszuhandeln, wonach er freigelassen werden sollte, wenn er im Gegenzug im Auftrag der CIA Waffen an die Contras in Nicaragua lieferte und die Bundesbehörde zu geheimen Drogenlabors in Kolumbien führte.

Darüber hinaus stünde Wilson in einem Interessenkonflikt, da er auch den ebenfalls angeklagte Burns vertrete und zudem über Geldanlagen aus Dawsons Besitz in Höhe von neunhundertachtzigtausend Dollar verfüge. Angesichts von Wilsons bisher eher kläglichen Leistungen wolle er seinen Anwalt feuern, seine Schuldanerkenntnis zurückziehen und eine ordentliche Hauptverhandlung verlangen.

Darauf betrat Wilson, der durch Dawsons Erklärungen sichtlich erschüttert war, den Zeugenstand und erklärte, er habe ohne Erfolg versucht, einen Handel für seinen Mandanten abzuschließen. Es sei allerdings auch nie die Rede davon gewesen, Dawson als Agent der CIA arbeiten zu lassen oder die Drogenbehörde bei Einsätzen in Kolumbien zu unterstützen. Des weiteren beschwor er, keinen Zugang zu irgendwelchen Vermögenswerten seines Mandanten zu besitzen, und verwies darauf, daß derartige Geldanlagen ohnehin längst von den Behörden gepfändet worden wären. Und da die Anklagen gegen Burns in Texas erhoben würden, sähe er auch keinen Interessenkonflikt darin, beide Männer zu vertreten. Dawsons Anschuldigungen seien also nichts weiter als die verzweifelten Ausbrüche eines in die Enge getriebenen Angeklagten. Beamte der Bundesbehörden, die Dawsons Vermögensverhältnisse überprüft hatten, stimmten dem zu.

Der Richter lehnte Dawsons Antrag, sein Schuldbekenntnis zurückzuziehen, ab und verurteilte ihn schließlich zu siebenundsiebzig Jahren Haft.

Hinterher saß Wilson auf einer Bank in der Eingangshalle des Gerichtsgebäudes, und beantwortete die Fragen der Reporter, die sich um ihn drängten. »Es spielt gar keine Rolle, was mit Dawson oder Burns geschieht«, erklärte er einem Reporter aus Sacramento, »ich bin in jedem Fall ein toter Mann. Man hat mich viermal angerufen und bedroht. Für den Rest meines Lebens bin ich gezeichnet. Mein Leben und meine Praxis sind ruiniert. Ich bin erledigt.«

Verzweifelt und voller Angst flüchtete Mike Wilson zurück nach Dallas, wo er eine glanzlose Zukunft erwartete.

Selbst als Burns an die U.S.A. ausgeliefert, vor Gericht gestellt und zu fünf Jahren Gefängnis verurteilt wurde, ließ Wilsons Paranoia nicht nach. In beruflicher Hinsicht verschwand er praktisch von der Bildfläche und ließ sich nur noch sehr selten im Gericht blicken.

Seine Freunde fragten sich allerdings, ob er tatsächlich in so großer Gefahr geschwebt hatte. Oder hatte seine Paranoia eine andere Ursache?

Einige glaubten, die Antwort auf diese Frage gefunden zu haben, als Mike und ein Klient namens Dean Young, der wegen Kokainbesitzes zu einer Bewährungsstrafe verurteilt worden war, im Winter 1988 bei einer Verkehrskontrolle in Garland festgenommen wurden. In Mikes rotem Porsche fanden sich Kokainreste in einer Tasche, und er und sein Mandant wurden kurzzeitig eingesperrt.

Obwohl keine Anzeige erstattet wurde, weil die Polizei nicht nachweisen konnte, welchem der beiden Männer das Kokain gehörte, verbreitete sich die Nachricht über diesen Zwischenfall sehr schnell. Selbst die Freunde und Kollegen, die sich bisher zu Wilsons Gunsten ausgesprochen hatten, kamen jetzt zu der Überzeugung, er stünde mittlerweile auf der falschen Seite.

Nach Ansicht vieler war es nur noch eine Frage der Zeit, bis

Wilson in Schwierigkeiten käme, die weit über kostspielige Scheidungen und die Drohungen wütender Mandanten hinausgingen.

Kaum jemandem war allerdings bekannt, daß die Drogenfahnder Wilson schon längst zum Ziel ihrer Ermittlungen gemacht hatten.

Hollis Burns hatte Wilson mit dem Vietnamveteranen John White bekannt gemacht, einem unbedeutenden Drogendealer, der einen Anwalt brauchte. Im Frühjahr 1987 hatten sie sich zum ersten Mal getroffen und sich schon bald angefreundet. Mike gefielen Whites Kriegsgeschichten, und der wiederum schien stets bereit, sich geduldig Mikes Klagen über seine privaten Mißgeschicke anzuhören.

Nach einer Weile war John White nicht mehr nur ein Mandant und Freund, sondern auch Wilsons Bezugsquelle für Kokain, mit dem er seit kurzem experimentierte. Zunächst hatte er es nur benutzt, um kurzfristig die Schmerzen zu betäuben, doch bald merkte er, daß er damit zumindest zeitweilig auch seinen privaten und beruflichen Sorgen entkommen konnte.

Von da an dauerte es nicht mehr lange, bis Wilson die Drogen täglich konsumierte. Da schon eine Vorgeschichte deutlich gemacht hatte, daß er eine suchtgefährdete Persönlichkeit besaß, fiel er dem Rauschgift besonders leicht zum Opfer. Als ihm ein Psychologe Antidepressiva verschrieb, hatte Wilson die Tabletten verschlungen, als wären es Bonbons. Und genau wie sein Großvater, sein Onkel und sein Vater war auch er sehr schnell zum Alkoholiker geworden.

Selbst Menschen, die Wilson nur flüchtig kannten, fiel auf, in welchem Maße sich der einst freundliche und kompetente Anwalt verändert hatte. Gegnerische Anwälte, die Wilson bei Gericht stets als aggressiv und wohlvorbereitet erlebt hatten, sahen sich nun einem mürrischen, desinteressierten und wenig effektiven Mann gegenüber. Mehr als einmal verlor er Mandanten, weil er zu Gerichtsterminen nicht erschien. Seine maßgeschneiderten Anzüge schlotterten um den einst athletisch gebauten Körper, der fünfzig Pfund leichter zu sein schien als noch vor einem Jahr.

Um sein Privatleben schien es noch schlechter bestellt zu sein. Obwohl er erst kürzlich wieder geheiratet hatte, erzählte man sich, die Ehe laufe nicht besonders gut.

So standen die Angelegenheiten um Mike Wilson, als er und Denver McCarty Joy Aylor in ihrem Haus besuchten.

Mike war sich bewußt, daß er keine weiteren Probleme brauchen konnte, und so versuchte er, sich Joy aus dem Kopf zu schlagen, obwohl sie inzwischen Darla zu deren Terminen mit McCarty begleitete und bei dieser Gelegenheit stets auch in sein Büro kam, um ihn zu begrüßen. Als sie herausfand, daß er sich für Vogeljagd interessierte, bot sie ihm sofort an, die Familienranch für seine Jagdausflüge zu benutzen. Den Schlüssel für das Haus könne er jederzeit bei ihr abholen. Ihm war klar, daß sie mit ihm flirtete, doch sie machte das auf eine so unschuldige und warmherzige Art, daß er dadurch aus dem Gleichgewicht gebracht wurde.

Warum sollte sie sich für ihn interessieren? Schon vor geraumer Zeit hatte sie sich entschieden, Doug Mulder als Anwalt zu behalten, insofern konnte er ihr also nicht bei ihren juristischen Problemen helfen. Zudem hatte er sich kürzlich bei Susan erkundigt und so erfahren, daß Jodi Packer sich mittlerweile von seiner Frau getrennt hatte und nun bei Joy wohnte.

Eine Tages rief Joy an und schlug vor, sich zum Mittagessen zu verabreden. Wilson bemerkte daraufhin, er hielte das nicht für eine besonders gute Idee. Als sie fragte, weshalb nicht, entschloß er sich, ehrlich zu sein.

»Möglicherweise finde ich dann heraus, daß ich Sie zu sehr mag.«

»Es gibt nur eine Möglichkeit, das herauszufinden«, erwiderte Joy.

Kapitel 18

Larry Aylor legte den Hörer langsam auf die Gabel zurück, blieb eine Weile schweigend am Wohnzimmerfenster stehen und betrachtete die kalte, dunkle Landschaft Virginias. Das lange Telefongespräch, das er soeben mit seinem Sohn geführt hatte, stellte für ihn den Höhepunkt eines wunderschönen Weihnachtstages dar.

Obwohl Larry erst vor einer Woche nach Dallas gefahren war, um Chris zu besuchen, hatte er doch den ganzen Tag über immer wieder Anflüge von Melancholie verspürt, etwa beim Öffnen der Geschenke, der Fahrt durch die schneebedeckten Berge und während des Weihnachtsessens, das Jan zubereitet hatte. Bei alledem hatte er sich gewünscht, sein Sohn könnte bei ihnen sein.

Das Telefonat hatte jedoch alle trüben Gedanken verbannt. Chris wollte ihn im Sommer besuchen und vielleicht sogar bei seinem Vater bleiben, um das Baugeschäft zu erlernen.

In Gedanken versunken stand er am Fenster, und erst als Jan einen Arm um seine Hüfte legte, wurde ihm bewußt, daß sie schon seit einiger Zeit neben ihm gestanden hatte. »Wie geht's Chris?« fragte sie.

»Ganz gut, von einer schweren Erkältung mal abgesehen. Er wollte eigentlich noch mit ein paar Freunden ausgehen, hat sich dann aber entschlossen, daheim zu bleiben und früh zu Bett zu gehen.«

Erst am nächsten Tag erfuhr Larry Aylor, daß sein Sohn seine Pläne geändert hatte.

Für Joy Aylor bedeutete die Ferienzeit vor allem, ständig so tun zu müssen, als hätte sie gute Laune. Der drohende Prozeß ging ihr nur selten aus dem Kopf, zudem verschlechterte sich der Gesundheitszustand ihres Vaters immer mehr, und auch die

Beziehung zu Jodi empfand sie zusehends als Belastung. Als das traditionelle Familienessen samt den angestrengten Versuchen, die Dinge ›normal‹ erscheinen zu lassen, vorbei war, suchte sie nach einer Entschuldigung, das Treffen in ihrem Elternhaus zu verlassen.

Sie verbrachte ein paar Minuten allein mit Henry Davis und küßte ihn dann zum Abschied auf die Wange. »Frohe Weihnachten, Daddy«, flüsterte sie, während sie die Decke um seine Schultern zurechtlegte. »Ich muß jetzt verschwinden.« Henry nickte lächelnd. Seine Augen signalisierten Einverständnis, das so lange zwischen ihm und seiner Lieblingstochter bestanden hatte. Wäre er physisch dazu in der Lage, hätte er ebenfalls eine Entschuldigung gesucht, um die Familienfeier zu verlassen. Vielleicht wäre er dann zu seiner geliebten Ranch gefahren, um etwas zu jagen.

An der Tür wandte sich Joy um und blickte zu ihrem kranken Vater zurück. Einen Moment blieb sie so stehen, dann lächelte sie und sagte: »Ich liebe dich.«

Eigentlich gab es keinen zwingenden Grund, so früh aufzubrechen. Jodi war auch zu einer Weihnachtsfeier eingeladen und würde erst gegen Abend zurückkommen. Im Augenblick ging es Joy nur darum, der bedrückenden Atmosphäre ihres Elternhauses und der aufgesetzten Fröhlichkeit zu entkommen.

Sobald sie in ihrem Porsche saß, fühlte sie sich schon besser. Ohne ein besonderes Ziel zu haben, fuhr sie durch das Wohngebiet und schließlich auf den North Central Expressway. Während dieser Fahrt wanderten ihre Gedanken zu Mike Wilson.

Joy mochte ihn. Mit ihm zu reden war völlig anders, als mit dem stets beschäftigten Mulder zu sprechen. Zudem besaß seine Stimme einen freundlichen, verständnisvollen Klang, der ihr gefiel. Bei einer ihrer Unterhaltungen hatte sie erfahren, daß er sich von seiner zweiten Frau getrennt hatte und nun allein lebte.

Aus einer Laune heraus wühlte sie in ihre Handtasche und zog die Karte heraus, die er ihr gegeben hatte. Auf der Rückseite hatte er handschriftlich seine Privatnummer notiert. Joy wählte die Nummer auf dem Autotelefon, das Jodi ihr in den Porsche eingebaut hatte.

Seine Frau sei über die Feiertage zu Weihnachten nach Alabama gefahren, erzählte Wilson, nur sein halbwüchsiger Sohn Clay sei bei ihm. »Langsam nervt es uns, hier zu sitzen und uns gegenseitig anzustarren«, meinte er scherzend. Jedenfalls würden sie sich freuen, wenn Joy vorbeikäme.

Nachdem Wilson aufgelegt hatte, erkundigte sich Clay, wer angerufen hatte.

»Joy Aylor.«

»Ist das nicht die, die angeblich . . .«

»Genau.«

Clay grinste seinen Vater an und verdrehte ungläubig die Augen. Er erinnerte sich an Joy Aylor. Erst vor ein paar Wochen war er zum Büro seines Vaters gekommen, als Joy gerade gehen wollte. Mike hatte sie einander vorgestellt und Joy dann bis zu ihrem Auto begleitet. Als er zur Eingangstür zurückkehrte, wo Clay auf ihn wartete, meinte er beiläufig: »Hübscher Wagen.«

Clay nickte und fing dann an zu lachen. »Ja«, meinte er mit einem breiten Grinsen, das kaum Zweifel daran ließ, daß er der Sohn seines Vaters war, »und ein hübscher Arsch.«

»Das auch«, stimmte Wilson zu.

Joy blieb mehrere Stunden bei Wilson und seinem Sohn und spielte mit ihnen Domino, während sie sich über alles mögliche unterhielten. Als sie schließlich aufbrechen wollte, hatte sich ihre Laune erheblich verbessert. In Wilson hingegen hatte sie die gleichen Gefühle erweckt wie damals, als er und McCarty sie besucht hatten. Sie faszinierte ihn. Obwohl er wußte, daß sie einen schrecklichen, brutalen Mord in die Wege geleitet hatte, weswegen sie offenbar nicht die geringsten Gewissensbisse empfand, betrachtete Wilson sie doch als warmherzige, freundliche und sehr schöne Frau, die er gerne näher kennenlernen würde.

Als die beiden durch den Vorgarten gingen, wurde Wilson plötzlich still. »Stimmt etwas nicht?« erkundigte sich Joy.

»Da ich nicht Ihr Anwalt bin, geht es mich eigentlich nichts an . . .«, meinte Mike.

»Was wollen Sie denn wissen?«

Unter all den Gerüchten, die in Gerichtssälen und Anwaltskanzleien umliefen, hatte eines Wilson besonders beschäftigt. Angeblich war Rozanne Gailiunas' Mörder bei der Ausführung des Verbrechens schriftlich fixierten Anweisungen gefolgt.

»Haben Sie verlangt, daß der Mord an Rozanne Gailiunas auf eine bestimmte Weise ausgeführt wurde?«

Joy fühlte sich durch die direkte Frage offenbar nicht irritiert. Lächelnd meinte sie: »Nein, natürlich nicht.«

Während er ihr nachschaute, als sie abfuhr, wurde Mike Wilson plötzlich klar, daß Joys viel zu kurzer Besuch tatsächlich der Höhepunkt seines Weihnachtsfestes gewesen war. Er sollte sie wirklich besser kennenlernen.

Zugleich war ihm aber auch klar, daß er sich auf keinen Fall mit ihr einlassen durfte.

Doch schon wenige Stunden später hatte er diese Überlegung längst wieder vergessen.

Das Telefon im Wohnzimmer hatte erst einmal geläutet, da hielt Joy den Hörer schon in der Hand. Sie hatte sich in eine Decke gehüllt auf die Couch gelegt, um sich ein wenig auszuruhen, und war schließlich beim Knistern des Kaminfeuers eingeschlummert. Es war gerade ein Uhr durch, und während sie lauschte, schien der dunkle, nur durch das schimmernde Feuer erhellte Raum immer kälter zu werden. Sie erlebte gerade den schlimmsten Alptraum, den Eltern haben konnten, und plötzlich fiel ihr das Atmen schwer.

Einer von Chris' Freunden war am Apparat. Er sprach in kurzen, hastigen Sätzen. Joy war sicher, daß der junge Mann weinte. »Es hat einen Unfall gegeben«, sagte er. »Chris' Wagen.« Dann nannte er ihr einen Abschnitt des LBJ Freeway. »Kommen Sie schnell. Sofort.«

Im Hintergrund hörte Joy die Sirene eines Krankenwagens.

Sie rannte ins Schlafzimmer und schüttelte Jodi wach. »Chris hat einen Unfall gehabt.«

Jodi stützte sich auf den Ellbogen und schaute auf die Nachttischuhr. »Diese verdammten Kinder«, murmelte er.

Eine Sekunde lang starrte Joy ihn an, sagte aber nichts. Als sie hastig einen pinkfarbenen Jogginganzug und Tennisschuhe angezogen hatte und zur Garage eilte, war er schon wieder eingeschlafen.

Im Auto wählte sie Wilsons Nummer. »Mike, mein Sohn hatte einen Unfall. Ich bin jetzt dorthin unterwegs. Würden Sie mitkommen.«

»Ich warte vor dem Haus«, erwiderte der Anwalt.

Als sie sich der Kreuzung LBJ Freeway und Marsh Lane näherten, sah es so aus, als hätte jemand versucht, auf der Straße die weihnachtliche Festbeleuchtung nachzuahmen. Farbige Lichter blitzten von den Dächern der Polizeiwagen und Feuerwehrautos, und rote Fackeln, die den Unfallbereich absperrten, stießen noch immer ihre orangeroten Warnflammen aus. In der Nähe der Leitplanke drängten sich Polizisten und Feuerwehrmänner um eine demolierte, brennende Corvette. Auf der gegenüberliegenden Seite des Freeway stand eine Gruppe von Teenagern und beobachtete das Geschehen schweigend.

Mike Wilson hatte das Gefühl, sein Brustkorb würde zusammengeschnürt, als Joy neben einem der Streifenwagen anhielt. Er ahnte instinktiv, daß schlechte Nachrichten auf sie warteten. »Bleiben Sie hier«, sagte er zu Joy, »ich werde sehen, was ich erfahren kann.«

Joys Zustand hatte während der kurzen Fahrt von seinem Haus hierher ständig zwischen Ruhe und Hysterie gewechselt. »Er fühlte sich nicht gut«, hatte sie mehrfach wiederholt. »Er wollte heute abend gar nicht ausgehen. Warum war er überhaupt hier?«

»Bleiben Sie im Wagen«, sagte Wilson, als er in die frostkalte Nacht hinausging und den Reißverschluß seiner Jacke zuzog. »Ich bin in einer Minute zurück.« Sie nickte und schlug dann die Hand vor den Mund, um einen Angstschrei zu unterdrücken.

Wilson schaute zu der Gruppe von Teenagern hinüber, als er auf einen der Polizisten zuging. Für einen Moment begegnete sein Blick dem eines jungen Mannes, der Jeans und ein dickes

Sweatshirt anhatte. Mike konnte nicht ahnen, daß es sich dabei um denselben Jungen handelte, der Joy kurz zuvor angerufen hatte. Der Junge sagte nichts, sondern schüttelte nur langsam den Kopf und starrte dann nach unten auf den Boden.

So erhielt Mike Wilson schon jetzt die Antwort, vor der er sich gefürchtet hatte.

Der Polizist blätterte in seinem Notizbuch, während er Wilson eine kurze Schilderung des Geschehens gab. Ein junger Mann namens Raymond Slupecki hatte die Corvette gefahren. Der Beifahrer Chris Aylor war der Besitzer des Wagens. Nach Aussagen der anderen Jugendlichen hatte man ein Wettrennen ausgetragen. Der Fahrer verlor offenbar die Kontrolle über das Auto, prallte erst gegen die Leitplanke und dann gegen einen anderen Wagen, der auf dem Seitenstreifen abgestellt war. Der Beifahrer wurde bei dem Unfall aus dem Auto geschleudert, und direkt danach fing das Fahrzeug Feuer.

Chris war bereits mit einem Krankenwagen ins Parkland Hospital gebracht worden.

Während der Beamte noch sprach, war Joy nähergekommen. Als sie hörte, daß ihr Sohn ins Krankenhaus gebracht worden war, warf sie Mike einen Blick zu, wandte sich dann um und wollte zu ihrem Wagen eilen. Nach ein paar Schritten blieb sie jedoch stehen und drehte sich zu dem Polizisten um. Wenn Chris ausgegangen war, dann bestimmt mit seinem besten Freund.

»Wo ist Raymond?« fragte sie.

»Ma'am«, sagte der Beamte, »Sie sollten jetzt besser zum Krankenhaus fahren.«

Wilson schaute zu dem noch immer qualmenden Autowrack hinüber und sah, wie ein Sanitäter ein orangefarbenes Tuch über den reglosen, verkohlten Körper breitete, der sich noch immer im Wagen befand.

»Wir fahren jetzt besser«, meinte er und legte sanft einen Arm um Joys Schulter. Sein Vorschlag diente einem doppelten Zweck: Er wollte verhindern, daß sie noch weitere Fragen zum Unfallhergang stellte, und außerdem sollte sie nicht sehen, wie die verbrannte Leiche aus dem Auto ihres Sohnes herausgeholt wurde.

»Würden Sie bitte fahren?« fragte Joy.

Während er vom LBJ Freeway abbog und Richtung Stemmons fuhr, sagte Mike Wilson nichts, sondern versuchte, sich auf die Situation einzustellen, in die er so unerwartet hineingezogen worden war. Vor ein paar Jahren hatte er miterlebt, wie ein guter Freund bei einem Bootsunfall umgekommen war, deshalb konnte er sich vorstellen, was sie im Krankenhaus erwarten würde. Wie würde diese Frau reagieren? Und welche Rolle war ihm in diesem Spiel zugedacht worden? Am liebsten hätte er ihre Ankunft im Hospital so lange wie möglich hinausgezögert. Und zum ersten Mal seit Monaten wünschte er sich, er könnte wieder so klar denken wie früher.

Joy hatte inzwischen die Notaufnahme des Parkland Hospital angerufen, doch offenbar konnte oder wollte man ihr dort nur wenig sagen. Schließlich legte sie auf und wandte sich an Mike. »Sie wollten wissen, ob ich seine nächste Angehörige bin«, meinte sie.

Wilson wußte, daß es keine Möglichkeit gab, dem auszuweichen, was sie erwartete.

Sobald sie die Notaufnahme betraten, kam ein Arzt, der noch seine grüne OP-Kleidung trug, mit ernster Miene auf sie zu.

»Sind Sie Mrs. Aylor?«

»Ja.«

»Es tut mir leid«, sagte der Doktor, »wir haben alles getan, was möglich war.«

Joy spürte, wie alle Kraft aus ihrem Körper wich, und griff nach Wilsons Arm, um sich festzuhalten. Mike führte sie vorsichtig zu einem Stuhl. »Sie setzen sich besser hin.«

»Ich will ihn sehen«, entgegnete Joy.

»Warten Sie einen Moment hier.« Wilson war selbst erstaunt über die Autorität, die in seiner Stimme mitschwang. Offenbar hatte er ganz automatisch in seine Rolle in diesem Alptraum hineingefunden.

Er ging zu einer Krankenschwester hinüber, die ganz in der Nähe stand.

»Möchte sie ihn sehen?« erkundigte sich die Frau.

»Wie sieht er aus? Ist er . . .«

Es war nicht nötig, den Satz zu vervollständigen. »Er sieht ganz okay aus«, meinte die Schwester.

Als sie den sterilen Gang hinabgingen, unterbrach nur das leise Quietschen der Gummisohlen an den Schuhen der Krankenschwester die Stille. Schließlich fragte Joy flüsternd: »Wo ist Raymond?«

»Tot. Er ist im Wagen verbrannt.«

Joy erwiderte darauf nichts, sondern holte nur tief Luft, bevor sie der Schwester in den Raum folgte, in dem ihr Sohn unter einem blutbefleckten Tuch lag.

Mike schaute zu, wie Joy Chris streichelte, als wollte sie ihn ein letztes Mal trösten. Sie strich sein Haar glatt und beugte sich über ihn, um seine aufgeschürfte Stirn zu küssen. »Ja, mein Junge«, sagte sie dann, »jetzt bist du in etwas hineingeraten, aus dem dir deine Mama nicht mehr heraushelfen kann.« Während ihr die Tränen über die Wangen rannen, fuhr sie fort, seinen Körper mit sanften, gleichmäßigen Bewegungen zu streicheln. »Ich liebe dich, mein Junge. Ich liebe dich mehr als alles auf der Welt.«

Für Mike Wilson war das die bewegendste, anrührendste Szene, die er je gesehen hatte. Eine derartige Kombination von Zärtlichkeit und Strenge hätte er nie für möglich gehalten. Und es kam ihm so vor, als hätte er auch kein Recht, Zeuge dieses Moments zu werden.

Er ging zu Joy hinüber und sagte, er würde draußen warten und dafür sorgen, daß sie ungestört blieb.

Als sie herauskam, blickte sie Wilson mehrere Sekunden lang an, ohne etwas zu sagen. Dann erschien ein schwaches Lächeln auf ihrem Gesicht, und sie meinte: »Ich habe ihm Goodbye gesagt.«

Bevor sie das Krankenhaus verließen, erkundigte sich Wilson bei dem Beamten, der Chris' Leiche zum Hospital begleitet hatte, ob der Junge irgendwelche Sachen bei sich gehabt hätte, die sie mitnehmen müßten.

Der Polizist gab ihm einen braunen Umschlag, in dem sich siebenunddreißig Dollar befanden, außerdem ein Ring, den Chris von seiner Großmutter bekommen hatte, eine Goldkette und eine Rolex, die Joy ihm zur Graduierung geschenkt hatte.

Wilson quittierte die Sachen und gab sie an Joy weiter. »Eines Tages werden Sie froh sein, daß Sie diese Dinge haben«, sagte er.

Auf dem Rückweg zu Wilsons Haus schwiegen beide. Erst als Mike in die Einfahrt einbog, fragte Joy: »Was geschieht jetzt?«

»Darüber sollten Sie sich jetzt keine Gedanken machen«, antwortete er.

»Werden sie eine Autopsie vornehmen?«

»Ja.«

»Haben Sie jemals so etwas miterlebt?«

Diese Frage überraschte Wilson. Es kam ihm so vor, als wollte sie ihren eigenen Kummer noch vergrößern. »Sie sollten nicht gerade jetzt über solche Sachen nachdenken«, erklärte er.

»Es ist kein schöner Anblick, nicht wahr?«

Mike nickte nur.

»Ich muß ein paar Anrufe machen.«

Wilson bat Joy, ins Haus zu kommen und sein Telefon zu benutzen.

In den nächsten Minuten erlebte er eine Veränderung an Joy Aylor, die ihn erstaunte. Als sie ihrer Mutter und ihrer Schwester von dem Unfall erzählte, der erst wenige Stunden zurücklag, war sie ruhig und gefaßt und schlug ein Familientreffen vor, um die Beerdigungsformalitäten durchzusprechen.

In gewisser Weise war diese Szene ähnlich privat wie jene, die er im Krankenhaus miterlebt hatte, und sie gestattete ihm zum ersten Mal einen wirklichen Einblick in die komplexe Persönlichkeit von Joy Aylor. Als er zuhörte, wie sie am Telefon Anweisungen gab, gewann er den Eindruck, sie sei eine Frau, die mit allem fertig werden konnte.

Er bot ihr an, sie heimzubringen, doch sie zog es vor, allein zu fahren.

Nachdem sie gegangen war, saß Mike Wilson noch eine Weile in seinem Wohnzimmer und dachte über die aufwühlenden Ereignisse nach, die er gerade miterlebt hatte.

Schließlich erhob er sich und ging zum Schlafzimmer seines

Sohnes hinüber. Er setzte sich auf den Bettrand, weckte Clay und umarmte ihn fest.

Der sechzehnjährige Clay Wilson begriff nicht, weshalb sein Vater weinte.

Im Laufe seiner Karriere als Jurist hatte Mike Wilson jede nur vorstellbare Art krimineller Persönlichkeit kennengelernt: eiskalte Psychopathen, bösartige Schläger, Perverse, aalglatte Betrüger und gewohnheitsmäßige Lügner. Und er hatte gelernt, hinter die Fassade zu schauen, die von so vielen, die er angeklagt oder verteidigt hatte, aufrechterhalten wurde.

Joy Aylor jedoch war anders. Bei all seiner Berufserfahrung gab es nichts, was ihn auf eine Frau wie sie vorbereitet hätte. Wie konnte jemand, der seiner Überzeugung nach eiskalt zwei Morde geplant und in Auftrag gegeben hatte, so sanft und zärtlich, so stark und gleichzeitig verletzlich sein, wie er das im Krankenhaus miterlebt hatte? Wie war es möglich, daß jemand, der bedenkenlos ein Menschenleben geopfert hatte, zugleich mitfühlend genug sein konnte, um Raymonds Eltern aufzusuchen, ihnen ihr Beileid auszusprechen und ihnen gleichzeitig zu versichern, sie würde weder sie noch ihren Sohn für die Tragödie verantwortlich machen?

Und es erschien ihm geradezu unmöglich, daß ein Staatsanwalt entschlossen sein sollte, diese Frau für ihre Verbrechen zum Tode zu verurteilen.

Derartige Gedanken gingen Wilson durch den Kopf, während er zum Haus von John White fuhr, einem ehemaligen Mandanten, mit dem er jetzt befreundet war. Wilson hatte White 1987 vertreten, nachdem dieser festgenommen worden war, als er versucht hatte, einem getarnten Ermittler ein Kilo Kokain abzukaufen. Im Laufe der Zeit war der ruhige, zurückgezogen lebende Mann zum Hauptlieferanten von Wilsons Kokainbedarf geworden. Im Moment wollte Mike unbedingt die Bilder der vergangenen Nacht aus seinem Kopf verdrängen und nicht mehr an die Frau und ihre Tragödie denken. Das weiße Pulver würde ihm die Fluchtmöglichkeit bieten, die er so dringend suchte.

Die beiden Männer verbrachten den größten Teil des Nachmittags zusammen, spielten Domino, unterhielten sich und nahmen Kokain. Irgendwann erzählte Wilson vom tragischen Tod Chris Aylors und schilderte seinem Freund schließlich auch die bewegende Szene im Krankenhaus.

John White hörte aufmerksam zu. Sein bärtiges Gesicht zeigte dabei keinerlei Reaktion, und auch in seinen Augen schimmerte kein Mitgefühl auf. In seiner Militärzeit hatte er sich den Ruf eines kalten, leidenschaftslosen Mannes erworben, und diese Haltung hatte er auch im Zivilleben beibehalten.

Erst als Wilson seine Erzählung beendet hatte, blickte White von den vor ihm aufgestellten Dominosteinen hoch, die er die ganze Zeit über betrachtet hatte.

»Manchmal gleichen sich die Dinge eben aus«, sagte er schließlich mit ruhiger, beherrschter Stimme.

»Was meinen Sie damit?«

White zuckte die Achseln. »Ein Leben gegen ein Leben.«

Wilson spürte, wie die durch das Kokain hervorgerufene Wärme plötzlich einem kalten Schauer wich, der seinen Körper überlief. Als Mike Wilson heimkam, blinkte die Anzeigelampe seines Anrufbeantworters. Er spulte das Band zurück und lauschte dem einen Anruf, den das Gerät aufgezeichnet hatte.

Joy Aylor hatte die Mitteilung hinterlassen, sie hätte ein Problem, das sie so bald wie möglich mit ihm durchsprechen müßte. »Rufen Sie mich an«, sagte sie in einem Tonfall, der weder auf Kummer noch Verzweiflung hindeutete, sondern eher ärgerlich klang.

Chris Aylor hatte die Ranch seines Großvaters geliebt. Sie lag fünfundvierzig Autominuten von Dallas entfernt in einer reizvollen Ecke des Ellis County, wo Eichen und Hickorybäume die hügelige Landschaft beschatteten. Es war der ideale Ort, um der Großstadt zu entfliehen. Schon als Kind hatte Chris Henry Davis oft zur Farm begleitet, dort schießen gelernt und Tauben und Wachteln gejagt. Und er war stets dabei, wenn Davis sich um seine kleine Rinderherde kümmerte, die Zäune überprüfte und unterdessen von seiner Kindheit erzählte, die er in einer kleinen Stadt nicht weit von hier verbracht hatte. Als Chris älter wurde und einen eigenen Wagen besaß, fuhr er oft allein oder mit Freunden zur Farm hinaus, um die Abgeschiedenheit des Landsitzes zu genießen.

Er hatte sich gefreut, als seine Mutter beabsichtigte, ein Haus auf diesem Grundstück zu bauen. Dort könnten sie wohnen, ›wenn dieses ganze Durcheinander vorbei ist‹, hatte sie gesagt.

Chris wiederum hatte verkündet, die Farm sei sein Lieblingsplatz, und hier wolle er auch einst beerdigt werden.

Joy hatte vor, den Wunsch ihres Sohnes zu erfüllen.

Larry Aylor jedoch hatte andere Pläne. Er hatte in Virginia erst vom Tod seines Sohnes gehört, als ein Freund aus Dallas ihn anrief, nachdem dieser durch einen Bericht im Fernsehen von dem Unfall erfahren hatte. Larry telefonierte mit Joy und rief gleich danach John Barr, seinen Anwalt in Dallas, an. Barr sollte sofort eine einstweilige Verfügung gegen die Beisetzung seines Sohnes auf der Davis-Ranch erwirken.

»Mein Leben wäre jedesmal in Gefahr, wenn ich das Grab besuchen will«, schrie Aylor ins Telefon. »Ich will meinen Sohn in Ruhe und Frieden besuchen können. Sagen Sie ihnen, ich bin mit jedem Friedhof einverstanden, den sie sich aussuchen. Von mir aus können sie sich sogar die umliegenden Grabstellen kaufen. Aber ich will, daß er an einem Ort beerdigt wird, wo ich ihn jederzeit besuchen kann.« Das war der ungewöhnlichste Auftrag, den Barr je bekommen hatte. Doch entsprechend dem Wunsch seines Mandanten erwirkte er einen Gerichtsbeschluß, der untersagte, den Toten aus der Leichenhalle zu entfernen.

»Sie geben Chris' Leiche nicht frei«, erzählte Joy Wilson. Der Ärger in ihrer Stimme war jetzt verschwunden. Statt dessen klang sie jetzt wie ein bettelndes Mädchen. Ihr Ex-Ehemann hätte einen Wutanfall bekommen, als sie ihm erzählte, sie wolle Chris auf der Ranch beisetzen. Larry verlange, daß ihr Sohn auf einem Friedhof in Dallas beerdigt würde. Als sie dann wegen der Beerdigungsformalitäten zum Leichenbeschauer gegangen war, hatte man ihr erklärt, daß ein Gerichtsbeschluß vorlag. Solange die Frage der letzten Ruhestätte nicht entschieden war, durften sie die Leiche nicht freigeben.

Wilson hörte ihr ungläubig zu. Wie brachten es zwei Menschen, mochten sie auch noch so zerstritten sein, nur fertig, um die Leiche ihres einzigen Sohnes zu kämpfen, der erst wenige Stunden zuvor auf so furchtbare Weise umgekommen war? Wußte Larry Aylor nicht, daß ein Körper selbst in den Kühlkammern der Leichenhalle sehr schnell anfing, sich zu zersetzen? Und warum bestand Joy so hartnäckig darauf, Chris auf der Ranch beizusetzen?

Genau diese Frage stellte Wilson ihr schließlich.

»Weil es das ist, was Chris sich gewünscht hat. Er hat es mir selbst gesagt. Ich bin sicher, daß er es auch seinem Vater erzählt hat, aber Larry behauptet jetzt, er würde sich dort nicht sicher fühlen, wenn er das Grab besuchen möchte. Das ist alles so sinnlos. Können Sie mir helfen?«

»Sie haben nicht vor, in die Beerdigung auf einem Friedhof einzuwilligen?«

»Es muß auf der Ranch sein. Wenn Larry das will, lasse ich extra für ihn sogar einen vierspurigen Highway bis zum Grab bauen, aber ich muß das tun, was sich Chris gewünscht hat.«

Wilson seufzte bei dem Versuch, irgendeinen Sinn in dem makabren Gefecht zu entdecken, in das er hier hineingezogen wurde. »Na schön«, meinte er schließlich, »ich rufe John Barr an.«

Im Büro von Larry Aylors Anwalt hatte die Geschichte um Chris Aylors Tod eine noch düsterere Wendung genommen. Barr verbreitete das Gerücht, Chris Aylor sei auf dem Rückweg vom Flughafen verunglückt. Offenbar war er dort gewesen, um ein Päckchen für seine Mutter abzuholen. Barr, der bei der Polizei von Dallas viele Freunde hatte, behauptete, einer der Streifenpolizisten hätte an der Unfallstelle eine merkwürdige Beobachtung gemacht. Als Joy und Mike dort auftauchten, hätten sie sich bemerkenswert lange bei den Trümmern des Autowracks aufgehalten, ganz so, als würden sie dort etwas suchen. Und obwohl man Joy mitgeteilt hätte, daß ihr Sohn mit lebensgefährlichen Verletzungen ins Krankenhaus gebracht worden war, wäre sie doch noch ungewöhnlich lange an der Unfallstelle geblieben.

Die Schlußfolgerung war klar: Chris war zum Flughafen gefahren, um dort ein Päckchen Dope abzuholen, und Joy und Mike hatten gehofft, es vor der Polizei zu finden.

Außerdem hatte Joy angeblich dem Leichenbestatter erzählt, sie würde alles tun, um zu verhindern, daß ihr Ex-Ehemann an der Beisetzung teilnahm.

Und schließlich erschien es Barr verdächtig, daß Joy es so eilig hatte, den Leichnam ihres Sohnes beim Leichenbeschauer abholen zu lassen. Fürchtete sie, eine Autopsie könnte enthüllen, daß Chris zum Zeitpunkt des Unfalls unter Drogen gestanden hatte?

Morris und Sandy McGowan waren nach Florida gefahren, um die Weihnachtstage bei einem alten Freund zu verbringen. Der Lieutenant hatte sich dort eine Erkältung eingefangen, die sich zu einer richtigen Grippe ausgewachsen hatte, als er zwei Tage nach Chris Aylors Tod nach Dallas zurückkehrte.

Erst als er Staatsanwalt Chapman anrief, um sich zurückzumelden und ihm mitzuteilen, daß er vermutlich für die nächsten paar Tage das Bett hüten müßte, erfuhr er von der Tragödie. »Es gibt einige Leute, denen die ganze Sache sehr verdächtig vorkommt«, berichtete Chapman.

McGowan zeigte sich über die neuerliche Wendung des Falls recht verblüfft. Er rief sofort Ken MacKenzie und Rhonda Bonner an und erfuhr zu seiner Freude, daß die beiden bereits mit der Untersuchung des Unfalls begonnen hatten. Die Beamten hatten eine Reihe von Augenzeugen vernommen und auch das Autowrack gründlich untersucht. Schließlich waren sie zu dem Schluß gelangt, daß es sich tatsächlich nur um einen schlimmen Unfall gehandelt hatte, hinter dem nichts anderes steckte. Sie hätten jedenfalls alles unter Kontrolle, versicherten sie. »Bleiben Sie im Bett, und ruhen Sie sich aus«, meinte Bonner.

McGowan versuchte zu schlafen, hatte damit jedoch wenig Erfolg. Chris' Tod ging ihm immer wieder durch den Kopf. Er erinnerte sich an die Gespräche, die sie in seinem Büro geführt hatten, rief sich den netten, wohlerzogenen Teenager ins Gedächtnis zurück, der dort weinend um Erklärungen gebettelt hatte, die Ereignisse zu verstehen, die sein Leben in einen Alptraum verwandelt hatten.

Morris hatte Chris gemocht und ihm versprochen, sie würden sich eines Tages, wenn der Fall endgültig geklärt war, zusammensetzen und alle Fragen klären. Der verstörte Junge, der unter den Streitereien seiner Eltern und den furchtbaren Anschuldigungen gegen seine Mutter litt, verdiente es, die ganze Wahrheit zu erfahren. Doch jetzt würde er sie nie mehr kennenlernen. Aber vielleicht, dachte McGowan, war es auch so am besten.

»Er war ein guter Junge«, sagte McGowan zu Sandy. »Ich sollte zu seiner Beerdigung gehen.«

Sandy erhob sofort Einspruch. Immerhin hatte der Arzt ihn gewarnt, er könnte sehr leicht eine Lungenentzündung bekommen, wenn er nicht im Bett blieb.

Ruhe fand er dort allerdings nicht. Als nächster rief John Barr bei McGowan an. Der Anwalt erzählte aufgeregt von Joys verdächtigem Benehmen am Unfallort und deutete sogar an, Chris' Tod sei vielleicht gar nicht so zufällig gewesen, wie es den Anschein hätte.

McGowan war verblüfft über die Unterschiede zwischen den Darstellungen von MacKenzie und Barr. Er rief beim Dallas Police Department an und ließ sich den Namen und die Privatnummer des Polizisten geben, der den Unfall aufgenommen hatte.

Als er den Beamten endlich erreichte, war es fast dreiundzwanzig Uhr.

McGowan entschuldigte sich für die späte Störung und berichtete dann, was Barr über Joys Verhalten gesagt hatte.

»Das ist völliger Blödsinn«, erwiderte der Streifenpolizist. »Sie hat sich genauso verhalten, wie das jede Mutter unter solchen Umständen tun würde. Ich habe selbst mit ihr gesprochen, als sie eintraf. Und sie ist auch nicht lange geblieben. Als ich ihr sagte, daß ihr Sohn ins Krankenhaus gebracht worden war, ist sie gleich losgefahren. Und nichts von dem, was Sie eben erzählt haben, hat sich zugetragen. Ihr Freund, dieser Anwalt, hat sich ein bißchen aufgespielt und eine Menge Fragen gestellt, aber auch so etwas habe ich schon früher erlebt.«

McGowan hörte jetzt zum ersten Mal, daß Joy in Begleitung gewesen war. »Was hat denn Doug Mulder dort draußen gemacht?« fragte er.

»Das war nicht Doug«, entgegnete der Beamte, »den kenne ich nämlich.«

»Wer war's denn dann?«

Der Polizist überlegte einen Moment. »Ein Bursche namens Wilson«, sagte er schließlich ». . . Mike Wilson.«

Anschließend rief McGowan Barr an. »Ich habe die Sache nachgeprüft und glaube, Ihre Bedenken sind unbegründet«, sagte er. Als der Anwalt sich weiter über die Sache auslassen wollte, erklärte Morris, er sei krank und müsse ins Bett. Er wünschte Barr noch eine gute Nacht und beendete das Gespräch.

Als er im Bett lag, kreisten seine Gedanken weiter um den Fall. John Barr, überlegte er sich, war jemand, auf den man achtgeben mußte. Und wer zum Teufel war dieser Neue – Mike Wilson –, der so plötzlich auf der Besetzungsliste aufgetaucht war?

Wilson wußte noch nichts von den Gerüchten und Verdächtigungen, als er Barr anrief. Obwohl die beiden keine engen Freunde waren, kannten sie sich seit Jahren und hatte einmal sogar gemeinsam, zusammen mit einigen anderen Anwälten aus Dallas, an einem Fall gearbeitet, bei dem es um Jagdrechte im Osten von Texas ging.

»Haben Sie jemals ein Paar wie dieses erlebt?« fragte Barr, als er Wilsons Anruf entgegennahm. »Das ist wirklich eine sehr traurige Angelegenheit. Diese Leute benutzen tatsächlich den Tod ihres Sohnes, um sich gegenseitig noch mehr Kummer zu machen.«

»John«, erwiderte Wilson, »sie möchte doch nur den Wunsch ihres Kindes erfüllen, auf dieser Ranch beigesetzt zu werden. Es geht ihr nicht darum, irgendwelche Schwierigkeiten zu machen.

Sie ist sogar bereit, Aylor einen eigenen Zugang zur Grabstätte zu verschaffen. Und sie wird jedem Wunsch von ihm zustimmen, sofern er mit der Beerdigung auf der Ranch einverstanden ist.«

»Ich rufe Larry an und melde mich dann wieder«, erklärte Barr.

»Wenn alles andere nicht hilft, dann machen Sie ihm wenigstens klar, daß die Leiche sobald wie möglich einbalsamiert werden muß.«

Barr schwieg einen Moment. »Ja, ich weiß«, sagte er schließlich. »Lassen Sie mich Larry anrufen, dann melde ich mich wieder.«

In den nächsten beiden Tagen telefonierten Barr und Wilson praktisch stündlich miteinander. Jedesmal wenn Wilson dachte, sie kämen der Lösung des Problems endlich näher, meldete sich Barr, um mitzuteilen, daß Larry Aylor wieder einmal seine Meinung geändert hatte und seine Zustimmung verweigerte.

Schließlich wurde es Wilson zuviel. »Ich kenne diesen Kerl nicht, und ich glaube, ich will ihn auch gar nicht kennenlernen«, erklärte Wilson. »Aber was er da treibt, ist die widerlichste Sache, von der ich je gehört habe. Das Problem mit der Grabstätte kann auch später noch gelöst werden, aber wenn Sie ihn nicht endlich dazu bringen, den Körper des Jungen einbalsamieren zu lassen, und zwar jetzt sofort, dann komme ich rüber in Ihr Büro und trete mal jemandem ganz gewaltig in den Hintern.«

Am nächsten Tag wurde Chris Aylors Leiche ins Sparkman Hillcrest Funeral Home überführt. Weder Larry Aylor noch sein Anwalt wußten, daß die Autopsie keinerlei Hinweise auf Drogen oder Alkohol erbracht hatte. Es war ihnen ebenfalls nicht bekannt, daß Joy Aylor zugestimmt hatte, einige Organe ihres Sohnes an eine Organbank abzutreten.

Zum Totengottesdienst am Freitag nachmittag fanden sich über vierhundert Menschen ein, darunter viele Freunde, die Chris von der Bending Oaks School her kannten, wo er bei der Graduierungsfeier die Abschiedsrede gehalten hatte.

Während Chris' Lieblingslied ›The Wind Beneath My Wings‹ gespielt wurde, waren sich einige deutlich der Spannung innerhalb der Familie bewußt, die den traurigen Anlaß zusätzlich überschattete. Joy und Larry hatten weit von einander entfernt liegende Plätze gesucht und nahmen nicht einmal die Anwesenheit des anderen zur Kenntnis. So mancher zeigte sich auch überrascht, daß Carol Garland zu spät kam und ganz hinten in der Kapelle Platz nahm.

Während der Trauerfeier richtete die blasse und sichtlich erschütterte Joy ihre ganze Aufmerksamkeit auf den Sarg, in dem ihr Sohn lag. Als sie dann nach vorn geleitet wurde, um den Trauerzug anzuführen, und dabei den Leichnam ihres Sohnes erblickte, brach sie in Tränen aus. Sie beugte sich vor, zog den Toten in ihre Arme und weinte, bis der Geistliche sie sanft aus der Kapelle führte.

Im Foyer wurde den Trauergästen mitgeteilt, daß die Beerdigung nicht direkt im Anschluß an die Trauerfeier stattfinden würde.

Mike Wilson fehlte unter den Trauernden. Obwohl Joy ihn angerufen und gebeten hatte, ebenfalls zu kommen, hatte er es vorgezogen, der Feier fernzubleiben.

McGowan war ebenfalls nicht gekommen. Er hatte niemanden von der Familie Davis erreichen können und schließlich Elizabeth angerufen, um sie zu bitten, den Angehörigen sein Mitgefühl auszudrücken und zu erklären, weshalb er nicht dabei sein konnte. Dann hatte er Larry Aylor angerufen, der bei seinem Vater in Dallas war. Obwohl Larry die Verdächtigungen, die sein Anwalt verbreitete, kurz erwähnte, hatte er sich nicht weiter darüber ausgelassen. Wie es schien, ging es ihm in erster Linie um die Grabstätte seines Sohnes.

Die Stimme, die McGowan vernahm, klang weder verärgert noch anklagend. Es war ganz einfach die eines trauernden Vaters.

Larry erzählte, er hätte sogar versucht, Joy anzurufen, um ihr seine Hilfe bei der Vorbereitung der Trauerfeier anzubieten, doch Jodi Packer hätte das Telefonat angenommen und nach einem kurzen, feindseligen Wortwechsel einfach aufgelegt.

McGowan empfand durchaus Sympathie für Larry, als er

sich vorzustellen versuchte, welcher furchtbare Schmerz mit dem Verlust des einzigen Kindes einhergehen mußte.

Als McGowan dann jedoch in der nächsten Woche die Titelgeschichte der *Dallas Morning News* las, war er ganz froh, der Trauerfeier ferngeblieben zu sein.

Bei einem Anhörungstermin hatte Richter Robert Price Larry Aylor zum Nachlaßverwalter seines Sohnes bestimmt. Und nachdem sein Anwalt geltend gemacht hatte, die Ranch im Ellis County sei ›feindliches Territorium‹, hatte der Richter Larry auch noch die weiteren Beerdigungsformalitäten übertragen.

So wurde Chris Aylor schließlich auf dem Restland Memorial Park in Dallas beigesetzt. Auf der Bronzeplatte, die am Grabstein angebracht wurde, tauchte Chris' mittlerer Name – Davis – nicht auf.

Erst mehrere Tage nach der Beerdigung war Joy in der Lage, Chris' Zimmer im Haus der Familie Davis zu betreten. Sie fürchtete, der einst so behagliche Raum, in dem sie mit Chris über seine Zukunft gesprochen oder auch nur gemeinsam mit ihm Musik gehört hatte, würde sie nur schmerzlich daran erinnern, daß er für immer fort war.

Statt dessen fühlte sie sich von dem Zimmer angezogen. Mit der Zeit wurde es zu dem Ort, an den sie sich zurückzog, um ihren Kummer durch die Erinnerungen zu lindern, die sie hier fand.

Mitunter saß sie auch an seinem Schreibtisch neben dem Fenster und betrachtete die Einrichtung. Stets richtete sich ihre Aufmerksamkeit schließlich auf ein Foto an der Wand, das ihren lächelnden Sohn und einige seiner Freunde auf einer Party zeigte, die er kurz vor dem Unfall besucht hatte.

Dieses Foto brachte sie immer zum Weinen und ein Brief, der an Joy adressiert, aber nie abgeschickt worden war.

Er sei immer stolz darauf gewesen, daß sie seine Mutter war, hatte er geschrieben. Sie war nicht nur die schönste Mutter, die er kannte, er war auch froh gewesen, daß sie seine Freunde stets willkommen geheißen hätte. Alle hielten sie für ganz großartig, und das hatte ihm sehr gefallen. Außerdem hatte er es zu schätzen gewußt, daß sie stets Zeit für seine Probleme gehabt hatte. Der Brief endete mit dem Satz: »Ich liebe dich sehr, Mom.«

Als sie den Brief las, läutete das Telefon neben Chris' Bett, und plötzlich hörte Joy die Stimme ihres Sohnes auf dem Anrufbeantworter: »Hi, hier ist Chris. Ich stehe gerade unter der Dusche . . . aber wenn Sie eine Nachricht hinterlassen, rufe ich zurück.«

Mehrere Tage lang überlegte Joy, die Ansage zu löschen, entschied sich jedoch schließlich dagegen.

Als Mike Wilson den Fahrstuhl im Gerichtsgebäude von Dallas verließ, hörte er, wie jemand seinen Namen rief. Auf der anderen Seite der Lobby stand John Barr. Er hatte mehrere Aktenordner unter den Arm geklemmt und winkte ihm zu.

»Vertreten Sie Joy Aylor?« erkundigte sich Barr.

»Nein.«

»Aber Sie sind mit ihr befreundet, nicht wahr? Sie können mit ihr reden.«

Wilson wußte, daß Barr für den Antrag verantwortlich war, Larry Aylor zum Nachlaßverwalter seines Sohnes zu machen. Jetzt wartete er schweigend darauf, daß der Anwalt sein Anliegen vorbrachte.

»Sprechen Sie mit ihr«, sagte Barr. »Erklären Sie ihr, daß wir bereit sind, uns für fünfzigtausend Dollar von der ganzen Sache zurückzuziehen.«

Wilson starrte den Anwalt mehrere Sekunden lang an. »John, ich kann Ihnen da nicht helfen.«

Barr schien verwundert. »Weshalb nicht?«

»Nach allem, was ich von Joy gehört habe, sind Sie und Ihr Mandant richtige Arschlöcher«, antwortete Wilson, drehte sich um und ging.

Kapitel 19

Mike Wilson machte sich große Sorgen, seit Joy Aylor angefangen hatte, über Selbstmord zu reden.

Ende Januar 1990 hatte sie laut überlegt, den Wagen in die Garage zu fahren, das Tor zu schließen und den Motor laufen zu lassen, bis die Abgase sie getötet hätten. Mehrfach stellte sie ihm deswegen Fragen: War diese Methode wirklich schmerzfrei? Schlief man tatsächlich friedlich ein, um nie wieder aufzuwachen? Wie lange würde es dauern?

Diese so ruhig vorgebrachten Fragen beunruhigten Wilson nicht nur, sie verwunderten ihn auch. Joys Persönlichkeit hatte sich stets als bemerkenswert stark und entschlußkräftig dargestellt. Es hatte ihn beeindruckt, wie sie mit den Anklagen und der darauf folgenden Publicity umgegangen war. Auch mit dem Schlaganfall ihres Vaters war sie fertig geworden, ohne sich in Hysterie oder Selbstmitleid zu ergehen. Und die juristischen Auseinandersetzungen mit ihrem Ex-Ehemann hatten bei ihr lediglich Empörung ausgelöst, was Mike für eine völlig angemessene Reaktion hielt. Joy selbst hatte mehrfach geäußert, ihr Selbstbewußtsein habe sich seit der Scheidung von Larry ganz erheblich entwickelt. Alles in allem hielt Mike sie jedenfalls nicht für die Art von Mensch, die sich selbst das Leben nahm.

»Aber warum denn, um Himmels willen?« fragte er eines Nachmittags, als sie in seinem Büro saß. Sie war aufgestanden und langsam zum Fenster hinübergegangen. Sekundenlang starrte sie nach draußen, bevor sie antwortete. »Chris zu verlieren war das einzige, auf das ich nicht vorbereitet war. Ich weiß einfach nicht, wie ich damit fertig werden soll.«

Wilson ging zu ihr und legte die Arme um sie. Joy wirkte plötzlich sehr zerbrechlich. Tränen rannen ihr über die Wangen, sie barg den Kopf an seiner Schulter und klammerte sich an ihn.

»Laß mich dir helfen«, flüsterte er.

Von da an trafen sie sich regelmäßig in ruhigen, abgelegenen Restaurants zum Essen, fuhren nachmittags manchmal zu Davis' Ranch oder gingen ins Kino, und telefonierten mehrmals täglich miteinander. Joy dachte sich Entschuldigungen für Jodi aus, um Mike bei Jagdausflügen nach West Texas zu begleiten, oder mit ihm nach San Antonio zu fahren, um seinen an Krebs erkrankten Vater zu besuchen. Während einer dieser Wochenendtrips nach Austin zeigte Mike ihr den Campus der University of Texas und sein altes Verbindungshaus. Sie lauschte seinen Erinnerungen an das Collegeleben mit einem gewissen Neid und bedauerte wieder einmal, daß sie ihre eigene Ausbildung nicht fortgesetzt hatte.

Eines Abends hatten sie auf Joys Wunsch hin das kürzlich eröffnete Cabaret Royale besucht, einen ›Gentleman's Club‹ der Oberklasse, der für zwölf Dollar Eintritt ein erstklassiges Buffet und Oben-ohne-Tänzerinnen bot, die die überwiegend männliche Yuppie-Kundschaft unterhielten. Joy war von den hübschen jungen Tänzerinnen fasziniert, die sich im sanften Rhythmus der New-Age-Musik bewegten. Als sie von Mike erfuhr, daß einige der Tänzerinnen mehr als tausend Dollar pro Nacht verdienten, meinte sie: »Weißt du, ich könnte das auch. Ich glaube, es würde mir Spaß machen.«

Angesichts der Faszination, die Joy auf ihn ausübte, verschwendete Wilson keinen Gedanken mehr daran, seine Ehe mit Mona vielleicht doch noch zu retten. Mona wiederum hatte herausgefunden, mit wem er sich ständig traf, und Joy eines Abends angerufen. Das hitzige Gespräch zwischen den beiden Frauen endete abrupt, als Mona fragte: »Was haben Sie mit ihm vor? Wollen Sie ihn auch umbringen lassen?«

Mike kam es so vor, als hätte er endlich eine Fluchtmöglichkeit vor seinen Problemen gefunden, die genauso effektiv war wie das Kokain, das er in zunehmendem Maße konsumierte. Ein paar Stunden zusammen mit Joy Aylor, in denen sie Vergnügungen nachgingen, die normalerweise kichernden Teenagern vorbehalten blieben, weckten seine Lebensgeister ganz enorm. Joy, die offenbar instinktiv spürte, welche Last er mit sich herumschleppte, gestattete ihm ganz einfach nicht, sich mit den negativen Aspekten seines Lebens zu beschäftigen. Seine Anfälle von Schwermut pflegte sie als ›Rückzug in die Höhle‹ zu bezeichnen, und es schien, als hätte sie stets ein geeignetes Mittel zur Hand, um ihn wieder hinaus ins Licht zu locken.

Wenn Joys bevorstehende Gerichtsverhandlung sie beunruhigte, verbarg sie dieses Gefühl sorgfältig und äußerte lediglich ihre Bedenken, einen geeigneten Anwalt zu finden. Der Dokumentarfilm ›The Thin Blue Line‹, der die Verurteilung und Einkerkerung eines Mannes namens Randall Dale Adams schilderte, hatte sie stark beeindruckt. Adams, wegen Mordes an einem Polizeibeamten in Dallas angeklagt, hatte zwölf Jahre im Gefängnis gesessen, bis schließlich nachgewiesen werden konnte, daß die Anklagebehörde Aussagen manipuliert und Beweise zurückgehalten hatte, um eine Verurteilung zu erreichen. Adams war freigelassen und rehabilitiert worden, und dieser Fall hatte zu einer wahren Flutwelle von Kritik an der Staatsanwaltschaft und insbesondere am damals zuständigen Strafverfolger geführt.

Jener Mann, der Adams unter fragwürdigen Umständen ins Gefängnis geschickt hatte, war Doug Mulder gewesen. Mehrfach erkundigte sich Joy bei Mike, ob die öffentliche Kritik an Mulder auch negative Einflüsse auf ihren Fall haben könnte.

Immer, wenn Mike ihr einen Artikel zeigen wollte, der sich mit Mulder oder ihrem eigenen Fall beschäftigte, fragte sie nur: »Ist es gut oder schlecht?« Gab seine Antwort zu verstehen, daß es eher schlecht war, weigerte sie sich, den Artikel zu lesen oder auch nur darüber zu sprechen.

In gewisser Beziehung verfügte Joy über eine fast kindliche Unschuld, die Mike sehr liebenswert fand. Eines Abends, als sie im Wohnzimmer seiner Tante vor dem Fernsehgerät saßen, kehrte Doris Wilson von einem Kinobesuch zurück.

»Wie war's denn?« erkundigte sich Mike.

»Oh, ganz schrecklich«, erwiderte Doris. »Der Film hieß ›Body Heat‹. Es ging da um eine furchtbare Frau, die ihren Ehemann hat umbringen lassen und . . .« Mitten im Satz hielt sie inne, blickte zu Joy hinüber, verdrehte verlegen die Augen und flüchtete in die Küche.

Am nächsten Tag schickte Doris Joy eine schriftliche Entschuldigung zu. Joy hatte sich jedoch keineswegs beleidigt gefühlt und verstand nicht, weshalb sich Mikes Tante überhaupt entschuldigte.

»Teufel auch«, sagte Mike bewundernd, »dich beeindruckt überhaupt nichts, stimmt's?«

Als die gerichtliche Anordnung eintraf, Larry Aylor den Nachlaß ihres Sohnes zu übergeben, reagierte Joy allerdings erheblich heftiger.

Joy versuchte gar nicht erst, ihre Wut zu verbergen, und sprach wiederholt davon, ihrem Ex-Ehemann einige der persönlichen Dinge vorzuenthalten. So war sie beispielsweise entschlossen, die Rolex und die Goldkette, die er beim Unfall getragen hatte und die beides Geschenke von ihr waren, trotz der richterlichen Anordnung zu behalten.

Wilson konnte sie durchaus verstehen, machte ihr jedoch nachdrücklich klar, daß sie mit diesem Verhalten nur einen weiteren Prozeß heraufbeschwören würde. Zuvor hatte er schon Frances Davis überreden müssen, einen Ring herauszugeben, den sie Chris geschenkt hatte. Der Ring hatte zwar nicht viel gekostet, lediglich einhundertfünfzig Dollar, doch es war Chris' Lieblingsring gewesen, und sie wollte ihn unbedingt behalten. Erst als Wilson sie ausdrücklich gewarnt hatte, sie könnte auf diese Weise sehr leicht in die juristische Auseinandersetzung zwischen Joy und Larry hineingezogen werden, hatte sie den Ring schließlich herausgegeben.

Joy hingegen war nicht so leicht zu überzeugen. Sie war zu dem Juwelier gefahren, bei dem sie die edelsteinbesetzte Rolex ursprünglich gekauft hatte, und hatte ihn gebeten, eine billige Imitation herzustellen, die dem Original so ähnlich wie möglich sehen sollte. Anschließend hatten sie und Mike einen ganzen Nachmittag auf dem Flohmarkt von Vikon Village verbracht, um eine Goldkette zu suchen, die geeignet war, sie gegen das Original auszutauschen. Nach stundenlanger Suche hatte sie schließlich eine Kette entdeckt, die mit dem Original fast identisch war und zudem nur ein Viertel des ursprünglichen Preises kostete.

Die wilde Entschlossenheit, mit der sie an ihre Aufgabe herangegangen war, amüsierte Mike genauso wie ihre Bemerkung: »Du kannst darauf wetten, daß Larry mit jedem einzelnen Teil zum Schätzer geht. Ich würde gern sein Gesicht sehen, wenn er herausfindet, daß die Rolex nicht echt ist.«

Nebenher schaffte sie es auch noch, Chris' Uzi für neunhundert Dollar zu verkaufen, bevor sie den Bescheid erhielt, den Rest seiner Waffensammlung an Aylor abzugeben.

Als sie die Waffen aus dem Schrank nahmen, tauchte der noch immer an den Rollstuhl gefesselte Henry Davis an der Tür auf und schaute ihnen schweigend zu. Als er schließlich begriff, was dort vor sich ging, schüttelte er heftig den Kopf und stieß schmerzerfüllte Töne aus, die Mike erschütterten und Joy in Tränen ausbrechen ließen.

»Daddy«, sagte sie, »ich kann nichts dagegen machen.«

Obwohl Henry Davis nicht mehr sprechen konnte, war klar, daß er seinen ehemaligen Schwiegersohn in diesem Moment mehr denn je haßte. Mike Wilson, der die Szene schweigend beobachtete, spürte einen Anflug von Trauer wegen der kalten, absoluten Macht, die das Rechtssystem auch über die privatesten Angelegenheiten der Menschen hatte.

Für Joy erwies sich ihre Beziehung zu Mike als völlig anders, als sie erwartet hatte. Kein Mann hatte sie je so sanft und höflich behandelt und sie einfach so akzeptiert, wie sie war. Mike stellte keine Forderungen, er mißhandelte sie nicht, ja er kritisierte sie nicht einmal.

Im Gegenzug verlangte Joy von ihm nicht mehr als seine Anwesenheit, seine Wärme und seinen ansteckenden Sinn für Humor. Sie äußerte sich nicht zu seinem Drogenkonsum, warnte ihn weder vor physischen noch rechtlichen Konsequenzen und drängte ihn nicht einmal, seinen Verbrauch zu reduzieren. Sie begleitete ihn im Gegenteil bereitwillig in die gefährlichsten Ecken von Dallas, wo er sich üblicherweise mit Kokain versorgte.

Dank Mikes Hilfe kehrten Stärke und Fröhlichkeit zu ihr zurück, und jeder Gedanke an Selbstmord war bald nur noch eine ferne Erinnerung.

Und sie hatte es ebenfalls Wilson zu verdanken, daß sie schließlich die Kraft fand, Jodi Packer zu erklären, sie sei seine herrschsüchtige Haltung und seine Beschimpfungen leid, und er solle ihr Haus so schnell wie möglich verlassen.

Was sie wirklich brauchte, war jemand wie Mike, der sie so behandelte, wie es sich für eine Frau gehörte.

Wilson war erfreut, daß sie Jodi vor die Tür gesetzt hatte, zugleich aber auch sehr verwundert über die Arrangements, die sie getroffen hatten. Sie hatte Jodi ein Apartment gemietet, das sich in der Nähe ihres Hauses befand, und ihm auch neue Möbel gekauft. Jodi durfte zudem auch den Schlüssel für den Familienbesitz am See behalten und sich dort aufhalten, wann immer es ihm beliebte. Als Mike seine Verwunderung über ihre Großzügigkeit zeigte, hatte sie achselzuckend bemerkt: »Was sollte ich sonst tun? Mein Anwalt hat mir geraten, ihn bei Laune zu halten.«

Die Schlußfolgerung war klar: Jodi Packer wußte offensichtlich eine Menge über Joys Verwicklung in den Mord an Rozanne Gailiunas und den Anschlag auf Larry Aylors Leben. Insgeheim fragte sich Mike, ob Packer auch mit diesen Plänen zu tun gehabt hatte. Oder hatte Joy ihre Verbrechen ihm gegenüber in einem Moment der Schwäche eingestanden? Aber was immer auch der Fall sein mochte, wenn Jodi als Zeuge bei der Verhandlung auftrat, konnte seine Aussage erheblichen Schaden anrichten. Ob es ihm nun gefiel oder nicht, Wilson mußte immerhin zugeben, daß Mulder ihr den richtigen Rat gegeben hatte.

Weder Mike noch Joy wußten, daß Packer sich bereits seine Gedanken über die Beziehung der beiden gemacht hatte. In Joys Schreibtisch hatte er Kreditabrechnungen entdeckt, die aus einem Hotel und mehreren Restaurants in San Antonio stammten. Durch eine Reihe von Ferngesprächen hatte er schließlich auch den Namen des Mannes herausgefunden, der Joy auf ihren Ausflügen begleitet hatte.

Trotzdem hatte er danach noch mehrere Wochen gewartet, bis er sie mit seinem Wissen konfrontierte.

Eines Abends wurden Joy und Mike kurz vor Mitternacht durch Geräusche an der gläsernen Schiebetür geweckt, die vom Schlafzimmer in den Garten hinausführte. Joy war noch vor Mike auf den Lärm aufmerksam geworden, hatte die Nachttischlampe angeknipst und sich schon aufgerichtet, als der Eindringling plötzlich am Fußende des Bettes stand.

Wilson schoß hoch, als er Joy aufschreien hörte. Der Mann starrte auf ihn hinunter und deutete mit dem Zeigefinger auf ihn. »Ich will, daß du deinen Arsch hier rausbringst . . . und zwar auf der Stelle«, brüllte er.

Wilson versuchte, die Schleier von Schlaf und Kokaingenuß abzuschütteln, und schaffte es schließlich, seinen Blick auf die große, blonde Gestalt zu fixieren. »Wer zum Teufel sind Sie?« fragte er.

Joy legte beruhigend eine Hand auf seine nackte Schulter und antwortete anstelle des eifersüchtigen Eindringlings: »Das ist Jodi Packer.«

»Und ich sage, Sie sollen hier verschwinden«, wiederholte Jodi.

»Leck mich«, erwiderte Wilson, dessen Wut über das Eindringen schnell zunahm.

Joy zog ihren Morgenmantel an, ging auf Packer zu und übernahm die Rolle des Friedensstifters. »Jodi, was machst du hier? Was willst du?«

»Ich will mit dir reden«, antwortete er. Seine Stimme klang nicht mehr aggressiv, sondern eher flehend.

»Worüber?«

»Du fehlst mir. Ich möchte . . .«

»Jodi«, unterbrach sie ihn, »geh nach Hause.«

Packers Stimmung wechselte abermals schlagartig, als er seine Aufmerksamkeit auf Wilson richtete. »Was zum Teufel geht hier vor? Warum ist dieser Kerl hier?«

»Weil ich wollte, daß er hier ist«, sagte Joy ruhig. »Ich habe ihm erzählt, wie es zwischen uns gelaufen ist und warum ich dich gebeten habe, auszuziehen. Jodi, wir haben das alles schon oft genug durchgesprochen. Willst du jetzt wieder damit anfangen . . . vor ihm?«

Packer stieß ein sarkastisches Lachen aus. »Liebst du diesen Kerl?«

Joy nickte und blickte zu Mike hinüber. »Ja, ich liebe ihn.«

Plötzlich flackerte Wut in Packers Augen auf, und er fing an, wilde Drohungen zu äußern. Vielleicht sollte er ja einen Besuch im Büro des Staatsanwaltes machen. Kevin Chapman wäre bestimmt sehr an einigen Dingen interessiert, die er ihm erzählen könnte.

Joy lachte über sein Gerede. »Glaubst du wirklich, das wäre besonders schlau? Willst du ihm auch erzählen, daß du die Jury belogen hast bei deiner Aussage?«

Packer setzte seine Tirade fort, als hätte er sie gar nicht gehört. Vielleicht sollte er John Barr anrufen, es wäre ja gut möglich, daß er an einer Unterhaltung interessiert sei.

Wilson hatte genug gehört. Er stand auf und ging ruhig auf Packer zu. »Sie sind doch bloß ein kleines Arschloch«, sagte er.

Jodi rührte sich nicht vom Fleck und starrte Wilson an, bis Joy ihn noch einmal aufforderte, zu gehen. Ohne ein weiteres Wort drehte er sich um, ging zur Schlafzimmertür hinaus und verschwand in der Dunkelheit.

Joy hockte sich auf die Bettkante und schaute zu Mike hinüber. »Er macht mir angst«, meinte sie.

Wilson war zwar über die eben erlebte Szene aufgebracht, wirkliche Sorgen machte ihm aber erst Joys furchtsame Bemerkung. Wie paßte dieser abgeschobene Liebhaber, den sie nach Mulders Ansicht ›bei Laune‹ halten sollte, ins Bild? Welches dunkle Geheimnis verlieh Jodi Macht über sie?

Doch dann schlug er lediglich vor, sie sollten wieder ins Bett gehen.

Als er in der Dunkelheit lag und den gleichmäßigen Atemzügen neben sich lauschte, kam er zu einem Entschluß. Wenn seine Anwesenheit in Joys Bett ausreichte, um Packer zu einem Einbruch zu verleiten, dann bestand zweifellos auch die Gefahr, daß es zu weiteren, gewalttätigeren Zusammenstößen kommen konnte. Um Joys willen wollte er alles tun, um derartige Begegnungen in Zukunft zu vermeiden.

Deshalb würde dies auch die letzte Nacht sein, die er in Joys Haus verbrachte.

Wilson konnte nicht ahnen, daß ihm zu dem Zeitpunkt, an dem er in diesem dunklen Schlafzimmer lag und sich mit den Rätseln abmühte, die Joy ihm aufgab, bereits ein weitaus gefährlicherer Gegner als Jodi Packer auf den Fersen war.

Die Beamten der Drogenbehörde, die nun schon seit Monaten Gerüchte und Verdächtigungen über Wilson hörten, hatten offiziell die Ermittlungen gegen ihn aufgenommen.

Mitte Februar fuhr Mike zusammen mit seinem Anwaltskollegen Brett Stolcup nach Lubbock, um ein Pärchen zu verteidigen, das wegen Handels mit Anabolika angeklagt war. Der dreißig Jahre alte John Hoffman und seine Frau Betsy waren schon seit vielen Jahren in der Bodybuilding-Szene aktiv, zunächst als Wettkämpfer, später dann als Trainer. Schließlich hatten sie ihre Unternehmungen noch um den Handel mit Steroiden erweitert, die sie an Bodybuilder und Gewichtheber verkauften, die ihr Fitness-Studio in Dallas besuchten.

Als er festgenommen worden war, hatte sich Hoffman, dessen Frau von Stolcup vertreten wurde, an Mike Wilson gewandt. Stolcup, der Wilson seit längerer Zeit nicht gesehen hatte, war verblüfft über dessen Aussehen, als sie sich am Abflugschalter der Southwest Airlines trafen. Wilson war erheblich gealtert, sein Gesicht wirkte angespannt, und er hatte dunkle Ringe unter den Augen.

Mindestens ebenso überrascht war Stolcup allerdings auch, daß Wilson von einer attraktiven Blondine in einem eleganten, maßgeschneiderten Kostüm begleitet wurde.

»Brett«, erklärte Mike, »ich würde Ihnen gerne eine Freundin von mir vorstellen. Das hier ist Joy Aylor.«

Stolcup brauchte einen Moment, um den Namen einzuordnen, doch als Joy zum Zeitschriftenstand hinüber ging, um ein Magazin zu kaufen, flüsterte er Mike zu: »Ist das die Frau, die . . .?«

Wilson nickte. »Genau die.«

Stolcup schüttelte den Kopf und meinte lächelnd: »Lieber Himmel, Sie haben wirklich einen ausgefallenen Geschmack.«

Daß Wilson offenbar gesundheitliche Probleme hatte, fiel Stolcup zum ersten Mal auf, als er es kaum schaffte, Wilson rechtzeitig aus dem Bett zu holen. Erst nachdem er mehrfach Wilsons Zimmer angerufen hatte, tauchte der Anwalt endlich in der Lobby des Hotels auf und sah noch schlimmer aus als am Tag zuvor. Sie trafen zu spät zum Gerichtstermin ein und wurden dafür vom Vorsitzenden verwarnt. Zu Stolcups Erleichterung kam es schließlich zu einem Vergleich, wodurch die Eröffnung der Hauptverhandlung unnötig wurde.

Auf dem Rückflug nach Dallas beobachtete Brett Wilson sehr genau. Mike wirkte nervös und zerfahren und bat die Stewardeß während des kaum eine Stunde dauernden Fluges mehrfach um Wasser.

Schon lange vor der Landung in Dallas hatte Stolcup seine Schlüsse gezogen: Die Gerüchte, die im Gerichtsgebäude über Wilson verbreitet wurden, entsprachen höchstwahrscheinlich der Wahrheit. Er jedenfalls wäre bereit gewesen, den nächsten fetten Vorschuß zu verwetten, daß Wilson Drogen nahm.

Während des Fluges kam Hoffman, der sich noch auf freiem Fuß befand, solange das Urteil nicht offiziell verkündet war, zu Mike herüber. Er habe einen Freund in Houston, erzählte er, der in Schwierigkeiten stecke und mit seinem Anwalt nicht besonders glücklich sei. Ob Mike bereit wäre, sich einmal mit ihm zu unterhalten.

»Sagen Sie ihm, er soll in mein Büro kommen«, erklärte Wilson.

Mark Northcutt, der neunundzwanzigjährige Sohn eines Houstoner Physiklehrers, war in texanischen Bodybuilder-Kreisen wohlbekannt. Jahrelang hatte er eifrig trainiert, um seinen Körper auf Wettkampfniveau zu bringen, und sich sogar Wadenimplantate einsetzen lassen in der Hoffnung, dadurch die Form seiner Beinmuskulatur zu verbessern. Trotzdem war ihm innerhalb der sechs Jahre, die er an Wettkämpfen teilnahm, nur wenig Erfolg beschieden, und schließlich wurde er gesperrt, nachdem man Dopingmittel bei ihm nachgewiesen hatte.

Northcutts Ruf beruhte allerdings auch nicht auf seinen sportlichen Leistungen, sondern vielmehr auf dem Umstand, daß er jederzeit größere Mengen Anabolika und Kokain beschaffen konnte, die er zudem zu moderaten Preisen abgab. Während die meisten Kokaindealer ihren Stoff für etwa eintausend Dollar pro Unze verkauften, verlangte Northcutt selten mehr als siebenhundert Dollar. Sein Kilopreis lag schätzungsweise bei achtzehntausend Dollar. Im Lauf der Zeit wuchs sein Geschäft, so daß er schließlich fünfundzwanzig Kilo Kokain pro Woche absetzte und zudem ein profitables Labor betrieb, in dem die synthetische Droge Ecstasy produziert wurde.

Zum ersten Mal wurde Northcutt wegen Verkaufs und Verbreitung von Anabolika verhaftet und angeklagt, als er an der Southwest Texas State University in San Marcus Strafrecht studierte. In echte Schwierigkeiten geriet er allerdings erst im September 1989. Damals nahmen ihn Agenten der Drogenbehörde fest und klagten ihn wegen Besitzes von fünfundzwanzig Kilogramm Kokain an.

Der freundliche, unternehmungslustige Collegestudent, der einen weißen Porsche fuhr, eine Wohnung in Houston besaß und ein hübsches Haus in San Marcos gemietet hatte, sah plötzlich einem langen Aufenthalt im Staatsgefängnis entgegen – bis ihm die Drogenbehörde eine Alternative anbot.

Wenn Northcutt bereit wäre, als Lockvogel zu arbeiten und mitzuhelfen, anderen Dealern den Prozeß zu machen, dann könnte er bei der Anklage wegen Kokainbesitzes mit fünf Jahren auf Bewährung davonkommen. Und sofern er seine Rolle gut spielte, könnte man die in San Marcos wegen Anabolikahandels gegen ihn anhängige Klage ganz fallen lassen.

Northcutt hatte diese Chance natürlich sofort wahrgenommen.

Zu dem Zeitpunkt, als er in Begleitung von John Hoffman Wilsons Büro einen Besuch abstattete, hatte er bereits ein halbes Dutzend Dealer ans Messer geliefert.

Die Geschichte, die Northcutt Wilson vortrug, klang überzeugend: Er gestand seine Schuld offen ein und erzählte dann, er hätte zunächst einen jungen Anwalt, mit dem er vom College her befreundet war, engagiert, um ihn zu vertreten. Sein Freund, der erst seit drei Jahren praktizierte, hätte es schon recht bald für nötig gehalten, einen anderen, erfahreneren Anwalt hinzuziehen. Inzwischen hätte Northcutt bereits einhunderttausend Dollar an Honoraren gezahlt, dafür aber bisher kaum Ergebnisse gesehen. Die Gerichtstermine sowohl in San Marcos wie in Houston rückten bedrohlich näher, ohne daß sich bisher irgendein Plan abgezeichnet hätte, wie man die Anklagen niederschlagen könnte. Bei seiner verzweifelten Suche nach einem anderen Anwalt, der in solchen Dingen Erfahrung hatte, hätte er sich bei mehreren befreundeten Drogendealern in Dallas umgehört, darunter eben auch Hoffman.

»Bill hat mir erzählt, Sie wären der beste auf diesem Gebiet«, erklärte Hoffman. Und Ähnliches hätte ihm auch ein Dealer namens Keith Rowe berichtet, den Wilson erst kürzlich in einem Verfahren wegen Verbreitung der Droge Ecstasy vertreten hatte.

Nach diesem kurzen Treffen, bei dem Wilson sich bereit erklärt hatte, die Sache zu überdenken und sich wieder bei Northcutt zu melden, rief Mike bei Rowe an.

»Was wissen Sie über diesen Burschen?« fragte er.

Rowe hielt mit seiner Antwort nicht hinter dem Berge. »Ich kenne ihn schon recht lange, Mike. Er ist aalglatt. Seien Sie bloß vorsichtig.«

Mike, dessen Gedanken sich dank des Kokains, das er erst kurz zuvor gekauft hatte, geradezu überschlugen, versicherte seinem ehemaligen Mandanten, Vorsicht walten zu lassen. Trotzdem erregte die Aussicht auf das beachtliche Honorar, das sich ein Dealer von Northcutts Rang zweifellos leisten konnte, sein Interesse. Ein Fall wie dieser könnte ihn aus der Finanzmisere retten, in die er immer tiefer hineinrutschte.

Und so war Mike trotz Rowes Warnung entschlossen, Northcutt anzurufen und für die nächste Woche ein Treffen zu vereinbaren. Da er ohnehin einen potentiellen Mandanten im Staatsgefängnis von Huntsville aufsuchen wollte, wäre es kein Problem, in Houston einen Zwischenstopp einzulegen.

Als Wilson kurz vor Mitternacht des 27. Februar das Zimmer im vierten Stock des Houston Holiday Inn betrat, hatte er keine Ahnung, daß Northcutt den größten Teil des Nachmittags bei der Drogenbehörde zugebracht hatte. Er war dort mit einem versteckten Mikrophon ausgerüstet worden und hatte mit Special Agent Billy Joe Mundy geprobt, welche Zahlungsmethode er dem Anwalt nahelegen sollte. Wilson wußte ebenfalls nicht, daß auf dem Parkplatz des Hotels zwei Beamte stationiert waren, die das Gespräch überwachen sollten.

Northcutt schilderte Wilson abermals seine juristischen Probleme und seine Enttäuschung über die bisher von seinen Anwälten geleistete Arbeit. Zudem würde keiner seiner alten Kunden derzeit auf seine Anrufe reagieren, weshalb er im Moment etwas knapp bei Kasse wäre.

»Wenn ich zusammenzähle, was ich bereits an meine Anwälte bezahlt habe und was die Behörden beschlagnahmt haben – die Wohnung, den Wagen, meine Banknoten –, dann komme ich auf rund fünfhunderttausend Dollar«, erläuterte Northcutt. »Deshalb bin ich wirklich nicht flüssig. In einem Versteck hatte ich einundzwanzig Kilo gelagert. Pro Kilo habe ich vierzehn Riesen bezahlt, in der ganzen Ladung stecken also zweihundertvierunddreißigtausend Dollar.«

Wilson, dem klar war, daß Northcutt über Kokain sprach, wurde langsam nervös. Er ging im Hotelzimmer auf und ab und versuchte, das Thema zu wechseln. »Haben Sie überhaupt kein Bargeld? Ich bin ja bereit, für Sie zu arbeiten, aber ich muß wissen, wieviel Sie zahlen können. Wissen Sie, die meisten von uns arbeiten gegen Cash.

Wenn Sie von mir hören wollen, wieviel ich Ihnen berechnen werde, muß ich ehrlicherweise zugeben, daß ich das im Moment noch nicht weiß. In Dallas haben Sie gesagt, Sie suchten jemand, der sich ausschließlich und mit ganzer Kraft Ihrem Fall widmet. Wenn Sie das wirklich wollen, dann treffen wir jetzt eine Vereinbarung, Sie besorgen sich Geld, und ich mache mich an die Arbeit.

Schließlich wollen Sie nicht ins Gefängnis, und mein Job besteht darin, Menschen vor dem Gefängnis zu bewahren.«

Northcutt wollte das Gespräch wieder auf das gelagerte

Kokain bringen und probierte eine andere Taktik. Konnte Wilson, der ja offensichtlich über gute Kontakte zu einigen finanzkräftigen Dealern verfügte, ihn mit potentiellen Kunden zusammenbringen? Wenn er den Stoff unter die Leute brächte, hätte er auch Geld, um ihn zu bezahlen.

»Diese Art von Geschäften behagt mir nicht«, erwiderte Wilson. »Das sieht zu sehr nach Beihilfe aus.«

»Ja, ich weiß.«

Wilson und Northcutt machten sich beide langsam Sorgen, das für jeden von ihnen lebenswichtige Geschäft würde platzen. »Im Moment sage ich weder, daß ich es nicht tun kann, noch daß ich es nicht tun will«, meinte Wilson. »Ich sage nur, es könnte problematisch werden. Lassen Sie mich jetzt nach Dallas zurückfahren und darüber nachdenken.«

Sie vereinbarten, daß Northcutt sich am kommenden Donnerstag telefonisch bei ihm melden sollte.

In der Houstoner Niederlassung der Drogenbehörde hörte sich Mundy das Band an, das Northcutt mitgebracht hatte. Es enthielt nicht das, was er sich erhofft hatte. Mike Wilson hatte am Köder geschnuppert, aber nicht danach geschnappt.

In den nächsten zwei Wochen hörten sich Mundy und seine Kollegen ein gutes Dutzend mitgeschnittener Gespräche an, in denen Northcutt beharrlich versucht hatte, das Kokain zu verkaufen, während Wilson weiterhin auf Bargeld bestand. Langsam kamen den Beamten Zweifel, ob die ganze Aktion überhaupt zu einem Erfolg führen würde. Vielleicht spielte Northcutt seine Rolle ja nicht überzeugend genug. Möglicherweise war Wilson aber auch einfach zu clever, um sich in dermaßen gefährliches Fahrwasser locken zu lassen.

Trotzdem gingen die Verhandlungen weiter. Und während die Beamten zwar generell über die auf den Bändern aufgezeichneten Dialoge enttäuscht waren, erhielt ihr Optimismus schließlich doch neue Nahrung durch Northcutts Bericht über ein nicht mitgeschnittenes Gespräch in Wilsons Büro.

Laut Northcutt hätten beide Männer zunächst ihre Hemden aufgeknöpft, um zu beweisen, daß sie nicht verkabelt waren.

Anschließend hätte Wilson sich dann großspurig als Mann angepriesen, der mit den Spitzen der kolumbianischen Drogenmafia befreundet wäre und einen Teil seines zwischen dreihunderttausend und vierhunderttausend Dollar liegenden Jahreseinkommens durch den Verkauf von Drogen an seine Mandanten verdiene. Zudem würde er seine Mandanten aus der Rauschgiftszene mit Fotos der lokalen Drogenfahnder beliefern, um sie vor Infiltration zu schützen, und schließlich kenne er sich gut in den Auslieferungsbestimmungen aus und habe auch Erfahrung darin, von Strafverfolgung Bedrohte rechtzeitig außer Landes zu schaffen.

»Er hat mir gesagt, er wäre kürzlich bei Fabio Ochoa, dem einflußreichen kolumbianischen Drogendealer, zu Gast gewesen und hätte einige Zeit auf dessen Jacht vor der Küste Floridas verbracht. Dann hat er von dem Geld erzählt, das er mit dem Verkauf von Drogen verdient, und mir auch dieses Buch gezeigt, in dem sämtliche Auslieferungsabkommen mit anderen Staaten stehen. Dabei hat er damit geprahlt, daß er irgendwem, der unter Anklage stand, zur Flucht nach Brasilien verholfen hätte. Schließlich hat er behauptet, er wüßte, wo er in Dallas ein Kilo Kokain für zwanzigtausend Dollar verkaufen könnte, und er hätte schon eine Menge Ecstasy für jemanden verschoben und ihm gezeigt, wie man das Geld waschen kann.«

Am wichtigsten war allerdings Northcutts Behauptung, Wilson hätte sich bei diesem Gespräch schließlich bereit erklärt, das Kokain anstelle von Geld in Zahlung zu nehmen.

»Wieviel?« fragte der Drogenfahnder.

»Alles«, erwiderte Northcutt. »Elf Kilo, um mich in San Marcos zu vertreten, und zehn für den Fall in Houston.«

Das Bild, das der eifrige Spitzel zeichnete, zeigte einen Anwalt, der genauso viel Dreck am Stecken hatte wie jene, die er vertrat. Northcutt versprach endlich brauchbare Resultate zu liefern.

Jetzt war es an der Zeit, den nächsten Schritt zu tun.

Am Nachmittag des 15. März, eines Donnerstags, nahmen sich Mike und Joy ein Zimmer im Park Suites Hotel am North Centrall Expreßway. Sie wollten ein langes, intimes Wochenende miteinander verbringen, ohne ständig an ihre jeweiligen Probleme erinnert zu werden. Joy war in letzter Zeit zunehmend nervöser geworden wegen einer Anhörung beim Nachlaßgericht, Larry Aylor die Verwaltung des Erbes ihres Sohnes wieder abzuerkennen. Mike wiederum wollte möglichst schnell die Tatsache verdrängen, daß Mona an diesem Morgen die Scheidung eingereicht hatte. Dank seines Kokainkonsums hatte Mike kaum geschlafen und marschierte nun ruhelos auf und ab, während Joy las oder fernsah. Am Sonntag erhielt er einen Anruf von Northcutt, zog sich daraufhin an und fuhr mit Joys Porsche zu seinem Büro in der Woodside Street.

Sein drogenumnebeltes Gehirn hatte schließlich einen verzweifelten Plan entwickelt. Er wollte Northcutt erzählen, er wäre bereit, ihn für hunderttausend Dollar zu vertreten. Bezahlen sollte sein Mandant mit dem Geld, das er aus dem Verkauf des Kokains herausschlagen konnte. Zusätzlich wollte Mike ein Kilo von Northcutts ›Ware‹ übernehmen. Mit dem Stoff hätte er die Möglichkeit, seine Schulden in Höhe von fünfzehntausend Dollar bei John White zurückzuzahlen, der ihn in letzter Zeit auf Kredit mit Kokain versorgt hatte.

Im Verlauf des Treffens erklärte sich Northcutt bereit, nach Houston zu fahren und soviel Geld wie möglich aufzutreiben, um anschließend mit einem Kilo Kokain im Gepäck nach Dallas zurückzukehren, wo er den Vertrag mit seinem neuen Anwalt unterzeichnen würde.

Am Dienstag abend trafen sich Wilson und Northcutt erneut im Büro des Anwalts. Mike hatte einen Vertrag aufgesetzt, wonach sein Mandant das Honorar in Raten zu jeweils fünfundzwanzigtausend Dollar zahlen sollte.

»Ich hatte nicht genug Zeit, um an Geld zu kommen«, erklärte Northcutt.

Wilson war enttäuscht, änderte aber den Vertrag dahingehend, daß die erste Rate erst Anfang April fällig wäre, und versicherte Northcutt, auch wenn er noch nichts bezahlt hätte, gälte dieser Vertrag doch als Beweis, daß Wilson ihn von jetzt an offiziell vertrat. »Ich schätze, wir werden einfach ein bißchen flexibel sein müssen«, meinte Wilson.

Northcutt übergab Mike daraufhin einen Schlüssel. »Ich habe es Ihnen so bequem wie möglich gemacht«, erklärte er. »Es ist nicht weit von hier, im Holiday Inn am North Central Expreßway. Zimmer 909. Schauen Sie nach rechts, wenn Sie aus dem Aufzug kommen, dann sehen Sie es schon.

Ich nehme an, Sie werden mit dem, was Sie dort vorfinden, sehr zufrieden sein. Es nennt sich Royal, wirklich guter Stoff. Genauso gut wie Reyna und Centavo. Mindestens neunzig Prozent Reinheit.«

»Hört sich gut an«, erwiderte Mike. »Wann fahren Sie wieder zurück?«

»So bald wie möglich. Bevor ich fahre, hätte ich allerdings gern den Aktenkoffer zurück, der ist nämlich rund tausend Dollar wert.«

»Ist er aus Aluminium? Einer von diesen Halliburtons?«

»Genau.«

»Mann, so einen wollte ich schon immer haben.«

»Wirklich? Na ja, vielleicht lege ich ihn noch mit drauf.«

Wilson lehnte sich in seinem Sessel zurück und schüttelte den Kopf. »Nein, das ist wirklich nicht nötig.«

Nachdem Northcutt gegangen war, saß Wilson noch eine Weile in seinem Büro, hatte die Füße auf den Tisch gelegt und betrachtete den Schlüssel, den er langsam zwischen den Fingern drehte. Schließlich warf er einen Blick zur Decke, atmete tief ein und stieß einen langen Seufzer aus. »Was zum Teufel mache ich da eigentlich?« sagte er zu sich selbst und rief Mark White an.

»Ich muß etwas Geld abholen«, erklärte er, »und es wäre mir lieb, wenn mir dabei jemand den Rücken freihalten würde. Können wir uns auf dem Parkplatz des Holiday Inn Ecke North Central und Meadow treffen?«

White meinte, er hätte ohnehin nichts Besseres vor.

Am gleichen Tag, aber einige Zeit vorher, hatte der von der Drogenbehörde alarmierte FBI-Agent Rick Smith mehrere Stunden damit verbracht, alles sorgfältig für Wilsons Ankunft vorzubereiten. Er hatte zwei nebeneinander liegende Räume im

Holiday Inn gemietet, anschließend die einundzwanzig Kilo Kokain aus der Asservatenkammer der Drogenfahndung geholt, sie in den Halliburtonkoffer gepackt und zum Zimmer 909 gebracht. Außerdem hatte er eine kleine Kamera mit einem Weitwinkelobjektiv und einen Recorder in einer Lampe untergebracht, die auf dem Ankleidetisch in der Nähe des Fernsehgeräts stand.

Nebenan im Zimmer 911, das als Einsatzzentrale dienen sollte, wurde der Plan ein letztes Mal durchgesprochen, dann die Überwachungsanlage aufgebaut und gründlich getestet.

Peter Gronnebik, ein Agent mit langjähriger Erfahrung bei Überwachungen, wurde auf dem Parkplatz des Motels stationiert, wo er Wilsons Ankunft beobachten und sofort über Funk in den neunten Stock melden sollte.

Um zwanzig Uhr bog der rote Porsche in eine Parklücke am Hintereingang des Motels ein. Fast gleichzeitig hielt ein weißer Volkswagen, der von einer Frau gefahren wurde, neben dem Porsche an, und John White stieg aus.

Smith und seine Kollegen vernahmen zu ihrem Erstaunen über Funk, daß Wilson offenbar nicht allein gekommen war.

»Ich habe keine Ahnung, wer dieser andere Kerl ist«, meldete Gronnebik, »aber er gehört zweifelsfrei zu unserem Mann. Als sie ins Hotel gingen, haben sie sich wie alte Freunde unterhalten. Sie müßten jetzt jeden Moment oben auftauchen.«

Die Aufmerksamkeit der Agenten konzentrierte sich auf den kleinen TV-Monitor, als Wilson und White vorsichtig den benachbarten Raum betraten. Mike dämpfte sofort das Licht, während White zum Fenster ging, um die Vorhänge zu schließen, dann das Fernsehgerät einschaltete und den Ton so laut stellte, daß jedes Gespräch übertönt wurde.

Mit stummer Faszination beobachteten die Beamten, wie Wilson, eine Zigarette im Mundwinkel, hinter ein gerahmtes Bild schaute. White war unterdessen auf das Bett geklettert und umwickelte den Rauchmelder an der Decke mit einem Handtuch.

Diese Burschen sind keine Amateure, dachte Smith nervös.

Er war erleichtert, daß keiner der Männer sich bei ihrer Suche nach Wanzen der Tischlampe näherte.

Schließlich nahm White einen Schluck aus der Limonadendose, die er in der Hand hielt, näherte sich dann dem Aktenkoffer und hob ihn hoch, als wollte er dessen Gewicht prüfen. Er legte ihn aufs Bett und öffnete ihn. Wilson schaute schweigend zu, wie sein Begleiter die einundzwanzig braunen Päckchen zählte.

Er sagte auch nichts, als White das Kokain schnell wieder einpackte und den Koffer an seinen Platz in der Nähe des Bettes zurückstellte.

»Mike«, sagte White drängend, »laß uns bloß von hier verschwinden. Auf der Stelle.«

Sekunden später verließen die beiden Männer das Zimmer. Wilson überzeugte sich davon, daß die Tür abgeschlossen war, hängte ein ›Bitte nicht stören‹ Schild an die Klinke und eilte zum Aufzug, wo White schon auf den ›Abwärtsknopf‹ gedrückt hatte.

Durch ihre Ferngläser sahen die Agenten, wie die beiden Männer auf dem Parkplatz kurz miteinander stritten. White verwünschte Wilson, weil der ihn in diese Sache hineingezogen hatte, stieg dann in den Volkswagen und bedeutete seiner Begleiterin, abzufahren.

Wilson folgte ihrem Beispiel. Seine Gedanken rasten. Weshalb zum Teufel hatte Northcutt das ganze Kokain dort gelassen? Dachte er, wenn er den Stoff erst einmal sah, würde er alles mitnehmen und nicht mehr an ihre Vereinbarung bezüglich der Barzahlung denken? Oder war das eine Falle gewesen?

Während Mike sich fluchend in den Verkehr auf dem North Central Expreßway einfädelte, versuchte er, jeden Gedanken an die letzten paar Minuten aus seinem Verstand zu streichen. Er wollte jetzt so schnell wie möglich zum Park Hotel zurück, zu Joy und seinem eigenen Kokainvorrat, zurück zu dem, was ihm als Sicherheit erschien.

Die Ereignisse des Abends wiesen eine ironische Komponente auf, die sowohl Wilson als auch den FBI-Agenten verborgen geblieben war.

Larry Aylor, der erst wenige Stunden zuvor aus Virginia eingetroffen war, hatte auf dem Bett seines Zimmer im dritten Stock des Holiday Inn gelegen und ferngesehen. Er wußte natürlich nicht, was sich fünf Etagen über ihm abspielte, während er sich auf die Verhandlung vor dem Nachlaßgericht vorbereitete, die am nächsten Tag stattfinden sollte.

Da das Holiday Inn genau in der Mitte zwischen dem Haus seines Vaters und dem Büro von John Barr lag, mietete sich Aylor bei seinen Reisen nach Dallas regelmäßig hier ein. Aylors schon krankhafte Überzeugung, seine Ex-Frau würde versuchen, jeden seiner Schritte zu überwachen, hatte ihn bewogen, hier Unterschlupf zu suchen. Er glaubte, niemand würde auf den Gedanken kommen, ihn ausgerechnet hier, neben einer der meistbefahrenen Durchgangsstraßen der Stadt, zu suchen.

Im neunten Stock machten Smith und seine Kollegen derweil keinen Hehl aus ihrer Enttäuschung. »Der Kerl, der bei ihm war, hat kalte Füße gekriegt«, bemerkte Smith.

Die Frage war nun, ob die Sache endgültig erledigt war oder ob Wilson das ›Nicht stören‹-Schild an die Tür gehängt hatte, weil er vielleicht wiederkommen wollte. Die Beamten besprachen die Sachlage und entschieden, Northcutt sollte in Wilsons Hotelzimmer anrufen. »Erzählen Sie ihm, Sie wollten den Aktenkoffer abholen, damit Sie nach Houston zurückfliegen können. Dann werden wir ja sehen, was er zu sagen hat.«

Es war bereits kurz nach Mitternacht, als Joy das Gespräch entgegennahm und Mike an den Apparat rief. Wilson hatte seit seiner Rückkehr schweigend im Wohnzimmer der Suite gesessen und an einem Glas Eiswasser genippt, in dem er eine kräftige Portion Kokain aufgelöst hatte.

»Tut mir leid, daß ich noch so spät anrufe«, erklärte Northcutt, der versuchte, seine Nervosität durch besondere Munterkeit zu kaschieren, »aber ich möchte so bald wie möglich nach Houston zurück und wollte deshalb wissen, wann ich den Koffer zurückbekommen kann.«

Wilson, dessen Gedanken sich noch immer mit den Ereignissen des Abends beschäftigten, erwähnte weder die einundzwanzig Kilo noch den Umstand, daß sich das Kokain noch in dem

Zimmer befand. Kurz und unfreundlich erklärte er: »Morgen Vormittag, wahrscheinlich gegen halb elf. Ist das okay?«

»Okay.«

Wilson stellte das Telefon auf den Tisch zurück, mischte noch mehr Kokain in sein Glas und ließ sich wieder in den großen Sessel sinken, um sich auf eine weitere schlaflose Nacht einzurichten.

Bereits zu diesem Zeitpunkt hatte er eine fatale Entscheidung getroffen.

Mike hatte bereits geduscht und Jeans und einen Pullover angezogen, als Joy am nächsten Morgen mit ungewöhnlich schlechter Laune aufwachte. Es war offensichtlich, daß sie sich vor der für diesen Vormittag anberaumten Sitzung des Nachlaßgerichts fürchtete. Mike versuchte, sie ohne großen Erfolg ein wenig aufzuheitern, und erklärte dann, er müßte zu einem Arbeitsgespräch mit einem potentiellen Mandanten.

Joy bot ihm an, den Porsche zu benutzen. Sie wollte ihre Sachen zusammenpacken, das Zimmer bezahlen und dann mit einem Taxi zum Büro ihres Anwalts fahren.

Obwohl Wilson tatsächlich mit einem Mandanten verabredet war, entschloß er sich, das Treffen nicht wahrzunehmen, und fuhr statt dessen direkt zu John Whites Haus.

Die beiden Männer setzten sich an den Küchentisch, tranken Kaffee und besprachen die Ereignisse des vergangenen Abends. Wilson merkte erfreut, daß sein Freund nicht mehr verärgert war.

»Du willst doch nicht etwa wieder dorthin?« fragte White schließlich.

Wilsons Weigerung, darauf zu antworten, führte erneut zum Streit.

Eine Stunde später betrat er das Zimmer 909. Diesmal hatte er eine leere Sporttasche aus Leinen bei sich. Er ging direkt auf den Koffer zu, der noch immer neben dem Bett stand, öffnete ihn und packte eilig die harten braunen Päckchen in seine Tasche um.

Im Zimmer nebenan zählte Rick Smith, die Augen fest auf

den Monitor gerichtet, die Päckchen, die Wilson aus dem Koffer nahm. ». . . acht . . . neun . . . zehn . . . elf.«

Als Wilson Sekunden später auf den Flur trat, stand er Smith gegenüber, der mit der Waffe auf ihn zielte. »Lassen Sie die Tasche fallen«, befahl der Agent, »und legen Sie sich auf den Boden. Sie sind wegen Verstoßes gegen das Drogengesetz festgenommen.«

Die nächsten Augenblicke huschten wie im Traum an Wilson vorbei. Er spürte, wie seine Arme auf den Rücken gedreht wurden, und dann das kalte Metall der Handschellen, die sich um seine Handgelenke schlossen. Irgend jemand durchsuchte ihn, nahm ihm Brieftasche und Taschenuhr ab. Dann wurde er auf die Füße gestellt und zurück in das Zimmer 909 gebracht.

Schließlich saß er schwitzend und zitternd auf der Bettkante. Vor ihm stand der Drogenfahnder Bill Bryant, ein Mann, den er seit seiner Zeit als Staatsanwalt kannte. Auf seinem kantigen Gesicht zeigten sich weder Genugtuung noch ein siegesbewußtes Lächeln. »Ich hatte mich schon gefragt, ob wir es noch schaffen, Sie festzunehmen, bevor Sie sich selbst umbringen«, meinte er. »Lieber Himmel, Mike, Sie sind ja völlig fertig. Warum nur?« Wilson kämpfte mit den Tränen, während er zu Boden schaute. Schließlich hob er den Kopf und blickte den Agenten direkt an. »Bill«, sagte er mit sanfter Stimme, »Kokain kann einen Menschen schneller in Abschaum verwandeln als alles andere auf der Welt.«

In diesem Moment brach auf dem Flur abermals hektische Aktivität aus. John White war festgenommen worden, als er den Aufzug verließ. Er trug eine kleine, leere Aktenmappe bei sich.

Obwohl die Tür geschlossen war, wußte Wilson instinktiv, daß sein Freund dort draußen war, und schüttelte den Kopf.

Zwei Meilen weiter nördlich, am Eingang des Park-Hotels, hielten Drogenfahnder, die Wilson am Abend zuvor dorthin gefolgt waren, Joy Aylor auf, als sie gerade in ein Taxi steigen wollte. Sie zeigten ihre Ausweise vor und baten sie, mit ihnen zu der Suite zu gehen, in der sie und Wilson übernachtet hatten.

Die Durchsuchung verlief erfolglos. Obwohl das Zimmermädchen die Suite noch nicht gereinigt hatte, mußten die Beamten zu ihrer Überraschung feststellen, daß alles fleckenlos sauber war.

Die Beamten fanden es zudem recht sonderbar, daß Joy kaum besorgt erschien, als sie ihr erklärten, daß ihr Porsche konfisziert worden sei und als Beweismittel zurückgehalten werde.

Sie erkundigte sich daraufhin lediglich, ob mit Mike alles in Ordnung war.

»Ehrlich gesagt, Ma'am«, erwiderte einer der Agenten, »Mike Wilson steckt bis zum Hals in Schwierigkeiten.«

Sobald Jodi Packer am nächsten Morgen aus den *Dallas Morning News* von Mike Wilsons Verhaftung erfuhr, rief er Frances Davis an. Er versuchte dabei gar nicht erst, seine Freude über diese erstaunliche Wendung zu verbergen. Jetzt würde Joy vielleicht erkennen, was für ein Mensch Wilson in Wirklichkeit war, erklärte er. Es sei ein großer Fehler gewesen, daß sie sich überhaupt mit ihm eingelassen hatte. Er ginge auch jede Wette ein, daß Mike Joys Geld benutzt hatte, um damit seine Drogengeschäfte zu finanzieren. Und er hoffe nur, sie sei nicht selbst drogenabhängig geworden.

Frances war völlig verwirrt. Sie hatte Wilson von dem Moment an gemocht, als Joy ihn zum ersten Mal mit zu ihr gebracht hatte. Sie erinnerte sich an seine Besorgnis, als Joy mehrfach verlangt hatte, den Autopsiebericht zu sehen, der nach Chris' Tod verfaßt worden war; und auch daran, daß Mike stillschweigend eine Kopie des Berichts besorgt hatte, ihn aber zunächst selbst las, um sicherzugehen, daß nichts darin stand, was ihrer Tochter noch mehr Kummer hätte zufügen können.

Der Mike Wilson, den Frances kennengelernt hatte, war ein warmherziger, freundlicher Mann, kein Drogensüchtiger oder -dealer, der ihre Tochter noch tiefer ins Unglück stürzen würde.

Trotzdem mußte sie über die Vorhaltungen nachdenken, die Jodi machte. Sie mochte ihn ebenfalls, hatte ihn weiterhin in ihrem Haus willkommen geheißen und ihm gestattet, das Haus am See zu nutzen, auch nachdem er und Joy sich getrennt hatten. Offenbar liebte Jodi ihre Tochter immer noch sehr und sorgte sich weiterhin um ihr Wohlergehen.

Die langwierige Verhandlung durch die Drogenfahnder, die Joy am Vortag im Hotel festgehalten hatten, hatte dazu geführt, daß sie ihren Termin beim Nachlaßgericht versäumte. In ihrer Abwesenheit hatte der Richter entschieden, Larry Aylor als Verwalter von Chris' Erbe zu belassen.

Müde und verzweifelt war sie schon zu Bett gegangen. Kurz nach zweiundzwanzig Uhr spürte sie eine Hand auf ihrer Schulter, die sie wachrüttelte. Jodi Packer saß neben ihr auf der Bettkante.

Zunächst sprach er mit ruhigem, besorgtem Ton. Er bedauerte sie, weil sie in Wilsons Schwierigkeiten hineingezogen worden war und wegen des unfairen Gerichtsentscheids. Er wollte ihr nach besten Kräften helfen und wieder mit ihr leben. Sie brauchte ihn. Sie brauchten einander.

Als er sich dann über Wilson äußerte und die Anschuldigungen wiederholte, die er schon Francis gegenüber vorgebracht hatte, geriet das Gespräch außer Kontrolle.

Joy war wütend über sein freches Eindringen und schrie ihn an, sofort das Haus zu verlassen. »Ich habe dir gesagt, daß ich dich hier nicht mehr sehen will. Verschwinde . . . und komm ja nicht zurück.«

Jodi starrte sie einen Moment lang leidenschaftslos an, bückte sich dann und griff unter das Bett, wo sie, wie er wußte, eine geladene Schrotflinte aufbewahrte. Er zog die Waffe aus ihrem Versteck und richtete den Lauf auf ihren Kopf.

»Du bist noch nicht fertig mit mir«, sagte er mit einem verzerrten Lächeln, »noch lange nicht.« Als die Haustür ins Schloß fiel, zitterte Joy immer noch. Und sie wünschte sich, alles wäre nur ein Alptraum, aus dem sie bald erwachen würde.

Während sie ziellos durch das dunkle Haus wanderte, kam ihr Doug Mulders Forderung – ›Halten Sie Jodi bei Laune‹ – wieder in den Sinn, und ihre Angst verwandelte sich in Wut.

Als der Tag heraufdämmerte, hatte sie zwei Schlußfolgerungen gezogen: Geld war das einzige, was Jodi Packer glücklich machen würde. Und sie war sicher, daß sie ihn schon bald wiedersehen würde.

Die zweite Schlußfolgerung erwies sich schon bald als richtig.

Mike, der angeklagt und dann gegen Kaution entlassen worden war, saß in Joys Wohnzimmer, als Packer wieder auftauchte. Jodi ignorierte Wilsons Anwesenheit und bettelte abermals, wieder hier einziehen zu dürfen. Joy hatte die Auseinandersetzung der vergangenen Nacht Wilson gegenüber nicht erwähnt. Sie fühlte sich bei dieser Szene sichtlich unbehaglich, blieb aber standhaft. Sie erklärte Packer, sie würde weiterhin die Miete für seine Wohnung bezahlen und er dürfe auch das Haus am See nach Lust und Laune benutzen, aber in ihrem eigenen Haus wolle sie ihn nicht mehr sehen. Dieser Teil ihrer Partnerschaft sei vorbei.

Diese Erklärung wollte Jodi nicht akzeptieren. Abermals schlug seine Stimmung um, und er fing wieder an, Drohungen auszustoßen. Er kenne Wilsons Anwalt, erklärte er, und würde ihn mit Informationen versorgen, die ihn zweifellos veranlaßten, sein Mandat niederzulegen. »Ich habe Freunde bei den Drogenfahndern, die sicher gern hören würden, was ich zu erzählen habe«, erklärte er und schaute Mike dabei an. Dann drohte er wieder einmal damit, zur Staatsanwaltschaft zu gehen und mit Kevin Chapman zu sprechen. Ihm wolle er unter anderem erzählen, daß Joy Wilsons Drogenhandel finanziert hätte.

Joy stand schweigend vor dem Kamin und hörte sich Jodis Tirade an. Als er schließlich aufhörte zu reden, stellte sie ihm die Frage, die ihr von Anfang an auf der Zunge gelegen hatte: »Okay, Jodi, was soll das alles unter dem Strich kosten?«

Wilson starrte Joy an, gleichermaßen verwundert über die Ruhe in ihrer Stimme wie über die Frage.

Packer lehnte sich auf der Couch zurück, schlug die Beine übereinander und grinste, als hätte er den Sieg bereits in der Tasche. »Für zweihunderttausend Dollar verschwinde ich sofort«, erklärte er.

Wilson wartete Joys Antwort gar nicht erst ab. Er stürmte

durch den Raum, packte Jodi bei den Schultern und zerrte den größeren Mann auf die Füße. »Du verdammter, armseliger Schwanzlutscher«, brüllte er und stieß Jodi in Richtung Tür. »Verschwinde bloß von hier.«

Der von dem Angriff völlig überraschte Packer schaffte es schließlich, sich kurz vor der Tür aus Wilsons Griff zu befreien. Mike preßte die flache Hand gegen seine Brust und drückte ihn gegen die Tür. Dann schob er den Kopf vor, bis er nur noch wenige Zentimeter von Packers Gesicht entfernt war, und sagte: »Wenn du jemals . . . ich meine wirklich jemals . . . irgend etwas tust, was Joy verletzen könnte, dann, das schwöre ich bei Gott, werde ich deinen traurigen Arsch zu finden wissen und dich umbringen.«

Nachdem Packer verschwunden war, saßen Mike und Joy noch eine Weile im Wohnzimmer und dachten schweigend über die Szene nach, die sich eben hier abgespielt hatte. Wilson erkannte jetzt, daß Joy genau gewußt hatte, was ihren ehemaligen Liebhaber wirklich antrieb. Ihre Freundinnen hatten völlig recht gehabt: Gier bewegte Jodi Packer, und nicht Liebe und Besorgnis.

Etwas später fing Joy leise an zu lachen, als amüsierte sie sich über einen privaten Scherz.

»Was ist los?« fragte Mike.

»Ich habe gerade über etwas nachgedacht«, meinte sie. »Welches ist die schlimmste Beleidigung, die ein Man einem anderen zufügen kann?«

Die Frage überraschte Mike. »Wie kommst du jetzt darauf?«

»Ich habe nur so darüber nachgedacht.«

Zum ersten Mal seit Tagen lächelte jetzt auch Wilson. »Armseliger Schwanzlutscher, schätze ich.«

»Genau das habe ich mir auch gedacht«, bemerkte Joy mit zufriedener Miene.

Kapitel 20

Seit Anfang März beobachtete Kevin Chapman Joys finanzielle Aktivitäten. Er folgte dabei einer Spur aus Papieren, die ihm große Sorge bereitete. Obwohl der Staatsanwalt nicht wußte, daß sie Schmuck, Möbel und Geschirr verkaufte und ihrer Schwester Liz viele ihrer Kleider überlassen hatte, war ihm doch klar, daß sie Bargeld ansammelte.

Wochenlang hatte Joy Guthaben von einem Konto zum anderen verschoben, um sich das Geld dann irgendwann bar auszahlen zu lassen. Chapman war aufgefallen, daß Joys Cousin Brad Davis ihr mehrfach bei diesen Geldschiebereien geholfen hatte. Das Muster wurde recht bald deutlich. Jede Überweisung lag knapp unter zehntausend Dollar, jenem Betrag also, dessen Transfer laut Gesetz meldepflichtig war.

Chapman überprüfte die Quittungen und schätzte, daß sie bis Mitte April bereits mehr als zweihunderttausend Dollar angesammelt hatte.

»Sie bereitet ihre Flucht vor«, teilte er Lieutenant McGowan mit.

In der Zeit, in der sie hektisch Geld abhob, hatte Joy sich geweigert, über den Grund dieser Aktionen zu sprechen. Wilson erkannte instinktiv, daß sie nicht die Absicht hatte, sich dem Prozeß in Dallas zu stellen. Und da nur noch wenige Tage bis zu dem Termin verblieben, an dem mit der Zusammenstellung der Jury begonnen wurde, war er sicher, daß sie schon bald verschwinden wollte. Bisher hatten sie noch nie ernsthaft über eine Flucht gesprochen oder auch nur allgemeine Pläne gemacht. Es war, als hätten sie unabhängig voneinander beschlossen, dieses Thema zu meiden, mit dem sich doch beide ganz offensichtlich beschäftigten.

Wilson quälte vor allem die Frage, ob er sie begleiten würde.

Brad hingegen glaubte, Joy sammelte das Geld, um ihre Anwaltskosten davon zu bezahlen. Er war schon lange zu der

Ansicht gelangt, es sei abwegig, seine Cousine könnte zu all den Dingen fähig sein, über die er in den Zeitungen gelesen hatte. Die ganze Sache war seiner Ansicht nach lediglich ein Produkt Larry Aylors wirrer Phantasie. Zudem glaubte Brad insgeheim, daß Larry weit mehr mit dem Tod von Rozanne Gailiunas zu tun hatte als Joy. Obwohl er Joy nie direkt auf diese Angelegenheit angesprochen hatte, erschien es ihm völlig unmöglich, jemand, der so freundlich und sanft wie Joy Aylor war, könnte Anteil an irgendeinem Mordkomplott haben. Brad erwartete sehnsüchtig den Tag, an dem der Prozeß vorüber und Joy von allen Anschuldigungen freigesprochen war.

Früh am Morgen des 5. Mai, eines Freitags, erhielt Joy einen Anruf von Carol Cloud, die als Assistentin für Doug Mulder arbeitete. Sie teilte Joy mit, daß für den kommenden Montag eine weitere Voruntersuchung angesetzt worden war.

Joy äußerte kurz ihre Verwunderung über den neuerlichen Gerichtstermin, versicherte dann aber, daß sie kommen würde. Kaum hatte sie aufgelegt, wählte sie Wilsons Nummer.

»Mir gefällt das nicht«, erklärte Mike. »Hat sie erwähnt, worum es bei der Anhörung geht? Irgendwas wegen Kautionswiderruf?«

»Was ist das?«

»So nennt man das, wenn sie sich deinen hübschen Hintern schnappen, dich einsperren und nicht mehr nach Hause lassen. Aus mit der Freiheit.« Mike erwähnte es zwar nicht, war aber doch sicher, daß man Joys finanzielle Transaktionen bemerkt hatte und die Behörden jetzt fürchteten, sie würde Geld horten, um die Stadt zu verlassen. »Ruf Doug an und frag ihn, was er von der Sache weiß.«

»Er ist nicht in seinem Büro.«

»Dann such ihn«, sagte Mike eindringlich. »Jetzt sofort. Es ist sehr wichtig.« Kurz darauf erreichte Joys dringende Nachricht Doug Mulder am Goldplatz, und er fuhr sofort zum Clubhaus, um sie anzurufen. Nein, sagte er, bisher wisse er nicht, weshalb die Anhörung angesetzt worden war, aber er würde versuchen, das herauszufinden.

»Ist es möglich, daß es etwas mit meiner Freilassung auf Kaution zu tun hat?« fragte Joy.

Mulder schwieg mehrere Sekunden. Der Gedanke war ihm noch nicht gekommen, erschien aber sinnvoll. Soweit er wußte, hatten sowohl Staatsanwaltschaft wie Verteidigung alle erforderlichen Unterlagen beigebracht, so daß am 14. Mai mit der Zusammenstellung der Jury begonnen werden konnte. Weshalb sonst sollte also eine Anhörung so plötzlich und so kurz vor dem Prozeßbeginn anberaumt werden?

»Joy«, erwiderte er schließlich, »es wäre möglich.«

»Na ja, ich nehme an, wir werden das früh genug erfahren«, meinte Joy resigniert, entschuldigte sich für die Unterbrechung seines Golfspiels und legte auf.

Während sie noch mit Mulder telefonierte, war Mike Wilson schon unterwegs, um sich mit ihr abzusprechen. Das Thema ließ sich jetzt nicht länger vermeiden. Wenn sie flüchten wollte – wenn sie beide versuchen wollten, das Land zu verlassen –, dann mußten sie das sofort tun. Sobald ihre Kautionszusage widerrufen wurde, würde der Richter anordnen, sie sofort in Gewahrsam zu nehmen und bis zum Prozeßbeginn im Gefängnis unterzubringen.

Wilson würde das Joy nicht extra erklären müssen. Als er eintraf, war sie bereits mit Packen beschäftigt. »Wir müssen verschwinden«, erklärte sie. »Jetzt. Heute noch.«

»Wie lange brauchst du, bis du fertig bist?« fragte Mike.

»Nicht lange. Wohin gehen wir?«

»Du weißt, daß das ziemlich verrückt ist, oder?«

»Wieso?«

»Wenn ich mich nicht sehr irre, überwachen sie uns beide seid einiger Zeit. Es wäre ein Wunder, wenn wir überhaupt bis zur Stadtgrenze kommen.«

»Bist du bereit, es zu versuchen?«

Wilson lachte und zuckte die Achseln. »Ich habe nichts mehr zu verlieren«, meinte er. Dann zog er sie an sich und umarmte sie. »Wenn es das ist, was du wirklich willst, werde ich dir helfen, so gut ich kann.«

»Es ist das einzige, was mir übrigbleibt«, sagte sie.

»Tja, dann sollten wir uns beeilen.«

Sie war zudem ihre persönlichen Unterlagen durchgegangen, die sie systematisch im Kamin verbrannte. Joy hatte schon längst eine Aufstellung der Dinge im Kopf, die zu erledigen waren, bevor sie starten konnten. »Den Wagen meiner Mutter möchte ich nicht benutzen«, erklärte sie, »und deiner ist zu klein, also werden wir uns einen mieten.« Sie erwähnte nicht, daß sie beabsichtigte, eine der Kreditkarten zu benutzen, die sie kürzlich bei einem Besuch in Jodi Packers Wohnung aus seiner Brieftasche genommen hatte.

Wilson bedauerte, daß Francis Davis' Cadillac, den Joy benutzte, seit ihr Porsche beschlagnahmt worden war, nicht als ihr Fluchtauto dienen konnte.

Er hockte auf der Armlehne des Sofas und schaute zu, wie Joy energiegeladen auf und ab ging, während sie aufzählte, was alles noch zu tun war, bevor sie aufbrechen konnten. Ihn faszinierte die Ruhe in ihrer Stimme, die klang, als plane sie einen Wochenendausflug und nicht eine verzweifelte Flucht vor dem Gesetz.

Sie sprach mehr zu sich selbst als zu ihm: »Mit dem Packen bin ich gleich fertig ... das Geld holen ... ein paar Lebensmittel mitnehmen ... zu Neiman's fahren.«

Dieser letzte Punkt riß Wilson aus seiner stillen Betrachtung. »Neiman's?« fragte er mit ungläubiger Miene.

»Nun ja, ich habe dort für sechshundert Dollar Kredit, und da wir doch nicht wieder zurückkommen, dachte ich, ich könnte mir diese Geldbörse kaufen, die ich kürzlich entdeckt habe.«

Wilson verdrehte die Augen. »Lieber Himmel, Joy«, meinte er und überlegte kurz, ob er ihr erklären sollte, daß verzweifelte Kriminelle auf der Flucht nicht unbedingt einen Zwischenstop bei Neiman Marcus einlegten, um eine neue Geldbörse für die Reise zu kaufen, entschied sich jedoch dagegen.

»Wir müssen zu Brad fahren und mit ihm reden«, meinte Joy.

Auf dem Weg zum Stadthaus der Davis' nahm ein vager Plan langsam Gestalt an. Sie waren beide der Ansicht, daß öffentliche Verkehrsmittel – ob nun Flugzeug, Bus oder Bahn – ausschieden, weil man sie vermutlich schon schnappen würde, bevor sie auch nur eine Fahrkarte kaufen konnten. Damit stand das ›Wie‹ ihrer Flucht fest. Sie würden mit dem Auto fahren. Doch wohin?

Joy gab zu, daß sie eigentlich nie ernsthaft über ein anderes Land als Mexiko nachgedacht hatte. Mike wandte ein, die Chancen stünden gut, daß die Polizei genau das von ihnen erwartete, denn das wäre der nächstgelegene ausländische Staat. Wenn sie von Dallas aus in südlicher Richtung führen, würden sie vermutlich kaum weiter als bis Waxahachie kommen. Sie sollten besser nach Norden fahren. Sobald sie erst einmal einen gewissen Abstand zwischen sich und Dallas gebracht hätten, könnten sie sich ihr weiteres Vorgehen überlegen. Sie könnten dann nach Kanada fahren oder über Arizona nach Mexiko.

»Also schön«, stimmte Joy zu, »fahren wir nach Norden.«

Mike verschwieg ihr, daß er auf keinen Fall nach Mexiko fliehen wollte. Im Lauf der Jahre hatte er dafür zu viele Geschichten über die Schrecken mexikanischer Gefängnisse gehört. Wenn sie geschnappt würden – und das war schließlich gut möglich –, wollte er nicht der Gnade mexikanischer Behörden ausgeliefert sein. Aber das war eine Entscheidung, die noch warten konnte, bis sie sich irgendwo in Sicherheit befanden – möglichst an einem Ort, wo er Zeit genug hatte, Joy zu überzeugen.

Brad Davis war allein und machte sich gerade in der Küche ein Sandwich, als sie ankamen. Joy verschwendete keine Zeit damit, ihm zu erklären, was sie vorhatte. Sie erklärte einfach, er könnte ihr einen Gefallen tun, und wenn er dazu bereit wäre, dürfte er die fünftausend Dollar vergessen, die sie ihm zum Kauf seines neuen Pick-up geliehen hatte.

»Du mußt uns nach Denver fahren«, sagte sie.

»Wann kommt ihr zurück?«

»Ich komme nicht zurück.«

Ein Ausdruck von Überraschung und Sorge erschien auf Brads Gesicht. Schließlich wandte er sich an Mike. »Und Sie fahren mit?«

Mike nickte.

»Kommen Sie zurück?«

»Nein, Brad.«

Als sie am Küchentisch saßen, erklärte Mike, daß sie angesichts der für Montag anberaumten Anhörung so schnell wie möglich fahren mußten. »Wenn wir jetzt nicht fahren, werden sie Joy wahrscheinlich – sehr wahrscheinlich – ins Gefängnis stecken.

Doch bevor Sie uns helfen, müssen Sie sich genau überlegen, worauf Sie sich einlassen. Wenn sie am Montag nicht vor Gericht auftaucht, wird es einen gewaltigen Wirbel geben. Findet man sie nicht sofort, werden sie zu mir kommen. Und wenn wir beide nicht da sind, werden sie jedem eine Menge Frage stellen. Wenn Sie uns helfen wollen, müssen Sie unbedingt vor Montag morgen wieder in Dallas sein.«

Brad seufzte und vergrub seine Hände in den Hosentaschen.

»Heute abend muß ich zu einer Hochzeit«, sagte er. »Vor einundzwanzig Uhr wird das nicht vorbei sein.«

»Geh zu der Hochzeit«, warf Joy ein. »Sobald du zurück bist, brechen wir auf. Wir warten dann auf dem Parkplatz des Tom Thumb auf dich.«

»Sie werden ein Alibi brauchen, wenn die Polizei kommt«, bemerkte Mike.

Brad dachte eine Weile nach. »Ich erzähle ihnen, ich wäre übers Wochenende nach Las Vegas geflogen.«

Damit, das wußte Wilson, würde er gerade so lange durchkommen, wie die Behörden brauchten, um die Flugreservierungen zu überprüfen und ein paar Anrufe in Las Vegas zu machen. Etwas später würde man ihm dann einige Fragen wegen seiner Mithilfe bei den Banktransfers stellen. Und die Staatsanwaltschaft würde sich dafür interessieren, wohin das Geld verschwunden war.

Mike empfand plötzlich Schuld, als er den großgewachsenen Mann betrachtete, der sich so bereitwillig in Schwierigkeiten stürzte, um einer Verwandten zu helfen, die er offensichtlich bewunderte.

Der Rest des Tages verlief voller Hektik. Joy fuhr zurück nach Hause, um fertig zu packen, und dann zu ihren Eltern. Eine halbe Stunde lang unterhielt sie sich mit Henry Davis und Francis, und ihr Verhalten gab nicht den geringsten Hinweis darauf, daß es sich im Grunde um einen Abschiedsbesuch handelte.

Bevor sie wieder fuhr, ging sie nach oben und holte den roten Lederbeutel, den sie hinten im Waffenschrank versteckt hatte. Sie machte dafür nicht extra Licht, sondern schätzte nur schnell sein Gewicht ab, während sie den Verschlußriemen fester zog.

Auf der anderen Seite der Stadt packte Mike seine Sachen und dachte ebenfalls daran, sich zu verabschieden. Er rief die Nummer eines Freundes in Highland Park an, bei dem Clay seit seiner Festnahme gewohnt hatte. Zu seiner Enttäuschung war nicht sein Sohn am Apparat, sondern nur der Anrufbeantworter. Wilson überlegte einen Moment, welche Erklärung sein halbwüchsiger Sohn wohl verstehen könnte. Im Grunde wohl keine, das war ihm klar. »Mein Junge«, sagte er schließlich, »du sollst wissen, daß ich dich liebe ... und daß wir uns wiedersehen.«

Kurz nach einundzwanzig Uhr hockte Wilson hinter dem Lenkrad eines Mietwagens. Er war insgeheim selbst überrascht, welche Ruhe ihn überkommen hatte, seit der Plan gefaßt und die Vorbereitungen getroffen waren. In der Dunkelheit des Parkplatzes wog er ihre Chancen ab und hielt sie bestenfalls für sehr dürftig. Mit Sicherheit überwachte die Polizei sie. Irgendwo, vielleicht sogar auf diesem Parkplatz, wo er auf Brad wartete, gab es jemanden, der ihren nächsten Schritt abwartete. Die ganze Angelegenheit war ein Unternehmen, das sie zu spät in Angriff genommen hatten. Sie wären besser schon vor Wochen geflüchtet. Und sie hätten viel sorgfältiger planen müssen. Früher am Tag hatte er versucht, Joy ihre Chancen klarzumachen – »Wir werden höchstwahrscheinlich furchtbar auf die Nase fallen« –, und sie hatte einfach nur gelächelt. Wenn sie sich überhaupt Sorgen machte, verbarg sie das ausgezeichnet.

Als Brad eine halbe Stunde nach der vereinbarten Zeit noch immer nicht aufgetaucht war, spürte Wilson langsam seine nervliche Anspannung. Hatte Brad kalte Füße gekriegt, weil er endlich erkannt hatte, auf was er sich einließ? War es vielleicht sogar denkbar, daß er der Polizei einen Tip gegeben hatte?

»Wir können hier nicht die ganze Nacht herumsitzen«, erklärte Mike.

»Er wird schon kommen«, beruhigte Joy.

In diesem Moment hielt ein nagelneuer Pick-up neben ihnen. Der Fahrer blickte zu Joy hinüber, nickte ihr zu und lächelte. Sie lächelte zurück. Wilson lachte und meinte: »Ich hoffe nur, der Kerl, mit dem du da flirtest, ist kein getarnter Bulle.«

»Ich habe nicht geflirtet«, behauptete Joy mit gespielter Unschuld. »Ich habe ein paar Sandwiches gemacht. Möchtest du eins?«

Während sie auf dem Rücksitz nach dem Picknickkorb suchte, brach draußen die Hölle los. Drei Männer stürmten aus dem Eingang des Geschäfts, während Kunden schreiend beiseite sprangen. Alarmiert richtete sich Wilson auf und sah, daß die Männer in ihre Richtung rannten.

Joy drehte sich um und fragte: »Was ist da los?«

»Ich glaube das einfach nicht«, sagte Wilson, als er hörte, wie der Motor des Pick-up neben ihnen angeworfen wurde.

»Was meinst du?«

»Diese Arschlöcher haben gerade den Laden ausgeraubt«, erklärte Mike. »Und der Bursche da neben dir ist der Fluchtwagenfahrer.«

Wie erstarrt sahen sie zu, wie die mit Pistolen bewaffneten Männer in den Wagen sprangen und mit quietschenden Reifen in der Dunkelheit verschwanden. Minuten später tauchten mehrere Streifenwagen auf dem Parkplatz auf. Wilson zählte mindestens ein Dutzend Uniformierte, die sich vor dem Eingang versammelten und mit Angestellten und Kunden sprachen, die den Überfall gesehen hatten.

»Mein Gott, ist das verrückt«, sagte Mike schließlich.

Dann entdeckte Wilson Brad, der mit einer Aktentasche unter dem Arm über den Parkplatz auf sie zuschlenderte. Es war schon fast zweiundzwanzig Uhr.

»Tut mir leid«, sagte er, als er hinten in den Wagen kletterte. »Der Empfang hat ziemlich lange gedauert. Hört mal, würde es euch etwas ausmachen, wenn wir auf dem Weg aus der Stadt anhalten, um etwas zu essen? Ich bin am Verhungern.«

Wilson starrte seinen Passagier im Rückspiegel an. »Iß ein verdammtes Sandwich«, grollte er, legte den Gang ein und fuhr langsam vom Parkplatz hinunter.

Als die Skyline von Dallas hinter ihnen verschwand und der dunklen Prairie Platz machte, konnte Mike Wilson noch immer nicht fassen, daß sie tatsächlich entkommen waren. Hatte er die Aufmerksamkeit überschätzt, die die Polizei ihm und Joy schenkte? Oder war es nur ein glücklicher Zufall gewesen, ein Moment der Unachtsamkeit?

Über solche Fragen dachte Wilson nach, während er in dieser Frühlingsnacht durch Wichita Falls fuhr, dann nach Amarillo und schließlich New Mexiko erreichte, als das graue Licht der Dämmerung langsam die baumlose Ebene erhellte. Joy hatte unterdessen mehrere Stunden friedlich neben ihm geschlafen.

Die ruhige Nachtfahrt hatte Wilson die Zeit gegeben, einen Plan auszuarbeiten. Wie er wußte, wollte Joy noch immer nach Mexiko, denn in ihrem sorgfältig zusammengestellten Gepäck befanden sich ein kleiner Recorder sowie einige Unterrichtskassetten für Spanisch. Zudem war die Kleidung, die sie mitgenommen hatte, eher für ein warmes Klima geeignet. Er würde ihr die minimalen Chancen klarmachen müssen, die sie bei einer Flucht in den Süden hatten. Ihr Ziel konnte nur Kanada heißen. Notfalls mußte er Joy eben erzählen, sie würden zu einem späteren Zeitpunkt versuchen, nach Mexiko zu gelangen, aber erst, wenn die Großfahndung nach ihnen wieder abgeblasen worden war. Im Moment jedenfalls lag ihre größte Chance nördlich der Grenze.

Für Wilson erschien ihr ganzes Unternehmen schon jetzt zum Scheitern verurteilt. Mit jeder Meile, die sie sich von Dallas entfernten, kamen sie seiner Überzeugung nach zugleich ihrer Festnahme immer näher. Aller Wahrscheinlichkeit nach würde ihre Flucht spätestens dann enden, wenn sie an der kanadischen Grenze versuchten, die Vereinigten Staaten zu verlassen. Es wäre schon schier unglaubliches Glück, wenn ihre überstürzt geplante Flucht tatsächlich erfolgreich verlaufen sollte.

Um diese trübsinnigen Gedanken loszuwerden, konzentrierte er sich auf das, was vor ihnen lag. Und diese Überlegungen führten ihn wiederum zu nostalgischen Erinnerungen an die Vergangenheit. Ihr Weg führte ihn zu einem Teil des Landes, in dem er entspannte und zufriedene Zeiten verbracht hatte, als er mit befreundeten Anwälten in den Flüssen Montanas und Wyomings Fische gefangen hatte. Es würde guttun, diese Gegend noch einmal zu sehen, die reine, frische Luft zu atmen und die wunderbare Wildnis zu betrachten. Und irgendwo weiter voraus lagen die majestätischen kanadischen Rockies, die er auch gerne noch einmal sehen wollte.

Das wären Erinnerungen, die er in die trostlose Zelle irgendeines Staatsgefängnisses mitnehmen könnte.

Er warf einen Blick auf die Frau an seiner Seite. So, wie sie da zusammengekuschelt und mit zerzaustem Haar wie ein Kind auf dem Nebensitz schlief, war sie einfach wunderschön.

Er beugte sich zur Seite, berührte sie sanft und richtete dann seine Gedanken wieder auf die kalten Bergströme, in denen sich die Regenbogenforellen tummelten.

Als sie in Raton, New Mexico, anhielten, um zu tanken und zu frühstücken, breitete Wilson eine Straßenkarte auf dem Tisch des Restaurants aus und erläuterte seinen Begleitern die weitere Strecke. Wenn sie den ganzen Tag durchfuhren, könnten sie Cheyenne, Wyoming, irgendwann am Spätnachmittag erreichen. Für Brad würde die Fahrt dort enden. Mike und Joy wollten in Cheyenne ein Auto kaufen und ihre Fahrt in Richtung Norden fortsetzen. Brad wiederum hätte Zeit genug, um schon am Sonntag wieder in Dallas zu sein, also lange vor der Anhörung am Montag morgen.

Zu Wilsons Erleichterung sagte Joy nichts von einer Umkehr in Richtung mexikanische Grenze.

Als Brad zur Toilette verschwand, erkundigte sie sich: »Welches Ziel haben wir in Kanada?«

Wilson lächelte und zuckte die Achseln. »Das werden wir uns überlegen, wenn wir dort sind, Schatz.«

Joy nickte und erwiderte sein Lächeln. »Brad und ich können jetzt eine Weile fahren. Leg dich auf den Rücksitz und schlaf etwas.«

Wilson, der von den hektischen Fluchtvorbereitungen und der Nachtfahrt erschöpft war, döste auf dem Rücksitz, während sich Brad und Joy am Steuer ablösten, bis sie sich dem Stadtrand von Colorado Springs näherten. Als sie die Interstate verließen, schreckte Mike hoch. »Was ist los?«

»Essenszeit«, erwiderte Joy. »Du kannst doch nicht nach Colorado Springs fahren, ohne im weltberühmten Broadmoor zu speisen.«

Wilson spürte, wie sich sein Magen in plötzlicher Wut zusammenkrampfte. Was mußte er nur tun, damit diese Leute kapierten, daß ihre Flucht kein fröhliches Spiel war, sondern eine todernste Angelegenheit? Wie zum Teufel konnten sie auch nur daran denken, im Broadmoor zu essen, wenn es gleichzeitig sehr wahrscheinlich war, daß man bereits nach ihnen fahndete? Doch dann entschloß er sich, nichts zu sagen, sondern lehnte sich nur zurück, preßte die Lippen zusammen und schüttelte ungläubig den Kopf.

»Hast du Hunger?« erkundigte sich Joy fröhlich.

Wilson seufzte. »Ich bin am Verhungern«, log er.

Einige Zeit später saß er im Speisesaal, stocherte in seinem Essen herum, überlegte, wie viele der anderen Gäste sie später bei der Polizei identifizieren würden, und hörte zu, wie sich Joy und Brad über die Qualität der Weinkarte stritten.

Am späten Samstagnachmittag fuhr Wilson auf das Gelände eines Jeephändlers in Cheyenne, stellte sich als Besitzer eines in Louisiana ansässigen Betriebes namens W & W Enterprises vor und fing an, über den Preis für einen 1982er Grand Wagoneer zu verhandeln.

Der Kauf war schnell perfekt, und Wilson kehrte zu dem Mietwagen zurück, wo Joy und Brad auf ihn gewartet hatten. Während sie das Gepäck in den Jeep umluden, fragte Brad plötzlich: »Meint ihr, sie werden mir glauben, daß ich in Vegas war?«

Diese Frage hatte Wilson schon längst befürchtet. Von dem Moment an, wo Joy und er ihn zunächst in ihre Banktransaktionen und dann in ihre Flucht hineingezogen hatten, fühlte sich Mike ihm gegenüber schuldig. »Brad«, erklärte er, »ehrlich gesagt, wird dir keine einzige Ausrede mehr helfen, wenn sie ahnen, was du für uns getan hast.«

Brad Davis schaute mit traurig-resignierter Miene zu Boden. »Ich nehme an, ich kann wegen dieser Sache Schwierigkeiten bekommen, nicht wahr?« Das war eher eine Feststellung als eine Frage. Joy beugte sich in den Wagen, holte fünf Einhundertdollarnoten aus ihrer Tasche und gab sie ihrem Cousin.

»Ich glaube, ich fahre jetzt besser nach Dallas zurück«, meinte Brad schließlich.

Joy legte ihre Arme um seine Schultern und bedankte sich.

»Seid bloß vorsichtig«, sagte Brad mit einem gezwungen Lächeln, als er hinter das Steuer des Mietwagens kletterte.

Während sie ihm nachschauten, wandte sich Joy an Mike. »Glaubst du, fünfhundert Dollar waren genug?«

Mike antwortete nicht sofort, sondern blickte hinter dem Auto her. Schließlich vergrub er die Hände in den Hosentaschen und schüttelte den Kopf. »Ich möchte es mal so ausdrücken. Wenn ich jemanden gesucht hätte, der das gleiche Risiko auf sich nimmt, wie Brad das getan hat, würde ich dafür mindestens zweitausendfünfhundert Dollar zahlen müssen.«

Falls diese Feststellung Joy überraschte oder betroffen machte, merkte Mike jedenfalls nichts davon.

Spät in dieser Nacht bogen sie auf den Parkplatz eines Motels in Cody, Wyoming, ein. Ein Streifenwagen folgte ihnen. Der Beamte ging auf Wilson zu und forderte ihn auf, sein Fahrzeug zu verlassen. »Dürfte ich bitte Ihren Führerschein sehen?« fragte er.

Der Beamte betrachtete Mikes Führerschein im Licht seiner Taschenlampe, während Joy still im Auto saß und kaum zu atmen wagte.

»Mister Wilson«, sagte der Polizist schließlich, »ist Ihnen klar, daß Sie zu schnell gefahren sind?«

Als Mike mit dem Strafzettel in der Hand wieder in den Wagen stieg, warf er Joy einen raschen Blick zu. Auf ihrem Gesicht zeigte sich ein erleichtertes Grinsen, und als der Streifenwagen sich wieder in den Verkehr einfädelte, brachen beide in hemmungsloses Lachen aus.

Vielleicht hatten sie ja doch Glück, dachte Wilson. Allerdings hatte er schon jetzt eine mehr oder weniger deutliche Spur hinterlassen – zunächst, als er den Kaufvertrag für den Jeep mit seinem richtigen Namen unterschrieben hatte, und nun dieser Strafzettel.

Doch offenbar hatte man in Dallas ihre Abwesenheit noch gar nicht bemerkt.

Nachdem sie bereits Hunderte von Meilen hinter sich gelassen hatten, suchten sich Mike und Joy ein Motel für die Nacht. Das letzte, was Wilson hörte, bevor er in einen tiefen Schlaf fiel, war Joys geflüsterte Frage: »Was passiert, wenn sie merken, daß wir abgehauen sind?«

»Ich würde sagen, dann ist jeder in diesem Land, der ein Polizeiabzeichen trägt, hinter uns her.«

Er konnte Joys Gesicht in dem dunklen Zimmer nicht erkennen, doch aus irgendeinem Grund war Mike sicher, daß sie lächelte.

Am Sonntagmorgen erwachten die beiden Flüchtlinge mit neuer Zuversicht. Jetzt, wo Brad auf dem Rückweg nach Dallas war, fühlten sie sich freier als zuvor. Und nun, da Wilson ausgeruht war, erfüllte ihn der Gedanke an die bisher geglückte Flucht mit neuer Hoffnung, sie könnten es doch noch bis nach Kanada schaffen. Und ihm wurde klar, daß er angesichts des Prozesses und der Freiheitsstrafe, die ihn in Dallas erwartete, nichts zu verlieren hatte. Also sollte er jeden weiteren Tag in Freiheit als Geschenk betrachten. Und vor allem sollte er um jede Minute froh sein, die er mit dieser faszinierenden Frau, die er so sehr begehrte, verbringen konnte.

Als sie Cody verließen und den überwältigenden Yellowstone National Park ansteuerten, kehrte ihre fröhliche Stimmung zurück und auch die gewisse, frivole Haltung, die auch früher schon ihre Beziehung geprägt hatte.

Eine Weile lauschten sie mit Erheiterung der Predigt eines

fundamentalistischen Geistlichen im Autoradio, der von Sünde und Verdammnis sprach und die Zuhörer beschwor, auf den rechten Weg zurückzukehren und ein neues, glückliches Leben im Herrn zu beginnen.

In der Nähe der Ortschaft Fishing Bridge am nördlichen Rand des Yellowstone Lake fuhr Mike plötzlich auf einen Parkplatz. »Komm mit, Schätzchen«, sagte er zu seiner überraschten Begleiterin.

Er nahm Joy bei der Hand und führte sie rasch zum Ufer. Dort nahm er sie auf die Arme und ging mit ihr in das flache Wasser hinaus.

Joy strampelte lachend mit den Beinen, als Mike sie zu einer Stelle trug, an der das eiskalte Wasser hüfttief war. »Mike«, kreischte sie, »du bist ja verrückt. Was hast du vor?«

»Schätzchen«, meinte er lächelnd, »ich taufe dich jetzt, damit du dein neues Leben beginnen kannst.« Mit diesen Worten beugte er sich vor und ließ sie in das Wasser gleiten.

In diesem Augenblick waren alle dunklen Erinnerungen an Dallas Millionen von Meilen weit weg.

Der Nachmittag verging rasch, während sie nordwärts nach Montana fuhren und die Städte Bozeman und Helena passierten und mit jeder Meile dem Moment der Wahrheit näher kamen.

Keiner erwähnte die Möglichkeit des Scheiterns, als sie sich ihrem Ziel näherten, denn beide wollten die zuversichtliche Atmosphäre nicht gefährden, die den ganzen Tag über angehalten hatte. Joy war offenbar damit zufrieden, jedes Gespräch über die Zukunft zu vermeiden, doch Wilson hielt es für nötig, ein paar Dinge anzusprechen, über die sie bisher geschwiegen hatten.

Sie würden es nicht vermeiden können, an der Grenze ihre echten Namen zu benutzen, erklärte er, denn zweifellos würden sie sich irgendwie ausweisen müssen. Er wollte behaupten, sie sei seine Frau, und falls sie auch ihre Papiere sehen wollten, könnten sie sagen, sie befänden sich auf Hochzeitsreise und hätten noch keine Gelegenheit gehabt, ihren Führerschein auf den neuen Namen ändern zu lassen.

In Kanada selbst würden sie dann allerdings falsche Namen

benutzen müssen. Dort würden sie als Mr. und Mrs. John Storms auftreten.

»Wer ist John Storms?« erkundigte sich Joy.

»Ein alter Freund aus meiner Studentenverbindung. Irgendwie mußte ich gestern an ihn denken.«

»Glaubst du nicht, daß es ihn stört, wenn wir seinen Namen benutzen?«

Mike lächelte. »Nein. Soweit ich weiß, sitzt er im Gefängnis.«

Auf jeden Fall, erklärte er weiter, war es absolut lebenswichtig, daß sie zu niemandem in Dallas Kontakt aufnahmen. Weder zu Verwandten noch zu Freunden. Joy würde sich wahrscheinlich Sorgen um die Gesundheit ihres Vaters und das Wohlergehen ihrer Mutter machen, genau wie er wegen der Krankheit seines Vaters und des Sohnes, den er zurückgelassen hatte.

»Es wird schwer werden«, sagte Mike, »aber glaub mir, es ist genauso zu ihrem Besten wie zu unserem. Wir müssen ganz aus ihrem Leben verschwinden, wenn wir überhaupt eine Chance haben wollen.«

Er warf einen Blick auf seine schweigende und plötzlich traurige Gefährtin. »Schaffst du das?«

Nach einem Moment nickte Joy stumm.

Wilson hatte zunächst geplant, die Grenze im nördlichen Teil des Glacier Park zu überqueren, sich dann jedoch für eine weniger besiedelte Gegend weiter östlich entschieden. Die winzige Gemeinde Sweetgrass an der Grenze zu Alberta schien ihm am besten geeignet, die Vereinigten Staaten zu verlassen.

Es war einfacher, als er zu hoffen gewagt hatte. Man winkte sie mit den besten Wünschen für ihren Aufenthalt einfach durch.

»Ich glaube, wir haben eine Glückssträhne«, meinte Mike erleichtert.

Joy lächelte, beugte sich zu ihm hinüber und küßte ihn auf die Wange.

Die Erleichterung, Kanada erreicht zu haben, hielt nicht lange an. Schon bald dachte Wilson wieder an die Dinge, die er schleunigst erledigen mußte. Nachdem sie in einem abgelegenen Motel in Lethbridge untergekommen waren, erklärte er Joy, daß er am nächsten Tag in die Vereinigten Staaten zurückkehren müßte, um den Wagen anzumelden und neue Nummernschilder zu bekommen.

Die Vorstellung, daß er noch einmal über die Grenze mußte, beängstigte Joy. »Was ist, wenn du nicht zurückkommen kannst?«

»Wenn ich ganz früh am Morgen losfahre, müßte ich es eigentlich schaffen. Mit etwas Glück merken sie erst, daß wir nicht mehr da sind, wenn du nicht zur Anhörung erscheinst.« Dann suchte man sie vermutlich zuerst überall in Dallas, bevor ihre Flucht bekannt würde. Und erst dann würde über die Computer eine landesweite Fahndung ausgelöst werden.

»Wäre es nicht besser, wenn du einfach die Nummernschilder eines anderen Wagens stiehlst?«

Mike schüttelte lächelnd den Kopf. »Liebes, wenn ich noch einmal eingesperrt werde, dann bestimmt nicht, weil ich Nummernschilder geklaut habe.«

Am Montag wachte Mike früh auf und zog sich leise an. Als er ging, blieb er kurz an der Tür stehen und schaute zu der schlafenden Frau zurück. Sie hatten die Möglichkeit, er könnte beim Überqueren der Grenze geschnappt werden, gar nicht erst erwähnt, und er fragte sich, was sie tun würde, falls er nicht zurückkäme.

Er schloß die Tür behutsam hinter sich und trat in den nebligen kanadischen Morgen hinaus. Auf dem Weg zur Grenze bereitete er sich innerlich auf die bevorstehende Aufgabe vor.

Der junge amerikanische Zollbeamte an dem kleinen Grenzposten verhielt sich höflich und geschäftsmäßig, als er Wilson einen guten Morgen wünschte und um seine Papiere bat. Mike lächelte und händigte ihm den Führerschein und seine Mitgliedskarte der Texas Bar Association aus.

»John Michael Wilson«, las der Agent vor und verglich dann das Foto auf dem Führerschein mit dem Mann am Steuer des Grand Wagoneer. »Dallas, Texas«, fuhr er fort, »Sie sind ja weit weg von daheim.«

Mike nickte lächelnd und erklärte, daß er auf einer Urlaubsreise sei.

»Lassen Sie mich das schnell durch den Computer prüfen, dann können Sie weiterfahren«, meinte der Beamte.

»In Ordnung«, erwiderte Mike, dessen Kehle plötzlich wie ausgetrocknet war. Er schaute zu, wie der Zöllner das kleine Gebäude betrat und sich vor den Computerterminal in der Nähe des geöffneten Fensters stellte. Er tippte mehrere Sekunden lang etwas ein und schien dann ewig lange den Bildschirm zu betrachten.

Welche Informationen mochte der Computer liefern, überlegte Wilson. Er war sich ziemlich sicher, daß es noch zu früh war, als daß ihre Flucht schon hätte entdeckt sein können, doch was war mit seiner Verhaftung wegen des Kokains? Wie sollte er den Umstand erklären, daß er sich Hunderte von Meilen von der Stadt entfernt hatte, die er laut Gesetz bis zur Verhandlungseröffnung gar nicht verlassen durfte? Während die Zeit verstrich, spürte er, wie seine Zuversicht ihn verließ.

Während der Beamte abwechselnd die Tastatur betätigte und auf den Bildschirm schaute, schob Wilson seine Hand in die Hemdtasche und zog eine Visitenkarte des Motels in Lethbridge heraus, wo er Joy zurückgelassen hatte. Er hatte die Karte eingesteckt aus Angst, er könnte vielleicht den Namen des Motels oder des Ortes vergessen. Mittlerweile hielt er das aber für eine schlechte Idee, denn die Karte war der einzige Hinweis auf Joys Aufenthaltsort. Wenn er geschnappt wurde, wollte er ihr nicht auch noch die Polizei auf den Hals hetzen.

Er faltete die Karte zusammen, steckte sie in den Mund und kaute darauf herum, bis sie genug durchfeuchtet war, um sie schlucken zu können.

Ein paar Minuten später kam der Zöllner kopfschüttelnd zurück. »Tut mir leid, daß Sie solange warten mußten«, sagte er. »Ich hatte keine Ahnung, daß so viele Wilsons im Computer aufgelistet sind. Ich habe Sie immer noch nicht gefunden, aber da Sie Anwalt sind, lasse ich Sie einfach durch.«

»Ich weiß das zu schätzen«, meinte Wilson.

»Einen schönen Tag noch«, wünschte der Beamte und gab ihm seine Papiere zurück.

Bei der Verwaltung von Cut Back, Montana, gab es noch weniger Probleme. Eine ältere Frau saß am Schalter der Autoregistratur, las die Morgenzeitung und trank Kaffee. Offensichtlich hatte sie noch keine große Lust, sich richtig in die Arbeit zu stürzen. Sie warf einen desinteressierten Blick auf die Papiere, die Wilson als Eigentümer des Wagens auswiesen, und fragte nicht einmal nach seinem Führerschein. Nachdem sie ihm ein Formular zum Ausfüllen hingeschoben hatte, wandte sie sich wieder ihrer Zeitung zu.

»Ich bin gerade erst angekommen, deshalb habe ich hier noch keine Unterkunft«, erklärte Wilson.

»Schreiben Sie einfach postlagernd, Cut Back, Montana«, meinte die Frau und versuchte dann, ihm eines der etwas teureren Nummernschilder, deren Buchstabenkombination ein Wort ergab, schmackhaft zu machen.

Wilson reichte ihr das ausgefüllte Formular und bemerkte, er ziehe doch die billigeren Kennzeichen vor. »Das macht dann siebzehn fünfzig«, sagte die Frau und füllte die Quittung aus.

Fünf Minuten später ließ Wilson an einer Tankstelle um die Ecke die neuen Nummernschilder anbringen.

Abermals eine halbe Stunde später wurde er von einem lächelnden kanadischen Zollbeamten durchgewunken und war wieder auf dem Weg nach Lethbridge. Unterwegs hielt er an einem Geschäft an und kaufte Doughnuts und Kaffee. Er freute sich schon darauf, Joy zu berichten, wie gut alles verlaufen war.

Alles in allem betrachtet, ließ sich das Leben als Flüchtling ganz gut aushalten.

Zumindest dachte er das.

Der Anblick, der sich ihm bot, ließ ihn auf der Schwelle des Hotelzimmers innehalten.

Joy saß in Jeans und Sweatshirt und mit gekreuzten Beinen auf dem Bett und starrte auf Stapel von Geld, die sie vor sich aufgetürmt hatte. Er merkte, daß sie geweint hatte, und als sie aufschaute, entdeckte er einen panischen Ausdruck auf ihrem Gesicht, den er seit jener Nacht im Parkland Hospital nicht mehr gesehen hatte.

»Du wirst nicht glauben, was ich gemacht habe«, sagte sie.

Wilson stellte die Sachen, die er gekauft hatte, auf dem kleinen Tisch neben der Tür ab und setzte sich auf die Bettkante. Er überlegte, was geschehen sein mochte. Hatte sie in Dallas angerufen oder sonst irgend etwas getan, was sie verraten konnte? Schließlich nahm er sie in die Arme und fragte: »Was stimmt denn nicht, Joy?«

Sie fing wieder an zu weinen und verbarg ihr Gesicht an seiner Brust. »Hey«, sagte Wilson und streichelte sie sanft, »du mußt mir schon sagen, was los ist.«

Joy riß sich von ihm los, packte den Lederbeutel und schleuderte ihn wütend durchs Zimmer. »Ich habe die Hälfte des Geldes bei meiner Mutter vergessen«, rief sie.

Als sie das Geld zählte, das sie aus dem Gewehrschrank geholt hatte, hatte sie erwartet, es würden vierhunderttausend Dollar sein. Doch nicht einmal die Hälfte war da. zweihunderttausend Dollar, die sie in der Werkzeugkiste ihres Vaters versteckt hatte, waren in Dallas zurückgeblieben.

»Wir müssen es irgendwie beschaffen«, meinte sie. »Wen können wir deswegen anrufen?«

Wilson versuchte, das Gefühl der Verzweiflung zu überwinden, das ihn plötzlich wieder erfaßt hatte. Die Frau, die er gerade erfolglos zu trösten versucht hatte, war nicht mehr die Joy Aylor, die er seit Monaten kannte und mit der er bis hierher gefahren war. Tausende von Dollars lagen in bar vor ihr, und dazu auch noch Darla Greens Schmuck, doch sie brauchte trotzdem noch mehr. Zum ersten Mal seit dem Beginn ihrer Beziehung mußte sich Mike eingestehen, was er zuvor zwar geahnt, aber immer wieder verdrängt hatte: Es war das Geld, und nicht etwa er, was Joy ein Gefühl der Ruhe und Sicherheit gab. Mit Geld fühlte sie sich unbezwingbar. Ohne Geld war sie verletzlich.

»Liebes, du wirst das Geld vergessen müssen«, sagte Mike schließlich. »Was geschehen ist, ist geschehen. Wir können es einfach nicht riskieren, irgend jemanden in Dallas anzusprechen.« Er warf einen Blick auf das Geld. »Völlig pleite sind wir ja nun auch nicht gerade.«

Sein Versuch, einen Scherz zu machen, kam nicht besonders

gut an. Joy rutschte von ihm weg und schüttelte heftig den Kopf. »Wir müssen uns einen Weg ausdenken, wie wir an das Geld kommen können.«

»Ich werde Lonnie anrufen und ihn bitten, zu meiner Mutter zu gehen. Ich weiß, daß er das tun wird.«

»Wer zum Teufel ist Lonnie?«

»Ein Mann, den ich in Dallas kenne. Er liebt mich.«

Wilson spürte, wie Eifersucht in ihm aufflackerte, weil sie von dem Mann in der Gegenwartsform gesprochen hatte.

Joy bemerkte, was er empfand, und erklärte ihm rasch die Geschichte. Lonnie Fielding, ein Kunst- und Antiquitätenhändler aus Dallas, war verheiratet und hatte Kinder. Sie kannten sich schon seit vielen Jahren und waren oft zum Essen ausgegangen. Ein paarmal hatte sie ihn auch auf Einkaufsreisen nach New York begleitet. Irgendwann hatte ihr Fielding dann gestanden, daß er sie liebe. Sie hatten aber nie miteinander geschlafen.

»Kennt deine Mutter ihn?« wollte Wilson wissen.

»Nein.«

»Und du meinst, er soll einfach bei ihr anklopfen und sagen, er möchte eine Viertelmillion Dollar in bar abholen?«

Joy wurde ärgerlich. »Natürlich nicht. Ich kann meine Mutter anrufen und ihr sagen, daß er kommt.«

»Verdammt noch mal, du kannst niemanden anrufen. Das haben wir doch schon durchgesprochen, immer und immer wieder. Du mußt die Sache vergessen . . . auf der Stelle.«

Noch als er sprach, wurde Mike schmerzhaft bewußt, daß sie ihm überhaupt nicht zuhörte.

Wilsons Befürchtung, man hätte sie auf Schritt und Tritt überwacht, war unbegründet gewesen. Die Angestellten im Büro des Bezirksstaatsanwalts waren allerdings das ganze Wochenende über beschäftigt gewesen, Vorladungen für all jene auszufertigen, von denen Chapman vermutete, sie könnten über Joys Geldgeschäfte etwas wissen.

Nach mehreren Diskussionen über die beste Methode, ihr Vorhaben solange wie möglich geeimzuhalten, hatte man sich zuletzt entschlossen, bis Montagmorgen zu warten, bevor man den Schlüsselzeugen die Vorladungen zustellte.

Wenn alles nach Plan verlief, würden die Beweise ausreichen, um die Jury zu überzeugen, daß bei Joy tatsächlich Fluchtgefahr bestand und es notwendig war, ihre Kaution zu widerrufen. Bei der für den Nachmittag vorgesehenen Anhörung vor Richter McDowell sollte Joy dann festgenommen werden.

Der einzige Zeuge, dessentwegen sich die Behörden einige Sorgen machten, war Jodi Packer. Es war in letzter Zeit schwierig geworden, ihn ausfindig zu machen. Bei mehreren Gelegenheiten, als Ken MacKenzie ihn sprechen wollte, hatte Packer es geschafft, ihm aus dem Weg zu gehen.

Da nun anzunehmen war, daß Joy Einzelheiten ihres Mordplans mit Packer durchgesprochen hatte, war er als Zeuge unbedingt erforderlich.

McKenzie hatte deshalb große Anstrengungen unternommen, um sicherzugehen, daß Jodis Vorladung zugestellt wurde.

Am frühen Montagmorgen hielt ein Lastwagen der Stadt vor Packers Apartment und blockierte seine Einfahrt. Auf der Straße wurde ein Kanaldeckel geöffnet und Absperrungen aufgestellt, ganz so, als sollten dort Kanalisationsarbeiten stattfinden. MacKenzie mischte sich in Overall und Schutzhelm unter die Arbeiter.

Kurz vor acht Uhr kam Packer aus seiner Wohnung und stellte fest, daß die Ausfahrt versperrt war. Aufgebracht ging er zu den Arbeitern hinüber, um zu fragen, wie lange es dauern würde, bis er seinen Wagen aus der Garage holen könnte.

MacKenzie, der den Kopf gesenkt hielt, bis Packer dicht vor ihm stand, nahm den Helm ab und lächelte. »Morgen, Jodi«, sagte er und gab ihm die Vorladung. »Wir sehen uns um zehn vor Gericht.«

Packer drehte sich wütend auf dem Absatz um und ging zu seiner Wohnung zurück, während MacKenzie und die Arbeiter die Ausrüstung zusammenpackten.

Wieder einmal war er gezwungen, einer Jury Rede und Antwort zu stehen über seine Beziehung zu Joy Aylor.

Für Brad Davis war das eine neue Erfahrung. Und eine, die schlimme Folgen hatte. Unter Eid sagte er aus, er hätte Mike und Joy über die Staatsgrenze gebracht, weil er glaubte, sie wollten nur ein paar Tage Urlaub machen. Und er beschwor, er hätte sie in einem Hotel in der Nähe von Denver, Colorado, abgesetzt.

Als Joy nicht zur Anhörung erschien, stellte Richter McDowell sofort einen Haftbefehl aus. Beim Bundesgericht auf der anderen Seite der Stadt erließ Richter Tolle unterdessen einen Haftbefehl gegen Wilson.

Von nun an handelte es sich nicht länger um eine Angelegenheit des Richardson Police Department. Jetzt beteiligten sich auch die Dallas County Sheriff's Departments und das FBI an der Jagd.

Kapitel 21

Der Gedanke, wie sie ihr Geld zurückbekommen konnte, wurde für Joy langsam zu einer Besessenheit, die ihr sogar wichtiger war als die Angst, die Behörden könnten sich schon bald an ihre Fersen heften.

Trotz Mikes Erklärungen, die Polizei würde zweifellos das Haus ihrer Eltern überwachen, entwarf sie weiterhin Pläne, wie sie das Geld aus dem Versteck holen könnte.

»Wie wäre es, wenn Clay herkäme, um einen Skiurlaub zu machen?« fragte sie eines Morgens, als sie tiefer ins Landesinnere fuhren. »Er könnte das Geld mitbringen . . .«

Wilson unterbrach sie mitten im Satz. »Nein«, sagte er und hob die Hand, als wollte er den Gedanken beiseite schieben. Die Vorstellung, seinen Sohn, der ohnehin schon das unschuldige Opfer des Durcheinanders war, das er aus seinem Leben gemacht hatte, in diese Sache hineinzuziehen, verärgerte ihn. »Auf gar keinen Fall.«

Er schwieg eine Weile und versuchte sich wieder zu beruhigen. Es hatte ihn schon gestört, daß sie keine Hemmungen hatte, Brad oder auch ihre Mutter zum Bestandteil ihrer Pläne zu machen. Und ihr Vorschlag, einen Mann, der Frau und Kinder hatte, zum Komplizen zu machen, hatte ihm erst recht mißfallen. Er würde jedenfalls nicht zulassen, daß nun auch noch sein Sohn in diese ganze Geschichte verwickelt würde.

Ein paar Meilen weiter hatte er sich wieder unter Kontrolle und fragte mit ruhiger Stimme: »Wie viele Menschen willst du eigentlich noch mit hineinziehen, bevor alles vorüber ist?«

Joy antwortete nicht, sondern blickte auf den Highway, der sich vor ihnen erstreckte.

Ihre Stimmung hatte sich drastisch geändert, und zum ersten Mal seit ihrer Abreise dachte Wilson darüber nach, was er hier eigentlich machte. Er liebte die Frau, die neben ihm saß, und würde alles tun, was in seiner Macht stand, um sie in Sicherheit zu wissen. Doch mittlerweile mischten sich auch Zweifel in seine Gefühle. Hatte diese Frau, die sich sonst auch um kleinste Einzelheiten kümmerte, *tatsächlich* zweihunderttausend Dollar vergessen? Das schien fast unmöglich. Und welche Rolle spielte dieser Lonnie – von dessen Existenz er erst vor wenigen Tagen erfahren hatte – in ihrem Leben? Wieso hatte er das beunruhigende Gefühl, dieser mysteriöse Mann, den Joy offenbar schon seit vielen Jahren kannte, hätte vielleicht Joys Geld von vornherein aufbewahrt? Konnte es sein, daß sie in der Eile ihres Aufbruchs einfach keine Möglichkeit gehabt hatte, das Geld bei ihm abzuholen, und jetzt überlegte, wie er es ihr bringen könnte?

Was ihn zusätzlich zu all diesen Fragen und Zweifeln beunruhigte, war die Angst, die sich neuerdings bei Joy bemerkbar machte. Zum ersten Mal war die kühle, ruhige Fassade verschwunden, ersetzt durch eine Furcht, die er nicht genauer erklären konnte.

Von Lethbridge aus fuhren sie in nördlicher Richtung nach Calgary und mieteten im Banff National Park ein Ferienhaus. Für Mike war das einer der schönsten und aufregendsten Plätze, die er je gesehen hatte. Für Joy war es ein Gefängnis. Sie hatte keinen Blick für die Boutiquen oder die malerische Bergszenerie, sondern wanderte nur ruhelos in ihrer Unterkunft auf und ab und sprach über nichts anderes als das Geld.

Lonnie zum Haus ihrer Mutter zu schicken hielt sie immer noch für den besten Plan. »Ich könnte ihn anrufen und ihm sagen, er soll meiner Mutter erzählen, daß ich meinen Pelzmantel brauche«, meinte sie. »Während sie den Mantel oben holt, könnte er das Geld nehmen und sie würde gar nichts davon erfahren. Ich vertraue ihm, Mike. Ich weiß, daß er uns helfen würde.«

Die Wut, mit der Mike ursprünglich auf Joys Pläne reagiert hatte, war schon längst abgestumpft. Er sprach mit ruhiger Stimme zu ihr, so wie ein Anwalt zu einem uneinsichtigen Mandanten. »Liebes, du mußt diese Angelegenheit vergessen. Es würde doch nicht funktionieren. Wenn du anfängst, nach Dallas zu telefonieren, können wir auch gleich zum nächsten Polizeirevier fahren und uns stellen.«

»Es tut mir alles so leid«, flüsterte sie. »Ich hätte dich da nie mit hineinziehen dürfen. Ich hätte dich aufhalten sollen, als du die Drogen abholen wolltest. Und ich hätte dich nicht bitten dürfen, mit mir zu kommen. Wenn du willst, fahre ich dich zum Flughafen, damit du zurückgehen kannst.«

Wilson ging zu ihr, zog sie auf die Füße und legte seine Arme um sie. »Es gibt keine Rückkehr mehr, für keinen von uns. Das versuche ich dir doch schon die ganze Zeit klarzumachen.«

Tatsächlich erschien die Idee, aufzugeben, nach Dallas zu fliegen und sich den Konsequenzen seines Tuns zu stellen, dem erschöpften Wilson durchaus reizvoll. Letzten Endes zögerte er ja doch nur das Unvermeidliche hinaus. Warum also sollte er so weitermachen?

Die Antwort stand vor ihm: Die schönste und faszinierendste Frau, die er je gekannt hatte.

Da sie wußten, wie gefährlich es war, zu lange an einem Ort zu bleiben, verließen sie die idyllische Umgebung nach vier Tagen wieder und fuhren westwärts nach Vancouver. Wilson glaubte, in einer Großstadt könnten sie sich leichter verstecken.

Joy hatte schließlich damit aufgehört, über das Geld oder ihre Vorschläge, wie man es bekommen könnte, zu reden. Es war allerdings eindeutig, daß sie noch immer daran dachte. Als würden sie schon jetzt am Hungertuch nagen, stahl sie Zeitungen, statt sie zu kaufen. Sie bestand darauf, nur solche Restaurants zu besuchen, in denen man für den Salat nicht extra bezahlen mußte. Sie übernachteten in Motels der unteren Kategorien, und Besuche in Kinos oder Buchhandlungen, die sie früher beide immer genossen hatten, standen nicht mehr zur Diskussion. Als sie an einem frostkalten Nachmittag nach dem Essen zu ihrem Wagen gingen, blieb Joy plötzlich stehen und lief dann in Richtung des Restaurants zurück. Wilson schaute zu, wie sie sich durch den Verkehr kämpfte, in der Nähe des

Restaurants anhielt und etwas vom Bürgersteig aufhob. Mit einem strahlenden Lächeln kam sie zu ihm zurück.

»Was war denn los?« fragte er.

»Jemand hat einen Dime verloren«, erwiderte sie und zeigte ihm stolz die Münze.

Wilson brach in Gelächter aus, während sie sich beeilten, aus der Kälte zu kommen. »Lieber Himmel, Joy«, sagte er und schüttelte ungläubig den Kopf.

Ihre Besessenheit, was Geld anging, amüsierte und störte Wilson gleichermaßen. Immerhin war es ihr Geld, von dem sie lebten, und er mußte sich damit abfinden, wenn sie es jetzt nur noch sehr zögernd ausgab.

In Vancouver hielten sie vor einem Holiday Inn. Mike stieg aus, um sich nach den Preisen zu erkundigen, während Joy im Wagen blieb. Als er zurückkam, sprang der Wagen nicht an. Joy, der sowohl der Zimmerpreis wie die Aussicht auf die Reparaturkosten mißfielen, schlug vor, zu Fuß in die Stadt zu gehen und dort nach einem Hotel mit günstigeren Tarifen zu suchen. Zwei Stunden und diverse Hotelbesuche später kehrte ein müder ›John Storm‹ zum Holiday Inn zurück, mietete ein Zimmer für zwei Tage und erkundigte sich nach einer Werkstatt für den Jeep.

Am nächsten Morgen schaute er zu, wie ein Mechaniker unter der Motorhaube nach dem Defekt suchte. Joy hatte Mike zur Werkstatt begleitet und saß jetzt im Warteraum, wo sie sich die Zeit damit vertrieb, eine ihrer spanischen Unterrichtskassetten abzuhören. Plötzlich wurde sie durch ein lautes Geräusch aufgeschreckt. Sie lief zur Werkstatt hinüber und sah, daß die Batterie des Jeeps explodiert war. Mike half dem Mechaniker, die Säure von Gesicht und Händen abzuwaschen. Joy eilte sofort herbei, um zu sehen, ob sie helfen konnte.

Schließlich stellte sich heraus, daß die Explosion dem Mechaniker keine ernsthaften Verletzungen zugefügt hatte.

Bevor sie die Werkstatt verließen, ging Joy noch einmal zu dem Mechaniker, erkundigte sich besorgt nach seinem Befinden und empfahl ihm, sich besser doch so bald wie möglich von einem Arzt untersuchen zu lassen.

Doch kaum waren sie abgefahren, verschwand die Wärme

aus ihrer Stimme, und sie sagte zu Wilson: »Wenn du es versucht hättest, dann hättest du sicher noch einen besseren Preis für die Batterie herausschlagen können.«

Zum ersten Mal, seit sie Dallas verlassen hatten, erwog Mike ernsthaft die Möglichkeit, ihr Verstand könnte durch den Streß der Flucht Schaden genommen haben. In den nächsten Tagen fragte er sich tatsächlich des öfteren, ob sie eine gespaltene Persönlichkeit besaß. Manchmal war sie wieder die erotische, warmherzige und lustige Joy, die er kannte. Doch beim geringsten Anlaß tauchte ihre paranoide Seite auf und förderte Wut und Angst zutage, so wie an jenem Morgen in dem Motelzimmer in Lethbridge.

In Dallas erhielt Lieutenant McGowan eines Nachmittags einen Anruf von einem Reporter der *Morning News*. »Sie haben sie geschnappt«, erklärte der Anrufer.

»Wo?«

»Irgendwo in Kanada. Mein Chefredakteur sagt, der vollständige Bericht käme in Kürze über den Ticker.«

McGowan war sicher, daß man ihn sofort verständigt hätte, wenn Joy tatsächlich festgenommen worden wäre, deshalb betrachtete er die Nachricht mit Skepsis.

Und das war auch gut so. Abends wurde in den Zweiundzwanzig-Uhr-Nachrichten gemeldet, daß Bambi Bembenek, eine ehemalige Polizistin aus Milwaukee, die auch als Model gearbeitet und durch eine Mordanklage eine gewisse Berühmtheit erlangt hatte, in Kanada festgenommen worden war. Der Fall Bembenek, die wegen Mordes an der Ex-Frau ihres Ehemanns verurteilt worden war, hatte zusätzliches Medieninteresse gefunden, nachdem sie aus dem Gefängnis entkommen und geflüchtet war. Sogar T-Shirts mit dem Aufdruck ›Run Bambi Run‹ waren auf den Markt gekommen. Und Bambi, nicht Joy, war geschnappt worden.

Angesichts des TV-Berichts seufzte McGowan und sagte zu seiner Frau Sandy: »Tja, wenigstens einer hat dort oben Glück gehabt.«

Das war nicht der erste falsche Alarm gewesen, den McGowan erlebt hatte. Ein paar Tage zuvor hatte sich Larry Aylor telefonisch auf dem Revier gemeldet. Ein Freund von Chris hätte beobachtet, wie Joy beim Haus ihrer Eltern vorgefahren, ausgestiegen und eilig im Haus verschwunden wäre, behauptete Aylor. Der Jugendliche hätte sie beim Namen gerufen, worauf sie gelächelt und ihm zugewinkt hätte.

Als die Beamten bei der Familie Davis auftauchten, stellte sich heraus, daß es sich bei der Frau um Joys Schwester Elizabeth handelte.

Das Leben, das Mike und Joy führten, litt zusehends unter der Wechselhaftigkeit, mit der Joy reagierte.

Es gab intime Momente, wenn sie bis spät in die Nacht hinein über höchst private Dinge sprachen. »Mit wie vielen Frauen hast du geschlafen?« fragte Joy einmal.

»Das willst du gar nicht genau wissen«, erwiderte er.

Sie gestand daraufhin freimütig, daß ihre sexuellen Erfahrungen begrenzt waren. »Du bist mein Vierter.«

Sie erzählte von den Jahren ihrer Ehe mit Larry Aylor, dem Wissen um seine Untreue und ihren Bemühungen, sich selbst davon zu überzeugen, daß sie tatsächlich attraktiv, eine gute Mutter und auch einigermaßen klug war.

Erst als Mike eines Tages das Thema ansprach, während sie in einem Café in Vancouver saßen, hatte sie angefangen, über Larry nachzudenken.

»Mein Vater hat mir mal eine Geschichte erzählt, die dir genau zeigt, was für ein Mensch er ist«, sagte sie. »Bevor Vater krank wurde, traf er sich jeden Morgen mit vielen seiner Kollegen zum Kaffee. Meistens war Larry auch dabei. Eines Tages fingen Larry und einer der anderen einen Streit an. Dieser andere Bursche wurde so wütend auf Larry, daß er ihn aufforderte, mit nach draußen zu kommen, um die Sache zu regeln. Ich glaube, seine genauen Worte waren: ›Ich sollte dich mit raus nehmen und dir in den Arsch treten.‹

Mein Vater mochte solche Auseinandersetzungen. Zufällig saß er am Ende der Sitzbank, und als dieser andere Bursche Larry aufforderte, mit ihm nach draußen zu gehen, springt mein Vater auf und sagt: ›Komm, Larry, ich laß' dich raus.‹ Natürlich wollte er ihn damit reizen. Und was macht Larry? Der bleibt einfach mit gesenktem Kopf sitzen und rührt keinen Muskel, während ihn alle anderen anstarren. Er saß immer noch dort, als die anderen schon längst gegangen waren.

So einer ist Larry Aylor.«

Wenn Vater ihr nur gestattet hätte, aufs College zu gehen, hätte ihr Selbstbewußtsein im Lauf der Jahre nicht so dramatisch abgenommen, meinte sie. Das war ein Punkt, den sie Carol vorwarf. Hätte Carol in den unproduktiven Jahren am Southern Methodist College nicht ihre Zeit und Henry Davis' Geld verschwendet, hätte ihr Vater sich nicht geweigert, die Ausbildung für sie und Elizabeth zu bezahlen. Carol hätte eben schon immer im Leben anderer Leute herumgepfuscht und nicht erst seit sie zur Polizei gegangen war, um bei den Ermittlungen gegen Joy zu helfen.

Ihrer Stimme war deutlich anzuhören, wie wenig sie für ihre ältere Schwester übrig hatte.

Wilson mußte bei diesen Worten an etwas denken, worüber sie kurz vor ihrer Abreise aus Dallas gesprochen hatten. Fast beiläufig hatte Joy gefragt, was geschehen würde, wenn Carol nicht gegen sie aussagen könnte. »Was ist, wenn sie einfach verschwindet?«

Mike fühlte sich nicht wohl angesichts der Richtung, die ihr Gespräch nahm, und hatte versucht, alles mit einem Scherz abzutun. »Was hast du vor, willst du sie auch umbringen lassen?« hatte er lachend gefragt.

Joy hatte die Augen verdreht und gesagt: »Aber nein, natürlich nicht.« Doch dann, als würde sie nur zu sich selbst reden, hatte sie erwähnt, daß sie wüßte, wo ihre Schwester wohnte, welche Schule ihre Tochter besuchte und daß sie ein Foto jüngeren Datums von Carol beschaffen könnte.

»Hör mal, Schatz«, hatte Mike gesagt, um das Gespräch zu beenden, »du solltest besser beten, daß sie nicht unter ein Auto kommt oder auch nur in der Badewanne ausrutscht. Wenn ihr irgend etwas passiert – ganz gleich was –, werden sie deswegen hinter dir her sein.«

Joy hatte genickt. »Ja, ich weiß.«

Bei einer anderen Gelegenheit hatte sie aus heiterem Himmel angefangen, über Rozanne Gailiunas zu reden. Ihr Motiv sei nie die Eifersucht gewesen, auch wenn ihre Freunde und die Zeitungen das behauptet hatten. Alles wäre in Ordnung gewesen, wenn Rozanne und Larry nicht behauptet hätten, sie sei eine schlechte Mutter und sie würden ihr Chris wegnehmen, sobald sie verheiratet wären.

»Sie hat verdient, was sie bekommen hat«, meinte Joy. Bei dieser Bemerkung zeigte sie nicht die kleinste Spur von Reue.

Ihre ruhige, kühle Stimme beunruhigte Wilson. Es war, als hätte eine andere Frau diese Worte ausgesprochen und nicht die Joy Aylor, in die er sich verliebt hatte, und auch nicht die Joy Aylor, die Verwandten und Freunden voller Zuneigung und Hilfsbereitschaft begegnete.

Er fragte sich, welche düsteren Geheimnisse noch in ihr schlummern mochten. Kannte er diese Frau wirklich, oder hatte er sie nur so gesehen, wie er sie sich gewünscht hatte?

So ernsthaft ging es freilich nicht immer zu.

Trotz ihrer Versuche, keine Aufmerksamkeit auf sich zu lenken, führte ihr ausgeprägter texanischer Akzent doch immer zu Fragen nach ihrer Herkunft. Als sie in einem Lebensmittelladen in Vancouver einkauften, wurden sie von einem höflichen Angestellten angesprochen, der gehört hatte, wie sie miteinander sprachen. »Ich habe überlegt, woher Sie wohl kommen«, sagte der Mann.

»Louisiana«, erwiderte Mike, und Joy sagte im gleichen Atemzug: »Oklahoma.«

Hinterher meinte Wilson, sie wären wohl die unfähigsten Flüchtlinge, die man sich nur vorstellen könnte.

Ein paar Tage später hatten sie mit der Fähre nach Victoria übergesetzt, um dort nach einem passenden Hotel zu suchen. Irgendwann fanden sie sich schließlich in einem leeren Bankettraum wieder, wo kurz zuvor ein Treffen japanischer Geschäftsleute stattgefunden hatte. Joy näherte sich einem der Tische, auf dem noch immer Obst und Hors d'Oevres standen, und winkte Mike zu sich, während sie bereits Sandwiches und andere Lebensmittel in ihre Handtasche stopfte.

Obwohl sie Hunderttausende von Dollars mit sich herumschleppte, hatte Joy ein Verhalten angenommen, das man ansonsten höchstens bei Pennern erlebte. Morgens stand sie früh auf und streifte durch die Hotelflure, bis sie eine Zeitung vor der Tür eines anderen Gastes entdeckte, die sie stehlen konnte. Von den Tabletts des Roomservice stibitzte sie regelmäßig Butterpäckchen, Cracker und Zuckerwürfel.

Wilson war es leid, sich wegen ihrer Pfennigfuchserei zu streiten, und betrachtete das Ganze als harmlose Marotte. Zögernd hatte er sogar angefangen, sich daran zu beteiligen.

In jenem Bankettraum nahm er seinen Cowboyhut ab und füllte ihn mit den Dingen, die sich auf dem Tisch befanden.

Ein paar Sekunden später schreckte er zusammen, als sich eine Hand auf seine Schulter legte. Er vermutete einen Angestellten des Hotels und formulierte im stillen schon eine Entschuldigung, doch statt dessen stand ein kleiner, älterer Japaner hinter ihm, der ihn mit einer Kamera in der Hand anlächelte.

Mike verdeckte seinen Hut mit dem Arm und hoffte, der Mann hätte noch nicht bemerkt, was er da gemacht hatte. Der lächelnde Japaner gestikulierte mit der einen Hand und schwenkte mit der anderen seine Kamera.

»Liebling, er möchte dich mit dem Cowboyhut auf dem Kopf fotografieren«, meinte Joy, die ihre Erheiterung nur mühsam verbergen konnte.

Wilson schaute erst Joy und dann den lächelnden Japaner an. Schließlich zuckte er die Achseln und meinte: »Na gut, warum nicht?« Er schüttete das eingesammelte Essen auf einen der Teller, setzte den Hut auf und stellte sich in Positur.

»Lieber Himmel, ich war in meinem ganzen Leben noch nie so verlegen«, sagte Mike, als sie aus dem Hotel eilten. Joy lachte dermaßen, daß ihr die Tränen kamen.

Doch solche Momente, die einst einen wesentlichen Teil ihrer Beziehung ausgemacht hatten, wurden immer seltener und wichen einer permanenten Spannung. Als sie in einem kleinen abgelegenen Hotel namens Town & Country Inn in der Nähe von Victoria wohnten, wurde Joys Laune von Tag zu Tag schlechter. Schon früh am Morgen unternahm sie lange, einsame Spaziergänge und hing Gedanken nach, über die sie nicht sprechen wollte. Obwohl Wilson sie nicht danach fragte, war er doch sicher, daß sie mit irgend jemandem in Dallas in Verbindung stand. Wenn sie miteinander redeten, sprachen sie bestenfalls über sehr vage Pläne, sich einen Platz zu suchen, wo sie ein neues Leben beginnen könnten. Sie erwogen die Möglichkeit, ein Flugzeug zu chartern, das sie nach Costa Rica oder Barbados bringen könnte. Irgendwohin jedenfalls, wo es warm war, darauf legte Joy Wert. Manchmal sprach sie davon, irgendwo ein kleines Geschäft als Innendekorateurin aufzumachen. Und sie erwähnte immer wieder Mexiko, auch wenn Mike das weiterhin für eine schlechte Idee hielt.

In einem halbherzigen Versuch, sein Aussehen zu ändern, ließ sich Wilson einen Bart wachsen. Joy erwog, sich Kontaktlinsen zu kaufen, die ihre Augenfarbe veränderten, setzte diesen Plan aber nie in die Tat um.

Nach ein paar Wochen waren sie die Abgeschlossenheit der Insel leid und kehrten nach Vancouver zurück.

Als sie sich dort in einem Hotel in der Innenstadt eingemietet hatten, schliefen sie zum ersten Mal in getrennten Betten.

Am Morgen des 23. Mai stand Joy an einem Münzfernsprecher und hörte sich einen Artikel der *Dallas Morning News* an, der ihr vorgelesen wurde:

»Ein Cousin der wegen Mordes angeklagten Joy Davis Aylor wurde am Donnerstag beschuldigt, vor dem Dallas County Gericht eine Falschaussage bezüglich des Aufenthalts von Mrs. Aylor gemacht zu haben. Hugh Bradford Davis sieht einer Anklage wegen Meineids entgegen. Die mögliche Höchststrafe beläuft sich auf zehn Jahre Gefängnis und zehntausend Dollar Geldstrafe.«

Des weiteren führte der Artikel aus, Brad hätte ursprünglich behauptet, er hätte Joy und Mike nach Denver gefahren und dort in einem Motel am Stadtrand abgesetzt.

Eine ungenannte Quelle wurde in dem Artikel mit dem Satz

zitiert: ›Er (Davis) hat ausgesagt, er hätte geglaubt, die beiden wollten nur einen Ausflug in die Berge machen.‹

Erst kürzlich hätte Brad die Lüge zugegeben, was dann zu der Anklage geführt hatte.

Mike, der sich angewöhnt hatte, erst lange nach Joy zu Bett zu gehen, erwachte schlagartig, als sie ihn heftig schüttelte. Es war, als wäre er in einen Alptraum hineingeraten, statt aus ihm zu erwachen. Joys Gesicht war bleich, ihre Stimme überschlug sich hysterisch.

Wilson setzte sich auf, zog sie an seine Brust und versuchte sie zu beruhigen. »Langsam, langsam. Erzähl mir in Ruhe, was los ist.«

»Sie kommen.«

»Wer?«

»Die Polizei. Sie wissen, wo wir sind. Ich habe gerade mit . . .«

». . . mit Jim gesprochen«, beendete Mike ihren Satz.

»Ja. Sie haben Brad verhaftet. Es steht in der Zeitung. Er hat ihnen alles erzählt. Wir müssen von hier verschwinden.«

Wilson saß auf der Bettkante und versuchte die dürftigen Informationen zu ordnen. Es überraschte ihn nicht, daß Brad der Polizei erzählt hatte, was er wußte. Höchstwahrscheinlich hatte er sich dadurch einen Prozeß erspart. Inzwischen wußte die Polizei vermutlich schon, daß er in Cheyenne den Wagoneer gekauft und in Cut Bank zugelassen hatte. Selbst wenn Brad nicht erwähnt hatte, daß sie nach Kanada wollten, wäre das der naheliegendste Schluß. Ohne Zweifel waren die kanadischen Behörden jetzt schon alarmiert.

Aber es war absolut unmöglich, daß sie ihren exakten Aufenthaltsort so schnell aufspüren konnten.

»Ich vermute, wir haben mindestens zweiundsiebzig Stunden Vorsprung, bis uns jemand ausfindig machen kann.«

Es war, als hätte Joy ihn gar nicht gehört. Sie sammelte schon die Kleidung und das Essen zusammen, das sie in dem kleinen Kühlschrank des Zimmers untergebracht hatte. »Wir müssen verschwinden«, sagte sie. »Jetzt sofort.«

Mike zog sich rasch an. Der Entwurf eines langfristigen Plans mußte jetzt warten. Im Moment galt es, das Hotel so schnell wie möglich zu verlassen. Falls die Polizei die Verbindung zwischen Joy und Jim kannte, hörte sie vermutlich sein Telefon ab. Und wenn Joy, was Mike vermutete, zu regelmäßigen Zeiten in Dallas angerufen hatte, konnten die Anrufe leicht zurückverfolgt werden.

Während Joy packte, zog Mike los, um den Wagoneer aufzutanken.

Als er zurückkam, erinnerte ihn die Szene an jene, die er Wochen zuvor in Lethbridge erlebt hatte. Joy lief mit einem furchtsamen Ausdruck in den Augen im Zimmer herum. Ihre Hände zitterten, als sie Mike die Sachen anreichte, die er im Wagen verstauen sollte.

Erst als sie im Badezimmer verschwand und mit einer Packung Rasierklingen zurückkam, erkannte Wilson das volle Ausmaß ihrer Verzweiflung.

»Wie lange dauert es, bis man stirbt, wenn man sich die Pulsadern aufschneidet?« fragte sie.

»Lieber Himmel, Joy, das ist doch verrückt. Wenn du dir die Adern aufschneidest, blutest du hier nur alles voll, bis sie dich holen und ins Krankenhaus bringen.«

»Wie lange?« fragte sie abermals.

»Zu lange«, erwiderte Mike wütend. »Vergiß diese Idee. Wir müssen schleunigst hier verschwinden.«

Sie rührte sich nicht. »Dann mußt du mir eben zeigen, wie ich mir die Kehle durchschneiden kann. Ich gehe nicht ins Gefängnis, Mike.«

Wilson hatte plötzlich das Gefühl, in einen Strudel des Wahnsinns gezogen zu werden. Er packte Joys Arm, nahm ihr die Rasierklingen weg und warf sie quer durch den Raum. »Hilf mir lieber, den Wagen zu beladen.«

Joy weinte, als sie ihm eine Papiertüte mit Konserven, Mehl und Zucker reichte. »Wohin gehen wir?«

Die Antwort, die Mike gab, überraschte ihn selbst. »Mexiko«, sagte er.

Wilson war von Joys Paranoia angesteckt worden und schaute ständig in den Rückspiegel, als er vom Zentrum aus in Richtung des Flughafens von Vancouver fuhr. Dort wollten sie sich in einem Hotel einmieten und ihr weiteres Vorgehen planen. Diesmal wollte er den Namen eines anderen seiner alten Collegefreunde benutzen. Für den Fall, daß die Behörden bereits nach einem ›John Storm‹ suchten, trug sich Mike als Leigh Curry ein, mit dem Namen eines Einwohners von Sweetwater, Texas, der in seinem ganze Leben noch nichts Aufregenderes mitgemacht hatte als die alljährliche Klapperschlangenjagd.

Mike hatte seit geraumer Zeit kein Kokain mehr genommen und stellte jetzt erfreut fest, daß er erheblich klarer denken konnte als in den Monaten zuvor. Vielleicht gelang es ihm ja, etwas Logik in ihre völlig verfahrene Lage zu bringen.

»Ich weiß nicht, ob wir es schaffen, aber wir müssen auf jeden Fall versuchen, sobald wie möglich einen Flug zu bekommen«, sagte er und bedeutete Joy, ihre Sachen gar nicht erst auszupacken. »Wir stellen unser Gepäck in ein Schließfach am Flughafen und schauen nach, welche Flüge von hier aus starten.« Vorsichtshalber sollten sie den Wagoneer auf dem Hotelparkplatz stehen lassen und ein Taxi zum Airport nehmen.

Joy, die sich schnell beruhigt hatte, schien jetzt erfreut zu sein, daß Mike die weitere Planung übernommen hatte.

Die Spannung, die beide ergriffen hatte, lockerte sich nur ein einziges Mal, nämlich bei der Taxifahrt zum Flughafen. Aus Gründen, über die Wilson sich weiter keine Gedanken machte, hatte Joy darauf bestanden, auch die Papiertüte mit den Lebensmitteln mitzunehmen und im Kofferraum zusammen mit dem anderen Gepäck unterzubringen. Als der Taxifahrer ihre Sachen wieder herausholte, fiel eine Packung Mehl auf den Boden, platzte auf und verstreute weißes Pulver über seine Schuhe.

Der Fahrer warf einen mißtrauischen Blick auf die weiße Substanz und schaute dann beunruhigt seine beiden Passagiere an.

Wilson begriff, was sich der Fahrer überlegte und fing an zu lachen. »Keine Sorge, mein Freund«, meinte er, »wir schmuggeln nichts Schlimmeres als reines Weizenmehl.«

Mike brachte das Gepäck in einem Schließfach unter, und Joy machte sich inzwischen auf die Suche nach einem Abflugplan. »Such eine möglichst obskure Airline aus«, riet ihr Wilson.

Joy fand heraus, daß es am Freitag einen direkten Flug der Japan Airlines nach Mexiko gab.

»Das muß reichen«, meinte Mike.

Insgeheim war Mike nicht allzu optimistisch, was ihre Chance anging. Aller Wahrscheinlichkeit nach würden sie schon auf dem Flughafen festgenommen werden. Und wenn nicht, war es sehr gut möglich, daß sie an der mexikanischen Zollabfertigung verhaftet wurden. Die große Flucht, die so aufregend und romantisch begonnen hatte, war in seinen Augen zu einem dummen, sinnlosen Unterfangen geworden.

Und obwohl Joy nie etwas in dieser Richtung gesagt hatte, kam es Mike doch so vor, als hätte sie erwartet, er würde für eine wesentlich komfortablere Flucht sorgen. Weshalb hatte er nicht einfach einen der hochrangigen Drogenhändler angerufen, die er vor Gericht vertreten hatte, und ihn um eine Gefälligkeit gebeten? Hätte sie dann nicht einfach in einem Privatjet nach Guatemala oder Europa fliegen oder sich auf einer Yacht in der Karibik verbergen können? Und warum hatte er sie ins eiskalte Kanada gelockt, obwohl sie doch von Anfang an nach Mexiko wollte?

Diese Fragen, die Wilson instinktiv erahnte, erfüllten ihn mit zwiespältigen Gefühlen. Und obwohl er versuchte, solche Gedanken beiseite zu schieben, mußte er doch immer wieder darüber nachdenken, ob Joy ihn vielleicht nie wirklich geliebt, sondern von vornherein nur als Teil ihres Fluchtplans benutzt hatte.

Ihre Reaktion auf seine Ausführungen, wie sie nach Mexiko flüchten sollten, bot ihm auch keinen Anhaltspunkt. Es wäre am besten, wenn sie getrennt flögen, hatte er erklärt. »Sie werden nach uns Ausschau halten, also sind unsere Chancen allein größer. Wir dürfen nicht einmal die Tickets gleichzeitig kaufen. Sobald einer von uns es geschafft hat, läßt er den anderen nachkommen. Wenn etwas schiefgeht, werden wir zumindest nicht beide geschnappt.«

Es überraschte ihn kaum, daß Joy freiwillig anbot, als erste zu fliegen. Er könnte ja dann am Wochenende nachkommen, meinte sie.

»Joy, dir muß klar sein, daß du vielleicht nicht durchkommst.«

»Ich schaffe es schon«, erwiderte sie.

Insgeheim beneidete Mike sie um ihre Zuversicht.

Solche Gedanken gingen Mike Wilson durch den Kopf, als er allein in ihrem Hotelzimmer saß und auf Joys Rückkehr wartete, die zu einem nahe gelegenen Reisebüro gegangen war.

Er wunderte sich nicht, daß sie Touristenklasse gebucht hatte, nur der Name, auf den der Flugschein ausgestellt war, ließ ihn stutzen.

Er lautete auf den Namen ›J. Taylor‹.

»Das könnte zu einem Problem werden. Beim Zoll werden sie vermutlich deinen Paß überprüfen, und es könnte ihnen auffallen, daß dein Ticket auf einen anderen Namen ausgestellt ist.«

Joy schnappte sich den Flugschein und starrte ihn an. »Verdammt«, meinte sie. Es war das erste Mal, daß Wilson sie fluchen hörte. »Als die Angestellte nach meinem Namen fragte, habe ich J. Aylor gesagt. Sie muß mich mißverstanden haben. Mist.«

Mehrere Minuten lang lief sie ärgerlich im Zimmer auf und ab. »Ich kann es verbessern«, meinte sie schließlich.

Sie holte einen Mascarastift aus ihrer Tasche und versuchte, den Namen in ihrem Paß entsprechend dem auf dem Flugschein zu ändern. Mike schaute amüsiert zu, als sie sich an die Arbeit machte, die Lippen wie ein Schulmädchen, das sich auf eine schwierige Aufgabe konzentriert, fest zusammengepreßt. Das Ergebnis war freilich eine üble Schmiererei, die auch dem nachlässigsten Zollbeamten klarmachen mußte, daß hier jemand ungeschickt versucht hatte, den Namen zu ändern. Schließlich blickte Joy entmutigt zu Mike. »Was jetzt?« fragte sie.

Er antwortete nicht, sondern kam mit einer Tasse Kaffee zu

ihrem Tisch. Er nahm ihren Paß, schlug die Seite auf, mit der sie sich beschäftigt hatte, und kippte etwas Kaffee darüber. »Solche Unfälle passieren ständig«, meinte er. Mit etwas Glück würden die Kaffeeflecken ihre Veränderungsversuche kaschieren, sobald sie erst einmal getrocknet waren. »Na ja, wahrscheinlich prüfen sie ohnehin nur, ob das Foto stimmt.«

Plötzlich bemerkte er, daß Joy ihn seltsam anschaute, etwa so, als suche sie eine Antwort, ohne die Frage stellen zu müssen. Sie stand auf und legte die Arme um seinen Hals.

»Du kommst nicht nach, oder?«

Mike antwortete nicht sofort. Genaugenommen kannte er die Antwort selbst nicht.

»Willst du zurück nach Dallas?«

Er hatte zwar in den letzten Tagen darüber nachgedacht, zurückzufahren und sich zu stellen, war aber nicht bereit, ihr das einzugestehen. Eigentlich wußte er auch selbst noch nicht, ob er das wirklich tun sollte. Andererseits war er es leid, ständig auf der Flucht zu sein und nie zu wissen, was der nächste Tag bringen mochte.

»Mike«, sagte Joy, »ich muß wissen, was du vorhast.«

Sein Plan war simpel. Wenn sie ohne Problem in Mexiko angekommen war, sollte sie im Town & Country Inn anrufen und eine Botschaft hinterlassen. Es war ihm zwar zu riskant, dorthin zurückzufahren, aber er konnte ja telefonisch anfragen, ob es eine Nachricht für ihn gäbe. Sobald er wußte, daß sie in Mexiko war, würde er ein Ticket kaufen und nachkommen.

»Und wenn ich es nicht schaffe?«

»Als erstes werde ich dann einen langen Brief an Clay schreiben und versuchen, ein paar Dinge zu erklären. Anschließend fahre ich in die Rockies, suche mir eine hübsche Bergspitze und bringe mich um.« Seine Stimme klang nicht so, als würde er scherzen. Und Joy, der es in der Vergangenheit nie schwergefallen war, über ihre eigenen Selbstmordabsichten zu sprechen, unternahm auch keinen Versuch, ihm seinen Plan auszureden.

»Dann bete besser, daß ich es schaffe«, meinte sie.

»Joy, ich weiß nicht, ob ich überhaupt noch an Gott glaube.«

»Das spielt keine Rolle. Er wird dich auch dann hören, wenn du nicht an Ihn glaubst.«

Die größten Bedenken hatte Wilson wegen der enormen Geldsumme, die Joy auf ihrer Reise nach Mexiko bei sich haben würde. Weder ein Urlauber noch ein Geschäftsmann konnten mit rund zweihunderttausend Dollar durch den Zoll kommen, ohne Verdacht zu erregen. Auf vielen Flughäfen waren Reisende verpflichtet, Beträge von zehntausend Dollar oder mehr anzugeben. Das war eine der Methoden, mit denen die Behörden versuchten, ›Maultiere‹ abzufangen, Kuriere also, die im Auftrag von Drogenhändlern Geld von einem Land ins andere verschoben. Genau das war auch der Grund, warum so viele Collegestudenten und Arbeitslose jährlich Dutzende von Auslandsreisen machten, wobei sie nie mehr als die erlaubten neuntausendachthundert Dollar mit sich führten. Wilson konnte sich allerdings beim besten Willen nicht erinnern, ob Mexiko zu den Ländern gehörte, in denen solche Beschränkungen galten. Doch selbst wenn das nicht der Fall war, würden die Zollbeamten beim Anblick von soviel Geld wahrscheinlich einen Computerabgleich machen, zumindest aber einige Fragen stellen. Und wenn man bedachte, wie sich Joy in letzter Zeit verhalten hatte, würde sie vermutlich in Panik ausbrechen.

Nachdem sie das Problem lange besprochen hatten, kamen sie schließlich zu einer Lösung. Statt das Geld in einem Beutel bei sich zu tragen, würde sie es unter weiter Kleidung verbergen.

Bis zum frühen Morgen stand sie geduldig in Slip und BH da, während Mike das Geld in immer neuen Varianten an ihrem Körper verteilte und mit Klebeband befestigte. Der Trick bestand darin, das Geld so anzubringen, daß es nicht auffiel, wenn sie ein Kleid trug.

Das anfangs fröhliche Spiel nahm rasch einen erotischen Unterton an, als Wilson das Geld an ihrem festen, jugendlichen Körper verteilte – um ihre Taille, an den Beinen, unter den Armen, über dem Po und zwischen den Brüsten.

Als er schließlich mit dem Ergebnis seiner Arbeit zufrieden war, trat er zurück und schaute zu, wie sie in ein Kleid schlüpfte, kurz die Pose eines Models einnahm und dann im Zimmer umher ging.

»Du siehst aus wie eine Million Dollar«, meinte er.

Sie lachte zum ersten Mal an diesem Tag. »Ich wollte, es wäre soviel.«

Dann wartete sie, während er die Banknoten wieder abnahm und auf jedem Klebestreifen notierte, an welcher Stelle das Geld am nächsten Tag wieder befestigt werden mußte.

In den frühen Morgenstunden überzeugte sie Wilson endlich, daß sie noch etwas schlafen sollten. Als sie im Bett lag, beugte er sich zu ihr hinüber und küßte sie sanft. Sie erwiderte den Kuß leidenschaftlicher als sonst in letzter Zeit, und als er sich von ihrer Seite des Bettes zurückziehen wollte, blickte sie ihn verführerisch an und fragte: »War das alles?«

»Schlaf jetzt«, flüsterte er und schaltete das Licht aus.

Noch sehr viel später sollte er sich fragen, weshalb er ihre Einladung, mit ihr zu schlafen, nicht angenommen hatte.

Am Freitag nachmittag, als sie in der Nähe des Schalters der Japan Airlines standen, merkte man Joy nichts von den Aufregungen der letzten beiden Tage an. Bevor sie das Hotel verließen, hatte sie ihn nochmals nach seinen Plänen gefragt. Und wieder hatte er erklärt, er würde nachkommen, sobald sie sicher in Mexiko gelandet wäre. Wenn er nichts von ihr hörte, würde er sich überlegen, ob er in den Bergen Selbstmord begehen oder nach Dallas zurückkehren sollte. Als sie ihn fragte, wieviel Geld er brauchte, meinte er, eintausendfünfhundert Dollar würden ausreichen.

Während Joy darauf wartete, daß ihr Flug aufgerufen wurde, betrachtete sie Mike durch die Gläser der Sonnenbrille, die sie aufgesetzt hatte. Er erwiderte ihren Blick schweigend und versuchte die Gedanken zu verdrängen, die ihn beschäftigten. Er hatte den Eindruck, daß Joy im Grunde erleichtert war, daß sie nicht länger zusammenbleiben würden, auch wenn sie nichts davon gesagt hatte.

Als der Aufruf kam, legte Joy die Arme um seinen Hals und küßte ihn zärtlich. »Ich mag es nicht, dich hier zurückzulassen«, sagte sie.

Mike erwiderte ihren Kuß, sagte aber nichts, als sie sich

umdrehte und rasch in der Menge der fröhlichen Urlauber verschwand.

Fast eine Stunde lang wartete Wilson am Flughafen nervös auf die Starterlaubnis für ihre Maschine. Als sie sich endlich in die Luft erhob, stieß er einen erleichterten Seufzer aus.

Er blieb noch für ein paar Minuten am Fenster stehen und schaute zu, wie das Flugzeug an Höhe gewann und schließlich zu einem winzigen Punkt am Himmel wurde.

»Lebewohl, Joy«, flüsterte er und kehrte dann zum Hotel zurück, um auf einen Anruf zu warten, von dem er ahnte, daß er nie kommen würde.

Der Samstag verstrich mit quälender Langsamkeit. Wilson hatte sich in einem abgelegenen Hotel am Stadtrand von Vancouver eingemietet und wartete bis zum Spätnachmittag, bis er beim Empfang des Town & Country Inn anrief, um nachzufragen, ob eine Nachricht für ihn hinterlassen worden war. Die negative Auskunft weckte abermals gemischte Gefühle in ihm. Er war ziemlich sicher, daß sie nicht geschnappt worden war – seiner Meinung nach war ihre ganze Flucht auf fast magische Weise vom Glück begünstigt.

Er machte einen langen, einsamen Spaziergang, aß zu Abend, schaute sich in seinem Zimmer einen alten Schwarzweißfilm an und rief dann nochmals im Town & Country an, wo er die gleiche Auskunft wie zuvor erhielt.

Der Sonntag verlief ganz ähnlich. Als Wilson nachts im Bett lag, dachte er abermals ganz ernsthaft an Selbstmord. Nie zuvor, weder in den schlimmsten Momenten seiner Alkohol- und Kokainsucht, noch während seiner Eheprobleme oder der beruflichen und finanziellen Katastrophen, ja nicht einmal als er verhaftet worden war, hatte er ernsthaft erwogen, seinen Problemen durch Selbstmord zu entkommen.

Es war an der Zeit, Hilfe zu suchen. Er war jetzt bereit, sich zu stellen. Die Frage war nur, wie.

Bob Fain hatte dem hektischen Leben in Dallas schon vor Jahren den Rücken gekehrt und war mitsamt Kanzlei und Familie ins vergleichsweise friedliche und ruhige Billings in Montana gezogen. Er hatte über Bekannte von den Problemen seines Ex-Partners gehört und war deshalb überrascht, als Mike ihn anrief.

Noch erstaunter war er allerdings über die Erschöpfung und Resignation, die er aus der Stimme seines Freundes heraushörte.

»Ich bin froh, daß du anrufst, Mike«, sagte er. »Wo zum Teufel steckst du?«

Wilson wollte seinen genauen Aufenthaltsort nicht angeben. »Ich bin immer noch in Kanada, aber ich habe vor, mich zu stellen. Es geht nur darum, daß ich nicht monatelang hier oben in einem Gefängnis sitzen will. Ich möchte zurück nach Dallas. Kannst du mir dabei helfen?«

»Ich werde das gern versuchen«, erwiderte Fain, der bereits überlegte, was er mit den Bundesbehörden aushandeln könnte. Er würde sich mit ein paar FBI-Agenten unterhalten, die er noch aus seiner Zeit in Dallas kannte, und sich bemühen, eine Vereinbarung zu treffen, nach der er sich in Billings stellen könnte.

»Ich habe mir wirklich Sorgen um dich gemacht«, meinte Fain. »Ich fürchtete schon, diese Frau würde dich auch noch umbringen.« Er machte eine Pause und fügte dann hinzu ». . . oder du würdest durchdrehen und dich selbst töten.«

»Ich habe darüber nachgedacht«, erwiderte Mike.

»Schlag dir das bloß aus dem Kopf. Wir werden schon eine Lösung finden, okay?«

»Ja, natürlich. Ich habe mir überlegt, nach Calgary zu fahren und von dort aus ein Flugzeug nach Dallas zu nehmen. Am besten rufe ich morgen noch mal an und sage dir Bescheid.«

»Warte ab, bis ich weiß, was ich von hier aus machen kann.« Fain war sicher, daß die Polizei Mike schon dicht auf den Fersen war und fürchtete um die Sicherheit seines Freundes. »Mike«, sagte er, »sei bloß vorsichtig.«

Fains Frau, die instinktiv erahnt hatte, mit wem ihr Mann sprach, schaute zu, als er langsam den Hörer auflegte.

»Wie hat er sich angehört?«

»Wie jemand, der aus der Kälte hereinkommen möchte«, erwiderte ihr Ehemann.

Am Montag rief Wilson abermals vergeblich im Town & Country an und machte sich dann auf den Weg nach Osten. Am Spätnachmittag hatte er die Gemeinde Osoyoos erreicht, die nur ein paar Meilen von der Grenze zu Washington entfernt lag, und nahm sich ein Zimmer im Safari Beach Resort. Die fünfstündige Fahrt durch die Bilderbuchlandschaft Kanadas hatte zweierlei ergeben: Er besaß jetzt wieder einen größeren Vorsprung gegenüber seinen Verfolgern, und, was noch wichtiger war, er dachte inzwischen nicht mehr an Selbstmord.

Nach dem zweiten Gespräch mit Fain hob sich seine Stimmung noch mehr. Bleib einfach an Ort und Stelle, hatte sein Freund ihm empfohlen. Ruh dich aus und ruf morgen wieder an. Die Dinge kamen ins Rollen, und ein Ende des Alptraums war absehbar.

Für Wilson gab es nur noch eine offene Frage.

Dienstag morgen führte Jody Culos, Empfangschefin des Town & Country Inn, ein Telefonat. »Ja, Mister Storms, gut daß Sie sich melden. Ja . . . eine Dame hat eben erst angerufen. Ihren Namen hat sie nicht genannt.«

Mike Wilson klang erfreut. »Gut«, sagte er, »wenn Sie wieder anruft, sagen Sie ihr, ich wäre immer noch in B. C. und bitten Sie sie, mich hier anzurufen.« Mit diesen Worten gab er ihr die Nummer und die Adresse des Hotels in Osoyoos durch.

»Ich werde zusehen, daß sie die Nachricht erhält«, sagte Miss Culos. Das übliche »Ich wünsche Ihnen noch einen schönen Tag« brachte sie allerdings nicht mehr über die Lippen.

Sie warf einen Blick auf den Zettel am Nachrichtenbrett über ihrem Schreibtisch und wählte langsam die Nummer der amerikanischen Einwanderungsbehörde. Dann gab sie Wilsons Aufenthaltsort durch und folgte damit den Anweisungen, die sie einige Tage zuvor erhalten hatte.

»Sie waren uns eine große Hilfe«, sagte die geschäftsmäßige Stimme am anderen Ende der Leitung.

»Ich habe den Mann nicht gern belogen«, erwiderte Ms. Culos kühl.

Eine Stunde später standen acht Royal Canadian Mounties bereit, um bei einer Festnahme zu helfen. Alle Ausgänge des Hotels wurden besetzt, zwei Beamte schlichen sich in die Nähe von Wilsons Zimmer, und ein Mann bezog mit einem Gewehr Posten auf dem Dach.

Nachdem alle in Stellung gegangen waren, rief einer der Mounties Wilson von der Rezeption aus an. Mike hob schon beim ersten Klingeln ab.

»Kommen Sie mit erhobenen Händen raus«, wurde er angewiesen.

Auf dem Parkplatz hatten sich mittlerweile einige Gäste zusammengefunden, die das Spektakel beobachteten. Unter ihnen befand sich auch Howard Gruhlke, der Empfangschef. Er sah zu, wie Wilson zu einem wartenden Wagen geführt wurde, während ein paar Beamte sein Zimmer durchsuchten.

»Die sehen aber nicht sehr begeistert aus«, bemerkte einer der Zuschauer.

»Sind sie auch nicht«, meinte Gruhlke. »Sie hatten gehofft, es wäre eine Frau bei ihm.«

Nach der Festnahme übergaben die Mounties Wilson an Vertreter der amerikanischen Zollbehörde, die ihn sofort über die Grenze und ins Gefängnis von Oroville, Washington, brachten. Und so befand sich Mike wieder auf dem Rückweg nach Dallas.

Am Mittwoch wurde er nach Spokane gebracht und einen Tag später nach Yakima, wo das Auslieferungsersuchen vor einem U. S.-Magistrat verhandelt wurde.

In Yakima begegnete er auch zum ersten Mal einem der Männer, die ihn verfolgt hatten.

Ken MacKenzie hatte schon vor Wochen einen gepackten Koffer im Polizeirevier abgestellt. Er wollte bereit sein, wenn die kanadischen Behörden eine Festnahme meldeten. Fünfundvierzig Minuten nachdem er von Wilsons Verhaftung erfahren hatte, war er schon am Flughafen.

Während des Fluges ging MacKenzie noch einmal die Fragen durch, die er dem Gefaßten stellen wollte, und überlegte, wie kooperativ Wilson sein mochte. Er hatte Mike zwar nie selber kennengelernt, aber von anderen erfahren, Wilson sei ein im Grunde netter Mensch, dessen Schwäche ihm zu Verhängnis geworden wäre. Vermutlich war er also ein weiteres Opfer von Joy Aylors Machenschaften.

MacKenzies Begeisterung über den Fang hielt sich allerdings in Grenzen, denn er kam nicht nur, um Wilson zu befragen und anschließend nach Dallas zu bringen, er hatte auch eine schlechte Nachricht für ihn.

Er mußte Wilson mitteilen, daß sein Vater vor wenigen Tagen gestorben war.

Als Wilson wieder in Dallas war, rief er einen anderen alten Freund an. Gary Noble, ehemals stellvertretender Staatsanwalt, hatte Ende der Siebziger ebenfalls mit Drogenproblemen zu kämpfen gehabt und konnte sich in Wilsons Lage hineinversetzen. In Nobles Leben hatte es ebenfalls eine alptraumhafte Zeit gegeben, die schließlich mit dem Verlust seiner Zulassung als Anwalt und einer fünfjährigen Gefängnisstrafe geendet hatte. Und nur durch mutige und entschlossene Anstrengungen hatte Noble schließlich seinen alten Platz unter den Juristen in Dallas zurückerobert. Nach einem langen, harten Kampf um eine neue Zulassung hatte er dankbar das Angebot angenommen, sich der Privatpraxis von Wilson und dessen Partner John McShane anzuschließen.

Er stimmte sofort zu, Wilson bei der Anklageerhebung und den Kautionsverhandlungen zu vertreten.

Am 21. Juli fuhr Dr. Robert Powitzky auf Bitte von Wilsons Anwalt hin von Dallas zum Gefängnis von Mansfield. Noble hatte dem Psychologen erklärt, es bestehe die Möglichkeit, daß der U. S.-Magistrat John Tolle, der Wilson nach dessen erster

Festnahme im März wieder auf freien Fuß gesetzt hatte, auch diesmal bereit wäre, ihn bis zum Beginn der Verhandlung gegen Kaution zu entlassen. Der Doktor sollte nun bestätigen, daß bei Wilson keine Fluchtgefahr bestand.

Obwohl Powitzky sich bereit erklärt hatte, ein Gutachten zu erstellen, ahnte er doch, daß selbst die beste Beurteilung vermutlich auf taube Ohren stoßen würde. Erfahrungsgemäß waren Richter, die sich einmal getäuscht hatten, beim zweiten Mal nicht mehr so großzügig.

Er war Wilson zum ersten Mal Mitte der Achtziger begegnet, als Mike ein Gutachten für einen Drogendealer brauchte, den er vertrat. Obwohl Powitzky Wilson nicht näher kannte, wußte er doch um dessen Ruf als hochgeachtetes Mitglied der Anwaltschaft. Der Eindruck, den er aufgrund der kurzen Begegnungen und der Gespräche mit anderen Anwälten von Wilson erhalten hatte, war der eines freundlichen, hochqualifizierten Juristen, dessen Hingabe an seinen Beruf schon fast der eines Arbeitssüchtigen glich. Er wußte ebenfalls, daß Mike sich um Kollegen mit Alkoholproblemen gekümmert hatte. Mike Wilson gehörte zu einer Gruppe von Juristen, die der Doktor insgeheim die ›AA-Anwälte‹ nannte und denen er zwar die besten Absichten unterstellte, jedoch seine Zweifel hatte, ob sie den Belastungen gewachsen waren. Ehemalige Süchtige, ganz gleich, ob sie alkohol- oder drogenabhängig gewesen waren, mußten immer wieder gegen ihre eigene Schwäche ankämpfen. Und jene, die sich selbst als positive Beispiele betrachteten und überall Vorträge darüber hielten, wie sie es geschafft hatten, ihre Sucht zu überwinden, betrachtete Powitzky als besonders gefährdet.

Als Wilson, der einen orangefarbenen Overall und Tennisschuhe trug, in den medizinischen Untersuchungsraum geführt wurde, versuchte Dr. Powitzky ohne großen Erfolg, seinen Schreck über dessen Aussehen zu verbergen. Der hagere, ausgezehrte Mann ähnelte nur noch entfernt dem gutgelaunten, athletischen Anwalt, den er in Erinnerung hatte. Wilsons Augen lagen tief in ihren Höhlen, sein Lächeln wirkte gezwungen, und sein Händedruck war kaum spürbar.

Die erste halbe Stunde hielt Powitzky das Gespräch in Gang,

indem er eine Reihe von Fragen stellte, die den Gefangenen langsam dazu bringen sollten, über die Gründe für sein Verhalten zu sprechen.

Nach und nach schien sich Wilson zu entspannen und schilderte schließlich die Ereignisse, die sich nach seiner ersten Begegnung mit Joy Aylor abgespielt hatten. Er erzählte von jener Nacht, in der er sie zu ihrem toten Sohn begleitet hatte, seinen tiefen Gefühlen für sie, den hektischen Wochen der Flucht und schließlich auch von seinen Selbstmordgedanken.

Wilsons Stimme klang traurig, als er von den letzten Tagen in Kanada berichtete, und schließlich erklärte er dem Arzt, im nachhinein sei er zu der Überzeugung gelangt, daß Joy ihn einfach nur benutzt hatte, genau wie so viele andere.

Besonders beeindruckend fand der Doktor, daß Wilson nicht ein einziges Mal jemand anderem die Schuld gab, sondern ganz allein die Verantwortung für seine Handlungen übernahm.

Auf dem Heimweg wanderten die Gedanken des Arztes zu der mysteriösen Frau, die Mike nach Kanada begleitet hatte. Joy Aylor war jemand, mit dem er gerne einmal gesprochen hätte. Ihr offensichtliches Glück und ihre ganz auf sich selbst bezogene Handlungsweise faszinierten ihn.

Er hatte nur wenig Zweifel, daß sie Mike von Anfang an manipuliert hatte. Sehr wahrscheinlich hatte sie sogar seinen Drogenkonsum gefördert, um ihn dadurch enger an sich zu binden. Die Joy Aylor, die Wilson beschrieben hatte, besaß die klassischen Züge eines Soziopathen, einer zwar charismatischen, aber auch völlig gefühlskalten Persönlichkeit, der jedes echte Interesse an ihren Mitmenschen abging.

Wilson hatte bereits am Rand einer psychischen Krise gestanden, als er Joy kennenlernte, und sie hatte keine Sekunde gezögert, ihn in den Abgrund zu stoßen.

Dank seines Berufs hatte Powitzky schon Hunderte von Mike Wilsons gesehen, Männer, deren moralische Orientierung durch den Drogenmißbrauch verlorengegangen war. Und Joy Aylor hatte dafür gesorgt, daß sich daran so schnell nichts änderte.

Ja, dachte der Doktor, Mike Wilson war ganz eindeutig benutzt worden.

Am nächsten Tag wurde Wilsons Antrag auf Freilassung gegen Kaution abgelehnt. Bis zum Beginn des Prozesses mußte er im Gefängnis bleiben.

Unterdessen stellte sich in der Banco de Mexico in Mexico City eine attraktive Amerikanerin, die legere Kleidung und eine Sonnenbrille trug, als Jodi Packer vor und erklärte, sie wollte ein Bankschließfach mieten.

Kapitel 22

Das alte, aus Sandstein und Granit erbaute rote Gerichtsgebäude von Dallas gehörte zu den letzten Überresten einer früheren Epoche in der bunten Geschichte der Stadt. Der Bau des Gerichtshofs, der jetzt von den hochaufragenden Stahl- und Glastürmen der modernen Skyline umgeben ist, hatte im Jahre 1872 weniger als dreihunderttausend Dollar verschlungen. Einst Schauplatz der berühmtesten Fälle des Landes und Bühne für legendäre Plädoyers der besten Anwälte im Südwesten, hat es schon vor geraumer Zeit seine Strafgerichtshöfe an ein größeres, moderneres Gebäude abtreten müssen. Im Old Red, wie das zweigeschossige Bauwerk mit seinen majestätischen Zinnen und den bedrohlichen Wasserspeiern genannt wird, finden in der Regel nur noch Zivilprozesse statt. Hier werden Scheidungen ausgesprochen, Sorgerechte verteilt und Streitfälle verärgerter Geschäftsleute beigelegt.

Am Freitag, dem 3. August 1990, betrat Larry Aylor die düstere Eingangshalle dieses alten Gemäuers, um den juristischen Kampf gegen seine Ex-Frau weiterzuführen. Daß Joys Aufenthaltsort noch immer unbekannt war, beeinträchtigte seine Freude darüber, daß dieser Tag endlich gekommen war, nicht weiter.

Wochenlang hatte Kevin Chapman Aylor und seinen Anwalt zu überzeugen versucht, den Prozeß zu verschieben, bis Joy gefangen und angeklagt worden war. Er hatte ihnen sogar angeboten, bei der Vorbereitung des Verfahrens zu helfen, sobald der richtige Zeitpunkt gekommen war. Solange sie sich noch auf der Flucht befand, wäre jedes Urteil völlig bedeutungslos.

Zudem hatte er darauf hingewiesen, daß Aylors Aussage vermutlich nicht nur Joys Anwalt, sondern auch die Vertreter aller anderen Angeklagten mit wertvollen Informationen versorgen würde. Dr. Gailiunas, der Ähnliches vorgehabt hatte und die gleichen Argumente zu hören bekam, hatte sich schließlich zögernd bereit erklärt, das Strafverfahren nicht durch seine Zivilklage zu gefährden.

Bei Aylor war Chapmans Bitte freilich auf taube Ohren gestoßen. Aylor mißfiel das Vorgehen des Staatsanwalts, der sich ganz auf seine eigene Verhandlungsführung konzentrierte und nicht bereit war, auch nur die kleinste Information zu liefern. Aylor wollte seinen Prozeß haben.

Nachdem er von Bezirksrichter Bob O'Donnell vereidigt worden war, berichtete er leidenschaftslos vom Mord an Rozanne Gailiunas, den Anschlägen auf sein Leben und dem Tod seines Sohnes.

Mehr als eine Stunde lang stellte Barr seinem Mandanten Fragen, die demonstrieren sollten, wie weitreichend Joys Pläne gewesen und wie viele Menschen darin verwickelt waren. Einige der von Aylor beschuldigten Personen hatte die Polizei nie in Betracht gezogen oder schon längst als unverdächtig eingestuft.

Aylor berichtete von einer Auseinandersetzung mit Henry Davis aus jener Zeit, als er und Joy getrennt lebten. Davis wäre zu ihm gekommen und hätte gesagt, er solle ›seinen Arsch schleunigst zu Frau und Kind zurückschaffen, sonst werde sich einer seiner Leute um ihn kümmern‹.

Die Familie Davis hätte es ihm auch sehr schwer gemacht, Chris in den Monaten nach seiner Trennung von Joy zu besuchen. Sein Sohn sei durch das Versprechen auf ein neues Auto verleitet worden, bei seinen Großeltern zu wohnen. Und sie hätten gedroht, ihm den Wagen wieder wegzunehmen, falls er sich entschließen sollte, zu seinem Vater zu ziehen.

Dann erzählte er, wie Joy und Mike Wilson nach Aussage eines Polizisten sehr viel Zeit damit verbracht hätte, Chris' Wagen zu durchsuchen, statt sofort zum Krankenhaus zu fahren.

Außerdem erinnerte er an zwei weitere Anschläge auf sein Leben. Beim ersten sei er bei einer Motorradfahrt von einem Auto von der Straße gedrängt worden. Der Fahrer des Wagens sei Bill Garland gewesen.

Bei einer anderen Gelegenheit hätte er die Silhouette eines

bewaffneten Mannes vor seinem Fenster gesehen. Von da an hätte er aus Angst um sein Leben nur noch auf dem Sofa im Wohnzimmer geschlafen und sich nicht mehr in die Nähe der Fenster gewagt.

Des weiteren berichtete er von der Aufzeichnung eines Gesprächs zwischen Joy und Carol Garland, das am Abend vor dem Anschlag im Kaufman County stattgefunden hatte. Auf dem Band hätte Carol seiner Ex-Frau gesagt, ›es wird an diesem Wochenende erledigt‹.

Da weder Joy noch ihr Anwalt anwesend waren, endete das seltsame Verfahren ohne Kreuzverhör und auch ohne jedes Beweisverlangen für Aylors Behauptungen.

Da Joy nicht zu einer Gegenaussage verfügbar war und auch ansonsten keine weiteren Beweismittel vorlagen, war Richter O'Donnell gesetzlich gezwungen, Aylors Aussagen als wahr anzuerkennen, und sprach ihm zehn Millionen Dollar als Ausgleich für seine seelischen Schäden und zwanzig Millionen Dollar als Schmerzensgeld zu. Darüber hinaus bestimmte er, daß Aylor weitere zweihunderttausend Dollar als Ersatz für seine Anwaltskosten und für den Verlust seines Hauses bekommen sollte, um das ihn Joy nach seiner Aussage durch betrügerische Machenschaften gebracht hatte.

Von Rechts wegen schuldete Joy ihrem Ex-Mann jetzt dreißig Millionen und zweihunderttausend Dollar.

Und während man sich im Gerichtsgebäude staunend über die Höhe dieses Betrages unterhielt, gab es doch niemanden, der glaubte, Aylor würde jemals auch nur einen Penny dieses Geldes sehen.

Nach der Verhandlung begleitete Larry Barr zu dessen Büro, wo sie sich über das gerade gefällte Urteil unterhielten. Natürlich herrschte dabei nicht die ausgelassene Stimmung, die normalerweise einen derartigen Triumph begleitete. Die Entscheidung würde sich positiv auf Barrs Ruf auswirken und am nächsten Tag für interessante Schlagzeilen in den Zeitungen sorgen, doch im Grunde war es, genau wie Chapman vorhergesagt hatte, ein hohler Sieg.

Irgendwann fing Aylor an, von Ereignissen um Rozannes Tod zu erzählen, die er vor Gericht nicht erwähnt hatte.

»Wissen Sie«, meinte er, »wenn ich mir das heute so überlege, dann glaube ich, Joy hat mir hin und wieder subtile Botschaften zukommen lassen. Nach dem Mord hat sie mehrfach gesagt, Rozanne würde jetzt ›in der Hölle schmoren‹. Erst Jahre später habe ich erfahren, daß der Mörder mit Blut die Botschaft ›Schmore in der Hölle, Miststück‹ an die Wand von Rozannes Schlafzimmer geschrieben hat.«

Von wem er diese Information hatte – auf die sich in den Unterlagen der Polizei im übrigen nicht der kleinste Hinweis fand –, erwähnte er nicht.

Dann deutete er wieder an, Henry Davis sei an dem Mordkomplott gegen ihn beteiligt gewesen. Auf einem der Bänder, die er bei der Polizei gehört hätte, wäre davon die Rede gewesen, ihn zur Ranch zu bringen und ihn dort mitsamt seinem Pickup in einer Ausschachtung zu begraben.

Das Band, von dem er sprach, hatten weder Kevin Chapman noch Morris McGowan je gesehen.

Dann wandte sich ihr Gespräch Spekulationen darüber zu, wie lange Joy ihrer Festnahme noch entgehen könnte.

Wenn sie tatsächlich soviel Geld bei sich hatte, wie er vermutete, meinte Aylor, könnte sie damit sehr lange auskommen. Joy hätte dem Begriff Sparsamkeit eine neue Bedeutung verliehen.

Wenn ihre Chance, der Verhaftung zu entgehen, nur von ihrer Sparsamkeit abhinge, würde es noch sehr lange dauern, bis man sie schnappte, meinte Larry.

Nachdem er die Zeitungsberichte über das Verfahren gelesen hatte, sprach Kevin Chapman mit McGowan. Larry Aylors Aussage war weit über das hinausgegangen, was er ohnehin schon befürchtet hatte. Da vieles von dem, was Aylor unter Eid behauptet hatte, ganz erheblich von den Informationen abwich, mit denen er ihn zu Beginn der Ermittlungen versorgt hatte, sah sich der Staatsanwalt jetzt ganz neuen Problemen gegenüber.

Chapman war jetzt überzeugt, es wäre riskant, Aylor als Zeugen einzusetzen, ungeachtet der Tatsache, daß er das Ziel des Mordkomplotts gewesen war.

Obwohl McGowan noch etwas enttäuscht über die verpaßte Chance in Kanada war, wußte er jetzt immerhin, daß Joy sich in Mexiko aufhielt. Die ganze Zeit über hatte er schon vermutet, daß sie dorthin wollte. Seit sie Joys Haus nach ihrer Flucht durchsucht und dabei eine spanische Unterrichtskassette gefunden hatten, war er ziemlich sicher gewesen, daß sie letzten Endes im Süden auftauchen würde. Er hatte zwar noch nie mit den mexikanischen Behörden zusammengearbeitet, war aber von Anfang an überzeugt, die Federales würden sich der Jagd anschließen, sofern man ihnen nur den richtigen Anreiz bot. In Mexiko spielte Geld eine besondere Rolle, hatte er immer wieder gehört. Wenn das FBI dort verbreitete, daß für die Ergreifung einer flüchtigen Amerikanerin eine Belohnung zu erwarten war, dann war die Arbeit schon so gut wie getan.

Doch er mußte sehr schnell feststellen, daß das nicht der Fall war. Die mexikanischen Behörden waren noch immer über die Entführung von Dr. Humberto Alvarez-Machain verärgert. Alvarez wurde verdächtigt, 1985 den amerikanischen Drogenfahnder Enrique Camarena ermordet zu haben. Amerikanische Polizeibeamte galten seither in Mexiko als unerwünscht.

McGowan und MacKenzie hatten kurzfristig die Möglichkeit erwogen, selbst nach Mexico City zu reisen. Sie hofften, Joy dort aufspüren und in die Vereinigten Staaten zurückbringen zu können, um sie dort dann rechtmäßig zu verhaften. Diese Idee ließen sie freilich sehr rasch fallen, als der FBI-Agent Max Chapman ihnen erklärte, die mexikanischen Behörden hätten eindeutig klargestellt, daß jeder amerikanische Polizist, der sich unberechtigt in ihrem Land aufhielt, sofort eingesperrt würde.

Jon Barr hatte einen ganz ähnlichen Gedanken verfolgt. Er rief Chapman an und erzählte, seine Kanzlei vertrete mehrere große Unternehmen in Mexiko, die von einflußreichen Leuten mit besten Beziehungen zur Regierung geleitet würden. Zudem könnten auch seine eigenen Ermittler Nachforschungen anstellen.

Chapman lehnte das Angebot ab.

Offenbar würden die Ermittlungen auch weiterhin nur schrittweise vorankommen, und so verbrachte McGowan viele Stunden damit, sich zu überlegen, was Joy wohl machte. Er war sich ziemlich sicher, daß sie nicht versuchen würde, Verbindung zu ihren Verwandten aufzunehmen, denn sie konnte sich schließlich denken, daß deren Telefone angezapft wären. Sehr wahrscheinlich wußte sie inzwischen auch, daß Mike im Gefängnis saß und somit keine Möglichkeit bestand, sich mit ihm zu verständigen. Und da sie Jodi Packer sitzengelassen hatte, war es auch eher unwahrscheinlich, daß sie versuchen würde, diese Verbindung wieder aufleben zu lassen.

Somit blieb ihr nichts anders übrig, als sich von allen fernzuhalten und ganz einfach zu verschwinden. Wenn sie so schlau war, wie McGowan vermutete, würde sie niemandem trauen.

Tatsächlich war Jodi kurz nach Joys und Mikes Flucht zum Revier gekommen, hatte erklärt, er sei in Sorge, weil er nichts mehr von ihr gehört hätte, und bot seine Hilfe an. Er liebe Joy noch immer, erzählte er McGowan, und fürchte um ihre Sicherheit, solange sie sich in Wilsons Begleitung befand. Es wäre ihm lieber, sie würde verhaftet und nach Dallas gebracht, als daß sie noch länger mit Mike unterwegs wäre. »Es geht mir nur um ihre Sicherheit«, hatte er behauptet.

Doch weder bei der Polizei noch bei der Staatsanwaltschaft erwartete irgend jemand echte Mithilfe von Jodi Packer. Aus Gründen, die keiner genau erklären konnte, mochte ihn niemand leiden, und trauen wollte ihm erst recht keiner. Wie viele Menschen, die ihr ganzes Leben mit der Bekämpfung von Kriminellen verbringen, hatten sie offenbar die Fähigkeit entwickelt, hinter die Handlungen und Motive zu schauen. Von jenem Abend in Joys Haus an, als sich sein arrogantes Verhalten nach seinem kurzen Gespräch mit Joy plötzlich in Freundlichkeit verwandelt hatte, galten seine Beweggründe als suspekt. Jodi war freundlich, zu schnell dabei, Namen zu nennen, und zu eifrig, Hilfe anzubieten, die er dann nicht leistete.

Zudem waren Chapman und McGowan schon seit langem überzeugt, daß Packer weitaus mehr wußte, als er zugab.

Und schon bald sollte klar werden, daß auch Mike Wilson nichts von Packer hielt.

Kurz nach seiner Verhaftung erhielt Mike Besuch von Kevin Chapman, mit dem er in besseren Tagen oft zur Vogeljagd gegangen war, und dessen Kollegen Dan Hapgood. Eine Zeitlang unterhielten sich die drei Männer ganz allgemein über Wilsons Beziehung zu Joy und seine derzeitigen Probleme, bis sie dann mit der eigentlichen Befragung begannen.

Das Verhör dauerte erst ein paar Minuten, da unterbrach Mike. »Hören Sie«, sagte er zu Chapman, »bevor wir hier weitermachen, müssen Sie mir erst eine Frage beantworten.«

Überrascht warteten die beiden Strafverfolger, was Wilson zu sagen hätte.

»Erzählen Sie mir, was Sie von Jodi Packer halten.«

Beide Männer waren verschwiegen und schon routinemäßig daran gewöhnt, Informationen nur sehr vorsichtig weiterzugeben.

Schließlich hob Chapman den Kopf, blickte Mike genau in die Augen und sagte: »Das ist der schmierigste und verschlafenste Scheißer, den ich je gesehen habe.«

Wilson nickte und lächelte zufrieden. Nun, sagte er, sei er bereit, ihre Fragen zu beantworten.

Da den Beamten aus Richardson juristisch gesehen die Hände gebunden waren, konnten sie nur abwarten, ob das FBI eine neue Entwicklung zu melden hatte. Gelegentlich tauchten neue Gerüchte auf – Henry Davis hätte einen Freund, der eine große Farm in Mexiko besäße, und dort könnte sich Joy befinden –, die sie dann an Matt Chapman vom FBI weiterleiteten, der sie anschließend seinem Kollegen in Mexiko mitteilte. Doch nie führten diese Dinge zu Ergebnissen.

Die Tatsache, daß die beiden Männer, die seit sieben Jahren an diesem Fall gearbeitet hatten, nun zu einer passiven Haltung gezwungen waren, frustrierte sie nur noch mehr.

Die Vorstellung, nicht mehr aktiv an der Suche teilnehmen

zu können, nagte an McGowan und seinen Kollegen. Vielleicht war es jetzt an der Zeit, mit dem Fall an die Öffentlichkeit zu gehen und abzuwarten, was dabei herauskam. Monatelang hatten sich Reporter aus dem ganzen Land McGowans höfliche Weigerung anhören müssen, etwas zu dem Fall zu sagen. Doch jetzt schlug er vor, den Journalisten genug zu erzählen, um das Interesse der Öffentlichkeit erneut anzufachen.

MacKenzie, der gerade von einer Fachkonferenz zurückgekehrt war, schlug vor, die Fernsehshow ›Americas Most Wanted‹ einzuschalten. Ein Vertreter der populären, von Fox Networks ausgestrahlten Sendung hatte auf der Konferenz gesprochen und dabei die Beamten gedrängt, weitere interessante Fälle vorzustellen.

»Und unser Fall hat alles, wonach sie suchen«, meinte MacKenzie. FBI-Agent Chapman pflichtete ihm bei.

Schon kurze Zeit später hatten die Produzenten der Sendung eine Zusammenfassung des bizarren Falls erhalten und wollten in der ersten Augustwoche ein Filmteam nach Dallas schicken. Während sich die Beamten noch für die Möglichkeiten einer landesweiten Ausstrahlung begeisterten, hatte die lokale Tageszeitung bereits mit einem Artikel dafür gesorgt, daß neue Informationen auftauchten.

Eine Frau namens Stephanie Grimes hatte nach ihrer Rückkehr aus Mexiko ältere Ausgaben des *Dallas Times Herald* durchgesehen und war dabei auf ein Foto gestoßen, das neben dem Artikel über das Multimillionenurteil zugunsten von Larry Aylor abgebildet war.

Am Nachmittag des 4. August 1990 erhielt MacKenzie einen Anruf von Grimes. Sie erklärte, sie hätte die letzten Monate in einer Sprachschule in Cuernavaca verbracht und sei sicher, daß die Frau, mit der zusammen sie im Haus eines Flugkapitäns und dessen Frau wohnte, identisch mit der sei, die neben dem Artikel im *Times Herald* abgebildet worden war.

MacKenzies anfängliche Skepsis schwand sofort, als Grimes erzählte, die Frau hätte sich nicht als Joy Aylor vorgestellt, sondern als ›Jodi Packer‹.

»Ma'am«, sagte der Beamte, »wenn Sie mir Ihre Adresse geben, würde ich gerne persönlich mit Ihnen sprechen.«

Eine Stunde später saß er im Wohnzimmer des Hauses und machte sich Notizen, als die Frau von ihrer monatelangen Bekanntschaft mit Joy Aylor berichtete.

»Sie war sehr nett«, sagte Grimes. »Sie war schon dort, als ich kam, um mich einzuschreiben, und wir wurden der gleichen Gastfamilie zugeteilt. Sie erzählte, ihr Mann sei zum Fischen an der Küste, deshalb hätte sie sich entschlossen, hier Sprachunterricht zu nehmen. Sie erzählte viel von ihren Kindern – alles Jungs – hier in den Staaten.«

Erst als MacKenzie ihr gezielte Fragen stellte, fiel ihr wieder ein, was sie für sich als ›sonderbares Verhalten‹ bezeichnet hatte. Nebenan gab es einen Drugstore, den die Frau oft aufsuchte, um dort den Münzfernsprecher zu benutzen. Und wenn die Studenten Exkursionen machten, sah es immer so aus, als würde sie nur ungern fotografiert werden.

»Ich habe nur einmal erlebt, daß sie außer Fassung war«, berichtete die Frau. »Damals kam ich in ihr Zimmer, und sie lag weinend auf dem Bett. Ich fragte, was los sei, und sie erzählte, sie hätte einen ihrer Söhne bei einem furchtbaren Autounfall verloren.«

MacKenzie gab sich große Mühe, sich seine Aufregung nicht anmerken zu lassen. War sie noch immer in der Schule?

Nein, erwiderte Grimes, sie sei recht plötzlich abgereist, um ihren Mann in Mexico City zu treffen. Offenbar hatte sie Eheprobleme. Allerdings hatte sie angedeutet, sie wollte im nächsten Semester zurückkommen. Einschreibungstermin war der 17. September.

»Da ist noch etwas«, fügte Grimes hinzu.

»Und was?«

»Als sie wegfuhr, hat sie mein Reisevisum gestohlen. Ich hatte schon Angst, ich würde deswegen Schwierigkeiten bekommen.«

MacKenzie fuhr schnell zurück ins Büro, rief McGowan daheim an und erzählte ihm von dem Gespräch. Morris spürte, wie das Adrenalin seinen Körper überflutete. Eine Zeugin zu haben, die Joy an einem bestimmten Ort gesehen hatte, brachte die Ermittlungen einen großen Schritt vorwärts. Schade war nur, daß die Begegnung bereits einen Monat zurücklag. Joy konnte inzwischen schon eine große Distanz zwischen sich und Cuernavaca gelegt haben.

Als die Beamten die neuen Informationen durchsprachen, konzentrierten sie sich vor allem auf zwei Punkte. Wenn Joy tatsächlich zurückkam und sich für das Herbstsemester einschrieb – was allerdings höchst unwahrscheinlich war –, könnte das FBI dort auf sie warten.

Und selbst wenn sie in einen anderen Teil des Landes geflüchtet war und nicht mehr nach Cuernavaca zurückkehren wollte, hatte sie vermutlich immer noch Verbindung zu demjenigen, den sie vom Drugstore aus angerufen hatte.

»Wenn wir die Nummer von dem verdammten Münztelefon haben, können wir die Anrufe zurückverfolgen und feststellen, mit wem sie in Kontakt steht«, meinte McGowan.

MacKenzie hatte bereits einen Verdacht. Er war bereit zu wetten, daß sie dieselbe Person anrief, mit der sie auch von Kanada aus regelmäßig telefoniert hatte. »Es muß ihr Freund Fielding sein.«

McGowan stimmte zu. Allerdings würden sie große Vorsicht walten lassen müssen. Schließlich durfte Joy auf keinen Fall erfahren, daß man ihren Aufenthaltsort kannte.

Ihr erster Gedanke war, schnell nach Cuernavaca zu fahren, den Drugstore zu suchen und die Telefonnummer zu notieren. Doch die Warnung der mexikanischen Behörden vor unerlaubten Nachforschungen dämpfte ihren Enthusiasmus rasch wieder. Eine derartige Reise würde von ihren Vorgesetzten doch nicht genehmigt werden.

Sie würden die Dinge Schritt für Schritt erledigen müssen. Erst mußte FBI-Agent Chapman in Dallas informiert und gebeten werden, einen seiner Kollegen in Mexiko zu veranlassen, den Drugstore zu suchen und die Nummer des Telefons herauszufinden. Und wenn die Anrufe zurückverfolgt worden waren, konnten sie sich um denjenigen kümmern, der angerufen worden war.

Die Arbeit des FBI an diesem Fall hatte sich bisher darauf beschränkt, ein Fahndungsfoto an alle Polizeidienststellen und Postämter innerhalb der Vereinigten Staaten zu schicken.

Eines Morgens, als Larry Aylor das kleine Postamt von Culpepper betrat, entdeckte er das kleine Foto seiner Ex-Frau am schwarzen Brett. Dort, inmitten der finster blickenden Männer, die wegen Postraubs, Banküberfällen und Kidnapping gesucht wurden, hing Joy.

Gesucht vom FBI wegen Mordes und Flucht über die Staatsgrenze, stand unter dem Bild.

Larry war sonderbar fasziniert, als er näher trat, um das Bild genauer zu betrachten. Minutenlang stand er da und las Joys Beschreibung, die Falschnamen, die sie benutzte, und die Liste der Verbrechen, wegen derer sie gesucht wurde. Als er die Reihe von Fingerabdrücken unter dem Foto betrachtete, schienen sie ihm viel zu groß zu sein, um von den Händen zu stammen, die er als klein und zart in Erinnerung hatte.

Am unteren Rand des Fotos stand in Großbuchstaben das Wort ›ACHTUNG‹, und darunter ›Sie wirbt möglicherweise Personen zu ihrem Schutz an oder besitzt selbst eine Waffe. Sie muß als bewaffnet und gefährlich gelten und mit äußerster Vorsicht behandelt werden‹.

Statt der sonst üblichen sieben Minuten widmete ›Americas Most Wanted‹ am 21. September 1990 dem verschlungenen Verbrechen aus Texas die halbe Sendezeit, nämlich eine Viertelstunde.

Schätzungsweise zehn Millionen Zuschauer in Amerika und Kanada sahen zu, wie der Mord an Rozanne Gailiunas und der Anschlag auf Larry Aylor in Spielszenen nachgestellt wurden. Eine Schauspielerin aus Dallas, deren Frisur man so geändert hatte, daß sie Joy Aylor ähnelte, übernahm die Hauptrolle.

Man brachte ein Interview mit McGowan, aufgenommen im Richardson Police Department, anschließend eines mit Larry Aylor vor seinem Haus in Virginia. »Die ganze Sache lief ab wie ein schlechter Traum«, erzählte er.

Sofort nach der Sendung flammten die Lichter in der Telefonzentrale auf. Innerhalb von vierundzwanzig Stunden wurden mehr als dreihundert Anrufe registriert. Ein Anrufer war sicher, Joy schlafend unter einer Brücke in Michigan gesehen zu haben. Ein Mann in Carol Gables, Florida, hatte in einem Einkaufszentrum mit ihr gesprochen. Jemand im südlichen Texas glaubte, sie wohne auf einer Farm in der Nähe.

Der Anruf eines kanadischen Geschäftsmann stieß allerdings auf größeres Interesse. Flüsternd erzählte er MacKenzie, er wäre während einer Geschäftsreise nach Monterrey mit Joy zusammengewesen.

Als MacKenzie nachfragte, erklärte der Mann, daß er von daheim anriefe und nicht frei sprechen könne. Seine Frau sei im Nebenzimmer. Er gab dem Beamten seine Büronummer und schlug vor, er solle ihn am nächsten Morgen dort anrufen.

Ken stimmte zögernd zu. »Eine kurze Frage noch«, sagte er. »Hat sie ihren Namen genannt?«

»Ja«, erwiderte der Mann, »sie sagte, sie heißt Julia Packer.«

MacKenzie schrieb den Namen auf ein Notizblatt und hielt es hoch, damit McGowan und Chapman es sehen konnten.

»Wir sind wieder im Geschäft«, meinte McGowan.

MacKenzie flog nachts nach Dallas zurück und rief am nächsten Morgen den kanadischen Informanten an, der sich dafür entschuldigte, so geheimnisvoll getan zu haben. Er hätte eben seine Geschäfte in Monterrey mit ein wenig Vergnügen gewürzt, was seine Frau wohl nicht sonderlich schätzen würde.

In seinem Hotel hatten er und ein paar andere Geschäftsleute nachmittags regelmäßig mit einigen Frauen, die auch dort wohnten, etwas getrunken. Bei dieser Gruppe befand sich auch ›Julia Packer‹, eine attraktive, freundliche Blondine. Sie hatte erzählt, sie stamme aus Atlanta, Georgia, ihr Mann sei im Baugeschäft, und sie hätte mehrere Kinder.

Der Mann hatte sie mit einer anderen Frau bekannt gemacht, die Grundstücke in Mexiko verkaufte, und die beiden hatten sich sofort angefreundet. »Ich hatte den Eindruck, daß Julia Grundbesitz erwerben wollte.«

MacKenzie erkundigte sich, ob der Anrufer jemals ihren Ehemann gesehen hätte. »Nein, der war nicht dort.« Er zögerte einen Moment. »Aber es gab da jemanden, mit dem sie eines Nachmittags gesprochen hat. Wir befanden uns in der Bar, redeten und tranken. Sie hatte sich so hingesetzt, daß sie den Empfang im Auge behalten konnte. Als dieser Mann auftaucht – vermute ich jedenfalls, ich konnte ihn von meinem Platz aus nicht sehen –, springt sie auf und erzählt allen, sie hätte gerade einen alten Freund aus Atlanta entdeckt. Sie ging dann hinaus und redete eine Zeitlang mit jemandem. Doch als sie in die Bar zurückkam, erwähnte sie nichts mehr davon.

Die Frau, mit der Sie wirklich reden sollten, ist Lydia Montoya«, fügte der Anrufer hinzu.

»Wer ist das?«

»Die Grundstücksmaklerin, die ich erwähnt habe.«

MacKenzie berichtete McGowan von dem Gespräch und bat darum, die Sache nachprüfen zu dürfen, ohne deswegen das offensichtlich desinteressierte FBI-Büro in Mexiko einschalten zu müssen.

Er kannte einen Beamten der amerikanischen Zollbehörde namens Larry Viejo, der in Monterrey arbeitete. Und da Viejo ebenfalls ein Bundesagent war, was sollte ihn davon abhalten, der Sache nachzugehen?

Der Zollbeamte wurde telefonisch instruiert und machte sich sofort an die Arbeit. Zunächst überprüfte er das Hotel und stellte fest, daß dort niemand unter einem der Falschnamen registriert war.

Der nächste Schritt erwies sich als produktiver. Nachdem er Lydia Montoya ausfindig gemacht hatte, erfuhr er, daß sie Joy zu einer örtlichen Bank gebracht hatte, wo sie ein Schließfach mietete.

Zudem gab die Frau ihm die Namen von zwei Männern, mit denen sie Joy in der Hotelbar bekannt gemacht hatte. »Sie kommen beide aus Dallas«, erzählte er MacKenzie.

Viejos Informationen lösten in Richardson hektische Aktivität aus. Man rief den Polizeichef von Monterrey an und informierte ihn über das Bankschließfach und die hohe Wahrscheinlichkeit, daß Joy dorthin zurückkehrte. »Wenn sie dort ihr Geld untergebracht hat, kommt sie garantiert«, meinte McGowan.

Der Polizeichef erklärte sich bereit, für ein paar Tage einen seiner Männer dort zu stationieren. Falls die Frau nicht so schnell wiederkäme, wollte er mit den Bankangestellten vereinbaren, daß sie ihn sofort informierten, wenn sie auftauchte, und sich gleichzeitig bemühten, sie so lange wie möglich dort aufzuhalten, bis seine Männer dort wären.

MacKenzie machte sich unterdessen auf die Suche nach den beiden Geschäftsleuten aus Dallas, die Joy im Hotel getroffen hatte. Sie erzählten die gleiche Geschichte wie Lydia Montoya, fügten aber noch ein Detail hinzu.

»Sie suchte dringend nach einer Mitfahrgelegenheit nach Nuevo Laredo«, erinnerte sich einer der Männer. »Sie wollte dort einen Freund ihres Schwagers oder so etwas treffen. Ich hatte den Eindruck, daß es sehr wichtig war. Zuerst kam es mir seltsam vor, daß eine Frau wie sie kein eigenes Transportmittel hatte, doch dann dachte ich, sie hätte nur keine Lust, die Fahrt allein zu machen.

Als wir abreisten, redete sie noch immer davon.«

Die Auskunft, daß Joy unbedingt nach Nuevo Laredo an der texanischen Grenze wollte, beschäftigte McGowan und MacKenzie. Wenn das stimmte, wollte sie vermutlich dort jemanden treffen. Aber wen? Und weshalb? War es möglich, daß sie vielleicht sogar wieder in die Vereinigten Staaten kommen wollte?

Und jeder weitere Anruf von Viejo verwirrte die Angelegenheit noch mehr.

Ein paar Tage nachdem der Beamte von dem Schließfach erfahren hatte, machte er zwei weitere Frauen ausfindig, die an den Treffen in der Hotelbar teilgenommen hatten. Sie erzählten, die Amerikanerin hätte sich mit einem reichen mexikanischen Großgrundbesitzer angefreundet. Der erheblich ältere Mann sei ganz vernarrt in Joy gewesen und hätte sie zu überreden versucht, auf seine Ranch in der Nähe von Torreon zu ziehen.

Von all den Szenarien, die McGowan seit Joys Verschwinden gehört hatte, beunruhigte ihn die Aussicht am meisten, ein reicher mexikanischer Grundbesitzer mit besten Beziehungen zu den örtlichen Behörden könnte ihr Unterschlupf gewähren.

Wenn Joy tatsächlich jemanden gefunden hatte, war der Fall so gut wie verloren.

Am Morgen des 9. Oktober mußte McGowan erkennen, daß die Suche noch längst nicht zu Ende war. Eine Schlagzeile der *Dallas Morning News* lautete: ›Flüchtige Joy Aylor in Mexiko gesichtet‹. Unter Berufung auf ungenannte Quellen, ›die nur zur Aussage bereit waren, wenn ihre Identität nicht bekannt wurde‹, schilderte die Gerichtsreporterin Ann Belli detailliert, daß Joy sowohl in Cuernavaca wie in Monterrey gesehen worden war. Der Artikel enthielt sogar die Tatsache, daß sie den Namen Jodi Packer benutzt hatte.

Während McGowan und Chapman wegen des Artikels regelrecht kochten, versuchte MacKenzie herauszufinden, wer die ›ungenannte Quelle‹ war. Seit das Dallas County Scheriff's Department in den Fall eingeschaltet worden war, hatte er mehrere Deputies mit den Hintergründen vertraut gemacht und sie auch weiterhin auf dem laufenden gehalten. Und obwohl er stets betont hatte, daß diese Informationen streng vertraulich waren, nahm er an, daß jemand aus dem Stab des Sheriffs geplaudert hatte.

MacKenzies Verdacht konzentrierte sich rasch auf einen bestimmten Deputy, den er zuvor noch gegen McGowan in Schutz genommen hatte. Nun aber stimmte er mit Morris überein, wer die ›ungenannte Quelle‹ war.

Um ganz sicher zu gehen, baten sie eine Beamtin um Unterstützung. Sie sollte den Deputy anrufen, sich als Reporterin ausgeben und ihm anbieten, seinen Namen geheimzuhalten, wenn er Informationen über den Fall abgab.

Am späten Nachmittag kam MacKenzie in McGowans Büro und warf eine Kassette mit dem aufgezeichneten Gespräch auf seinen Tisch.

»Sie haben recht gehabt, was den Kerl anging«, meinte er.

Noch am gleichen Tag wurde der überraschte Deputy verwarnt und von dem Fall abgezogen.

Nach und nach schwand jede Hoffnung, Joy in Mexiko stellen zu können. Trotz mehrerer Anfragen war das FBI nicht in der Lage, die Telefonnummer des Drugstore festzustellen. Joy kehrte nicht zur Bank in Monterrey zurück, woraus McGowan schloß, daß sie ihr Geld nicht dort deponiert hatte. Viejo versuchte erfolglos, mehr über den geheimnisvollen Großgrundbesitzer herauszufinden. Die Grenzpatrouille in Laredo, die man über Joys möglichen Grenzübertritt informiert hatte, meldete nichts.

Eine demoralisierte Atmosphäre hatte sich über das Richardson Police Department und das Büro des Bezirksstaatsanwalts gesenkt.

Das neue Jahr brachte die Erkenntnis, daß Chapmans Einschätzung vermutlich stimmte. Joy war erfolgreich verschwunden.

Während des kalten, rauhen Januars rückte dafür Mike Wilson ins Zentrum des öffentlichen Interesses, als sein Prozeß vor dem Bundesgericht begann. Eine Jury aus sieben Männern und acht Frauen erklärte ihn für schuldig, nachdem sie Bandaufzeichnungen seiner Gespräche mit Mike Northcutt gehört und den im Zimmer 909 des Holiday Inn aufgenommenen Film gesehen hatten.

Während Richter A. Joe Fish die Urteilsverkündung auf April festsetzte, machte sich Mike keine Illusionen über sein Schicksal. Entsprechend den gesetzlichen Richtlinien, an die sich der Richter zweifellos halten würde, war Wilson klar, daß er die nächsten fünfzehn Jahre seines Lebens im Gefängnis zubringen würde.

Anfang Februar 1991 begann die Jagd nach Joy Aylor erneut. Die Agenten Mike Johnson und Barry Moore vom State Department tauchten in Richardson auf und verlangten McGowan zu sprechen.

»Was können Sie uns über einen Mann namens Jodi Packer erzählen?« wollten die beiden wissen.

Kapitel 23

Es war einer jener glücklichen Zufälle gewesen, die einem die moderne Technologie bescheren kann. Eine Angestellte des Houstoner Paßamtes war bei einem routinemäßigen Computerdurchlauf auf einen Widerspruch gestoßen, den sie ihrem Vorgesetzten gemeldet hatte. Der Computer, der so programmiert war, daß er jeden ungewöhnlichen Antrag auf einen Paß meldete, hatte den Namen Donald Averille Airhart auf den Schirm geworfen und mit einem warnenden Blinklicht unterlegt.

Eine Überprüfung ergab, daß Airhart, dessen Antrag im vergangenen November bearbeitet worden war, bereits fünfundzwanzig Jahre zuvor bei einem Jagdunfall ums Leben gekommen war. Trotzdem war der Paß genehmigt und ausgehändigt worden.

Als die Fahnder im nahe gelegenen Beaumont die Grabstätte des Mannes entdeckten, stand fest, daß hier irgendein Betrug vorlag.

Nun wurden die Nachforschungen intensiviert, und man fand heraus, daß der Antragsteller eine Geburtsurkunde, einen texanischen Führerschein, einen Büchereiausweis und einen internationalen Führerschein eingereicht hatte.

Zuletzt fand man auch noch das Autokennzeichen des Antragstellers heraus.

Eine Überprüfung bei der Kraftfahrzeugstelle ergab, daß der Jeep Cherokee nicht auf Donald Airhart zugelassen war, sondern auf einen gewissen Jodi Timothy Packer, ein vierundvierzigjähriger Geschäftsmann aus Dallas und Neffe des verstorbenen Airhart. Daraufhin wurden die Agenten Johnson und Moore vom State Department auf den Fall angesetzt.

Zunächst waren sie zum Büro des Dallas County Sheriff gefahren, um zu sehen, ob dort Informationen über den Gesuchten vorlagen. Man fand zwar keinen Eintrag im Strafregister, aber ein Deputy, der die Unterhaltung mitgehört hatte, informierte sie, daß Jodi der Ex-Ehemann von Bezirksrichterin Ann Packer war.

Richterin Packer wiederum hatte ihnen empfohlen, sich sofort an die Polizei in Richardson zu wenden.

McGowan skizzierte kurz den Grund für sein langanhaltendes Interesse an Packer und lauschte dann den Informationen, die die Agenten des State Department bisher gesammelt hatten. Packer war zu Jahresbeginn sehr oft verreist, unter anderem nach Mexiko, Spanien, Frankreich, Marokko und Saudi Arabien. Er hatte dabei sowohl seinen eigenen als auch den gefälschten Paß benutzt.

McGowan berichtete daraufhin von der vergeblichen Suche nach Joy Aylor und ihrer Verbindung zu Packer. Agent Johnson bot sofort die Hilfe seiner Behörde an. Plötzlich war aus dem, was wie ein gewöhnlicher Paßbetrug ausgesehen hatte, ein weitaus interessanterer Fall geworden. »Ich werde dafür sorgen, daß der Staatsanwalt sich mit Ihnen in Verbindung setzt«, versprach McGowan.

»Glauben Sie, daß Ihre Lady bei ihm ist?« erkundigte sich Johnson, als er sich erhob, um zu gehen.

McGowan zuckte nur die Achseln, obwohl er insgeheim fest davon überzeugt war.

Vielleicht, dachte er, hatte der stets hilfswillige Jodi Packer jetzt doch seinen Beitrag geleistet, auch wenn ihm das möglicherweise nicht gefiel.

Als McGowan Chapmans Büro anrief, erfuhr er zu seiner Enttäuschung, daß der Strafverfolger und seine Frau in Coumel Urlaub machten. Er ließ sich die Nummer des mexikanischen Hotels geben, in dem sie wohnten, um Kevin direkt über den neuesten Stand zu informieren.

»Sie haben wohl geglaubt, Sie könnten jetzt Urlaub machen«, sagte McGowan, als er Chapmans Stimme hörte.

»Was ist denn passiert?«

»Wir sind wieder auf der Jagd«, erklärte McGowan und schilderte, was er eben erfahren hatte.

»Wir sind am Wochenende zurück«, erwiderte Chapman.

Obwohl ihnen noch zwei Tage blieben, wußte Rhonda Chapman schon, daß der Urlaub vorbei war, sobald ihr Mann den Hörer aufgelegt hatte. Sein Interesse an Tauchausflügen in die bunte Welt der Korallenriffe verschwand schlagartig, statt dessen unternahm er lange, einsame Wanderungen am Strand. Obwohl er Hunderte von Meilen von seinem Büro entfernt war, befand er sich geistig schon wieder dort und befaßte sich mit den Aufgaben, die jetzt vor ihm lagen. Es würde nicht einfach sein, einen internationalen Haftbefehl für Joy Aylor zu erwirken, denn dafür mußten die Staatsanwaltschaft, das FBI und das State Department zusammenarbeiten. Sobald die erforderlichen Unterlagen beisammen waren, mußten sie zum Londoner Hauptsitz von Interpol geschickt werden, denn erst dort konnte ein auch im Ausland rechtskräftiger Haftbefehl ausgestellt werden.

Darüber hinaus war Chapman sicher, daß Packer bei seinen Reisen eine deutliche Spur hinterlassen hatte, und er wollte jetzt herausfinden, wohin sie führte.

Während die Agenten des State Department die Spur des gefälschten Passes verfolgten, beantragte Chapman einen Gerichtsbeschluß, Einsicht in Packers Kreditkartenabrechnungen zu nehmen sowie in sämtliche Banktransfers nach Übersee, die möglicherweise über Jodis Geschäft gelaufen waren.

Sehr schnell wurde festgestellt, daß Jodi tatsächlich regelmäßig über sein Geschäft Geld an verschiedene Banken in Europa geschickt hatte. Mehrere Besuche in der Houstoner Niederlassung von Visa verhalfen Chapman zu neuen Erkenntnissen über Jodis Aktivitäten. Das einzige Problem bestand darin, daß es immer drei Wochen dauerte, bis man erfuhr, wann und wo Jodi seine Kreditkarte benutzt hatte.

So rief er die Rezeptionen der Hotels an, in denen mit der Visakarte bezahlt worden war, und hoffte jedesmal, jemand könnte sich daran erinnern, ob eine Frau zusammen mit Packer dort gewesen war.

Der jüngste Eintrag stammte aus einem Hotel in Nizza, doch genau wie in den anderen Hotels konnte sich auch hier niemand daran erinnern, ob das Zimmer von einem Mann oder einer Frau gemietet worden war.

»Solange wir derart weit hinter ihnen herhinken, erwischen wir sie nie«, meinte Chapman zu McGowan, »es sei denn, sie entschließen sich, an einem Ort zu bleiben.« Wieder einmal machte sich Frustration breit. Einerseits kamen sie ihnen durchaus näher, doch andererseits trennten sie immer noch Tausende von Meilen von ihrem Ziel.

Obwohl sie ziemlich sicher waren, daß Jodi in regelmäßigem Kontakt zu jemandem aus seinem Geschäft stand, konnten sie es nicht wagen, hier genauer nachzuforschen, weil Packer dadurch gewarnt werden konnte.

Dann kam McGowan auf eine neue Idee. »Ich frage mich, welches Transportmittel sie benutzen?« meinte er eher zu sich selbst als zu Kevin.

Beide Männer dachten in diesem Moment an die gleiche Sache.

Später an diesem Tag beauftragte McGowan den Detective Mike Sandlin damit, sämtliche Mietwagenfirmen zu überprüfen. Mit Hinblick auf den Wagen, den Joy bei ihrer Flucht aus Dallas für sich und Mike gemietet hatte, empfahl er Sandlin, bei Budget anzufangen.

Ein paar Stunden später war Sandlin wieder zurück. Er hätte gerade mit dem europäischen Vizepräsidenten von Budget Car Rental in London telefoniert, sagte er. »Jodi Packer hat einen Wagen am Flughafen von Nizza gemietet.«

»Wann muß er wieder abgeliefert werden?«

»Das wußte er nicht, aber er will sich wieder melden.«

Zum ersten Mal seit Tagen erschien ein zufriedenes Lächeln auf McGowans Gesicht.

Vom Fenster ihres kleinen Tourismus-Büros in St. Paul de Vence hatte Dominique einen prächtigen Ausblick auf den pittoresken Marktplatz, der früher das Zentrum ihres kleinen Heimatortes gewesen war. Händler verkauften Früchte und Gemüse, das in den Gärten am Fuß der Berge gezogen worden war; Pärchen schlenderten Hand in Hand unter den schattenspendenden Bäumen entlang; alte Männer tranken gemeinsam Kaffee und wärmten Kriegsgeschichten auf, Kinder scharten sich um die kleine Bühne und warteten ungeduldig auf den Auftritt des nächsten Musikanten oder Puppenspielers.

Dominique, eine hübsche Frau Anfang Dreißig, hatte erst gemerkt, wie sehr sie ihre Heimat an der französischen Riviera vermißt hatte, als sie vor einem Jahr aus den Vereinigten Staaten zurückgekommen war, um ihre kranken Großeltern zu unterstützen. Anfangs war sie nur zögernd bereit gewesen, das Tempo und die zahllosen Vergnügungen New Yorks hinter sich zu lassen, doch dann hatte sie die alten Straßen von Vence überraschend schnell wieder in ihr Herz geschlossen.

Dominique hatte diesen Ort einmal verlassen, und sie hatte nicht vor, das noch einmal zu tun. Sie würde in Vence bleiben und die Welt zu sich kommen lassen.

Und die Welt kam, um die alte Bergstadt zu bewundern.

Als Angestellter des Tourismus-Büros war es Dominiques Aufgabe, jenen Urlaubern die Sehenswürdigkeiten nahezubringen, die vor dem Getümmel an den Stränden von Nizza und Cannes zurückschreckten und sich lieber mit der Geschichte dieser Region beschäftigten, als an den Spieltischen im kaum eine Autostunde entfernten Monaco um einen Platz zu kämpfen.

Manche der Touristen, etwa wie das freundliche amerikanische Paar, das irgendwann im Januar in ihr Büro gekommen war, waren von der Umgebung so verzaubert, daß sie hierbleiben wollten.

Die hübsche, lächelnde Frau hatte sich als Elizabeth vorgestellt. Ihr Ehemann Don war in Europa mit Geschäften befaßt, die ihn sicher noch eine Weile aufhalten würden. Nachdem sie in den vergangenen Monaten in Genua gelebt hatten, wollten sie nun einige Zeit in Vence verbringen, sofern sie eine möblierte Wohnung fanden.

Dominique gefiel die umgängliche Art der Amerikanerin auf Anhieb. Obwohl sie zweifellos wohlhabend war, trug sie einen einfachen Jogginganzug, und ihr Gesicht war ungeschminkt.

Dominique spürte sofort, daß die beiden Menschen, die da vor ihr saßen, sehr verliebt waren. Sie hielten sich bei den Händen und lächelten sich oft an.

Da sie froh über die Gelegenheit war, ihre langsam einrostenden Sprachkenntnisse aufzufrischen, erklärte sie sich schnell bereit, das Angebot an Mietwohnungen zu prüfen, obwohl derartige Dienste nicht zu ihren Pflichten gehörten. Sie schlug vor, die beiden sollten ein paar Tage im Hotel auf der anderen Seite des Platzes verbringen, während sie ihre Nachforschungen anstellte.

Schon sehr bald hatte sie eine kleine Villa in den Bergen nördlich der Stadt gefunden. »Es ist wirklich sehr hübsch dort«, erzählte sie dem Paar, während sie in der Lobby des Colombe d'Or bei einer Flasche Wein saßen, »und das Haus liegt an der gleichen Straße, an der auch Picasso gewohnt hat. Die Besitzerin sagt, es wäre sofort beziehbar, und sie will auch für Geschirr und Bettwäsche sorgen.«

»Hört sich gut an«, meinte die Frau, und damit hatte Vence zwei neue Einwohner.

»Kommen Sie doch einfach mal bei mir vorbei, wenn Ihr Mann wieder geschäftlich unterwegs ist«, schlug Dominique vor.

Während der nächsten vier Wochen trafen sich die beiden Frauen häufig, aßen im Hof des Le Pigeonnier ausgiebig zu Mittag, durchstreiften die Boutiquen oder tranken zusammen ein Glas Wein, wenn das Tourismus-Büro am Spätnachmittag schloß.

Da Don die meiste Zeit über nicht da war, hatte sie angefangen, Französischunterricht zu nehmen. Nachdem Don ihr einen Mietwagen besorgt hatte, erkundete sie die Umgebung und besuchte Museen, Parfumfabriken und Töpfereien.

Sie schien sich auch auf die immer regelmäßiger werdenden Treffen zum Essen oder zum Wein zu freuen. Manchmal, wenn Don nicht gerade in Kuwait oder Marokko war, gesellte er sich dazu.

Als Dominiques Mutter erfuhr, daß ihr Mietvertrag schon bald ablief, die beiden jedoch gerne bis Oktober oder sogar November in Vence bleiben wollten, bot sie ihnen eine Wohnung, die ihr gehörte, als Unterkunft an.

Sie war auch Don behilflich, als er nach einem Bankschließfach suchte, und brachte ihn zu dem Geldinstitut, zu dessen Vorstand auch ihr Vater gehörte.

Liz bemühte sich, diese Gefallen zu erwidern. Als sie erfuhr, daß Dominiques Großmutter in ein Altersheim gebracht worden war, bot sie sofort an, sich an der Pflege zu beteiligen. »Ich mag alte Leute«, meinte sie. »Wenn man ihnen zuhört, kann man sehr viel lernen.«

Als ihre Freundschaft enger wurde, sprachen die beiden Frauen auch über private Angelegenheiten.

Dominique vertraute ihrer neuen Freundin die Geschichte ihrer vor kurzem beendeten Liebschaft an. Der Mann hätte zwar von seiner Frau getrennt gelebt, sich aber nach Monaten voller Versprechungen immer noch geweigert, sich scheiden zu lassen. Dominique war sich langsam wie eine Geliebte vorgekommen und hatte die Beziehung abgebrochen, obwohl sie den Mann immer noch liebte.

»Ich könnte so etwas nicht ertragen«, erklärte Dominique. »Wenn ich herausfände, daß mein Freund oder mein Mann mit einer anderen Frau schläft, würde ich ihn aus dem Haus werfen.«

Liz lächelte und schüttelte den Kopf. »Nein, das würdest du nicht«, meinte sie. »Nicht wenn du ihn wirklich liebst. Du würdest versuchen, mit ihm darüber zu reden, um die Sache zu verstehen und einen Weg zu finden, damit fertig zu werden. Kommunikation ist das wichtigste in einer Beziehung. Glaub mir, ich weiß das.« Dann gestand Liz, daß sie und ihr Mann vor Jahren selbst so ein ›Problem‹ gehabt hatten.

»Und was hast du gemacht?«

»Statt die Dinge einfach laufen zu lassen, habe ich mich entschlossen, mich damit auseinanderzusetzen. Und jetzt ist wieder alles in Ordnung.«

Dominique, die erst kürzlich gesehen hatte, wie Liz und Don Arm in Arm durch die Stadt gingen und sich hin und wieder geküßt hatten, konnte sich kaum vorstellen, daß es in ihrer Ehe jemals Schwierigkeiten gegeben hatte. Sie war überzeugt, sie hätte nie zuvor ein derart verliebtes Paar gesehen. Oder eine Frau, die ihr Leben so unter Kontrolle hatte.

Aus diesem Grund war sie sehr besorgt, als sie durch einen Anruf erfuhr, daß Liz auf dem Weg zu ihr einen Autounfall gehabt hatte.

Zu ihrer Erleichterung meldete sich Liz kurz darauf und erzählte, daß nur ein harmloser Blechschaden entstanden sei. Sie selbst sei unverletzt und würde sich melden, sobald die Mietwagenfirma das beschädigte Auto ausgetauscht hätte.

Detective Sandlin hatte mittlerweile mehrfach mit dem Vertreter von Budget in London gesprochen und war von dessen Hilfsbereitschaft beeindruckt.

»Nach den Unterlagen, die ich hier vor mir habe, wurde der Wagen – ein Corsa – am sechzehnten Januar zurückgegeben.«

Bevor Sandlin seine Enttäuschung zum Ausdruck bringen konnte, korrigierte er sich jedoch schon. »Nein, tut mir leid, das war falsch. Wissen Sie, ich bin mit diesen Computerausdrucken nicht sehr vertraut.

Der Mietwagen wurde bis einschließlich zum sechzehnten Februar verlängert.«

»Und ist der Wagen dann auch zurückgegeben worden?« fragte Sandlin.

Der Engländer entschuldigte sich abermals. »Das muß ich erst nachprüfen. Ich melde mich wieder.«

Kaum eine Stunde später teilte er mit, daß der Vertrag nochmals um einen Monat verlängert worden war. Sandlin warf einen Blick auf den Tischkalender. Der sechzehnte März war schon in drei Tagen.

Die Neuigkeit löste eine wahre Kettenreaktion aus. McGowan rief Chapman an. Chapman informierte das FBI und das State Department. Die wiederum riefen Interpol und den juristischen Attaché in Paris an. Anweisungen wurden weitergeleitet, damit am Freitag Beamte am Flughafen Stellung bezogen.

Wenn sie Glück hatten, würde Jodi Packer sie direkt zu Joy führen.

Montag morgen erhielt Sandlin einen weiteren Anruf aus London. »Der Wagen wird nicht abgeliefert«, berichtete der Vizepräsident von Budget. »Ich habe mit unserem Vertreter am Flughafen von Nizza gesprochen und erfahren, daß es einen leichten Unfall gegeben hat. Wenn ich recht verstanden habe, ist das Auto abgeschleppt worden.«

Troy bemerkte die Enttäuschung des Beamten nicht und fuhr fort: »Unser Vertreter am Flughafen hat mir mitgeteilt, daß der beschädigte Wagen ausgetauscht wurde. Er hat auch gesagt, daß die Dame am Telefon, die den Unfall gemeldet hat, sehr nett war.«

Einen Moment lang schwieg Sandlin. »Haben Sie gesagt, *eine Lady* hat angerufen?«

»Ja, so habe ich das jedenfalls verstanden.«

Sandlin bedankte sich, legte den Hörer auf und klatschte in die Hände. »Ich glaube, wir haben sie endlich«, sagte er dann zu dem leeren Zimmer.

McGowan wollte unbedingt mit der Polizei in Nizza sprechen, um die Kollegen vor Joys Hinterhältigkeit zu warnen und eventuell noch offene Fragen zu beantworten. Allen Ringo, der juristische Attaché in Paris, trieb ihm den Gedanken schnell wieder aus. Die internationalen diplomatischen Gepflogenheiten, von denen ein Beamter aus Richardson natürlich wenig Ahnung hätte, würden durch einen direkten Kontakt verletzt. Für derartige Dinge gebe es entsprechende Kanäle, und die Regeln müßten unbedingt eingehalten werden.

»Sie können sich glücklich schätzen«, versuchte der Attaché dann den ungehaltenen Anrufer zu beruhigen. »Der Fall wurde einem Mann namens Huy Decloedt zugeteilt. Er ist einer der besten Polizisten in Frankreich.« Ringo merkte, daß McGowan noch immer beunruhigt war, und versicherte ihm, er selbst würde die Angelegenheit überwachen und ihn auf dem laufenden halten. Er hätte zwar vorgehabt, einen kurzen Urlaub anzutreten, würde jedoch statt dessen in seinem Büro bleiben und auf Nachrichten aus Nizza warten.

»Ich melde mich sofort, wenn ich etwas höre«, erklärte Ringo.

Für McGowan bedeutete das Versprechen nur einen schwachen Trost. Die Vorstellung, eine Ermittlung durchzuführen, indem er nichts anderes tat, als auf einen Telefonanruf zu warten, bereitete ihm Magenschmerzen.

Im Polizeirevier von Richardson schien die Zeit nur noch zu schleichen. In Frankreich lagen die Dinge freilich anders.

Am Freitag morgen erwachte der Kriminalbeamte Huy Decloedt früher als gewöhnlich, schlüpfte rasch in Jeans und Turnschuhe und fuhr dann ohne Frühstück ins Büro. Lange bevor er das Polizeihauptquartier von Nizza erreichte, spürte er, wie seine Erregung zunahm.

Als er sein kleines Büro im Zentrum des Gebäudes betrat, hatte er bereits die Hälfte seiner ersten Packung Carlton geraucht.

So ging es Decloedt, der seit 1978 bei der Polizei war, stets, wenn die Zeit gekommen war, einen flüchtigen Verbrecher zu stellen. Die Aussicht, eine Verhaftung vorzunehmen, eine Ermittlung zum Abschluß zu bringen, machte die langen Arbeitsstunden wett, die so einem Moment vorausgingen.

Man sah dem knapp einen Meter siebzig großen, einundvierzigjährigen Mann kaum an, daß er als einer der besten Polizeibeamten Frankreichs galt. Der Sohn eines belgischen Vaters und einer vietnamesischen Mutter war ein perfekter Gitarrist, sprach fünf Sprachen fließend und mehrere andere gebrochen und erzählte oft, er würde bald den Dienst quittieren und mit seiner Frau nach Hawaii ziehen.

An diesem Morgen hatte er freilich keine Zeit, um an ähnliche Dinge zu denken. Zwei Tage lang hatte er die Festnahme der flüchtigen Amerikanerin, die in einer Villa außerhalb von Vence lebte, sorgfältig vorbereitet. Und jetzt, während er das Team von Kollegen, das ihn begleiten sollte, noch einmal instruierte, blieb wenig mehr zu tun, als die Uhr zu beobachten und zu warten.

Wie die meisten in seinem Beruf hatte auch Decloedt schon oft über die innere Logik eines Gesetzes nachgedacht, das eine Festnahme in den Stunden zwischen Mitternacht und neun Uhr morgens untersagte, es sei denn, jemand würde auf frischer Tat ertappt.

Anfangs war er verwundert gewesen, daß man ihm diesen Fall übertragen hatte. Als man ihn zum Leiter eines Teams gemacht hatte, das in erster Linie terroristische Aktivitäten untersuchte, war eine Menge anderer dringender Aufgaben liegengeblieben. Trotzdem hatte er die Anweisung erhalten, diesem Fall, mit dem er kaum vertraut war, seine ganze Zeit und Energie zu widmen.

Als er nachfragte, weshalb man ausgerechnet ihn dafür eingeteilt hatte, erhielt er die lapidare Auskunft, es sei jemand mit Englischkenntnissen erforderlich.

Dann wurde ihm erklärt, daß eine Amerikanerin wegen Beteiligung an einem Mordkomplott in Texas gesucht wurde. Amerikanische Ermittler hatten die Frau und ihren Begleiter durch die Überwachung ihrer Kreditkarten und sonstiger finanzieller Transaktionen aufgespürt.

Tatsächlich war es gar nicht schwer gewesen, die Frau ausfindig zu machen. Als Decloedt erfuhr, daß ihr Auto abgeschleppt worden war, hatte er einfach den Abschleppdienst angerufen, der den Auftrag von der Mietwagenfirma erhalten hatte. Ein paar Minuten später besaß er die Anschrift der Frau.

Das einzige Problem hatte in der Frage bestanden, wie viele Männer nötig waren, um die Festnahme durchzuführen. Da die Frau möglicherweise bewaffnet war und eventuell Widerstand leisten würde, hatte Decloedt beschlossen, vier Beamte mitzunehmen, die das Gebäude umstellen sollten.

Decloedt und sein Kollege Roland Séja waren nicht auf das vorbereitet, was sie erwartete, als sich die Tür des Hauses mit der Nummer 7370 an der Route de St. Jeannet öffnete. Die in Jeans und ein weites Sweatshirt gekleidete Frau lächelte, als Decloedt sich identifizierte.

»Kommen Sie wegen meines Unfalls?« fragte sie.

Decloedt wich einer direkten Antwort aus. »Madam, sind Sie Joy Ann Aylor?«

Die Frau lächelte noch immer. »Nein«, sagte sie, »ich bin Liz Sharp.«

»Ist Ihr Mann hier?«

»Nein, er ist geschäftlich unterwegs«, erwiderte sie. »Würden Sie mir bitte sagen, worum es geht?«

Ihr Verhalten bot nicht den geringsten Hinweis, daß sie beunruhigt war. Im Lauf der Jahre hatte Decloedt gelernt, sich auf die Augen eines Verdächtigen zu konzentrieren – meist verrieten die Augen, ob jemand Angst hatte –, doch Joys Augen enthüllten keine verborgenen Geheimnisse. Wenn sie tatsächlich diejenige war, die die Amerikaner suchten, dann war sie die mit der größten Beherrschung, die der Beamte je gesehen hatte.

»Sie müssen mit uns zur Polizeiwache kommen«, erklärte Decloedt und holte den Haftbefehl aus seiner Jacke.

Joy strich sich durchs Haar, zuckte die Achseln, lächelte wieder und bat die beiden Männer herein. »Ich bin gerade erst aufgestanden«, sagte sie. »Darf ich mich duschen und umziehen, bevor wir gehen?«

Die beiden Beamten warteten im Wohnzimmer und schauten sich um. Draußen hatten sie einen gepflegten Garten und sorgfältig gestutzte Obstbäume gesehen. Das Innere des Hauses wirkte jedoch düster, fast erstickend, und stand in einem erstaunlichen Kontrast zu der Frau, die eben im Badezimmer verschwunden war. Schmutziges Geschirr stapelte sich im Spülbecken und auf dem Küchentisch. Kleidung war auf den Stühlen und dem Boden verstreut. In praktisch jeder Ecke des Raumes quoll Müll aus fleckigen Papiertüten. Vergilbte Zeitungen klebten an den Fenstern und verhinderten den Blick auf das atemberaubende Bergpanorama.

»Hier sieht es aus wie in einer Höhle«, meinte Séja.

Als hätte er die Bemerkung nicht gehört, äußerte Decloedt einen Gedanken, der ihm durch den Kopf ging, seit die Frau die Tür geöffnet hatte.

»Sie hat das Gesicht eines Engels«, sagte er.

Joy zog sich im Badezimmer frische Jeans, weiße Socken und Tennisschuhe an. Sie warf einen Blick in den Spiegel, entschied sich gegen Make-up und bürstete nur kurz ihr Haar.

Bevor sie ins Wohnzimmer zurückkehrte, nahm sie einen schmalen, glänzenden Gegenstand aus ihrer Geldbörse und schob ihn sorgfältig in eine ihrer Socken. Dann öffnete sie die Tür und nickte den Beamten zu.

»Ich bin fertig«, sagte sie.

Als sie zwischen den beiden Polizisten zum Auto ging, berührte sie Decloedt leicht am Arm. »Ich heiße Elizabeth May Sharp«, wiederholte sie, »ich kann mich ausweisen.«

Auf der fünfundvierzigminütigen Fahrt nach Nizza schwieg sie.

»Wissen Sie«, sagte sie mit plötzlich sehr trauriger Stimme,

»ich hatte einmal einen Sohn. Aber er starb bei einem Autounfall.« Damit verfiel sie wieder in Schweigen.

Weder Decloedt noch Séja, die beide auf den Vordersitzen saßen, waren sich sicher, ob sie mit ihnen gesprochen hatte oder zu sich selbst. Sie spürten, daß sie weinte, doch keiner von ihnen wandte sich um.

Nachdem ihre Fingerabdrücke mit denen verglichen worden waren, die Decloedt vom FBI erhalten hatte, gab Joy Aylor ihre Identität zu. Mit ruhiger Stimme erzählte sie, wie sie Monate zuvor nach Oklahoma City gefahren war und dort einen Führerschein auf den Namen Liz Sharp hatte eintragen lassen. Anschließend hatte sie sich in Houston einen Paß besorgt. Ihre erste Station in Europa war Frankfurt. Von dort reiste sie nach Zürich und dann weiter an die französische Riviera.

»Ich verstehe immer noch nicht, wie Sie mich gefunden haben«, meinte sie verwundert. »Ich hatte gedacht, es wäre alles vorbei, und ich könnte mir ein neues Leben aufbauen.«

Jodi Packer, erzählte sie weiter, befand sich auf Geschäftsreise und war vermutlich in Kuwait oder Marokko. Tatsächlich war er die meiste Zeit über unterwegs, deshalb hatte sie auch praktisch allein in Vence gewohnt, was ihr auch ganz angenehm gewesen war.

Als Decloedt sie nach dem Verbrechen in Texas fragte, reagierte sie abwehrend. »Ich will nicht wieder dorthin zurück ... nie wieder«, sagte sie. »Muß ich denn?«

»Das kann ich nicht entscheiden«, erwiderte Decloedt.

Er ließ eine Beamtin kommen, die Joy durchsuchte und dann ins Gefängnis brachte. Anschließend rief Decloedt in Paris an und informierte den juristischen Attaché über die Verhaftung. Er hätte gern noch mehr über Joy Davis Aylor erfahren, doch das mußte warten.

Wenn sie erst ein paar Stunden allein in der Zelle verbracht hatte, wäre sie vielleicht eher bereit, etwas zu erzählen.

In seinem Haus in McKinnes wanderte Morris McGowan mit einer Kaffeetasse in der Hand ruhelos auf und ab. Er konnte sich nicht entscheiden, ob er neben dem Telefon warten oder ins Büro fahren und dabei riskieren sollte, den Anruf zu verpassen.

Das lähmende Warten fand kurz vor acht Uhr morgens ein Ende. McGowan griff beim ersten Klingeln nach dem Apparat und hörte die Stimme der Telefonistin Brenda Moreland vom Polizeirevier in Richardson. »Ich habe gute Nachrichten«, meinte sie.

Bevor McGowan etwas sagen konnte, fuhr sie fort: »Sie haben sie geschnappt. Allen Ringo möchte, daß Sie ihn so schnell wie möglich in Paris anrufen.«

McGowan legte den Hörer auf, stand einen Moment reglos da und ließ die Nachricht auf sich wirken. Schließlich zeigte sich ein breites Lächeln auf seinem Gesicht, als er zu Sandy hinüberschaute. Er reckte siegreich die Faust und nickte heftig. Ja, Joy Aylor war endlich in Haft.

Er zog rasch seine Jacke an und fuhr zum Revier, um nähere Einzelheiten zu erfahren.

Decloedt hatte den größten Teil des Nachmittags an seinem Schreibtisch verbracht und sich dazu gezwungen, den Arrestzellen, wo Joy sich befand, fernzubleiben. Inzwischen hatte er die Informationen über die Frau, mit denen man ihn versorgt hatte, mehrfach durchgelesen und sich gewundert, daß das Verbrechen bereits vor acht Jahren geschehen war. Inzwischen wußte man wohl auch in den Vereinigten Staaten, daß sie festgenommen worden war. Er versuchte, sich die Reaktion dort vorzustellen.

Am Spätnachmittag nahm seine Neugier überhand. Auf dem Weg zum Gefängnis hoffte er, Joy würde jetzt gesprächsbereiter sein.

Als er sich der Zelle näherte, die von einem Wärter überwacht wurde, sah er, daß sie sich unter einer Decke verkrochen hatte.

»Sie schläft schon seit einiger Zeit«, meinte der Wärter und schob den Schlüssel ins Schloß.

Decloedt betrat die schwach erleuchtete Zelle und sprach sie an. Als sie sich nicht rührte, rief er abermals ihren Namen. Da wieder keine Reaktion erfolgte, ging er zu ihr hin und zog sanft die Decke von ihren Schultern.

Sein Gesicht wurde blaß, seine Hände fingen an zu zittern. Er drehte sich zum Wärter um und rief: »Einen Krankenwagen. Sofort.«

Joy Aylor, die sich zu einer fötalen Haltung zusammengerollt hatte, lag in einer Lache aus Blut. Beide Handgelenke waren tief eingeschnitten. Sie hatte die Rasierklinge benutzt, die in ihrem Strumpf versteckt war.

Der Beamte ließ sich auf die Knie nieder und legte zwei Finger an ihren Hals. Erleichtert stellte er den Pulsschlag fest und rief dann wieder laut nach einem Arzt.

In diesem Moment hob Joy schwach den Kopf und schaute den Mann an, der sich über sie beugte. Das Glitzern war aus ihren Augen verschwunden. Jetzt wirkten sie nur noch gehetzt und flehend.

Mit schwacher Stimme, die fast wie die eines Kindes klang, sagte sie: »Bitte laßt mich sterben.«

EPILOG

Gerechtigkeit

Denn wer ertrüg' der Zeiten Spott und Geißel,
Des Mächt'gen Druck, des Stolzen Mißhandlungen,
Verschmähter Liebe Pein, des Rechtes Aufschub,
Den Übermut der Ämter und die Schmach,
Die Unwert schweigendem Verdienst erweist,
Wenn er sich selbst in Ruh'stand setzen könnte
Mit einer Nadel bloß?

Hamlet,
Akt III, Szene 1
Shakespeare

Übertragung von
Aug. Wilh. von Schlegel
und Ludwig Tieck

Joy Aylor blieb für mehrere Tage in einem Krankenhaus in Nizza, wo sie rund um die Uhr bewacht wurde, während sie sich von ihrem Selbstmordversuch erholte. Die US-Behörden, die den Vorgang zunächst nur als einen weiteren Versuch betrachtet hatten, Mitgefühl zu erwecken, wurden bald eines Besseren belehrt. Aylor hatte tiefe Schnittwunden an beiden Handgelenken, und wäre Decloedt nicht rechtzeitig gekommen, hätte sie sehr leicht verbluten können.

Mike Wilson gehörte zu denjenigen, die sich über ihren drastischen Schritt nicht weiter wunderten. Vom Gefängnis aus, wo er auf die Verkündung des Strafmaßes wartete, warnte er davor, daß Joy weiterhin versuchen würde, sich umzubringen, wenn man sie nicht sorgfältig überwachte. »Sie sollten ihr nicht mal einen scharfen Bleistift geben«, sagte er.

Die Festnahme zog sofort die Aufmerksamkeit der Medien auf sich. Die Zeitungen in Dallas beschrieben die Verhaftung in allen Einzelheiten auf der Titelseite, während Joy in Frankreich als ›Die Teufelin aus Dallas‹ bezeichnet wurde. Das Nachrichtenmagazin *Paris Match* veröffentlichte einen längeren Artikel, genau wie einige Kriminalmagazine. ›America's Most Wanted‹ schickte ein Filmteam an die Riviera, um Außenaufnahmen zu drehen. Filmproduzenten und Buchverleger bekundeten ihr Interesse an der Geschichte.

Im Richardson Police Department und bei der Staatsanwaltschaft von Dallas wurde die Begeisterung über die Festnahme schon bald durch die Erkenntnis gedämpft, daß noch ein wahrer Irrgarten aus juristischen Stolpersteinen zu überwinden war. Aufgrund des Auslieferungsabkommens zwischen Frankreich und den Vereinigten Staaten war es unmöglich, Joy nach Amerika zurückzuschicken, solange man den französischen Behörden nicht zusichern konnte, daß der Staatsanwalt auf keinen Fall die Todesstrafe beantragen würde.

Auf dem Umweg über das State Department mußte das Büro des Bezirksstaatsanwalts von Dallas schriftlich garantieren, daß Joy schlimmstenfalls eine lebenslängliche Gefängnisstrafe zu erwarten hatte.

Heute, mehr als zwei Jahre nach ihrer Festnahme, sitzt Joy Aylor noch immer im Gefängnis Les Boumettes in der Nähe von Marseille, obwohl Frankreichs Premierminister und der Justizminister die Auslieferungspapiere bereits am 20. Januar 1993 unterzeichnet haben. Dank der Anstrengungen des hochangesehen belgischen Anwalts Jean Bornet wird Joy voraussichtlich für mindestens zwei weitere Jahre in Frankreich bleiben, während ihre Eingaben an den französischen Staatsrat und den Europäischen Gerichtshof für Menschenrechte behandelt werden, in denen sie eine Aufhebung der Sonderregelung fordert.

In der Anwaltschaft von Dallas werden mittlerweile Stimmen laut, die bezweifeln, daß Joy jemals hier vor Gericht stehen wird.

Dann gibt es da noch Jodi Packer. Kurz nach Joys Verhaftung in Vence gelang es ihm, den französischen Behörden zu entkommen und in die Vereinigten Staaten zurückzukehren. Zwei Wochen später wurde er von Bundesmarshals im Haus der Davis' am Cedar Creek Lake festgenommen und wegen Paßvergehens angeklagt. Zum Zeitpunkt seiner Verhaftung hatte Packer zwei einfache Flugtickets bei sich, eins für Costa Rica, das andere für Mexico City.

Nachdem er ohne Kaution freigelassen worden war, flüchtete Packer Mitte 1991 abermals und wurde bisher noch nicht gefaßt. Zwischenzeitlich wurde er auch noch angeklagt, einen Flüchtigen versteckt und unterstützt zu haben. Außerdem wirft man ihm vor, Joy durch verschleierte finanzielle Transaktionen mit Geld versorgt zu haben.

Wird er verurteilt, drohen ihm fünfzehn Jahre Gefängnis.

Aber nicht jeder hat es geschafft, seiner Strafe zu entgehen.

Nach einer der längsten Verhandlungen in der Geschichte von Dallas wurde Andy Hopper im März 1992 des Mordes an Rozanne Gailiunas für schuldig befunden und zum Tode verurteilt. Bereits die Zusammenstellung der Jury hatte mehr als sechs Monate gedauert, da das Verfahren mehrmals vertagt wurde in der Hoffnung, Joy Aylor könnte doch noch als erste vor Gericht gestellt werden. Bevor dann das erste mögliche Jury-Mitglied im Juni 1991 befragt werden konnte, wurde Jan

Hemphill, der vom Gericht bestellte Verteidiger Hoppers, zum Bezirksrichter ernannt, und die Verteidigung wurde dem Anwalt Larry Mitchell übertragen. Der als Appellationsspezialist bestens bekannte Mitchell suchte sofort seinen alten Freund Peter Lesser als ersten Beisitzer aus. Der aus New York stammende Lesser hatte sich einen Ruf als Bürgerrechtsanwalt erworben, der keinen Hehl aus seiner Verachtung für das Rechtssystem im allgemeinen und die Polizei im besonderen machte.

Das Ergebnis war ein schleichender Prozeßverlauf, wobei Richter Pat McDowell aufgrund ständiger Einsprüche regelmäßig gezwungen war, die Jury zum Verlassen des Gerichtssaals aufzufordern, während verfahrensrechtliche Fragen diskutiert wurden. Die ganze Angelegenheit führte tatsächlich so weit, daß die Jury-Mitglieder untereinander Wetten abschlossen, wie lange sie diesmal im Gerichtssaal bleiben durften. Zuletzt waren sie über die ständigen Verzögerungen so verärgert, daß sie anboten, auch am Wochenende Sitzungen durchzuführen – ein Angebot, das weder der Richter noch die Anwälte zur Kenntnis nahmen.

Kevin Chapman trug seine Aussagen mit ruhiger, selbstsicherer Stimme vor und bildete damit einen bemerkenswerten Kontrast zum Getöse der Gegenseite. Die gelegentlichen Wortgefechte mit den Verteidigern überließ er seinen Kollegen Dan Hagood und Jim Oatman.

Auch Lesser und Mitchell hatten eine Wette abgeschlossen: Wer von ihnen es schaffte, bei Chapman ein deutliches Anzeichen der Verärgerung hervorzurufen, sollte vom anderen ein Abendessen bekommen. Sechs Wochen später war noch immer keiner von ihnen in den Genuß eines Gratisessens gekommen. Das Team der Staatsanwaltschaft war nach Ansicht ausgewiesener Prozeßbeobachter die stärkste Mannschaft, die sich überhaupt aufbieten ließ. Und durch schieres Glück hatte Andy Hopper dank der durch Richter McDowell ausgesprochenen Ernennung völlig kostenlos eine Verteidigermannschaft, die ebenso gut war wie jede, die er für Geld hätte aufstellen können.

Trotzdem war sein Fall von dem Moment an verloren, als der Richter entschied, daß die Jury die Videoaufzeichnung jenes Geständnisses sehen durfte, das Hopper seinerzeit bei der Polizei von Richardson abgelegt hatte.

Weder die Bemühungen der Verteidiger, die Jury davon zu überzeugen, daß Andy im Grunde ein guter Mensch war, der nur für einen kurzen Moment in seinem Leben ›seinen moralischen Kompaß verloren‹ hatte; noch alle Versuche, der Jury klarzumachen, daß die Polizei die Verfassung verletzt hatte, als sie den Angeklagten zu einem Geständnis zwang, vermochten den Eindruck auszulöschen, den Hoppers kalte, fast beiläufige Schilderung des Mordes vor den Polizeikameras bei der Jury hinterlassen hatte.

Zudem gab es noch eine weitere verheerende Zeugenaussage. Michael Matthews, ein Mithäftling, dem Andy von seinem Verbrechen erzählt hatte, beschrieb Hoppers Mangel an Gefühl oder gar Reue bei seiner Schilderung der Tat. »Es gab nicht das kleinste Anzeichen von Bedauern«, erklärte Matthews. »Als Andy davon erzählte, waren seine Augen so kalt wie die eines Fischs.«

Als weiteres Beweismittel wurde ein Brief vorgelegt, den Hopper aus dem Gefängnis an seinen Freund Buddy Wright geschickt hatte und in dem er ebenfalls seine Schuld zugab.

Der zwölfjährige Peter Gailiunas III machte ebenfalls eine Aussage. In Anzug und Krawatte gekleidet, saß er im Zeugenstand und erinnerte sich an die acht Jahre zurückliegenden Ereignisse:

Er war von seinem Nickerchen erwacht und ins Wohnzimmer gegangen, um sich einen Videofilm anzusehen. Da er das Gerät jedoch nicht starten konnte, ging er zu seiner Mutter, um sie um Hilfe zu bitten.

Einige Jury-Mitglieder wischten sich die Tränen ab, als er den Versuch schilderte, seiner schwerverletzten Mutter zu helfen, indem er ihr ein Glas Milch und seinen Teddybären brachte, während er auf seinen Vater wartete.

Doch obwohl insgesamt vierzig Zeugen auftraten, wirkte sich keine einzige Aussage so dramatisch aus wie die Videoaufzeichnung des Angeklagten.

Da die Verteidigung gezwungen war zuzugeben, daß Hopper das Haus betreten und zwei Schüsse auf Rozanne abgefeuert hatte, boten Lesser und Mitchell an, auf schuldig zu plädieren, wenn dafür die Todesstrafe ausgeschlossen wurde. Die Staatsanwaltschaft hatte das Angebot zurückgewiesen, was Lesser dann als Beweis für ›Kevin Chapmans Blutdurst‹ hinstellte. Lessers Verteidigung war dabei sehr phantasievoll. Während der Verhandlung ritt er wieder und wieder darauf herum, daß der Autopsiebericht bei Rozanne Spuren von Thorazin nachgewiesen hatte. Auf dieser Grundlage entwickelte er ein Szenario, wonach Hopper tatsächlich das Haus betreten und das Opfer angegriffen hatte. Aber, argumentierte er, da Rozanne beim Eintreffen von Polizei und Sanitätern noch lebte, konnte nicht Hopper für den Tod verantwortlich sein. Eher sei es schon möglich, daß Dr. Gailiunas seine Frau schwerverletzt vorfand und die Gelegenheit nutzte, um sie durch eine hohe Dosis Thorazin endgültig aus dem Weg zu räumen. Um seiner Geschichte mehr Glaubwürdigkeit zu verleihen, ließ Lesser einen angesehenen forensischen Pathologen auftreten, der beschwor, Rozanne hätte sowohl die Schußwunden wie auch die Strangulation überleben können, wenn das Thorazin nicht die Sauerstoffzufuhr zu ihrem Hirn reduziert hätte.

Ein Gerichtsbeobachter hielt diese Geschichte für die absurdeste, die Lesser je aufgetischt hatte, abgesehen von seiner Verteidigung bei einem bewaffneten Raubüberfall in einem Geschäft von Dallas.

Genausowenig zeigte sich die Jury beeindruckt, als Lesser plötzlich einen Tag lang zu beweisen versuchte, nicht Andy, sondern Bill Garland sei in das Haus eingedrungen und hätte Rozanne erschossen.

Die Staatsanwaltschaft konterte die Thorazin-Theorie mit eigenen Zeugen. Obwohl es sich letztlich nicht beweisen ließ, war es angesichts der Tatsache, daß man Rozanne kein Thorazin verschrieben und der Doktor die Droge nie in seiner Praxis benutzt hatte, eine logische Schlußfolgerung, daß die Tests mit denen einer anderen Person vertauscht worden waren. Solche Zwischenfälle waren durchaus nicht ungewöhnlich, hieß es.

Als alles gesagt war, glaubte die Jury nicht einmal, daß man tatsächlich Thorazin in Rozannes Leiche gefunden hatte.

Dr. Gailiunas, der aussagte, daß eine derartige Droge in seinem Fachgebiet gar keine Anwendung fand und er nicht einmal mit ihrer Wirkungsweise vertraut sei, bezeichnete Lessers Szenario als ›lächerlich‹.

Die Mutter des Doktors stimmte ihm zu. »Wenn die Verhandlung vorbei ist, gehe ich zu Mr. Lesser und wünsche ihm für den Rest seines Lebens Schluckauf und Durchfall.«

Die Thorazin-Geschichte, die ohnehin nur ein eher unbedeutendes Rätsel darstellte, schien die Jury im Grunde gar nicht zu stören. Ihre Aufmerksamkeit galt weiterhin der Tatsache, daß Andy Hopper sie gewürgt und ihr zwei Kugeln in den Hinterkopf geschossen hatte.

Lessers einzige andere Hoffnung beruhte auf seiner Behauptung, man hätte Hopper während des Verhörs einen Anwalt verweigert. Er spielte die Aufzeichnung einer Befragung durch McGowan ab, die zwei Monate vor Hoppers Geständnis stattgefunden hatte, und wies darauf hin, daß sein Mandant nicht weniger als sechzehn Mal nach einem Anwalt gefragt hatte, was jedesmal ignoriert worden war. Was, so fragte er die Jury, sollte die Polizei davon abgehalten haben, ihm auch vor dem Geständnis einen Anwalt zu verweigern?

Im Schlußplädoyer erklärte Lesser dann auch noch: »Was McGowan getan hat, war schlimmer als das Verbrechen selbst.«

Doch obgleich es einige in der Jury gab, die Lessers Bedenken teilten, waren sie nicht stark genug, um den Schuldspruch zu verhindern. Eines der Jury-Mitglieder meinte später. »Selbst wenn das Geständnis mit unsauberen Methoden erlangt wurde – was wir nicht genau wissen –, hat Hopper doch die Wahrheit gesagt. Er hat das Verbrechen in allen Einzelheiten gestanden. Er hat die Frau getötet.«

Tatsächlich hatte sich Hopper durch sein Geständnis im Grunde selbst verurteilt.

Während seines Schlußplädoyers zeigte Hagood der Jury mehrfach ein großes Foto der einst so schönen Rozanne Gailiunas mit glänzend schwarzem Haar und einem Lächeln auf dem Gesicht. »Andy Hopper«, sagte er, »ist wohl das gefährlichste menschliche Wesen, das Sie je sehen werden. Er hatte die Möglichkeit, dies zu nehmen . . . und es in das zu verwandeln.« Mit diesen Worten hob er ein Autopsiefoto hoch, auf dem das Opfer mit geschorenem Kopf und grotesk geschwollenem Gesicht zu sehen war.

Buster und Garry Matthews, die bereits in New Mexico wegen Autodiebstahls und Kidnapping im Gefängnis saßen, wurden zu ihrem Prozeß wegen des Mordversuchs an Larry Aylor nach Dallas gebracht und dort jeweils zu einer lebenslänglichen Haftstrafe verurteilt. An einem der kritischsten Punkte der Verhandlung – als das verräterische Tonband der Unterhaltung zwischen ihm und seinem Bruder abgespielt wurde – schlief der offensichtlich völlig desinteressierte Angeklagte ein.

Obwohl die Jury in beiden Fällen schnell zu einem Schuldspruch kam, wunderten sich doch einige, daß Larry Aylor, das Opfer des Anschlags, nicht in den Zeugenstand gerufen wurde.

Im Februar 1993 bekannte sich Brad Davis bei der Voruntersuchung schuldig, vor der Jury gelogen zu haben, als er behauptet hatte, Joy und Mike Wilson nach Denver gefahren zu haben. Er bekam fünf Jahre auf Bewährung.

Wilson sitzt derzeit eine fünfzehnjährige Gefängnisstrafe im Staatsgefängnis von Big Spring, Texas, ab. Seine Anwälte haben um Strafminderung nachgesucht, sind aber nicht sehr optimistisch.

Bill Garland, Carol Garland, Joe Thomas und Brian Kreafle – alle wegen Beteiligung an einem Mordkomplott angeklagt, das inzwischen eine Dekade zurückliegt – sind noch nicht vor Gericht gestellt worden. Alle sind gegen Kaution auf freiem Fuß.

Morris McGowan, inzwischen Captain in Richardson, widmet den größten Teil seiner Arbeitszeit dem Entwurf und Bau eines neuen Gefängnisses. MacKenzie ist zu seinem Lieblingssachgebiet, den Autodiebstählen, zurückgekehrt und ist gegenwärtig Vizepräsident des Verbandes der Autodiebstahlermittler. Direkt nach dem Prozeß gegen Hopper hat Kevin Chapman sein Amt als Staatsanwalt niedergelegt und ist nach Houston gezogen, um das Versicherungsgeschäft seines Vaters zu übernehmen. Wenn und falls Joy Aylor ausgeliefert wird, will er als Sonderstrafverfolger an diesem Fall teilnehmen. Dan Hagood arbeitet weiterhin als Staatsanwalt.

Während Mitchell sich um ein Berufungsverfahren für Hopper bemüht, hat Lesser resigniert und bezweifelt sogar, daß er jemals wieder einen Mordfall übernimmt.

Doug Mulder, Joys Anwalt, machte kürzlich landesweit Schlagzeilen, als er einen Freispruch für Walker Railey erzielte, einen ehemaligen Methodistenpriester, der wegen Mordversuchs an seiner Frau angeklagt war.

Dr. Gailiunas spricht nur selten von Rozannes Tod und seinen traumatischen Nachwirkungen. Jetzt, wo sein Ehrgeiz erloschen ist, hat er seine Arbeit drastisch reduziert, um mehr Zeit mit seinem Sohn verbringen zu können. Gailiunas' und Rozannes Familie sind einander immer noch entfremdet.

Peter III ist inzwischen dreizehn und ein guter Schüler und Fußballspieler geworden. Die Donahues und die Agostinellis rufen McGowan immer noch gelegentlich an, um nachzufragen, ob es Fortschritte bezüglich Joys Auslieferung gibt, versuchen ansonsten aber, den Fall so gut wie möglich hinter sich zu lassen.

Natürlich ist das nicht die einzige Familie, die noch unter den Ereignissen leidet, die schon so lange zurückliegen.

George und JoAnn Hopper sind nach dem Urteil gegen ihren Sohn nach Houston zurückgefahren. Sie planen, sich aus dem Geschäft zurückzuziehen und auf ihrer abgelegenen Farm in Tennessee zu leben.

Becky Hopper besucht die Krankenschwesternschule und will wieder heiraten.

Beckys Freundin Wanda Price fand eines Tages eine merkwürdige Mitteilung ihres Mannes zu Hause vor, die ihre Ehe abrupt beendete. Don hatte erklärt, mit seinem jetzigen Leben unzufrieden zu sein, hatte ihr das Haus überschrieben und sich auf eine Reise mit dem Fahrrad durch die Staaten gemacht. Hin und wieder erhielt Wanda Postkarten von ihm aus dem Mittelwesten, doch als er nach einem Jahr nicht zurückgekommen war, zog sie in einen anderen Staat.

Henry Davis hat sich von seinem Schlaganfall nicht erholt und benötigt rund um die Uhr Pflege. Francis geht nur noch selten zu den Theateraufführungen und Musicals, die sie so sehr liebt. Die Freunde, zu denen sie noch Kontakt haben, vermeiden jede Frage nach Joy.

Elizabeth ist inzwischen geschieden und betreibt eine kleine Boutique im modischen Deep Ellum District in Dallas.

Larry Aylor lebt weiterhin in Virginia, wo er als Bauunternehmer tätig ist. Gelegentlich fährt er nach Dallas, um seinen Vater zu besuchen, und trinkt dann auch einen Kaffee mit seinem alten Freund Don Kennedy.

Wie in allen Geschichten dieser Art gibt es ein paar nagende, unbeantwortete Fragen. Was wurde beispielsweise aus dem Geld, das Joy zurückgelassen hat – rund zweihunderttausend Dollar, wenn man ihr glauben darf –, als sie mit Mike Wilson nach Kanada floh. Die Polizei hat im Haus der Davis' kein Geld gefunden, und als Joy in Frankreich festgenommen wurde, fand man nur umgerechnet sechzehntausend Dollar in verschiedenen Währungen in ihrem Haus. Und als Jodi später in den Staaten verhaftet wurde, hatte er nur zwei Flugtickets und Traveler's Checks für neuntausendfünfhundert Dollar bei sich.

Eine Durchsuchung des Bankschließfachs in Vence förderte nur ein paar kleinere Schmuckstücke zu Tage. Es gab zwar stets Gerüchte über gewaltige Summen, die in Schließfächern versteckt sein sollten – erst in Mexico City, dann in Zürich doch nichts davon wurde je gefunden.

Die gängigste Theorie besagt, daß Packer irgendwie an das von Joy zurückgelassene Geld gekommen ist und es jetzt bei seiner eigenen Flucht benutzt.

Auf der anderen Seite wurden auch einige Rätsel gelöst. Während des Prozesses gegen Hopper gab der Polizist Wayne Dobbs zu, daß Larry Aylor ihn gehört hatte, wie er den kleinen Peter anschrie, er solle ›den verdammten Hörer auflegen‹.

»Bis heute tut es mir leid, daß ich dieses Wort benutzt habe«, erklärte Dobbs.

ENDE

Der wahre Kriminalfall
TRUE CRIME
Ann Rule
Alles, was sie sich erträumte
Sie wollte eine moderne Scarlett sein – doch sie brachte nur Tod und Verderben
BASTEI LÜBBE